HEYNE
BÜCHER

W0374804

Das Buch

Cendrine Muck ist Anfang Zwanzig, als sie ihre Heimatstadt Bremen verläßt, um auf den Spuren ihres Bruders die lange Reise nach Deutsch-Südwestafrika anzutreten. In der Nähe von Windhuk, auf dem landwirtschaftlichen Anwesen der Familie Kaskaden hat man ihr eine Stelle als Gouvernante der Zwillingsschwestern Lucrecia und Salome vermittelt.

Cendrine ist von ihrer neuen Umgebung, den Eingeborenen mit ihren fremden Sitten und Riten beeindruckt. In Adrian, dem tauben, etwas sonderbaren Sohn der Familie, findet sie schon bald einen Vertrauten und guten Freund. Sie könnte in ihrem neuen Zuhause glücklich werden – wären da nicht die beängstigenden Visionen, die sie seit ihrer Ankunft plagen.

Welches Geheimnis schwebt über dem Gut der Familie Kaskaden, in dem vor langer Zeit der englische Lord Selkirk mitsamt seiner Familie Opfer eines Massakers wurde? Und ist Adrian ein Teil dieses Mysteriums? Und was hat es mit Qabbo, dem Weisen vom Stamm der San, auf sich, der ein rätselhaftes Interesse an der jungen Frau zeigt?

Unfreiwillig gerät Cendrine in einen Sog von archaischen Mythen und Mächten, der geradewegs ins Glutherz der Kalahari führt.

›*Göttin der Wüste* ist ein Glanzstück an Erzählkunst und Einfallsreichtum. Ein betörend spannendes Lesevergnügen.‹

Westfalenpost

Der Autor

Kai Meyer, Jahrgang 1969, studierte Theater-, Film und Fernsehwissenschaften, Philosophie und Germanistik. Danach arbeitete er als Redakteur bei einer Tageszeitung. Er hat bereits zahlreiche Romane veröffentlicht.

Als Heyne-Taschenbücher sind lieferbar: *Der Rattenzauber* (01/10524); *Das Gelübde* (01/10654); *Der Schattenesser* (01/10780); *Die Alchimistin* (01/10842); *Die Engelskrieger* (01/13057).

KAI MEYER

GÖTTIN DER WÜSTE

Roman

WILHELM HEYNE VERLAG
MÜNCHEN

HEYNE ALLGEMEINE REIHE
Band-Nr. 01/13260

Umwelthinweis:
Dieses Buch wurde auf
chlor- und säurefreiem Papier gedruckt.

Taschenbucherstausgabe 4/2001
Copyright © 1999 by Kai Meyer
Copyright © der deutschen Ausgabe 1999
by Wilhelm Heyne Verlag GmbH & Co. KG, München
Printed in Germany 2001
Umschlaggestaltung: Hauptmann und Kampa Werbeagentur, CH-Zug,
unter Verwendung des Gemäldes »The Syracusan Bride Leading Wild Beasts
in Procession to the Temple of Diana« von Frederic Leighton, 1865/66
Satz: Leingärtner, Nabburg
Druck und Bindung: Elsnerdruck, Berlin

ISBN 3-453-17806-8

http://www.heyne.de

Und Gott der Herr sprach: Siehe, der Mensch ist geworden wie unsereiner und weiß, was gut und böse ist. Nun aber, daß er nur nicht ausstrecke seine Hand und breche auch von dem Baum des Lebens und esse und lebe ewiglich! Da wies ihn Gott der Herr aus dem Garten Eden, daß er die Erde bebaue, von der er genommen war. Und er trieb den Menschen hinaus und ließ lagern vor dem Garten Eden die Cherubim mit dem flammenden, blitzenden Schwert, zu bewachen den Weg zu dem Baum des Lebens.

1. Mose 3, 22-24

Prolog

Die Wüste Namib
Deutsch-Südwestafrika
Dezember 1906

Gestern noch hatte sie geglaubt, niemals mit dem Toten sprechen zu können. Gestern war die Welt noch eine andere und der Aufruhr in ihrem Inneren ohne Hoffnung gewesen. Der Tote – wie lange hatte sie nach ihm gesucht, wie lange jeden Hinweis, jede Spur verfolgt. Heute aber, da sie fast am Ziel war, fragte sie sich, ob alles nur eine Illusion war, ein Trugbild des Wüstenlichts, eine Fata Morgana vor ihren Augen, aber auch in ihrem Kopf.

Vielleicht, so dachte sie, ist dies das Schlimmste, das die Wüste einem antut: der Verlust des Vertrauens in die eigene Wahrnehmung. Hier draußen, so weit ab von jeglicher Zivilisation, ist alles möglich, alles vorstellbar. Und wenn man nicht achtgibt, erscheint einem Fantasie wie Wirklichkeit und Wirklichkeit wie Fantasie. Das Gehirn lullt einen in bunte Visionen, während es verdorrt. Das mag gut sein oder schlecht – auf jeden Fall ist es das letzte, was geschieht. Und am Ende, irgendwie, sind gut und schlecht sowieso ein und dasselbe.

Die anderen waren im Lager hinter den Dünen zurückgeblieben. Das hier war allein ihr Weg, und wenn sie sich umschaute, den Blick einmal um sich selbst und über die endlose Öde der Namib kreisen ließ, war es, als wäre sie *wirklich* allein, der letzte Mensch inmitten eines Ozeans aus Sand und Dürre und flirrender Glut.

Ein heißer Wind wehte böig über die weißgelben Dünen, wirbelte Staub empor und fand einen Weg durch das Tuch, das sie sich eng um Hals und Gesicht geschlungen hatte. Der Wind fand immer einen Weg – tatsächlich war das einer ihrer ersten Gedanken hier in Südwest gewesen, einer der frühesten, an die sie sich erinnern konnte. Wie hätte sie ahnen können, wieviel Wahrheit in dieser winzigen, scheinbar unbedeutenden Feststellung lag?

Mit dem Wind trieb Wüstenstaub in ihre Augen, stach und biß und brannte. An den Schmerz hatte sie sich längst gewöhnt, nicht aber an diese kurzen Momente, in denen der Sand ihr die Sicht raubte. Blindheit, dazu die Einsamkeit – sie kannte beides nur zu gut. Und doch war sie geblieben, nach allem, was geschehen war, und sie würde auch dann noch bleiben, wenn sie endlich vollbracht hatte, weswegen sie hergekommen war.

Vor ihr erhob sich eine bizarre Felsformation aus den Dünen, zahllose Säulen aus Lavagestein, eng aneinandergedrängt, eckig und mit scharfen Kanten. Die hinteren Säulen waren höher als die vorderen, eine Ansammlung steinerner Orgelpfeifen. An der Westseite, schutzlos der Nachmittagssonne ausgeliefert, klaffte eine Öffnung inmitten der sandfarbenen Felsen, als hätte man dort einen einzelnen Quader entfernt. Der Einstieg zur Höhle des Toten.

Sie hätte eines der Kamele nehmen können, um das letzte Stück vom Lager bis hierher zurückzulegen. Aber ihr Führer hatte einen Sandsturm vorausgesagt, irgendwann in den nächsten Stunden. Ein einzelnes Kamel am Fuß der Felsen wäre völlig ungeschützt gewesen; in der Gruppe waren die Tiere sicherer.

Die anderen hatten am windabgewandten Hang einer Düne Zelte aufgeschlagen und Sand dagegen geschaufelt. Der Führer, ein kleiner Mann aus dem Volk der Damara, hatte darauf bestanden, das Lager inmitten der Dünen zu errichten, nicht etwa im Schutz der Felsen. Sand schütze am besten vor Sand, hatte er geheimnisvoll erklärt. Vielleicht hatte er recht, obgleich wahrscheinlicher war, daß er Angst hatte. Jeder, der sich in dieser Gegend auskannte, fürchtete die Felsen.

Während sie sich der haushohen Formation näherte, fasziniert von der wundersamen Geometrie der Steinsäulen, horchte sie auf den Gesang des Windes, der durch die Spalten und Öffnungen pfiff. Dunkel und unheimlich klangen diese

Laute, dabei sogar ein wenig melodiös. Wie eine Oboe, dachte sie benommen, und mit dem Gedanken brachen zahllose Erinnerungen über sie herein. Wie lange war es her, daß sie zum erstenmal die Oboe gehört hatte? Drei Jahre? Vier?

Der Schatten der Felsen fiel nach Osten. Sie war froh, ihn nicht durchqueren zu müssen. Die Warnungen der Eingeborenen hatten in ihr einen unheilvollen Nachhall hinterlassen, sosehr sie sich auch dagegen wehrte. Sie hatte gelernt, Ratschläge der Himba und Damara, vor allem aber der San nicht als bloßes Gerede abzutun. Die Menschen hier wußten viel über die Wüste, und am meisten wußten sie über die Gefahren, die dieses Land barg. Wer konnte ihnen verübeln, daß sie den Toten fürchteten, und mit ihm seine zerklüftete Behausung? Sie brachten ihm Nahrung, die einen als Geschenk, die anderen als Tribut, und wenn sie an einem anderen Tag zurückkehrten, stand alles noch genauso da, wie sie es abgelegt hatten. Sogar die Hyänen und Schakale mieden diesen Ort.

Der Tote aß nicht, trank nicht, sprach nicht. Lebte und lebte doch nicht. So jedenfalls erzählten es sich die Nomaden, die durch diesen Teil der Namib zogen. Er war der eine, der den Tod mit den eigenen Waffen schlug. Er tat, als sei kein Leben in ihm, und gerade das hielt ihn am Leben. Starr, stumm, vollkommen reglos, so wie der Jäger im Angesicht des Löwen. Stell dich tot, schau deinem Gegner nicht in die Augen! Erst recht nicht, wenn dein Gegner Gevatter Tod persönlich ist.

Alle hatten ihr gesagt, daß es sinnlos sei, hierherzukommen. Sinnlos und gefährlich obendrein. Aber sie mußte es dennoch versuchen, mußte wissen, ob er derjenige war, für den sie ihn hielt.

Die Oboe! Kannst du sie hören?

Nur der Wind. *Der Wind …*

Sie zögerte einige Herzschläge lang, als sie den Fuß der Felsen erreichte, dann begann sie den Aufstieg. Der Himmel über der Namib war hellblau, fast weiß, nichts ließ auf einen Sandsturm schließen. So war es meistens: Reisende, denen das Wesen der Wüste fremd war, bemerkten erst, daß sie verloren waren, wenn ihnen der Sand in Mund und Nase drang.

Einen Augenblick lang wünschte sie, die anderen hätten nicht auf den Führer gehört und das Lager statt dessen zwischen den Felsen errichtet. Zugleich aber war sie dankbar, daß sie sie allein ließen.

Es fiel ihr nicht schwer, die Felsen zu erklimmen. Die Säulen am Rande der Formation waren nicht höher als ein Meter, und von ihnen aus war es leicht, die nächsthöheren zu erreichen. Die meisten hatten den Umfang eines Eichenstammes, und ihre Enden waren flach und mit weißen Hauben aus Sand bedeckt. Von fern wirkten sie wie Zinnen und Türme einer vorzeitlichen Festung, von nahem aber glichen sie eher einem Gewirr natürlich gewachsener Treppen. Eingedenk der Höhle in ihrem Inneren schien es fast, als sei dieser Ort als Behausung geschaffen worden, irgendwann in grauer Vorzeit, als Wesen durch diese Wüste zogen, die vielleicht Menschen, vielleicht aber auch etwas anderes waren.

Vor ihr erschien der Rand der Höhlenöffnung, rechteckig, nahezu symmetrisch. Die Enden einiger Säulen bildeten einen kleinen Vorplatz, uneben und voller Stolperfallen. An drei Seiten stiegen die stufigen Felsen noch höher empor, mit Wüstensand gezuckert wie eine steinerne Geburtstagstorte. Das Spiel des Windes klang hier noch geheimnisvoller, aus jeder Richtung drangen andere Töne, konfuse Melodien, als hätten die Wüstengötter der Damara zur Orchesterprobe gebeten.

Nach dem grellen Licht der Namib brauchten ihre Augen eine Weile, ehe es ihnen gelang, die Dunkelheit jenseits der Höhlenöffnung zu durchdringen. Die ersten zwei, drei Meter wurden noch von der Sonne beschienen, dann aber versank alles abrupt in Finsternis. Eine seichte Rampe aus Geröll und Sand führte abwärts in Herz des Felsmassivs. Das Gestein war übersät mit vertrockneten Früchten und grauen Brotfladen, manche achtlos in die Tiefe geworfen, andere sorgfältig in geflochtenen Körben abgestellt. Machte das lose Geröll es einem schon nicht einfach, dort hinunterzuschlittern, erschwerten die verstreuten Gaben der Eingeborenen den Weg noch zusätzlich.

Nach einigen Metern wurde der Boden eben, und dort, vor einer mit primitiven Malereien bedeckten Felswand, kauerte der Tote. Er saß im Schneidersitz, das eingefallene Gesicht zum Ausgang gewandt, die knochigen Hände im Schoß verschränkt. Sein Rücken war durchgedrückt und verlieh ihm einen Hauch von Würde und Stolz, auf die er selbst gewiß keinen Wert legte. Seine Augen waren geschlossen, und man hätte ihn in der Tat für tot halten können – dem Aussehen nach sogar für mumifiziert –, hätte nicht das unmerkliche Heben und Senken seiner Brust verraten, daß er atmete.

Sie blieb stehen, als sie ihn sah, und ihr Magen krampfte sich zusammen. Sie erkannte ihn sofort, auch wenn er kaum noch Ähnlichkeit besaß mit seinem alten Selbst. Dürr und zerbrechlich war sein Körper, wettergegerbt und spröde die Haut, und doch hatte sie keinen Zweifel an seiner Identität. Was sie all die Monate über gehofft, möglicherweise auch befürchtet hatte, war eingetreten. Sie war endlich und wahrhaftig am Ziel angelangt.

Sie überwand ihre Scheu und ging vor ihm in die Hocke.

»Ich bin da«, sagte sie, nicht unbeholfen oder verlegen, sondern durchaus mit Bedacht. Sie war sicher, daß er ihre Stimme erkannte.

Der Tote regte sich nicht. Seine Augen blieben geschlossen, die ausgedörrten Lippen fest aufeinandergepreßt. Kein Zittern verriet seine Überraschung, kein Beben, kein Zucken seiner Lider. Aber er atmete. Oder bildete sie sich das nur ein? Nein, gewiß nicht.

Sie war versucht eine Hand auszustrecken und auf seine eingefallene Brust zu legen, doch die Furcht, seine Haut kalt und blutleer vorzufinden, hielt sie davon ab. Zudem empfand sie Respekt für seinen Entschluß, sich in diese Einsamkeit zurückzuziehen. Er wollte von niemandem berührt werden, nicht einmal von ihr. Er hatte seine Wahl getroffen, so wie sie die ihre.

»Wirst du mit mir sprechen?« fragte sie leise, als gäbe es in den dunklen Winkeln der Höhle noch weitere Wesen, die sie nicht aufschrecken wollte.

Andere waren im Laufe der Zeit hergekommen, Menschen, die nicht wußten, wer er war oder woher er kam, und auch sie hatten versucht, mit ihm zu reden. Manche hatten ihn verspottet, andere angefleht, doch er hatte keinem eine Antwort gegeben.

»Ich habe Zeit«, sagte sie, setzte sich ihm gegenüber auf den Boden und zog die Beine an, bis sie dasaß wie sein Spiegelbild. Sie hatte Zeit, gewiß, und mehr noch, wenn wirklich der Sandsturm über die Felsen und das umliegende Dünenmeer hereinbrach. Sie würde einige der verdorrten Früchte essen und das abgestandene Wasser aus den Tonschalen trinken, die man ihm gebracht hatte. Sie würde ausharren und warten, und sie würde erst wieder gehen, wenn er zu ihr gesprochen hatte. *Mit* ihr gesprochen hatte.

Das Pfeifen des Windes in den Felsen wurde lauter, und sie begann, eine gewisse Schönheit darin zu erkennen, eine Reinheit der Klänge, die selbst dem Oboenspiel fehlte, dem sie so oft gelauscht hatte. Der Sturm kam, daran hatte sie bald keinen Zweifel mehr, und sie dachte an ihre Gefährten im Dünenlager, dachte sogar an die Kamele, die sich jetzt ängstlich aneinanderschmiegten wie verschreckte Katzenjunge.

Die Zeit verging, mehrere Stunden, und immerzu redete sie auf ihn ein, mal sanft und einfühlsam, dann schärfer, sogar aggressiv. Doch erst, als sie sich vorbeugte und ihren Mund ganz nah an den seinen brachte, ohne ihn zu küssen, aber doch eng genug, um ihn ihre Nähe spüren zu lassen, ihre Wärme, ihre Weiblichkeit, schien sein Geist zum Leben zu erwachen. Ein hauchfeiner Spalt entstand zwischen seinen Lippen, und fast glaubte sie ein leises Reißen zu hören, als sich die ausgetrockneten Häute voneinander lösten.

»Alles umsonst«, flüsterte er mit brüchiger Stimme. Seine Augen blieben geschlossen. »Keine Bewegung, keine Nahrung, kein Wasser. Alles, um bereit zu sein für diesen einen Augenblick. Und trotzdem hast du mich überlistet.«

Sie wollte etwas entgegnen, doch er kam ihr zuvor.

»Du bist der Tod«, sagte er tonlos. »Ich habe immer gewußt, daß du kommen würdest.«

ERSTER TEIL

Kaskaden

KAPITEL 1
Drei Jahre zuvor – Juni 1903

Im Frühnebel, der von der See her landeinwärts zog, hatte die Hafenstadt Swakopmund mehr Ähnlichkeit mit einem Beduinenlager als mit einem der größten deutschen Stützpunkte Afrikas. Hafenstadt hatte der Kapitän des Überseedampfers den Ort genannt, aber er hatte auch gleich hinzugefügt, daß es in Swakopmund eigentlich nichts gebe, das die Bezeichnung Hafen verdiene.

Cendrine blinzelte verunsichert, als sie über die rostige Reling hinweg zum Festland blickte. Die vereinzelten Häuser mit ihren spitzen, vielgiebeligen Dächern wirkten im Nebeldunst wie Nomadenzelte in den Illustrationen der Abenteuerbücher, die sie als Kind so gerne gelesen hatte. Swakopmund war nach drei Seiten hin vom Sandmeer der Großen Namib umgeben. Was auf den ersten Blick wie der Strand eines feinen Seebades wirkte, waren in Wirklichkeit die Dünen der Wüste, die entlang der gesamten Küste Deutsch-Südwestafrikas in den Ozean abfielen.

Man hatte Cendrine vor Swakopmund gewarnt. Um einen ersten Eindruck von ihrer neuen Heimat zu gewinnen, sei die Stadt denkbar ungeeignet, hatte ihr der Kapitän während des letzten Abendessens in der Offiziersmesse erklärt und dabei eine gönnerhafte Beileidsmiene aufgesetzt. Cendrine hatte entgegnet, daß sie dort nur an Land gehen und gleich weiter ins Inland reisen werde, nach Windhuk, zweihundertsechzig Kilometer weiter östlich; der Anblick Swakopmunds werde sie schon nicht abschrecken. Dabei hatte sie insgeheim gehofft, daß sich ihr Optimismus wenigstens dieses eine Mal als berechtigt erweisen würde.

Jetzt aber, nachdem der Anker des Schiffes gefallen war und die Passagiere ungeduldig darauf warteten, an Land gebracht zu werden, verstand Cendrine, was der Kapitän gemeint hatte. Es existierte nicht einmal eine Landungsbrücke, so daß das Schiff rund hundertfünfzig Meter vom Strand entfernt hatte ankern müssen. Das Wasser war nicht tief genug, um Ruderboote einzusetzen, deshalb schlängelte sich eine endlose Kolonne Eingeborener zu Fuß durch die Brandung dem Schiff entgegen. Je zwei von ihnen trugen einen Korbsessel; darin, so war den Passagieren erklärt worden, würde man sie trockenen Fußes aufs Festland transportieren.

Die drei Dutzend Reisenden standen in einer langen Reihe an der Reling und blickten den Schwarzen mit ihren schwankenden Korbsesseln argwöhnisch entgegen. Niemandem schien die Vorstellung zu gefallen, darin an Land getragen zu werden – mit Ausnahme eines kleinen Mädchens, das mit seiner Großmutter neben Cendrine ganz hinten in der Passagierreihe stand.

Cendrine hatte die Freifrau von Öblitz und ihre Enkelin Friederike während der wochenlangen Reise eingehend kennengelernt, zwangsläufig, denn auf dem Schiff war es unmöglich, den Einladungen der alten Dame zum Tee zu entgehen. Als die Freifrau erfahren hatte, daß Cendrine gerade erst ihre Ausbildung zur Gouvernante mit Auszeichnung abgeschlossen hatte – immerhin an der ehrwürdigen Wilhelmine-Fleischer-Schule zu Bremen –, hatte sie ihr ans Herz gelegt, sich während der Fahrt um ihre Enkelin zu kümmern.

»Wissen Sie«, hatte die alte Adelige seufzend gestanden und dabei sogar ihre sonst so feine Betonung vernachlässigt, »ich bin zu alt für solche Reisen und ganz gewiß *viel* zu alt für die Erziehung kleiner Mädchen. Mein Schwiegersohn ist Offizier der Schutztruppe in Okombahe. Er soll bald zum Zahlmeister befördert werden und wird wohl noch einige Jahre länger in Südwest bleiben als eigentlich vorgesehen. Ach, diese *Militärs*, Sie wissen schon! Meine Tochter ist damals mit ihm gegangen und hat Friederike bei mir gelassen. Oh, verstehen Sie mich nicht falsch, die Kleine ist mein ein und alles! Aber es ist längst an der Zeit, daß sie ihre Mutter wiedersieht.

Ein Kind in diesem Alter braucht doch seine Eltern, meinen Sie nicht auch?«

Seit diesem ersten Gespräch hatte Cendrine jede Einzelheit über das Adelsgeschlecht derer von Öblitz erfahren, ob sie wollte oder nicht, und schließlich hatte sie das Angebot angenommen, sich um Friederike zu kümmern – hauptsächlich um eine Entschuldigung zu haben, wenn die Freifrau sie ein ums andere Mal mangels besserer Gesellschaft ans Deck oder in die Schiffsmesse bat.

Friederike war ein liebenswürdiges kleines Ding, neun Jahre alt, ungemein aufgeweckt und ohne eine Spur von Angst vor ihrer Zukunft in der Fremde. Cendrine dagegen sah dem Abenteuer Afrika weniger euphorisch entgegen. Sie kannte ihre neuen Arbeitgeber nur aus zwei kurzen Briefen, die ganz offensichtlich auf die schnelle diktiert und von einer Sekretärin getippt worden waren. Cendrine selbst hatte mehrere Schreiben verfaßt, in ihrer feinen, schnörkellosen Handschrift, hatte sich vorgestellt, ihre Ansichten über Kindeserziehung dargelegt und sich bemüht, an keiner Stelle durchscheinen zu lassen, wie sehr sie auf diese Stelle angewiesen war.

Gewiß, ihre Beurteilungen waren makellos, einige der besten des ganzen Jahrgangs. Allerdings gab es immer weniger reiche Familien, die sich Gouvernanten und Privatlehrerinnen leisten wollten. Cendrine war nicht sicher, ob sie wirklich die erste war, der man das schriftliche Gesuch der Familie Kaskaden an die Schulleitung vorgelegt hatte; zweifellos jedoch hatte sie als einzige ernsthaft in Erwägung gezogen, eine Stellung in den deutschen Kolonien anzunehmen. Sie war jung – zweiundzwanzig erst –, alleinstehend, und sie brauchte das Geld. Doch es gab noch einen anderen Grund, der ihr das Angebot schmackhaft gemacht hatte, und jener wog beinahe noch schwerer.

»Fräulein Muck!«

Friederikes Stimme riß sie aus ihren Gedanken.

»Fräulein Muck, sehen Sie! Wir sind gleich dran!«

»Gleich an der Reihe, heißt es«, verbesserte die Großmutter und warf Cendrine einen mahnenden Blick zu, der wohl andeuten sollte, daß sie diese Korrektur von ihr erwartet hatte.

Cendrine tat, als hätte sie es nicht bemerkt, und blickte an der Außentreppe hinab, die von einer Lücke in der Reling zur Wasseroberfläche führte. Tatsächlich saß ein Großteil der Passagiere bereits in den Korbsesseln und war unterwegs zum Strand.

Cendrine bückte sich, um das Mädchen auf den Arm zu nehmen, als sie plötzlich etwas bemerkte. »Friederike!« entfuhr es ihr erstaunt, als der Kopf eines weißen Kaninchens zwischen den Mantelaufschlägen der Kleinen hervorlugte. »Warum ist Caligula nicht in seinem Käfig?« Sie fragte sich immer noch, wer Friederike wohl auf die Idee gebracht hatte, dem Tier ausgerechnet diesen Namen zu geben.

»Aber er hat doch Angst so allein«, jammerte die Kleine. »Außerdem – was ist, wenn der Käfig ins Wasser fällt?«

»Und was ist, wenn *du* ins Wasser fällst?«

»Dann kann ich Caligula immer noch so hoch halten, daß ihm nichts passiert.«

Cendrine sah ein, daß jede Diskussion sinnlos war, und da auch die Freifrau nicht einschritt, beließ sie es bei einer letzten Ermahnung. »Halt ihn wenigstens gut fest. Es sieht aus, als wäre das Ganze eine recht wacklige Angelegenheit.«

Das war es in der Tat, wie sich bald darauf herausstellte. Vor allem die Freifrau mit ihrem beträchtlichen Körperumfang machte den eingeborenen Trägern zu schaffen. Jene dagegen, die Friederike und die schlanke Cendrine trugen, grinsten, als sie die Sessel mit ihren leichten Insassen hochhoben und an Land trugen. Statt sich an den Seitenlehnen festzuhalten, hatte Friederike beide Arme um ihren Oberkörper geschlungen, damit das Kaninchen nicht versehentlich unter dem Mantel hervorpurzelte. Cendrine warf immer wieder sorgenvolle Blicke zu ihr hinüber, hatte aber selbst genug damit zu tun, sich bei all dem Gewackel und Geschwanke an den Armlehnen festzuklammern.

Schließlich erreichten sie den Strand, ohne naß zu werden, und wurden dort, vorbei an einigen Wellblechhütten und Schuppen, zur Zollstation dirigiert. Der Nebel, der vom Atlantik aufstieg und sich über die Wüstenküste legte, war jetzt noch dichter geworden und nahm der Szenerie allmählich alle Exotik.

Nachdem die Formalitäten erledigt waren und festgelegt worden war, welches Gepäck von den Trägern zum Bahnhof gebracht werden sollte, trat Cendrine an der Seite von Friederike und deren Großmutter ins Freie. Der Dunst schien sich rund um das kleine Zollgebäude zusammenzuballen, und die Sicht reichte jetzt kaum mehr sechs, sieben Schritte weit. Einige Schwarze, die offenbar keine Arbeit als Träger gefunden hatten, erboten sich in gebrochenem Deutsch, die Neuankömmlinge durch den Nebel zum Bahnhof zu führen, wobei sich herausstellte, daß Cendrine die einzige war, die heute noch weiterreisen würde.

Beim Abschied steckte ihr die Freifrau ein ganzes Bündel Geldscheine in die Manteltasche. Cendrine bedankte sich erfreut, versicherte aber kokett, daß das nicht nötig gewesen wäre. Dann reichte sie Friederike die Hand. Das Mädchen war ihr während der vergangenen Wochen ans Herz gewachsen, und sie war ein wenig traurig, Lebewohl sagen zu müssen.

Friederike streckte ihre kleine Hand aus und wollte artig ein Sprüchlein zum Abschied aufsagen, als plötzlich das Kaninchen unter ihrem Mantel hervorhuschte und blitzschnell im Nebel verschwand, eine weiße Wolke unter vielen.

Cendrine fluchte leise, während die Kleine in Tränen ausbrach. Die Freifrau begann sogleich, beiden Vorhaltungen zu machen, und Cendrine sah nur eine Möglichkeit, der Tirade zu entgehen: Sie mußte dem Kaninchen folgen.

»Wartet hier«, sagte sie zu Friederike, »ich fang ihn wieder ein.« Damit machte sie sich hastig auf den Weg und ließ die beiden zurück.

Nebel und Wüste, das waren bisher für sie zwei Begriffe gewesen, die unter keinen Umständen zueinander gehörten. Nicht im Traum hätte sie sich vorstellen können, hier auf etwas Derartiges zu stoßen. Dürre und Trockenheit, natürlich, Sonnenbrand, vielleicht sogar Fieber – aber Nebel?

Sie stolperte fast blind in die Richtung, in die das weiße Kaninchen davongehüpft war, rund um sie nichts als Dunstschwaden und unter ihren Füßen heller Wüstensand, der keinen Aufschluß darüber gab, ob sie gerade über eine Straße, einen Platz oder durch einen Vorgarten lief. Hin und wieder schälten sich Menschen aus dem Nebel, doch sie blieben grau und schemenhaft, ebenso wie die Häuser im wuchtigen Stil der Kolonialherren, von Türmen und hohen Giebeln überragt. Enge Gassen oder Höfe schien es hier nicht zu geben, nur weite Flächen, aus denen vereinzelt Gebäude emporwuchsen, keine Blocks, keine langen Straßenzüge. Sie mußte sich in Erinnerung rufen, daß nur wenige hundert Menschen in Swakopmund lebten, nach heimischen Maßstäben kaum mehr als ein Dorf. Allmählich entstand in ihrer Fantasie das Bild einer Geisterstadt aus leeren, verfallenen Bauten, zwischen denen die Gespenster der einstigen Bewohner umgingen.

Irgendwo aus dem Nebel drang das Schlagen von Türen, ein schrilles Pfeifen und das dumpfe, langanhaltende Dröhnen einer Lokomotive. Sie mußte also in der Nähe des Bahnhofs sein, vermochte aber nicht auszumachen, in welcher Richtung er lag. War das ihr Zug, der dort abfahrbereit gemacht wurde? Sie besaß keine Uhr und fragte sich vergeblich, wie lange sie jetzt schon im Nebel umherirrte. Der dichte Dunst hatte nicht nur ihre Sicht, sondern auch ihr Zeitgefühl vernebelt.

Sie hatte die Hoffnung, das Tier einzufangen, längst aufgegeben und lief nur weiter, um ihr Gewissen zu beruhigen, als sie das Kaninchen mit einemmal entdeckte.

Wie ein Schneeball hatte es sich am Fuß einer Treppe zusammengekauert, die zu einem kleinen Gemischtwarenladen hinaufführte. Einen Augenblick lang zögerte sie noch, dachte an den Zug, den sie verpassen würde, erinnerte sich aber zugleich an Friederikes Weinen. Zur Not konnte sie mit dem Geld der Freifrau immer noch in einem Hotel übernachten und die Bahn am nächsten Morgen nehmen. Ihre neuen Arbeitgeber würden sie nach der dreiwöchigen Überfahrt sicher nicht nach Hause schicken, nur weil sie einen Tag zu spät kam.

Mit ausgestreckten Händen wollte sie sich auf das Kaninchen stürzen, als es plötzlich mit seinen roten Albinoaugen zu ihr aufblickte, in Bewegung geriet und davonhoppelte. Cendrine verfluchte ihr Pech und nahm erneut die Verfolgung auf.

Sie kam nur wenige Schritte weit. Plötzlich ertönte ein ohrenbetäubendes Krachen, und das Kaninchen verschwand von einem Herzschlag zum nächsten aus ihrem Blickfeld. Dort, wo es zuletzt gesessen hatte, war der Sand mit Blut und weißem Fell verklebt.

Stocksteif blieb sie stehen und sah mit einem Ruck vom Boden auf. Einige Meter links von ihr, mitten auf der Straße und fast unsichtbar im Nebel, standen drei Gestalten, Männer in hellgrauer Uniform, mit Hüten, deren breite Krempen an der rechten Seite hochgeschlagen waren. Der in der Mitte war einen Schritt vorgetreten und schob gerade einen handtellergroßen Revolver unter seine Uniformjacke. An den Gürteln aller drei Männer baumelten Säbel in silbernen Scheiden.

Cendrine achtete nicht weiter auf die Soldaten. Ihre Hände zitterten, und ihr war abwechselnd heiß und kalt, als sie neben dem Blutfleck in die Hocke ging und langsam einen Finger danach ausstreckte.

»Sie sollten das nicht tun, Fräulein«, sagte eine Männerstimme, und als sie abermals aufschaute, war der Mann, der geschossen hatte, neben sie getreten. Er war jünger als sie, höchstens neunzehn oder zwanzig. Unter anderen Umständen hätte sein glattes Gesicht womöglich freundlich auf sie gewirkt. Aber, liebe Güte, er hatte Friederikes Kaninchen getötet!

Sie sprang auf, und ehe er reagieren konnte, versetzte sie ihm auf offener Straße eine schallende Ohrfeige. Der junge Soldat blieb stocksteif stehen, aber seine Augenlider begannen nervös zu zucken. Die beiden anderen Uniformierten, beide in seinem Alter, blieben zurück und traten verlegen von einem Fuß auf den anderen.

»Wie konnten Sie nur!« brüllte sie ihn an, und dann tat sie impulsiv etwas, für das sie die Kinder in ihrem Unterricht drakonisch bestraft hätte: Sie spuckte ihm mitten ins Gesicht.

Seine Lider zuckten noch stärker, und ihr fiel auf, wie hell das Blau seiner Augen war, fast weiß. Als er den Hut abnahm, war sein Haar darunter strohblond. Wortlos wischte er sich mit dem Handschuh ihre Spucke von der Wange, dann setzte er den Hut wieder auf, als hätte das eine etwas mit dem anderen zu tun gehabt.

Er ist unsicher, dachte sie verbittert, unsicherer noch als ich.

Und das mußte in der Tat etwas heißen, denn sie selbst bebte noch immer am ganzen Körper vor Aufregung und Abscheu. Allmählich dämmerte ihr die Einsicht, daß die drei sie wohl ins Gefängnis sperren konnten, wenn sie wollten.

Herrgott, er hatte das verfluchte Kaninchen erschossen! Einfach so, aus Spaß!

Sie wunderte sich, wie beherrscht er war, als er sie abermals ansprach. Einen Moment lang zweifelte sie an sich selbst – eine ihrer schlechten Angewohnheiten. War *sie* diejenige, die etwas falsch gemacht hatte? Unsinn!

»Verzeihen Sie, Fräulein«, sagte er steif, »Sie kommen vom Schiff, nicht wahr?«

»Ich wüßte nicht, was das einen dahergelaufenen –«

»*Verzeihen Sie*«, sagte er noch einmal, jetzt mit Nachdruck, »aber haben Sie dieses Tier an Land gebracht?«

»Ich ... ja, das heißt ... nein!« Warum mußte sie sich nur so ungeschickt anstellen? Ihr Zorn blieb derselbe, doch mit jeder Sekunde, die verging, nahm ihre Bereitschaft ab, auch entsprechend zornig zu *handeln*.

»Die Einfuhr von Tieren ist verboten«, sagte er, »abgesehen von Rindern, Schweinen und Schafen. Das da« – er deutete auf den Blutfleck – »war gewiß nichts von all dem.«

»Es ist beruhigend, daß Sie als Soldat den Unterschied feststellen können«, erwiderte sie. »Die Menschen hier müssen sich sehr sicher fühlen.«

Einer der Männer im Hintergrund wollte erbost vortreten, doch sein Kamerad hielt ihn zurück und schüttelte stumm den Kopf.

Der junge Kerl, der geschossen hatte, betrachtete Cendrine von oben bis unten, mit einer Ruhe, die sie nur noch wütender machte. »Ich könnte Sie verhaften lassen, Fräulein, ist Ihnen das klar?«

»Werden Sie Ihrem Vorgesetzten erzählen, daß Ihnen eine Frau ins Gesicht gespuckt hat?«

Er ging nicht darauf ein. »Sie haben unerlaubt ein Tier in dieses Land eingeführt. Ein Kaninchen noch dazu. Wissen Sie, wie viele Kaninchenplagen wir hier allein in den letzten zehn Jahren hatten?«

»Es gehörte einem Kind. Es war ein Schoßtier, das in einem Käfig gehalten wurde.«

»Gewiß wäre es mir bereits früher aufgefallen, wenn es in einem Käfig die Straße heruntergelaufen wäre!«

»Sie finden das lustig, nicht wahr?«

Er straffte seine Haltung, bis sie glaubte, ihm müßten alle Knöpfe und Abzeichen von der Jacke springen. Zum ersten Mal verzogen sich seine Mundwinkel. Ihr wurde klar, daß er sich nur mit Mühe ein Lachen verkniff, schon die ganze Zeit über. Spucke hin oder her, sie amüsierte ihn. Und das machte sie *wirklich* wütend.

»Wenn ich wüßte, wo, würde ich auf der Stelle eine Beschwerde über Sie einreichen.«

»Tun Sie sich keinen Zwang an, Fräulein.«

Ein wenig hilflos, aber in der Gewißheit, daß sie sich bereits zu weit vorgewagt hatte, um jetzt noch klein beizugeben, zog sie einen Stift und einen winzigen Schreibblock aus ihrer Manteltasche; beides hatte sie immer dabei. »Nennen Sie mir Ihren Namen.«

»Valerian Kaskaden, Angehöriger der Schutztruppe von Deutsch-Südwestafrika im Range eines –«

Sie unterbrach ihn abrupt. Vor Schreck hatte sie den Bleistift quer über den Block gezogen, die Spitze hatte die oberen Blätter zerrissen. »Kaskaden, sagten Sie?«

»Jawohl, Fräulein. Ich bin –«

»Warten Sie.« Mit fahrigen Bewegungen stopfte sie Stift und Papier zurück in ihren Mantel. »Doch nicht Valerian Kaskaden aus Windhuk?«

Seine Mundwinkel hörten auf zu zucken, und auch der soldatische Gleichmut verschwand von seinem Gesicht. Er wirkte jetzt mindestens ebenso erstaunt wie sie. »Sie sind doch nicht etwa Fräulein Muck?« Er kramte einen Zettel aus seiner Hosentasche und las ab: »Zendrine Muck?«

»Es heißt Cendrine, ein französischer Name. Das C wird wie ein scharfes S und das letzte E überhaupt nicht ausgesprochen.« Dann nickte sie. »Ja, das bin ich.« Und in Gedanken setzte sie hinzu: ... *fürchte ich.*

»Verzeihen Sie«, bat er sie mittlerweile zum dritten

Mal. »Ich habe jemand anders erwartet. Älter, Sie verstehen?«

Valerian Kaskaden. Grundgütiger! Er war einer der beiden Söhne ihrer künftigen Arbeitgeber, Titus und Madeleine Kaskaden – der Bruder der zwei kleinen Mädchen, Lucrecia und Salome, die sie in Zukunft unterrichten sollte.

Sie hatte den Sohn jener Menschen bespuckt, die künftig ihr Gehalt zahlen sollten!

Dann aber fiel ihr wieder das tote Kaninchen ein und damit auch die Tränen, die Friederike darüber vergießen würde. Ganz gleich, wer der Kerl auch war, er hatte verdient, was sie getan hatte!

Er schien sich entschieden zu haben, den Vorfall nicht mehr zu erwähnen, und gab seinen Begleitern einen Wink. Mit knappen Verbeugungen in Cendrines Richtung verschwanden die beiden Männer im Nebel.

»Ich bin hier, um Sie abzuholen«, sagte er. »Ich habe Sie schon am Strand gesucht.« Er horchte in den Dunst, aus dem noch immer das Schnaufen der Eisenbahn ertönte. »Wenn wir uns beeilen, schaffen wir es noch mit diesem Zug. Der nächste fährt erst morgen früh.«

Damit faßte er Cendrine an der Hand und zog sie durch den Nebel davon. Sie folgte ihm völlig perplex, unfähig zu widersprechen, ihn anzubrüllen oder anderweitig zurechtzuweisen. Was sonst hätte sie auch tun können? Sie hatte ihn bereits geschlagen und angespuckt, das ließ sich kaum mehr überbieten. Und gewiß wäre es kein guter Einstand bei den Kaskadens gewesen, ihm gleich hier auf der Straße die Augen auszukratzen.

»Ein Schlafabteil?« fragte sie erstaunt, als ein Schaffner ihr den Wagen zuwies, in dem Plätze für sie und Valerian reserviert waren.

»Ein Einzelabteil, natürlich«, sagte Valerian hastig, der neben dem Schaffner an dem winzigen Bahnsteig Swakopmunds stand. »Meines ist das daneben.«

»Wie lange wird die Fahrt dauern?«

»Etwa achtundzwanzig Stunden, Fräulein«, entgegnete der Schaffner ungeduldig. Auf Valerians Geheiß hatte er die Abfahrt hinausgezögert. Der Zug war bereits eine halbe Stunde überfällig, und die übrigen Passagiere murrten. Zum erstenmal bekam Cendrine einen Eindruck von der Macht der Kaskadens in diesem Land.

»So lange?« entfuhr es ihr verwundert. »Für zweihundertsechzig Kilometer?«

»Das ist die Luftlinie, Fräulein«, wies der Schaffner sie förmlich zurecht. »Die Bahnfahrt umfaßt haargenau dreihundertzweiundachtzig Kilometer.«

Valerian gab ihm mit einem Nicken zu verstehen, daß er sich entfernen dürfe. Während sich der Schaffner abwandte und zur Lokomotive ging, verstaute Valerian Cendrines Gepäck. Die Türen der einzelnen Abteile öffneten sich zum Bahnsteig, nicht wie üblich zu einem Korridor im Inneren des Waggons. Während der Fahrt waren die Passagiere in ihren Kabinen völlig voneinander abgeschnitten.

»Der Zug fährt über Karibib und Okahandja, deshalb die längere Route«, erklärte Valerian, und mit einem Seufzen setzte er hinzu: »In Anbetracht einer Geschwindigkeit von vierzehn Kilometern in der Stunde darf Sie die lange Fahrt nicht wundern. Hier in Südwest braucht alles etwas mehr Zeit als anderswo. Bei der Einweihung vor ein paar Jahren war dies hier die erste Bahnverbindung im ganzen Land. Es gibt eine Menge Leute, die noch immer ziemlich stolz darauf sind.«

Cendrine nickte abwesend, während sie angestrengt überlegte, wie sie Valerian aus ihrem Abteil komplimentieren konnte. Ihre Abneigung gegen ihn war ungebrochen. Außerdem fühlte sie sich abscheulich, weil sie die kleine Friederike nicht einmal mehr hatte trösten können. Das Mädchen mußte annehmen, Cendrine habe sie einfach vergessen.

»Machen Sie sich keine Sorgen wegen der Kleinen«, sagte Valerian plötzlich, als habe er in ihren Gedanken gelesen. »Ich werde herausfinden, wo sie lebt. Sie können ihr einen Brief schreiben, wenn Sie wollen.«

»Ihre Mutter ist eine geborene von Öblitz. Der Vater ist Soldat der Schutztruppe in« – sie überlegte – »in Okombahe, glaube ich.«

»Um so leichter wird es sein, ihn ausfindig zu machen.« Wieder zuckten Valerians Augenlider, als sich ihre Blicke kreuzten. »Verlassen Sie sich ganz auf mich.«

Hatte er wirklich das Bedürfnis, seine Tat wiedergutzumachen? Falls das seine Form der Entschuldigung war, so war Cendrine keineswegs bereit, sich damit zufriedenzugeben.

Vom Bahnsteig ertönte die Pfeife des Schaffners, und fast im selben Augenblick setzte sich der Zug in Bewegung.

»O nein«, entfuhr es Valerian, aber seine Überraschung klang gespielt. »Ich fürchte, jetzt muß ich bis zum nächsten Stopp bei Ihnen bleiben.«

Der Zug nahm immer noch Fahrt auf, rollte gerade einmal im Schrittempo am Bahnsteig vorüber. Es hätte Valerian keine Mühe gekostet, jetzt noch auszusteigen und in sein eigenes Abteil überzuwechseln. Aber er wollte Cendrine offenbar Gesellschaft leisten, und sie brachte nicht mehr den nötigen Zorn auf, ihn einfach hinauszuwerfen. Wenn er sich aufgrund eines Mißgeschicks den Fuß umknickte und vielleicht noch unter den Zug geriet, sollte das nicht ihre Schuld sein.

Auf der einen Seite des Abteils befand sich eine schmale Liege, auf der anderen zwei gepolsterte Sitze. Cendrine nahm ihren Mantel ab, legte ihn auf das Bett und setzte sich auf den Platz am Fenster. Sie war bemüht, Valerian nicht weiter zu beachten, zog aus einer ihrer Reisetaschen ein Buch hervor und tat, als vertiefe sie sich in die Lektüre. Tatsächlich stand ihr der Sinn nicht im mindesten nach Lesen, aber alles war besser, als sich mit diesem Rüpel unterhalten zu müssen.

Sie spürte, daß er sie beobachtete, doch als sie ruckartig den Kopf hob und seinen Blick erwidern wollte, starrte er an ihr vorbei zum Fenster hinaus. Daraufhin schaute auch sie nach draußen und erkannte, daß sie die Stadt verlassen hatten und durch die offene Wüste fuhren.

»Die Große Namib«, sagte Valerian ehrfurchtsvoll. »Man sagt, dies sei eine der schönsten Wüsten der Welt.«

Der Nebel blieb allmählich zurück. Der Wüstensand war hier dunkler als in unmittelbarer Nähe des Ozeans, ein helles Braun, in den Senken immer wieder von weißen Staubseen durchbrochen. An manchen Stellen wuchsen karge Gräser.

Hier und da ragte das Gerippe eines Baumes vor dem azurblauen Himmel empor.

Cendrine legte das Buch beiseite und versank im Anblick dieser Landschaft, die ihr unglaublich fremd und zugleich faszinierend erschien. Die unermeßliche Weite beunruhigte sie ein wenig, und erneut fragte sie sich, ob ihre Entscheidung, hierherzukommen, wirklich richtig gewesen war. Doch, ja, es war längst an der Zeit gewesen, ihr Leben selbst in die Hand zu nehmen. Das hier war ihr erster Schritt dorthin, und wenn sie ihn jetzt bereute, hätte sie auch gleich in Bremen bleiben und sich irgendwo als Näherin oder Fabrikarbeiterin verdingen können.

Nun war sie also hier, auf der anderen Seite der Erde, und sie sollte sich, Herrgott noch mal, glücklich schätzen! War es nicht das, was sie sich seit einem Jahr herbeigesehnt hatte? Mit dem bißchen Angst vor dem Neuen, das sie jetzt überkam, würde sie schon fertig werden.

»Die deutsche Besiedlung dieser Gegend hat in den achtziger Jahren des letzten Jahrhunderts begonnen«, sagte Valerian, und sogleich fürchtete Cendrine, er werde ihr einen Vortrag über die Kolonialgeschichte Südwests halten. »Vor uns waren hier die Engländer«, fuhr er fort, »aber nur ein unorganisierter Haufen von Farmern und ein paar fahrende Händler. Nichts, das hätte Bestand haben können.«

»Sie scheinen stolz auf das, was die Deutschen hier unten aufgebaut haben.« Sie fragte sich, ob er wohl den Anflug von Hohn in ihrer Stimme bemerkte.

»Stolz? Vielleicht.« Er überlegte. »Ja, doch, ich bin stolz. Sogar auf meinen Vater, auf Männer wie ihn, die sich innerhalb weniger Jahre aus dem Nichts emporgearbeitet haben.«

Sogar auf meinen Vater. Der Vorbehalt konnte ihr nicht entgehen, und wahrscheinlich lag das in seiner Absicht. Einen Augenblick lang war sie versucht, nachzuhaken und mehr über den Konflikt zwischen Vater und Sohn herauszufinden, doch dann fand sie ihr Vorhaben anmaßend. Also wechselte sie das Thema.

»Welche Verkehrsmittel gibt es hier noch außer der Bahn? Kamele?«

Er nickte. »Kamele, Pferde natürlich. Und Ochsenkarren. Überall Ochsenkarren. Die Eingeborenen bevorzugen sie vor jeder anderen Art der Fortbewegung.«

»Es gibt hier eine ganze Reihe unterschiedlicher Eingeborenenvölker, oder?«

»Haben Sie das aus dem Buch da?« Er deutete auf den Band, in dem sie eben gelesen hatte. »Wissen Sie, es stimmt, es gibt hier allerlei Völker, aber für uns Kolonisten ist eines wie das andere.«

»Ihre Arroganz ist wirklich bemerkenswert.«

»Ich bin Soldat der Schutztruppe. Meine Aufgabe ist es, unsere Landsleute vor den Schwarzen zu schützen. Ob es sich um Damara oder Herero oder Hottentotten handelt, spielt dabei keine Rolle.«

Gerade erst hatte sie sich mit seiner Anwesenheit abgefunden, doch nun machte er sie schon wieder wütend. »Sollte man nicht etwas mehr Verständnis für die Kultur dieser Menschen aufbringen, wenn man ihnen schon ihr Land wegnimmt?«

»Ach, du meine Güte, eine von *denen* sind Sie!«

»Wie, bitte, soll ich das verstehen?«

»Sie kommen her, keine Ahnung von dem Leben hier unten, und bilden sich ein, uns Ratschläge geben zu müssen. Wissen Sie, wie viele der ersten Missionare im letzten Jahrhundert von den Eingeborenen ermordet worden sind?«

»Und wie viele Eingeborene haben Sie und Ihre Schutztruppe in den vergangenen Jahrzehnten niedergemacht?«

»Ich persönlich? Keinen einzigen.«

»Sie wissen genau, was ich meine.«

»Wir nennen uns nicht umsonst Schutztruppe, Fräulein Muck. Und Schutz ist etwas, das jeder hier unten verdammt gut gebrauchen kann, das werden auch Sie noch einsehen.«

Seine Überheblichkeit war ihr zuwider, aber zugleich fragte sie sich, ob das Dasein in diesem Land tatsächlich so gefährlich war, wie er behauptete. Sie war jedoch zu stolz, weiterzubohren. Er sollte nicht glauben, ihr Angst einjagen zu können.

Eine ganze Weile lang schwiegen sie. Cendrine entdeckte draußen zwischen den Dünen eine einsame Welwitschia-

Pflanze, wie es sie nur in dieser Region gab. Die bizarren Gewächse, strauchhohe Gebilde mit langen, tentakelähnlichen Blättern, galten als eines der größten Wunder Afrikas. Forscher behaupteten, sie würden mehrere tausend Jahre alt. Der Gedanke, die Pflanze dort vor dem Fenster habe schon zu einer Zeit an dieser Stelle im Wüstensand gestanden, als in Europa noch die Römer herrschten, jagte Cendrine einen Schauer über den Rücken.

Valerian schien das Interesse an einer Fortsetzung ihres Disputs fürs erste verloren zu haben. Cendrine griff erneut nach dem Buch und setzte ihre Lektüre der Geschichte Südwestafrikas fort. Hin und wieder spürte sie, daß er ihr verstohlene Blicke zuwarf, doch diesmal tat sie, als bemerke sie es nicht.

Die Sonne stieg höher, und allmählich begann sich das Abteil aufzuheizen. Cendrine hätte sich gerne umgezogen, doch das schickte sich nicht in Valerians Anwesenheit. Schließlich aber hielt sie es nicht mehr aus, und sie bat ihn, den Blick abzuwenden, während sie in ein leichtes Sommerkleid schlüpfte.

»Ich dachte wirklich, Sie seien älter«, murmelte er, als sie bald darauf wieder auf ihrem Platz saß.

Sie nahm den Blick nicht von ihrem Buch. »Weil Gouvernanten alt und häßlich sein müssen?«

»Nein«, sagte er. »Weil meine Mutter keine jungen Frauen im Haus schätzt.«

Jetzt schaute Cendrine doch zu ihm auf, aber ihre Hoffnung, er habe sie nur necken wollte, blieb vergebens. Einen Moment lang erwiderte er ihren Blick ernst und kühl und ohne die Spur eines Lächelns. Dann jedoch begannen abermals seine Lider zu zucken, und seine Augen suchten hastig die sichere Weite der Wüste.

Der Zug erreichte Windhuk am frühen Nachmittag des nächsten Tages. Die Stadt lag im Zentrum einer langgestreckten Hochebene, die im Osten von den Hängen des Auas-Massivs und im Westen von den bergigen Savannen des Khomas-Hochlandes eingefaßt wurde. Rund um Windhuk gab es ausgedehnte Weideflächen, nur spärlich bewachsen, obwohl sie

Cendrine, die immer noch die Ödnis der Wüste vor Augen hatte, einladend und in frischem Grün zu leuchten schienen.

Die Stadt selbst wirkte beinahe europäisch, beherrscht von zweigeschossigen, meist weißen Gebäuden, zwischen denen hohe Bäume, sogar ganze Gärten gediehen. Cendrine verstand nun, warum sich die ersten Siedler ausgerechnet hier niedergelassen hatten, im grünen Herzen eines Landes, das ansonsten aus endlosen Wüsten und Einöden bestand.

Der Bahnhof war nur unmerklich größer als jener in Swakopmund. Nicht viele Passagiere stiegen hier aus. Die meisten waren Soldaten und Geschäftsleute, während sich die Frauen an einer Hand abzählen ließen; sie alle waren in Begleitung. Offenbar war es nicht ratsam, als Frau in diesem Land allein zu reisen.

Valerian ordnete an, ihr Gepäck vor den Bahnhof zu bringen, und sogleich machten sich zwei junge Eingeborene an die Arbeit. Sie trugen Hosen und Hemden nach deutschem Zuschnitt, keine Stammeskleidung.

Auf dem Vorplatz vor dem Bahnhof schaute Valerian sich suchend um. »Eigentlich sollte uns hier ein Pferdegespann erwarten«, sagte er und war sichtlich verärgert über die Verzögerung.

Cendrine dagegen war der Aufenthalt nur recht. Interessiert schaute sie sich um, blickte über die sandige Straße und die Holzfassaden der Häuser, beobachtete die Passanten und stellte fest, daß die meisten angesichts der Hitze in Weiß gekleidet waren. Mochten die Temperaturen hier auch nicht ganz so entsetzlich sein wie während der Fahrt durch die Namib, so brachten sie Cendrine dennoch gehörig ins Schwitzen. Sie hoffte, daß sie nicht unangenehm riechen würde, wenn sie Titus und Madeleine Kaskaden zum erstenmal gegenübertrat.

Auch auf Valerians Stirn glänzten Schweißperlen, als er sich finster nach dem Gefährt umschaute und es nirgends entdeckte. »Tut mir leid«, sagte er. »Wenn Sie hier warten würden, werde ich versuchen, ein anderes –«

»Bitte«, unterbrach sie ihn, »ich könnte die Gelegenheit nutzen, mich ein wenig umzusehen. Wollen wir nicht warten, bis der Wagen Ihrer Eltern eintrifft? Ich habe dort vorne ein paar Geschäfte entdeckt und würde sie mir gerne anschauen.« Mit bedauerndem Lächeln fügte sie hinzu: »Sie könnten mich begleiten, wenn nicht einer von uns hierbleiben und auf das Gepäck aufpassen müßte.«

Er schenkte ihr einen zerknirschten Blick, nickte aber. »Gehen Sie nur. Und geben Sie auf sich acht, vor allem, wenn Sie von Eingeborenen angesprochen werden. Es kommt hier immer wieder zu Diebstahl und Raub.«

Ihr lag erneut eine spitze Bemerkung hinsichtlich der Kompetenz der Schutztruppe auf der Zunge, doch sie verkniff sie sich und ging los.

Unweit des Bahnhofs, kaum hundert Meter entfernt, gab es eine kleine Ladenzeile, auf der sich ein halbes Dutzend Geschäfte hinter hölzernen Fassaden drängte. Ein leicht erhöhter Bürgersteig aus Dielenbrettern verlief am Fuß der Häuser und war stellenweise überdacht wie eine Veranda. Im Vergleich mit den hohen Steinbauten Bremens und seinen engen, verwinkelten Straßen schien Cendrine dieser Anblick freundlich, fast idyllisch.

Sie warf einen letzten Blick zurück zu Valerian, der noch immer nach dem Pferdewagen Ausschau hielt, dann schlenderte sie langsam an den Schaufenstern vorüber. Erfreut entdeckte sie eine Buchhandlung, daneben zwei Lebensmittelgeschäfte, eine deplaziert wirkende Porzellanhandlung und, ganz am Ende der Häuserzeile, einen winzigen Laden für Damenmoden. Wenigstens stand das auf dem Schild über dem Fenster. Als Cendrine jedoch durch die trüb gewordene Scheibe blickte, entdeckte sie in der Auslage nichts als eine unbekleidete Schaufensterpuppe aus Wachs, mager und mit vorgestreckten Handflächen, als wolle sie den Betrachter davon abhalten näher zu kommen. Dahinter verwehrte ein schwarzer Vorhang jeden Blick ins Innere des Ladens.

Plötzlich stießen zwei Hände durch einen Spalt im Stoff, lange, knorrige Finger, offenbar von einem alten Menschen, der im Schatten des Vorhangs unsichtbar blieb. Die Hände hielten einen Blecheimer, randvoll gefüllt mit gestoßenem Eis. Vor Cendrines erstaunten Augen wurde der Eimer zu Füßen der Wachsfigur ausgeleert, und sogleich beschlug die untere Hälfte des Fensters mit hellem Tau. Hände und Eimer wurden zurückgezogen, der Vorhang schloß sich wieder.

Cendrine blickte noch einmal zum Gesicht der Puppe auf. Die Züge wirkten unmerklich verzerrt, so als seien sie im Begriff, eine Grimasse zu schneiden.

Die Hitze, durchfuhr es Cendrine. Die Temperaturen bringen das Wachs zum Schmelzen.

Verwirrt glitt ihr Blick am nackten Körper der Frauenfigur herab. Unterhalb der Brust war durch die beschlagene Fensterscheibe nichts mehr zu erkennen.

»Fräulein Muck!« ertönte es hinter ihrem Rücken.

Als sie sich umschaute, rollte ein offenes Pferdegespann auf sie zu, auf dem Kutschbock ein junger Schwarzer, fast noch ein Kind. Valerian saß inmitten ihres Gepäcks und reichte ihr seine Hand, um ihr beim Aufsteigen behilflich zu sein.

Als sie losfuhren, fragte er sie irgend etwas, doch Cendrine hörte nicht hin. Ihr Blick blieb fest auf das verzerrte Gesicht der Puppe geheftet, so lange, bis es nur mehr ein heller Fleck vor dem wallenden Schwarz des Vorhangs war.

KAPITEL 2

Das Anwesen der Familie Kaskaden lag viel weiter außerhalb der Stadt, als Cendrine erwartet hatte. Die Fahrt dauerte schon anderthalb Stunden, und noch immer war ihr Ziel nicht in Sicht. Allmählich begann ihr Hinterteil auf der unbequemen Holzbank zu schmerzen, und ihre Antworten auf die Fragen Valerians, der reichlich indiskret versuchte, sie über ihre Vergangenheit auszufragen, wurden mit jedem Schlagloch knapper und unfreundlicher. Sie wußte, daß sie sich offener hätte geben sollen, aber das brachte sie nicht über sich, zumal sie immer nervöser wurde, je näher sie ihrem neuen Zuhause kam.

Das Pferdegespann folgte einem sandigen Weg, der vom Stadtrand Windhuks nach Osten in die Auasberge führte. Unterwegs kamen ihnen in großen Abständen zwei Ochsenkarren entgegen. Auf dem letzten drängten sich zahlreiche Eingeborenenkinder, die jubelten und winkten, als sie den Wagen mit den beiden Weißen passierten. Cendrine grüßte zaghaft zurück, während Valerian so tat, als nähme er die Schwarzen überhaupt nicht wahr. Als Cendrine seinen Hochmut bemerkte, winkte sie den Kindern noch heftiger zu, um ihnen zu zeigen, daß sie die anmaßende Haltung ihres Begleiters nicht teilte.

Schon am Bahnhof war ihr aufgefallen, wie windig es hier war, und als sie Valerian darauf ansprach – hauptsächlich um seiner unangenehmen Befragung ein Ende zu bereiten –, sagte er:

»Der Wind hat der Stadt ihren Namen gegeben. Er fegt das ganze Jahr über die Hochebene zwischen den Bergen, wie durch einen Kanal. Warten Sie erst den Winter ab! Manchmal hat man Mühe, auch nur einen Schritt gegen die Windrichtung zu machen, so stark sind die Stürme hier.«

Die Hänge der Auasberge waren, wie auch jene des gegenüberliegenden Khomas-Hochlandes, mit braungrünem Steppengras bewachsen. Andere Gewächse gab es kaum, nur ein paar Büsche und knorrige Dornbäume. In windgeschützteren Senken standen vereinzelt Akazien.

»Sie sollten die Strecke zwischen dem Anwesen und der Stadt übrigens nie allein zurücklegen«, riet Valerian ihr. »Nehmen Sie immer einen Eingeborenen mit. Einige, denen mein Vater vertraut, dürfen Waffen tragen, und es kann sehr nützlich sein, einen von ihnen an der Seite zu haben.«

Cendrine war schon aufgefallen, daß ein Gewehr neben dem schweigsamen Mann auf dem Kutschbock lag. »Haben Sie solche Angst vor Aufständen?«

»Darum geht es nicht. Sicher hassen sich einige Völker Südwests seit Jahrtausenden, aber ich bezweifle, daß sie im Auftrag des weißen Mannes mit einem Gewehr aufeinander anlegen würden. Nein, die Waffen sind nötig wegen der Raubtiere. Zwar sind sie seit der Besiedlung der Ebene seltener geworden, aber ab und an gibt es hier immer noch Löwen und Geparden.«

Der kauernde Mann auf dem Kutschbock machte nicht den Eindruck, als würde er im Falle eines Raubtierangriffs eine große Hilfe sein, doch das mochte täuschen. Die Eingeborenen in Windhuk hatten ähnlich gleichgültig dreingeschaut; vielleicht war das nur die natürliche Reaktion auf die Unterdrückung durch die Kolonisten.

Eine weitere halbe Stunde verging, ehe sie von einem Bergkamm in ein seichtes Tal hinabblickten. Zu Cendrines Überraschung waren die Hänge und der Grund des Tals mit Weinreben bewachsen, angepflanzt in endlosen Reihen, zwischen denen Dutzende von Eingeborenen mit der Pflege der Pflanzen beschäftigt waren. Neben Frauen und Männern arbeiteten hier auch zahllose Kinder. Das weite Panorama erstaunte Cendrine. Weder hatte sie gewußt, daß die Kaskadens neben ihren Erzminen auch ein Weingut unterhielten, noch hätte sie dies in Anbetracht der kargen Savannenlandschaft auf dem Weg hierher für möglich gehalten.

Ihr stockte der Atem, als sie im Zentrum des Tals das Heim der Kaskadens entdeckte. Was sie sah, war weit mehr als das prächtige Landhaus, das sie sich in ihrer Fantasie ausgemalt hatte. Cendrine hatte keine Erfahrung in solchen Dingen, doch allein vom Äußeren her schätzte sie das Anwesen auf mindestens fünfzig Zimmer.

Während sie einem Weg folgten, der schnurgerade durch die Reihen der Weinreben schnitt, erkannte sie immer neue Details. Der gewaltige Bau umfaßte U-förmig einen kiesbedeckten Innenhof, der sich an der Eingangsseite zu einer Art Park öffnete. Der Garten war ummauert und grenzte an ein zweigeschossiges Torhaus, die Zufahrt zur Anlage. Die Gebäude waren der englischen Landhausarchitektur des vergangenen Jahrhunderts nachempfunden, mit Zinnen am Rande der Dächer, unzähligen Erkern und Giebeln, hohen steinernen Kaminen und großen Fenstern. Im Hintergrund, jenseits des Haupthauses und seiner weitläufigen Nebenflügel, erhob sich eine Kirche, deren Glockenturm große Ähnlichkeit mit dem Bergfried einer Burg aufwies; sein Dach war flach und von einem hohen Zinnenkranz umgeben.

Einzig das Gestein, aus dem all die Gebäude errichtet worden waren, konnte dem Vergleich mit der viktorianischen Bauweise nicht standhalten. Statt grauer oder weißer Fassaden waren diese hier aus sandfarbenem, im Sonnenlicht rötlich schimmerndem Stein erbaut.

Als das Pferdegespann den kurzen Tunnel unter dem Torhaus passierte, bemerkte Cendrine, daß Valerian sie abermals beobachtete.

»Ich bin beeindruckt«, gestand sie. »Wie viele Menschen sind nötig, um das alles instand zu halten?«

»Im Inneren des Hauses sind fünfundzwanzig Diener beschäftigt, und noch einmal siebzig in den Gärten und Pferdeställen. Dazu kommen während der Ernte einige hundert draußen in den Weinbergen, aber denen ist es untersagt, das eigentliche Anwesen zu betreten.«

»Und die Bediensteten im Haus, sind die weiß oder schwarz?«

»Alles Eingeborene.« Ihm war anzusehen, daß er damit keineswegs einverstanden war. »Eine fixe Idee meines Vaters. Natürlich wurden alle eingehenden Schulungen unterzogen, und die meisten sprechen die deutsche Sprache nahezu fließend.« Er verzog die Mundwinkel zu einem kühlen Lächeln. »Zum Glück haben diese Wilden sehr schnell gelernt, auf unsere Gewohnheiten und Ansprüche einzugehen. Was wieder einmal beweist, daß die schwarze Rasse zum Dienen geschaffen wurde.«

Sie verdrehte die Augen und fragte schnell: »Leben alle Diener im Haus?«

»Nur eine Handvoll.« Er deutete auf einen weinbewachsenen Hang im Süden des Tals. »Auf der anderen Seite liegt ein Dorf. Man sollte es nicht für möglich halten, aber dort leben San und Herero einigermaßen friedlich beieinander. Auch das wurde gewiß erst durch die Anwesenheit des weißen Mannes ermöglicht, glauben Sie mir. Die Fehden dieser Völker sind legendär und waren stets mit entsetzlichen Massakern verbunden.«

»Welches Volk ist hier im Tal in der Überzahl?«

»Die San, obwohl sie eigentlich in den Trockengebieten zu Hause sind, in der Namib und am Rande der Kalahari. Dies alles hier war einmal Hereroland, aber die Herero neigen zur Rebellion, und so sind über neunzig Prozent unserer Bediensteten San – das gilt übrigens auch für die Schwarzen, die Sie in Windhuk gesehen haben. Bei aller Primitivität muß man ihnen lassen, daß sie ein freundliches und zuvorkommendes Völkchen sind. Zum Dank dafür haben wir die Bezeichnung ›Buschleute‹, die die holländischen Siedler ihnen einst gaben, weitgehend abgeschafft. Wir nennen sie nur noch San, obwohl sie untereinander meist das Wort ›Ju‹ benutzen.« Er lächelte nachsichtig. »Das ist alles ein wenig kompliziert, aber Sie werden es schon noch verstehen.«

Cendrine schenkte ihm einen zynischen Blick. »Ich bin sicher, im Gegenzug für soviel Großzügigkeit haben sich die San wunderbar in Ihre Schablone pressen lassen.«

»Ach, Fräulein Muck«, seufzte er, wirkte aber keineswegs verärgert. »Sie werden noch eine Menge lernen müssen. Im Inneren eines Schwarzen sieht es oft ganz anders aus, als die Fassade verrät. Gewiß, die San sind höflich und dienstbar, und sie sind sich auch für harte Arbeit nicht zu schade. Aber das sollte einen nicht darüber hinwegtäuschen, daß sie in Wahrheit immer ein Volk von Jägern und Nomaden bleiben werden. Jene, die sich noch draußen in den Wüsten herumtreiben, gründen nicht einmal Stämme. Sie ziehen im Familienverbund umher, es gibt bei ihnen weder Häuptlinge noch Könige. Der Unterschied zu den Herero ist vor allem der, daß die San nicht versuchen, ihren Drang nach Selbstbestimmung mit Gewalt durchzusetzen.« Er rückte seinen Hut zurecht, als das Gespann über den Kiesplatz vor das Portal des Hauses rumpelte. »Aber, bitte, Fräulein Muck, halten Sie uns nicht für Sklaventreiber, denn das sind wir nicht. Jeder unserer Bediensteten, egal ob Butler oder Weinpflücker, kann gehen, wann und wohin es ihm beliebt.« Er sagte nicht, ob ihm diese Regelung gefiel oder nicht, konnte es sich aber nicht verkneifen, noch hinzuzufügen: »Sie müssen wissen, mein Vater ist ein überaus toleranter Mensch.«

Der Hof war rechteckig und wurde an drei Seiten von den Fassaden das Haupthauses eingefaßt. In seiner Mitte befand sich eine ovale Rasenfläche, die von vier San-Kindern mit Gießkannen bewässert wurde. Immer, wenn die Kannen leer waren, mußten die Kinder zu einer Wasserpumpe laufen, die sich am offenen Ende des Hofes befand. Dort stand eine Frau, vielleicht die Mutter der vier, und bediente den Pumpenhebel.

Cendrine stieg vom Wagen und sah zu, wie auch der Kutscher vom Bock sprang und sich daran machte, ihr Gepäck abzuladen. Zum erstenmal fiel ihr auf, wie klein er war. Sie hatte gelesen, daß San nicht größer wurden als einen Meter sechzig. Wahrscheinlich waren auch die vier Kinder älter, als sie erschienen, obwohl keines bis zu Cendrines Bauchnabel reichte.

»Warten Sie bitte einen Augenblick«, bat Valerian, »ich werde versuchen, meine Mutter zu finden. Sie wird wissen, ob für Sie schon eine Führung durchs Haus geplant ist oder ob Sie sich erst in Ihrem Zimmer ausruhen sollen.«

Sie könnten fragen, was mir lieber wäre, lag ihr als Einwand auf der Zunge. Allmählich würde sie sich damit abfinden müssen, daß sie fortan vierundzwanzig Stunden am Tag der Herrschaft des Hauses Kaskaden unterstand. Immerhin war dies der Tag, auf den man sie in den Jahren an der Wilhelmine-Fleischer-Schule vorbereitet hatte.

Während Valerian ins Haus ging, näherte Cendrine sich neugierig den vier Kindern auf dem Rasen. Drei von ihnen hatten gerade ihre Gießkannen ausgeleert und liefen zurück zu der Frau an der Wasserpumpe. Das vierte aber stand noch da und drehte den breiten Strahl seiner Kanne gedankenverloren im Kreis. Es trug selbstgenähte Kleidung, augenscheinlich jener der Kolonialherren nachempfunden, nur daß Kragenspitzen und Ärmel viel zu lang waren. Die Knöpfe waren aus Baumrinde gefertigt, deren rauhe Oberfläche wohl aussehen sollte wie die teuren Geweih-Manschetten der Herrschaft. Das Bild einer Schwarzen, die am Abend in ihrer Hütte saß und mit kunstfertigen Fingern versuchte, ihren Kindern Kleider zu nähen, die sie der europäischen Oberschicht des Landes angleichen sollten, rührte Cendrine zutiefst.

Völlig versunken war sie in den Anblick des Kindes, das da im Sonnenlicht träumend den Rasen bewässerte, als mit einemmal ein Aufschrei ertönte. Überrascht blickte Cendrine auf und sah, wie die Schwarze an der Pumpe mit wedelnden Armen über den Hof gestürmt kam, geradewegs auf sie zu. Auch die drei anderen Kinder hatten zu schreien begonnen, blieben aber am Ausgang des Hofes stehen, als wagten sie sich nicht näher heran.

Cendrine trat erst nur einen Schritt zurück, verunsichert, aber nicht furchtsam. Als sie jedoch den Ausdruck auf dem Gesicht der näherkommenden Frau sah, hielt sie es für ratsamer, doch noch einige Meter zurückzuweichen. Dabei stieß sie mit dem Rücken gegen den Wagen des Pferdegespanns und prellte sich ein Schulterblatt. Der Schmerz raste durch ihren Oberkörper wie ein Blitzschlag.

Die Frau rannte über den Rasen und riß den kleinen Jungen mit einem solchen Ruck in ihre Arme, daß ihm die Gießkanne aus den Händen fiel und sich der restliche Inhalt über ihren Rocksaum ergoß. Sie schien es gar nicht zu bemerken, rief nur etwas Unverständliches in Cendrines Richtung und drehte sich dann so, daß Cendrine den Kleinen nicht länger ansehen konnte. Dabei stimmte die Frau einen sonderbaren Gesang an, leise auf- und abschwellend, fast wie ein Wiegenlied, als müsse das Kind in ihrem Arm beruhigt werden – und das, obgleich der Junge selbst nicht recht zu begreifen schien, wie ihm geschah.

»Ach, du liebe Güte, was haben Sie getan!« ertönte eine Stimme vom Portal des Hauses.

Cendrine fuhr herum und sah eine weiße Frau im Türrahmen stehen. Sie mußte um die Fünfzig sein, war aber gertenschlank, ohne mager zu wirken. Sie trug eine Reithose und eine beigefarbene enge Bluse aus festem Stoff, die verriet, daß sie kein Korsett nötig hatte, wie es bei Frauen ihres Alters Mode war. Ihr langes dunkelblondes Haar war zu einem einfachen Knoten hochgebunden, und Cendrine entdeckte keinen Schmuck an ihr, mit Ausnahme eines schlichten Eherings. Sie wirkte wie eine Frau, die mit eigenen Händen zuzupacken wußte, erschien dabei aber keinen Augenblick lang grobschlächtig. Ihre Finger waren schmal und feingliedrig, und ihr Gesicht hatte alle Merkmale, die Männer gemeinhin an Frauen preisen – volle Lippen, hohe Wangenknochen und große hellblaue Augen. Daß sie trotz allem nicht auf Anhieb als makellose Schönheit erschien, war nur eines der Rätsel, die sie Cendrine in den kommenden Monaten aufgeben sollte. Obwohl Cendrine sich die Herrin dieses Hauses ganz anders vorgestellt hatte, zweifelte sie nicht einen Herzschlag lang, daß sie Madeleine Kaskaden gegenüberstand.

»Was haben Sie getan?« Diesmal schien es keine rhetorische Frage zu sein.

»Ich … nichts«, stammelte Cendrine. »Ich habe zugeschaut, wie der Junge Wasser auf den Rasen gießt.«

»Sie haben ihn angesehen?«

»Ist das verboten?«

Madeleine Kaskaden stieß einen tiefen Seufzer aus und eilte dann auf die Schwarze zu, die ihren Sohn noch immer fest umarmt hatte und leise vor sich hin sang. Die Hausherrin strich dem Kleinen sanft über den Kopf, dann sprach sie ruhig auf die Frau ein, kramte in ihrer Hosentasche und zog einen Geldschein hervor, den sie der Schwarzen in die Hand drückte. Sogleich lief die Frau samt ihren Kindern davon und verschwand um die Ecke des Hauses.

Cendrine stand da und starrte verwirrt auf Madeleine, die ihr den Rücken zugewandt hatte und nachdenklich in die Richtung blickte, in die die Bediensteten davongelaufen waren. Schließlich drehte die Hausherrin sich um und kam auf Cendrine zu.

»Einen Tag«, sagte sie, und ihr Blick verriet deutlich ihre Verärgerung.

»Wie bitte?« fragte Cendrine eingeschüchtert.

»Diese Frau und ihr Sohn fallen einen ganzen Tag lang aus«, sagte Madeleine. »Jemand anders wird ihre Arbeit tun müssen.« Sie schaute über Cendrines Schulter zum Eingang des Hauses. »Valerian, kümmere dich um Ersatz!«

Cendrine bemerkte erst jetzt, daß Valerian von der Tür aus mitangesehen hatte, was geschehen war. Er grinste, als er sich wortlos ins Haus zurückzog.

»Es tut mir leid, wenn ich Unannehmlichkeiten –«, begann sie, wurde aber von Madeleine unterbrochen.

»Ach was, Sie konnten das nicht wissen.« Ihre rauhe Stimme unterstrich ihr resolutes Auftreten. »Aber merken Sie sich das für die Zukunft: Starren Sie keinen der Eingeborenen an, wenn es nicht unbedingt nötig ist, schon gar keine Kinder, und niemals, ich wiederhole *niemals*, wenn ihre Eltern dabei sind.«

»Aber was habe ich denn getan?«

»Was wir Anstarren nennen und schlimmstenfalls unhöflich finden, ist für die Menschen hier so etwas wie ein Mordanschlag. Sie glauben, jemand wolle ihnen mit Hilfe des bösen Blicks ans Leben. Eine ganze Menge aufwendiger Rituale sind nötig, um das, was Sie getan haben, wieder rückgängig zu machen. Einen Dämon streift man nicht einfach mit einem Geldschein ab, auch wenn es den Vorgang manchmal ein wenig beschleunigt.«

Cendrine konnte nicht anders, sie mußte plötzlich lächeln. »Diese Frau glaubt wirklich, ich wollte ihrem Sohn etwas zuleide tun? Das ist doch absurd.«

»Für Sie und für mich«, sagte Madeleine ernst, »aber nicht für diese Leute. Lernen Sie, auf solche Dinge zu achten, wenn Sie länger bei uns bleiben wollen.«

Cendrine hörte schlagartig auf zu lächeln und nickte. Einerseits beeindruckte sie die robuste Art, mit der Madeleine die Dinge handhabte und dabei kein Blatt vor den Mund nahm; auf der anderen Seite aber fühlte sie sich zutiefst verunsichert. Es würde gewiß nicht einfach sein, den Ansprüchen dieser Frau gerecht zu werden.

»Die Beurteilungen Ihrer Lehrerinnen waren hervorragend«, sagte Madeleine und musterte Cendrine von oben bis unten, als hätte sie mit einemmal Zweifel am Wahrheitsgehalt ihrer Zeugnisse. »Sie sind noch sehr jung.«

»Mein Geburtsdatum stand in meinen Unterlagen«, entgegnete Cendrine.

Falls Madeleine ihre Erwiderung als frech empfand, verriet sie es durch nichts. »Salome und Lucrecia sind gerade mit ihrem Reitlehrer unterwegs. Mein Mann hat Ihnen doch geschrieben, daß die beiden von Ihnen eine umfassende Bildung erhalten sollen?«

»Selbstverständlich.«

»In Windhuk gibt es seit 1894 eine Schule für weiße Kinder, aber der Weg dorthin ist zu weit, und mir gefällt der Umgang nicht, den sie dort haben würden. Ich lege großen Wert auf Anstand, gute Sitten und eine christliche Erziehung. Denken Sie, Sie können das leisten?«

»Natürlich.« Wollte Madeleine sie wirklich angreifen, oder war dies alles nur Teil einer Prüfung, eine Art Feuertaufe? Cendrine wurde immer unbehaglicher zumute.

Madeleine sah sie noch einen Moment länger an, wobei Cendrine sich Mühe gab, ihrem strengen Blick so ruhig wie möglich standzuhalten, dann drehte sie sich plötzlich zum Eingang um und rief: »Johannes!«

Als sich nichts rührte, wiederholte sie den Ruf noch einmal, diesmal schärfer. Sekunden später kam ein San ins Freie gelaufen, der in seiner kleinen Butleruniform seltsam unbeholfen wirkte, fast wie eine Karikatur.

»Bring Fräulein Muck auf ihr Zimmer.« Und an Cendrine

gewandt sagte sie: »Sie sind gewiß erschöpft. Eines der Dienstmädchen wird Ihnen Ihr Essen später aufs Zimmer bringen. Es reicht, wenn Sie den Rest der Familie morgen früh kennenlernen.« Mit einem knappen Nicken fügte sie hinzu: »Willkommen in Südwest, Fräulein Muck! Und willkommen in meinem Haus.« Damit drehte sie sich um und trat durch das Portal ins Innere.

Cendrine sah ihr verwundert nach und unterdrückte ihren Ärger. Vom ersten Tag ihrer Ausbildung an hatte man ihr eingebleut, daß es unschicklich sei, gegen die Wünsche der Herrschaft aufzubegehren. Nur wer sich unterordnete, konnte die Aufgaben einer Gouvernante zur Zufriedenheit aller erledigen.

Johannes, der Butler, hatte derweil ihr gesamtes Gepäck geschultert. Er sah ein wenig unglücklich drein, doch als Cendrine ihm anbot, einen Teil davon selbst zu tragen, schüttelte er mit Vehemenz den Kopf und wirkte beinahe beleidigt.

»Johannes ist doch nicht Ihr wirklicher Name, oder?« fragte sie, als sie ihm über den Hof zu einem Seiteneingang folgte.

»Die Dame des Hauses schätzt die Namen ihrer Heimat«, gab er kurz angebunden zurück. Sein Akzent war nicht zu überhören, trotz der makellosen Grammatik.

Der Flügel, in den er sie führte, wirkte unbewohnt. Er lag auf der linken Seite des Hofes und formte einen der beiden langen Seitenschenkel des Haupthauses. Von weitem hatte Cendrine gesehen, daß von hier aus noch andere Nebenflügel abzweigten. Selbst aus ihnen schienen immer noch weitere Anbauten und Erker zu sprießen, als hätte das Gebäude über die Jahre hinweg wie ein Baum neue Triebe entwickelt, die sich beständig verzweigten.

Wenn ihr Richtungssinn sie nicht täuschte, mußte es sich bei dem Trakt, durch den sie gingen, um den Ostflügel handeln. Allerdings waren die Korridore lang und verwinkelt, und bald schon war sie sich nicht mehr sicher, ob sie sich nicht längst in einem anderen Teil des Komplexes befanden. Die meisten Gänge hatten an einer Seite Fenster, die auf den Kiesplatz an der Hausfront oder aber in kleinere, verwinkelte Innenhöfe wiesen. Die Flure selbst waren mit gemusterten Teppichen ausgelegt, die Wände getäfelt und die Decken mit Stuckleisten geschmückt. Dennoch konnte sich Cendrine nicht des Eindrucks erwehren, daß dieser Abschnitt des Anwesens menschenleer war.

Als sie den Butler danach fragte, nickte er. »Niemand lebt hier. Die Dame des Hauses plant, diesen Trakt zu einem Hotel umzubauen.«

Das erstaunte sie. Madeleine Kaskaden hatte auf sie den Eindruck einer Frau gemacht, die ihre Privatsphäre über alle Maßen schätzte. Daß sie die Absicht hatte, Fremden den Zutritt zu ihrem Anwesen zu ermöglichen, stand dazu in krassem Gegensatz. Vorschnelle Urteile über den Charakter dieser Frau schienen demnach wenig ratsam.

Noch etwas fiel Cendrine während des Weges auf: Immer wieder waren in die Wände und Böden Fragmente mit archaischen Strukturen eingelassen, meist Quader und Säulen, halb in die Mauern eingearbeitet, deren Oberflächen primitive Reliefs von Gesichtern und Jagdszenen aufwiesen. Der äußerst britische Anschein der ganzen Anlage wurde dadurch immer wieder gebrochen, eine reizvolle List des Architekten, um dem Standort des Gebäudes gerecht zu werden. Je aufmerksamer sie darauf achtete, desto mehr dieser Strukturen entdeckte sie, oft halb verborgen hinter Möbelstücken, als hätte jemand versucht, sie zu verstecken.

Cendrines Zimmer war geräumig und überraschend wohnlich eingerichtet. Neben einem prachtvollen Baldachinbett, bespannt mit türkisfarbener Seide, standen vor einer offenen Feuerstelle zwei Ohrensessel und ein kleiner runder Mahagonitisch. Wände und Decken waren holzgetäfelt. Rund um den Kamin hatte man steinerne Reliefs in Form von Raubtierköpfen angebracht. Es gab einen Schreibtisch und ein Bücherregal, beides unweit eines Erkers mit hohen Fenstern. Die Scheiben waren in ein Gitterwerk aus Holzstreben eingesetzt und blickten hinaus auf eine mit Akazien bestandene Wiese, die in hundert Metern Entfernung in die Reihen der Weinreben überging. Seltsamerweise schien es auf dieser

Seite des Anwesens keine Mauer zu geben, die die Gärten begrenzte.

Johannes stellte das Gepäck ab, dann ließ er Cendrine allein. Es verunsicherte sie ein wenig, daß sie nicht hören konnte, wie er sich auf dem Gang entfernte. Die Teppiche schluckten jedes Geräusch seiner Schritte.

Als erstes trat sie näher an das Bücherregal und stellte fest, daß es sich bei den alten Bänden, die darin aufgereiht waren, ausnahmslos um Kinderliteratur handelte, meist teure, handgefertigte Bilderbücher über das Reiten, wilde Tiere und das Leben in den Kolonien. Nahezu alle waren Einzelstücke, deren Zeichnungen von ein und demselben Künstler zu stammen schienen.

Cendrine schaute sich noch einmal eingehender im Zimmer um, und da fielen ihr weitere Einzelheiten auf, die verrieten, daß hier irgendwann einmal ein Kind, ein Mädchen, gewohnt hatte. Auf der Fensterbank saßen Puppen mit milchigen Porzellangesichtern, und der Spiegel auf dem Schminktisch war mit verspielter Seidenspitze abgesetzt. Sogar der Teppich wirkte ein wenig bunter als jene auf den Gängen. Offenbar hatte man alles so belassen, wie es früher gewesen war, wohl in der Erwartung, daß Cendrine sich den Raum ohnehin so gestalten würde, wie es ihr am besten gefiel. Dabei hatte sie eigentlich recht wenig daran auszusetzen Nur die Puppen räumte sie in die untere Schublade einer Kommode, weil ihr der leere Blick der Porzellanaugen unheimlich war.

Valerian hatte ihr während der Fahrt erzählt, daß das gesamte Anwesen in den sechziger Jahren des vergangenen Jahrhunderts von einem englischen Lord errichtet worden war, einem Archäologen namens Selkirk. Er war mit seiner Familie nach Afrika gekommen, um Ausgrabungen in der Namib und der Kalahari-Wüste im Osten des Landes vorzunehmen, an der Grenze zu Britisch-Betschuanaland. Selkirk hatte sich bereits in seiner Heimat einen vielgerühmten Namen als Forscher gemacht, hatte lange Zeit in Indien und Vorderasien gelebt, ehe es ihn schließlich hierher verschlagen hatte. Während eines Herero-Aufstandes in den achtziger

Jahren des letzten Jahrhunderts waren er und seine Familie einer aufgebrachten Meute von Eingeborenen zum Opfer gefallen. Das Anwesen hatte daraufhin einige Jahre leer gestanden, ehe Titus Kaskaden es erworben und instand gesetzt hatte.

Cendrine legte ihren Mantel und die staubigen Stiefeletten ab und warf sich aufs Bett. Gegen ihren Willen mußte sie sich eingestehen, daß sie in der Tat erschöpft war und daß Madeleine Kaskaden wohl ganz recht daran getan hatte, sie erst einmal auf ihr Zimmer zu schicken. Zwar war sie gespannt auf ihre beiden Schülerinnen, und auch Valerians Bemerkungen über seinen Vater hatten sie neugierig gemacht, doch im Augenblick war sie froh, keinen Gedanken an Etikette und Begrüßungsfloskeln verschwenden zu müssen. Nur daliegen, ausruhen und über ihre neue Umgebung nachdenken – mehr wollte sie im Moment eigentlich gar nicht.

Sie war froh, endlich angekommen zu sein, in einem Haus wie diesem, größer und prächtiger als jedes, das sie sich während ihrer Ausbildung erträumt hatte. So aufgeregt sie immer noch war, so sehr freute sie sich auch auf die beiden Mädchen und den Unterricht mit ihnen.

Immer wieder aber schoben sich vor ihre Gedanken an die Zukunft Bilder aus der Vergangenheit. Cendrines Eltern waren vor vierzehn Jahren ums Leben gekommen, und nach einer kurzen Zeit im Waisenhaus hatte ihr älterer Bruder Elias Cendrines Erziehung übernommen. Tag und Nacht hatte er gearbeitet, um das Geld zu verdienen, mit dem er sich und seine kleine Schwester über Wasser hielt. Begonnen hatte er seine Laufbahn als Botenjunge eines großen Kaufhauses, war aber bereits mit zwanzig auf einen Posten in der Verwaltung des Geschäfts aufgerückt. Elias war vier Jahre älter als Cendrine, und sie würde niemals vergessen, daß sie ihm alles zu verdanken hatte. Sogar die Mittel für ihre Ausbildung hatte er aufgebracht, und obwohl sie ihm immer wieder versichert hatte, eines Tages alles zurückzuzahlen, hatte er nie darauf bestanden.

Jahrelang hatten sie sich ein einzelnes Zimmer auf dem Dachboden eines alten Mietshauses am Hafen geteilt, und da sie auf die eine oder andere Weise über die Runden gekommen waren, hatten sich nie Dritte zwischen sie gedrängt. Es gab keine Verwandtschaft außer zwei entfernten Großcousinen in Bayreuth, aber Cendrine und Elias hatten es ohnehin vorgezogen, unabhängig zu sein. Ihre Beziehung war enger als die aller anderen Geschwister, die Cendrine kannte, und sie war sich immer bewußt gewesen, wie glücklich sie sich schätzen durfte, ausgerechnet Elias zum Bruder zu haben.

Um so größer allerdings war auch der Schock gewesen, als er ihr eines Tages erklärt hatte, er habe seine Stellung gekündigt und sich entschlossen, in Südwestafrika eine Rinderzucht aufzubauen.

»Aber du verstehst nicht das Geringste vom Rinderzüchten«, hatte sie aufgebracht entgegnet, nachdem sich ihr erster Schreck gelegt hatte, sie aber immer noch nicht sicher war, ob er sie nicht doch nur auf den Arm nahm.

Elias hatte ihr versichert, daß es ihm sehr ernst sei, und daß er hoffe, sie eines Tages zu sich holen zu können. Zudem hatte er ihr eröffnet, daß er eine gewisse Summe zusammengespart habe, deren eine Hälfte er ihr überlassen wolle, damit sie ungestört mit ihrer Ausbildung fortfahren könne.

Es hatte Diskussionen gegeben, lange nächtliche Gespräche und viele Tränen, doch letzten Endes hatte Elias sich nicht von seinem Entschluß abbringen lassen. Wie sich herausstellte, hatte er sein Ticket für die Überfahrt bereits gekauft, und so kam unausweichlich der Tag, an dem er es einlöste. Cendrine hatte am Hafen gestanden und dem Schiff hinterhergeschaut, und sie war sicher gewesen, Elias niemals wiederzusehen.

Ihr Abschied lag achtzehn Monate zurück. Anfangs hatte Elias ihr Briefe geschrieben, aus denen die Sorge sprach, niemals in diesem Land Fuß fassen zu können. Dann jedoch war der Kontakt schlagartig abgebrochen. Keine Briefe mehr, kein Lebenszeichen.

Cendrine hatte ihre Ausbildung mit dem Geld beendet, das Elias für sie zurückgelassen hatte, obwohl kaum Aussicht auf eine Anstellung bestand. Als sie schließlich das Gesuch der Kaskadens vorgelegt bekam, hatte sie ihr Glück kaum fassen können. Nicht nur boten diese Leute ihr einen Posten in ihrem

Haushalt, noch dazu würde sie dafür nach Südwest reisen müssen! Vielleicht würde sie auf diese Weise erfahren können, was Elias widerfahren war, ob er – und das mochte Gott geben! – überhaupt noch am Leben war.

So kam es, daß sie nun auf einem Bett lag, fast so breit wie das Zimmer, in dem sie und Elias groß geworden waren, und dabei allmählich realisierte, daß der Beginn ihrer neuen Zukunft endgültig besiegelt war. Es gab kein Verstecken mehr hinter Elias' Schultern, nicht mehr den Vorwand, daß sie ihre Schule beenden mußte.

Nun mach das Beste daraus, dachte sie und schauderte, als sie die Konsequenz all dessen erfaßte. Sie war erwachsen, selbständig und auf sich gestellt. Sie übernahm Verantwortung, nicht nur für sich selbst, sondern zukünftig auch für die beiden Mädchen der Kaskadens. Und wenn es ihr zusätzlich gelang, etwas über Elias zu erfahren, um so besser.

Sie war wohl eingenickt, denn als sie mit einem Ruck den Kopf hob, war das Licht, das durch die hohen Erkerfenster fiel, merklich schwächer geworden. Wie lang hatte sie geschlafen? Eine Stunde, oder mehrere? Sicher wäre sie aufgewacht, hätte das Dienstmädchen sich bereits mit dem Abendessen gemeldet. Demnach konnte es noch nicht allzu spät sein.

Sie stand auf und stellte fest, daß ihr schwindelig war. Sie brauchte einen Augenblick, um ihre Orientierung wiederzuerlangen und auf unsicheren Füßen den Weg zur Wasserschüssel auf der Kommode zu finden. Nachdem sie ihr Gesicht gewaschen und ihre Handgelenke mit dem kalten Wasser benetzt hatte, ging es ihr ein wenig besser. Sie hätte gerne auf eigene Faust einen Rundgang durchs Haus unternommen, wenigstens durch den Flügel, in dem sie untergebracht war, aber sie fühlte sich zu müde und noch immer ein wenig zu wacklig auf den Beinen. Statt dessen trat sie in den Erker und blickte hinaus auf die Wiese im Schatten der Akazienbäume.

Im ersten Augenblick glaubte sie, dort unten stünde jemand und schaue zu ihr herauf. Erst beim zweiten Hinsehen wurde ihr klar, daß der Umriß, der sich dunkel gegen die Weinberge im Abendrot abzeichnete, keine menschliche Silhouette war. Hoch und schmal erhob sie sich, ein wenig wie ein Baumstumpf, nur viel höher. Unten war sie breiter als oben, und einen Moment lang sah sie aus wie ein Riese, der sich unter einem Bettuch verbarg, ein Gespenst aus einem der Kinderbücher im Regal.

Dann aber gewöhnten sich Cendrines Augen an das schwache Dämmerlicht, und sie bemerkte, daß die Oberfläche aus Sand oder Lehm bestand. Sie erinnerte sich an eine ähnliche Zeichnung in dem Buch über Afrika, das sie gerade las, und endlich erkannte sie, um was es sich handelte.

Es war ein Termitenbau, drei, vier Meter hoch und etwa dreißig Schritte vom Haus entfernt. Zwei Akazien flankierten ihn wie Wachtposten. Auf Cendrine wirkte das sonderbare Ding zu gleichen Teilen faszinierend und abstoßend. Einerseits wäre sie gerne näher herangegangen, um das Treiben der Insekten zu beobachten, zum anderen aber ekelte sie sich vor allem, was mehr als vier Beine hatte.

Widerwillig wandte sie sich vom Fenster ab, ging zur Zimmertür und blickte hinaus auf den Korridor. Er erstreckte sich mindestens zehn Meter nach links und ebenso weit nach rechts, beide Enden lagen im Schatten. Sie würde die Dienstboten bitten, hier draußen einige Lichter anzuzünden. Allerdings konnte sie keine Gaslampen entdecken, und sie sah sich schon selbst jeden Abend mit einem Kerzenleuchter über die endlosen Flure geistern. Sie schauderte bei diesem Gedanken, mußte aber gleich darauf schmunzeln. Irgendwie romantisch.

Da von dem Dienstmädchen mit dem Abendessen noch nichts zu sehen war – sie bekam allmählich Hunger, und vor allem wünschte sie sich eine große Tasse heißen Tee –, schloß sie die Tür wieder und schaute sich noch einmal im Zimmer um. Sie hätte den Inhalt ihrer Reisetaschen in den Kleiderschrank räumen sollen, hatte aber noch keine Lust dazu. Irgendwer würde die Sachen ohnehin waschen und bügeln müssen.

Statt dessen zog es sie erneut zum Erker. Als sie abermals aus dem Fenster über die Wiese blickte, war es ihr, als hätte der Termitenbau seine Form verändert. Aber das war unmöglich, nicht in so kurzer Zeit! Dennoch sah es aus, als hätte sich die Spitze des Baus verzweigt, fünf stumpfe Auswüchse gebildet, unterschiedlich hoch und leicht gekrümmt. Wie eine Hand mit ausgestreckten Fingern.

Wenn sie sich jetzt noch bewegt, dachte Cendrine mit nervösem Lächeln, will sie mich wohl heranlocken.

Sie fuhr ein wenig zu abrupt herum und legte sich benommen zurück aufs Bett. Sie schlief wieder ein und erwachte erst, als man ihr endlich das Essen brachte.

KAPITEL 3

Am Morgen wurde ihr das Frühstück auf einem silbernen Teewagen in ihrem Zimmer serviert. Das Dienstmädchen teilte ihr mit, daß die Hausherrin sie anschließend abholen werde, um sie zum Unterrichtsraum der beiden Mädchen zu führen.

Cendrine hatte kaum die erste Tasse Kaffee ausgetrunken, als es klopfte. Eilig tupfte sie sich die Lippen ab, dann trat sie zur Tür und öffnete.

»Guten Morgen, Fräulein Muck.«

Madeleine Kaskaden trug ähnliche Kleidung wie am Vortag: enge Reithosen und eine beigefarbene Bluse. Ihr langes Haar war wieder hochgesteckt, ein wenig sorgfältiger als am Tag zuvor.

Cendrine hatte ihr bestes Kleid an, aber in einem Haus wie diesem war es nicht auffälliger als eine gewöhnliche Dienstbotenkluft. Sie hatte es sich von ihrem ersten selbstverdienten Geld gekauft, vor anderthalb Jahren, kurz vor Elias' Abreise. Damals hatte sie für einige Monate ein Praxissemester bei einer angesehen Bremer Kaufmannsfamilie antreten müssen; die Leute waren nicht verpflichtet gewesen, sie dafür zu bezahlen, doch die Dame des Hauses war so angetan von ihr gewesen, daß sie Cendrine beim Abschied eine kleine, prallgefüllte Lederbörse geschenkt hatte.

Madeleine musterte Cendrine von oben bis unten und sagte dann: »Man wird Ihre Kleidung im Laufe des Tages für Sie herrichten, machen Sie sich keine Sorgen. Nach solch einer Reise muß ja alles zerknittert sein. Hatten Sie auf dem Schiff überhaupt Gelegenheit, Ihre Sachen reinigen zu lassen?«

»Gewiß.«

»Ein Glück – die Zeiten ändern sich. Als wir hier heruntergekommen sind, gab es nichts dergleichen. Nur einen Waschzuber unter Deck, den jedermann benutzen durfte.«

Cendrine lächelte höflich und folgte Madeleine den Gang hinab. »Wie lange leben Sie schon in Südwest?«

»Mein Mann kam als einer der ersten Offiziere hierher. Das war vor, lassen Sie mich nachdenken, vor neunundzwanzig Jahren.«

»Ihr Mann kann nicht lange Soldat gewesen sein, wenn er all das hier aufgebaut hat.«

»Er nahm bald seinen Abschied, übrigens gegen meinen ausdrücklichen Wunsch. Aber heute muß ich gestehen, daß er das Richtige getan hat. Freilich ahnte das zu diesem Zeitpunkt noch niemand, am wenigsten er selbst. Er wurde Vorarbeiter einer Erzmine, machte sich unabkömmlich und stieg innerhalb weniger Jahre in die Minenleitung auf. Von da an dauerte es nicht mehr lange, bis er die Mehrzahl der Anteile hielt. Das Geschäft expandierte, weitere Minen kamen hinzu, und so weiter, und so weiter. Sieben Jahre nach seinem Abschied vom Militärdienst konnten wir uns dieses Haus herrichten, und ich wurde zum erstenmal schwanger.«

»Verzeihen Sie, wenn ich indiskret bin, aber kamen Sie bereits als Ehepaar hierher oder –«

»Nein, nein«, unterbrach Madeleine sie. »Mein Mann kam mit seinen Eltern nach Südwest. Ich war die Gesellschafterin seiner Mutter, einem gräßlichen Weibsbild, glauben Sie mir. Zum Glück schied sie bald von uns. Wenig später haben Titus und ich geheiratet.«

Was war das nur für eine merkwürdige Frau! Im einen Augenblick schien sie ungemein auf Form und Anstand bedacht zu sein, um im nächsten derartige Dinge über ihre Schwiegermutter zu sagen. Dabei tuschelte sie nicht einmal, noch gab sie Cendrine das Gefühl, sie in irgendwelche Geheimnisse einzuweihen; sie redete frei heraus, ohne ihre Begleiterin anzusehen und sich darum zu scheren, ob sonst noch irgend jemand zuhörte. Madeleine schien auf dem Standpunkt zu stehen, daß dies ihr Haus war und sie darin reden konnte, was sie für richtig hielt. Cendrine hoffte nur, daß sie nicht in allem derart impulsiv war.

Sie gingen jetzt durch einen Gang, dessen Fenster auf den Kiesplatz vor dem Haus blickten. Wieder waren einige San-Kinder dabei, die ovale Rasenfläche im Zentrum zu bewässern. Cendrine konnte nicht erkennen, ob es dieselben waren wie am Vortag.

»Ich habe ein wenig Mühe, mich im Haus zurechtzufinden«, gestand sie. »Wir befinden uns jetzt im mittleren Teil, nicht wahr?«

»Stellen Sie sich das Hauptgebäude vor wie ein Hufeisen, dessen offene Seite nach Westen weist«, erklärte die Hausherrin. »Dies hier ist, wie Sie richtig erkannt haben, das kurze Stück, das die beiden Seitenschenkel miteinander verbindet. Im Erdgeschoß unter uns befinden sich die innere und die äußere Eingangshalle, außerdem der Speiseraum und das Musikzimmer. Hier oben im ersten Stock liegen der alte Salon, der heute nur noch selten genutzt wird, dann das Morgenzimmer, ein Gebetsraum und mein Schlafzimmer einschließlich ein paar kleinerer Nebengelasse. Lassen Sie sich von alldem nicht verunsichern – Sie werden sich schnell zurechtfinden. Im Südflügel, also dem rechten Arm des Hufeisens, liegen die Steinerne Halle, das Schulzimmer und das frühere Arbeitszimmer von Lord Selkirk. Es steht heute leer. Darüber, im ersten Stock, befindet sich die Galerie. Sie werden sie gleich sehen, sie ist wirklich prächtig. Alle übrigen Zimmer, die Schlafgemächer meines Mannes und der Kinder, die Dienstbotenunterkünfte, das Raucherzimmer, der Billardraum und der Küchenkomplex mit den Fleisch-, Fisch-, Milch- und Brotlagern, sie alle liegen im Nordflügel und seinen Anbauten. Wahrscheinlich werden Sie sich dort nicht allzu oft aufhalten.« Madeleine öffnete eine Tür, die vom Gang aus in den weitläufigen Salon führte. Er war nahezu unmöbliert. »Ich vergaß Ihr eigenes Zimmer. Es befindet sich in einem der hinteren Anbauten des Ostflügels, unweit der Kirche. Können Sie den Turm nicht von Ihrem Fenster aus sehen? Nein? Nun, das ist schade. Ein hübsches Gemäuer. Wenn man davorsteht, könnte man meinen, man befände sich irgendwo in Südengland.«

Cendrine nickte benommen, als sei sie bereits dort gewesen und könne Madeleines Feststellung unterstreichen. Dieser Lord Selkirk mußte sehr darauf bedacht gewesen sein, ein Stück seiner Heimat zu rekonstruieren, und das ausgerechnet in solch einer Wildnis, umgeben von Savannen und endlosen Wüsten, von Raubtieren und kriegerischen Eingeborenenstämmen. In gewisser Weise fand sie die Vorstellung ein wenig traurig. Dieser Mann, der sein ganzes Leben in fernen Ländern herumgereist war, hatte offenbar so sehr an seiner einstigen Heimat gehangen, daß er ein Stück davon in der Fremde neu hatte erstehen lassen. Ob er in Indien und Vorderasien ähnliche Bauwerke hinterlassen hatte?

Ihre Schritte hallten lautstark von den Wänden des verlassenen Salons wider. In einer Ecke befand sich eine weitere Tür, durch die sie hinaus in die Galerie traten, die Madeleine erwähnt hatte. Sie hatte nicht zuviel versprochen.

Es handelte sich zweifellos um den größten Saal des Hauses, über dreißig Meter lang, ein holzgetäfelter Schlauch, der das gesamte Obergeschoß des Südflügels einnahm. Cendrine und Madeleine mußten einige Stufen hinabsteigen, um den glänzenden Dielenboden zu betreten. An den langen Seiten hatte der Saal große Fenster, dazwischen standen Bücherregale, gefüllt mit ledernen Folianten. Es gab zwei offene Kamine und eine ganze Reihe Sessel und Sofas. Die Decke war gewölbt, jeder freie Zentimeter mit prachtvollem Stuck verziert.

»Liebe Güte«, staunte Cendrine, »wo hat der Lord nur die Handwerker herbekommen, um all das herzurichten?«

»Diese Verzierungen wurden in England hergestellt und hierher verschifft«, erwiderte Madeleine, »wie überhaupt die meisten Accessoires im ganzen Haus. Ich möchte nicht wissen, wie viele Landhäuser er dafür hat ausschlachten lassen. Viele sind Originalteile aus dem siebzehnten Jahrhundert.«

»Er muß unendlich reich gewesen sein«, entfuhr es Cendrine beeindruckt, ehe ihr die Bemerkung schlagartig leid tat. Sie redete wie ein dummes Schulkind.

»*Wir* sind unendlich reich, meine Liebe«, sagte Madeleine ohne jeglichen Stolz in der Stimme, beinahe nüchtern. »Aber Selkirk … nun, ich glaube, man hätte das Geld nicht zählen können, das er mit seinen Ausgrabungen verdient hat. Es heißt, er habe bereits in seiner Jugend ein babylonisches Wüstengrab voller Gold entdeckt. Alles, was später hinzukam, war dagegen nur noch ein Taschengeld.«

»Ihr Sohn erzählte, das Anwesen habe nach Selkirks Tod einige Jahre leer gestanden, ehe Sie es übernahmen. Wie kommt es, daß es keine Verwüstungen gab? Man sollte doch meinen, daß die Eingeborenen, die den Lord und seine Familie ermordeten, auch das Haus zerstörten.«

»Gelobt sei der Aberglauben dieser Wilden!« rief Madeleine. Ihre heisere Reibeisenstimme wurde von den Wandtäfelungen zurückgeworfen. »Aus irgendwelchen Gründen fürchteten sie dieses Haus. Ich weiß nicht, wie es ihnen gelang, dem alten Selkirk und seiner Bande an den Kragen zu gehen – vielleicht hat er ein Picknick in den Weinbergen veranstaltet, weiß der Teufel –, aber an dem Haus haben sie sich nicht vergriffen. Ich bezweifle, daß überhaupt je einer von ihnen einen Fuß hier herein gesetzt hat.«

»Und die Weißen? Warum hat es kein anderer für sich beansprucht?«

»Als wir Deutschen nach Südwest kamen, hatten die Briten hier unten bereits weitgehend an Einfluß verloren. Unterschätzen Sie nicht die Macht meines Mannes. Er warf einen Blick auf diese Anlage, verliebte sich in die Architektur und die Lage in diesem Tal und ließ einige seiner Beziehungen spielen. Es war nicht einmal besonders schwer. Mühsam wurde es erst, als wir daran gingen, das ganze Gemäuer zu renovieren. Seien Sie froh, daß Sie damals noch nicht bei uns waren.« Zum erstenmal erschien ein Lächeln auf Madeleines Zügen. Es wirkte weniger heiter als grimmig.

Am Ende der Galerie, die den Kaskadens als Bibliothek diente, führte eine Treppe ins Erdgeschoß. Die Stufen endeten im ehemaligen Arbeitszimmer des Lords. Auch hier standen Bücherregale, außerdem ein gewaltiger Schreibtisch mit geschnitzten Raubkatzenfüßen und eine Garnitur Ledersessel. An den Wänden hingen vergilbte Karten und Pläne von Ausgrabungsstätten. Neben dem Schreibtisch stand ein Globus aus Holz, so hoch wie ein Mensch, ein wundervolles Stück.

»Wir nutzen diesen Raum nicht«, erklärte Madeleine mit leisem Seufzen. »Mein Mann hat eine sentimentale Ader, wissen Sie? Er besteht darauf, Selkirk diese letzte Ehre zu erweisen und alles so zu belassen, wie wir es vorgefunden haben. Nur die Dienstmädchen kommen her, um sauberzumachen.«

»Aber wir beiden sind doch hier«, bemerkte Cendrine lächelnd.

»Ich habe Sie nur auf diesem Weg zum Schulzimmer geführt, um Ihnen ein wenig vom Haus zu zeigen. Den Rest holen wir heute nachmittag nach, wenn es Ihnen recht ist. Jetzt sollten Sie erst einmal Lucrecia und Salome kennenlernen.«

»Das sind ungewöhnliche Namen«, sagte Cendrine, als sie Selkirks Arbeitszimmer verließen.

»Mein Mann ist ein großer Bewunderer der altrömischen Kultur, so wie vor ihm schon seine Eltern. Er wollte, daß unsere Kinder römische Namen tragen, genau wie er selbst.«

Cendrine lag die Bemerkung auf der Zunge, daß zwar Lucrecia römischer Herkunft war, der Name Salome aber aus dem alten Griechenland stammte. Allerdings stand es ihr nicht zu, ihre Herrschaft zu verbessern. Außerdem war sie hier, um die beiden Mädchen zu unterrichten, nicht deren Eltern.

Sie traten vom Korridor in einen kleineren Raum zur Linken. Er war einfach eingerichtet, mit hellen, freundlichen Tapeten und roten Vorhängen. In der Mitte standen zwei Schulbänke, davor ein Lehrerpult.

Salome und Lucrecia blickten den Frauen neugierig entgegen. Beide hatten langes blondes Haar wie ihre Mutter. Die eine trug es als Pferdeschwanz, die andere hatte es zu zwei Zöpfen geflochten. Die Mädchen sahen sich zum Verwechseln ähnlich.

»Das also sind unsere Zwillingsmädchen«, sagte Madeleine. »Salome, steh bitte auf und begrüße Fräulein Muck.«

Das Mädchen mit den Zöpfen sprang flink hoch, trat um die Schulbank herum, reichte Cendrine mit einem artigen Knicks die Hand und lächelte freundlich. »Guten Morgen, Fräulein Muck.«

»Guten Morgen, Salome. Es freut mich, daß ich dich und deine Schwester endlich kennenlerne.«

Madeleine wandte sich an das zweite Mädchen. »Lucrecia, sei so gut und begrüße auch du eure neue Gouvernante.«

Salomes Schwester zog sich den Pferdeschwanz vom Rücken über die Schulter, als gehöre diese Geste zum Begrüßungsritus, dann erhob sie sich und trat gleichfalls mit einem Knicks vor Cendrine. »Guten Tag«, sagte sie. Sie wirkte distanzierter, eher abwartend. Cendrine konnte sie gut verstehen, immerhin wußten die Mädchen noch nicht, was sie von ihr zu erwarten hatten.

Madeleine betrachtete die Szene zwischen ihren Töchtern und Cendrine so aufmerksam wie ein Kunstkenner ein Gemälde, von dessen Echtheit er sich überzeugen will. Schließlich wandte sie sich zur Tür, blieb dort noch einmal stehen und sagte: »Fräulein Muck, ich wünsche, daß Sie an jedem Morgen vor dem Unterricht ein Gebet mit den Mädchen sprechen.«

»Natürlich.«

»Vergessen Sie es nicht.« Mit diesen Worten verließ Madeleine das Schulzimmer und schloß die Tür hinter sich.

Cendrine wies die Zwillinge an, wieder ihre Plätze einzunehmen. »Wer hat euch vor mir unterrichtet?« fragte sie.

Salome hob die Hand, und Cendrine nickte ihr mit einem Lächeln zu, erfreut über die gute Erziehung der beiden.

»Herr Morgenroth. Er wohnt in Windhuk.«

»Er kam jeden Tag den weiten Weg hierher«, fügte Lucrecia hinzu. »Er hat uns gern gehabt, deshalb hat ihn die Entfernung nicht gestört.«

»Mir scheint, es kann nicht schwerfallen, euch zu mögen«, entgegnete Cendrine, um etwas Nettes zu sagen. »Hat Herr Morgenroth euch in allen Fächern unterrichtet?«

Die Mädchen nickten, und Cendrine setzte ihre Befragung fort, um sich ein Bild vom Unterrichtsstand der beiden zu machen. Hocherfreut stellte sie fest, daß der Lehrer aus Windhuk offenbar gute Arbeit geleistet hatte. Salome und Lucrecia verfügten über eine Bildung, die für ihr Alter beachtlich war. Zusätzlich hatte Cendrine vor, die beiden trotz ihrer Jugend mit den Grundzügen der Philosophie vertraut zu machen, ein Fach, das sie besonders mochte. Die Lehren der antiken Philosophen hatten sie immer dann aufgemuntert, wenn der hauswirtschaftliche Teil ihrer Ausbildung sie zur Verzweiflung trieb.

Den ersten Unterrichtstag aber verbrachte sie damit, ein wenig über sich selbst zu erzählen und dann vor allem den beiden Mädchen zuzuhören, ihre Vorlieben und Abneigungen kennenzulernen.

Salome erwies sich als die gesprächigere von beiden. Sie wirkte locker und fröhlich, manchmal sogar ausgelassen, vor allem dann, wenn es um ihre Pferde ging. Als Cendrine sie fragte, was sie gerne mochte, begann Salome bei ihren Leibgerichten, sprach weitschweifig von den Dienstboten, die sie gern hatte, und endete schließlich bei ihren Lieblingsbüchern. Dabei spielte sie häufig mit ihren Zöpfen, wickelte sie sich um die Finger und zupfte gedankenverloren daran.

Lucrecia war ganz anders. Sie wirkte nachdenklich und verhielt sich der neuen Gouvernante gegenüber zurückhaltend. Sie schien jedes Wort, das sie sprach, genau zu überdenken und achtete stets darauf, daß ihr blonder Pferdeschwanz über ihrer Schulter lag und nicht etwa über den Rücken herabfiel. Sie teilte die Begeisterung ihrer Schwester fürs Reiten, verlor sich aber nicht wie Salome in langen Schilderungen ihrer Gründe dafür. Ihr hatten es vor allem die alten Märchen und Legenden Afrikas angetan, die einige der Bediensteten den Kindern manchmal erzählten. Sie liebte die Geschichten über Teufel in den Tiefen der Wüste und über Löwendämonen, Sandgeister und Götter, die über die Savannen streiften. Cendrine konnte diese Faszination nachvollziehen, war aber nicht sicher, ob sie allzu glücklich war, daß sich ein so junges Mädchen dafür begeisterte. Doch solange Lucrecia keine schlechten Träume hatte, sollte es ihr recht sein. Sie bemerkte auch, daß Salome zu diesem Thema weitgehend schwieg; das Mädchen schien nicht ganz so angetan von den Geschichten der Dienstboten zu sein wie ihre Schwester, und Cendrine nahm sich vor, darauf zu achten, daß Salome sich nicht ängstigte.

Der Vormittag verstrich mit Erzählungen über Erlebnisse mit Eingeborenen und wilden Tieren, mit Schilderungen vom Leben im Haus und dem Tagesablauf der Mädchen, in die Cendrine immer wieder kleine Fragespiele einbaute, die ihr zu weiteren Erkenntnissen über den Bildungsstand der beiden verhalfen. Dabei bestätigte sich, was sie schon zu Anfang erkannt zu haben glaubte: Lucrecia und Salome waren überaus kluge Kinder. Madeleine und Titus Kaskaden durften stolz auf sie sein.

Vor allem überraschte Cendrine die Tatsache, daß die Mädchen den Eingeborenen gegenüber weit aufgeschlossener waren als Valerian und Madeleine. Offenbar standen die zwei mehr unter dem Einfluß ihres Vaters, der, nach allem, was Cendrine bisher gehört hatte, recht ungezwungen im Umgang mit den Schwarzen zu sein schien.

Über dem Eingang des Schulzimmers hing eine verglaste Uhr, und Cendrine stellte fest, daß es auf zwölf zuging, als sie mit einemmal eine Bewegung wahrnahm. Erst war sie so überrascht, daß sie gar nicht wußte, wie sie das kurze Zukken einordnen sollte, doch dann begriff sie: Im Glas der Uhr spiegelten sich die großen Fenster des Schulzimmers. In der Reflexion der hellen Rechtecke zeichnete sich eine Silhouette ab.

Als sie zum Fenster blickte, bewegte sich der Umriß nach rechts. Ihr blieb gerade noch genug Zeit, das Gesicht wiederzuerkennen, ehe die Gestalt verschwand. Sekunden später lag der Kieshof wieder verlassen da, sogar die Eingeborenenkinder auf dem Rasen waren fort.

Die Mädchen hatten offenbar nicht hingesehen. Erst jetzt, als sie Cendrines Reaktion bemerkten, schauten sie nach draußen.

Cendrine runzelte die Stirn. »Das war euer Bruder. Kommt es oft vor, daß Valerian vor den Fenstern herumschleicht?«

Lucrecia schaute auf ihr Pult und malte mit dem Finger unsichtbare Muster aufs Holz. »Ich glaube nicht, daß es Valerian war.«

»Ohne jeden Zweifel«, widersprach Cendrine.
»Lucrecia meint«, sagte Salome, »daß es Adrian war.«
»Wer ist Adrian?«
»Unser zweiter Bruder«, sagte Lucrecia, und Salome fügte hinzu: »Er und Valerian sind Zwillinge. Genau wie wir.«
Cendrine hatte nie zuvor gehört, daß eine Frau gleich zweimal Zwillinge zur Welt gebracht hatte. Zudem war bisher kein einziges Wort über Adrian gefallen, auch nicht während all der Stunden, die sie mit Valerian verbracht hatte.
»Adrian ist komisch«, sagte Lucrecia, aber Salome widersprach sogleich: »Adrian ist *taub*, nicht komisch.«
»Klar ist er komisch«, sagte Lucrecia, und sogleich begann zwischen den Schwestern ein Wortgeplänkel, in das Cendrine mit sanfter Stimme eingriff. »Vielleicht könnt ihr mir euren Bruder ja später einmal vorstellen.«
»Wenn wir ihn finden«, bemerkte Lucrecia, und wieder warf Salome ihr einen rügenden Seitenblick zu.
»Was soll das heißen?« In Cendrines Fantasie erstanden Erinnerungen an die alten Schauerromane, die sie als junges Mädchen verschlungen hatte. Bilder von ungeliebten Familienmitgliedern, manchmal mißgebildet, die auf Dachböden oder in Geheimkammern versteckt gehalten wurden. Wunderliche Eigenbrötler, die jungen Frauen im Wald nachstellten – und immer dann durch Fenster starrten, wenn die Heldinnen nicht damit rechneten.
»Adrian ist gerne in den Weinbergen«, sagte Salome. »Und er fährt oft nach Windhuk. Wir sehen ihn nur manchmal beim Essen.«
»Und er ist wirklich taub?« fragte Cendrine.
Salome nickte. »Als Kind hatte er schlimme Masern. Er ist fast dran gestorben. Seitdem hört er nichts mehr. Dafür kann er aber Lippenlesen.«
Lucrecia kicherte. »Die Eingeborenen sagen sogar, er könne Gedanken lesen.«
Auch ihre Schwester lachte. »Sie verstehen nicht, daß er zwar nicht merkt, wenn hinter seinem Rücken eine Vase auf dem Boden zerbricht, aber ganz genau weiß, was die Leute reden, wenn er vor ihnen steht.«

»Nun ja«, meinte Cendrine ein wenig hilflos, »ich werde ihn bestimmt bald kennenlernen.«

Die Mädchen schauten sich an, dann nickten beide und sagten im Chor: »Heute abend.«

»Was ist heute abend?« wollte Cendrine wissen.

Lucrecia grinste und sah dabei fast erwachsen aus. »Eine Überraschung. Warten Sie's ab.«

Cendrine schätzte Überraschungen nicht besonders, doch diese versprach in der Tat amüsant zu werden. Am Abend, nachdem Madeleine sie durch die übrigen Teile des Hauses geführt und sie den Dienstboten vorgestellt hatte, versammelte sich die Familie im Musikzimmer im Erdgeschoß. Cendrine übte sich insgeheim darin, die Lage einzelner Räume im Gesamtgefüge des Anwesens zu bestimmen, und sie war ziemlich sicher, daß sich das Musikzimmer im Südosten befand, genau unterhalb des Morgenzimmers, wo die Familie – und vom kommenden Tag an auch sie selbst – ihr Frühstück einzunehmen pflegte.

Das Musikzimmer war ein länglicher Raum mit Tapeten in gediegenen Blautönen und Schmuckbordüren. Auch hier war die Decke mit Stuck abgesetzt, wenn auch längst nicht so verschwenderisch wie in der Galerie. In der Mitte des Zimmers hing ein kristallener Kronleuchter. Rechts standen drei Reihen mit gepolsterten Stühlen für die Zuhörer der Kammerkonzerte, die die Kaskadens gelegentlich für den deutschen Geldadel von Windhuk veranstalteten. Für Vorträge im Familienkreis stand indes auf der anderen Seite des Zimmers ein Rund aus ledernen Sesseln bereit, in unmittelbarer Nähe des Kamins. Diener hatten ein Feuer geschürt, im Raum herrschte eine angenehme Temperatur.

Unter dem Kronleuchter stand ein prachtvoller Flügel, daneben eine Harfe. Zudem gab es mehrere Notenständer und einige Glasvitrinen, in denen Violinen, Flöten und eine Gitarre aufbewahrt wurden. Ein Spinett, auf dem Madeleine hin und wieder musizierte, befand sich in einer Ecke des Zimmers unter dem Gemälde eines ernst dreinblickenden Paars, den Eltern von Titus Kaskaden, wie Cendrine am Nachmittag von der Hausherrin erfahren hatte. Sogleich hatte sie in den Augen der alten Dame auf dem Bild nach jener Garstigkeit gesucht, die Madeleine angedeutet hatte, und es fiel in der Tat nicht schwer, Madeleines Abneigung zu teilen.

Als Cendrine eintrat, waren die beiden Mädchen schon anwesend und lümmelten wenig damenhaft auf den Sesseln herum. Cendrine räusperte sich, und sogleich nahmen die beiden eine gesittetere Haltung an.

Wie wohlerzogen sie sind, dachte sie beeindruckt.

Ihr eigenes Räuspern war kaum verklungen, als jemand hüstelte, der hinter ihrem Rücken stand. Als sie herumfuhr entdeckte sie Valerian, auch heute in Uniform, der ohne großes Interesse in einer Zeitschrift blätterte.

»Einen wunderschönen guten Abend wünsche ich, Fräulein Muck.«

»Ihnen dasselbe, Herr Kaskaden.« Ihr kam sofort ihre erste Begegnung in den Sinn, bei der sie ihm ins Gesicht gespuckt hatte, und jetzt spürte sie, wie sie rot anlief. Damit er es nicht bemerkte, drehte sie sich schleunigst herum und ging zu den Kindern.

Kaum hatte sie einige Worte mit ihnen gewechselt, als Madeleine das Musikzimmer betrat. Sie trug zum ersten Mal seit Cendrines Ankunft ein Kleid, am Oberkörper eng geschnürt, aber weit um die Beine fallend. Cendrine dagegen hatte noch immer dasselbe Kleid an, das sie schon am Morgen getragen hatte, und sie fragte sich beklommen, ob dies wohl als Fauxpas gewertet wurde.

Valerian trat vor, um seiner Mutter einen Kuß auf die Wange zu hauchen, und auch die Mädchen standen auf und umarmten sie pflichtschuldig.

»Mein Mann wird erst morgen wieder bei uns sein«, erklärte Madeleine an Cendrine gewandt. »Er ist schon seit zwei Wochen unterwegs, um unsere Minen zu inspizieren. Aber Sie werden ihn morgen abend kennenlernen, dessen bin ich sicher. Er ist sehr neugierig auf Sie.«

Cendrine fiel wieder Valerians Bemerkung ein, daß Madeleine keine jungen Frauen in ihrem Haus schätze, und sie fragte sich unwillkürlich, ob das mit ihrem Mann zu tun hatte. War sie eifersüchtig? Dabei schien dies doch eine Eigenschaft zu sein, die so gar nicht zu jener Madeleine Kaskaden paßte, die sie seit gestern kannte. Auch von einer Abneigung gegen jüngere Frauen hatte Cendrine bislang nichts bemerken können. Die Hausherrin war manchmal ein wenig ruppig, gewiß, aber das schien eher an ihrem offenherzigen Charakter zu liegen als an heimlichen Antipathien.

»Setzen wir uns«, bat Madeleine und wies Cendrine einen Sessel am Kamin zu, gleich neben Lucrecia. Auch sie selbst und Valerian nahmen Platz. Auf dem Gesicht des jungen Soldaten spiegelte sich ein Anflug von Widerwillen, den Cendrine nicht einzuordnen wußte.

Eine oder zwei Minuten vergingen, dann wurde die Tür des Musikzimmers erneut geöffnet, und ein junger Mann trat ein. In seiner Hand hielt er eine Oboe. Er trug einen schwarzen Anzug aus feinstem Stoff, und sein Haar war sauber gescheitelt. Doch bei all der Korrektheit seiner Erscheinung konnte Cendrine nicht umhin, eine leise Ironie in seinem Auftreten zu entdecken. Sie schaute der Reihe nach die anderen an, doch niemand schien ihre Beobachtung zu teilen.

Dennoch war da etwas in seinen Augen, ein Blitzen, als er sie ansah, das sein steifes Äußeres Lügen strafte.

Adrian und Valerian sahen sich zum Verwechseln ähnlich – solange man nur oberflächlich in ihr Gesicht blickte. Adrians Haar war länger, und er bewegte sich nicht so zackig wie sein Bruder, eher fließend, fast tänzerisch. Was ihm zudem vollkommen fehlte, war der militärische Zug um die Mundwinkel, den Valerian sich zu eigen gemacht hatte. Valerian erweckte permanent den Eindruck, als warte er nur darauf, strammstehen zu dürfen, während Adrian dergleichen völlig fremd zu sein schien.

Warum sich Cendrine bei dieser ersten Begegnung trotzdem schwertat, Sympathie für ihn zu empfinden, vermochte sie nicht zu sagen. Etwas war an ihm, das andere auf Distanz hielt. Vielleicht, so dachte sie, ist das auch nur die Scheu vor seiner Behinderung. Sie schämte sich ein wenig für dieses Eingeständnis.

Madeleine stellte sie und Adrian einander vor, wobei es Cendrine verblüffte, wie schnell er die Worte von den Lippen seiner Gesprächspartner ablas.

»Verzeihen Sie«, bat er, »ich bin nicht sicher, ob ich Ihren Namen richtig ausspreche. Cendrine, nicht wahr?« Seine Aussprache war makellos.

»Völlig richtig«, entgegnete sie lächelnd.

»Adrian kokettiert nur«, bemerkte Valerian von seinem Platz im Sessel aus. »In Wahrheit hat er Ihren Namen schon eine ganze Weile lang geübt, gleich nachdem Vater Sie zum erstenmal erwähnte.«

»Valerian!« wies Madeleine ihn zurecht, aber der Tadel in ihrer Stimme klang wenig überzeugend.

Falls Adrian den Einwurf seines Bruders verstanden hatte, so ließ er es sich nicht anmerken. Statt dessen nahm er auf einem Stuhl Platz, der dem Halbrund der Sessel gegenüberstand. Man hatte einen Ständer mit Notenblättern für ihn bereitgestellt, doch er schob ihn mit einer Bewegung beiseite, die verriet, daß sie zum Ritual seines abendlichen Spiels gehörte.

Von den Mädchen hatte Cendrine erfahren, daß Adrians musikalische Vorträge zur täglichen Abendunterhaltung im Hause Kaskaden gehörten. Allerdings schien niemand, außer Madeleine, großen Wert darauf zu legen, am wenigsten Valerian, und eigentlich fand man sich nur zusammen, um Adrian einen Gefallen zu tun. Dabei, dachte Cendrine, sah er gar nicht aus, als würde er sich anderen aufdrängen.

Doch in jedem Haus gab es gewisse Regeln, die Fremden wunderlich erscheinen mochten – das hatte man Cendrine während ihrer Ausbildung beigebracht. Und ganz gleich, was man selbst darüber denken mochte, es galt sich in jedem Fall unterzuordnen und die Gesetze der Herrschaft zu akzeptieren. Eine Gouvernante mochte gebildeter sein als das übrige Gesinde, doch letztlich galten für sie dieselben Regeln wie für jeden Diener und jedes Küchenmädchen.

Sie erinnerte sich an ihre eigene Kindheit, an die Zeit, als ihre Eltern noch gelebt hatten. In ihrer Familie war es üblich gewesen, daß einer dem anderen widersprach, ganz gleich, worum es ging. »Ist das Wetter nicht schön?« mochte einer sagen, worauf ein anderer erwiderte: »Sieht aber aus, als ob es bald regnen würde.« So ging es tagein, tagaus und führte oft vom Kleinen ins Große, wobei sich ihre Eltern in wüsten Streitereien ergingen. Sie selbst war damals zu jung, als daß man sie da hineingezogen hätte, aber Elias hatte oft darunter leiden müssen. Immer wieder hatte Cendrine deutlich das Netzwerk gegenseitiger Ablehnung zu spüren bekommen, in dem die drei anderen gefangen waren. Und womöglich war ja gerade das der Grund dafür, daß der Tod der Eltern sie und Elias so eng zusammengeschweißt hatte.

Zu Cendrines Rechten saßen die beiden Mädchen, zu ihrer Linken Madeleine. Bevor Adrian mit seinem Spiel begann, beugte sich die Hausherrin zu ihr herüber und flüsterte hinter vorgehaltener Hand: »Ganz gleich, was geschieht – klatschen Sie! Tun Sie, als ob es Ihnen gefällt.«

»Aber –«

»Nein, kein aber«, unterbrach Madeleine sie ungehalten und ohne ihre Hand zu senken. »Reden Sie nicht davon. Denken Sie daran, er weiß, was Sie sagen, auch wenn Sie flüstern. Seien Sie begeistert. Jeder hier hält sich daran, und auch Sie werden das tun!«

»Natürlich«, erwiderte sie kühl.

Adrian setzte das Instrument an die Lippen und begann. Erst glaubte Cendrine, er sei noch dabei, den richtigen Ton zu finden, doch als sie die gekünstelte Zufriedenheit auf den Gesichtern der anderen sah, erkannte sie, daß dies bereits zum eigentlichen Vortrag gehörte.

Adrian spielte, und er spielte so falsch, daß es in den Ohren schmerzte. Keine zusammenhängende Melodie, nur eine Abfolge dissonanter Töne, ein Chaos aus unharmonischen Klängen. Spätestens nach zwei, drei Minuten wurde Cendrine regelrecht schwindelig davon. Immer wieder blickte sie verstohlen zu Madeleine hinüber, die ihre Zustimmung wie eine Maske zur Schau trug und freudig in die Hände klatschte, wenn Adrian sie ansah. Selbst Valerian, der mit diesem Familienritus weit weniger einverstanden zu sein schien als seine

Mutter, rang sich ein Lächeln in die Richtung seines Bruders ab.

Am größten aber war Cendrines Erstaunen über das Verhalten der beiden Mädchen. Sie schienen tatsächlich Freude an Adrians verquerem Spiel zu haben. Cendrine erschrak ein wenig, als ihr klar wurde, wie perfekt die beiden ihre Rolle spielten. Nie zuvor hatte sie Kinder erlebt, die sich derart zu verstellen wußten.

Adrians Darbietung dauerte ein wenig über eine Viertelstunde, dann brach er sein Spiel ab, verbeugte sich nach allen Seiten und verließ das Zimmer.

Die übrigen blieben schweigend zurück. Cendrine war die Situation so peinlich, daß sie nicht wußte, wohin sie schauen sollte.

»Wundern Sie sich nicht, meine Liebe«, bat Madeleine schließlich ungewohnt sanftmütig und legte ihre Hand auf Cendrines Finger, die sich um die Armlehne des Sessels klammerten. »Adrian braucht diese Aufmunterung. Er neigt zum Trübsinn, schon seit seiner Kindheit. Solange er glaubt, uns abends eine Freude zu machen, hält sich seine Trauer in Grenzen.«

»Wie lange geht das schon so?« fragte Cendrine, die sich nicht herausnehmen wollte, der Hausherrin zu widersprechen, auch wenn es ihr schwerfiel.

»Jahre«, nahm Valerian die Antwort seiner Mutter vorweg. »Es ist eine Tortur, glauben Sie mir. Adrian ist ein Dilettant auf der Oboe, wie überhaupt in den meisten Dingen, und er –«

»Valerian, *bitte*!« fiel Madeleine ihm ins Wort. »Sprich nicht so über deinen Bruder.«

Valerian sprang aus dem Sessel und baute sich vor den anderen auf. Seine Stirn lag in Zornesfalten. »Warum nicht, Mutter? Es ist die Wahrheit, das weißt du genau! Warum sollen wir Fräulein Muck gegenüber nicht offen sein? Adrian ist nicht ganz richtig im Kopf, das ist alles!«

Die beiden Mädchen hatten nach dem Ende von Adrians Vortrag stumm in ihren Sesseln gesessen, doch jetzt ergriff Salome das Wort. »Das ist nicht wahr! Adrian ist taub, aber er ist nicht –«

»Verrückt?« entgegnete Valerian boshaft. »O doch, meine Liebe, das ist er.«

»Valerian!« Madeleine stand blitzschnell auf, und einen Augenblick lang sah es aus, als wolle sie ihrem Sohn eine Ohrfeige geben.

»Willst du mich wirklich schlagen, weil ich die Wahrheit sage?« Er lächelte kalt. »Frag Fräulein Muck, ob das die richtige Erziehungsmethode ist – sie muß es schließlich wissen.«

Mit diesen Worten fuhr er herum und stürmte aus dem Zimmer. Madeleine wirkte einen Moment lang hin und her gerissen zwischen der Wahrung ihrer Würde und dem Drang, Valerian zu folgen. Sie hatte schon einige Schritte in Richtung Tür gemacht, als sie innehielt und sich umdrehte.

»Verzeihen Sie diesen Eklat, Fräulein Muck«, zischte sie durch zusammengepreßte Lippen. »Ich werde dafür sorgen, daß dergleichen nicht noch einmal vorkommt.«

Damit verließ auch sie das Musikzimmer, und Cendrine blieb mit den beiden Mädchen zurück.

»Glauben Sie Mutter nicht«, sagte Lucrecia leise und wirkte dabei wie immer ein wenig traurig. »So was passiert oft, und es wird auch wieder passieren. Adrian bringt alle ganz durcheinander.«

»Es liegt nicht an Adrian«, widersprach Salome entrüstet. »Es ist nicht seine Schuld. Er macht nur Musik.« Eine Träne blitzte in ihrem Augenwinkel.

»Ja«, bestätigte Lucrecia leise. »Nur Musik.«

Cendrine hatte die Kinder zu Bett gebracht und suchte den Weg zurück zu ihrem Zimmer. Die Schlafzimmer der Mädchen lagen im Obergeschoß des Nordtraktes, ihr eigenes befand sich irgendwo im Hinterhaus des Ostflügels. Im verschachtelten Gefüge des Hauses zog sich der Weg schier endlos in die Länge.

Sie bog um mehrere Ecken, stieg Treppen hinauf und wieder hinunter und gelangte schließlich auf einen Korridor, den sie zu kennen glaubte. Es war dunkel hier, das einzige Licht stammte von dem dreiarmigen Kandelaber in ihrer Hand. Natürlich hätte sie einen der Dienstboten bitten können, sie zu führen, aber sie wollte den Weg allein finden.

Weil du es nötig hast, dir etwas zu beweisen, wisperte eine Stimme in ihrem Inneren. Weil du nichts getan hast, um die Mädchen vor den Peinlichkeiten dieses Abends zu schützen.

Aber was hätte sie denn tun sollen? Auch sie war Madeleine Kaskadens Entscheidungen ausgeliefert, und wenn es in dieser Familie Sitte war, Adrians haarsträubendem Oboenspiel zu applaudieren, nun gut, dann würde sie sich eben daran beteiligen. Zumal die Mädchen, vielleicht aus Gewöhnung, keinerlei Anstoß daran nahmen. Vor allem Salome verteidigte ihren merkwürdigen Bruder erbittert gegen jeden Angriff.

Der ewige Wind, der aus dem Hochland von Khomas über die Auasberge wehte, wurde am Abend besonders heftig. Schon in der vergangenen Nacht war ihr aufgefallen, wie laut die Windstöße um die Ecken und Winkel des Hauses jaulten, und jetzt, allein in der Dunkelheit der Korridore, im engen Lichtschein der Kerzen gefangen wie in einer Seifenblase, kam ihr der Sturm besonders laut und furchterregend vor. Die Vorstellung, dieser leerstehende Trakt könnte einmal als Hotel für reiche Kolonialherren und ihre Familien dienen, schien ihr befremdlicher denn je. Das flackernde Kerzenlicht ließ die Muster der langgestreckten Teppiche erzittern, und die archaischen Reliefs, die hier und da in die Wände eingelassen waren, schienen nun voller Leben.

Ihr Orientierungssinn hatte sie nicht getäuscht. Der Gang, in dem sie sich befand, stieß nach einigen Metern auf den Flur, an dem ihr Zimmer lag. Jemand hatte auf einer Fensterbank, genau gegenüber ihrer Tür, ein Windlicht zurückgelassen. Sie war dankbar dafür, nahm sich aber erneut vor, am nächsten Tag dafür zu sorgen, daß in allen Glaskästen an den Wänden Kerzen oder Öllampen angezündet wurden. Sie war den Dienstboten heute erst vorgestellt worden und hatte nicht gleich mit einer Bitte an sie herantreten wollen; nach ihrem Irrweg durchs Dunkel aber war sie entschlossen, gleich am nächsten Morgen alles Nötige in die Wege zu leiten. Seltsam, daß die Hausherrin nicht daran gedacht hatte. Aber angesichts des Vorfalls im Musikzimmer schien sie beileibe andere Sorgen zu haben als die Beleuchtung vor Cendrines Zimmertür.

Cendrine drückte die Klinke hinunter und trat ein. Sie hatte nicht abgeschlossen, weil sie annahm, daß das in einem Haus wie diesem nicht nötig war.

Im Kamin flackerte ein kleines Feuer. Die Flammen warfen rotgelbe Schemen an die Wände. Es war warm hier drinnen, beinahe unangenehm. Sie würde eines der Fenster öffnen müssen, bevor sie zu Bett ging, sonst würde sie kein Auge zutun.

Sie durchquerte das Zimmer und stellte den Kandelaber auf ihren Nachttisch, darauf bedacht, ihn nicht zu nah an die Seidenbahnen des Baldachins zu rücken. Dann begann sie, das Oberteil ihres Kleides aufzuknöpfen.

»Bitte«, sagte eine sanfte Stimme vom Kamin, »lassen Sie das. Ich will Sie nicht in eine unziemliche Lage bringen.«

Mit einem erschrockenen Keuchen raffte sie ihr Dekolleté zusammen und wandte sich empört dem Eindringling zu. Adrian Kaskaden saß in einem der beiden Ohrensessel, der mit der Lehne zur Tür stand; deshalb hatte sie ihn beim Eintreten nicht gesehen.

»Dies mag das Haus Ihrer Eltern sein, Herr Kaskaden, aber ich denke dennoch, daß Sie kein Recht haben, in –«

»Entschuldigen Sie bitte, Sie müssen näher herankommen. Dort, wo Sie stehen, ist es zu dunkel. Ich kann nicht sehen, wie sich Ihre Lippen bewegen.«

Sie zögerte, tat dann aber, was er sagte. Dabei knöpfte sie das Kleid wieder zu.

»Nehmen Sie Platz«, bat er und wies auf den leeren Sessel.

»Ich würde jetzt gerne zu Bett gehen«, erwiderte sie und blieb stehen. Sie bemerkte, daß sie lauter und betonter sprach als sonst, als spiele das in Anbetracht seiner Taubheit eine Rolle.

»Ich werde Sie nicht lange aufhalten.« Der Blick seiner hellblauen Augen war stechend und fest auf ihr Gesicht gerichtet. Sie empfand das als unangenehm, sah aber ein, daß er sie nur anstarrte, um zu verstehen, was sie sagte.

»Was wollen Sie?«

»Mit Ihnen reden, natürlich.«

»Das hätten wir im Musikzimmer tun können. Warum schleichen Sie sich deshalb hier ein?«

»Ich bin nicht geschlichen. Es war ja ohnehin niemand da, der mich hätte hören können.«

Er machte sich über sie lustig, und allmählich wurde ihr Mitgefühl zu Wut. Was dachte sich dieser Kerl eigentlich?

»Bitte verlassen Sie mein Zimmer. Wir können morgen reden, wenn Sie dann noch Wert darauf legen.«

»Sie mißverstehen mich, Fräulein Muck«, sagte er. Er sprach ruhig und sachlich, gar nicht wie jemand, der unfähig war, seine eigene Stimme zu hören. »Ich möchte Sie nicht verärgern, wirklich nicht. Es ist nicht meine Art, hübsche junge Damen zu necken und mir einzubilden, sie könnten deshalb etwas für mich empfinden, so wie mein Bruder es tut. Wenn Sie wirklich möchten, daß ich gehe, gut, dann gehe ich.«

Er stand auf und griff nach der Oboe, die neben den Sesseln lehnte.

Cendrine sah ihn einige Schritte in Richtung Tür machen, dann ging sie ihm resigniert nach und hielt ihn am Arm zurück. »Warten Sie. Ich bin ohnehin noch nicht müde.« Sie trat zurück an den Sessel, ließ sich hineinfallen und wies auf jenen, in dem er gesessen hatte. »Setzen Sie sich wieder.«

»Sind Sie sicher?« fragte er und klang jetzt beinahe scheu. Sie fragte sich, welches von beidem die Maske war: seine Schüchternheit oder die kühle Ruhe, die er zuvor zur Schau getragen hatte.

»Nun setzen Sie sich schon. Sie haben Glück, daß ich so neugierig bin.«

Er kam zurück, zögerte noch einen Augenblick, dann nahm er Platz. Die Oboe legte er vorsichtig auf den runden Tisch zwischen ihnen. Das Kaminfeuer spiegelte sich auf der dunkel polierten Mahagoniplatte.

»Also?« fragte Cendrine, die langsam zu jener eingeübten Strenge fand, die zum Rüstzeug jeder Gouvernante gehörte. Adrian war drei Jahre jünger als sie, neunzehn, und obwohl er natürlich nicht wirklich ihr Schüler hätte sein können, versuchte sie doch, sich das einzureden. Das half ihr oft, wenn Menschen sie verunsicherten.

»Ich wollte Ihnen eine Geschichte erzählen«, sagte er.

»Das muß eine ziemlich wichtige Geschichte sein, wenn Sie Ihnen um diese Uhrzeit einfällt.«

Er schüttelte den Kopf. »Überhaupt nicht.« Er lächelte, als er das Unverständnis in ihrem Blick bemerkte. »Nein, wirklich nicht. Ich hatte nur Lust, Ihnen davon zu erzählen, sonst nichts. Ebensogut hätten wir morgen oder in einem Monat darüber reden können.«

»Ich höre.«

»Hat meine Mutter Ihnen erzählt, wem dieses Haus gehörte, bevor meine Eltern hierher kamen?«

»Diesen englischen Lord meinen Sie?«

»Lord Luther Selkirk, ganz genau. Er lebte hier mit seiner Frau und seinen drei Töchtern. Er hat dieses Haus gegen aller Widerstände aus dem Boden gestampft. Damals waren die Briten noch die vorherrschende Macht im Süden Afrikas. Zwar gab es hier eine Reihe deutscher Missionsstationen, aber ebenso englische, holländische und sogar eine finnische, oben in Ovambo-Land.«

»In den siebziger Jahren des letzten Jahrhunderts vereinnahmten die Briten das Gebiet um Walvis Bay«, unterbrach ihn Cendrine und gähnte. »Ich kenne die Geschichte Südwests. Fünf Jahre später erwarb ein Bremer Kaufmann Gebiete von den Nama, erst nur einige Hektar, dann immer größere Flächen. Das Deutsche Reich war gezwungen, die Gebiete unter seinen Schutz zu stellen, wenn es sie nicht an die Engländer verlieren wollte, und so begann offiziell die deutsche Besiedlung dieses Landes. Wenn es nur das ist, was Sie mir erzählen wollen, muß ich Sie enttäuschen – all das habe ich schon in diversen Büchern gelesen.«

»Darum geht es nicht«, erwiderte er kopfschüttelnd. »Das alles sind nur die Eckpunkte dessen, was hier geschah. Vor 1878, vor der Erklärung, Walvis Bay sei fortan ein britischer Stützpunkt, unterstand dieses Land nur jenen Menschen, die hier seit Jahrtausenden leben. Die ersten Europäer waren die Missionare, aber niemand hatte sie gebeten, hierher zu kommen, am wenigsten die Herero, in deren Einflußgebiet sie sich ansiedelten. Schon um die Mitte des vergangenen Jahrhunderts hatten Herero eine der ersten Missionsstationen dem Erdboden gleichgemacht, genau hier, wo später Windhuk entstehen sollte. Auch die ersten englischen Siedler verloren ihr Leben, zumindest alle, die sich nicht nach Osten durch die Kalahari nach Betschuanaland retten konnten. Aber ich bezweifle, daß das irgendwem gelungen ist. Kein Europäer überlebt länger als ein, zwei Tage in der Kalahari. Nicht einmal die Herero gehen dorthin. Die Kalahari ist Buschmann-Land, das Gebiet der San.«

»Ich dachte, die San seien friedlich?«

»O ja, das sind sie. Nicht sie töten Eindringlinge, das übernimmt die Kalahari selbst. Es gibt kaum eine Wüste, die gnadenloser ist. Riesige Salzseen bis zum Horizont, endlose Dünenmeere und kein Tropfen Wasser. Kein Ort für uns Europäer.« Er schüttelte den Kopf. »Aber ich wollte eigentlich auf etwas anderes hinaus.«

»Das dachte ich mir.«

»Wie gesagt, als Selkirk und seine Familie sich hier ansiedelten, gab es noch keine deutsche oder britische Ordnungsmacht. Er baute dieses Anwesen mitten ins Nirgendwo, ohne Schutztruppen außer jenen, die er selbst anheuerte und unter Waffen stellte. Es gab noch keine Bahnverbindung zum Meer, nur Kamelkarawanen mitten durch die Weiten der Namib. Trotzdem ist es ihm gelungen, diesen Bau zu errichten, auch mit Hilfe der Eingeborenen, die er mit Alkohol und glitzerndem Tand bezahlte. Vor allem die San arbeiteten für ihn, denn die Herero sind keine Freunde der Weißen. Man muß Selkirk allerdings zugute halten, daß er dieses Tal rechtmäßig von den Häuptlingen der Herero erworben hat, und er gab ihnen keinen Schnaps dafür, sondern Rinderherden – also ein völlig legitimes, anständiges Geschäft.«

»Er war nicht zufällig Ihr Großvater oder so was?« fragte Cendrine sarkastisch.

Ein schwaches Lächeln lag um seine Mundwinkel, als er antwortete: »Ich habe Selkirk nicht mehr gekannt. Aber ich glaube nicht, daß er ein schlechter Mensch war.«

»Trotzdem haben ihn die Herero ermordet.«

»Haben sie nicht«, behauptete er fest. »Genau darüber wollte ich mit Ihnen sprechen.«

»Aber Ihre Mutter sagte –«

»Ich weiß, was sie sagt. Sie will nicht wahrhaben, was wirklich geschehen ist.«

»Was *ist* geschehen?«

»Sie sind tatsächlich neugierig.« Er grinste. »Es gab in dieser Gegend immer wieder Aufstände, und auch heute ist es nur eine Frage der Zeit, bis die nächste Rebellion ausbricht. Irgendwann wird es wieder Kämpfe geben, vielleicht schon bald.«

»Sagen Sie das, um mir angst zu machen?«

»Würde das etwas ändern? Sie sollen nur verstehen, in was für einer Umgebung Selkirk sich angesiedelt hat. Damals, als wieder einmal Aufstände unter den Herero ausbrachen, kamen die Mutigsten unter ihnen auch in dieses Tal, um Selkirk und seine Leute von hier zu vertreiben. Und sie hätten ihn sicher getötet, hätten sie die Möglichkeit dazu gehabt.«

»Hat er sich gewehrt?«

»Das mußte er nicht. Die Eingeborenen suchten das Weite, sobald sie auch nur in die Nähe dieses Tals gekommen waren. Etwas erschreckte sie so sehr, daß sie die Flucht ergriffen.«

»Sie wollen es spannend machen, nicht wahr?«

Er schüttelte den Kopf. »Es war ein Wirbelsturm«, sagte er trocken. »Ein Wirbelsturm, der wie ein gigantischer Strudel im Tal tobte, den Trichter irgendwo in den Wolken, und unten, an seinem Fuß, dieses Haus. Es lag genau im Zentrum des Sturms.«

»Das mag ungewöhnlich sein, aber was –«

»Es war kein gewöhnlicher Sturm. Wenigstens behaupten das die Eingeborenen.«

»Ich kenne mich nicht aus mit den Sitten der Herero und San und wie sie alle heißen mögen«, sagte Cendrine zweifelnd, »aber behaupten diese Menschen nicht von allem, was sie nicht verstehen, daß es ungewöhnlich oder von den Göttern gesandt sei?«

»Unterschätzen Sie diese Menschen nicht. Sie kennen dieses Land besser als jeder andere, und mit ihm seine Tücken und Gefahren. Wirbelstürme sind hier zwar selten, aber es gibt sie, und zumindest einige unter den Aufständischen von damals müssen schon mal einen erlebt haben. Trotzdem – dieser war anders. Es gibt ganze Legenden, die sich um diesen einen Sturm ranken.«

»Sie glauben also daran?«

»Es *hat* diesen Wirbelsturm gegeben.«

»Und wenn schon?« fragte sie und begriff noch immer nicht, warum er ihr das alles erzählte. »Naturphänomene kommen vor, überall auf der Welt. Erdbeben, Vulkanausbrüche, Stürme. Selkirk hat großes Glück gehabt, wenn ein Tornado die Eingeborenen vertrieben hat.«

Adrian runzelte die Stirn. »Ich bin nicht sicher, ob man in diesem Fall wirklich von Glück sprechen kann.«

»Das Haus scheint den Sturm gut überstanden zu haben. Hier drinnen müssen die Menschen doch sicher gewesen sein.«

»Sicher vor dem Sturm, ja. Und sicher vor den Herero. Aber keineswegs sicher voreinander.«

Sie hob eine Augenbraue. »Was meinen Sie damit?«

»Der Aufstand in dieser Gegend wurde von britischen Einheiten niedergeschlagen, nur einen Tag nachdem er ausgebrochen war. Die Soldaten wußten, daß Selkirks Anwesen auf der Marschroute der Rebellen lag, deshalb sandte man einen kleinen Trupp hierher, um sich zu vergewissern, daß alles in Ordnung war. Sie stellten fest, daß die Gärten verlassen waren. Auch die Wächter, die Selkirk angeheuert hatte, waren verschwunden. Später stellte sich heraus, daß die Männer geflohen waren, als der Wirbelsturm herantobte. Selkirk, seine Familie und ein paar Diener waren während des Unwetters allein im Haus gewesen. Die Soldaten versuchten hineinzugehen, aber die Türen waren verschlossen, und niemand antwortete auf ihre Rufe. Daraufhin wurde das Portal aufgebrochen und das Haus von oben bis unten durchsucht. Als erstes entdeckte man die Leichen der Diener. Sie lagen blutüberströmt auf den Gängen. Selkirks Frau wurde schnell gefunden – man hatte sie im Salon ermordet. Die Töchter hatten sich in allen möglichen Winkeln versteckt, doch auch sie hatte der Mörder schließlich aufgestöbert und niedergemacht. Selkirk selbst galt erst als verschwunden, doch dann fand man ihn erhängt im Kamin seines Arbeitszimmers. Er muß aufs Dach geklettert sein, ein Seil befestigt und durch den Kamin nach unten geworfen haben. Dann ist er wieder hinabgegangen, ist durch die Feuerstelle in den Kamin gestiegen und hat sich die Schlinge um den Hals gelegt.«

Cendrine sah Adrian erschüttert an. »Sie glauben, daß er es war? Er hat seine Frau, die Kinder und die Dienstboten getötet und sich am Ende selbst gerichtet?«

Er nickte. »Offiziell waren es natürlich die Herero. Ein englischer Lord tut so etwas nicht, gewiß kein so angesehener wie Selkirk. Aber bei den Soldaten, die die Leichen entdeckten, war ein Fährtensucher der San, und obwohl er bald darauf spurlos verschwand, waren die Männer, die ihn zum Schweigen brachten, nicht schnell genug. Vorher konnte er noch einigen anderen seines Volkes davon erzählen, und sie trugen die Geschichte weiter. Heute wissen viele davon, aber kaum jemand legt Wert auf die Wahrheit, am wenigsten meine Familie.«

»Aber warum sollte Selkirk das getan haben?«

»Die San und Herero glauben, der Wirbelsturm trage die Schuld. Sie behaupten, es sei ein Stamm böser Geister gewesen, der von dem Lord Besitz ergriffen und ihn zu den Morden angestiftet habe.«

Cendrine schmunzelte. »Ist das auch Ihre Erklärung?«

»Ich weiß nicht, warum Selkirk sie alle getötet hat. Ich glaube, daß der Sturm existiert hat, aber daß er Einfluß auf Selkirk nahm, halte ich für eher unwahrscheinlich.«

»Und ich dachte schon, Sie wollten mich zum Aberglauben der Eingeborenen bekehren.«

Adrian schüttelte lächelnd den Kopf. »Das werden die Eingeborenen selbst versuchen, dazu brauchen sie mich nicht.«

Verblüfft sah sie, wie er aufstand und abermals nach seiner Oboe griff. »Was soll das heißen?«

»Nur, daß ich nicht im Auftrag von irgendwelchen Medizinmännern oder Schamanen hier bin. Ich war nur der Meinung, Sie sollten die Wahrheit über dieses Haus und seinen Erbauer erfahren. Schließlich werden Sie eine Weile bei uns bleiben.«

»Das hoffe ich«, stammelte sie irritiert, aber er hatte sich schon umgedreht und sah nicht mehr, daß sich ihre Lippen bewegten.

Einen Moment lang wollte sie aufspringen und ihm nachgehen, mehr über das hören, was er über Selkirk, das Haus und die Ureinwohner dieses sonderbaren Landes wußte. Doch dann dachte sie, daß er es gewiß genau darauf anlegte, und diesen Triumph gönnte sie ihm nicht.

Falls Adrian jedoch wirklich darauf wartete, von ihr zurückgehalten zu werden, so verriet er es durch nichts. »Gute Nacht«, sagte er, ohne sie noch einmal anzusehen. »Schlafen Sie gut.« Dann verließ er das Zimmer und zog die Tür hinter sich ins Schloß.

Wieder hörte Cendrine keine Schritte auf dem dicken Teppich des Korridors. Geschwind sprang sie auf und drehte den Schlüssel herum. Ein wenig atemlos vor Aufregung lehnte sie sich mit dem Rücken gegen die Tür, blickte quer durch den Raum zum Erker und hinaus aus seinen hohen Fenstern.

Der Mond schien hell und warf weißes Licht über die Wiese hinter dem Haus. Die Akazien bogen sich heftig im Wind, und in ihrer Mitte stand, noch höher geworden, der Termitenhügel.

Cendrine eilte mit weiten Schritten ans Fenster und preßte das Gesicht gegen die Scheibe. Der Bau war tatsächlich gewachsen. Und er hatte sich abermals verformt. In nur einem Tag! Sie mußte sich täuschen.

Das Glas beschlug von ihrem Atem, und einige Herzschläge lang war sie froh, nicht mehr hinaussehen zu können. Dann aber faßte sie sich ein Herz, wischte mit dem Handrücken über die Scheibe und starrte die bizarre Formation erneut von oben bis unten an.

Und wenn es vielleicht gar kein Termitenbau war, sondern etwas, das die Gärtner aufgeschichtet hatten? Aber es hatte keinen Sinn, sich etwas vorzumachen. Sie war sicher, daß der Bau gewachsen war, mindestens um einen Meter; selbst aus der Entfernung war das deutlich zu erkennen, wobei ihr die Akazien rechts und links als Maßstab dienten.

Verstörender aber noch war die Form, die er angenommen hatte. Er sah nicht länger aus wie eine Hand. Die Auswüchse an der Spitze waren verschwunden, hatten sich zu einem kugelförmigen Gebilde vereinigt, wie zu einem Kopf, und darunter, ja, das waren Schultern und Arme. Ein Golem aus Erde und Lehm und wirren Zweigen.

Sie schrak zurück, und im selben Moment trieb der Sturm eine Wolke vor den Mond. Finsternis senkte sich über die Wiese, die schwankenden Akazien und den Umriß des Insektenpalastes.

Cendrine prüfte noch einmal, ob die Tür wirklich verschlossen war, dann wusch sie sich mit bebenden Händen und ging hastig zu Bett.

KAPITEL 4

Die seltsamen Vorkommnisse, die ihr in den beiden ersten Tagen im Hause Kaskaden widerfahren waren, blieben für zwei Wochen die einzigen ihrer Art.

Vormittags und am frühen Nachmittag unterrichtete Cendrine die beiden Mädchen im Schulzimmer, wobei ihr besonders Salome ans Herz wuchs. Das Mädchen mit den zerfransten Zöpfen gefiel ihr wegen seines warmen, freundlichen Wesens, obgleich sich Lucrecia als die gelehrigere Schülerin erwies. In Mathematik und Botanik war Lucrecia ihrer Schwester bei weitem voraus, wenn Cendrine auch manchmal den Verdacht hegte, daß ihr bei den Hausaufgaben jemand behilflich war. Sie fand niemals Beweise dafür – stets waren alle Rechnungen in Lucrecias kindlicher Handschrift ausgeführt, zudem schienen die Mädchen Tag und Nacht beisammen zu sein, so daß ein dritter, der die Aufgaben lösen mochte, unweigerlich Salomes Aufmerksamkeit erregt hätte –, und Cendrine sprach Lucrecia auch nie darauf an. Während der zweiten Woche aber wuchs ihr Vertrauen in das Talent der Kleinen, und sie ließ sich allmählich überzeugen, daß Lucrecia über einen messerscharfen Verstand verfügte.

Im Grunde stand ihre Schwester ihr darin kaum nach, doch Salome zog es vor, während des Unterrichts die Vögel vor dem Fenster zu beobachten oder den San-Kindern beim Bewässern des Rasens zuzusehen. Wenn Cendrine sie ansprach, war Salome sofort wieder bei der Sache, gab meist sogar die richtige Antwort; doch all das änderte nichts daran, daß sie eine Träumerin war. Sie schien harmlosen Mädchenfantasien nachzuhängen, dachte wahrscheinlich an ihre Pferde, auf denen sie und ihre Schwester täglich ausritten. Einmal gestand sie Cendrine, daß sie eigene Geschichten erfand, die sie jedoch niemals niederschrieb, aus Angst, sie könnten dann nicht mehr so wundervoll klingen wie in ihrer Vorstellung und dadurch all ihren Zauber verlieren.

Daß Salome jedoch, im Gegensatz zu Lucrecia, nach wie vor kaum Interesse an den Legenden der Einheimischen zeigte, verriet deutlich, wie harmlos und unbeschwert ihre Traumgespinste waren. Das paßte auch zu ihrem übrigen Verhalten: Gefahren, Bedrohungen oder dunkle Schatten schien es in ihrer kleinen sonnendurchfluteten Welt nicht zu geben. Alles drehte sich nur ums Reiten, Lachen und um freundliches Geplauder.

Valerian, der zum Zeitpunkt von Cendrines Ankunft einige Tage lang dienstfrei gehabt hatte, kehrte wieder nach Windhuk zurück, wo er im Fort der Schutztruppe stationiert war. Er übernachtete in der Garnison und ließ sich in den folgenden Tagen nicht mehr blicken. Cendrine war froh darüber, ihn nicht ständig in ihrer Nähe zu wissen; seine Arroganz war ihr zuwider, fast so sehr wie die Blicke, die er ihr bei jeder Gelegenheit zuwarf, manchmal herausfordernd, manchmal amüsiert, aber immer dreist und ungezogen.

Auch von Adrian sah sie nur wenig. Nach jenem ersten und einzigen Gespräch in ihrem Zimmer hatte er sie kein weiteres Mal behelligt, und beinahe wünschte sie sich, er möge sie noch einmal ansprechen und ihr mehr über dieses Land und seine Vergangenheit erzählen, weitere Dinge, die nicht in den Geschichtsbüchern standen. Sie hatte eine Weile mit dem Gedanken gespielt, Madeleine auf den mysteriösen Untergang der Familie Selkirk anzusprechen, hatte sich dann aber dagegen entschieden. Gewiß war es ihr nicht recht, daß Cendrine die Wahrheit erfahren hatte – so es denn überhaupt die Wahrheit war –, und Cendrine wollte nicht, daß Adrian Schwierigkeiten mit seiner Mutter bekam.

Sie fragte sich, was er den ganzen Tag über tat, wo er sich herumtrieb. Die Mädchen hatten ihr erzählt, er streife gerne durch die Weinberge, was wahrscheinlich bedeutete, daß er mit einigen der Schwarzen befreundet war, die dort arbeiteten. Gut möglich, daß er manche Stunde im Eingeborenendorf hinter dem Berg verbrachte. Auch sah sie ihn gelegentlich mit einem Pferdekarren in Richtung Windhuk davonfahren, und stets verstieß er dabei gegen den Ratschlag, den Valerian ihr am ersten Tag gegeben hatte. Adrian saß jedesmal allein auf dem Kutschbock, ohne bewaffneten Begleiter, und soweit sie erkennen konnte, hatte er nicht einmal ein Gewehr dabei. Was es in Windhuk gab, das den langen Weg dorthin wert war, wußte sie nicht. Auch von den Mädchen ließ sich nichts Näheres darüber erfahren. Adrian habe dort Freunde, war alles, was sie zu sagen wußten. Vielleicht eine Geliebte, argwöhnte Cendrine und spürte dabei einen Anflug von Neid. Keine Eifersucht auf Adrian, Gott bewahre, nur einen leichten Stich, den ihr die Ahnung versetzte, daß er etwas besaß, auf das sie selbst verzichten mußte.

Abends stand sie jetzt öfter am Fenster und betrachtete den Termitenbau. Immer heftiger spürte sie die sonderbare Anziehungskraft, die von ihm ausging, etwas, das ihre Neugier schürte und zugleich ihre Abneigung erregte. Doch wenn er sich in jenen ersten Tagen tatsächlich verändert hatte, so blieb seine Form nun gleich. Mindestens drei Meter hoch stand er da, nach oben hin spitz zulaufend, und sein Umriß glich weder einer Hand noch einem Menschen. Cendrine beschloß, ihre Beobachtungen der ersten Abende allein auf ihre überreizte Fantasie zu schieben, auch wenn sie insgeheim nicht wirklich überzeugt davon war.

Natürlich, sie hätte einfach hinaus in den Garten gehen können, um das sonderbare Ding näher in Augenschein zu nehmen, aber etwas hielt sie davon ab. Meist dachte sie tagsüber gar nicht daran, und erst abends, wenn sie allein in ihrem Zimmer saß, vor dem Kaminfeuer und mit einem Buch in der Hand, fiel ihr Blick wieder durch die Erkerfenster; dann erinnerte sie sich und schauderte.

Hinzu kam, daß sie sich nicht eingestehen wollte, daß sie tatsächlich etwas Unerklärliches beobachtet hatte. Der Gang in den Garten wäre nichts als ein Eingeständnis ihrer Verwirrung gewesen, und dazu war sie nicht bereit.

Während ihrer ersten Woche in Südwest lernte sie endlich den Hausherrn kennen. Titus Kaskaden war ein großer, schwergewichtiger Mann, grauhaarig und mit gezwirbeltem Schnauzbart. Seine Augen, blau wie die seiner ganzen Familie, blickten gutmütig, beinahe gönnerhaft, und Cendrine mochte ihn auf Anhieb. Er blieb zwei Tage, in denen er sich ausführlich von ihr schildern ließ, wie sie den Unterricht seiner Töchter zu gestalten gedachte, dann verabschiedete er sich wieder. Die meiste Zeit schien er damit zuzubringen, in Begleitung einiger Bewaffneter von Mine zu Mine zu reisen. In einem Land wie diesem bedeutete dies mühsame Ritte über gewaltige Entfernungen hinweg, oft behindert durch Dürre und Attacken wilder Tiere. Cendrine fand es ein wenig schade, daß Titus nicht länger blieb, denn auch er schien vieles über diese Gegend und ihre Ureinwohner zu wissen und geizte nicht mit Berichten darüber. Die beiden Mädchen weinten, als er davonritt, und als Salome sich trostsuchend an ihre Gouvernante statt an ihre Mutter wandte, bedachte Madeleine Cendrine mit einem finsteren Blick.

Morgens, nach dem Gebet, begann Cendrine den Unterricht meist mit einem kurzen Gespräch über Philosophie. Sie hatte festgestellt, daß die Mädchen so früh am Tag am ehesten in der Lage waren, komplizierte Themen zu erörtern und darüber nachzudenken. Noch wurden sie nicht von Bediensteten abgelenkt, die arbeitseifrig über den Kieshof eilten, und ihr Kopf war noch nicht angefüllt von mathematischen Gleichungen, Grammatik und anderen nötigen Übeln.

»Augustinus war einer der großen römischen Philosophen«, erklärte sie an einem Morgen zu Beginn ihrer dritten Woche im Hause Kaskaden. »Er lebte im vierten Jahrhundert nach Christus. Seine größte Überzeugung war, daß der Mensch die Welt um sich herum nur verstehen kann, wenn er in sich selbst, also in seine eigenen Gedanken und Empfindungen, blickt. Er war einer der ersten, der sagte: Begreife dich selbst, und du begreifst, was um dich herum geschieht. Damit begann für die Philosophie eine neue Epoche.«

»Was ist das, eine Epoche?« fragte Salome.

Lucrecia kam ihrer Lehrerin zuvor. »Ein Zeitalter, Dummkopf.«

Salome schmollte. »Ich weiß dafür Dinge, die du nicht weißt.«

»Ist gar nicht wahr.«

»O doch.«

Cendrine seufzte. »Ich bitte euch, hört auf. Natürlich weiß Salome manches, was du, Lucrecia, nicht weißt. Es wäre schlimm, wenn das nicht so wäre. Jeder Mensch braucht Geheimnisse.«

»Haben Sie auch Geheimnisse?« fragte Salome.

»Erzählen Sie uns eines?« bettelte Lucrecia, und schon war der Streit zwischen den beiden beigelegt. Ihre Aufmerksamkeit richtete sich jetzt wieder gänzlich auf ihre Lehrerin.

»Natürlich habe ich Geheimnisse«, erwiderte Cendrine mit mildem Lächeln. »Aber es wären keine mehr, würde ich euch davon erzählen.«

»Bitte!« rief Lucrecia. »Nur eines!«

Salome nickte begeistert. »Ein Geheimnis, Fräulein Muck. Ein klitzekleines.«

»Ich könnte euch verraten, daß ich mich im Dunkeln fürchte.«

Salome schien zu überlegen, ob sie sich damit zufriedengeben sollte, doch Lucrecia zog ein langes Gesicht. »Das ist kein Geheimnis. Jeder hat Angst im Dunkeln.«

»Bei mir ist das was anderes«, gab Cendrine zurück und überlegte, ob sie wirklich darüber sprechen sollte. »Wißt ihr, meine Eltern sind schon lange tot, und ich habe viele Jahre allein mit meinem Bruder gewohnt. Wir waren nicht reich, so wie ihr, und manchmai ging uns sogar das Geld für die Kerzen aus. Trotzdem haben wir uns nie gefürchtet, auch wenn alles um uns dunkel war und wir wußten, wir würden kein Licht anzünden können, egal was passierte. Es hätten Einbrecher kommen können oder sonst irgend jemand, dem wir nicht begegnen wollten. Trotzdem hat uns das nie etwas ausgemacht. Wir haben uns ganz fest aneinandergekuschelt, und nichts und niemand konnte uns etwas anhaben.« Sie machte eine kurze Pause und fuhr dann fort: »Aber eines Tages ging mein Bruder weg und ließ mich allein. Seitdem fürchte ich mich, wenn es dunkel ist, weil keiner da ist, der mich festhält.«

Die Zwillinge wechselten einen Blick, dann sagte Salome: »Wir machen's genauso, wenn wir Angst haben.«

Cendrine nickte zufrieden. »Seht ihr.«

»Und Sie haben ganz alleine mit Ihrem Bruder gewohnt?« fragte Lucrecia mit großen Augen. »Auch als Sie noch Kinder waren?«

»Mein Bruder ist ein paar Jahre älter als ich. Aber, ja, wir wohnten schon in einem eigenen Quartier, als wir noch Kinder waren.«

»Hatte denn jeder ein Zimmer für sich?«

»Nein. Wir waren so arm, daß wir nur ein einziges Bett besaßen.«

Salome winkte ab. »Das hätte mir nichts ausgemacht. Lucrecia und ich schlafen oft in einem Bett. Natürlich nur, wenn's keiner merkt.«

»Salome!« wurde sie von ihrer Schwester zurechtgewiesen.

Aber Salome zuckte nur mit den Schultern. »Fräulein Muck hat uns doch auch ein Geheimnis verraten.«

»Genau«, sagte Cendrine. »Also sind wir quitt. Und deshalb können wir jetzt mit dem Unterricht weitermachen.«

Die Mädchen murrten, fügten sich aber.

»Wir waren bei Augustinus. Einer seiner wichtigsten Sätze war: Unser Herz ist unruhig. Wie kann er das wohl gemeint haben? Lucrecia?«

Das Mädchen verschränkte nachdenklich die Finger. »Vielleicht war er verliebt.«

Salome kicherte.

»Vielleicht war er das«, sagte Cendrine und lächelte, »aber das hat er damit nicht sagen wollen. Er meinte, daß mit uns Menschen etwas nicht stimme. Unruhe erfülle jeden von uns. Deshalb, so Augustinus, sehne sich jeder Mensch danach, diese Unruhe abzuschütteln. Seiner Ansicht nach war jeder Mensch zwar von Grunde auf als gutes Wesen geschaffen worden, doch die Sünde Evas habe jeden von uns verdorben.«

»Aber was kann denn ich dafür, wenn Eva Hunger hatte?« fragte Salome mit großen Augen.

»Eine gute Frage. Der einzelne Mensch trägt an ihrer Sünde natürlich keine Schuld. Trotzdem –«

Das Knirschen der Tür schnitt Cendrines Vortrag mitten im Satz ab. Die Mädchen blickten überrascht auf, und auch Cendrine wandte sich zum Eingang.

Madeleine Kaskaden kam herein, in Hose, Bluse und eine lederne Weste gekleidet. Cendrine glaubte, einen leichten Geruch nach Pferdestall zu bemerken, war aber nicht sicher. Madeleines Miene verhieß wenig Gutes.

»Fräulein Muck, ich möchte Sie gerne unter vier Augen sprechen. Mädchen, der Unterricht ist fürs erste beendet. Ihr dürft gehen.«

Die beiden hätten angesichts einer solchen Nachricht gewiß gejubelt, hätten sie nicht gespürt, daß Unheil in der Luft lag. Vor allem Salome erhob sich nur langsam, und Lucrecia mußte sie regelrecht hinaus auf den Flur ziehen.

Madeleine schloß die Tür hinter den Kindern und trat auf Cendrine zu. »Ich habe mitangehört, worüber Sie vorhin gesprochen haben. Sie sollten wissen, daß derlei Unterrichtsthemen in diesem Haus nicht erwünscht sind.«

Cendrine faßte sich. »Meinen Sie Augustinus im speziellen oder die Philosophie ganz allgemein?«

»Meine Töchter sind zu guten Christen erzogen worden. Sie brauchen niemanden, der ihnen Zweifel und Flausen in den Kopf setzt.«

»Aber Augustinus gilt als einer der größten christlichen Philosophen! Er widerspricht der Kirche nicht, ganz im Gegenteil.«

»Verstehen Sie mich nicht falsch«, sagte Madeleine, aber die Schärfe in ihrer Stimme verriet, daß sie keineswegs zu einer Entschuldigung ausholte. »Die Philosophie hat immer wieder den Glauben der Menschen an Gott untergraben. Dergleichen können wir hier nicht gebrauchen, nicht in einem Land, in dem Gottes Wille mit Füßen getreten wird, in einem Land, das jahrtausendelang von Wilden und ihren Hirngespinsten beherrscht wurde und von dem manche sagen, es mache jeden zum Heiden, der sich hier niederläßt. Jeder brave Christenmensch, der auf dem Boden dieser gottlosen Gegend wandelt, ist ein Gewinn, sowohl für dieses Land als auch für die Menschheit insgesamt.« Ihr Tonfall war streng und ihr Blick vernichtend. »Deshalb, Fräulein Muck, keine Philosophie. Keine Zweifel, kein Hinterfragen altbewährter Dinge. Sie sind hier, um meinen Töchtern Bildung zu vermitteln, nicht, um sie auf blasphemische Gedanken zu bringen.«

»Das lag nie in meiner Absicht!« entgegnete Cendrine empört.

Madeleine hob eine Augenbraue, Widerspruch war sie nicht gewohnt. »Ich bin sicher, daß Sie eine gute Lehrerin sind, Fräulein Muck. Mein Mann hat mich davon überzeugt, und die Kinder mögen Sie. Aber es steht wohl nicht in Ihrem Ermessen, zu entscheiden, was für Salome und Lucrecia gut ist oder nicht. Ich bin die Mutter dieser Mädchen, und ich erwarte, daß meine Wünsche hinsichtlich ihrer Ausbildung respektiert werden. Habe ich mich klar genug ausgedrückt?«

Cendrine bemühte sich um Gleichmut, aber ihre Augen verrieten, wie aufgebracht sie war. Dennoch sagte sie so ruhig wie möglich: »Natürlich.«

»Gut.« Madeleine wandte sich zum Gehen, drehte sich dann aber wieder um und musterte Cendrine vom Scheitel bis zur Sohle. »Ich wollte Ihnen schon länger anbieten, sich neu einzukleiden. Auf unsere Kosten, versteht sich.«

Cendrine versuchte, diesen neuerlichen Schlag gelassen hinzunehmen. »Erscheint Ihnen meine Kleidung nicht standesgemäß?«

»Oh, standesgemäß ist sie zweifellos. Aber Sie befinden sich hier nicht mehr in Ihrer Gouvernanten-Schule. In einem Haus wie diesem sollten Sie einen gewissen Stil pflegen.«

»*Ihren* Stil, meinen Sie.« Schon ihre Ausbilderinnen hatten sie gescholten, daß sie zu widerborstig sei. Spätestens jetzt war Cendrine klar, daß sie recht gehabt hatten.

»Tragen Sie, was Sie wollen, das ist Ihre Entscheidung«, erwiderte Madeleine sehr ruhig. »Aber man sollte Ihrem Kleid die Jahre, die es auf dem Buckel hat, nicht schon von weitem ansehen können.«

Cendrine trug das Kleid, das sie sich damals von ihrem ersten eigenen Geld gekauft hatte. Sie hatte es anderthalb Jahre lang gepflegt und mit Argusaugen gehütet, und es sah ohne jeden Zweifel noch immer aus wie neu. Und doch stellte sich diese Frau nun vor sie hin, in ihren Reithosen und ihrer Männerweste, umweht vom Gestank der Ställe, und ereiferte sich darüber. Es war einfach so ungerecht!

»Wie Sie wünschen, Frau Kaskaden«, entgegnete sie leise.

»Sie glauben, daß ich Sie schikanieren will, nicht wahr?«

Cendrine gab keine Antwort.

»Ich meine es nur gut mit Ihnen. Fahren Sie mit Ferdinand nach Windhuk, heute noch.« Aus ihrer Westentasche zog Madeleine ein gerolltes Bündel Geldscheine. Sie hatte also schon vorgehabt, Cendrine wegen ihrer Kleidung zu rügen, bevor Sie hereingekommen war. Das machte den Vorfall fast noch unerträglicher.

»Hier, nehmen Sie das«, sagte Madeleine und drückte Cendrine das Geld in die Hand. »In der Stadt gibt es ein Geschäft mit einigen sehr hübschen Stücken. Es sollte auch für Sie etwas dabeisein. Geben Sie alles aus. Kaufen Sie zwei, drei Kleider, ganz wie Sie mögen.« Sie ging zur Tür und fügte, ohne sich umzudrehen, hinzu: »Und denken Sie daran: Keine Philosophen mehr in diesem Haus. Keine toten und erst recht keine lebendigen.«

Cendrine saß im hinteren Teil des offenen Pferdewagens und starrte schwermütig über die öde Savannenlandschaft am Fuße der Auasberge. Ferdinand, ein ungewöhnlich hünenhafter Schwarzer – kein San, wahrscheinlich ein Herero – hielt auf dem Kutschbock die Zügel und trieb die Tiere den Schotterweg entlang. Neben ihm lag ein Gewehr, und die ausgebeulte Stelle an seinem Jackett oberhalb der Hüfte verriet, daß er außerdem einen Revolver trug.

Der Sommer der Südhalbkugel, von Oktober bis April, war seit drei Monaten vorüber, und noch immer war es angenehm warm, wenn auch nicht heiß. Der Wind blies die Trockenheit der nördlichen Wüsten heran, und Cendrine spürte, daß ihre Lippen rauh und rissig wurden. Immer wieder wehte ihr feiner Staub in die Augen, der Gott weiß woher stammen mochte, aus der Kalahari vielleicht, oder aus den Sandebenen Angolas. Die Sonne schien ungemein grell und verschmolz alle Farben zu einem häßlichen Ocker. Sogar die wenigen Pflanzen wirkten krank und vertrocknet.

In der Ferne erkannte Cendrine Windhuk, jenseits des breiten Ringes aus Weiden und Ackerflächen. Sie waren seit anderthalb Stunden unterwegs, und von der schaukelnden Fahrt taten ihr alle Glieder weh. Sie konnte sich nur schwerlich vorstellen, wie Madeleine Kaskaden auf einer dieser gräßlichen Holzbänke Platz nahm und darauf über Geröllfelder und unbefestigte Wege holperte. Andererseits lebte Madeleine schon viele Jahre hier, und sie war vertraut mit der Mühsal, die dieses Land einem auferlegte; deshalb gewiß die Reithosen und lässigen Blusen, die sie tagsüber trug.

Aber Kleidung war kein Thema, an das Cendrine in diesem Augenblick denken wollte. Tatsächlich schob sie es so weit wie möglich von sich. Die Demütigung, die sie durch die Hausherrin erfahren hatte, schmerzte noch immer. Doch was half schon alle Wut? Sie würde das Geld der Kaskadens für das Beste ausgeben, das die hiesige Haute Couture zu bieten hatte: ein Kleid mit Glockenrock und Puffärmeln vielleicht, mit Seidenschleppe und Federboa, einen Hut aus Velour mit Glaskorallen, Tüll und Spitzenapplikation. So schick, daß Madeleine erblaßte, wenn sie ihre Gouvernante darin sah – und dabei hoffentlich wehmütig an das viele Geld dachte, das sie dafür verschwendet hatte.

Vernünftiger wäre es sicher gewesen, einen robusten Staubmantel zu kaufen, dazu hohe Stiefel und einen feinen Schleier gegen Insekten und Sandwehen. Aber Vernunft war das, was Madeleine von ihr erwartete, und Cendrine dachte nicht daran, diese Erwartung zu erfüllen.

Ferdinand drehte seinen gewaltigen Schädel herum und schaute sie über die Schulter hinweg an. »Kaiser-Wilhelm-Straße?« fragte er mit tiefer Stimme.

Dieser Name sagte Cendrine überhaupt nichts, und sie wollte schon die Schultern heben, als ihr etwas einfiel. »Zum Bahnhof«, wies sie den Schwarzen an.

Ferdinand nickte gleichmütig, dann gab er den Pferden erneut die Peitsche. In einem Außenposten der Zivilisation wie Windhuk gab es gewiß nur einen einzigen Laden für Damenmoden, und den glaubte sie zu kennen.

Wenig später half Ferdinand ihr vor dem Bahnhof vom Wagen. Sie sah etwa ein Dutzend Menschen in der Nähe, größtenteils Weiße in luftigen Mänteln. Die meisten trugen Hüte, die sie wegen des scharfen Windes festhalten mußten. Dürres Geäst wurde über die Straße geweht, und von irgendwoher drang der Geruch von Erbseneintopf.

»Ich muß Besorgungen für die Dame des Hauses machen«, erklärte Ferdinand, und obwohl er stets die richtigen Worte benutzte, betonte er manche so sonderbar, daß Cendrine ihre Bedeutung eher erriet als verstand. Ein gutmütiges Lächeln spielte um seine Mundwinkel, und sie fand, daß er wie jemand wirkte, dem man vertrauen konnte.

»Ist gut«, sagte sie, »ich finde mich schon zurecht. Holen Sie mich später hier wieder ab?«

Ferdinand nickte wortlos, dann sprang er auf den Kutschbock und trieb die Pferde vorwärts.

»In zwei Stunden?« rief Cendrine ihm hinterher, aber er hob nur die Hand zum Gruß, ohne sich umzuschauen. Sie war nicht sicher, ob er sie verstanden hatte.

Sie raffte ihren leichten Sommermantel zusammen, den der Wind wie einen Ballon aufblähte, dann stapfte sie durch den Sand hinüber zur Ladenzeile auf der anderen Seite der Sandstraße. Es war Mittag, und ihre Befürchtung, daß die Geschäfte geschlossen sein könnten, erwies sich als richtig. Die Buchhandlung, die beiden Lebensmittelgeschäfte und der Porzellanladen waren verriegelt, ihre Besitzer hatten von innen Vorhänge vor die Türen gezogen. Eine alte Frau, der Cendrine auf dem hölzernen Gehweg begegnete, beargwöhnte sie ausdruckslos, und als Cendrine sich verwundert nach ihr umdrehte, stellte sie fest, daß die Frau hinter ihr her starrte. Cendrine lächelte verlegen, aber die Alte wandte sich nur um und ging davon.

Überhaupt kam es ihr vor, als würde sie von allen Seiten beobachtet. Das bildest du dir ein, schalt sie sich ärgerlich. Doch der Eindruck blieb: Blicke, die ihr im Schatten breiter Hutkrempen folgten; Augen, die sich verstohlen verdrehten, um einen Blick auf sie zu erhaschen; schwarze Silhouetten im Sonnenlicht, die stehenblieben und in ihre Richtung starrten.

Komm schon, sagte sie sich, niemand hier kennt dich. Niemand interessiert sich für dich.

Ein lautes Scheppern schreckte sie auf. Ein Kesselflicker zog seinen Handkarren die Straße hinunter, gefolgt von einem jungen Schäferhund mit räudigem Fell. Der Mann passierte Cendrine, ohne sie zu beachten. Nur der Hund beschnüffelte ihre Schuhe und verschwand dann in der Staubwolke, die hinter dem Wagen seines Herrn zurückblieb.

Cendrine trat vor das letzte Geschäft der kleinen Ladenzeile. Der schwarze Vorhang im Hintergrund des Schaufensters war nach wie vor zugezogen, das Eis am Fuß der Schaufensterpuppe geschmolzen und verdunstet. Jemand hatte der Wachsfigur schwarze Seidenunterwäsche übergestreift.

Cendrine drückte gegen die Tür, doch auch sie war verschlossen. Ungehalten darüber, daß sie den langen Weg umsonst gemacht haben sollte, klopfte sie ans Fenster. Nichts regte sich.

Beinahe gegen ihren Willen schaute sie auf zum Gesicht der Wachsfigur. Die Mundwinkel waren leicht nach oben gezogen, als hätte jemand das weiche Material mit den Fingern geknetet. Zugleich hatte sich die Unterlippe in der Hitze nach unten geschoben, was dem Ganzen die Anmutung eines grinsenden Harlekins verlieh, lachend und traurig zugleich. Auch die Glasaugen waren ein wenig nach innen gesunken und schauten fast flehend zum Himmel empor.

Cendrine war nicht sicher, was es war, das sie an dieser Figur so faszinierte. Es war keine angenehme Anziehung, ganz ähnlich wie bei dem Termitenbau vor ihrem Fenster. In ihren Gedanken begannen sich beide Bilder zu überlappen: Der Termitenbau, zu einer riesenhaften Lehmgestalt verwachsen, trug das verzerrte Gesicht der Wachsfigur auf den Schultern, umrahmt vom wirren Spinnennetz der Zweige, die nach allen Richtungen aus seinen Flanken wuchsen.

Es fiel ihr schwer, dieses Bild abzuschütteln, und es gelang ihr erst, als sie sich mit überhasteten Schritten von dem Laden entfernte und ihn mitsamt seiner stummen Wächterin hinter sich ließ.

Ein Anflug von Panik aber blieb. Aufgebracht lief sie die Straße hinunter, fort vom Bahnhof und dem sonderbaren Laden. Es mußte noch andere Geschäfte hier geben. Sie konnte sich nicht vorstellen, daß Madeleine Kaskaden in einem Laden wie diesem einkaufte. Andererseits mußte jeder, der hierher kam, Kompromisse eingehen, selbst eine Frau wie Madeleine.

Während der Mittagszeit leerten sich zusehends die Straßen, nur selten verirrte sich noch jemand ins Freie. Die Deutschen, die hier lebten, hatten sich längst auf die Witterung eingestellt: Erreichte die Sonne ihren höchsten Stand, blieb man in den Häusern und erfrischte sich mit gekühltem Tee oder Wasser. Cendrine verfluchte allmählich die Tatsache, daß sie um diese Uhrzeit nach Windhuk gekommen war. Die wenigen Geschäfte, die sie auf ihrem weiteren Weg durch die Stadt fand, waren allesamt geschlossen.

So irrte sie eine Stunde lang durch menschenleere Straßen, die meisten so breit und weitläufig wie Marktplätze. Sandwirbel tanzten in der Sonne, und immer wieder kreuzten Knäuel aus Zweigen ihren Weg, vom Wind über den ausgetrockneten Boden getrieben. Einmal führten ein paar Eingeborene eine Herde magerer Rinder über die Straße; als Cendrine die Stelle passierte, stürzte sich ein ganzer Schwarm Mücken auf sie. Sie kam sich schrecklich dumm und unbeholfen vor, während sie wie eine Verrückte auf offener Straße um sich schlug und strampelte. Die Insekten verschwanden, aber das Gefühl der Verlorenheit wurde immer stärker. Kein einziges Mal während der vergangenen Wochen hatte sie solches Heimweh nach Bremen verspürt wie in diesem Augenblick, allein auf dieser Straße, Tausende und Abertausende Kilometer von ihrer Heimat entfernt.

Nach einer Weile aber wurde sie ruhiger, und während sie ohne Orientierung weiterstolperte, fand sie sich plötzlich im Viertel der Buschleute wieder.

Die Holzhäuser der Kolonisten rechts und links der Straße hatte sie hinter sich gelassen, und statt ihrer standen da halbrunde Hütten aus Lehm und Geäst, dazwischen vereinzelte Schuppen, grob gemauert oder aus Latten zusammengezimmert. Eine Horde San-Kinder, nur mit Lendenschurzen bekleidet, tollte um einen knorrigen Baum. Einige saßen oben in den Ästen und bewarfen die übrigen mit Kugeln aus getrocknetem Schlamm. Einzelne Rinder und ein paar zerzauste Hühner standen im Schatten der Hütten, während Frauen mit nackten Oberkörpern an Feuerstellen vor den Türen kauerten, Hirsebrei kochten, Gefäße aus Ton herstellten oder sich gegenseitig Zöpfe flochten. Manche säugten vor den Augen aller ihre Neugeborenen, andere wuschen sich splitternackt in einem Wasserfaß. Es gab auch einige, vor allem alte Männer, die die Kleidung der Weißen trugen, zerschlissene Hemden und Hosen. Die meisten aber beließen es bei den traditionellen Tüchern und Lendenwickeln.

Fast alle blickten auf, als Cendrine langsam an ihnen vorüberging, aber niemand sprach sie an. Sie erinnerte sich schlagartig an Valerians Worte über die Grausamkeit der Eingeborenen-Aufstände, an den unterdrückten Haß, der angeblich unter den gleichmütigen Mienen der Schwarzen loderte.

Sie bekam Angst, gab sich aber alle Mühe, sie nicht zu zeigen. Trotzdem fehlte ihr der Mut, das unübersichtliche Viertel mit seinen planlosen Wegen und Trampelpfaden ganz zu durchqueren. Nach einigen Minuten machte sie kehrt und bemerkte schon bald, daß sie verfolgt wurde. Ein gutes Dutzend Kinder, zu jung, um auf den Farmen der weißen Kolonialherren zu arbeiten, strömte zwischen Hütten und Schuppen hervor und schloß sich ihr an. Cendrine unterdrückte den Reflex, sich zu ihnen umzudrehen und mit ihnen zu sprechen – sie hätten sie wohl ohnehin nicht verstanden –, und ging statt dessen schnurstracks weiter.

Ein junges Mädchen, das sein Haar zu zahllosen Zöpfen geflochten hatte, erhob sich von seinem Platz am Feuer und vertrat ihr in einiger Entfernung den Weg. Es wartete, bis Cendrine mit der kichernden Kinderschar im Rücken bis auf zwei Meter herangekommen war, dann lachte es plötzlich laut auf und eilte mit schnellen Schritten zurück zum Lagerfeuer. Wenn das ein Scherz sein sollte, verstand Cendrine ihn nicht. Sie vermutete, daß das Mädchen sie nur einschüchtern wollte, und sie mußte sich eingestehen, daß der Versuch gelungen war.

Die Kinder blieben zurück, als sie das Viertel verließ. Einige riefen ihr etwas in der schrillen, hastigen Sprache der San hinterher, aber sie schaute sich nicht um. Diese Menschen beunruhigten sie, trotz ihrer augenscheinlichen Friedfertigkeit. Sie war dankbar, daß die meisten Männer um diese Zeit bei der Arbeit waren und sie fast nur Frauen und Kinder angetroffen hatte. Wären ihr Erwachsene statt Kinder gefolgt, hätte sie wohl kaum eine solche Ruhe bewahrt.

Dabei war sie im Grunde überzeugt, daß kein San ihr ein Haar gekrümmt hätte. Es war die Fremdartigkeit dieser Menschen, die sie fürchtete, nicht so sehr die Vorstellung, sie könnten ihr tatsächlich etwas antun. Sie fand diese Einsicht ein wenig beschämend, konnte sich aber nicht dagegen wehren.

Cendrine lief auf demselben Weg zurück zum Bahnhof, den sie gekommen war. Sie war selbst überrascht, daß sie die Straßen wiedererkannte, sah doch eine auf den ersten Blick aus wie die andere: riesige sandige Weiten, flankiert von den weißen Fassaden der Kolonialbauten. Die Häuser standen hier nicht ganz so weit auseinander wie in Swakopmund, zudem gab es immer wieder Baumzeilen und Gärten, die den Anblick ein wenig anheimelnder machten. Dennoch konnte sie sich nur schwer vorstellen, hier zu leben. Das Haus der Kaskadens war ein künstliches Stück Europa, und auch wenn ihr der Lebensstil der Familie fremd war, begann sie allmählich, sich dort zu Hause zu fühlen. Hier aber, in diesem Nest, halb Wüstenfort, halb Bauerndorf, spürte sie nur zu deutlich, daß sie ein Eindringling blieb. Eine Fremde durch und durch.

Sie wartete eine Weile auf dem sonnendurchglühten Platz vor dem Bahnhof, bemüht, keinen Blick auf den Laden mit der unheimlichen Wachsfigur zu werfen. Bald schon entdeckte sie erleichtert, wie sich Ferdinand auf seinem Pferdegespann näherte. Die Ladefläche war mit Kisten und Paketen beladen, und sie wunderte sich, wo er all die Sachen herbekommen hatte, da doch immer noch alle Geschäfte geschlossen waren.

»Sie müssen neben mir sitzen«, sagte er, als sie ratlos auf den beladenen Wagen blickte.

Sie zuckte die Achseln und ließ sich von ihm auf den Kutschbock ziehen. Er machte Platz für sie, ließ das Gewehr aber zwischen ihnen liegen.

Während der Rückfahrt kam ihr allmählich zu Bewußtsein, daß sie gegen die Anweisung ihrer Dienstherrin verstoßen hatte. Sie hatte keine neuen Kleider gekauft, nicht einmal einen Hut oder eine Halsschleife. Die Ausrede, alle Geschäfte seien geschlossen gewesen, war kindisch. Ferdinand hätte gewartet, wenn sie ihn darum gebeten hätte. Die Wahrheit war vielmehr, daß ihre Abneigung gegen Madeleines Befehl die

Oberhand gewonnen hatte, und ihr war nicht einmal unwohl dabei.

Als sie nach zweistündiger Fahrt durch die Ausläufer der Berge und das Weintal endlich das Anwesen erreichten, beschloß Cendrine, den Augenblick der Konfrontation mit Madeleine so lange wie möglich hinauszuzögern. Es war keine durchdachte Entscheidung, eher ein Vertrauen auf ihre Instinkte.

Auf dem Kieshof verabschiedete sie sich von Ferdinand und sah zu, wie einige Diener die Güter vom Wagen luden. Sie blieb so lange stehen, bis das Pferdegespann über den knirschenden Kies davonschaukelte, in Richtung der Ställe hinter dem Nordflügel.

Dann drehte sie sich mit klopfendem Herzen um und ging hinaus in die Parkanlagen. *Park* war ein irreführender Begriff für die Gärten des Hauses Kaskaden. Es gab keine Hecken, die zu Figuren oder geometrischen Formen geschnitten wurden, nur lange Reihen von braunblättrigen Sträuchern. Der dürre Rasen war im westlichen Teil der Anlage, bis hin zum Torhaus, in abgestuften Terrassen angelegt, die das Gefälle des Bodens ausglichen. Mittendrin stand ein fein gearbeiteter Brunnen aus Marmor, der eher zu einem französischen Märchenschloß paßte als zum schweren viktorianischen Prunk dieses Anwesens.

Sie umrundete das Gebäude und betrachtete seine Außenseite zum erstenmal von allen Seiten. Bisher hatte sie das Haus nur von innen erforscht. Von außen kannte sie nur die Westseite mit Torhaus und Kieshof, also den Teil, der zur Straße nach Windhuk wies.

Sie hielt während ihres Weges rund zwanzig Meter Abstand zum Haus, damit man sie von drinnen nicht sofort bemerkte, schließlich unternahm sie diesen Spaziergang während ihrer Arbeitszeit.

Aufmerksam betrachtete sie die sandfarbenen Mauern und die hohen Fenster, in denen sich das Weißblau des afrikanischen Himmels spiegelte. Erstmals fiel ihr auf, daß die archaischen Strukturen, die sie überall im Inneren bemerkt hatte, auch in die Fassaden eingearbeitet waren. Hier und da verliefen zwischen den Fenstern altertümliche Säulen vom Boden bis zum Zinnenkranz des Daches. Sie waren von feinen Mustern überzogen und mit steinernen Bordüren abgesetzt. Hatte Selkirk Teile echter Tempel und Paläste kopieren lassen, vielleicht aus dem Heiligen Land oder dem Orient, oder hatten die Vorlagen nur in der Fantasie der Bildhauer existiert? Sie beschloß, Titus Kaskaden danach zu fragen, wenn er wieder nach Hause kam.

Die zahlreichen Gärtner, von denen Valerian ihr bei ihrer Ankunft erzählt hatte, verteilten sich auf die westlichen und südlichen Bereiche des Parks. Jenseits davon endeten die Strauchreihen und gingen in weite Wiesen über. Erst als Cendrine die Akazien sah, wurde ihr bewußt, daß eines der Fenster in der verwinkelten Ostfassade ihr eigenes sein mußte.

Diese Seite des Anwesens wurde vom Turm der Kirche beherrscht, vier Stockwerke hoch und am äußeren Rand des Gebäudekomplexes errichtet. Auch in seine Mauern hatte man archaische Säulen eingelassen, und Cendrine erkannte beim Näherkommen, daß sie mit fremdartigen Hieroglyphen überzogen waren. Sie bezweifelte, daß die strenggläubige Madeleine Kaskaden dergleichen guthieß.

Cendrine löste ihren Blick von der Kirche und hielt nach dem Fenster ihres Zimmers Ausschau. Es gab hier eine ganze Anzahl von Erkern, und schließlich mußte sie ihre Suche aufgeben. Dies also sollte irgendwann das Hotel werden, das Madeleine plante. Noch herrschte hinter allen Fenstern finstere Leere. Es fiel schwer, sich vorzustellen, daß hier wieder Leben einziehen und die engen Flure und versteckten Treppenfluchten mit Menschen, Stimmen und Gelächter erfüllt würden.

Sie trat näher ans Haus heran, drehte sich um und ließ ihren Blick über die baumbestandene Wiese schweifen. Es dauerte nur wenige Herzschläge, da entdeckte sie zwischen den Akazien den Termitenbau. Vor dem Panorama der sonnenbeschienenen Weinberge zeichnete sich sein Umriß scharf ab. Einen Moment lang schien es, als bewege sich seine Oberfläche, dann aber verharrte das Bild wieder wie eine farbig retuschierte Photographie.

Die vielblättrigen Äste der Akazien schwankten im Wind hin und her, ein durchdringendes Rascheln erfüllte die Luft. Cendrine spürte eine merkwürdige Benommenheit, und plötzlich war ihr gar, als höre sie einen Ruf, der sie aufforderte, näher zu kommen. Die fünfzig Meter zwischen der Fassade und dem Termitenbau schienen sich auf einen Schlag zusammenzuziehen. Irgendwo in ihrem Inneren wehrte sich noch immer etwas dagegen, näher an den Bau heranzutreten, doch was immer diesen letzten Anflug von Selbstbestimmung aufbrachte, es war nicht stark genug, Cendrine aufzuhalten.

Langsam, aber zielstrebig setzte sie einen Fuß vor den anderen. Ihre Stiefeletten teilten das hohe Gras, und bald passierte sie die ersten Akazien. Ganz kurz hatte sie den Eindruck, als drücke der Wind die flüsternden Zweige zu ihr herab, von allen Seiten zugleich, doch das Gefühl verging, und wieder stand der Termitenbau im Mittelpunkt ihrer Wahrnehmung.

Der Hügel erschien ihr jetzt wunderschön, ein Bauwerk, wie es nur die Wildnis dieses Landes zustande bringen konnte. Er hatte nun die Form eines schmelzenden Schneemannes, etwa vier Meter hoch, der Kopf ein formloser Buckel, der Körper kegelförmig. Aus der sandigen Oberfläche wuchsen Hunderte von Zweigen hervor, sogar ganze Astgabeln, breit wie das Handgelenk eines Mannes. Manche ragten fast einen Meter weit nach außen, so daß es aussah, als sei der Bau um den Stamm eines Baumes errichtet worden. Das jedoch war unmöglich, da die Äste zu verschiedenen Pflanzen gehörten; manche waren dornig und verwinkelt wie Spinnenbeine, andere geschwungen und mit vertrockneten Blättern besetzt.

Schon von weitem hatte der Termitenbau beeindruckend gewirkt, doch aus der Nähe war er geradezu spektakulär. Er überragte Cendrine um mehr als das Doppelte, sie mußte an ihm emporschauen wie an einem mittelalterlichen Festungsturm. Sie vermochte sich das Labyrinth der Gänge und Höhlen in seinem Inneren kaum vorzustellen, ebensowenig die Zahl der Insekten, die darin Platz fand. Es mußten Millionen sein.

Nichts von alldem machte ihr jetzt noch angst. Reglos stand sie da, nur noch zwei Schritte von dem Bau entfernt und von einer Faszination ergriffen, die kaum mehr ihre eigene zu sein schien. Es kam ihr vor, als träume sie und nähme dennoch die Wirklichkeit um sie herum viel klarer, viel deutlicher wahr als sonst, so als hätte sie bis heute mit ungeschützten Augen in ein Wasserbecken geblickt, und täte das gleiche nun durch ein Glasscheibe. Alles erschien ihr greifbarer, wahrhaftiger. Da waren Nuancen in den Farben, die kein Maler hätte mischen können, und in der Luft schwebten Töne, die weder Mensch oder Tier noch der Wind erzeugen konnten.

Wie in Trance streckte sie eine Hand aus, ging noch weiter nach vorne, bis ihre Fingerspitzen die Oberfläche des Termitenbaus berührten. Er fühlte sich trocken an, aber keineswegs brüchig, fast wie Zement, der mit besonders grobem Sand gemischt worden war. Winzige Öffnungen markierten die Zugänge der Termiten, doch im Augenblick war kein einziges Insekt zu sehen. Sie waren alle dort drinnen, warteten vielleicht. Es fragte sich nur, worauf.

Cendrine verspürte den Drang, sich mit ausgebreiteten Armen gegen den Bau sinken zu lassen, ihn zu umarmen, soweit es nur ging, als wäre das Gebilde ein alter Freund. Nur die Dornenzweige, die im Weg waren, hinderten sie daran. Das träumerische Gefühl, das sie im Bann hielt, ließ nicht zu, daß sie sich verletzte.

Sie war jetzt völlig gelassen, fühlte sich so leicht, so leer. Wenn sie den Bau doch nur umarmen könnte! Erst ein einziges Mal hatte sie sich zu etwas so hingezogen gefühlt.

Aber es ging nicht. Sie war vernünftig. Sehr vernünftig.

Langsam sank sie am Fuß des Termitenbaus zu Boden. Das Gras knisterte, als ihre Knie es berührten, knisterte lauter und klarer als jemals zuvor, wie Worte in einer bizarren Sprache, die alles mögliche bedeuten mochten, einen Aufschrei vor Schmerz oder auch eine Einladung. Cendrines Sinne waren geschärft für das Unmögliche, aber sie halfen ihr nicht zu verstehen. Sie hörte, aber begriff nicht; sie sah, aber erkannte nicht. Sie war nicht eins mit diesen Dingen, würde es vielleicht niemals sein. Und doch spürte sie die Nähe einer Offenbarung, die sie nur erahnen konnte, irgendwo jenseits des Horizonts ihrer Empfindungen und Gedanken.

Ich bin auserwählt, durchfuhr es sie, und in stiller Ekstase schloß sie ihre Augen. Die Farben und das Licht verblaßten, und als sie die Lider wieder hob, war sie – anderswo.

Um sie war Dunkelheit. Ganz allmählich gewöhnten sich ihre Augen an das fehlende Licht. Formen schälten sich aus der Finsternis. Dabei wurde ihr bewußt, daß sie wirklich an diesem Ort war. Kein Traum, in dem man alles sieht und hört, egal ob es dunkel ist oder hell, ob man im Wasser treibt oder im Himmel. Statt dessen Wirklichkeit, aber eine andere als jene, die sie kannte.

Sie *war* hier, keine Frage. Sie konnte festen Boden unter ihren Füßen spüren, und als sie ein wenig zur Seite trat, ertasteten ihre Hände eine Wand. Beides erschien ihr leicht gerundet, so als befände sie sich im Inneren einer Röhre, mehrere Schritte breit und ebenso hoch. Das Rauschen der Akazienblätter war verklungen, statt dessen vernahm sie kraftvolles Windsäuseln. Ein heftiger Luftzug blies ihr ins Gesicht.

Als sie einige Schritte vorwärts machte, bemerkte sie, daß der Boden vor ihr leicht anstieg. Noch immer war ihr, als schlafwandle sie, nur daß der Traum sie ihre Umgebung nicht allein sehen und hören, sondern auch fühlen ließ. Dieser Boden befand sich tatsächlich unter ihren Füßen, und der Luftstrom war so kalt, daß sie fröstelte.

Hinter ihr ertönte ein weiteres Geräusch. Nicht mehr nur der Wind, der in ihren Ohren pfiff, sondern etwas anderes: ein schrilles Knirschen und Schaben, wie von Stahl oder Stein, die aneinander reiben. Sie konnte etwas hören, das Schritte sein mochten, klickende Laute, harte Absätze, die eilig näher kamen – so eilig, daß es unmöglich war, zu schätzen, wie viele es waren. Vielleicht zwei, vielleicht sechs oder ein Dutzend.

Angestrengt starrte sie zurück, in die ungewisse Tiefe dieses Stollens, aus der die Geräusche heranrasten. Die Dunkelheit schien plötzlich noch schwärzer zu werden, ein Schatten, der auf sie zuschoß.

Cendrine fuhr herum und hetzte los, bergauf, dem pfeifenden Luftzug entgegen. Nach wenigen Schritten stellte sie fest, daß sie ihren Verfolger auf Distanz hielt, er kam nicht mehr näher, blieb im immer gleichen Abstand hinter ihr. Doch wenn sie langsamer wurde, holte er auf, und sie fürchtete sich davor, diesen Schatten noch einmal zu sehen und das schreckliche Schleifen und Klicken so nahe an ihren Ohren zu hören.

Sie registrierte jetzt, daß der Boden keineswegs überall gleichermaßen fest war. An manchen Stellen war er knöchelhoch mit Sand und Geröll bedeckt. Ein durchdringender Geruch trieb durch den Schacht, teils erdig, teils wie verschimmeltes Holz. Doch wenn dies ein unterirdischer Stollen war, wie war sie dann hierhergekommen, und was war es, das sie verfolgte?

Solche Gedanken schossen ihr in Windeseile durch den Kopf, aber in ihrer Panik blieb ihr keine Zeit, darüber nachzudenken. Sie mußte laufen, immer weiter laufen, während das Klicken und Schleifen in ihrem Rücken konstant blieb, sogar näher kam!

Sie stolperte, fiel hin, rappelte sich wieder hoch, rannte weiter. Ihr Verfolger holte dadurch erneut ein Stück auf. Sie hörte die Schritte gleich hinter der letzten Biegung des Stollens, und wenn sie jetzt stehenblieb und zurückschaute, würde sie sehen können, wie es sich aus der Finsternis schob.

Ihre Angst vor der Dunkelheit war haltlosem Entsetzen gewichen, scharf wie ein Skalpell, das ihr Gehirn in dünne Scheiben schnitt und ihr dabei nach und nach die Selbstbeherrschung raubte. Ihre Bewegungen wurden unkontrolliert, ihr Atem unregelmäßig. Sie schnappte nach Luft, als drücke ihr etwas die Kehle zu. In ihren Ohren tobte nur noch ihr eigenes Keuchen, die Umgebung versank hinter einer Glocke aus Erschöpfung und Stumpfsinn. Sie spürte den verzweifelten Wunsch, sich hinzuwerfen, einfach liegenzubleiben, bis alles ein Ende hatte; doch was immer es war, das sie weitertrieb, es war ebensowenig ein Teil von ihr wie die Macht, die sie in den letzten Minuten gesteuert hatte.

Wieder sah sie den Termitenbau vor sich, wie er größer wurde und größer, und plötzlich kam ihr eine Wahnidee, die so grotesk war, daß sie am liebsten laut aufgelacht hätte. Doch die Wirklichkeit war alles andere als lachhaft, und wenn dieser Stollen das war, was sie befürchtete, dann war nicht nur sie, sondern die ganze Welt dem Wahnsinn verfallen.

Das Klicken und Schleifen hinter ihr, diese raschen, abgehackten Schritte, die von wer weiß wie vielen Beinen stammen mochten – Geräusche, wie sie Insekten verursachten, wäre das menschliche Gehör nur empfindlich genug, sie zu hören. Und dieser Stollen aus Lehm und Sand und feuchtem Holz … ja, es war möglich. Großer Gott, *es war möglich!*

Die Dunkelheit um sie herum gerann zu weiteren Schatten, riesenhaften Umrissen aus Schwärze, zitternd, bebend. Das Klicken! Von überall dieses furchtbare Klicken! Und die Geräusche von etwas, das aneinander schleifte, kein Metall, auch kein Stein, sondern Horn und Chitin!

Ein neues Geräusch mischte sich unter ihren jagenden Atem, durchdrang und übertönte ihn. Erst war es ein sanftes Brummen, dann schwoll es langsam an und ab, formte eine Tonfolge, eine *Melodie* …

Aus allen Richtungen schoß die Finsternis auf sie zu, schloß sie ein wie in einen Kokon, aus Schatten gewoben und vom eiskalten Luftstrom an ihren Leib gepreßt.

Nichts mehr sehen, nichts mehr fühlen. Nichts mehr hören außer der Melodie.

Die Melodie einer Oboe.

Sie öffnete die Augen und entdeckte Adrian. Er kauerte neben ihr im Gras und spielte auf seinem Instrument, den Blick in eine Ferne gerichtet, die weit hinter dem Horizont lag, in einem Reich der Musik und der Klänge, einem Refugium der Heilung.

Alle Angst fiel mit einem Schlag von ihr ab. Fort war die Panik, fort das Entsetzen. Selbst als sie den Termitenbau sah, der unweit von ihr in den Himmel ragte, verspürte sie keinen Schrecken mehr. Sie war zurück an einem Ort, den sie kannte.

Adrian setzte die Oboe ab und betrachtete sie sorgenvoll.

»Wie geht es Ihnen?« fragte er vorsichtig, als fürchtete er, seine Stimme könne sie erschrecken.

Sie öffnete den Mund, um zu sprechen, doch kein Laut drang über ihre Lippen. Sie versuchte sich zu räuspern, hustete statt dessen mehrmals kräftig und spürte ein heftiges Kratzen im Hals.

»Ich habe geträumt«, brachte sie heiser hervor.

Adrian starrte auf ihre Lippen und nickte. »Sie waren bewußtlos. Ich sitze schon eine ganze Weile neben Ihnen.«

Sie wollte ihn fragen, warum er niemanden geholt hatte, der sich auf Arzneimittel verstand – es gab im Haus zwei Dienerinnen, die eine Weile als Krankenschwestern in Windhuk gearbeitet hatten und jetzt die Hausapotheke verwalteten –, aber dann überkam sie die Gewißheit, daß sie ohnehin nur wieder eine seiner mysteriösen Andeutungen zur Antwort bekommen hätte.

»Was haben Sie getan?« fragte sie. »Wie haben Sie mich geweckt?«

Er streichelte zärtlich über die Oboe. »Das war die Musik. Die hat Sie zurückgeholt.«

»Von wo?«

»Sagen *Sie* es mir.«

»Ich weiß es nicht.« Irritiert schüttelte sie den Kopf. Es fiel ihr schon jetzt schwer, sich an Einzelheiten zu erinnern. »Egal, es war nur ein Traum.«

Sein Nicken kam ein wenig zu hastig. »Natürlich, nur ein Traum.«

»Sagen Sie jetzt bitte nicht, es läge am Klima.«

Adrian lachte auf. »Sie meinen, das sei keine gute Erklärung?«

»Nicht für das, was ich gesehen habe.«

»Nein, wahrscheinlich nicht.«

»Sie reden, als wüßten Sie, was mit mir passiert ist.«

»Sie haben das Bewußtsein verloren. Das ist alles.«

»Ja«, sagte sie und versuchte sich aufzusetzen. Er griff nach ihrem Oberarm und half ihr hoch. Cendrine war überrascht, wie geschwächt sie war. Fast so, als wäre sie wirklich gerannt und gerannt und –

»Wollen Sie zurück zum Haus gehen?« unterbrach Adrian ihren Gedankenfluß.

»Geben Sie mir noch einen Moment.«

»Sicher. Ruhen Sie sich aus.«

Ihr Blick wanderte wieder an der Wand des Termitenbaus empor. Der Schatten der Äste, die daraus hervorragten, lag auf Adrians Gesicht wie ein Gitter.

»Warum hat man dieses gräßliche Ding nicht abgetragen?« wollte sie wissen. »Fürchten Ihre Eltern nicht, die Termiten könnten sich am Haus zu schaffen machen?«

Er schüttelte den Kopf. »Die Eingeborenen bringen den Termiten Opfer.«

Sie starrte ihn einige Sekunden lang verunsichert an. »Opfer?« wiederholte sie erstaunt.

»Holz«, sagte er. »Äste von Bäumen. Sträucher aus den Gärten. Alles, was die Termiten fressen oder beim Bau ihrer Behausung verwenden können.«

Ein sonderbarer Gedanke schoß ihr durch den Kopf: Bin ich solch ein Opfer? Liege ich deshalb hier?

Alles, was sie fressen können.

Plötzlich wollte sie so schnell wie möglich von hier fort. Sie bat Adrian um seinen Arm, und gemeinsam gingen sie einige Schritte, bis Cendrine sich mit dem Rücken gegen eine Akazie lehnen konnte, gut zehn Meter von dem geheimnisvollen Bau und seinen Astfingern entfernt.

»Das müssen Sie mir erklären«, sagte sie und rang noch immer um Fassung. »Sie meinen, die Termiten vergreifen sich nicht an den Gebäuden, weil die Eingeborenen ihnen Opfer bringen? Ist das Ihr Ernst?«

»In gewisser Weise, ja. Dieser Termitenbau ist schon in Selkirks frühesten Aufzeichnungen dokumentiert. Aber die San sagen, er stünde schon viel länger hier. Hundert Jahre, vielleicht mehr. Die San bringen ihm regelmäßig ihre Gaben dar, und es scheint zu funktionieren. Seit dieses Haus existiert, hat es keinen einzigen Termitenbefall gegeben. Nicht einen!«

Sie schüttelte verständnislos den Kopf. »Und Ihre Mutter kam nie auf den Gedanken, einen Kammerjäger zu bestellen?«

Während sie sprach, hing sein Blick an ihren Lippen, doch immer dann, wenn sie verstummte, schaute er auf und sah ihr in die Augen. »O doch, gewiß. Aber mein Vater hat es nicht zugelassen. Die San haben ihn angefleht, nichts gegen das Termitenvolk zu unternehmen. Der Bau scheint für sie eine Art Heiligtum zu sein. Wir sind nur Gäste in diesem Land und sollten diese Dinge respektieren.«

»Ihr Bruder und Ihre Mutter scheinen darin anderer Meinung zu sein.«

Adrians Züge verhärteten sich. »Valerian ist ein Narr. Manchmal glaube ich, er weiß sogar, wie dumm er sich anstellt. Aber er ist zu stolz, seine Ansichten zu ändern. Er hat die Hochnäsigkeit meiner Mutter geerbt, ach was, er ist noch schlimmer als sie, und ich fürchte, daran wird sich auch in Zukunft nichts ändern.«

»Aber Ihr Vater ist anders.«

»Oh ja.« Adrian schaute kurz hinüber zum Haus, als erwarte er, dort jemanden am Fenster zu finden, der ihnen zuhörte. Dann wandte er sich wieder Cendrine zu. »Natürlich ist Vater in erster Linie ein Geschäftsmann, und er macht keinen Hehl daraus. Aber er weiß auch, was er den Menschen dieses Landes schuldig ist. Glauben Sie mir, er weiß es sogar sehr genau.«

»Dennoch – immerhin kam er als Soldat hierher.«

»Er war bei der Gesellschaftstruppe – so nannte man damals noch die Schutztruppe. Sie hatte nur einige Dutzend Mitglieder. Sein Vater, also mein Großvater, war einer der ranghöchsten Offiziere, und sein Sohn versuchte ihm nachzueifern.« Adrian lächelte bitter. »So lange, bis er seinen ersten Kampfeinsatz erlebte, die Verteidigung einer Hochlandfarm gegen aufständische Damara. Mein Vater und die anderen wurden überwältigt. Einer der Eingeborenen trat vor einen Freund meines Vaters, schnitt ihm die Ohren ab und sagte: ›Du sollst keinen Damara-Ochsen mehr brüllen hören.‹ Dann schnitt er ihm die Nase ab. ›Du sollst keinen Damara-Ochsen mehr riechen.‹ Anschließend stach er seinem Opfer die Augen aus: ›Du sollst keine Damara-Ochsen mehr sehen.‹ Schließlich kamen seine Lippen an die Reihe. ›Vor allem sollst du keinen Damara-Ochsen mehr essen.‹ Dann erst schnitt er ihm die Kehle durch. So machte er es der Reihe nach mit allen Gefangenen. In dem Moment, als er vor meinem Vater stehenblieb, traf die Unterstützung ein und fiel den Aufständischen in den Rücken. Nur Sekunden später, und meinem Vater wäre es ebenso ergangen wie den anderen.« Wieder geisterte ein blasses Lächeln über Adrians Züge. »Sie sollten hören, wie mein Vater diese Geschichte erzählt. Er schmückt sie um einiges eindrucksvoller aus als ich. Valerian hat sie sich ungefähr hundertmal erzählen lassen.«

»Es ist ein Wunder, daß Ihr Vater seither nicht alle Eingeborenen haßt.«

Adrian deutete mit einer Handbewegung über die Wiese und die Auasberge im Hintergrund. »Mein Vater sagt, dieses

Land gehört den Schwarzen. Sie haben nichts anderes getan, als ihre Heimat zu verteidigen. Wie kann man ihnen deshalb einen Vorwurf machen?«

»Ist das Ihre Meinung oder die Ihres Vaters?«

»Darin sind wir uns einig.«

»Wie kommt es, daß Valerian trotzdem zur Schutztruppe ging?«

»Auf Betreiben meiner Mutter. Es gehört hier in Südwest zum guten Ton, daß zumindest ein Familienmitglied in der Armee dient. Übrigens ist das ein ewiger Streitpunkt zwischen meinen Eltern – und zwischen Vater und Valerian, natürlich.«

Sie schenkte ihm ein aufmunterndes Lächeln. »Dann sind Sie wohl Vaters Liebling, nehme ich an.«

Er zuckte mit den Schultern, ohne das Lächeln zu erwidern. »Ich bin taub. Ich werde das Geschäft nie übernehmen können.«

»Und das ist wichtig für Ihren Vater?«

»Es ist der einzige Grund, weshalb er sich immer wieder um Valerians Zuneigung bemüht. Er will seinem Nachfolger die Minen nicht im Streit überlassen.«

Sie seufzte. »Allmählich bin ich froh, daß meine Familie so überschaubar ist. Mein Bruder und ich haben uns immer gemocht. So lange ich mich erinnern kann, gab es keinen Streit zwischen uns.«

»Niemals?«

»Nein, nie.«

»Dann sind Sie zu beneiden. Weil Liebe umsonst zu sein scheint, vergißt man leicht, wie kostbar sie ist.«

Sie schaute ihn eine Weile lang eingehend an, dann rang sie sich endlich zu der Frage durch, die ihr schon die ganze Zeit über auf der Zunge lag: »Ist das der Grund, weshalb Sie jeden Abend diese Schmierenkomödie mit Ihrem falschen Oboenspiel aufführen?«

Er schlug verlegen die Augen nieder. »Sie haben es also bemerkt?«

»Als ich vorhin aufwachte, habe ich gehört, wie wunderschön Sie spielen können. Haben Sie die Aufmerksamkeit der anderen wirklich so nötig, um ihnen etwas Derartiges vorzuschwindeln?«

»Mitleid ist die einzige Form der Zuneigung, die meine Mutter mir jemals schenken wird.« Er klang verbittert wie ein alter Mann, mehr noch, als er hinzufügte: »Was das angeht, muß ich fast dankbar sein für meine Taubheit.«

Noch einmal kreuzten sich ihre Blicke, dann sagte er: »Meinen Sie, Sie können jetzt zurück zum Haus laufen?«

Sie sah ihn noch einen Moment lang nachdenklich an, dann sagte sie leise: »Ich denke schon.«

Er ergriff ihre Hand. »Dann kommen Sie.« Sein Jungengrinsen nahm dem folgenden Satz die Verbitterung: »Wenn Sie Glück haben, macht sich schon jemand Sorgen um Sie.«

KAPITEL 5

Titus Kaskaden kehrte an einem Freitag nach Hause zurück, vier Tage nach Cendrines Ohnmacht am Fuße des Termitenhügels. Er ritt auf einem großen, stämmigen Hengst durch das Torhaus und brachte das Tier auf dem Kieshof zum Stehen. Cendrine und die Mädchen entdeckten ihn durch die Fenster des Schulzimmers.

»Da ist Vater!« rief Salome, und Sekunden später tobten die Zwillinge zur Tür. Dort verharrten sie kurz und warfen Cendrine einen bittenden Blick zu.

»Nun lauft schon«, sagte sie mit gutmütigem Lächeln, und sogleich waren die beiden verschwunden.

Sie selbst trat ans Fenster und schaute hinaus auf den Hof. Das gewaltige Roß, auf dem Titus Kaskaden angekommen war, wurde gerade von zwei Stalljungen davongeführt. Sein Begleitschutz war wahrscheinlich gleich zu den Ställen geritten.

Ob erwartet wurde, daß auch Cendrine am Empfang des Hausherrn teilnahm? Ihr Konflikt mit Madeleine war glimpflich ausgegangen, viel ruhiger, als sie erwartet hatte, aber sie wollte sich kein neuerliches Versäumnis leisten. Sie hatte Madeleine das Geld für die Kleider zurückgegeben, mit der Bemerkung, nichts Passendes gefunden zu haben. Madeleine war gelassen geblieben, beinahe gleichgültig; offenbar hatte sie genug damit zu tun, sich Gedanken zu machen, weshalb Adrian mit einemmal auf seine abendlichen Kammerkonzerte verzichtete. Cendrine hatte fast das Gefühl, daß Madeleine es leid tat, ihr die Szene im Schulzimmer gemacht zu haben, auch wenn nicht der Ansatz einer Entschuldigung über ihre Lippen kam. Zumindest hatte sie seither nichts mehr an Cendrines Kleidung auszusetzen gehabt, und Cendrine hegte bereits die Hoffnung, daß Madeleine sich wichtigeren Sorgen zugewandt hatte.

Die Hausherrin traf sich nun mehrmals in der Woche mit einem holländischen Architekten aus Rehoboth, einer Ansiedlung südlich von Windhuk, und gemeinsam verschwanden sie für Stunden in den Tiefen des Ostflügels, um ihre Pläne für das Hotel zu besprechen. Beim Abendessen präsentierte sie dann stolz neue Skizzen, Karten und Lagepläne, die so komplex und detailreich waren, daß es Cendrine nicht gelang, sie mit dem Grundriß des Flügels in Einklang zu bringen.

Jetzt verließ sie das Schulzimmer und eilte durch die Steinerne Halle und das Musikzimmer in die äußere Eingangshalle. Schon von weitem drang ihr der Jubel der Mädchen entgegen.

Als Cendrine die Halle betrat, war Madeleine noch nicht eingetroffen. Sie blieb in einiger Entfernung stehen und sah lächelnd zu, wie Titus Kaskaden seine Töchter herumwirbelte, an sich drückte und mit Küssen überhäufte.

»Hast du uns was mitgebracht?« fragte Salome.

Titus runzelte die Stirn und tat, als müsse er überlegen. »Mir ist, als wäre da etwas gewesen, aber wenn ich mich recht entsinne, mußte ich damit ein paar Eingeborene besänftigen, die uns ans Leder wollten.« Seine Stimme wurde lauter, und er begann wild mit den Armen zu gestikulieren. »Wir lieferten ihnen ein wildes Gefecht, aber schließlich gelang es dem Stammesschamanen, uns mit Hilfe eines bösen Zaubers zu überwältigen. Man fesselte uns an hohe Pfähle und raubte unsere Taschen aus, aber das war diesen Verbrechern noch nicht Beute genug. Sie hielten mir ein Messer an die Kehle und fragten, ob da nicht auch noch irgendwo ein Geschenk für meine süßen Töchterchen wäre, und ihr müßt wohl einsehen, in dieser Lage konnte ich nicht anders, als ihm alles zu verraten. Dann erst ließ er uns laufen.«

Die Mädchen starrten ihn einen Augenblick lang mit offenstehendem Mund an, dann kreischten sie plötzlich vor Lachen und schlugen mit ihren kleinen Fäusten auf ihn ein.

»Du schwindelst!« rief Lucrecia, und Salome sprang auf seinen Rücken wie auf ein Packpferd. Titus verfiel in grölendes Gelächter.

»Wo ist es? Wo ist es?« wollte Salome wissen.

»Schon gut«, wiegelte er immer noch lachend ab. »Draußen, bei dem übrigen Gepäck. Aber ich fürchte, ihr müßt Geduld haben, bis die Diener alles ausgepackt haben.«

»Oooch!« machten die beiden im Chor, und ihre Wangen waren rot vor Spannung.

Titus setzte Salome am Boden ab, und im selben Moment fiel sein Blick auf Cendrine. »Ah, Fräulein Muck, ich habe Sie gar nicht bemerkt.«

Sie ging auf ihn zu und deutete einen Knicks an. »Während der Ausbildung hat man uns beigebracht, daß gute Gouvernanten für ihre Herrschaft unsichtbar bleiben.«

Er zwirbelte grinsend ein Ende seines Schnauzbartes. »Ich fürchte, daran werden Sie scheitern, denn wie sollte irgendwem eine so hübsche junge Dame nicht ins Auge fallen?«

Verlegen wich sie seinem Blick aus. »Ich hoffe, Ihre Reise war angenehm?«

»Angenehm ist das falsche Wort. Frei von Zwischenfällen wäre treffender.« Mit einem Blinzeln und einem Blick in die Richtung der Mädchen fügte er hinzu: »Abgesehen von gefährlichen Geschenkräubern, versteht sich.«

Die Kinder wieherten vor Lachen.

»Was macht ihr überhaupt noch hier?« fragte er die beiden und gab jedem der Mädchen einen Klaps aufs Hinterteil. »Los, schaut zu, wie meine Sachen ausgepackt werden! Sonst entgeht euch noch etwas. Oder den Dienern gefällt euer Geschenk so gut, daß sie es ihren eigenen Kindern im Dorf mitbringen!«

Kichernd und plappernd rannten die Mädchen davon, hinauf in den Nordflügel zu den Zimmern ihres Vaters.

»Wie läuft der Unterricht?« fragte Titus, als er und Cendrine allein in der großen Eingangshalle waren.

»Oh, die beiden sind wunderbar! Sehr wißbegierig. Sie scheinen Spaß am Lernen zu haben.«

Er nickte stolz, als hätte er nichts anderes erwartet. »Es freut mich, daß Sie meine Einschätzung teilen.« Einen Augenblick lang schien er zu überlegen. »Sagen Sie, in Ihren Unterlagen stand, Sie schätzen die Philosophie. Ist das richtig?«

Sie erbleichte. Hatte er etwa schon mit Madeleine gesprochen? »Ich habe mich immer gern mit den Lehren der alten Philosophen beschäftigt, das ist wahr.«

»Meine Frau hat vielleicht schon erwähnt – oh, gewiß hat sie das –, daß ich ein großer Freund des klassischen Altertums bin, vor allem der Römerzeit. Ein kleiner Spleen, fürchte ich, den ich von meinen Eltern geerbt habe. Nichtsdestotrotz wäre ich Ihnen dankbar, wenn Sie das Verständnis der Mädchen für dieses Thema ein wenig, wie soll ich sagen, schärfen könnten.«

»Sie meinen«, fragte sie stockend, »ich soll die beiden in Philosophie unterrichten?«

»Allerdings. Je früher sie damit vertraut werden, desto besser.«

Sie zögerte mit einer Erwiderung. Sollte sie ihm erzählen, daß seine Frau dazu eine ganz andere Meinung hatte?

Die Entscheidung wurde ihr abgenommen, als hinter ihr eine Stimme sagte:

»Fräulein Muck und ich haben bereits über den Unterrichtsstoff der Mädchen gesprochen.«

Cendrine fuhr herum und fühlte sich schuldig, so als hätte Madeleine sie und Titus bei einer verstohlenen Umarmung ertappt. Was für ein absurder Gedanke!

Madeleine starrte sie eindringlich an. »Wir sind übereingekommen, daß Salome und Lucrecia noch ein wenig jung sind für diese Art von ... Gedankengut.«

»Aber dieser Meinung bin ich überhaupt nicht«, polterte Titus los. »Die Philosophie, dieses Wunderwerk großartiger Geister, die sich einst –«

Madeleine fiel ihm barsch ins Wort. »Nichts als unchristlicher Firlefanz!«

Ihr Mann lächelte wieder, und Cendrine fand, daß er dabei ein wenig verschlagen wirkte. »Daher weht also der Wind!« Er blickte von Madeleine zu Cendrine, dann wieder zu seiner Frau. »Ich glaube, ich verstehe. Fräulein Muck, meine Frau ist sehr empfindlich was diese Belange angeht. Ich denke, sie und ich werden dieses Thema noch unter vier Augen diskutieren müssen.«

Cendrine war froh, daß er das sagte. »Natürlich«, sagte sie beflissen, knickste erneut und wollte sich zurückziehen.

»Warten Sie, warten Sie!« bat Titus in donnerndem Tonfall. »Wer sagt denn, daß diese Diskussion nicht jetzt stattfinden soll? Nicht wahr, Madeleine?«

Seine Frau stand starr und gedemütigt da, ihr anmutiges Gesicht war aschfahl geworden. »Natürlich.«

Cendrine wurde immer unwohler. »Wenn Sie erlauben, werde ich nach den Mädchen sehen und –«

»Ich denke, die beiden kommen im Augenblick ganz gut allein zurecht«, widersprach Titus. »Es gibt noch etwas, über das ich mit Ihnen reden wollte. Jetzt ist ein ebenso guter Zeitpunkt dafür wie später.«

Sie wagte nicht mehr, zu Madeleine hinüberzusehen, wünschte sich nur, auf der Stelle im Boden zu versinken. »Ja, bitte?«

»Ich werde in zwei Tagen wieder abreisen«, sagte Titus Kaskaden. »Ich muß eine meiner Minen inspizieren, nicht allzu weit von hier, südöstlich von Okahandja. Irgendwann, vielleicht in zehn, vielleicht in zwanzig Jahren, werden andere dieses Geschäft übernehmen, möglicherweise Valerian oder auch meine Schwiegersöhne. Jedenfalls denke ich, daß es an der Zeit wäre, den Mädchen einmal zu zeigen, womit die Familie ihr Geld verdient.«

Madeleine kam mit schnellen Schritten auf ihn zu und blieb direkt vor ihm stehen. »Du willst die beiden mitnehmen?« fragte sie aufgebracht.

»Sie sind alt genug.«

»Sie sind *neun*!«

Er winkte ab. »Die beiden haben schon oft darum gebeten, mitkommen zu dürfen.«

»Weil sie dir deine albernen Abenteuergeschichten glauben!« entfuhr es Madeleine empört. »Herrgott, Titus, es sind Kinder! Selbst für dich sind diese Reisen nicht ungefährlich. Aber für Salome und Lucrecia –«

Er unterbrach sie. »Wir werden genügend Wachleute mitnehmen. Außerdem ist der Weg dorthin nicht weit. Wir reiten zwei Tage hin und zwei zurück. Die Straßen sind solide, und die Mädchen können in einer Kutsche fahren.« Ihm war deutlich anzumerken, daß er keinen Widerspruch gelten lassen würde.

»Titus«, flehte Madeleine beharrlich, »das ist doch Wahnsinn!«

Cendrine hatte alldem peinlich berührt und mit jeder Sekunde betretener zugehört. Für eine Herrschaft war es ungehörig, sich vor Bediensteten zu streiten, und es wäre Cendrines Pflicht gewesen, sich auf der Stelle zurückzuziehen. Doch während Titus sprach, gab er ihr immer wieder mit Blicken, sogar mit einem Wink zu verstehen, daß sie bleiben solle. Innerlich wand sie sich wie unter Peitschenhieben, gab sich nach außen hin aber alle Mühe, einigermaßen gefaßt zu wirken.

Zum erstenmal waren sie und Madeleine in den Belangen der Mädchen einer Meinung. Es schockierte sie, daß er den beiden tatsächlich solch eine Strapaze zumuten wollte, noch dazu in einem Land, das permanent am Rande eines Bürgerkrieges stand.

»Fräulein Muck«, sprach Titus sie jetzt direkt an, »ich möchte Sie bitten, an dieser Reise teilzunehmen. Der Unterricht der Mädchen muß weitergehen. Und es wird auch für Sie interessant werden, dessen bin ich sicher. Sie werden dort draußen mehr über Land und Leute erfahren, als das hier bisher möglich war. Wenn ich Sie richtig einschätze, sind Sie doch eine wißbegierige junge Frau, nicht wahr?«

Madeleine drehte sich auf den Fersen um und verließ wortlos die Eingangshalle. Cendrine wagte nicht, ihr hinterherzuschauen, denn sie konnte Titus' fordernden Blick beinahe körperlich auf ihrem Gesicht spüren.

Sie faßte sich ein Herz und sagte förmlich: »Mit Ihrer Erlaubnis möchte ich meine Bedenken zum Ausdruck bringen.«

»Bedenken! Pah!« Er wedelte ungehalten mit den Händen und seufzte schließlich. »Es gibt Frauen, die sich darüber beschweren, daß wir Männer alles entscheiden wollen – aber was sonst sollen wir denn tun, wenn die Frauen zu unentschlossen sind, um eigene Entscheidungen zu treffen?« Er schüttelte den Kopf. »Nein, nein, keine Diskussionen mehr. Salome und Lucrecia kommen mit. Und Sie, Fräulein Muck, werden uns begleiten.«

Wie Titus Kaskaden es geplant hatte, brachen sie zwei Tage später auf. Die robuste Reisekutsche, in der Cendrine und die beiden Mädchen saßen, wurde von zwanzig Bewaffneten eskortiert, allesamt San, an die Titus Gewehre und Säbel ausgegeben hatte. Es überraschte Cendrine nicht im geringsten, daß er so viele Waffen im Haus verwahrte. In einer Gegend wie dieser war dies wohl angeraten.

Madeleine konnte sich beim Abschied kaum von den Mädchen lösen, und sie legte Cendrine gleich ein halbes Dutzendmal ans Herz, sich sorgsam um die Zwillinge zu kümmern. Cendrine versicherte ihr, sie werde sich im Notfall mit ihrem Leben für die Kinder einsetzen, und in diesem Moment war es ihr damit sogar ernst. Madeleine dankte ihr mit einem warmherzigen Lächeln, und einen Herzschlag lang glaubte Cendrine, eine Träne im Augenwinkel ihrer Dienstherrin zu erkennen.

Auch Adrian kam, um seinen Vater, die Zwillinge und Cendrine zu verabschieden. Es war das erstemal, daß sie ihn ohne seine Oboe sah. Cendrine hatte den Eindruck, daß keiner mit ihm gerechnet hatte, am wenigsten seine Mutter, denn alle wirkten erstaunt, als er aus dem Haus auf den Kieshof trat. Er drückte seine Schwestern nacheinander an sich, und Salome vergoß dabei ein paar Tränen. Dann umarmte er auch seinen Vater, wünschte ihm viel Glück und eine gute Reise und wirkte erfreut, als Titus ihm stolz auf die Schultern klopfte und ihn bat, weiterhin gut auf das Haus achtzugeben.

Endlich setzte sich der Zug in Bewegung und nahm die Kutsche in die Mitte. Die Bewaffneten ritten in Zweierreihen, mit Ausnahme jener, die den Wagen flankierten. Titus hielt sich auf seinem Hengst an der Spitze und plauderte mit zwei

Schwarzen, offenbar seine Vertrauten, die ihn auf jeder seiner Reisen begleiteten.

Im Gewölbe des Torhauses hallten noch einmal lautstark die Hufschläge wider, und Lucrecia bemerkte feinsinnig, daß die Geräusche wie Abschiedsgrüße klängen. Salome dachte einen Augenblick darüber nach, dann stimmte sie zu. Cendrine lobte sie und prophezeite schmunzelnd, daß aus ihnen noch echte Dichterinnen würden. »Die Kaskaden-Schwestern«, scherzte sie, »das klingt gar nicht schlecht. Mindestens so gut wie die Schwestern Brontë.« Das sagte den beiden Mädchen natürlich überhaupt nichts, was Cendrine eine willkommene Möglichkeit verschaffte, die lange Reisezeit totzuschlagen. Sie erzählte den beiden ausführlich von *Sturmhöhe* und *Jane Eyre*, und nicht selten standen den Kindern dabei Tränen der Rührung in den Augen.

Vor der Abreise hatte Cendrine ausgiebig die Kartenwerke in der Galerie studiert und einen Weg zur Mine entdeckt, von dem sie annahm, daß er der kürzeste sei. Jetzt aber stellte sie fest, daß Titus die Reiseroute über Windhuk vorzog. Sie verstand auch den Grund: Der Weg durch die nördlichen Auasberge war gewiß beschwerlich und nicht für Kutschenräder geeignet. Titus war aufs äußerste um die Bequemlichkeit seiner Töchter bemüht, so sehr, daß er den langen Umweg in Kauf nahm. Statt der rund siebzig Kilometer, die auf dem kürzesten Wege zwischen dem Anwesen und der Mine lagen, würden sie nun noch einmal die Hälfte mehr zurücklegen müssen. In Anbetracht der sandigen Wege war Titus' Schätzung einer zweitägigen Hinreise und ebenso langen Rückreise durchaus realistisch.

Sie verbrachten die Nacht in einer einsamen Farm, die verloren inmitten einer kargen Sandebene lag. Cendrine vermutete, dies sei bereits die offene Wüste, doch Titus lachte, als er sie davon reden hörte, und meinte nur, falls sie dies hier bereits für Wüste halte, dann solle sie sich auf einen wahren Alptraum gefaßt machen, wenn sie erst die echten Wüsten Südwests kennenlerne. Als sie ihn daraufhin ein wenig beleidigt daran erinnerte, daß sie immerhin bereits die Namib durchquert hatte, schüttelte er nur den Kopf und sagte, es mache einen gehörigen Unterschied, ob man die Wüste durch das Fenster eines Zugabteils oder aber vom Rücken eines Kamels aus betrachte. Sie ärgerte sich über seine großväterliche Bevormundung, mußte sich aber schließlich eingestehen, daß er wohl recht hatte.

Die Farm gehörte einem deutschen Ehepaar, das sich große Mühe gab, seinen Gästen den Aufenthalt so angenehm wie möglich zu machen. Die Bewaffneten schliefen in den beiden Scheunen der Farm und wurden dort verköstigt, während Titus, Cendrine und die Zwillinge im Haupthaus aßen. Es gab ausnahmslos Gerichte, die auf Rezepturen der Einheimischen zurückgingen: eine steife Maisspeise, passenderweise *Papp* genannt, die so fest war, daß man Portionen abkrümeln und vor dem Verzehr in geschmolzene Butter tunken mußte; Kotelett vom Oryx, einem Spießbock; außerdem Kürbisfleisch, mit Milch und Honig zu einem wunderbaren Dessert angerichtet.

Und dann waren da noch die Dinge, die Cendrine nicht recht zuordnen konnte und sich nach dem Essen von der Farmerin erklären ließ. »Das hier sind Termiten«, sagte die Frau und deutete auf etwas, das Cendrine für eine Nußsorte gehalten hatte, »knackfrisch, weil sie im Augenblick des Schwärmens gefangen wurden. Und dies sind Mopaneraupen, sehr eiweißhaltig. Wir rösten oder trocknen sie, und wenn es nötig ist, kann man sich tagelang nur davon ernähren. Dahinten, am Ende vom Tisch, stehen Termitenhaufenpilze. Sie wachsen in den unterirdischen Gängen der Bauten, und zwar so schnell, daß die kleinen Mistviecher nicht damit nachkommen, sie aufzufressen. Irgendwann stoßen sie dann durch die Oberfläche und bilden riesige Schirme, größer als meine Hand.«

Cendrine bemerkte, daß Titus sie während dieses Vortrags verstohlen beobachtete, und nun, da er sah, wie sich ihr Gesicht verzog, lachte er lauthals und schlug sich vergnügt auf seinen gewaltigen Bauch.

Als ihr bald darauf in ihrem Gästezimmer die Augen zufielen, hörte sie noch immer das Gekicher der Zwillinge in den

Betten neben ihr. In dieser Nacht schlief sie besonders tief und traumlos.

Im Morgengrauen brachen sie auf und folgten fast den ganzen Tag einer Sandpiste, die sich endlos durch trockenes Busch- und Weideland zog. Hin und wieder begegneten ihnen andere Reisende, meist auf vollbeladenen Ochsenkarren, aber auch eine Postkutsche auf dem Weg nach Süden. Einige Kilometer vor Okahandja, einer Ansiedlung im Schatten des zerklüfteten Kaiser-Wilhelm-Berges, bogen sie nach Osten in einen Schotterweg ein, der sie eine Stunde später endlich zur Kaskaden-Mine brachte.

Es war ein ernüchternder Anblick, und mehr noch als Cendrine verdroß er die beiden Mädchen. Sie zogen lange Gesichter, selbst dann noch, als ihr Vater ihnen verriet, wieviel Geld allein diese Mine der Familie Jahr für Jahr einbrachte.

Eine Vielzahl grauer Wellblechschuppen und Holzscheunen drängte sich an die seichte Flanke eines Berges. Hohe Schornsteine stachen zwischen den Gebäuden empor und spien schwarze Rauchfahnen in den Himmel. Hunderte von Eingeborenen schwärmten wie Ameisen umher, aber auch weiße Arbeiter waren darunter, ehemalige Diamantensucher, wie Cendrine bald darauf erfuhr, deren Suche glücklos verlaufen war.

Alles wirkte schmutzig und ungepflegt, sogar die Fassade des Verwaltungsgebäudes, in das sie als erstes geführt wurden. Hier hatte man Zimmer für sie hergerichtet. Cendrine und die Kinder waren angenehm überrascht, als sich das Innere des Hauses als weit sauberer und komfortabler erwies, als sie von außen befürchtet hatten.

Noch am gleichen Tag führte Titus die Mädchen und Cendrine über das Minengelände und verschaffte ihnen Einblick in alle Gebäude. Sie besichtigten einfache Lagerschuppen ebenso wie die großen Hallen mit den Hochöfen, in denen das abgebaute Kupfererz verhüttet wurde. Sogar die riesige Küche zeigte er ihnen und stellte sie der Chefköchin vor, die versprach, den Mädchen am Abend etwas ganz Besonderes zuzubereiten. Über Holztreppen und Leitern stiegen sie in einige der unterirdischen Minenstollen, doch die Mädchen bekamen Angst, und Titus hatte ein Einsehen und führte sie wieder ans Tageslicht.

Während der ganzen Führung war ihnen ein Troß von schwarzen und weißen Männern gefolgt, Vorarbeiter und Verwalter, die sich dienstbeflissen um Titus und seine Töchter bemühten. Auch Cendrine wurde überaus zuvorkommend behandelt. Es kam selten vor, daß weiße Frauen sich hierher verirrten, und gewiß keine so jungen. Nach einer Weile ignorierte sie die begehrlichen Blicke, die ihr überallhin folgten, und hin und wieder, wenn sie sicher war, daß Titus nicht hinsah, rang sie sich sogar für einige der Arbeiter mit ihren nackten, staubigen Oberkörpern ein freundliches Lächeln ab.

Sie aßen im Verwaltungsgebäude zu Abend – für die Mädchen gab es Karamelpudding mit Mandeln und Schlagsahne, was Cendrine an einem Ort wie diesem wie ein Wunder erschien –, und anschließend gingen sie alle erschöpft zu Bett. Anders als auf der Farm hatte Cendrine hier ein Zimmer für sich, sehr klein und ein wenig zugig, aber mit einem Fenster, das hinaus auf die Minenanlage wies. Auch bei Nacht wurde hier gearbeitet, und überall brannten Fackeln und Öllampen, ein funkelndes Lichtermeer, das aussah, als habe sich ein Stück Sternenhimmel wie ein Netz über den Berg gelegt.

Um die Nachtruhe des hohen Besuchs nicht zu stören, standen die Öfen der Kupferhütten allerdings in dieser Nacht still, und Titus hatte angeordnet, daß an alle Arbeiter ein Glas Bier ausgeschenkt wurde. Auch jene, die unten in den Stollen schufteten, durften in Gruppen heraufkommen und eine Weile pausieren. Cendrine fand, dies waren armselige Zugeständnisse, aber die Arbeiter schienen sie zu würdigen. Immer wieder ertönten vereinzelte Hochrufe auf die Familie Kaskaden und ihren Patriarchen, was Cendrine so peinlich war, daß sie sich zeitweise die Bettdecke über die Ohren zog.

Schließlich schlief sie ein und träumte von unterirdischen Gängen und Röhren, teils glichen sie jenen aus ihrer Vision vom Inneren des Termitenbaus, teils den labyrinthischen Stollen der Kupfermine. Diesmal aber wurde sie nicht gejagt, wanderte statt dessen fast gemächlich durch die Dunkelheit, ohne Licht, aber auch ohne Angst. Die Gelassenheit der Träume.

Und dann, ganz plötzlich, sah sie ein Gesicht vor sich.

Sie brauchte einige Herzschläge, ehe ihr bewußt wurde, daß sie wieder wach war. *Dies war kein Traum!*

Das Gesicht war da, schwebte über ihr in der Finsternis des nächtlichen Zimmers. Klein, knochig, so dunkel wie das Erz in den Minen.

Sie riß den Mund auf, wollte schreien, doch eine Hand schob sich über ihre Lippen. Sie riß die Arme hoch, verhedderte sich in der Decke, strampelte mit den Beinen, geriet in Panik.

Augen, merkwürdig hell inmitten des schwarzen Gesichts, blickten sorgenvoll auf sie herab. Eine Stimme flüsterte etwas, aber sie verstand sie nicht, hörte nur das Herz in ihrer Brust hämmern. Der Eindringling schüttelte den Kopf, legte einen Finger an seine schmalen Lippen, bedeutete ihr zu schweigen. Es war ein San. Unmöglich, sein Alter zu schätzen, dazu reichte der schwache Lichtschimmer nicht aus, der von den Öllampen vor dem Haus durch das Fenster hereinfiel.

Ich hätte nie herkommen dürfen, durchfuhr es sie. Eine Frau unter all diesen Männern. Und sie hatte ihnen auch noch zugelächelt!

Der San erkannte, daß sie sich nicht beruhigen würde. Er schaute sie fast traurig an. Eine Hand preßte er weiter auf ihre Lippen, die andere hob er vor ihr Gesicht. Murmelte etwas. Bewegte seine Finger in einem sonderbar gleitenden Rhythmus, wie zu einer Musik, die nur er hören konnte.

Cendrine spürte, wie ihre Kraft sie verließ. Die Erschöpfung kehrte zurück, um ein Vielfaches intensiver als zuvor. Etwas geschah mit ihr. Schwäche. Vergessen. Dann wieder Schlaf.

Tiefer, traumloser Schlaf.

Irgendwann erwachte sie erneut, und die gleißende Sonne Afrikas fiel durch das Fenster auf ihr Gesicht, blendete sie, als sie die Augen aufschlug. Von draußen drang der Lärm aus den Kupferhütten herein. Schrilles Quietschen verriet, daß Loren über das Netzwerk der Schienenstränge vor dem Haus geschoben wurden. Gebrüllte Befehle, Antworten in der Sprache der Eingeborenen. Flüche, aber auch Gelächter. Kein Hinweis mehr auf die Ereignisse der Nacht.

Doch die Erinnerung blieb – es dauerte nur eine Weile, ehe sie Cendrine wieder klar vor die Augen trat. Jemand war hier gewesen. In ihrem Zimmer!

Ihr Oberkörper fuhr hoch, und in einem Anflug neuerlicher Panik raste ihr Blick durch den Raum. Außer ihr war niemand hier. Das zugige Fenster war von innen verriegelt. Als sie aufstand und zur Tür ging, stellte sie fest, daß der Schlüssel noch immer herumgedreht im Schloß steckte. Wer immer bei ihr gewesen war, mußte durch Wände gehen können.

Ein Traum. Nur ein Traum.

Aber als sie wenig später, über die Wasserschüssel gebeugt, vorm Spiegel stand, musterte sie ihr Gesicht lange und gründlich. Waren da Kratzer? Oder Druckspuren? Nein, nichts war zu sehen. Trotzdem wusch sie sich mehrere Male die Mundpartie mit Wasser und Seife, bis ihre Lippen rauh und rissig wurden. Sie fühlte sich beschmutzt. Auch wenn ihre Erinnerung dagegen sprach, war ihr noch immer, als hätte jemand sie am ganzen Körper berührt. Brechreiz stieg in ihr auf, und Sekunden später kauerte sie schon auf allen vieren auf dem Boden und übergab sich in den Nachttopf.

Großer Gott, schoß es ihr durch den Kopf, können Träume einem so etwas antun? Nicht einmal nach ihrem Zusammenbruch am Fuß des Termitenhügels hatte sie sich so schlecht gefühlt. So besudelt.

Nicht, daß sie wirklich die Befürchtung hegte, man hätte sie im Schlaf vergewaltigt. Sie hatte ihren Unterleib betastet und war ziemlich sicher, daß nichts dort eingedrungen war. Niemand hatte ihr Gewalt angetan. Die Übelkeit war nur eine Folge ihrer Hilflosigkeit. Jemand war hier gewesen, und sie hatte nichts dagegen tun können. Sie war ihm vollkommen ausgeliefert gewesen.

Und doch mußte all das Unsinn sein. Einbildung. Ein böser Streich ihrer Sinne. Als sie das Zimmer verließ, angekleidet und reisebereit, mußte sie den Schlüssel zweimal im Schloß herumdrehen, genauso oft wie am Abend. Zudem hatte Titus einige der Bewaffneten am Eingang des Verwaltungsgebäudes postiert, andere waren die Nacht hindurch um das Haus patrouilliert. Niemand hätte ungesehen eindringen können.

Aber es war so real gewesen. So spürbar. Sie glaubte jetzt noch, die Hand auf ihren Lippen zu spüren, sah die hellen Augen vor sich, die über ihr in der Dunkelheit glühten. Die Augen eines San.

Auf dem Flur begegneten ihr die Mädchen und zogen sie fröhlich an den Händen zum Speiseraum. Es stellte sich heraus, daß Titus bereits gefrühstückt hatte. So war sie allein mit den Zwillingen, sprach mit ihnen über ihre Eindrücke von der Führung am Abend zuvor und hörte mit einem Schmunzeln zu, als sie erklärten, daß ihr Vater niemals Schwiegersöhne haben würde, die die Mine übernähmen, aus dem einfachen Grund, weil die beiden dazu hätten heiraten müssen – und das würde, wie sie sagten, ganz bestimmt nie, nie, nie passieren! Statt dessen wollten sie für immer zusammenbleiben.

Sie waren erst neun, deshalb widersprach Cendrine nicht. Wenn sie ehrlich zu sich war, mußte sie sich eingestehen, daß sie bis vor anderthalb Jahren das gleiche über sich und Elias gedacht hatte. Und sie war damals immerhin zwanzig und keine neun mehr gewesen …

Sonderbar, jetzt an Elias zu denken. Etwas hatte sich verändert: die Art und Weise, wie sie über ihn dachte, aber auch ihre Gefühle bei den Erinnerungen an damals. Sie waren jetzt schon so lange getrennt, daß sie Mühe hatte, sich an die kleinen Fältchen um seine Augen zu erinnern, an das Lächeln, wenn er sie tröstete, an sein sanftes Flüstern in der Nacht. Und obwohl sie nun näher beieinander waren als in all den Monaten zuvor, fühlte sie sich ihm dennoch ferner denn je.

Über all das verblaßten die Eindrücke der Nacht immer mehr, und schließlich kam es ihr albern vor, den Vorfall Titus gegenüber zu erwähnen. Man hätte sie nur als hysterisches

Weibsbild abgetan, und sie konnte sich vorstellen, was die Vorarbeiter hinter ihrem Rücken über sie reden würden, wenn sich die Geschichte erst herumsprach.

Titus Kaskaden erschien nach dem Frühstück und erklärte, daß es einige Dinge gab, die er hier zu erledigen habe, und daß er sie deshalb auf der Rückreise nicht begleiten könne. Er habe allerdings ein paar zusätzliche Wachleute abgestellt, so daß die Mädchen und Cendrine von nahezu dreißig Bewaffneten beschützt werden würden.

Die Zwillinge waren traurig über diese Nachricht, doch Cendrine gelang es, sie aufzumuntern, und wenig später schon brachen sie auf. Titus küßte die Mädchen und umarmte dann sogar Cendrine auf ganz und gar väterliche Weise. Er schaute ihnen noch lang nach, als die Kutsche mit ihrem Troß von Bewaffneten davonschaukelte.

Die Männer, die Titus zum zusätzlichen Schutz der Reisenden beordert hatte, waren allesamt San. Sie wirkten winzig auf den großen Pferden, und auch die Gewehre an ihren Sätteln wirkten riesenhaft neben ihnen. Für die Augen eines Europäers glichen sich die Gesichter der Eingeborenen auf verwirrende Weise, aus Ebenholz geschnitzte Masken, sonnengegerbt und kantig.

War unter ihnen auch der Mann, der in Cendrines Zimmer eingedrungen war? Die Frage beschäftigte sie Stunde um Stunde, bis sogar den Mädchen auffiel, wie still sie geworden war.

Aber Traumgespinste reiten nicht auf Pferden, sagte sie sich tapfer. Sie tragen keine Gewehre und sind nicht hier, um uns zu beschützen.

Nein, ganz bestimmt nicht.

Die Nacht verbrachten sie erneut auf der Farm des deutschen Ehepaars, aber während des Abendessens blieb Cendrine sehr ruhig, und nicht einmal die abenteuerlichen Geschichten, die ihnen ihre Gastgeber vom Leben in Südwest erzählten, vermochten sie aufzumuntern.

Es war schon dunkel, als sie am späten Abend des folgenden Tages das Anwesen der Kaskadens erreichten. Cendrine sah durch das Kutschenfenster zu, wie die Bewaffneten vom

Hauptweg in Richtung der Ställe abbogen. Der Wagen fuhr weiter über den Kieshof bis zum Portal des Haupthauses.

Augenblicke später flog die Tür auf, und Madeleine kam ihnen entgegen, gefolgt von Adrian und einigen Dienern. Alle lachten und freuten sich über die Heimkehr, und erst später, allein in ihrem Zimmer, erinnerte Cendrine sich wieder an das Gesicht des San. An sein schwarzes, faltiges Gesicht in der Dunkelheit und an den salzigen Geschmack seiner Finger.

KAPITEL 6

Zwei Wochen nach der Rückkehr Cendrines und der Mädchen platzte Valerian während des Frühstücks ins Morgenzimmer. Seine Uniform war mit Staub bedeckt, und er hatte nicht einmal seinen Hut abgesetzt.

»Valerian!« Madeleine legte überrascht den Löffel ab, mit dem sie gerade ihr Frühstücksei aufschlug. »Was tust du denn hier?«

»Ich komme geradewegs aus Windhuk«, keuchte er atemlos. »Muß das Pferd fast zuschanden geritten haben ... Großer Aufruhr überall ... Ich bin –«

»Johannes«, wandte Madeleine sich an den Butler, ohne Valerian aussprechen zu lassen, »tragen Sie ein Gedeck für den jungen Herrn auf.« Die Ruhe ihres Frühstücks war ihr heilig.

Cendrine beobachtete, wie Valerian sich auf einen freien Stuhl fallen ließ und tief durchatmete. Seine Finger zitterten, und er erschrak, als ein Dienstmädchen neben ihn trat und das Porzellangeschirr vor ihm abstellte. Erst allmählich ließ seine Anspannung nach.

»So, mein Lieber«, sagte Madeleine und pellte in Ruhe ihr gekochtes Ei, »nun erzähl uns der Reihe nach, was passiert ist.«

Madeleines Gelassenheit erstaunte Cendrine. Ihr eigener Herzschlag raste. Auch die beiden Mädchen wirkten verwirrt, während Adrian gebannt auf die Lippen seines Bruders starrte und wartete, daß er endlich weitersprach.

»Gouverneur Leutwein hat alle Garnisonen in Alarmbereitschaft versetzen lassen«, sprudelte es aus Valerian hervor. »Wir haben es heute morgen gleich nach dem Wecken erfahren. Von Zesfontein bis Lüderitzbucht werden die Wachmannschaften verstärkt.«

»Was ist denn geschehen?« fragte Adrian.

Valerian hörte ihn gar nicht, so außer sich war er. »Es heißt, zu Hause in Deutschland seien bereits mehrere Schiffe mit Nachschub ausgelaufen. Außerdem werden mehrere Kompanien nach Osten verlegt, um die Randgebiete der Kalahari zu überwachen.«

»Wegen der Engländer?« fragte Madeleine. »Das ist doch absurd. Wieso sollten die sich auf einen Krieg einlassen?«

»Nicht die Engländer«, entgegnete Valerian kopfschüttelnd. »Es geht um die Eingeborenen. Herero und Nama, aber vielleicht auch noch andere. Es heißt, sie planen einen Aufstand.«

Adrian winkte ab. »Das heißt es dauernd. In den letzten Jahren ist nicht viel dabei herausgekommen.«

»Du mußt es ja wissen!« fuhr Valerian auf. »Wer hat denn den Kopf hingehalten für die Werte des deutschen –«

»Oh, ich bitte dich!« Adrian zog eine Grimasse. »Ich wußte gar nicht, daß du schon Kampfeinsätze hinter dir hast, lieber Bruder! Sollte mir tatsächlich entgangen sein, mit welchem Heldenmut du dich für uns alle aufopferst?«

Valerian sprang auf, aber Madeleine hielt ihn mit einer scharfen Handbewegung zurück. »Setz dich hin! Und du, Adrian, sei still. Valerian dient immerhin in der Armee. Wer weiß, was ihm noch bevorsteht.«

»Ruhm und Ehre, ohne Frage«, entgegnete Adrian ruhig.

Sein Zwillingsbruder warf ihm einen zornigen Blick zu, nahm aber widerstrebend Platz. »Tatsache ist, daß es im Süden Unruhen unter den Nama gegeben hat, und auch die Herero verhalten sich in letzter Zeit auffällig. Im Fort wird gemunkelt, eine Botschaft sei abgefangen worden, von einem Hereroführer an einen seiner Stammesführer. Darin soll von Umsturzplänen die Rede sein.«

Cendrine wurde mit jedem Wort unbehaglicher zumute. Sie bemerkte, daß Salome und Lucrecia sich an den Händen faßten. Sie hätte die Mädchen beruhigen müssen, aber im Augenblick war sie selbst kaum in der Lage, einen klaren Gedanken zu fassen. Ein Aufstand der Eingeborenen! Schlagartig trat ihr vor Augen, was Adrian ihr über Titus' Begegnung mit den Damara-Rebellen erzählt hatte.

Madeleine blieb immer noch bemerkenswert gefaßt. »Hat es Überfälle gegeben? Raubzüge? Tote auf der einen oder anderen Seite?«

Valerian schüttelte den Kopf. »Noch nicht. Aber der Sturm kann jeden Tag losbrechen.«

»Wir werden die Wachen verstärken«, entschied Madeleine. »Das sollte ausreichen.«

»Beunruhigen Sie solche Nachrichten denn überhaupt nicht?« fragte Cendrine verwundert. Obwohl sie Valerian nicht mochte, tat er ihr nun ein wenig leid. Immerhin hatte er den langen Ritt von Windhuk hierher auf sich genommen, um die Familie zu warnen.

»Ach, meine Liebe«, sagte Madeleine, »mir sind in all den Jahren hier unten so viele Gerüchte über Aufstände zu Ohren gekommen, daß ich sie gar nicht zählen kann. Hin und wieder ist es zu Gewaltakten gekommen, meist im Süden, aber bis hierher sind derlei Unannehmlichkeiten nie gedrungen.«

»Lord Selkirk wäre da vielleicht anderer Meinung«, wandte Adrian spöttisch ein, bevor Cendrine es tun konnte.

Seine Mutter gab einem Dienstmädchen mit einem Wink zu verstehen, ihre Tasse nachzufüllen. »Selkirks Tod liegt Jahrzehnte zurück. Während all dieser Zeit sind große Bemühungen unternommen worden, dieses Land zu zivilisieren. Ich will nicht behaupten, daß wir damit Erfolg hatten, aber ich bezweifle, daß sich noch einmal genügend Querköpfe zusammenrotten können, um wirklichen Schaden anzurichten.«

»Vielleicht«, sagte Valerian, der sichtlich mit seinem Unmut zu kämpfen hatte. »Aber wir wissen noch immer nicht viel über die Beziehung zwischen den einzelnen Stämmen und Völkern. Was, wenn schon seit Jahren ein geheimes Bündnis existiert und sie sich ganz allmählich auf den Augenblick der Rebellion vorbereiten?«

»Erzählen euch das eure Offiziere?«

»Ich weiß nicht, warum du so unvernünftig bist, Mutter!« entfuhr es Valerian erregt. »Wenn es wegen deiner Pläne für das Hotel ist, hat es wenig Sinn, die Wahrheit einfach abzuleugnen.«

Wut blitzte in Madeleines Augen, als sie aufschaute. »Ich habe gesagt, wir verstärken die Wachen. In ein paar Tagen wird dein Vater hier sein, und er wird wissen, was zu tun ist.«

»Vater ist ein *Freund* der Eingeborenen.« Valerian betonte das Wort, als bezichtige er Titus des Hochverrats. »Er wird die Gefahr unterschätzen.«

»Ich weiß, was du fühlst, Valerian. Die Offiziere haben euch aufgepeitscht, das ist ihre Aufgabe. Sicher ist es richtig, wenn eure Patrouillen ein paar Runden mehr drehen und die Wächter auf den Türmen des Forts die Augen offenhalten, statt Karten zu spielen.«

Valerian wollte sie unterbrechen, doch Madeleine wischte seinen Einwand mit einer barschen Handbewegung beiseite. »Du weißt, wie stolz ich auf dich bin. Das weißt du doch, oder?«

»Ja, Mutter«, sagte Valerian leise.

»Dann ist dir auch klar, wie dankbar ich dir bin, daß du uns über die neuesten Entwicklungen auf dem laufenden hältst. Trotzdem wäre es falsch, gleich in Panik zu geraten. Unsere Diener sind uns treu ergeben« – Johannes verbeugte sich bei diesen Worten demütig in ihre Richtung –, »und ich habe keinen Zweifel, daß wir in Sicherheit sind.« Nach einer kurzen Pause fügte sie hinzu: »Wie kommt es eigentlich, daß du hier bist? Hat man dich einfach ziehen lassen?«

Valerian schaute verlegen auf seinen leeren Teller, während aller Augen ihn beobachteten. Seine Lider zuckten, wie damals, als er Cendrine zum erstenmal gegenübergestanden hatte. »Ich bin einer von denen, die in die Wüste abkommandiert worden sind. Ich gehe in die Kalahari, schon übermorgen.«

»*Wie bitte?*« Madeleines Stimme übertönte das Scheppern des Geschirrs, als sie Messer und Gabel auf den Teller fallen ließ.

Valerian begegnete dem Blick seiner Mutter mit einer Mischung aus Trotz und Stolz. Er nickte langsam, als hätte ihm die heftige Reaktion Madeleines neuen Auftrieb gegeben. »Ja, Mutter. Ich gehe fort von hier, wenigstens für ein paar Monate.«

»Wer hat das veranlaßt?« rief sie aufbrausend.

»Der Gouverneur persönlich. Meine Kompanie wird in ein Fort nördlich von Osire verlegt.«

»Aber das ist absurd! Windhuk ist wichtiger als irgendein gottverlassener Außenposten in der Wüste. Falls es wirklich zu einem Aufstand kommt, braucht die Stadt jeden Mann, den sie –«

»Mutter, bitte!« unterbrach Valerian sie sanft. »Irgend jemand hat sich etwas bei dieser Entscheidung gedacht. Und es kommen neue Kompanien nach Windhuk, frische Einheiten aus dem Reich.«

»Es wird Wochen oder Monate dauern, bis die hier sind.«

Valerian schüttelte den Kopf, als eines der Dienstmädchen ihm Tee einschenken wollte. »Man befürchtet, daß die Aufständischen unvermutet Unterstützung durch die Wüstenstämme erhalten könnten. Vielleicht ist das der große Trumpf, den sie im Ärmel haben. Möglich, daß sie deshalb so lange gewartet haben. Wir dürfen kein Risiko eingehen, nur deshalb werden so viele von uns in den Osten geschickt. Niemand weiß, wie es im Inneren der Kalahari aussieht. Hausen dort nur ein paar hundert oder zigtausende von Eingeborenen? Wenn die uns in den Rücken fallen, lebt innerhalb einer Woche in ganz Südwest kein Weißer mehr.«

Das schwarze Dienstmädchen, das gerade Cendrines Tasse nachfüllte, zitterte mit einemmal so heftig, daß der Kaffee überschwappte und auf die Tischdecke spritzte.

»Verzeihung, oh bitte, verzeihen Sie«, stammelte sie aufgeregt, und sofort standen ihr Tränen in den Augen.

Cendrine tätschelte beruhigend die Hand des Mädchens. »Schon gut«, sagte sie leise. »Das macht doch nichts.«

»Natürlich macht es etwas!« rief Madeleine aufgebracht. Offenbar hatte sie ein Opfer auserkoren, an dem sie ihre Wut über Valerians Versetzung auslassen wollte. »Diese Decke hat ein Vermögen gekostet. Es ist skandalös, daß sie jetzt durch die Dummheit dieses Trampels verschandelt ist.«

Das Mädchen begann zu weinen. »Es tut mir leid. Ich wollte das nicht.«

Plötzlich war Johannes neben der Dienerin und schob sie zur Tür. Seine Lippen bewegten sich, als flüstere er etwas, aber Cendrine konnte ihn nicht verstehen. Wohl bemerkte sie, daß Adrian den Butler dabei beobachtet hatte.

Nachdem das Mädchen fort war, verbeugte Johannes sich vor Madeleine. »Bitte entschuldigen Sie diesen Vorfall. Es wird nicht wieder vorkommen, vertrauen Sie mir.«

Madeleine nickte ihm widerwillig zu. »Gehen Sie. Die Familie will unter sich sein.«

Johannes verbeugte sich erneut und bedeutete auch dem zweiten Dienstmädchen, das Morgenzimmer zu verlassen. Cendrine wollte sich gleichfalls erheben, doch Madeleine winkte ab.

»Sie bleiben! Sie sind eine Weiße. Das hier geht Sie genauso an wie uns alle. Falls wirklich ein Aufstand bevorsteht, wird Johannes und den Mädchen nichts geschehen – Grundgütiger, vielleicht werden sogar *sie* in Zukunft die Herren dieses Hauses sein! –, aber Ihnen, Fräulein Muck, und uns stehen dann harte Zeiten bevor.«

Adrian schmunzelte verstohlen.

»Sollten Salome und Lucrecia nicht lieber nach draußen gehen«, schlug Cendrine vor.

Madeleine musterte die beiden Mädchen und lächelte hart. »Nein, ihr beiden seid alt genug, um über alles Bescheid zu wissen, nicht wahr? Deshalb hat euch euer Vater schließlich mit zur Mine genommen.«

Die Zwillinge nickten eingeschüchtert.

»Also«, sagte Madeleine und blickte in Valerians Richtung, »laßt uns überlegen, was wir tun können, damit sie dich hierlassen.«

Er schüttelte vehement den Kopf. »Aber ich *will* gehen, Mutter! Es ist meine Pflicht.«

»Pflicht!« wiederholte sie abfällig. »Es gibt viele Pflichten. Wir finden eine neue für dich.«

»Nein, kommt nicht in Frage!« Valerian hielt Madeleines Blick so kühn stand, daß sie einen Moment lang spürbar unsicher wurde. »Übermorgen reise ich mit den anderen ab«, fuhr er fort. »Wir werden die Wüstenfront halten, komme was mag.«

Cendrine sah Adrian an, in der festen Erwartung, er werde darauf etwas Zynisches erwidern. Doch Adrian schwieg. Entweder hatte er Mühe, schnell genug von einem zum anderen zu blicken, um dem Dialog folgen zu können, oder aber – und das schien ihr wahrscheinlicher – er zollte Valerians Wunsch Respekt.

Madeleine rang um ihre Fassung, als sie schließlich sagte: »Wie du willst. Ich hoffe, du bist dir der Konsequenzen bewußt.«

»Möglicherweise hast du ja recht«, gab er zurück. »Vielleicht täuschen sich alle, und es wird gar keinen Aufstand geben. Dann bin ich in ein paar Monaten zurück, und ich werde dem Gouverneur vorschlagen, dich wegen deiner Weitsicht zum General zu ernennen.«

»Mach dich nur lustig«, brummte sie resigniert.

Da meldete sich Adrian zu Wort. »Osire«, sagte er gedankenverloren. »Liegt das nicht in der Omaheke?«

Madeleine und die Kinder wurden schlagartig bleich. Nur Cendrine blickte ratlos von einem zum anderen. Sie hatte keine Ahnung, wovon Adrian sprach.

»Valerian«, sagte Madeleine, und ihre Stimme war kaum mehr als ein Raunen, »ist das wahr?«

Ihr Sohn nickte. »Im Herzen der Omaheke«, bestätigte er.

»Aber dort lebt *nichts*!« entfuhr es Madeleine. »Auch Rebellen brauchen Wasser. Niemand könnte euch von dort aus in den Rücken fallen.«

»Um so besser«, entgegnete Valerian und brachte allmählich das nervöse Zucken seiner Lider unter Kontrolle.

»Das ist Wahnsinn!« Madeleine krallte sich an die Tischkante. »Die Omaheke ist –«

»Die Hölle«, sagte Valerian ruhig. »Das erzählt man sich zumindest.«

Adrian schaute von seinem Bruder zu Cendrine. »Wäre es nicht angebracht, Fräulein Muck kurz zu erklären, wovon wir überhaupt sprechen.«

Cendrine schaute unsicher zu Madeleine, und als diese nicht widersprach, nickte sie.

»Die Omaheke ist ein riesiges Sandfeld«, sagte Adrian, »etwa dreihundert Kilometer lang und an der größten Stelle etwa ebenso breit. Es gibt dort nichts, das Schatten spendet. Nur ein endloses Sandmeer, Kilometer um Kilometer. Nirgends ist es trockener – und heißer.«

»Man sagt, es sei der schlimmste Ort in ganz Südwest«, fügte Valerian ein wenig unwirsch hinzu. »Aber was heißt das schon? Daheim in Deutschland hält man jeden, der nach Südwest geht, für lebensmüde. Und trotzdem sind wir alle hier, und es geht uns doch recht gut, oder?« Er versuchte jetzt, fröhlich zu klingen, aber das mißlang ihm gründlich. »Wer weiß, vielleicht hält auch die Omaheke die eine oder andere Überraschung bereit.«

»Wir sollten beten, daß es erfreuliche Überraschungen sind«, sagte Madeleine.

»Womöglich findet Valerian ja Diamanten«, platzte Salome heraus, aber alle, sogar ihre Schwester, schenkten ihr rügende Blicke. Das Mädchen zog einen Schmollmund und schwieg.

Valerian erhob sich. »Jetzt weißt du, Mutter, warum man mir den Tag freigegeben hat. Ich bin hier, um Abschied zu nehmen.«

Madeleine sank unmerklich in sich zusammen und schwieg.

Cendrine und Adrian wechselten einen Blick. Eine Weile lang konnte Cendrine nichts sagen, sich nicht einmal bewegen, so sehr verstörte sie die Besorgnis, die sie in Adrians Augen las. Schließlich aber stand sie auf, sah zu, wie die beiden Mädchen sich von Valerian verabschiedeten, knickste selbst vor ihm und wünschte ihm alles Gute. Dann nahm sie Salome und Lucrecia an ihren eiskalten Händen und führte sie mit steinerner Miene aus dem Zimmer.

Der Mond stand am Nachthimmel über dem Tal und gab den Weinreben die Farbe von Eiskristallen. Die Schatten der Akazien wogten über die Wiese und umspielten den Fuß des Termitenhügels wie die Brandung eines schwarzen Ozeans. Mitternacht war verstrichen, und es bewegte sich dort unten außer den Schatten noch etwas anderes. Menschen huschten zwischen den Bäumen umher. Buschleute. Mehr als ein Dutzend halbnackter San.

Cendrine stand hinter ihren Erkerfenstern und starrte hinaus in die Nacht. Sie ahnte, was die Männer und Frauen taten. Adrian hatte es ihr erklärt: Die San brachten dem Termitenbau ihre Opfer dar.

Zwei Tage waren seit Valerians Abschied vergangen. Er war davongeritten, ohne seinen Vater noch einmal gesehen zu haben. Titus sollte erst am nächsten oder übernächsten Tag heimkehren, und bis dahin würde Valerians Kompanie bereits die ersten Etappen ihres Weges ins Nirgendwo bewältigt haben. Zudem bezweifelte Cendrine, daß Valerian allzu großen Wert auf diese Begegnung legte. Titus hätte doch nur versucht, ihn von seinem Entschluß abzubringen, hätte vielleicht sogar über Valerians Kopf hinweg seine Beziehungen spielen lassen, um ihm die Torturen der Omaheke zu ersparen.

Die San versammelten sich in einem Kreis um den Termitenhügel. Die Äste, die daraus hervorstachen, bebten und bogen sich im ewigen Wind der Savanne, so als könnten sie es vor Gier kaum mehr erwarten, die Gaben der San zu packen und an sich zu reißen. Die zitternden Schatten der Akazien schufen Bewegungen auf der Oberfläche des Hügels, schufen Augen und Schlünde, schufen Leben.

Cendrine schauderte bei diesem Anblick. Sie fragte sich, ob die merkwürdige Anziehung, die der Bau auf sie ausübte, auch die San hierher zog. War er es, der sie dazu trieb, ihm Opfer zu bringen? Und würde auch Cendrine eines Nachts an seinem Fuße knien und ihre Gaben vor ihm niederlegen, wie eine Priesterin vor dem Abbild eines uralten heidnischen Götzen?

Die meisten Buschleute trugen Säcke, die sie jetzt am Boden absetzten. Langsam, mit beinahe kindlicher Sorgfalt rollten sie die Ränder der Öffnungen nach unten, entblößten im Mondschein eine Vielzahl unterschiedlicher Gegenstände.

Je länger Cendrine hinsah, desto mehr Einzelheiten erkannte sie. Im fahlen Mondlicht sah sie, daß die Gesichter der San ungewöhnlich glänzten, als wären sie mit irgend etwas bemalt. Auch ihre Körper waren mit Zeichnungen überzogen, verwinkelten, dünnen Linien, die an Insektenbeine erinnerten. Einige trugen Kopfbedeckungen aus Zweigen; auch sie waren den Gliedern von Termiten nachempfunden.

Die Opfergaben waren jetzt deutlicher zu erkennen. Einige San legten Zweige vor dem Bau ab, andere Holzreste, einer sogar einen Haufen Sägespäne. Auch Obst wurde dargebracht, Blätter und Gemüse. Die San traten einer nach dem anderen vor und legten ihre Gaben rund um den Termitenbau ab. Danach nahmen sie ihren Platz wieder ein, gingen in die Knie und beugten sich nach vorn, bis ihre Gesichter das Gras berührten.

Cendrine öffnete eines der Fenster einen Spaltbreit, um zu hören, ob dort draußen gesprochen oder gesungen wurde. Doch der Wind, der mit jedem Tag des afrikanischen Winters heftiger um das Haus wehte, übertönte alle Laute mit seinem Wimmern und Jaulen, so daß sie das Fenster bald wieder schloß. Sie würde sich allein auf ihre Beobachtungsgabe verlassen müssen, genau wie Adrian. Sie wünschte plötzlich, er wäre hier. Er hätte ihr sicher erklären können, was dort draußen geschah.

War der Termitenhügel für die San eine Art Gott? Beteten sie die Insekten oder aber ihr Bauwerk an? Sahen sie darin ein Symbol – und falls ja, wofür?

Ihr war kalt in ihrem dünnen Nachthemd, und sie trat für einen Moment vom Fenster zurück, um ihren Morgenmantel zu suchen. Als sie an die Scheibe zurückkehrte, waren die San verschwunden. Überrascht öffnete sie noch einmal das Fenster und reckte den Kopf hinaus. Keine Spur mehr von den kleinwüchsigen Männern und Frauen. Nur ihre Opfergaben lagen noch immer in einem engen Kreis um den Termitenhügel.

Cendrines Zimmer befand sich im ersten Stock, sonst wäre sie vielleicht aus dem Fenster gestiegen und hätte sich die Gegenstände am Fuß des Insektenpalastes aus der Nähe angesehen. Sie spürte, wie etwas nach ihr rief, eine stumme Aufforderung, heranzukommen, sich zu verbeugen, wie es die San getan hatten, und den Termitenbau anzubeten. Sie mußte all ihren Willen aufbringen, um das Fenster wieder zu schließen und einen Schritt zurückzutreten.

Doch ihr Widerstand war nur von kurzer Dauer. Ihr Blick blieb fest auf den Hügel gerichtet. Abermals schien sich seine Form zu verändern. Seine Oberfläche geriet in Unruhe, während das Jammern des Windes mehr und mehr einer stürmischen Melodie glich, die Cendrine einlullte und ihren Geist für Dinge öffnete, denen er sich unter normalen Umständen verschlossen hätte.

Sie mußte dort hinaus, mußte sehen, was mit dem Hügel vor sich ging!

Aber ein Rest von Vernunft sagte ihr, daß sie um jeden Preis im Haus bleiben sollte, ganz gleich, was passierte.

Während sie noch mit sich haderte, geschah mit einemmal etwas Verblüffendes. Sie sah den Termitenbau, der etwa fünfzig Meter entfernt war, plötzlich dicht vor sich, als stünde sie direkt davor. Sie konnte die Opfergaben der Eingeborenen sehen, so nah, als müßte sie nur die Hand ausstrecken, um sie zu berühren. Nun konnte sie auch die Oberfläche des Hügels genau betrachten, der mehr als zweimal so hoch wie sie selbst war. Und sie erkannte, daß nicht der Bau selbst sich bewegte.

Es waren Termiten, Tausende und Abertausende, und es wurden immer noch mehr. Sie quollen durch winzige Öffnungen aus dem Hügel wie Wasser aus einem zusammengepreßten Schwamm. Sie ergossen sich in einer Flut über die Hänge des Hügels, übereinander und untereinander, wimmelnd und knisternd, ein Meer aus Chitinpanzern und krabbelnden Beinen, Fühlern, Insektenaugen. Sie besetzten die Äste wie Aussichtstürme, bedeckten jeden Zentimeter Rinde, erklommen sogar die scharfen Spitzen der Dornenzweige. Die lehmige Oberfläche des Hügels war längst unter dieser Eruption aus Insektenleibern verschwunden, und immer noch strömten weitere Tiere aus den Löchern. Schicht um Schicht schob sich über den Hügel, schimmernd und glitzernd im Mondlicht.

Cendrine konnte nur dastehen und zusehen. Die Termitenströme bildeten geheimnisvolle Muster, eine Schrift aus zerfließenden und sich neu anordnenden Zeichen. Waren das nicht Symbole und Hieroglyphen, ähnlich den uralten Höhlenmalereien der San, die Cendrine in Büchern gesehen hatte? Wollten sie ihr etwas mitteilen?

Je länger sie darauf starrte, desto deutlicher wurden die bizarren Anordnungen des Termitenzugs. Da waren Kreise und Spiralen, an denen entlang ihr Blick in eine wundersame Tiefe glitt, hinabgesaugt, immer weiter fort von der Wirklichkeit. Bald umgaben sie die Muster von allen Seiten, umschlossen sie als Ozean aus Ornamenten, zogen sie immer noch tiefer, tiefer, tiefer in den Abgrund.

Und dann verblaßten die Muster, und um sie war Dunkelheit. Sie mußte nicht einmal warten, bis ihre Augen sich an das fehlende Licht gewöhnt hatten; sie wußte auch so, wo sie sich befand. Sie war wieder im Inneren des Termitenhügels, in einem seiner zahllosen Tunnel, und wieder ertönte in der Ferne das Klicken und Klappern von Schritten, das Schleifen von Horn auf Horn, das Knistern und Schaben vielgliedriger Beine und Leiber.

Wie schon beim erstenmal warf Cendrine sich herum und rannte los, diesmal keine Steigung hinauf, sondern einen leicht abschüssigen Stollen hinunter. Der Boden war feucht und rutschig, immer wieder mußte sie um ihr Gleichgewicht kämpfen. Lauter und lauter hörte sie die Schritte hinter sich, hörte undefinierbares Kreischen, das von allen Seiten zugleich zu kommen schien, nicht nur von hinten.

Die Bedrohung schien sich hinter ihr zusammenzuballen wie die Sturmwolken am Himmel über Windhuk. Panisch rannte Cendrine weiter, schlitterte, glitt aus, rappelte sich wieder hoch. Es gab keine Abzweigungen oder Kreuzungen, nur den schwarzen, nassen Tunnel, aus dem ihr ein eisiger Luftzug entgegenfegte.

Da entdeckte sie in der Wand eine Tür. Eine hohe, schmale Eichentür, mit geschliffenen Intarsien und einer geschwungenen Klinke aus Messing.

Sie stellte sich nicht die Frage, was solch eine Tür in einem Termitenbau zu suchen hatte. Rasch drückte sie die Klinke hinab, in der angstvollen Erwartung, der Durchgang sei verschlossen. Doch zu ihrer grenzenlosen Erleichterung schwang die Tür nach außen. Cendrine huschte hindurch, warf den Flügel hinter sich zu.

Sie war zurück im Haus der Kaskadens. Während sie mit dem Rücken an der Wand lehnte und gehetzt um Atem rang, erkannte sie den Korridor wieder; sie erkannte den gemusterten Teppich, die Holzvertäfelungen und die archaischen Reliefs, die an manchen Stellen in die Wände eingelassen waren. Warm und muffig umwogte sie der Geruch von Bohnerwachs und Staub. Irgendwo dort hinten, jenseits der nächsten Ecke, lag ihr Zimmer. Sie war dem Termitenbau noch einmal entkommen – dem Bau und demjenigen, das Jagd auf sie machte.

Ihr fiel auf, daß die Lampen an den Wänden nicht brannten, obwohl sie schon vor Wochen die Anweisung gegeben hatte, sie jeden Abend zu entzünden. Ansonsten wirkte alles gepflegt und reinlich. Vor den Fenstern herrschte stockfinstere Nacht, und das Toben der Winde war ohrenbetäubend; sogar das Rasseln ihres eigenen Atems wurde davon verschluckt.

Erschöpft machte sie sich auf den Weg, ging den Korridor entlang und bog um die Ecke. Dahinter befand sich der Flur, an dem ihr Zimmer lag. Noch zehn Schritte zwischen ihr und der Tür. Sie wollte nur noch in ihr Bett fallen und schlafen. Nicht nachdenken. Keine Fragen stellen. Nur ausruhen.

Hinter ihr wurde krachend eine Tür aufgestoßen. Der Wind jaulte auf wie ein geschlagener Hund, dann verstummte sein Klagelied für einige Augenblicke.

Cendrine hörte ein Rascheln. Hörte schrilles, quälendes Schleifen.

Was immer sie durch den Termitenbau gehetzt hatte, es war ihr gefolgt! Aus dem Traum heraus direkt in die Wirklichkeit. Es war hier, und es war immer noch hinter ihr her!

Mit einem Aufschrei rannte sie los, auf die Tür ihres Zimmers zu. Schlug die Klinke nach unten, stolperte in den Raum, warf den Flügel hinter sich zu. Verharrte. Lauschte.

Der Sturm gewann wieder an Macht. Dennoch war das Schleifen nicht zu überhören, selbst die Tür vermochte es nicht auszusperren. Auch in jeder anderen Lage hätte das durchdringende Geräusch bei Cendrine eine Gänsehaut verursacht – jetzt aber stürzte es sie in heilloses Entsetzen.

Im Dämmerlicht des Zimmers tastete ihre Hand nach dem Schlüssel. Gott sei Dank, er steckte im Schloß! Mit zitternden Fingern drehte sie ihn herum, zweimal. Dann entfernte sie sich rückwärts von der Tür, mit zögernden Schritten, abwartend.

Sie kam etwa bis zur Mitte des Zimmers, als ihre Ferse gegen etwas stieß, das hinter ihr am Boden lag. Aufgeschreckt wirbelte sie herum.

Es war ein Ding mit Hörnern. Ein Stofftier. Ein Schafs- oder Ziegenbock, mit weißer Wolle überzogen. Jemand war hier gewesen und hatte ihn liegenlassen.

Aus dem Augenwinkel bemerkte Cendrine einen dunklen Fleck, wo keiner hätte sein dürfen. Auf dem Bett lag jemand. Ein Kind mit langen offenen Haaren. Ein Mädchen. Es schlief.

Im ersten Moment glaubte sie, es sei Salome oder Lucrecia. Aber dann machte sie einen Schritt darauf zu und sah, daß die Haare des Mädchens schwarz waren.

Etwas polterte gegen die Zimmertür.

Kaum noch Herr ihrer selbst, sprang sie zur Tür und drückte dagegen, ehe ihr klar wurde, daß sie selbst abgeschlossen hatte.

Es krachte erneut. Die Tür erbebte wie unter dem Ansturm eines Rammbocks, und ein langer Riß erschien in ihrer Mitte. Das Schleifen war verstummt.

Cendrine lief zum Bett und packte das schlafende Mädchen an den Schultern. Es war in etwa so alt wie die Zwillinge, vielleicht ein, zwei Jahre jünger. Bildhübsch. An seinen Ohren baumelten goldene Herzen.

Ein Bersten und Splittern ertönte, dann hing die Zimmertür nur noch an einem Scharnier. Der Luftzug vom Korridor strömte ins Zimmer.

Das Mädchen schlief weiter, trotz des Lärms, trotz des heulenden Sturms vor den Fenstern. Cendrine schrie es an, schüttelte es, wollte es hochreißen und in irgendeine sichere Ecke tragen –

– als es plötzlich die Augen öffnete.

Das Mädchen schaute auf, aber es nahm Cendrine nicht wahr. Blickte einfach durch sie hindurch.

»Kimberly!«

Eine schrille Stimme hinter Cendrine! Und dann wieder das Schleifen.

Sie wollte das Mädchen hochheben und an sich drücken, wollte es *wirklich*, aber etwas hielt sie davon ab. Sie ließ die Kleine zurück in die Kissen fallen, als hätte sie mit einemmal alle Kraft verlassen.

Langsam drehte sie sich um.

Im Gegenlicht der Korridorfenster stand eine Gestalt, groß und kräftig. Cendrine sah kein Gesicht, nur eine schwarze Silhouette. Inmitten des dunklen Umrisses funkelte und blitzte etwas. Dann ertönte wieder das furchtbare Schleifen, jetzt eindeutig Stahl auf Stahl. Zwei Fleischermesser, die kreischend übereinandergezogen wurden.

Cendrine sah das reglose Mädchen im Bett an, blickte zum Fenster. Sah, daß dort draußen die Welt unterging. Eine wirbelnde Wand wuchs vor den Scheiben empor. Darin trieben entwurzelte Bäume, Büsche, Sandwolken.

Der Wirbelsturm.

Der Mann mit den Messern.

Das Mädchen im Bett.

»Kimberly«, sagte der Mann noch einmal, diesmal sanfter. Trotzdem ließ er die Messerklingen weiter übereinanderschleifen, wieder und wieder und wieder.

Cendrine kannte diesen Namen. Irgendwer hatte ihn erwähnt, Adrian vielleicht.

Kimberly Selkirk, Lord Selkirks jüngste Tochter. Sein Lieblingskind.

Der Mann kam auf Cendrine zu, aber er beachtete sie nicht. Wie betäubt wich sie zur Seite, fort von ihm, fort von dem Bett, in dem sie Jahrzehnte später einmal arglos liegen und schlafen sollte, ohne eine Ahnung von dem, was einmal darin geschehen war.

Jedes der Messer war so lang wie Cendrines Unterarme. Ihr Schimmern konnte nicht verbergen, daß etwas Rotes, Feuchtes daran klebte.

Der Mann erreichte das Bett und legte die Messer zu beiden Seiten des Mädchens auf die Decke. Er verwandte viel Mühe darauf, sie haargenau zum Kopfende hin auszurichten, als gäbe es dafür irgendeinen wichtigen Grund, als wäre hinter alldem ein versteckter Sinn, den nur er kannte.

Cendrine stolperte rückwärts in den Erker, hinter sich das infernalische Panorama des Wirbelsturms; er hielt das Haus in seinem Zentrum gefangen wie ein Kind einen Frosch im Einmachglas. Sie war stumm vor Angst, beinahe besinnungslos in ihrem Entsetzen. Sie wollte einschreiten, doch sie vermochte es nicht. Konnte nur zusehen. Wie betäubt und von Panik geschüttelt. Dastehen. Hilflos.

Der Mann streichelte das Haar des wehrlosen Mädchens, und zum erstenmal sah Cendrine sein Gesicht. Ein älterer Mann mit feisten Wangen. Sein graues Haar war zerzaust, Strähnen hingen ihm wirr in die Stirn. Eine dunkelrote Bahn aus Blutspritzern zog sich quer über sein Gesicht.

Cendrine erkannte ihn wieder, von einem der Gemälde in der Galerie. Lord Selkirk.

»Kimberly«, flüsterte er noch einmal, unendlich zärtlich. Nur diesen Namen. Immer wieder den Namen seiner Tochter.

»Kimberly. Kimberly. Kimberly.«

Die Kleine starrte ihn groß aus ihren dunklen Augen an, steif vor Angst, vielleicht aber auch vertrauensvoll.

Er hob sie hoch, drückte sie an sich, drehte sich dabei mit ihr um sich selbst. Cendrine sah das Gesicht des Mädchens über seiner Schulter, die Augen immer noch weit aufgerissen. Sie erkannte, daß die Kleine unter Schock stand. Kimberly mußte gesehen haben, was ihr Vater getan hatte. Sie wußte, von wem das Blut in seinem Gesicht stammte. Anschließend hatte sie sich in ihrem Zimmer verkrochen. Aus Panik war Gleichmut geworden. Ergebenheit. Der letzte Schritt, die letzte Konsequenz.

Lord Selkirk überhäufte das Gesicht des Mädchens mit Küssen, bis das Blut ihre Wangen verschmierte, ihre Lippen, ihre Augenlider.

Dann legte ihr Vater sie sanft zurück aufs Bett, griff nach den Messern und tranchierte das Mädchen bei lebendigem Leibe.

Als Cendrine erwachte, lag sie am Boden des Erkers, ganz allein im Zimmer. Kimberlys Blut war längst fortgewaschen, und mit ihr fast jede Erinnerung an Selkirks Verbrechen.

Benommen erhob sie sich. Dabei fiel ihr Blick auf das Fenster.

Eine schwarze Rauchfahne wuchs hoch in den Himmel. Dort draußen tobte ein Feuer. Funken stoben auf wie ein Insektenschwarm, wirbelten über die Wiese, ließen sich auf den Akazien nieder und verglühten.

Der Termitenbau brannte lichterloh.

Anderswo. Im Herzen der Wüste aller Wüsten.

Ein Mann schreitet durch lockeren Sand. Seine Schritte sind weit und kraftvoll. Er hat ein Ziel. Seine Füße verursachen Wellen in den Hängen der Dünen. Der Sand rutscht in weiten Ringen bergab, und doch ist der Mann nie in Gefahr, hinabgerissen zu werden. Er kennt die Wüste seit Jahrtausenden.

Der Mann trägt ein weißes Gewand. Es flattert im heißen Wind, der die Einöde aufpeitscht. Auch sein Kopf ist in weiße Stoffe gehüllt, nur die Augenpartie blickt zwischen den Tüchern hervor. Er schützt sich, weil er es irgendwann einmal gelernt hat. Dabei hat er Schutz längst nicht mehr nötig. Nicht er. Er kennt weder Schmerz noch Verletzung. Kennt keinen Sonnenbrand und keinen Durst. Kennt keinen Tod, nicht den eigenen.

Vor ihm, am Rand der Welt, ist der Himmel so hell, daß der Anblick in den Augen brennt. Doch hinter ihm, dort, wo er herkommt, herrschen Chaos und Vernichtung. Dort wölbt sich der Horizont empor und schreit auf vor Schmerz, als die Welt aus den Fugen bricht, aufgewühlt vom Sturm aller Stürme.

Ein Trichter aus tobendem Sand tanzt in der Ferne, so hoch wie die Himmel selbst. Tanzt so weit entfernt, daß ein Kamel Tage brauchen würde, um dorthin zu gelangen. Aber der Sturm ist schnell. Binnen einiger Atemzüge rast er heran, wenn es sein soll. Verheert die Wüste und den Rest der Welt und zieht eine Spur, so breit, daß selbst die Sterne sie sehen können, wenn sie herabschauen.

Der Mann geht dem Sturm voran, zieht ihn an unsichtbaren Ketten wie ein Löwenbändiger sein Raubtier.

Aber führt wirklich der Mann den Sturm, oder jagt der Sturm den Mann? Und vermag der eine den anderen tatsächlich zu bändigen?

Die Wüste brüllt auf vor Zorn und Erniedrigung, und Staub regnet vom Himmel herab.

Hier draußen sind sogar die Tränen aus Sand.

ZWEITER TEIL

Henoch

KAPITEL 1

Am ersten Weihnachtstag stieg das Quecksilberthermometer am Fenster des Morgenzimmers auf dreiunddreißig Grad Celsius. Madeleine erklärte, möglicherweise würde es noch heißer werden, da der Hochsommer im Süden Afrikas für gewöhnlich auf Anfang Januar falle. Sie habe schon Temperaturen von über fünfundvierzig Grad erlebt, und das nicht etwa in der Wüste, sondern hier, im gemäßigten Zentrum des Landes.

Cendrine empfand die Hitze bereits jetzt als unerträglich. Ende November war sie gemeinsam mit Madeleine nach Windhuk gefahren und hatte festgestellt, daß es noch ein weiteres Geschäft für Damenmoden dort gab, sehr viel einladender als der düstere Laden am Bahnhof. Madeleine hatte es sich nicht nehmen lassen, Cendrine drei neue Kleider zu kaufen, alle langärmelig und bodenlang. Sie waren hübsch, gewiß, aber bei diesen Temperaturen schwitzte sie erbärmlich darunter und befürchtete, unangenehm zu riechen.

Das Weihnachtsfest bei solch einer Sommerhitze zu feiern erforderte Überwindung. Ein Tannenbaum, von Gott weiß woher herbeigeschafft, wurde in der inneren Eingangshalle aufgestellt. Valerian erhielt einige Tage Heimaturlaub. Seit der Verlegung seiner Kompanie vor drei Monaten war dies sein erster Besuch zu Hause, und er erzählte in einem fort von den katastrophalen Zuständen im Fort, von Sandstürmen und Skorpionplagen, von Wassermangel, verdorbenen Lebensmitteln und Fieberepidemien. Titus geriet außer sich und kündigte lauthals an, den Gouverneur persönlich um eine Versetzung seines Sohnes zu bitten, doch Valerian blieb standhaft: Er wollte auch weiterhin in der Wüste bleiben. Immerhin, so sagte er ein wenig resigniert, scheine es in der Omaheke nicht zu Kampfeinsätzen zu kommen. In all den Wochen hätten sie keinen einzigen Eingeborenen zu sehen bekommen; offenbar sei es dort selbst für die Wüstennomaden zu öde und trocken.

Cendrine fand, daß Valerian schlecht aussah. Sein blondes Haar war noch heller geworden, fast weiß. Seine Haut war stark gebräunt, wirkte aber spröde wie gegerbtes Leder. Kleine Falten, die bei seiner Abreise noch nicht dagewesen waren, lagen um seine Augenwinkel, und er war leiser geworden, fast besonnen, als hätten ihm die Schrecken der Wüste einen tiefverwurzelten Respekt eingeflößt. Er war kein neuer Mensch geworden – seine Tiraden gegen die Herero waren nach wie vor voller Haß, und auch seine Seitenhiebe gegen Adrian blieben nicht aus –, und doch gab es keinen Zweifel, daß in ihm eine Wandlung eingesetzt hatte, als habe die Einöde seinen jugendlichen Übermut vertrocknen lassen wie eine Wüstenpflanze.

Die Tanne in der Eingangshalle hielt sich bei der heißtrockenen Witterung nur wenige Tage. Noch vor dem Neujahrsfest waren die meisten Nadeln abgefallen und verhakten sich widerspenstig in den flauschigen Teppichen. Die Gärtner schafften den Baum auf die Wiese hinter dem Ostflügel, um ihn zu verbrennen, an der gleichen Stelle, an der vor drei Monaten schon ein anderes Feuer gewütet hatte.

Die Mädchen bettelten, dem Ende der Tanne beiwohnen zu dürfen, und Cendrine gab schließlich nach und ging mit ihnen hinaus. Als das dürre Geäst Feuer fing und unter Prasseln und Knistern zu Asche zerfiel, gesellte sich Adrian zu ihnen. Gedankenverloren blickte er in die Flammen.

»Traurig, nicht wahr?« sagte Cendrine leise, ehe ihr klar wurde, daß er sie nicht verstehen konnte, ohne sie anzusehen.

Er mußte trotzdem gespürt haben, daß sie ihn angesprochen hatte, denn er drehte sich zu ihr um. »Entschuldigen Sie, was haben Sie gesagt?«

»Ich meinte nur, daß es traurig ist, einen Weihnachtsbaum brennen zu sehen. So früh, noch dazu.«

»Sie halten sich niemals länger als ein paar Tage. Nicht bei dieser Hitze.«

»Mein Bruder und ich konnten uns nie einen Weihnachtsbaum leisten«, sagte sie. »Manchmal sind er und ein paar Freunde nachts in irgendeinen Garten gestiegen und haben eine kleine Tanne für uns geschlagen, aber in den meisten Jahren hatten wir nur einen Zweig und ein paar Kerzen.«

»Klingt idyllisch. Lassen Sie sich nicht täuschen: Die Weihnachtsfeste hier bei uns im Haus verlaufen selten so friedlich wie in diesem Jahr. Daran kann auch der größte Baum nichts ändern.« Adrian lächelte ein wenig verlegen. »Zum Glück war Valerian mit seinen Schauergeschichten über die Omaheke beschäftigt. Er war nicht so streitsüchtig wie sonst.«

»Tun Sie ihm da nicht ein klein wenig unrecht?«

»Glauben Sie das wirklich? Ich dachte, Sie hätten ihn besser kennengelernt.«

»Er ist voller Haß«, sagte Cendrine, »aber nicht auf Sie. Manchmal mag es so aussehen, aber ich glaube, im Grunde haßt er nur sich selbst.«

Die Tanne war in den Flammen jetzt kaum noch zu erkennen. Dichter weißer Rauch stieg auf, als die letzten Nadeln verbrannten. Cendrine schickte die beiden Mädchen zurück ins Schulzimmer, um ihre Mathematikaufgaben zu erledigen. Sie selbst und Adrian blieben noch eine Weile länger an der Feuerstelle stehen. Der schwarze Fleck des verbrannten Termitenhügels war nun völlig von der Asche und Glut der Tanne bedeckt.

»Ich wüßte gerne, warum die San den Bau damals angezündet haben«, sagte Cendrine nachdenklich.

Adrian wandte sich ab und blickte dem Rauch nach, der von ihnen fort nach Osten trieb. »Wer weiß, welche Botschaften sie von ihm empfangen haben.«

»Von dem Termitenhügel?«

Er nickte. »Ein Talent der Schamanen. Sie können Gegenstände sprechen lassen.«

»Sie sagen das so ernsthaft …«

»Es ist eine ernste Angelegenheit.«

»Gibt es denn Schamanen unter den Dienern des Hauses?«

»Die San kennen keine Autorität – gerade deshalb ist es ja so erstaunlich, wie schnell sie sich an die Kolonialherrschaft gewöhnt haben. Ihre Clans haben keine Häuptlinge und auch keine Medizinmänner. Ihrem Glauben nach kann jeder Mensch ein Schamane sein, er muß nur bereit dazu sein.«

Als sie ihn verständnislos ansah, fuhr er fort: »Ein Schamane ist jemand, der kraft seines Geistes in andere Welten vordringt. Das macht ihn nach Ansicht der San einem Sterbenden ähnlich – mit dem Unterschied, daß es für den Sterbenden kein Zurück gibt. Der Schamane aber kehrt heim und läßt andere an seinen Erfahrungen teilhaben.« Adrian bückte sich und hob einen brennenden Zweig aus der Glut. »Ein Schamane könnte vielleicht mit dieser Flamme sprechen, aber auch mit dem Gras, der Erde, den Bäumen und den Bergen. Mit allem, das uns umgibt. Ein San würde andere Worte dafür wählen, aber im Grunde läßt es sich einfach auf den Punkt bringen: Jedes Ding hat eine Art Seele, mit der der Schamane in Verbindung treten kann. Er versetzt sich in eine Welt, in der diese Seele zu ihm sprechen kann.«

Cendrine schmunzelte. »Und ich dachte schon, wir Deutschen tragen die Schuld an der Gleichgültigkeit der San. Dabei schweben sie alle ständig in irgendwelchen anderen Welten.«

Adrian schüttelte lächelnd den Kopf, aber es war ein Lächeln, wie man es einem Kind schenkt, das zu klein ist, um Gespräche von Erwachsenen zu begreifen. »Nur bei wenigen ist das Talent so stark ausgeprägt, daß sie es bewußt anwenden. Die meisten erleben ihre Geistreisen im Schlaf. Wir würden das wohl Träumen nennen.«

»Ich störe Johannes also nicht im Zwiegespräch mit seinen Teetassen, wenn ich ihn anspreche? Das beruhigt mich.«

»Sie sollten sich nicht darüber lustig machen.«

»Nein, wahrscheinlich nicht.« Tatsächlich versuchte sie nur den jähen Schrecken zu überspielen, der sie bei Adrians Worten überkommen hatte. Geistreisen an andere Orte – möglicherweise auch in Termitenhügel?

»Sagen Sie«, bat sie, »diese Reisen der Schamanen, können die einen auch in die Vergangenheit führen?«

»Warum fragen Sie das?«

Sie lächelte abwesend. »Nur eine fixe Idee.«

Adrian musterte sie, bis ihr sein Blick beinahe unangenehm wurde. »Was haben Sie gesehen?« fragte er nach einer Weile.

»Gesehen?« wiederholte sie nervös. »Wie meinen Sie das?«

»Warum fragen Sie nach der Vergangenheit?«

»Verzeihung, aber Sie waren es doch, der mir von der Geschichte des Hauses erzählt hat. Was ist so schlimm daran, wenn ich jetzt –« Sie brach ab und machte eine wegwerfende Handbewegung. »Vergessen Sie's.«

»Nein.« Er legte eine Hand auf ihre Schulter und hielt sie fest. »Es war in der Nacht, als dieser verfluchte Termitenbau brannte, nicht wahr? Sie haben irgend etwas erlebt.«

Sie schob seine Hand weg und wandte sich ab.

»Bitte«, sagte er hinter ihrem Rücken. »Lassen Sie mich Ihre Lippen sehen. Wir müssen miteinander reden.«

Widerstrebend drehte sie sich um. »Worüber? Über die Hirngespinste der San?«

»Das sind keine Hirngespinste. Und ich glaube, Sie wissen das ziemlich genau.«

»Ich weiß gar nichts. Und bestimmt nichts über irgendwelche Geistreisen.«

»Ist Ihnen das schon früher passiert? Zu Hause in Bremen?« Er versuchte nach ihrer Hand zu greifen, aber sie entzog sie ihm. »Haben Sie damals schon Visionen gehabt?«

»Ich habe geträumt wie jeder andere auch.«

»Mehr als das. Sie haben mehr als nur geträumt, oder?«

»Wie kommen Sie nur auf so etwas?«

»Wir wissen beide, daß es die Wahrheit ist.«

Zornig verschränkte sie die Arme vor der Brust. »Woher denn, um Himmels willen? Sagen Sie mir, wie Sie etwas Derartiges behaupten können.«

Sie sah ihm an, daß er nur so tat, als hätte er die Frage nicht verstanden. »War es zu Hause genauso wie hier in Südwest? Oder sind die Bilder jetzt anders?«

Einen Augenblick preßte sie die Lippen aufeinander und schwieg. Dann aber sagte sie leise: »Beängstigender.«

Erleichtert atmete er auf. »Ist es besser, seit der Termitenhügel fort ist?«

»Viel besser. Ich –« Sie verstummte, als ihr etwas klar wurde. »Das waren *Sie*! Sie haben den Hügel in Brand gesetzt!«

Er gab keine Antwort.

Cendrine konnte es kaum glauben. »Ich dachte, Sie seien ein Freund der Eingeborenen. Und trotzdem haben Sie nichts Besseres zu tun, als ihre Heiligtümer zu zerstören?«

»Für die San war der Hügel ein Heiligtum, das ist wahr. Aber für Sie, Cendrine, war er weit mehr. Er wurde gefährlich. Er mußte weg.«

»Ich verstehe noch immer nicht, woher Sie all diese Dinge wissen wollen.«

»Machen wir es einmal umgekehrt«, schlug er vor und lächelte wieder. »Was wissen Sie über mich?«

Verwirrt sah sie ihn an. »Über Sie? Ich kenne Ihren Namen, Ihre Familie. Sie sind taub. Und Sie spielen Oboe, viel besser, als Sie zugeben wollen.«

»Das ist noch nicht alles.«

»Tut mir leid. Sie reden nie über sich selbst.«

»Das muß ich auch nicht. Geben Sie sich Mühe. Horchen Sie auf die Stimme in Ihrem Inneren.«

»Ach, lassen Sie das!«

»Nein, versuchen Sie's.«

»Ich bitte Sie, Adrian! Solche Spielchen beeindrucken vielleicht Ihre kleinen Schwestern, aber nicht mich.«

»Sie waren im Termitenbau, nicht wahr?«

Ihre Hände begannen unmerklich zu zittern. »Das war nur ein Traum«, entgegnete sie schwach.

»Sie tragen ein Geheimnis mit sich herum«, sagte er überzeugt. »Etwas, über das Sie nie sprechen.«

»Reden Sie nur ...«

»Es hat etwas mit Ihrem Bruder zu tun.«

Instinktiv trat sie zwei Schritte zurück. Sie kämpfte erbittert gegen den Drang, sich einfach umzudrehen und fortzulaufen. Aber wovor wäre sie geflohen? Vor Adrian, oder vor dem, was er wußte?

»Warum versuchen Sie nicht herauszufinden, ob ich recht habe?« Sein Tonfall war jetzt schärfer. »Wenn Sie wollen, können Sie alles über mich erfahren. Genauso wie ich es umgekehrt könnte, würde ich es wirklich versuchen.«

Verunsichert legte sie den Kopf schräg. »Sie wollen mir Angst einjagen.«

In seinen hellblauen Augen blitzte etwas. Erst glaubte sie, er unterdrücke ein Lachen, doch dann erkannte sie, daß es etwas ganz anderes war. Er lachte nicht über sie. Ganz im Gegenteil: Er machte sich Sorgen.

Das war eine Erkenntnis, die sie fast noch mehr erschreckte als alles, was er gesagt hatte. Niemand sollte sich um sie sorgen. Sie war alt genug, auf sich selbst aufzupassen.

Er kam langsam auf sie zu. »Sie reden und reden – warum geben Sie nicht zu, daß Sie es insgeheim viel besser wissen? Warum stehen Sie nicht dazu? Hat Ihnen der Termitenbau so zugesetzt? Sehen Sie doch, er ist fort!« Adrian atmete tief durch, als kostete ihn dieses Gespräch große Kraft.

»Das gibt Ihnen trotzdem nicht das Recht, diese Dinge von mir zu behaupten, mögen sie nun wahr sein oder nicht.«

Er rieb sich mit der Hand übers Gesicht und seufzte. »Verzeihen Sie, ich bin… vielleicht bin ich nur genauso verwirrt wie Sie.«

»Ja«, entgegnete sie kühl und klammerte sich an den Rest ihrer Selbstsicherheit, »ich denke auch, daß Sie verwirrt sind. Sehr verwirrt. Lassen Sie mich einfach in Frieden. Und jetzt entschuldigen Sie mich, Ihre Schwestern warten sicher schon.«

Damit drehte sie sich um und ging auf schnellstem Wege zurück zum Haus.

»Es hat keinen Zweck, es abzuleugnen, Cendrine«, rief er ihr hinterher. »Das habe ich auch versucht. Aber, hören Sie, es hat keinen Sinn.«

Der Wind drehte seine Richtung und trieb den Geruch des Feuers hinter ihr her.

Zwei Wochen später, am 13. Januar 1904, erreichte die Nachricht das Anwesen, daß in Okahandja der lange befürchtete Aufstand der Herero ausgebrochen sei.

Ein kleiner Trupp berittener Soldaten überbrachte die Botschaft, staubbedeckt und abgekämpft. Trotz ihrer Erschöpfung weigerten sich die Männer, eine Rast einzulegen. In diesem Teil der Auasberge gab es ein paar vereinzelte Farmen, abgelegene Gehöfte, deren Besitzer von der Viehzucht lebten, und sie alle mußten noch bis zum Abend über die neuen Entwicklungen unterrichtet werden. Der Hauptmann des Trupps bot Madeleine an, mit der ganzen Familie und allen weißen Bediensteten nach Windhuk zu kommen, wo ihnen das Fort Zuflucht gewähren würde, doch sie lehnte mit stoischer Ruhe ab. Titus war irgendwo im Süden des Landes unterwegs und würde in den nächsten Wochen nicht heimkehren; aber, so sagte sie, wenn ihr Mann hier wäre, würde er gewiß genauso entscheiden wie sie. Der Hauptmann warf einen sorgenvollen Blick auf die Kinder, dann tippte er zum Abschied die Hand an die Hutkrempe und gab seinen Leuten den Befehl zum Aufbruch.

Okahandja wurde von Herero belagert, die einen waffenstarrenden Ring um die Ansiedlung geschlossen hatten. Der zehnköpfige Schutztrupp war niedergemacht, mehrere Farmen im Umland verwüstet worden. Noch waren den Aufständischen keine Frauen und Kinder zum Opfer gefallen, doch niemand vermochte mit Sicherheit zu sagen, ob dies eine Folge von bewußter Rücksichtnahme oder pures Glück war.

Madeleine rief in der Eingangshalle alle San zusammen, die innerhalb des Hauses Dienst taten, und bat sie, auch ihre Verwandten in den Gärten und Weinbergen über die Geschehnisse in Kenntnis zu setzen. Herero wurden ab sofort nicht mehr im Tal geduldet, eine Regelung, die auch den Kutscher Ferdinand betraf. Bis heute war er einer der engsten Vertrauten der Familie gewesen, hatte sogar Waffen tragen dürfen, doch damit war es jetzt von einem auf den anderen Tag vorbei. Falls der Aufstand niedergeschlagen werde, erklärte ihm Madeleine, dürfe er zurückkehren; bis dahin aber müsse er mit allen anderen Angehörigen seines Volkes im Dorf außerhalb des Tales bleiben. Ferdinand quittierte ihre Worte mit einem stummen Nicken und ging.

Als einzige Weiße unter den Bediensteten wurde Cendrine fortan noch enger in die Familie einbezogen. Madeleine bot ihr an, in ein Zimmer im Nordflügel zu ziehen, um näher bei ihnen zu sein, doch Cendrine lehnte ab. Daraufhin bestand Madeleine darauf, künftig bei Nacht zwei bewaffnete San als Wächter vor Cendrines Zimmer zu postieren. »Keine Widerrede«, setzte sie entschieden hinzu.

Cendrine fügte sich mit einem Seufzen, stellte sich insgeheim aber die Frage, ob sie die Gefahr vielleicht unterschätzte. Die Vorstellung, die idyllischen Weinberge rund um das Anwesen könnten von blutrünstigen Herero-Horden überfallen werden, schien ihr absurd. Natürlich, wenn sie darüber nachdachte, machte die Sorge der Soldaten durchaus Sinn: Die Kaskadens waren eine der vermögendsten Familien in Südwest, und eine Plünderung ihrer Besitztümer versprach reiche Beute.

Aber etwas in Cendrine weigerte sich, diese Angelegenheit mit den Maßstäben der Vernunft zu betrachten. Sie erinnerte sich an das, was Adrian ihr über den Wirbelsturm erzählt hatte, der das Anwesen einst vor einer Rebellenattacke bewahrt hatte; wenn ihr in den vergangenen sieben Monaten eines klargeworden war – auch nach diesem letzten Gespräch mit Adrian –, dann war es die Tatsache, daß in Afrika die Gesetze der Vernunft keine Rolle spielten.

Dieses Land zwingt uns zur Unvernunft, dachte sie, nur um sich gleich darauf in Gedanken zu verbessern: Afrika *schenkt* uns die Unvernunft. Aber was geben wir ihm im Austausch dafür?

»Adrian sagt, die Herero haben schon über hundert Weiße zu Tode gefoltert«, sagte Lucrecia an einem Morgen Anfang April, drei Monate nach Ausbruch des Aufstandes.

Cendrine legte das Buch beiseite, aus dem sie das heutige Morgengebet ausgewählt hatte. Sie bemühte sich, jeden Tag ein anderes zu sprechen und es von den Mädchen wiederholen zu lassen. »Ich kann mir nicht vorstellen, daß dein Bruder dir etwas Derartiges erzählen würde.«

»Hat er aber!« ereiferte sich Lucrecia. »Alle wurden zu Tode gefoltert. Manchen haben sie mit Fackeln die Haut vom Gesicht gebrannt, und anderen hat man –«

»Es reicht, Lucrecia!« fuhr Cendrine sie an, die bemerkte, daß die feinfühligere Salome kreidebleich geworden war. Daß Salome nichts von alldem wußte, war ein weiterer Hinweis, daß Lucrecia das alles nur erfunden hatte. Oder aber, und das schien Cendrine fast am wahrscheinlichsten, einer der Dienstboten hatte ihr davon erzählt. Madeleine hatte bis zur Beendigung der Kämpfe alle persönlichen Gespräche mit den Eingeborenen untersagt, die über einfache Anordnungen hinausgingen; kein Wunder also, daß Lucrecia Adrian als Sündenbock vorschob.

»Wo hätte Adrian so etwas hören sollen?« fragte Cendrine. »Dein Bruder ist taub, Lucrecia, hast du das vergessen?«

Das Mädchen hob trotzig das Kinn. »Er fährt immer noch nach Windhuk, trotz des Aufstandes.«

»Ist das wahr?« Cendrine hoffte, daß die Zwillinge die Sorge in ihrer Stimme nicht bemerkten. Sie und Adrian hatten seit der Verbrennung des Weihnachtsbaumes nicht mehr unter vier Augen gesprochen. Sie wich ihm aus, und ihr war klar, daß ihm das sehr wohl bewußt sein mußte.

»Adrian besucht Freunde in Windhuk«, sagte Salome. »Mutter verbietet es ihm, aber er tut es trotzdem.«

»Wahrscheinlich ist ihm genauso langweilig wie uns«, fügte Lucrecia hinzu. »Seitdem die Soldaten hier waren, passiert gar nichts mehr.«

Cendrine zwang sich zu einem Lächeln. »Also langweilig ist euch. Nun gut, ich denke, dem können wir Abhilfe verschaffen. Nehmt eure Mathematikhefte und –«

»Fräulein Muck?« unterbrach Lucrecia sie.

»Ja?«

Die Mädchen wechselten einen verstohlenen Blick. Salome zuckte mit den Schultern, aber Lucrecia hob nach kurzem Zögern entschlossen das Kinn.

»Wir würden Ihnen gerne etwas zeigen«, sagte sie zu Cendrine.

»Und was wäre das?«

»Ein … Geheimnis«, sagte Salome stockend.

Warum nur war jeder in diesem Haus so versessen auf Geheimnisse? »Gut«, sagte sie widerstrebend. »Vorausgesetzt, es hat Zeit bis heute nachmittag.«

»Mhmh«, brummte Lucrecia kopfschüttelnd. »Dann ist es zu spät.« Noch einmal schaute sie zu ihrer Schwester hinüber, als wolle sie sich absichern. »Wir müssen es Ihnen jetzt zeigen. Jetzt sofort.«

Salome nickte, aber sie wirkte nicht ganz so überzeugt wie Lucrecia. »Sonst ist es nämlich schon vorbei.«

Cendrine hob eine Augenbraue. »Ihr wißt doch, daß ich es nicht mag, wenn der Unterricht unterbrochen wird.«

»Dann werden Sie eben nie erfahren, was wir Ihnen zeigen wollten«, gab Lucrecia mit übertriebenem Schulterzucken zurück und widmete sich ihren Schulheften.

»Und du glaubst, das würde mir später leid tun?« fragte Cendrine und unterdrückte ein Grinsen.

»Ganz bestimmt.«

Cendrine seufzte. »Na gut. Wenn ihr da so sicher seid.«

Die Zwillinge sprangen von ihren Stühlen und jubelten.

»Könnt ihr es herholen?« erkundigte sich Cendrine, ahnte die Antwort aber schon.

Die Mädchen kicherten. »Natürlich nicht.«

»Also, wo ist es?«

»Draußen.«

»Im Garten?« fragte sie zweifelnd. Seit Ausbruch der Unruhen hatte sie es vermieden, mit den Kindern ins Freie zu gehen.

Lucrecia nickte, aber ihre Schwester stupste sie an.

»So ungefähr«, sagte Salome zögernd.

Cendrine fügte sich in ihr Schicksal und folgte den beiden aus dem Zimmer. Die Mädchen flüsterten miteinander, während sie ihr im Korridor vorausliefen. Hin und wieder schauten sie sich verstohlen zu ihr um. Offenbar war Salome nicht ganz so überzeugt von dem Vorhaben wie ihre Schwester. Lucrecia hatte den Plan wohl ausgeheckt.

Sie traten durch das Hauptportal ins Freie, überquerten eilig den Kieshof und umrundeten den Südflügel. In Cendrine stieg immer deutlicher die Befürchtung auf, daß es keine gute Idee gewesen war, sich auf den Vorschlag der Zwillinge einzulassen – nicht, während irgendwo dort draußen mordende und brandschatzende Herero-Horden umherzogen.

Im südlichen Teil des Gartens, zwischen ausgedörrten Sträucherzeilen, hielt sie die Mädchen schließlich zurück.

»Wir sollten uns nicht so weit vom Haus entfernen«, sagte sie.

»Aber es ist *wichtig*«, sagte Lucrecia beharrlich.

Cendrine wurde allmählich ungehalten. »Ich fürchte, ihr werdet euer Geheimnis lüften müssen, falls ihr wirklich weitergehen wollt.«

»Aber dann ist es kein Geheimnis mehr«, konterte Lucrecia verzweifelt, »das haben Sie selbst gesagt.«

»Es ist zu gefährlich hier draußen.«

»Ist es nicht«, sagte Salome und versuchte, sehr erwachsen zu klingen. »Mutter hat Patrouillen aufstellen lassen, die in den Weinbergen nach dem Rechten sehen.«

»Ihr habt doch nicht etwa vor, den Garten zu verlassen?«

»Ach, bitte, Fräulein Muck! Es ist eine Überraschung, wirklich«, bettelte Lucrecia, und Salome fügte besonnener hinzu: »Wir könnten später im Unterricht darüber sprechen.«

Cendrine beschattete ihre Augen mit der flachen Hand und blickte über den Garten hinweg zur Außenmauer des Anwesens. Es gab dort einen schmalen Seiteneingang, der von zwei San bewacht wurde. Neben ihnen lehnten altmodische Büchsen an der Mauer. Die Männer saßen im Schneidersitz am Boden und blickten schweigend zu einem Punkt am Himmel empor. Als Cendrine ihrem Blick folgte, konnte sie nichts entdecken. Vielleicht ein Vogel.

Lucrecia und Salome liefen schon wieder voraus, geradewegs auf das Tor zu. Cendrine unterdrückte einen Fluch und eilte hinterher. Erst bei den Wächtern holte sie die Mädchen wieder ein.

»Also schön«, sagte sie und hielt beide an der Schulter fest. »Wohin wollt ihr?«

Die Zwillinge schauten einander in stummer Absprache an, dann sagte Salome: »Oben auf den Hügelkamm. Von dort aus kann man das Dorf sehen.«

»Und was gibt es im Dorf?«

»Das ist ja eben die Überraschung!«

Immerhin wußte sie jetzt, wohin es die Kinder zog. Sie wandte sich an einen der San, die nun beide ihre Himmelsbeobachtung unterbrochen hatten und sie unverwandt anstarrten.

»Wie viele Männer sind dort draußen auf Patrouille?« fragte sie.

»Viele, Fräulein«, sagte der San. »Viele Männer mit Gewehren.«

»Ist es gefährlich, dort raus zu gehen?« Sie wußte selbst nicht, warum sie ausgerechnet dem San diese Frage stellte; ihm drohte gewiß keine Gefahr. Vielleicht suchte sie nur jemanden, auf den sie die Verantwortung abschieben konnte.

»Nicht gefährlich, Fräulein«, erwiderte er. »Gegend hier ist sicher. Kinder sind sicher. Keine Angst.«

»Sehen Sie?« platzte Lucrecia heraus. »Da hören Sie's.«

Salome tastete nach Cendrines Hand. »Wir müssen das Tal nicht verlassen. Wir können vom Hügel aus das Dorf und die Felder sehen. Es ist so interessant, wirklich!«

Cendrine fürchtete, daß Madeleine sie mit dem nächsten Schiff zurück nach Europa schicken würde, falls sie je erfuhr, daß Cendrine mit den Mädchen das Anwesen verlassen hatte. Aber sie hatte auch das Gefühl, den Zwillingen diesen Gefallen schuldig zu sein. Sie allein hatten ihr von Anfang an uneingeschränkte Sympathie entgegengebracht, und wenn ihnen dieser Ausflug wirklich so viel bedeutete, dann wollte sie ihnen den Wunsch nicht ausschlagen.

»Einverstanden«, sagte sie schließlich, und sofort zogen die Mädchen sie durch das Tor.

Jenseits der Mauer erstreckten sich schier endlos die Reihen der Weinstöcke. Aufgrund der Trockenheit waren sie braun und mürbe geworden. Sie sahen aus, als würden sie sich nie mehr von diesem Sommer erholen.

Geschwind liefen die drei zwischen zwei Rebenreihen bergauf nach Süden. Hier und da entdeckte Cendrine tatsächlich einige San, die in Zweiergruppen das Gelände durchstreiften. Trotzdem fühlte sie sich nicht wirklich sicher.

Sie erklommen den Hang, bis sie den Bergkamm erreichten. Dahinter wellte sich das Panorama der Auasberge wie ein zu

Sand und Fels erstarrter Ozean. Savannengras raschelte im Wind.

Gleich am Fuß des Abhangs lag das Dorf der Eingeborenen, die im Dienst der Kaskadens standen. Ein breiter Trampelpfad schlängelte sich herauf und überwand hundert Meter weiter westlich die Bergkuppe. Die Ansiedlung selbst war viel größer, als Cendrine erwartet hatte, und bot Platz für mindestens zweihundert Arbeiter und Arbeiterinnen. Die meisten Hütten waren aus Lehm, rund und mit spitzen, strohgedeckten Dächern. Aber es gab auch ein paar gemauerte Unterkünfte, außerdem zahlreiche Zelte. Manche der Eingeborenen hausten unter Fell- und Stoffplanen, die man über vier Pfähle gespannt hatte. Gekocht wurde über offenen Feuern, die auf den Wegen zwischen den Hütten brannten. Der Anblick ähnelte jenem der San-Siedlung in Windhuk, wenngleich hier alles ein wenig primitiver zuzugehen schien. Während ihrer Arbeit bei den Weißen mochten die Eingeborenen die Sitten ihrer Dienstherren nachahmen, doch hier, in ihrer natürlichen Umgebung, führten sie das Leben seßhaft gewordener Nomaden.

Auf den vom Berghang abgewandten Seiten des Dorfes erstreckten sich karge Äcker. Auf einem waren zwei Ochsengespanne dabei, den trockenen Boden zu pflügen, die anderen Felder waren bereits von langen Furchen durchzogen. Zahlreiche Männer, Frauen und Kinder hatten sich am Rand des vorderen Ackers versammelt, während ein alter Mann auf sie einredete. Cendrine und die Zwillinge waren relativ weit von der Gruppe entfernt, dennoch konnten sie deutlich die Falten im Gesicht des Alten erkennen; Augen und Mund waren nur drei weitere Furchen inmitten seiner zerklüfteten Züge.

»Ist es das, was ihr mir zeigen wolltet?« fragte Cendrine verwundert.

Die Mädchen nickten. »Das Aussaatritual der Eingeborenen«, sagte Salome, und Lucrecia fügte hinzu: »Wir sind spät dran. Sie haben schon angefangen.«

Die drei kauerten sich hinter ein paar Felsbrocken und spähten darüber hinweg den Hang hinab. Die San am Rande des Ackers – es waren vier oder fünf Dutzend – verteilten sich jetzt an den Seiten des Feldes, bis die Fläche völlig von ihnen umschlossen war. Der alte Mann hatte sich unter sie gemischt; es gab keinen Zeremonienmeister.

»Wir haben den Anfang verpaßt«, sagte Lucrecia noch einmal, sichtlich stolz darauf, mit ihrem Wissen prahlen zu können. »Die Ältesten versammeln sich in einer der größten Hütten. Jeder bringt im Auftrag seiner Familie ein paar Samen mit, Hirse, Mais oder was sonst auf den Feldern ausgesät werden soll. Dabei sind auch immer ein paar magische Samen von Getreidesorten, die keinen Namen haben, weil ein Name sie absterben lassen würde. Werden diese Samen ausgesät, wächst aus ihnen keine Pflanze. Sie sind nur da, um die anderen zu beschützen. Sofia – das ist eine der Frauen, die im Garten arbeiten – hat gesagt, die namenlosen Samenkörner sind wie Schäfer, die alle anderen Samen wie ihre Schafe behüten.«

Sofia also. Cendrine prägte sich den Namen ein. Zumindest wußte sie nun, welche der Eingeborenen Lucrecias geheime Vertraute war.

»Wenn die Samen aller Familien eingesammelt sind, geht einer der Ältesten hinaus aufs Feld und vergräbt einige davon an verschiedenen Stellen im Boden.« Lucrecia kicherte plötzlich. »Sofia nennt das ›den Samen der Erdenmutter in den Schoß legen‹. Es ist wichtig, in welcher Hand und in welchen Fingern man die Samen hält. Dadurch werden böse Erdgeister davon abgehalten, den Samen von unten aus dem Boden zu fressen.«

Cendrine waren schon vorher die vielen Vögel aufgefallen, die auf den Dächern der Hütten unweit des Ackers saßen. »Ich glaube, Sofias böse Geister kommen eher aus der Luft.« Schon erhoben sich hier und da einzelne Vögel und kreisten über dem Acker. Immer wenn einer zu Boden stieß, wurde er von den San durch wildes Geschrei fortgejagt, ehe er einen der Samen aufpicken konnte.

Lucrecia erzählte weiter von allerlei Vorbereitungen, die getroffen wurden, um Geister und Dämonen abzuschrecken, aber Cendrine hörte kaum noch zu. Vielmehr beobachtete sie, wie sich die Frauen aus den Reihen lösten und ebenfalls vereinzelte Samen in dem staubigen Erdreich vergruben. Laut Lucrecia war dies der zweite Schritt des Rituals. Zuletzt, so erklärte sie, würde dann die eigentliche Aussaat beginnen, gefolgt von weiteren Zeremonien, die dafür sorgen sollten, daß in den kommenden Tagen Regen fiel.

Nachdem sich die Frauen vom Feld zurückgezogen hatten, schlossen sich alle Umstehenden zu einem Pulk zusammen, der sich vom Acker abwandte und zwischen den Hütten hindurch zur anderen Seite des Dorfes strömte.

»Was tun sie denn jetzt?« fragte Cendrine. »Hast du nicht gerade gesagt, als nächstes sei die Aussaat an der Reihe?«

Die Zwillinge wechselten wieder einen von diesen stummen Blicken, die Cendrine allmählich beunruhigten. Irgend etwas ging hier vor, und die Mädchen dachten offenbar nicht daran, ihr zu verraten, was es war. Ihr wurde schlagartig klar, daß es ihnen in Wahrheit gar nicht um das Saatritual der San ging.

Der Pulk näherte sich jetzt einer Hütte im westlichen Teil der Ansiedlung. Sie wurde von acht Männern bewacht, die mit kurzen Speeren und Messern bewaffnet waren. Zum erstenmal wurde Cendrine bewußt, daß keiner der Eingeborenen europäische Kleidung trug, wie sie es während der Arbeit im Anwesen taten. Hier waren alle nur in Tücher und Lendenschurze gehüllt.

Selbst aus der Entfernung war deutlich zu erkennen, daß rund um die bewachte Hütte früher weitere Unterkünfte gestanden hatten. Vereinzelte Pfähle und knöcheltiefe Gruben verrieten, daß die Bauten offenbar abgerissen und anderswo wieder aufgebaut worden waren. Dadurch war ein freier Platz von etwa zwanzig mal zwanzig Meter entstanden, in dessen Zentrum nur noch die eine Hütte stand.

Die Menschengruppe formierte sich in respektvollem Abstand darum. Schließlich hatte sich ein weiter Kreis gebildet.

»Was tun die da?« fragte Cendrine atemlos.

Salome schien sich unter Cendrines Frage zu winden, doch keines der Mädchen gab eine Antwort.

»Zum Teufel, was geht da vor?« Cendrines Tonfall war scharf und klang in ihren eigenen Ohren viel zu schrill. Eine gräßliche Vorahnung überkam sie.

Die acht Männer, die die Hütte bewachten, waren größer als die anderen. Herero, durchfuhr es Cendrine. Im Grunde war daran nichts Ungewöhnliches. Sie wußte, daß im Dorf Angehörige der verschiedensten Völker lebten. Die San waren in der Überzahl, gewiß, aber es gab ebenso Herero, ein paar Nama und drei oder vier Damara-Familien. Trotzdem lief ihr beim Anblick der bewaffneten Krieger ein Schauer über den Rücken.

Aus ihrem Unbehagen wurde pures Entsetzen, als aus dem Inneren der Hütte plötzlich Schreie ertönten. Ein verzweifeltes Kreischen hob an, durchsetzt vom Weinen kleiner Kinder. Zu sehen war nach wie vor niemand. Die acht Wächter sorgten dafür, daß der Eingang geschlossen blieb.

Cendrine packte Lucrecia an den Schultern und riß sie grob zu sich herum. »Was für Leute sind in der Hütte?« fuhr sie das Mädchen an.

Lucrecia verdrehte den Kopf, um Salomes Blick zu erhaschen, aber Cendrine ging dazwischen. »Heraus mit der Sprache!«

Lucrecia sagte noch immer nichts, preßte einfach fest die Lippen aufeinander, vielleicht vor Schreck, vielleicht aber auch aus purem Trotz.

»Es sind Hyänenmenschen«, sagte Salome hinter Cendrines Rücken. »Sie essen Kinder.«

Cendrine ließ Lucrecia los, die sich mit Tränen in den Augen die schmerzenden Schultern rieb. »Was sagst du da?«

Salome nickte langsam, um ihren Worten Gewicht zu verleihen. »Hyänenmenschen. Die Herero wollen sie töten und den Göttern als Opfer für eine gute Ernte darbringen.«

Cendrine rang aufgeregt nach Luft. »Ihr habt mich hergeführt, um bei einer *Hinrichtung* zuzuschauen?«

Die Zwillinge schwiegen betreten.

»Was habt ihr euch nur dabei gedacht?« zischte sie wütend.

»Das ist hier nichts Ungewöhnliches«, verteidigte sich Lucrecia. »Es passiert immer wieder, einmal oder zweimal im Jahr.«

»Das stimmt«, bestätigte Salome. »Wir dachten, Sie würden es gerne einmal sehen.«

»Hast *du* das gedacht oder deine Schwester?« gab Cendrine zurück.

Salome schaute betreten zu Boden, während Lucrecia die Tränen nicht länger zurückhalten konnte. »Sie können mich nicht leiden! Sie konnten mich noch nie leiden!«

»Unsinn!« entgegnete Cendrine. Aber natürlich hatte die Kleine recht: Salome war ihr immer die Liebere von beiden gewesen – aus gutem Grund, wie es schien. Salome allein wäre nie auf eine derart abscheuliche Idee gekommen.

Es sind Kinder, ermahnte sie sich. Wie kannst du ihnen übelnehmen, daß sie sich für so etwas interessieren?

Sie erinnerte sich daran, wie Elias ihr einmal erzählt hatte, daß er und ein paar andere Jungs sich in die Nähe der Exerzierplätze der Armee geschlichen hatten. Fasziniert hatten sie beobachtet, wie ein Soldat vor das Hinrichtungskommando geführt und erschossen worden war. Die Todesstrafe war daheim ebenso alltäglich wie hier – mit dem Unterschied, daß die Eingeborenen sie nach anderen Gesetzen verhängten.

Noch einmal blickte sie hinunter zum Dorf. Die Menschen im Ring um die Hütte stimmten jetzt einen Gesang an, sehr ruhig, fast traurig. Das Schreien im Inneren der Hütte war noch schriller geworden, und einmal, als der Eingang durch einen Stoß von innen erbebte, rammte einer der Herero blindlings seinen Speer durch die Tür aus geflochtenen Zweigen. Einen Augenblick lang herrschte Stille in der Hütte, dann ging das Geschrei von neuem los, noch verzweifelter.

Cendrine zog die Mädchen an sich und umarmte sie. »Schaut nicht hin.«

»Aber Sie sehen doch auch zu«, sagte Salome.

Lucrecia klang immer noch trotzig. »Wir haben es schon oft gesehen. Schon ganz oft.«

Cendrine versuchte gleichzeitig die Hütte und die Gesichter der Zwillinge im Blick zu behalten. »Was genau sind Hyänenmenschen?« fragte sie.

»Böse Geister in Menschengestalt«, sagte Lucrecia. »Sie haben zwei Münder: einen, mit dem sie sprechen und der aussieht wie der von jedem anderen, und einen zweiten, der so stark ist, daß sie mit den Zähnen Menschenknochen zerkauen können. Der zweite Mund ist unsichtbar und zeigt sich nur, wenn sie Hunger haben.«

Die acht Wächter traten jetzt von der Hütte zurück. Statt ihrer näherten sich zwei Frauen aus entgegengesetzten Richtungen der Unterkunft. Sie trugen in jeder Hand eine lodernde Fackel.

»Sie verbrennen sie!« entfuhr es Cendrine.

Die Zwillinge nickten. »Nur Feuer kann böse Geister vernichten«, sagte Lucrecia.

»Hat dir das auch Sofia erzählt?«

»Kann sein.«

Cendrine war viel zu gebannt von dem, was sich im Dorf abspielte, um heftiger nachzuhaken. Sie würde Madeleine über diese Sofia in Kenntnis setzen. Sollte die Hausherrin entscheiden, wie man die Kinder von ihr fernhalten konnte.

Hilflos wie in einem ihrer Träume sah sie mit an, wie die Frauen Feuer an die Hütte legten. Noch immer war nicht klar, wie viele Menschen im Inneren eingesperrt waren. Den Schreien nach zu urteilen, waren es mindestens ein halbes Dutzend. Eine ganze Familie, schoß es Cendrine durch den Kopf. Dort unten wurde eine ganze Familie ermordet!

Die Wände der Hütte bestanden aus einem Geflecht aus Zweigen und Stroh, verputzt mit Lehm und Rinderdung. Die Flammen leckten begierig daran empor, aber noch griffen sie nicht auf die ganze Hütte über. Die Zuschauer, deren Gesang das Knistern des Feuers wie Hohngelächter übertönte, wichen weiter zurück. An einigen Stellen entstanden Lücken im Ring, als Kinder ihre Plätze verließen und sich an ihre Mütter klammerten. Auch die acht Herero hatten sich entfernt, behielten den Eingang aber weiterhin wachsam im Auge.

Dichter Rauch stieg auf, und jetzt erfaßten erste Flammen wie glühende Insektenschwärme die Wände, fraßen sich hinauf zum Dach aus Stroh und Zweigen. Auch die Tür hatte

Feuer gefangen und begann lichterloh zu brennen. Plötzlich barst sie auseinander, ein Feuerwerk aus brennenden Zweigen. Eine Gestalt taumelte aus der Glut ins Freie. Es war ein Mann, bald darauf gefolgt von einer Frau. Beide sanken auf alle viere und gaben keuchende Laute von sich. Cendrine glaubte, es läge am Rauch, doch im nächsten Moment stürzten sich die beiden wie Raubtiere auf die Herero-Wachen. Die Menschenmenge kreischte auf, stob auseinander. Viele ergriffen die Flucht, andere zogen sich in den Schutz der nächststehenden Hütten zurück und beobachteten das Geschehen aus sicherer Entfernung.

Der Mann und die Frau, vom Ruß so schwarz wie ihre eigenen Schatten, packten je einen Herero und rissen ihn zu Boden. Während Cendrine fassungslos zusah, schnappten die beiden zähnefletschend nach den Kehlen ihrer Opfer. Noch bevor einer der anderen Wächter einen Speer heben konnte, waren die Männer am Boden tot. Blut spritzte aus ihren zerfetzten Arterien in den Staub. Die Leichen zuckten noch, als der Mann und die Frau sich auf die nächsten Bewaffneten warfen.

Hyänenmenschen, dachte Cendrine ungläubig. Aber das war doch unmöglich!

Ein Speer wurde der Frau in die Seite gerammt, ein zweiter fuhr dem Mann in die Schulter. Dennoch klammerten sich beide weiter an ihre Opfer, schlugen und bissen nach ihnen, und bald lag ein dritter Herero verblutend im Sand. Doch auch die beiden Angreifer waren besiegt. Die Frau rollte sich wimmernd auf die Seite und versuchte offenbar, einen Blick auf die brennende Hütte zu erhaschen, während der Mann von zwei Speeren gleichzeitig durchbohrt wurde. Augenblicke später waren beide tot.

Cendrines Herz schlug so hart, daß sogar die Zwillinge das laute Hämmern hören mußten. Aber sie waren selbst viel zu beschäftigt, sich aus Cendrines Armen zu befreien und Blicke auf das Massaker im Dorf zu erhaschen.

Das Dach der Hütte stürzte in einem Fanal aus sprühenden Funken und flirrender Hitze in sich zusammen. Aus dem Inneren ertönten längst keine Schreie mehr.

Einen Augenblick später erkannte Cendrine den wahren Grund für das Schweigen.

Eine Gruppe von drei Kindern, zwei Mädchen und ein kleiner Junge, hatte die Verwirrung beim Angriff auf die Wächter genutzt und war den Flammen entkommen. Alle drei waren so dicht mit Ruß bedeckt, daß nicht zu erkennen war, ob sie bereits Verbrennungen davongetragen hatten.

Cendrine bekam vor Aufregung kaum Luft. Die Eltern der Kinder hatten die Dorfbewohner durch ihr Auftreten in Panik versetzt, um ihren Kindern die Flucht zu ermöglichen. Dafür hatten sie sogar den eigenen Tod in Kauf genommen.

Jetzt hatten auch andere die fliehenden Kinder entdeckt. Erste Rufe wurden laut, und doch wagte niemand, den Flüchtenden zu folgen. Einer der überlebenden Wachtposten holte aus und schleuderte seinen Speer. Zielsicher raste das Wurfgeschoß hinter den Kindern her und traf eines der Mädchen zwischen den Schulterblättern. Mit einem dumpfen Laut ging es zu Boden.

Aus einer Hütte löste sich ein Mann und warf sich auf das zweite Mädchen. Es strampelte und schrie, während es unter dem Angreifer begraben wurde. Der kleine Junge, höchstens vier oder fünf Jahre alt, blieb stehen, und es sah einen Moment lang aus, als wolle er sich mit geballten Fäusten auf den Mann stürzen, der seine Schwester festhielt. Doch das Mädchen brüllte ihm etwas zu, immer wieder die gleichen Silben, bis der Mann ihr eine Hand auf den Mund preßte. Der Junge aber hatte verstanden. Rasch warf er sich herum und rannte auf seinen kurzen Beinen weiter, an den äußeren Hütten vorbei nach Norden. Den Hang hinauf. Auf Cendrine und die Zwillinge zu.

Zwei Herero erreichten den Mann mit dem kreischenden Mädchen und rissen ihn grob zur Seite. Sekundenlang lag das Mädchen starr vor Schreck auf dem Rücken, blinzelte ergeben zum Himmel und zur glosenden Sonne empor. Dann hob ein Herero seinen Speer mit beiden Händen und rammte ihn kraftvoll nach unten, geradewegs durch den Brustkorb des Mädchens.

Cendrine schrie auf, ein gellender Laut voller Empörung und Entsetzen. Sie ließ die Zwillinge endgültig los und sprang aus ihrem Versteck. Ohne nachzudenken, rannte sie den Hang hinunter, stolpernd, immer wieder Gefahr laufend, sich im Saum ihres langen Kleides zu verheddern. Als sie bei dem Jungen angelangt war, riß sie ihn in ihre Arme, drückte ihn fest an sich, bis seine Gegenwehr nachließ, und erwartete mit stoisch vorgerecktem Kinn die näherkommenden Eingeborenen.

Halb erwartete sie, daß die Männer sie ebenso niedermachen würden wie die anderen. *Beschützerin eines Hyänenkindes*, fuhr es ihr siedendheiß durch den Kopf, immer und immer wieder.

Sie werden dich töten. Ja, das werden sie auf jeden Fall.

Aber die Männer mit den Speeren blieben etwa fünf Schritte vor ihr stehen, und auch der nachdrängende Pulk der Dorfbewohner verharrte. Ein Herero fuchtelte aufgebracht mit seiner Waffe, andere schrien zornige Sätze in ihrer schnellen, unverständlichen Sprache. Aber keiner wagte näher zu kommen.

»Ich werde dieses Kind mitnehmen«, sagte Cendrine laut und war selbst erstaunt, wie beherrscht und ruhig ihre Stimme klang. Das ist der Schock, dachte sie fiebernd. Ihre Angst konnte jeden Augenblick zurückkehren. Mochte das Schicksal ihr gnädig sein, wenn sie Schwäche zeigte!

»Ich nehme dieses Kind mit mir«, sagte sie noch einmal und drehte sich um, dem Hang und den Zwillingen entgegen, die sie mit weit aufgerissenen Augen anstarrten.

»Halt!« rief hinter ihr eine Stimme mit starkem Akzent.

Cendrine blieb stehen, wandte sich aber nicht um.

»Das da ist kein Kind«, sagte die Stimme. »Es ist ein Geist. Ein böser Geist.«

Cendrine setzte sich langsam wieder in Bewegung, ohne den Sprecher weiter zu beachten. Der Aufruhr in ihrem Rücken wurde lauter, und einige Schritte vor ihr prallte funkenschlagend ein Speer auf ein Stück Fels. Der Werfer hatte sie absichtlich verfehlt. Nur eine Warnung.

Cendrine ging weiter. Allmählich kam ihr zu Bewußtsein, worauf sie sich eingelassen hatte. Überall im Land tobte der

Herero-Aufstand, und sie hatte nichts Besseres zu tun, als sich mit einem ganzen Dorf von Eingeborenen anzulegen. Möglich, daß sie nun die Schuld daran trug, daß die Unruhen auch auf das Anwesen übergriffen. Im Augenblick aber war ihr sogar das gleichgültig.

Das Gewicht in ihren Armen war Antrieb genug, sich nicht von solchen Gedanken beeinflussen zu lassen. Sie war eine Lehrerin. Sie bereitete Kinder auf ihr zukünftiges Leben vor. Und diesem hier würde sie das Leben *retten*, ganz gleich, wie ihre Chancen standen. Lieber würde sie sterben, als den Jungen der blutrünstigen Menge auszuliefern. Herrgott, und dies waren die gleichen Menschen, die von morgens bis abends die Kaskadens umsorgten ... die gleichen Menschen, die nachts ihre Zimmertür bewachten! Im Moment kamen sie ihr vor wie die Bewohner einer anderen Welt, grausam und unsagbar fremd.

»Fräulein«, rief der Eingeborene. »Sie machen einen Fehler. Das Kind ist böse. Durch und durch böse.«

»So?« Noch immer hielt sie nicht an, schaute sich auch nicht um. »Was hat es getan? Menschen verbrannt? Kinder ermordet?«

»Verurteilen Sie uns nicht. Das hier ist nicht Ihre Sache.«

Sie schnaubte nur verächtlich und ging weiter. Das aufgebrachte Palaver in ihrem Rücken wurde nicht leiser, die Eingeborenen folgten ihr. Sie hatte jetzt etwa Dreiviertel des Weges bis zu den Zwillingen zurückgelegt. Die Mädchen waren kreidebleich. Salome sah aus, als würde sie jeden Augenblick losheulen.

»Lauft zum Haus!« zischte sie ihnen zu, überlegte es sich aber gleich darauf anders. »Nein, wartet! Wir gehen zusammen. Das ist sicherer.«

Sie erreichte die Felsformation und stand bald darauf mit den Zwillingen auf der Hügelkuppe. Das Scharren von Füßen und das Gezeter zahlreicher Stimmen kam näher. Die Eingeborenen holten auf. Langsam, ohne sie zu jagen; aber sie holten auf.

Cendrine fuhr entschlossen herum.

»Bleibt stehen!« rief sie den Menschen zu. Entsetzt erkannte sie, wie viele es geworden waren. Vier, fünf Dutzend Farbige, darunter in der ersten Reihe die bewaffneten Herero. »Ihr sollt stehenbleiben!«

Die Menge gehorchte. Nur der San, der zu ihr gesprochen hatte, machte einen weiteren Schritt auf sie zu.

»Sie dürfen das nicht tun«, sagte er. Hinter ihm verstummten alle anderen. »Sie wissen nichts über uns. Nichts über dieses Kind.«

Sie ging nicht darauf ein. »Wer ist eure Herrin?« fragte sie statt dessen.

»Die Dame des Hauses«, gab der San nach kurzem Zögern zurück und hielt zugleich mit einem Wink einen Herero zurück, der auf Cendrine zustürzen wollte. Der Bewaffnete, fast zwei Köpfe größer als der San, gehorchte nur murrend.

»Madeleine Kaskaden ist auch meine Herrin«, sagte Cendrine. »Ich unterstehe ihr allein. Was also gibt dir das Recht, mich aufzuhalten?« Sie fühlte sich unwohl bei diesen Worten, ihr eigener schneidender Tonfall war ihr fremd.

»Die Herrschaften mischen sich niemals in unsere Angelegenheiten«, entgegnete der San. »Das ist ein« – er suchte nach dem richtigen Wort – »ein ungeschriebenes Gesetz.«

»Ein Gesetz, das nicht geschrieben steht, ist kein Gesetz«, gab sie bestimmt zurück. »Und es *steht* geschrieben, daß ein Mensch nicht das Leben eines anderen nehmen darf.«

»Was Sie in Ihren Armen halten, ist kein Mensch.«

Es hatte keinen Sinn, zu argumentieren. Mit einem Wink gab sie den Zwillingen zu verstehen, weiterzugehen. Als sie ihnen folgte, preßte sich der Junge fester an ihren Oberkörper, seine erste Regung, seit er den Widerstand gegen sie aufgegeben hatte. Er vertraute ihr.

Hochaufgerichtet schritt sie den Hang zum Tal der Kaskadens hinunter. Bald waren sie von Weinreben umgeben. Cendrine schaute nicht zurück, hörte aber, daß sich die Erregung der Eingeborenen erneut in wilden Streitereien Bahn brach. Dennoch wurden die Geräusche leiser. Trotz aller Wut wagten sie es nicht, die Hand gegen eine Weiße zu erheben. *Noch* nicht. Cendrine wußte, daß sie sich auf einen Schlag Dutzende von Feinden gemacht hatte. Nicht auszudenken, was ihr bevorstand, falls es im Tal tatsächlich zu einem Aufstand kam.

Der San-Junge war sehr klein und leicht. Trotzdem erlahmten allmählich ihre Arme, und schließlich, kurz bevor sie die Außenmauer der Gärten erreichten, mußte sie ihn absetzen. Einen Moment lang befürchtete sie, er könne sich losreißen und fortlaufen, doch ihre Sorge war unbegründet: Stumm, mit ausdruckslosem Gesicht, lief er neben ihr her und ließ zu, daß sie seine Hand hielt.

Die beiden San am Nebeneingang schauten verwundert auf, als sie den Jungen bemerkten. Aber offenbar wußten sie nicht, wer er war, und nach einer argwöhnischen Musterung verloren sie das Interesse. Gut, dachte Cendrine grimmig, ihr werdet schon noch früh genug erfahren, wen ihr da habt passieren lassen.

Sie schickte die erschöpften Mädchen auf ihre Zimmer, um sich zu waschen und umzuziehen. Sie selbst blieb unschlüssig vor dem Haus stehen. An wen sollte sie sich wenden? Titus war wie üblich unterwegs, und Madeleine würde bei aller Nächstenliebe kein Verständnis dafür haben, daß sie in Zeiten wie diesen das ganze Dorf gegen sich aufbrachte. Und hatten die Zwillinge nicht gesagt, derartige Hinrichtungen seien schon häufiger vorgekommen? Madeleine war damals nicht eingeschritten, und sie würde es gewiß auch heute nicht tun.

Blieb also nur Adrian. Cendrine lief mit dem kleinen San an der Hand zu den Ställen, erfuhr dort aber, daß Adrian am frühen Morgen nach Windhuk geritten war.

Verzweiflung und Hoffnungslosigkeit überkamen sie mit aller Macht. Bisher war die Erkenntnis dessen, was sie getan hatte, nur vage zu ihr durchgedrungen. Doch jetzt brach die Barriere auf einen Schlag, und vor ihrem inneren Auge entstanden Bilder von waffenschwingenden Herero, die sie und das Kind bei lebendigem Leibe verbrannten. Sie war auf sich gestellt. Es gab niemanden, der ihr einen Rat geben konnte.

Sie ging in die Hocke und redete beruhigend auf den Kleinen ein, nur um zu erkennen, daß er kein Wort von dem verstand, was sie sagte. Ohnehin schien sie selbst Trost viel nötiger zu haben als er. Der Junge war apathisch, stand wahrscheinlich unter Schock. Was er brauchte, war ein Arzt, zumindest aber jemand, der mit ihm über das, was seiner Familie zugestoßen war, reden konnte.

Endlich erkannte sie, was zu tun war. Sie befahl den Stallburschen, ein Pferdegespann fertigzumachen. Einen San, von dem sie wußte, daß er Waffen tragen durfte, stellte sie als ihren Kutscher ab.

Bald darauf rollte der Wagen den Weg entlang zum Torhaus. Cendrine hatte den Jungen in eine Decke gewickelt und einen Arm um ihn gelegt. Noch immer ließ er alles widerspruchslos über sich ergehen.

Sie wagte nicht, zurückzuschauen, aus Furcht, sie könne Madeleine an einem der Fenster entdecken. Aber die Folgen ihrer Entscheidung waren ihr längst egal. Was zählte, war, daß sie das Kind in Sicherheit brachte. Alles andere lag längst außerhalb ihrer Macht.

Am Himmel zogen Regenwolken auf. Die Götter hatten das Opfer der Dorfbewohner akzeptiert.

Unter der grauen Wolkendecke wirkte Windhuk kleiner als sonst, fast ein wenig verloren. Trotz des trüben Wetters war die Sicht ungemein klar und reichte von den Hügeln bis weit nach Norden. Vereinzelt fielen schon Tropfen vom Himmel, aber die ersten Schauer ließen noch auf sich warten.

Cendrine hatte während ihrer Monate in Südwest bislang keinen einzigen Regentag erlebt. Und trotz all der Male, die sie sich Nässe und Abkühlung herbeigewünscht hatte, fühlte sie gerade jetzt ein starkes Verlangen nach Sonnenschein. So sehr also hatte sie sich bereits an dieses Land und seine gleißende Helligkeit gewöhnt: Der dunkle Himmel wirkte sich jetzt weit niederschmetternder auf ihre Stimmung aus, als er das jemals daheim in Bremen getan hatte. Der gläsern klare Blick bis zum Horizont, die Luft, die unter unsichtbarer Spannung zu vibrieren schien, und das düstere Zwielicht gaben ihr ein Gefühl völliger Verlassenheit. Ihre Hoffnungen schwanden zusehends.

Das Pferdegespann passierte die Farmen am Rande Windhuks, schwenkte auf eine der breiteren Straßen und holperte an weißen Kolonialbauten vorüber. Cendrine bat den San, sie am Bahnhof abzusetzen. Sie wollte vermeiden, daß der Mann sah, wohin sie mit dem Jungen ging.

Bald darauf waren sie und der Kleine zu Fuß unterwegs. Wieder fühlte sie sich von allen Seiten beobachtet, diesmal zu Recht. Eine weiße junge Frau, die an der Hand einen San-Jungen hinter sich herzog, mußte fraglos Aufmerksamkeit erregen. Niemand sprach sie an, aber zahlreiche Menschen blickten ihr nach, manche offen auf der Straße, die meisten aber verborgen hinter staubverschleierten Fensterscheiben.

Und dann, ebenso unwillkürlich und überraschend wie beim ersten Mal, stand sie plötzlich im Viertel der San. Vor den Hütten blickten die Frauen von ihren Kesseln und Näharbeiten auf, und wieder stürzte eine Horde Kinder auf sie zu. Die Jungen und Mädchen bestürmten den kleinen San an ihrer Seite mit Fragen, die sie nicht verstand, und auch ihr junger Begleiter reagierte nicht darauf. Das Naheliegende wäre gewesen, einen deutschen Arzt aufzusuchen, doch eine innere Stimme sagte ihr, daß der Kleine unter seinesgleichen besser aufgehoben war. Vorausgesetzt, niemand erfuhr von den Umständen, unter denen der Junge sein Dorf verlassen hatte.

Ihre Sorgen wurden bald zerstreut. Keiner zeigte Scheu vor dem Kind, keiner schien zu ahnen, was die Bewohner seines Dorfes in ihm gesehen hatten. Die San schienen außerhalb ihrer Familienverbände wenig Kontakt miteinander zu pflegen, ihr Einzelgängertum kam dem Jungen jetzt zugute. Vielleicht würde sich nie ein San aus dem Kaskaden-Dorf hierher verirren und ihn wiedererkennen.

Die Frauen erhoben sich jetzt von ihren Plätzen an der Feuerstelle und bildeten einen Kreis um Cendrine und das Kind. Eine streckte die Hand nach dem Jungen aus, und Cendrine ließ ihn zu ihr gehen. Die Frau bückte sich und redete auf das Kind ein, erhielt aber keine Antwort. Starr blickte der Junge durch sie hindurch. Die Züge der Frau verfinsterten sich, ihr Blick richtete sich argwöhnisch auf Cendrine. Sie zischte etwas in der San-Sprache, und sogleich wurde der Kreis der Frauen um Cendrine enger.

Angst krampfte ihr die Kehle zusammen. Mit einemmal schlug ihr von überall kaum verhohlene Feindseligkeit entgegen. Die Frau, die zu ihr gesprochen hatte, hob den Jungen jetzt auf ihren Arm und drückte ihn an ihre nackten Brüste. Das Kind blickte ungerührt über ihre Schulter, kümmerte sich weder um sie noch um Cendrine.

Aber Cendrine hatte in diesem Augenblick andere Sorgen als die Verfassung des Kleinen. Die Frauen schienen offenbar ihr die Schuld am Zustand des Jungen zu geben. Sie stammelte ein paar Sätze, die selbst in ihren eigenen Ohren kaum Sinn ergaben, und wollte nach hinten zurückweichen. Dort aber standen wie eine Mauer weitere San-Frauen, deren Gesichtsausdruck verriet, daß sie Cendrine nicht passieren lassen würden. Statt dessen wurde der Kreis nun immer enger, bis kaum noch ein Meter Cendrine von den bedrohlichen Frauen trennte. Sie überragte jede von ihnen um fast eine Haupteslänge, doch selbst wenn sie sich mit Schlägen und Tritten zur Wehr setzte, war abzusehen, daß sie nicht lange gegen solch eine Übermacht bestehen konnte. Wenn nicht ein Wunder geschah, war sie verloren.

Das Wunder erschien in Gestalt eines kleinen Mannes, der aus einer der Hütten trat und wild gestikulierend auf die Frauen einbrüllte. Sogleich öffnete sich der Ring, und dem Mann wurde Einlaß in den engen Kreis gewährt.

Cendrine erkannte sein Gesicht sofort. Es war dasselbe, das sie in der Nacht in der Mine gesehen hatte. Das Gesicht, das sich in der Dunkelheit über sie gebeugt hatte.

»Ich spreche deine Sprache«, sagte der Mann nahezu akzentfrei. Seine Stimme klang wie das Rascheln der Akazienzweige, trocken und hell. »Vertrau mir.«

Ihr jäher Schrecken verwandelte sich für einen Augenblick in neue Hoffnung. Doch gleich darauf sagte sie sich, daß es lächerlich war, einem Mann zu trauen, der nachts in ihr Zimmer eingebrochen war.

Der San sprach laut und schnatternd auf die Frauen ein, trat dann vor und streichelte dem kleinen Jungen über das schwarze Kräuselhaar. Er wechselte einige Worte mit der Frau, die das Kind im Arm hielt, dann schickte er sie fort.

»Sie wird sich um den Jungen kümmern«, sagte er an Cendrine gewandt. »Mach dir keine Sorgen mehr um ihn.«

Es war so ungewohnt, daß er sie duzte. Seit Gott weiß wie vielen Monaten hatte das niemand mehr getan. Sie hatte bereits begonnen, sich wie eine alte Frau zu fühlen.

Der San reichte ihr nicht einmal bis zur Schulter, und dennoch spürte sie die Autorität, die von ihm ausging. Sein Volk mochte keine Anführer kennen, doch es war unübersehbar, daß dieser Mann großen Einfluß besaß. Allein die Tatsache, daß die zornigen Frauen sich nun wieder an ihre Feuerstellen zurückzogen, sprach für das Gewicht seiner Worte.

»Komm mit«, sagte er und deutete auf die Hütte, aus der er ins Freie getreten war. Sie lag einige Schritte abseits des Weges. Die Feuerstelle neben dem Eingang war kalt, die Asche verweht.

»Ich würde lieber nach Hause gehen«, erwiderte Cendrine und versuchte, entschieden zu klingen.

Der San lächelte mitfühlend. Wie bei allen Männern seines Volkes gab sein faltiges Gesicht keinerlei Aufschluß über sein Alter. Anders sein Körper: Er war drahtig, die dunkle Haut gestrafft. Cendrine vermutete, daß er nicht älter war als vierzig.

»Ich habe den Frauen gesagt, ich würde dich über das Kind ausfragen«, sagte er. »Wenn du jetzt gehst, werden sie glauben, du läufst vor mir davon. Sie werden dich aufhalten.«

Sie bemühte sich, dem Blick seiner stechenden Augen standzuhalten. »Du warst in meinem Zimmer.«

»Wir reden«, sagte er bestimmt, »aber nicht hier draußen.« Erneut zeigte er auf die Hütte.

Cendrine schaute sich unsicher um. Die Frauen saßen wieder vor ihren Hütten, doch alle beobachteten sie gespannt.

»Du wirst mich in Frieden lassen?«

Er stieß ein gackerndes Gelächter aus. »Warum sollte ich dir etwas antun? Außerdem, schau dich an. Du bist viel größer als ich.«

»Größe scheint in diesem Land keine Bedeutung zu haben.«

»Das immerhin hast du verstanden.«

Das klang, als wüßte er viel mehr über sie, als ihr lieb war. Aber hatte sie eine andere Wahl, als mit ihm zu gehen? Die feindseligen Blicke der Frauen ließen keinen Zweifel daran, daß es besser für sie war, dem San zu gehorchen.

»Ich komme mit«, sagte sie. »Vorausgesetzt, du sagst mir, was du in jener Nacht in meinem Zimmer zu suchen hattest.« Sie fand, daß die Vertrautheit zwischen ihnen falsch und aufgesetzt klang, aber es wäre albern gewesen, weiterhin auf Form zu beharren, wenn er doch so offensichtlich keinen Wert darauf legte.

»Wie ich schon sagte – wir werden reden.« Er nickte ihr zu. »Drinnen.«

»Sag mir, wie du heißt.«

»Qabbo«, sagte er. »In deiner Sprache bedeutet das ›Traum‹.«

Benommen folgte sie ihm zur Hütte. Am Türpfosten hing der halbverweste Kadaver eines Hundewelpen. Fliegen umschwirrten das tote Tier. Qabbo bemerkte Cendrines Abscheu und erklärte, daß dies ein zuverlässiges Mittel gegen böse Geister sei. Er bot ihr an, ihr gleichfalls einen zu besorgen, möglicherweise werde sie ihn noch brauchen können. Mit einem abfälligen Schnauben lehnte sie ab, ohne zu verstehen, wie ernst es ihm mit dieser Äußerung war.

Die Wände der engen Hütte waren von außen und innen mit Kuhmist verputzt, der einen durchdringenden Geruch verströmte. Nicht wirklich ekelerregend, sondern vielmehr, als sei er mit etwas versetzt worden, das die unangenehmen Duftstoffe überlagerte, Kräuter oder geriebene Blüten. In einer Ecke erhob sich ein rechteckiger Lehmblock, auf dem eine geflochtene Strohmatte lag. Zwei Hocker, gleichfalls aus Lehm, waren in gegenüberliegende Wände eingelassen. Gleich neben dem einen befand sich ein hölzerner Waschkübel, auf dessen Rand ein Stück selbstgemachte Seife lag, die intensiv nach Ammoniak roch.

»Möchtest du etwas essen?« fragte Qabbo.

»Es gibt keinen Anlaß, höflich zu sein«, entgegnete Cendrine kühl. »Ich bin nicht freiwillig hier.«

»Aber du hast Fragen, die du mir stellen willst.«

»Wirst du denn darauf antworten?«

»Wir werden sehen.«

Er deutete auf die beiden Hocker, und sie nahmen Platz, drei Schritte voneinander entfernt. Die Distanz beruhigte Cendrine ein wenig.

»Was hattest du in meinem Zimmer zu suchen?« fragte sie.

»Ich war nie in deinem Zimmer.«

»Das ist eine Lüge. Ich habe dich erkannt.«

»Und doch habe ich dein Zimmer niemals betreten.«

»Willst du abstreiten, daß du in der Mine warst, als ich mit den Mädchen zu Besuch kam?«

»Oh«, gab er hastig zurück, »natürlich war ich da. Ich habe dich gesehen.«

»Du hast neben meinem Bett gestanden.«

Der kleine Eingeborene grinste verschmitzt. »Du hast mich in deinem Zimmer gesehen, aber ich war nicht da.« Sein Grinsen wurde noch breiter. »Das war nur Qabbo. Nur ein Traum.«

»Wortklaubereien«, sagte sie, »nichts sonst.«

»Was bedeutet das – Wortkauba…«

Sie unterbrach ihn. »Es bedeutet, daß du redest, ohne etwas zu sagen.«

Qabbo hob eine Augenbraue. »So? Dafür gibt es tatsächlich ein Wort in eurer Sprache? Das ist seltsam.«

Sie verstand immer weniger von dem, was er da redete, kam aber allmählich zu der Überzeugung, daß er ungefährlich war. »Du hast mir in dieser Nacht den Mund zugehalten. Ich konnte nicht schreien. Träume haben keine Hände.«

»Oh, das haben sie!« sagte er schnell. »Manche haben sogar Zähne. Vor denen solltest du dich besonders in acht nehmen.«

»Wenn du mich verspotten willst, dann –«

»Nein«, fiel er ihr ins Wort. »Das will ich nicht. Aber vielleicht kannst du das nicht verstehen. Noch nicht.« Er schien nachzudenken, denn er zögerte, bevor er fortfuhr. »Du besitzt eine Gabe, ein Talent, aber du weißt es nicht zu würdigen. Du schaust Dinge an und erfährst plötzlich etwas über sie, das du vom einfachen Ansehen nicht wissen kannst. So ist es doch, oder?«

Sie dachte an den Termitenbau, sträubte sich aber, zuzugeben, daß Qabbo recht hatte. Es war, als verlangte er, daß sie ihre geheimsten Wünsche offenbarte.

»Du schämst dich«, sagte er. »Jeder von uns tut das am Anfang.«

»Von *uns*?«

»Wir sind Schamanen. Du bist eine von uns.«

Sie lachte auf, viel zu hoch und schrill. »Das ist das Verrückteste, was ich bisher in diesem Land zu hören bekommen habe.«

»So?« Er zuckte die Achseln. »Du wirst dich daran gewöhnen.«

»Das glaube ich nicht«, erwiderte sie und erhob sich. »Darf ich jetzt gehen?«

»Natürlich.« Er blieb sitzen und wirkte sehr gelassen. »Ich dachte, du hättest noch mehr Fragen. Wichtige Fragen. Zum Beispiel, was es mit den Hyänenmenschen auf sich hat.«

Sie blieb abrupt am Eingang stehen und fuhr herum. »Du weißt davon?«

Abermals nickte er. »Du hast den Jungen davor bewahrt, verbrannt zu werden.«

Eine Weile lang starrte sie ihn ausdruckslos an. Dann gab sie sich einen Ruck und setzte sich zurück auf ihren Hocker. »Warum hast du den Frauen nichts davon gesagt?«

»Kannst du dessen denn sicher sein?« fragte er listig. »Ich wußte gar nicht, daß du unsere Sprache verstehst.«

»Das tue ich nicht. Ich –« Sie brach ab, als ihr bewußt wurde, daß er ihre Gedanken in eine ganz bestimmte Richtung lenkte. »Es war nur ein Eindruck, den ich hatte. Die Frau war gut zu dem Kleinen. Das wäre sie nicht gewesen, hätte sie gewußt, was es mit ihm auf sich hat.«

»Vielleicht war es so«, sagte Qabbo geheimnisvoll. »Aber du hast es *gewußt*, nicht wahr? Und warum? Weil du dir unbewußt Mühe gegeben hast, mich zu verstehen. Du warst so sehr auf das Schicksal des Kleinen bedacht, daß du spüren konntest, was ich zu den Frauen sagte. Große Schamanen besitzen diese Fähigkeit.«

»Das ist doch lächerlich. Ich bin aus Europa. Dort gibt es keine Schamanen.«

»Was macht dich da so sicher?«

»Ich bin fremd in diesem Land. Ich kenne eure Kultur nicht, ich glaube nicht an die gleichen Götter. Ich denke nicht einmal wie ihr.«

»Das alles hat nichts mit deiner Begabung zu tun.«

Sie kam mehr und mehr in Erklärungsnot. Ebensowenig wie es vernünftige Argumente für Qabbos Behauptung geben konnte, gab es welche dagegen. Es war, als wollte man einen überzeugten Atheisten zum Christentum bekehren.

»Warum bist du mir von der Mine aus nach Windhuk gefolgt?« fragte sie schließlich. »Du warst doch bei dem Wachtrupp, oder?«

Zu ihrem Erstaunen schlug er einen Moment lang die Augen nieder. War es ihr tatsächlich gelungen, ihn in Verlegenheit zu bringen? Dann aber schaute er ruckartig auf, in seinem Blick lag ein Glitzern.

»Du kannst es herausfinden«, sagte er, »wenn du es wirklich willst. Die Antwort findest du in dir selbst.«

Fast die gleichen Worte hatte Adrian benutzt. *Horchen Sie auf die Stimme in Ihrem Inneren.* Allmählich begann sie sich als Opfer einer Verschwörung zu fühlen. Jeder hier schien zu glauben, daß er sie besser kannte als sie sich selbst.

Trotzdem war da plötzlich etwas in ihr, ein Wissen, das vor Sekunden noch nicht dagewesen war. Ein Wissen – und eine Gewißheit.

»Du hast mich beobachtet«, sagte sie leise, »als Titus mich und die Kinder herumgeführt hat. Du hast etwas gespürt, etwas von dieser … dieser Begabung. Du wolltest mit mir reden, deshalb bist du in mein Zimmer gekommen und später mit nach Windhuk geritten.«

»Ja und nein«, gab Qabbo zurück. »Aber du machst Fortschritte. Du sperrst dich nicht mehr gegen das, was in dir ist. Das ist gut.« Er nickte ihr aufmunternd zu, als fordere er sie auf, noch weiter zu forschen. »Alles, was du gesagt hast, ist wahr. Mit einer Ausnahme: Ich war nie in deinem Zimmer, und das ist die Wahrheit. Aber auch du bist mir in dieser

Nacht erschienen. Möglicherweise war es dir gar nicht bewußt, aber ich muß dir an jenem Tag in der Mine aufgefallen sein. So wie ich deine Begabung gespürt habe, hast du meine gespürt. Deshalb trafen wir uns im Schlaf.«

Erinnerungen stiegen in ihr auf, an das Fenster, durch das niemand hätte hereinklettern können, und an die zweifach verschlossene Tür. Sie hatte den nächtlichen Besucher schon damals als Traum abgetan.

Qabbo, hatte er gesagt, *in deiner Sprache bedeutet das ›Traum‹*. Je länger sie darüber nachdachte, desto verwirrter war sie.

»Ich verstehe das alles nicht.«

»Natürlich verstehst du. Nur wehrst du dich noch dagegen. Aber das wird sich ändern. Vielleicht schon bald. Dann wirst du bereit sein für das, was kommen wird.«

»Was meinst du damit?«

»Hab' Geduld. Lerne erst, den Weg zu gehen, bevor du an das Ziel denkst.«

Was redete er da? *Weg, Ziel – das, was da kommen wird*. Es war genug. Endgültig.

Abrupt wollte sie aufstehen und die Hütte verlassen, als ihr plötzlich wieder der kleine Junge einfiel.

»Was ist mit dem Kind?« fragte sie. »Ist es hier in Sicherheit?«

»Es ist ein Hyänenmensch«, antwortete Qabbo, als bedürfe es keiner weiteren Erklärung.

Ein Schauer durchlief sie von Kopf bis Fuß. »Dann werdet ihr ihn töten?«

»Nicht, solange keiner die Wahrheit erfährt. Ich werde zu niemandem darüber sprechen.« Er hob die Schultern, eine Geste der Hilflosigkeit. »Aber du kennst die Hyänenmenschen nicht. Das Schicksal des Jungen ist vorherbestimmt. Er wird sich verwandeln, und er wird Hunger haben. Es geschähe nicht zum erstenmal.«

»Du glaubst wirklich, daß es Menschen gibt, die sich in Tiere verwandeln?« Mit einemmal wurde ihr wieder der scharfe Geruch nach Ammoniak bewußt, der von der Seife ausging. Er brannte in ihrer Nase und in ihrem Hals.

»Ein Hyänenmensch zeigt sein wahres Gesicht niemals in Gegenwart seines Opfers«, sagte Qabbo. »Hätte er sich dir in seiner tierischen Gestalt gezeigt, dürfte er dich später nicht mehr fressen. Deshalb offenbart er sein wahres Äußeres erst in dem Augenblick, in dem er dir die Kehle zerfetzt. Das ist das Gesetz der Götter, dem auch die Hyänenmenschen folgen. Wenn sie nicht hungrig sind, sind sie freundlich und hübsch anzuschauen. Doch wenn sie dir erst ihr Hyänengesicht zeigen, ist es vorbei mit dir. Wundert es dich also, daß er dir wie ein harmloses Kind erschien und nicht wie eine Bestie?«

»Er *ist* ein harmloses Kind!«

»Das wird die Zukunft zeigen. Es kommt selten vor, daß es gelingt, einen Hyänenmenschen zu fangen. Fast alle Geschichten, die mir über sie zu Ohren gekommen sind, gehen böse für die Jäger aus. Stets werden sie angefallen und aufgefressen.«

»Ich möchte jetzt wirklich nach Hause gehen.«

Er nickte gleichmütig. »Wie du willst. Ich bin froh, daß wir miteinander gesprochen haben. Denke nach über das, was ich dir gesagt habe. Stell dir Fragen. Prüfe dich.«

»Ja ... ja, gewiß«, gab sie stockend zurück und erhob sich. »Leb wohl, Qabbo.«

»Auf Wiedersehen«, sagte er und blickte ihr nach. »Auf Wiedersehen, Cendrine Muck.«

Die Blicke der Frauen folgten ihr, bis sie das Viertel der San verlassen hatte, erst dann wandten sie sich wieder ihren Arbeiten zu. Es hatte zu regnen begonnen, ein leichtes Nieseln, das begierig vom ausgedorrten Savannenboden aufgesogen wurde. Als Cendrine sich noch einmal umschaute, sah sie, wie die San die Gesichter zum Himmel wandten und mit den Lippen stumme Silben formten.

»Entschuldigung«, sagte eine Stimme hinter ihrem Rücken. »Entschuldigen Sie bitte.«

Cendrine hatte gerade die Straße vor dem Bahnhof überqueren wollen, als ihr klar wurde, daß sie gemeint war. Irritiert fuhr sie herum.

Auf der hölzernen Veranda vor den vier kleinen Geschäften stand ein alter Mann, ein Weißer. Er war sicher weit über sechzig, und Cendrine fiel auf, daß er sich mit einer Hand an einem der Stützträger des Vordaches festhielt. Seine Hose und Weste waren schwarz, darunter trug er ein helles Hemd. Er hatte weißes, silbrig schimmerndes Haar. Ein Bleistift steckte hinter seinem linken Ohr.

»Verzeihen Sie, meine Dame«, sagte er. Der Regen war in den letzten Minuten heftiger geworden und legte einen feuchten Film über die faltigen Züge des Alten. »Halten Sie mich bitte nicht für aufdringlich. Haben Sie vielleicht einen Augenblick Zeit für mich?«

Impulsiv wollte sie verneinen, doch seine ausgesuchte Höflichkeit hielt sie davon ab. »Es regnet«, sagte sie. »Ich würde gerne möglichst schnell nach Hause.«

»Kommen Sie unters Dach«, schlug er vor. »Ich verspreche Ihnen, daß ich Sie nicht lange aufhalten werde.«

Nach dem Gespräch mit Qabbo und allem, was im Dorf der San geschehen war, war sie nicht in der Stimmung für einen freundlichen Plausch. Innerlich war sie vollkommen aufgewühlt, und sie begann zu spüren, daß die Ereignisse bald ihren Tribut fordern würden. Schon jetzt war ihr schwindelig vor Erschöpfung.

»Ein andermal«, sagte sie und wollte weitergehen.

»Hier«, rief ihr der Mann hinterher. »Der ist für Sie.«

Als sie sich abermals umdrehte, hatte der Alte hinter seinem Rücken einen schwarzen Regenmantel hervorgezogen. Er baumelte über seinem Arm wie eine tote Krähe mit hängenden Flügeln.

»Für mich?« fragte sie mißtrauisch.

»Wie Sie schon sagten, es regnet. Sie werden sich erkälten.«

Zögernd ging sie auf den Mann zu. Er wich zwei Schritte zurück, damit sie unter das Vordach der Ladenzeile treten konnte.

»Ich habe gesehen, daß Sie einige Male einen Blick in mein Geschäft geworfen haben«, fuhr er fort und deutete mit einer Kopfbewegung auf das dunkle Schaufenster mit der Wachsfigur. Dankbar bemerkte Cendrine, daß das zerlaufene Gesicht der Puppe in eine andere Richtung blickte.

»So?« fragte sie.

»Ja, und ich dachte, bei dem Wetter möchten Sie vielleicht hereinkommen und sich umschauen.« Er lächelte, ein liebenswürdiger älterer Herr. »Es ist nicht groß, aber dafür trocken. Und hier draußen verpassen Sie bestimmt nichts.« Plötzlich fiel ihm wieder der Mantel ein. »Ach ja, den möchte ich Ihnen schenken.«

Für die lange Fahrt auf dem offenen Pferdewagen hätte sie den Mantel in der Tat gut gebrauchen können. Dennoch schüttelte sie den Kopf. »Das ist sehr freundlich von Ihnen. Aber es ist nicht meine Art, Geschenke von Fremden anzunehmen.«

»O Gott«, entfuhr es ihm, »ich habe Sie in Verlegenheit gebracht. Liebe Güte, das lag gewiß nicht in meiner Absicht. Natürlich können Sie mir den Mantel irgendwann zurückbringen. Ich bin sicher, Sie werden ihn nicht beschädigen. Betrachten Sie ihn einfach als Leihgabe.«

»Ich fürchte, das macht keinen großen Unterschied«, sagte sie entschlossen.

»Nicht?« Traurig blickte er von ihr auf den Mantel und ließ dann den Arm sinken. »Nun, ich habe es nur gut gemeint und –« Er brachte den Satz nicht zu Ende und sagte statt dessen: »Sehen Sie, ich war Pfarrer, bevor … nun, bevor ich diesen Laden eröffnet habe.«

Erstaunt suchte sie seinen Blick, aber er schaute noch immer niedergeschlagen zu Boden. »Sie sind ein Geistlicher?«

»*War* ein Geistlicher, muß es heißen, fürchte ich.« Er nickte und sah sie plötzlich wieder an. »Ja, das war ich wohl. Gestatten Sie, daß ich mich vorstelle? Jakob Haupt, mein Name, ehemals einziger Pfarrer von Windhuk. Der letzte Missionar, wenn Sie so wollen. Überlebender einer ausgestorbenen Spezies, mehr oder weniger.«

Wenn das ein Trick war, um sie doch noch in seinen Laden zu locken, dann wirkte er zumindest sehr überzeugend. Der alte Mann klang so verdattert, wie Cendrine es nur Geistlichen und Gelehrten zutraute. An der Gouvernanten-Schule hatten einige dieser Prachtexemplare unterrichtet.

»Ich habe mein Amt schon vor Jahren niedergelegt«, fuhr er fort. »Mein Nachfolger ist jünger und den … besonderen Anforderungen dieser Gegend wohl eher gewachsen als ich.«

Sie hätte ihn gerne gefragt, was für Anforderungen er meinte, hielt sich aber im letzten Moment zurück. Statt dessen deutete sie auf die Wachsfigur im Schaufenster. »Ihre Spezialität scheint mir Damenunterwäsche zu sein.«

Er lächelte. »Oh, bitte, Fräulein, kein erhobener Zeigefinger. Ich war Pfarrer, bin aber keiner mehr.«

Sie räusperte sich beschämt. »Es lag keineswegs in meiner Absicht, Sie zu –«

»Lassen Sie nur«, unterbrach er sie. »Es ist immer dasselbe. Die Leute wundern sich. Ist ja auch ihr gutes Recht. Ein Priester, der Damen einkleidet … Ich fürchte, ein wenig Verwunderung muß ich den Menschen zugestehen.«

Mit einemmal tat er ihr leid. Er hatte nur freundlich sein wollen, und sie hatte ihn gleich zweimal brüskiert.

Sie schenkte ihm ihr herzlichstes Lächeln. »Ich komme gerne an einem anderen Tag in Ihr Geschäft. Und was den Mantel angeht, wenn Ihr Angebot noch steht, dann würde ich es gerne annehmen.«

Seine Miene hellte sich auf. »Sehen Sie, Regen ist nichts für junge Damen. Hier!« Er hielt ihr den Mantel hin, und sie nahm ihn an sich. Es war ein bodenlanges Cape mit weiter Kapuze, aus wasserbeständigem Stoff gewebt. Mit Schwung warf sie es sich um die Schultern und hakte den Verschluß zu.

»Was bin ich Ihnen schuldig?« fragte sie, nachdem sie die Kapuze hochgeschlagen hatte. »Ich habe keinen Pfennig bei mir, aber ich werde das Geld einem der Bediensteten mitgeben, wenn er das nächste Mal in die Stadt reitet.«

Haupt schüttelte den Kopf. »Ich sagte doch, es ist ein Geschenk. Oder eine Leihgabe, ganz wie Sie wünschen. Aber Geld möchte ich keines dafür.«

Sie lächelte kokett. »Sie wissen, daß eine Dame solche Geschenke nicht annehmen darf.«

»Sie darf, wenn die Gabe von Herzen kommt.«

»Sie kennen mich doch gar nicht«, erwiderte sie lachend.

Darauf entgegnete er nichts, deutete nur eine Verbeugung an und verabschiedete sich. Sie blickte ihm nachdenklich hinterher, als er in seinem dunklen Laden verschwand und die Tür hinter sich schloß.

Cendrine drehte sich um und lief so schnell sie konnte zum Pferdegespann, das unter dem Vordach des Bahnhofs auf sie wartete.

Ein paar Eingeborene schauten ihr schweigend hinterher, als der Wagen sie schaukelnd davontrug.

KAPITEL 2

Kies knirschte unter den eisenbeschlagenen Rädern des Pferdewagens, als das Gefährt unter dem Torhaus hindurchfuhr. Längst hatte sich Dunkelheit über die Auasberge gelegt. Cendrine besaß keine Uhr, aber sie nahm an, daß es bereits nach neun war, als der Wagen endlich von der Auffahrt auf den Kieshof rollte. Aus vereinzelten Fenstern im Erdgeschoß fiel blasses Licht ins Freie und beschien prasselnde Regenvorhänge.

Die Rückfahrt hatte sich endlos in die Länge gezogen. Mit jeder Stunde hatten die Niederschläge zugenommen und Teile des Weges in tückische Schlammlöcher verwandelt. Der San auf dem Kutschbock hatte die Nässe duldsam über sich ergehen lassen, doch als er die gefährlichen Wegstücke in immer weiteren Bögen umfahren mußte, hatte selbst er die Geduld verloren. Fluchend hatte er die beiden Pferde angeschrien, bis Cendrine ihm gereizt klargemacht hatte, daß die Tiere gewiß keine Schuld an dem furchtbaren Wetter trugen. Wohlweislich verschwieg sie, was ihr noch auf der Zunge lag: daß nämlich die San selbst die Götter um Regen angefleht hatten.

Der Wagen hatte noch nicht angehalten, als schon die Eingangstür des Haupthauses aufgerissen wurde. Ein Lichtfächer schoß über den glitzernden Kies und hüllte die Pferde ein. Eine Gestalt löste sich aus dem hellen Rechteck der Tür, nur in Hose und Hemd gekleidet, und kam auf Cendrine zugerannt.

»Liebe Güte, Fräulein Muck!« Es war Adrian, und er hatte Mühe, angesichts des strömenden Regens die Augen offenzuhalten. »Da sind Sie ja endlich! Ich war gerade dabei, Mutter davon zu überzeugen, einen Suchtrupp Richtung Windhuk zu schicken.«

»Tut mir leid, wenn ich Ihnen Unannehmlichkeiten bereitet habe«, gab sie zurück und stieg mit flatterndem Cape vom Wagen. Sofort trieb der San die Pferde an und lenkte den Wagen ums Haus herum zu den Ställen.

»Unannehmlichkeiten?« wiederholte Adrian ungläubig. »Haben Sie wirklich Unannehmlichkeiten gesagt? Bei dem Wetter kann ich kaum Ihre Lippen sehen …«

Die Ereignisse des Tages und das katastrophale Wetter hatten sie viel zu wütend gemacht, als daß eine Konfrontation mit der Hausherrin sie jetzt noch hätte einschüchtern können. Sie hatte dem kleinen Jungen das Leben gerettet, das war alles, worauf es ankam. Sie würde sich nicht dafür entschuldigen.

Gemeinsam mit Adrian hastete sie ins Haus und schob sich die tropfende Kapuze aus dem Gesicht. Johannes, der Butler, warf die Tür hinter ihnen ins Schloß. Das Prasseln des Regens wurde abrupt abgeschnitten. Statt dessen schlug ihr nun die behagliche Wärme eines Kaminfeuers entgegen, der wohnliche Geruch von Holz und alten Stoffen und die angenehme Gewißheit, daß sie endlich daheim war. In Sicherheit.

»Fräulein Muck!« Madeleines Stimme zerstörte den Frieden. »Was denken Sie sich nur dabei, uns alle derart in Aufruhr zu versetzen?«

Die Hausherrin klang mehr als nur gereizt, geradezu zänkisch, und Cendrine wurde sofort bewußt, daß es das beste wäre, sich kleinlaut zurückzuziehen und jegliche Erörterung auf den nächsten Tag zu verschieben. Aber noch brannte der Zorn heiß in ihr, und noch war sie bereit, sich auf eine Weise zu verteidigen, die am nächsten Morgen wahrscheinlich schon undenkbar war.

»Wissen Sie denn, was geschehen ist?« entgegnete sie und ließ sich von Johannes den Kapuzenmantel abnehmen. Der kleine Butler rümpfte unwillig die Nase, als seine Livree dabei durchnäßt wurde.

»Was geschehen ist?« entfuhr es Madeleine schrill. »Sie sind verschwunden, ohne sich abzumelden – das ist geschehen! Stundenlang wußte niemand, ob Ihnen etwas zugestoßen ist, bis Adrian schließlich einen Stallknecht ausfindig machte, der ein paar Antworten auf unsere Fragen hatte. Sie haben das Anwesen unerlaubterweise verlassen, noch dazu während Ihrer Arbeitszeit.« Die Hausherrin holte tief Luft, ließ Cendrine aber keine Zeit zu einer Erklärung. Aufgebracht fuhr sie fort: »Aber das Schlimmste von allem ist das, was Sie den Mädchen angetan haben. Wie konnten Sie nur?«

»Ich –« Weiter kam sie nicht, denn Madeleine fiel ihr barsch ins Wort.

»Ich sollte Sie auf der Stelle hinauswerfen! Ja, das sollte ich wirklich! Menschen, die bei lebendigem Leibe verbrannt werden – ist es das, was Sie unter Unterricht verstehen?«

Adrian schob sich zwischen Cendrine und seine Mutter. »Du solltest Fräulein Muck Gelegenheit geben, einen Augenblick auszuruhen, Mutter. Ich bin sicher, Sie wird alles erklären können.«

Madeleine beachtete ihn gar nicht. »Lieber Gott, wäre doch Valerian hier! Oder Titus!« Es war sonst nicht ihre Art, die Verantwortung auf andere abzuschieben. Was immer Lucrecia ihr erzählt hatte, mußte Madeleine zutiefst verstört haben.

Cendrine trat gefaßt an Adrian vorbei, bis sie und die Hausherrin einander wieder in die Augen sehen konnten. »Ich weiß nicht, was Sie gehört haben, aber Sie sollten sich erst meine Sicht der Dinge schildern lassen, bevor Sie ein Urteil fällen.«

Madeleine öffnete den Mund, um zu widersprechen, besann sich dann aber eines Besseren. Stumm nickte sie Cendrine zu und gab Johannes die Order, in ihrem Boudoir das Kaminfeuer zu schüren.

Bald darauf betraten sie beim Licht der Feuerstelle und zweier mannshoher Kerzenleuchter den persönlichen Ruheraum der Hausherrin. Das Boudoir war kein großes Zimmer, ungefähr sechs mal sechs Meter im Quadrat, und grenzte unmittelbar an Madeleines Schlafgemach. Über dem Kamin hing ein Aquarell weißer Gebirgsgipfel. Vielleicht die Alpen, gewiß kein afrikanisches Massiv. Im Halbkreis um das Feuer waren mehrere Sessel mit gehäkelten Überzügen aufgestellt. Außerdem gab es einen runden Tisch zum Kartenspielen, einen größeren zum Einnehmen von Kaffee und Kuchen, weiterhin einige Bücherregale. An der Decke prangte ein Gemälde, eine Waldlandschaft voller Faune und Elfen; an manchen Stellen war die Farbe abgeblättert.

Madeleine setzte sich in einen der Sessel unmittelbar beim Feuer und deutete vage auf die übrigen Sitzgelegenheiten. »Nehmen Sie Platz.«

Cendrine wußte, daß es möglicherweise unklug war, dennoch sagte sie: »Ich würde lieber stehenbleiben und meinen Bericht so kurz wie möglich machen.«

Adrian, der dritte Anwesende im Zimmer, kam ihr beschwichtigend zu Hilfe. »Nach solch einer Fahrt und bei diesem Wetter ist das kein Wunder. Ich bin sicher, meine Mutter hat dafür Verständnis.«

Madeleine warf ihm einen scharfen Seitenblick zu und sah dann Cendrine an. »Erzählen Sie.«

Und so berichtete Cendrine ihr, wie die Zwillinge sie aufgefordert hatten, mit ihnen zum Dorf zu laufen. Sie unterließ es vorerst, den Namen Sofia zu erwähnen; sie würde sich später überlegen, ob sie irgendwelche Schritte gegen die San-Frau veranlassen wollte, die Lucrecia zu dem Ausflug angestiftet hatte. Es kam ihr falsch vor, ihre Stellung auf Kosten einer anderen Bediensteten zu verteidigen, auch wenn sie wußte, daß diese Sofia wahrscheinlich die Schuld an dem ganzen Dilemma trug. Statt dessen erzählte sie von dem Massaker an der San-Familie im Dorf und von ihrem Einsatz für den entkommenen Jungen. Sie gab zu, daß es vielleicht ein Fehler gewesen sei, nicht unverzüglich Madeleine über die Vorgänge in Kenntnis zu setzen, verteidigte sich aber mit ihrer Furcht um das Leben des Kleinen, wäre er nicht schnell genug vom Anwesen fortgebracht worden. Schließlich legte sie dar, wie sie den Jungen im San-Viertel von Windhuk abgeliefert hatte, unterließ jedoch jegliche Erwähnung Qabbos. Allerdings berichtete sie von Pfarrer Haupt, und daß er ihr den Mantel geliehen hatte.

Als der Name des ehemaligen Priesters fiel, wechselten Madeleine und Adrian einen langen Blick. Cendrine bereute sogleich, den Pfarrer erwähnt zu haben, doch es war bereits zu spät, um ihn jetzt noch aus der Sache herauszuhalten.

Fast eine halbe Stunde lang hatte Cendrine gesprochen, ehe sie zum Ende kam. Wohl wissend, daß es mit einem kurzen Bericht nicht getan war, hatte sie nach einer Weile doch noch Platz genommen, beinahe gegen ihren Willen, und nun war sie froh darüber. Der lange Bericht hatte sie müde gemacht.

Madeleine hatte aufmerksam zugehört, während Adrian Cendrine jedes Wort von den Lippen abgelesen hatte. Beide schwiegen eine Weile, nachdem Cendrine geendet hatte. Dann erst sagte Madeleine: »Würden nicht überall im Land die Kämpfe mit den Herero toben, wäre Ihr Handeln, Fräulein Muck, wohl zu verzeihen. So aber kann ich nicht fassen, daß Sie unser aller Wohl für das Leben eines Eingeborenen aufs Spiel gesetzt haben. Wissen wir denn, ob die Leute im Dorf nicht gerade jetzt, in genau diesem Augenblick, beieinander sitzen und einen Angriff auf das Anwesen beschließen?«

»Das glaube ich nicht«, warf Adrian ein. »Die San sind friedliche Menschen, und sie haben die wenigen Herero und Damara, die im Dorf leben, recht gut unter Kontrolle.«

»Sie verbrennen Menschen«, gab Madeleine empört zurück. »Das nennst du friedlich?«

»Ihr Glaube hat nichts mit Rebellion zu tun. Sie haben diese Familie getötet, weil sie sich von ihr bedroht fühlten – und du weißt genausogut wie ich, daß es nicht das erste Mal war –, aber wir hier im Haus bedrohen sie nicht. Im Gegenteil: Wir helfen ihnen, indem wir sie für ihre Arbeit bezahlen.«

Cendrine hielt Adrians Worte für naiv. Doch als sich ihre Blicke kreuzten, begriff sie, daß er nur versuchte, sie in Schutz zu nehmen. Er redete gegen seine Überzeugung an, verstieß gegen seine Prinzipien, nur um ihr zu helfen. Von nun an stand Cendrine in seiner Schuld, ob es ihr recht war oder nicht.

»Ich werde die Wachen verstärken lassen, noch heute nacht«, entschied Madeleine. »Hoffen wir, daß wir den richtigen Männern vertrauen.«

Cendrine teilte ihre Bedenken. Sollte es wirklich zu einem Angriff auf das Anwesen kommen, schien es ihr höchst zweifelhaft, daß die San-Wachtposten ihre Waffen gegen Männer und Frauen ihres eigenen Volkes erheben würden.

»Die San werden nichts unternehmen«, sagte Adrian beharrlich. »Ich kenne sie gut genug. Sie würden niemals gegen uns kämpfen.«

»Kämpfen nennst du das?« Madeleine klang plötzlich eine Spur hysterisch. »Wenn sie wirklich angreifen, wird es keinen Kampf geben. Willst du die Mädchen bewaffnen? Oder sollen wir drei es mit einer ganzen Heerschar Eingeborener aufnehmen?« Sie lehnte sich im Sessel zurück und schloß einige Sekunden lang die Augen. »Diese Leute werden einfach hereinmarschieren, uns alle niedermachen und das Anwesen plündern.«

»Seit wann bist du eine solche Schwarzseherin?« Adrian klang beinahe amüsiert. Er schien tatsächlich überzeugt zu sein, daß es nicht zu einer Attacke kommen würde.

Seine Mutter seufzte. »Vielleicht hätten wir wirklich ins Fort gehen sollen. Dort wären wir zumindest sicher.«

»Und das Haus?« warf Adrian ein. »Hättest du es den Herero überlassen wollen?«

»Deshalb wünschte ich, dein Vater wäre hier. Er würde die richtige Entscheidung treffen.«

»Mach es dir nicht zu einfach.«

Aufgebracht ruckte Madeleines Oberkörper vor, und ihre Augen fixierten Adrian mit kalter Wut. »Ich habe es mir in all den Jahren weiß Gott nicht einfach gemacht, und das weißt du genau! Dein Vater ist nie hiergewesen, wenn es darauf ankam. Er hat nie –« Sie verstummte, als ihr bewußt wurde, daß Cendrine noch immer dasaß und sie ansah. Als wäre mit einemmal alle Kraft aus ihr gewichen, sackte sie zurück in den Sessel. »Es hat keinen Sinn. Streiten wir uns nicht auch noch untereinander.« Zu Cendrine gewandt sagte sie: »Sie dürfen sich zurückziehen. Sie hatten einen anstrengenden Tag.«

Cendrine empfand plötzlich Mitgefühl für sie. Tatsächlich war Madeleine diejenige, die in diesem Haushalt die Fäden zog und sich dabei alle Mühe gab, ihr Familienleben mit ihrer Aufsicht über Dutzende von Bediensteten in Einklang zu bringen. Ihre Strenge war nichts als ein Schild, der sie davor bewahren sollte, die Probleme zu nah an sich herankommen zu lassen.

Cendrine erhob sich und ging zur Tür. Ehe sie auf den Korridor treten konnte, sprang auch Adrian auf. »Wir können morgen weiterreden, Mutter.« Er beugte sich vor und gab Madeleine einen Kuß auf die Wange. Leiser fügte er hinzu: »Du brauchst Vater und Valerian nicht. Du tust auch ohne sie das Richtige. Das hast du immer getan.«

Madeleine schaute zu ihm auf, erst verunsichert, dann dankbar. Ihre Hand berührte flüchtig die seine. »Gute Nacht, Adrian. Und auch Ihnen eine gute Nacht, Fräulein Muck.«

Adrian und Cendrine verließen das Zimmer und gingen wortlos den Flur hinab.

Plötzlich blieb Cendrine stehen. Sie wartete, bis er sich zu ihr umgedreht hatte und ihre Lippen beobachten konnte. »Ich sollte mich wohl bei Ihnen bedanken. Sie haben gerade meine Stellung gerettet.«

»Ach was«, gab er leichthin zurück. »Hätte Mutter Sie wirklich rausgeworfen, hätte ihr das spätestens morgen früh leid getan.«

»Ich glaube, Sie schätzen sie falsch ein. Ihre Mutter ist eine ungemein starke Frau.«

»Stark, aber auch wankelmütig.«

»Auf mich macht sie nicht diesen Eindruck.«

Er lächelte. »Ich kenne sie ein paar Jahre länger.«

Das Licht der Öllampen flackerte über sein Gesicht, und zum erstenmal fiel ihr auf, daß er älter aussah als zwanzig. Allerdings war er auf andere Weise gealtert als Valerian, dem das Leben in der Wüste zugesetzt hatte. Im Gegensatz zu seinem Zwillingsbruder war Adrian knochig, fast ein wenig mager. Während Valerian alle Anzeichen eines künftigen Haudegens trug – ein verwegener Blick und kräftige Muskeln –, zeichnete sich in Adrians Gesicht eine andere Art des Erwachsenwerdens ab. Aus seinen Augen sprach ein scharfer Verstand, gepaart mit einem hohen Grad an Menschlichkeit, der allen anderen Mitgliedern seiner Familie fehlte, einschließlich Titus. Und da war noch etwas anderes an ihm, etwas Rätselhaftes. Cendrine konnte nie voraussehen, was Adrian als nächstes tun würde. Auch jetzt nicht.

Es war still geworden im Haus, nur hinter der nächsten Gangkehre tickte eine Standuhr.

»Liegt Ihr Zimmer nicht in der anderen Richtung?« fragte Cendrine leise. Ihre Stimme klang belegt. Nur die Müdigkeit, redete sie sich ein.

Während er ihre Lippen betrachtete, verspürte sie eine sonderbare Erregung. Es war lange her, daß sie etwas Ähnliches gefühlt hatte. Er beobachtete ihren Mund, obwohl sie aufgehört hatte zu sprechen, sah ihn einfach nur an.

»Sie haben sehr schöne Lippen«, sagte er. Es war eine fast sachliche Feststellung, aber so, wie er es sagte, klang darin eine unterschwellige Wärme mit, die über das reine Kompliment hinausging.

Beinahe hätte sie ›Vielen Dank‹ gesagt, aber dann kam es ihr belanglos und unzureichend vor. »Sie sollten es schließlich wissen, nicht wahr?« brachte sie statt dessen hervor.

Adrian nickte unmerklich. »Es ist nicht immer ganz leicht, Sie einfach nur anzusehen und sich auf das zu konzentrieren, was Sie sagen.«

»Das war vorhin schon das zweite Mal, daß Sie um meinetwillen gegen Ihr besseres Wissen gehandelt haben. Erst die Zerstörung des Termitenhügels, und jetzt das, was Sie zu Ihrer Mutter gesagt haben. Legen Sie es darauf an, daß ich Ihnen etwas schulde?«

Lächelnd schüttelte er den Kopf. »Sie schulden mir nichts. Für die meisten anderen hätte ich dasselbe gemacht.«

Sie trat näher an ihn heran, bis nur noch eine Handbreite ihre Gesichter trennte. »Ganz sicher?«

In seinen Augen blitzte es auf. Hastig machte er einen Schritt zurück. »Sie haben es getan, nicht wahr?« fragte er beinahe erschrocken.

»Getan?« fragte sie irritiert. »Was meinen Sie?«

»Sie haben versucht, in mich hineinzusehen.«

Verwundert schüttelte sie den Kopf. »Das habe ich nicht!«

»Aber ich … ich kann es fühlen.« Warum nur war er mit einemmal so außer sich?

»Glauben Sie mir, ich habe nichts dergleichen getan.«

»Aber Sie *wissen* es.«

»Was weiß ich?«

»Sie wissen, was ich denke.«

Der eine Schritt Distanz zwischen ihnen schien wie von selbst immer breiter zu werden, eine Kluft, die mit jedem Atemzug weiter aufriß. Mußte er ausgerechnet jetzt wieder mit diesem Unsinn anfangen?

Kurz entschlossen entschied sie, sich auf sein Spiel einzulassen. »Aber das war es doch, was Sie wollten, oder? Sie haben gesagt, daß ich versuchen soll, Sie kennenzulernen, mehr über Sie zu erfahren.«

»Nicht so«, brachte er stockend hervor. »Das ist nicht fair.«

Sie streckte eine Hand nach ihm aus – *Herrgott, was tust du da?* –, aber er wich noch einen Schritt zurück, und da ließ sie ihren Arm wieder sinken.

Ein nervöses Lächeln zuckte über seine Züge. »Wir sehen uns morgen beim Frühstück.« Und während er an ihr vorbei trat, in einem Bogen, als hätte sie irgendeine ansteckende Krankheit, fügte er noch hinzu: »Machen Sie sich keine Sorgen mehr wegen meiner Mutter.«

Verwirrt blickte sie ihm nach, als er davoneilte, ohne sich noch einmal umzusehen. Aus dem wirbelnden Aufruhr in ihrem Kopf kristallisierte sich allmählich eine Frage:

Was, zum Teufel, *hatte* er gedacht?

Und brauchte es für die Antwort darauf wirklich eine übersinnliche Begabung?

Cendrine warf sich auf ihr Bett und blickte gedankenverloren zum türkisfarbenen Baldachin empor. Der Schein der einzigen Kerze, die sie auf ihrem Nachttisch entzündet hatte, lag zuckend über dem Stoff wie eine schimmernde Membran. Einen Augenblick lang wünschte sie sich, jetzt im Freien liegen und zu den Sternen hinaufschauen zu können. Manchmal tat es gut, sich in der Unendlichkeit des Firmaments zu verlieren; manchmal ließ sie das ihre Sorgen vergessen.

Früher, in ihrer engen Mansarde zwischen Bremens Giebeln, hatte sie in solchen Momenten nur die Dachluke öffnen müssen. Das Zimmer lag hoch genug über den Straßenlaternen, um von dort aus die Gestirne in all ihrer Pracht beobachten zu können. Elias hatte ihre Faszination nie recht nachvollziehen können, doch einmal hatte er Cendrine eine Sternenkarte mit nach Hause gebracht, druckfrisch und so groß wie der Eßtisch, der neben ihrem Ofen stand. Sie vermutete, daß er sie irgendwo gestohlen hatte, fragte ihn aber wohlweislich nicht danach. Statt dessen studierte sie begeistert die Sternbilder, die auf der Karte mit feinen hellen Linien verbunden waren; manchmal erschienen sie ihr wie Teile eines Labyrinths, und einmal verbrachten sie und Elias eine halbe Nacht mit der Diskussion, wie lang wohl der Faden hätte sein müssen, wollte man ihn vom Eingang bis zum Ausgang dieses Irrgartens spannen. Sie hatten stundenlang miteinander über solchen Unsinn reden können und sich dabei immer tiefer in die absurdesten Spekulationen verrannt, bis sie schließlich kaum noch wußten, wie das Gespräch eigentlich begonnen hatte. Sie hatten viel miteinander gelacht, damals.

Jetzt sehnte sie sich danach, nicht allein unter dem Seidenbaldachin liegen zu müssen. Elias und sie hatten sich von Kind an ein Bett geteilt, was in armen Familien keineswegs ungewöhnlich war: Cendrine wußte von Geschwistern in ihrem Haus, die zu viert auf einer Matratze lagen, weil den Eltern, einfachen Arbeitern in einer Fischmehlfabrik, das Geld für weitere Schlafgelegenheiten fehlte.

Elias' Nähe hatte Cendrine in Zeiten getröstet, in denen sie nicht wußten, wovon sie am nächsten Tag ihr Essen bezahlen sollten. Später, als Elias seinen Aufstieg im Kaufhaus begonnen hatte und es besser um ihre Finanzen stand, war es ihr längst zur Gewohnheit geworden, in seinem Arm einzuschlafen. Für ihn war sie immer die kleine Schwester geblieben, die es zu umsorgen und zu behüten galt, und da es sonst niemanden gab, der diese Aufgabe hätte übernehmen können, war es für beide die gewöhnlichste Sache der Welt. Scheu voreinander kannten sie nicht, ebensowenig Geheimnisse. Um so erschütternder war es für Cendrine gewesen, als Elias sie mit seiner bevorstehenden Auswanderung vor vollendete Tatsachen gestellt hatte.

Sie mußte sich allerdings eingestehen, daß ihre Gedanken an ihn in den vergangenen Monaten immer mehr in den Hintergrund getreten waren. Sicher, sie hatte das Büro des Gouverneurs schriftlich um Hilfe gebeten, hatte aber nie eine Antwort erhalten. Dann hatte sie es beim Postamt versucht, gleichfalls ohne Erfolg.

Niemand schien in der Lage zu sein, ihr zu helfen.

Cendrine schrak auf, als vor ihrem Fenster ein schrilles Kreischen ertönte. Verunsichert löschte sie die Kerze und sprang nach kurzem Zögern auf. Im Dunkeln trat sie in den Erker und blickte hinaus. Der Wind wehte von Westen und trieb den strömenden Regen vom Haus fort. Obwohl die Fensterscheiben nahezu trocken blieben, konnte sie in der Finsternis nichts erkennen.

Das Kreischen ertönte noch einmal, diesmal weiter entfernt, doch jetzt wurde ihr bewußt, woher es rührte. Dort draußen streiften Hyänen umher, auf ihrer nächtlichen Suche nach Aas.

Eine Handvoll dunkler Schemen huschte über die Wiese, aber vielleicht waren es auch nur die Schatten der Akazien im Wind. Unmöglich, das mit Sicherheit zu sagen. Als Cendrine die Stelle länger fixierte, erwies sie sich als verlassen. Dort war nichts, nur regengepeitschtes, kniehohes Gras.

Mach dich nur selbst verrückt, rügte sie sich in Gedanken. Der Aberglaube der Eingeborenen färbt schon auf dich ab; bald wirst auch du an Hyänenmenschen glauben. An die Geistreisen der Schamanen. Daran, daß du selbst eine Schamanin bist.

Der Gedanke vertrieb die Gänsehaut, die beim Schrei der Hyänen über ihre Glieder gekrochen war. Sie hatte schon alle möglichen Arten von Raubtieren in der Dämmerung vor ihrem Fenster gesehen, seit sie vor zehn Monaten hierher gekommen war, und es war albern, sich ausgerechnet heute davon aus der Fassung bringen zu lassen.

Aber womöglich waren es ja in Wahrheit gar nicht die Hyänen, die sie so durcheinanderbrachten, sondern vielmehr das, was Adrian gesagt hatte. Und dieser Qabbo. Vielleicht war es der Umstand, daß sie ganz allmählich selbst daran zu glauben begann.

Natürlich war es lächerlich. Und natürlich glaubte sie es nicht *wirklich*. Wenigstens redete sie sich das immer wieder ein.

Qabbo gehörte einer Kultur an, die ihr durch und durch fremd war. Was er sagte und dachte, mochte aus seiner Sicht die Wahrheit sein. Doch Cendrine besah diese Dinge mit den Augen einer modernen, aufgeklärten Europäerin. Wie konnte er verlangen, daß sie auch nur die Möglichkeit in Betracht zog, er könne recht haben?

Nein, Qabbo war nicht das Problem. Das Problem war Adrian. Er war kein Afrikaner. Gewiß, er mochte hier geboren sein, aber seine Erziehung war die eines Europäers. Und wenn es einen Menschen in ganz Südwest gab, dem sie vertraute, dann war er es. Gar nicht so sehr aufgrund dessen, was er tat oder sagte; es war vielmehr etwas in seinem Wesen, seiner Ausstrahlung, etwas, das er verkörperte und das sie doch nicht benennen konnte. Sie wußte kein Wort dafür, und es war auch unwichtig, eines finden zu wollen. Trotz all der Merkwürdigkeiten, die er von sich gab, trotz seines mysteriösen Auftauchens beim Termitenbau und seiner geheimnisvollen Fahrten nach Windhuk spürte sie, daß er auf ihrer Seite war.

Und ausgerechnet er beharrte darauf, daß sie… ja, was eigentlich? Daß sie Gedanken lesen konnte? Daß sie sich in Dinge hineinversetzen konnte, indem sie sie nur ansah? Daß sie die Macht eines afrikanischen Schamanen besaß?

Möglicherweise war gerade das der Fehler, den sie immer wieder beging. Ein *afrikanischer* Schamane. Wenn es ihr gelang, sich von der Vorstellung zu lösen, daß diese Begabung etwas mit dem Kontinent zu tun hatte, auf dem sie sich befand, mit dem Boden, auf dem sie stand, mit dem Sand, der Sonne, der endlosen Wüste, dann mochte es ihr eventuell auch gelingen, dieses Bild auf sich selbst zu projizieren. Zumindest soweit, daß sie den Versuch unternehmen konnte, die Fähigkeiten zu nutzen, die Qabbo und Adrian ihr zusprachen. Ohne Vorbehalte, ohne das bessere Wissen ihrer Vernunft. Einfach nur offen sein, bereit zu lernen, bereit, sich überzeugen zu lassen.

Sie barg das Gesicht in den Händen, massierte sich die Augenlider und Wangen. Was sie Adrian gesagt hatte, damals im Schatten der Akazien, war die Wahrheit gewesen: Sie *hatte* schon früher Bilder gesehen, die nicht vor ihren Augen, sondern nur in ihrem Kopf existierten. Keine einfachen Fantasien, keine Hirngespinste. Dinge aus dem alltäglichen Leben, nichts, das sie hätte verstören müssen: die Absicht eines betrügerischen Straßenhändlers, der ihr bald darauf verdorbenen Fisch verkaufen wollte; die Bewertungen eines Lehrers, ohne daß er die Noten verlesen hatte; den Unfall einer Kutsche, Augenblicke bevor ihr Hinterrad an einer Bordsteinkante zerbarst. Sie hatte mit Elias darüber gesprochen, und er war davon überzeugt gewesen, daß jeder solche Anwandlungen hatte. Bald schon hatte sie sich keine weiteren Gedanken mehr darüber gemacht.

Hier und jetzt aber erschienen diese Vorfälle nach und nach in einem anderen Licht. Was, wenn Adrian recht hatte? Wenn das, was Qabbo sagte, gar kein mystischer Unfug war, sondern eine, seine, vielleicht aber auch *ihre* Facette der Wirklichkeit?

Draußen schrien die Hyänen ein letztes Mal, dann beherrschten nur noch das Jammern des Windes und der peitschende Regen die Nacht.

Cendrine wich zurück in die Finsternis des Zimmers. Sie sank in einen der Sessel am Kamin. Das Leder war eisig, selbst durch den Stoff ihres Kleides ließ es sie frösteln. Diener hatten die Feuerstelle säuberlich ausgefegt, es roch unmerklich nach erkalteter Asche. Aus dem Kaminschacht drang das ferne Wehklagen des Sturms.

Der Schamane läßt die Gegenstände zu sich sprechen, hatte Adrian gesagt. Nun gut, sie würde es versuchen. Sie war nicht erpicht darauf, eine Vision wie die des Termitenbaus heraufzubeschwören, deshalb mußte sie sich auf etwas konzentrieren, das harmlos war. Aber wie harmlos konnten Gegenstände in einem Zimmer sein, in dem ein kleines Mädchen vom eigenen Vater zerstückelt worden war?

Die Erinnerung an die kleine Kimberly Selkirk und ihren Vater im Blutrausch rief ihr erneut die Bilder jener Nacht vor Augen. Sie hatte nie den Versuch gemacht, Erklärungen für die Erscheinungen zu finden. Ein Traum, greifbar und bedrohlich, aber dennoch nur ein Traum. Doch tief im Inneren war ihr immer klargewesen, daß es mehr damit auf sich haben mußte. Sie glaubte nicht an Gespenster und Heimsuchungen. Was aber, wenn irgend etwas hier im Zimmer zu ihr gesprochen hatte? Oder gar das Zimmer selbst? Würde sie den Mord noch einmal erleben, wenn sie es darauf anlegte? Um nichts in der Welt war sie dazu bereit.

Die Schreie des Mädchens. Das Messer, das in ihr Fleisch schnitt. Das Blut, überall das Blut. Cendrine hatte mehr als genug gesehen.

Sie lehnte sich im Sessel zurück und schloß die Augen. Die Schwärze, die sie umschloß, war von solcher Vollkommenheit, als wäre sie in ein Faß mit Tinte getaucht. Eine eiskalte Woge schien ihren Körper zu packen, vielleicht ein Luftzug aus dem Kamin, vielleicht auch etwas anderes. Ein Ruck ging durch ihren Leib, sie bäumte sich auf. Erst glaubte sie, jemand hätte ein Licht entzündet, dann aber erkannte sie, daß sie die Helligkeit, die sie schlagartig umgab, nicht mit ihren Augen erfaßte. Es war ein vages Gefühl, ein Glimmen in den Tiefen eines Abgrunds, der mit jedem Meter, den sie fiel, ein Stück tiefer wurde. Die Kälte, das Gefühl zu fallen, die Hilflosigkeit – all das schlug über ihr zusammen, durchdrang sie, schüttelte sie. Von einer Sekunde zur anderen brach sie in Panik aus, riß die Augen auf.

Sie war in ihrem Zimmer, saß im Sessel. Alles war wie zuvor. Das weiße Bettzeug war unberührt, kein kleines Mädchen lag darauf. Vor den Fenstern herrschte die Ruhe der Nacht, kein Wirbelsturm tobte ums Haus. Cendrine atmete erleichtert auf.

Aus dem Dunkel des Erkers blickten ihr leere Augen entgegen. Puppen mit weißen Porzellangesichtern. Aber die hatte sie doch fortgeräumt, als sie hier eingezogen war!

Dann bemerkte sie auch die übrigen Details, die nicht mit ihrem Bild des Zimmers übereinstimmten: ein Stofftier, am Boden neben dem Bett; ein Kranz aus Trockenblumen, der an einer Ecke des Spiegels hing; ein Paar winziger weißer Schuhe, halb unter die Kommode geschoben; und überall in den Schatten die geisterhaften Puppengesichter, starr, mit aufgemalten Harlekintränen.

Ein Knirschen ertönte, dann wurde die Tür geöffnet. Ein Mann betrat den Raum, in einer Hand einen Kerzenleuchter, in der anderen ein rechteckiges Paket, eine Lederkladde oder ein großes Buch. Sorgfältig schloß er die Tür hinter sich und ging an Cendrine vorbei, ohne ihr Beachtung zu schenken. In der Mitte des Raumes ließ er sich auf die Knie nieder, stellte den Leuchter auf dem Dielenboden ab und legte den Lederband beiseite. Dann packte er mit beiden Händen den Läufer und rollte ihn zu einem dicken Teppichwulst zusammen. Darunter kam etwas zum Vorschein, eine steinerne Platte, ein halber Meter im Quadrat, von rötlicher Farbe und mit kantigen Mustern bedeckt: eines der archaischen Elemente, die überall in die Wände und Decken des Hauses eingelassen waren. Cendrine hatte nie bemerkt, daß es auch im Boden ihres Zimmers eines gab.

Selkirk war kein junger Mann mehr. Mitte Fünfzig, schätzte Cendrine. Die kleine Kimberly war ein unverhoffter Nachzügler gewesen. Möglich, daß Selkirk sie deshalb so abgöttisch geliebt hatte. Adrian hatte ihr erzählt, wie sehr der Lord an der Kleinen gehangen hatte; von ihm wußte sie auch, daß keine andere Leiche derart übel zugerichtet worden war wie die des Mädchens.

Nachdem der Lord die Felsplatte freigelegt hatte, griff er mit beiden Händen in eine schmale Vertiefung, die augenscheinlich nur zu diesem Zweck in das Gestein eingearbeitet worden war. Mühsam gelang es ihm, die Platte ein kleines Stück anzuheben und einen Spaltbreit zur Seite zu schieben. Eine pechschwarze Nische tat sich darunter auf.

Selkirk ergriff das lederne Buch, blätterte noch einmal nachdenklich darin, ohne etwas zu lesen, dann schob er es durch den Spalt in die Öffnung. Geschwind zerrte er die Platte wieder an ihren Platz und rollte den Teppich darüber. Penibel pflückte er eine Staubflocke aus den farbigen Borsten und zerrieb sie zwischen Daumen und Zeigefinger. Dann nahm er den Kerzenleuchter auf und verließ das Zimmer.

Cendrine spürte, wie Übelkeit in ihr aufstieg. Erst war sie nur in ihrem Magen, so als müsse sie sich übergeben, dann erfüllte das Gefühl ihren ganzen Körper. Sie riß den Mund auf, um zu schreien, doch kein Laut kam über ihre Lippen. In ihrem Kopf erblühte ein Strudel aus Schwärze, saugte sie hinab in einen Wirbel aus Kälte und Lauten, die wie das Heulen wilder Tiere klangen. Fort aus der Vergangenheit, zurück in die Gegenwart.

Kühles Leder in ihrem Rücken. Der Geruch von kalter Asche. Regentreiben vor dem Fenster.

Cendrines Augen standen offen, getrübt, wie von Eiskristallen überzogen. Instinktiv blinzelte sie, schlug die Lider auf und zu, bis sie endlich begriff, daß dies wieder die Wirklichkeit war. *Ihre* Wirklichkeit.

Taumelnd stand sie auf. Sank gleich darauf wieder in die Knie, stolperte auf allen vieren vorwärts. Packte den Rand des Teppichs, der nicht mehr derselbe war wie damals, und schlug ihn zurück.

Die Steinplatte lag vor ihr, ein vager Fleck inmitten der Dunkelheit des Zimmers. Cendrines Finger tasteten zitternd nach den Einkerbungen, fanden sie, zogen und zerrten daran. Sie brauchte länger als Selkirk, um die Platte ein Stück zur Seite zu schieben, aber schließlich war der Spalt breit genug, um hineinzugreifen. Sie fand das Buch auf Anhieb.

Sie nahm sich nicht die Zeit, die Platte zurückzuschieben, ließ auch den Teppich so liegen, wie er war.

Ungeduldig, mit fahrigen Bewegungen, warf sie sich aufs Bett. Entzündete die Kerze auf der Nachtkommode. Schlug den ledernen Band irgendwo in der Mitte auf.

Es war eine Art Tagebuch, keine hundert Seiten dick, das Protokoll eines Lebensabschnitts von wenigen Jahren. Es war in englischer Sprache verfaßt. Die Worte bereiteten Cendrine keine Schwierigkeiten, eher schon die schmale, hektisch wirkende Handschrift. Manches mußte sie zweimal lesen, vor allem das, was auf den hinteren Seiten stand.

Der Morgen graute, als sie den Band schließlich zuschlug, erschöpft, den Kopf bis zum Bersten mit Bildern gefüllt.

Sie schlief ein und träumte von der Wüste.

Als Selkirk mit seiner Familie nach Südwest kam, war das Land jenseits der Namib noch keine deutsche Kolonie. Es gab vereinzelte Siedler, meist Engländer und Holländer, die sich inmitten der Herero- und Nama-Ländereien niedergelassen hatten, mit den Eingeborenen Tauschhandel trieben und versuchten, in den kargen Savannen eigene Farmen aufzubauen. Weder wachte ein Gouverneur über die Gesetze – es *gab* keine Gesetze –, noch waren hier Soldaten stationiert, die den Siedlern im Ernstfall hätten beistehen können.

Immer wieder kam es auf beiden Seiten zu Übergriffen. Manche Farmer behandelten ihre Bediensteten wie Sklaven, trieben sie mit Peitschen zur Arbeit und ließen jene, die ihren Befehlen widersprachen, am nächsten Baum aufknüpfen. Im Gegenzug wurden zahlreiche Höfe und Missionsstationen geplündert und niedergebrannt, ihre Bewohner ermordet. Manchmal vergingen nur Wochen zwischen den einzelnen Massakern, manchmal kam es auch jahrelang zu keinem einzigen Zwischenfall.

Mit der Zeit aber begannen sich Siedler und Eingeborene zu arrangieren. Der Handel mit Rinderherden und Lebensmitteln wurde reger, die Arbeitsbedingungen für schwarze Helfer wurden erträglicher. Eine Weile lang sah es aus, als normalisiere sich das Leben in Südwest, und Männer, die ursprünglich allein hierher gekommen waren, setzten sich hin, um lange Briefe an ihre Familien zu schreiben, in denen sie ihre Frauen aufforderten, die Haushalte in der Heimat aufzulösen und sich mit den Kindern und all ihrer Habe auf dem nächsten Dampfer nach Walvis Bay oder Swakopmund einzuschiffen.

Einer dieser Männer war Lord Luther Selkirk. Er war schon Jahre zuvor als einer der jüngsten Männer zum Ritter geschlagen worden und galt als größter britischer Archäologe seiner Generation. Zahllose Funde in Vorderasien und den indischen Kolonien hatten seinen Namen auch über die Fachwelt hinaus bekannt gemacht, und aus seinen Aufzeichnungen sprach beträchtlicher Stolz auf das, was er erreicht hatte.

Selkirk war 1847 nach Südwest gekommen, begleitet von einigen seiner Assistenten, zu einem Zeitpunkt, als die Besiedlung des Landes noch Missionaren vorbehalten war. Er verfolgte ein waghalsiges Ziel, das ungewöhnlichste seiner Laufbahn. Bislang hatte er sich auf das Erforschen von Ruinen beschränkt, versunkenen Städten im indischen Dschungel und Tempeln im Wüstensand Arabiens. Jetzt aber war er auf der Suche nach einem Schiff, und er suchte es nicht etwa im Meer, sondern inmitten der Kalahari, im Zentrum einer Wüste, die Hunderte Kilometer vom Ozean entfernt lag.

Laut Selkirk, der sich auf einen Bericht des griechischen Weltreisenden Herodot bezog, war um 600 vor Christus eine Flotte phönizischer Galeeren zu einer Umrundung des afrikanischen Kontinents aufgebrochen. Die Seeleute waren vom ägyptischen Pharao Necho II. angeheuert worden, um Handelsverbindungen zum sagenhaften Land Punt herzustellen, einem Ort, so hieß es in den Legenden, an dem es Gold und Diamanten im Überfluß gäbe. Die Schatzkammern von Theben und Memphis waren leer, und der Pharao erhoffte sich, daß es gelingen würde, ägyptische Waren gegen Gold, Kupfer und Edelsteine einzutauschen.

Die Phönizier machten sich in ihren Biremen und Triremen – Segelschiffen mit zwei und drei zusätzlichen Ruderdecks – auf die Reise. Im Roten Meer stachen sie in See, erreichten den offenen Ozean und segelten südwärts an der Küste Afrikas entlang.

Als man die Schiffe zwei Jahre später in den Gewässern nahe der Inseln der Heiligen – den Kanaren – wiedersah, und sie bald darauf die Säulen des Herakles – die Straße von Gibraltar – passierten, hatte sich ihre Zahl beträchtlich verringert. Die Galeeren brauchten ein weiteres Jahr, um entlang der Gestade Nordafrikas und durch den mittlerweile vollendeten Kanal zwischen dem Mittelmeer und dem Roten Meer ihren Heimathafen zu erreichen. Tatsächlich hatten sie einige Kisten mit Gold und Geschmeide mitgebracht, doch große Teile der Ausbeute waren, so erklärten die Kapitäne, mit den fehlenden Galeeren auf den Grund des Ozeans gesunken. Niemand, auch nicht Herodot, wußte, ob der Pharao den Phöniziern daraufhin die Köpfe abschlagen ließ, doch Selkirk äußerte in seiner Niederschrift zumindest eine derartige Vermutung.

Viel später tauchten Hinweise auf, daß eine der Galeeren an der Küste Südwestafrikas in einen Sturm geraten und dabei auf Grund gelaufen war. Selkirk vertrat die gewagte Theorie, daß die Küstenlinie des Landes zu Zeiten der Phönizier noch eine andere gewesen sei, und obgleich jedermann ihn für verrückt erklärte, vermutete er das Wrack der Galeere weit im Inland, tief im Dünenmeer der Kalahari. Cendrines geographische Kenntnisse reichten immerhin aus, um die Absurdität dieser Idee zu erkennen – vor Jahrmillionen mochte die Küste Afrikas vielleicht so weit landeinwärts verlaufen sein, jedoch ganz gewiß nicht vor wenigen Jahrtausenden!

Was Selkirk veranlaßt hatte, dennoch auf einer derart abstrusen Behauptung zu beharren, wurde erst in den späteren Abschnitten seiner Notizen ersichtlich. In Anbetracht der Tatsache, daß diese Aufzeichnungen offenbar für niemanden außer ihn selbst bestimmt waren, fand Cendrine es erstaunlich, daß er nicht auf den ersten Seiten schon den wahren Hintergrund seiner Expedition in die Kalahari erwähnte. Selkirk mußte große Angst gehabt haben, daß jemand von seinem Geheimnis erfuhr – warum sonst hätte er den Band im Zimmer seiner Lieblingstochter verstecken sollen?

Daß es dem Lord trotz allen Spotts und Hohns gelang, Gelder beim britischen Königshaus und zahlreichen hochgestellten Persönlichkeiten aus Regierung und Wirtschaft für sein Vorhaben aufzutreiben, war nur ein weiterer Beweis für das vortreffliche Renommee, das er in seiner Heimat genoß. Und als er schließlich im Mai 1847 im heutigen Walvis Bay eintraf, verfügten er und seine Assistenten über so großzügig bemessene Mittel, daß sie sich im Wahnsinn ihres Vorhabens bestätigt fühlten.

Doch bis Selkirk tatsächlich ans Ziel seiner Träume kam – und weiter darüber hinaus, als ihm lieb sein konnte –, mußten erst grundlegende Strukturen geschaffen werden. Die Engländer heuerten zahllose Eingeborene an, aber auch Weiße, deren Farmen nichts abwarfen und die froh waren, eine Arbeit zu finden. Stationen wurden auf dem Weg von der Küste nach Osten eingerichtet, um im Fall eines Erfolges einen sicheren Rücktransport der Güter zu garantieren. Ganze Kamelkarawanen wurden aufgekauft, einschließlich ihrer Treiber, Fährtenleser und Kundschafter. Als Selkirk schließlich am Rande der Kalahari eintraf und zum erstenmal erahnen konnte, was ihm tatsächlich bevorstand, folgte ihm eine Heerschar von über hundert Männern und beinahe zweimal so vielen Kamelen und Ochsenkarren.

Cendrine vermutete, daß Selkirk mehrere solcher Bände wie diesen mit Notizen gefüllt hatte, denn der, den sie in Händen hielt, wies erhebliche Lücken auf. So ließ sich der gesamte Beginn der Expedition lediglich aus weitverstreuten Randbemerkungen und Fußnoten rekonstruieren, und ehe Selkirk erstmals den wahren Grund seiner Reise nach Südwest erwähnte, hatte sie bereits drei Viertel des Buches durchgelesen. Möglich allerdings, daß nur dieser Band von bleibender Wichtigkeit für ihn war, enthüllte er im weiteren Verlauf seines Berichts doch ein Rätsel, das er bis dahin streng geheim gehalten hatte.

Denn ein Schiffswrack, und mochten darin noch so große Schätze lagern, war das letzte, was den Lord zu diesem Zeitpunkt seiner Forschungen interessierte. Sein Streben galt etwas ganz anderem, etwas, das so weit hergeholt erschien, daß nur ein Archäologe vom Range Selkirks ernsthaft mit dem Gedanken spielen konnte, sich daran zu versuchen.

Nichts Geringeres vermutete Selkirk im Sand der Kalahari als die Ruinen Henochs, der ersten Stadt der Menschheit – jener Stadt, die Kain einst nach dem Mord an seinem Bruder Abel gründete.

Aber warum sollte eine Stadt, über die man keinerlei Anhaltspunkte besaß, mit Ausnahme einer beiläufigen Erwähnung im ersten Buch Mose, ausgerechnet hier, im Süden Afrikas, zu suchen sein und nicht viel weiter nördlich, in den Ebenen Mesopotamiens oder den Felsklüften Palästinas?

Selkirk blieb die Erklärung dafür schuldig, und seine Quellen wurden spätestens in jenem Augenblick unwichtig, da er die ersten Ruinen im glühenden Wüstensand entdeckte.

Die Art und Weise, in der Selkirk die folgenden Jahre schilderte, beschworen in Cendrines Kopf Bilder aus dem alten Ägypten herauf, von Sklavenkolonnen, die unter der unbarmherzigen Wüstensonne um ihr Leben schufteten, von geschundenen Männern, die gleich reihenweise an Hitze, Durst und Auszehrung starben.

Schon in den ersten Wochen der Grabungen verlor Selkirk zwei seiner drei Assistenten, und bald darauf begann auch unter den Arbeitern ein Massensterben. Sandstürme von bislang ungekannten Ausmaßen tobten über sie hinweg und vernichteten die Arbeit mehrerer Monate. Skorpione und anderes Giftgetier suchten die Männer im Schlaf heim und töteten so gezielt, als habe ihnen jemand den Befehl dazu erteilt. Die Hitze war bei Tage kaum mehr zu ertragen, und die Nächte quälten die Arbeiter mit Temperaturen um den Gefrierpunkt. Alles ließ darauf schließen, daß Selkirks Vorhaben zum Scheitern verurteilt war. Er aber weigerte sich, aufzugeben, und gleich mehrmals sandte er seine Vorarbeiter nach Westen, um neue Kolonnen zu rekrutieren. Ganze Stämme brachen auseinander, als die eingeborenen Männer Selkirks Versprechen von Alkohol im Überfluß nicht widerstehen konnten und ihre Frauen und Kinder schutzlos zurückließen.

Immer länger zogen sich die Grabungen hin, bis endlich, im sechsten Jahr der Arbeiten, so viele Ruinen freigelegt waren, daß auch der schlimmste Sandsturm sie in absehbarer Zeit nicht verschwinden lassen konnte. Selkirk frohlockte und ließ künstliche Dünen über den Massengräbern anlegen. Zu jenem Zeitpunkt mußte sein Verstand schon gelitten haben, obgleich seine Handschrift unverändert blieb und auch seine Wortwahl überlegt und präzise erschien. Denn statt seinen Geldgebern Nachrichten über seine Erfolge zukommen zu lassen, verschwieg er die Wahrheit und erklärte das Unternehmen für gescheitert. Der einzige Brite, der von dem Fund wußte, war der überlebende Assistent, und der starb schon bald darauf, als sich in einer der Ruinen auf unerklärliche Weise ein Felsquader löste und ihn erschlug. Nicht einmal in seinen persönlichen Aufzeichnungen gestand Selkirk seine Schuld an diesem Vorfall ein, und doch war Cendrine überzeugt, daß ohne Zweifel der Lord hinter dem Anschlag steckte. Erst nach dem Tod des Assistenten war Selkirks Geheimnis sicher, denn gewiß würde niemand dem Gefasel der Eingeborenen Glauben schenken, zumal eine weitflächige

Kolonisierung des Landes zu jener Zeit noch nicht abzusehen war. Ebenso hätten die Grabungen auf der dunklen Seite des Mondes stattfinden können, so sicher fühlte sich Selkirk in Südwest.

Nach diesem Erfolg gab er den Auftrag, das Anwesen in den Auasbergen zu errichten. Er lud einige der besten englischen Architekten nach Südwest ein, freilich ohne auch nur mit einem Wort seinen Fund in der Kalahari zu erwähnen. Nachdem die ersten Flügel des Gebäudes bewohnbar waren, ließ er seine junge Frau nachkommen und zeugte mit ihr jene drei Töchter, die Jahre später auf so grausame Weise ums Leben kommen sollten.

Auch nach der Entdeckung Henochs setzte Selkirk seine Arbeiten in Südwest fort, reiste oft allein mit einigen vertrauenswürdigen Eingeborenen in die Kalahari und begann schließlich – vielleicht nur aus der Not heraus, seine Anwesenheit im Land rechtfertigen zu müssen – mit archäologischen Grabungen an der Skelettküste im Nordwesten des Landes. Jene Arbeiter, die Henoch überlebt hatten, waren längst wieder als Nomaden irgendwo in den Savannen und Wüsten Südwests unterwegs, so daß Selkirk getrost neue britische Assistenten einstellen und mit den Arbeiten an der Küste betrauen konnte, ohne fürchten zu müssen, jemand könnte ihnen sein Geheimnis verraten.

Die Aufzeichnungen endeten abrupt mit der Geburt der jüngsten Tochter, Kimberly, und Cendrine hielt es für immer wahrscheinlicher, daß damals mindestens ein weiterer Band existiert haben mußte, in dem Selkirk das künftige Schicksal seiner Familie niedergeschrieben hatte. Sie bezweifelte jedoch, daß irgendeines der anderen Bücher die Jahre nach Selkirks Tod überdauert hatte. Möglicherweise hatte sogar er selbst alle übrigen Bände vernichtet und nur diesen einen aufbewahrt, damit irgendwann doch noch jemand die ganze Größe seines Schaffens erkannte.

Offen blieb, weshalb Selkirk die Entdeckung Henochs überhaupt geheimgehalten hatte. Warum hatte er die Stadt erst ihrem Grab im Wüstensand entrissen, um sie schließlich doch wieder den Naturgewalten der Kalahari zu überlassen? Und lag Cendrine mit ihrer Vermutung richtig, daß die archaischen Bauelemente, mit denen das Anwesen durchsetzt war, aus Henoch stammten, aus Gebäuden, die kein anderer als Kain, der Brudermörder, entworfen hatte?

Erst als sie die Buchdeckel schließlich zuklappte, wurde ihr auf einen Schlag klar, daß *sie* die Person war, auf die der Lord gehofft hatte, als er den Band im Boden des Zimmers versteckte. Mit größter Wahrscheinlichkeit war sie die einzige, die die ganze Wahrheit kannte. Sie allein wußte, was Selkirk tatsächlich in den Tiefen der Kalahari entdeckt hatte.

Erbin von Henoch, dachte sie schmunzelnd.

Es mochte schlimmere Titel geben.

Cendrine träumte von der Wüste.

Sie träumte von sonnendurchglühten Dünenkämmen, von Sandstürmen, gewaltig wie die Plagen der Apokalypse, von Hunger und Durst, die ihr im Schlaf die Kehle ausdörrten. Sie träumte von Bergen aus Menschenknochen, irgendwo verscharrt unter Hügeln aus Sand, die keine Namen besaßen und auf keiner Karte verzeichnet waren. Und sie träumte von Ruinen, die ihre Mauern trotzig gegen einen Ozean aus Wanderdünen stemmten.

Der Boden sackte immer wieder weg, während sie mit zitternden Knien einen Hang hinabstieg. Er drohte sie mit sich nach unten zu reißen, eine Lawine aus weißem Sand, so heiß, daß es weh tat, wenn er die nackte Haut ihrer Fesseln berührte. Ein scharfer Wind peitschte das Dünenmeer, machte ihre Lippen rissig und trocknete ihre Augen aus. So wie jetzt hatte sie die Wüste nie zuvor gesehen. Ihre Eisenbahnfahrt durch die Namib war dagegen wie der Besuch einer Galerie gewesen, in der Gemälde von fremden Landschaften hingen; beeindruckend, gewiß, aber ohne jeden Hauch von Wahrhaftigkeit, ohne das Gefühl von Bedrohung und Todesqual, das man hier draußen mit jedem Atemzug aufsaugte. Die Einsamkeit angesichts der Unendlichkeit. Das Verlorensein im Nichts.

Auf den letzten Metern wurde sie vom Sand wie von einer Welle hangabwärts gespült, sie fiel auf die Knie, verbrannte sich die Handflächen. Sie schaute auf und erkannte vor sich, in einigen Dutzend Schritten Entfernung, die Ruinen. Der Sand hatte sie längst zurückerobert, nur ein Labyrinth heller Kanten und Turmspitzen ragte hüfthoch hervor, gebleicht von Jahrtausenden unbarmherziger Sonnenglut. Cendrines Hände und Schienbeine schmerzten, trotzdem gelang es ihr nicht, sich zu erheben. Es war, als preßte eine unsichtbare Faust in ihrem Rücken sie nieder, eine Forderung nach Demut und stillschweigender Bewunderung.

Henoch, die erste Stadt der Menschheit.

Einen Moment lang war es Cendrine, als höre sie eine Stimme. Die Stimme einer Frau, leblos wie der Wüstenwind. Es war kein lautes Rufen und tönte aus weiter Ferne, ein Flüstern, das mit dem Sand herangeweht wurde.

Cendrine. Die Frau wisperte ihren Namen.

Dann gelang es ihr, sich hochzurappeln. Stolpernd setzte sie sich in Bewegung, näherte sich den Ruinen im Zentrum des Dünentals. Bei jedem Schritt versank sie tiefer im Sand, erst bis zu den Waden, dann bis über die Knie. Das Laufen wurde immer mühsamer, schließlich fast unmöglich. Zugleich aber schien die Distanz keineswegs kürzer zu werden, im Gegenteil: Die Ruinen Henochs wurden mit jedem Stück, das sie zurücklegte, diffuser, schienen sich zu entfernen. Oder, nein, es war nicht die Entfernung. Es war der Sand. Gnadenlos trieb der Wind ihn in zähen Wogen vorwärts, deckte alles zu, was von der einstigen Pracht der Stadt geblieben war, verbarg die Mauerkronen hinter beißenden Wirbeln, stieg höher und höher und schluckte sie ganz. Auch die Stimme der Frau verstummte.

Cendrine stolperte erneut, fiel nach vorne auf Brust und Gesicht und blieb liegen. Die Hitze war so qualvoll, als läge sie auf einer Ofenplatte, doch sie hatte nicht mehr die Kraft, sich aufzurichten. Vor ihren Augen versank Henoch in den Tiefen der Wüste, und bald ließ nichts mehr darauf schließen, daß sie je hier gestanden hatte.

Die Landschaft veränderte sich mit rasender Geschwindigkeit. Dünen wuchsen empor, rollten über die Ebene, schufen neue Täler und Hügelketten. Doch auch diese vergingen, wurden geglättet, bis sich der Horizont wie ein straffes Seil durch die weißglühende Ferne zog.

Mit letzter Kraft stemmte Cendrine ihren Oberkörper hoch, bis sie wieder auf den Knien hockte. Das Panorama war ein gänzlich anderes geworden, endlos und glatt, eine flirrende Fläche unter dem verwaschenen Blau des Himmels. Die Helligkeit war überwältigend, und Cendrine blinzelte, um überhaupt etwas zu erkennen.

Unmittelbar neben sich entdeckte sie ihre Fußspuren im Sand. Sonderbar, daß sie nicht mit den Dünen fortgeweht worden waren. Und noch etwas war merkwürdig: Die Spuren führten an ihr vorbei, führten weiter geradeaus, in das gleißende Herz der Wüste.

Das waren nicht ihre eigenen Spuren! Konnten gar nicht ihre eigenen sein! Noch jemand war in der Nähe, war eben erst an ihr vorbeigelaufen.

Sie hatte den Gedanken kaum beendet, hatte gerade erst begriffen, was ihre Entdeckung bedeutete, als sich das Licht vor ihr verdunkelte. Ein Schatten schoß auf sie zu, fiel über ihr Gesicht. Vor ihr stand eine hohe Silhouette, dunkel im Kern, aber mit flirrenden Rändern; es sah aus, als nage die Helligkeit wie ein glühendes Ameisenheer an den Umrissen der Gestalt.

Folge mir, erklang es in ihren Gedanken. Die Stimme eines Mannes.

Die Silhouette entfernte sich wieder, wurde rasch kleiner. Cendrine erkannte, daß die Gestalt weite Gewänder trug, flatternd, flüsternd auf den Böen des Wüstenwindes. Je weiter sich der Mann entfernte, desto heller wurde er, bis er kein dunkler Umriß mehr war, sondern ein Wanderer in weißen Stoffen. Er schaute sich nicht zu ihr um, und dennoch hörte sie ihn rufen: *Folge mir.*

Sie stand auf. Es fiel ihr jetzt leichter. Ihre Füße versanken nur noch bis zu den Knöcheln. Erst zögernd, dann immer schneller folgte sie den Spuren des Mannes im Sand.

Sie spürte etwas in ihrem Rücken, einen kaum merklichen Sog, der mit ihren Haaren spielte. Unsichtbare Finger, die sich von hinten auf ihre Schultern legten, daran zogen, sie zurückhielten.

Weit vor ihr schritt der Mann immer schneller aus, entfernte sich zusehends. Spürte er denn nicht den Sog im Rücken?

Widerwillig drehte Cendrine sich um. Sehr langsam, in der Erwartung eines neuen Übels, schaute sie über ihre Schulter. Was sie sah, übertraf all ihre Ahnungen.

Himmel und Wüste waren in einem Chaos aus Sand und Schatten miteinander verschmolzen, während Mächte jenseits des menschlichen Begriffsvermögens ihnen Gewalt antaten. Ein Wirbelsturm, so hoch wie die Sterne, zerriß das Gefüge der Welt, ein schlauchförmiger Turm, der sich wand und schlängelte und sich oben zu einem kreisenden Trichter weitete, viele Kilometer über der Wüste. Das Zentrum des Sturms, jene scheinbar winzige Stelle, an der seine Spitze den Boden berührte, war noch weit, weit entfernt, doch die breiten Ausläufer des Trichters tobten bereits hoch über Cendrines Kopf.

Folge mir, raunte die Stimme des Wanderers in ihren Gedanken.

Sie riß sich vom Anblick der majestätischen Zerstörung los und schüttelte die Benommenheit ab, die sich wie eine Trance über ihr Bewußtsein gelegt hatte. Verwirrt schaute sie der Gestalt in ihren wogenden weißen Gewändern nach.

Der Wanderer war winzig geworden, so weit entfernt, daß Cendrine ihn kaum mehr erkennen konnte. Ungerührt schritt er durch den Sand, den ahnungslosen fernen Ländern entgegen, während hinter ihm der Wirbelsturm toste, seiner Spur folgte, *ihrer* Spur folgte.

Der Sog wurde immer stärker. Als sie dem Befehl des Wanderers endlich gehorchen wollte, war es längst zu spät. Die Vorboten des Tornados, viele Tagesmärsche von seinem Zentrum entfernt, klammerten sich an ihr fest. Geister aus Wind, die sie zurückhielten, an ihren Haaren und Gliedern rissen und sie mit gespreizten Armen und Beinen vor eine Mauer aus aufgewühlter Luft spannten wie ein Pferd vor einen Karren.

Folge mir, rief der Wanderer, aber schon zerfaserten die Silben zu einem Säuseln, das allmählich lauter wurde, schriller, heftiger.

Der Sturm kam näher, raste jetzt über die Wüste auf Cendrine und die weiße Gestalt zu … ein tödlicher Minotaurus beim Ausbruch aus seinem Labyrinth … ein Rammbock vor den Toren von Troja … die Sintflut, die die Welt in sich ertränkt … ein Gestalt gewordener Mythos, ein Titan in unsichtbaren Fesseln.

Die Sturmgesandten hoben Cendrine vom Boden empor, eine Gekreuzigte auf den Winden.

Die Welt schrie auf.

Folge mir.

Sie erwachte, wie sie eingeschlafen war: aufgewühlt, unruhig, von unbestimmten Ängsten erfüllt. Die Erste Stadt, irgendwo weit draußen im Wüstenmeer, war nicht mehr als eine vage Erinnerung an etwas, von dem sie gelesen und geträumt hatte. Den Sturm aber sah sie immer noch unbarmherzig vor sich, mehr noch, wenn sie die Augen schloß – dann schraubte er sich aus der Schwärze hinter ihren Lidern empor, als wolle er ihr die Augäpfel aus den Höhlen saugen.

Auch an die Gestalt erinnerte sie sich, an den Mann in den weißen Gewändern und an seinen Lockruf. Sie hatte schon andere bizarre Dinge geträumt, aber niemals waren sie so real gewesen, so greifbar. So bedrohlich.

Noch etwas stieg aus ihrer Erinnerung auf. Ein Buch, in feines Leder gebunden. Selkirks Aufzeichnungen.

Sie fuhr hoch, saß aufrecht im Bett. Tageslicht fiel durch die Fenster herein, tauchte ihr Bettzeug in leuchtendes Weiß. Es gab keine Spur von dem Lederband, nicht auf und nicht unter ihrer Decke.

Dennoch war sie sicher, daß das Buch kein Bestandteil ihres Traumes gewesen war. Sie hatte darin gelesen, fast die ganze Nacht lang, und sie erinnerte sich genau an den Inhalt, an das schwere Papier der Seiten, sogar an den Geruch des brüchigen Buchbinderleims.

Sie beugte sich über die Bettkante, blickte suchend über den Boden. Sie schaute sogar unters Bett. Nichts. Das Buch war fort.

Aufgebracht sprang sie auf, schüttelte Decke und Kissen aus und ging noch einmal in die Knie, um wirklich jeden Winkel des Fußbodens abzusuchen. Der Band blieb verschwunden. Auch eine Suche am Kamin, unter den beiden Sesseln und im Erker blieb erfolglos.

Zuletzt eilte sie auf nackten Füßen zur Zimmertür. Sie war nicht mehr sicher, ob sie sie am Abend abgeschlossen hatte. Der Schlüssel steckte, war aber nicht herumgedreht. Sie verschwendete keinen Gedanken daran, daß sie nur ihr Nachthemd trug, riß statt dessen die Tür auf und schaute sich suchend auf dem Gang um. Die beiden San-Wächter, die am Abend hier gestanden hatten, waren fort. Hatte Madeleine sie abgezogen? Falls die Männer wirklich die Nacht über hier gewesen waren, mußten sie gesehen haben, ob jemand ihr Zimmer betreten und das Buch gestohlen hatte. Aber es konnte doch niemand davon wissen! Sie hatte den Band erst am Abend zuvor entdeckt, keiner konnte ahnen, daß sie ihn besaß.

Sie lief zurück ins Zimmer und warf einen Blick auf die vergoldete Uhr, die auf dem Kaminsims stand. Halb zehn. Der Unterricht der Zwillinge hätte schon vor anderthalb Stunden beginnen sollen. Warum hatte niemand sie geweckt? Das konnte nur bedeuten, daß Madeleine Anweisung gegeben hatte, sie ausschlafen zu lassen. Nach den Strapazen des vergangenen Tages zeugte das von weit mehr Verständnis, als sie der Hausherrin zugetraut hatte.

Hektisch begann sie sich zu waschen und anzuziehen und wäre dabei beinahe in das leere Versteck im Boden getreten. Fluchend zog sie die Steinplatte zurück an ihren Platz, konnte es sich aber nicht verkneifen, noch einmal mit den Fingern über die spröde Oberfläche und die eingekerbten Muster zu streichen. War dies wirklich ein Stein aus dem untergegangenen Henoch? Wie unbeschreiblich alt mußten dann diese Verzierungen sein. Mit einem Kopfschütteln verwarf sie ihre Träumereien und rollte geschwind den Teppich über die Platte.

Gerade als sie das Zimmer verlassen wollte, kam ihr noch ein Gedanke. Hatte sie den Band am vorherigen Abend vielleicht in das Regal zu den Kinderbüchern gestellt? Eilig trat sie davor und untersuchte die Buchrücken. Enttäuscht kam sie zu dem Ergebnis, daß Selkirks Aufzeichnungen nicht darunter waren.

Sie wollte sich abwenden, als ihr Blick auf eine alte Bibel fiel. Die goldene Schrift war abgeblättert, der lederne Einband abgegriffen. Nach kurzem Zögern zog sie das Buch hervor und blätterte gedankenverloren darin. Der Name Henoch fiel gleich auf einer der ersten Seiten.

Und Kain erkannte sein Weib, die ward schwanger und gebar den Henoch. Und er baute eine Stadt, die nannte er nach seines Sohnes Namen Henoch.

Dies war das erste und einzige Mal, daß Kains Stadt erwähnt wurde; auch ihr Schicksal im Verlauf der Sintflut, die Gott bald darauf über die Welt hereinbrechen ließ, blieb offen. Hatte Selkirk andere Quellen eingesehen? Es war unmöglich, daß ihn allein dieser eine Satz in die Kalahari geführt hatte.

Sie wollte die Bibel zurück an ihren Platz stellen, doch irgend etwas hielt sie zurück. Sie brauchte einen Moment, ehe ihr klar wurde, was es war.

Der Mann in der Wüste. Der Wanderer in den weißen Gewändern. Gab es eine ähnliche Szene nicht auch im Neuen Testament? Cendrine erinnerte sich, daß auch Jesus einmal hinaus in die Wüste gegangen und dort einem unheimlichen Mann begegnet war.

Diesmal brauchte sie ungleich länger, ehe sie die entsprechenden Abschnitte fand. *Da ward Jesus vom Geist in die Wüste geführt*, stand im Evangelium des Matthäus geschrieben, *auf daß er vom Teufel versucht würde. Und da er vierzig Tage und vierzig Nächte gefastet hatte, hungerte ihn. Und der Versucher trat zu ihm.*

Wenige Zeilen darunter fand sie eine weitere Erwähnung: *Da führte ihn der Teufel mit sich in die heilige Stadt und stellte ihn auf die Zinne des Tempels und sprach zu ihm: Bist du Gottes Sohn, so wirf dich hinab.*

Cendrine schlug die Bibel mit beiden Händen zu und schob sie zurück ins Regal.

Folge mir, hatte der Mann in ihrem Traum gesagt. Wohin hätte er sie geführt? War die heilige Stadt gleichbedeutend mit Jerusalem, oder gab es noch eine zweite, ungleich ältere? Und hätte der Wanderer auch von Cendrine verlangt, sich in eine ungewisse Tiefe zu stürzen?

So ein Unfug.

Sie verließ ihr Zimmer in großer Eile, und während sie durchs Haus irrte, um nach den Zwillingen zu suchen, schaute sie mehr als einmal über ihre Schulter und erschrak vor jeder weißen Fläche.

KAPITEL 3

Madeleine hatte tatsächlich angeordnet, sie nicht zu wecken, doch das erfuhr Cendrine erst beim Mittagessen. Die Hausherrin erwähnte die Ereignisse des vorherigen Tages mit keinem Wort, wußte statt dessen aber zu berichten, daß am Morgen einige Soldaten das Anwesen passiert hatten. Ein Offizier hatte sie um ein Gespräch ersucht und ihr die freudige Nachricht überbracht, daß in dieser Gegend derzeit nicht mit Übergriffen der Eingeborenen zu rechnen sei. Natürlich, so hatte der Soldat betont, solle dies niemanden zum Leichtsinn verleiten, doch zumindest die Straße von hier nach Windhuk gelte bis auf weiteres als sicher.

Cendrine nutzte den Augenblick der allgemeinen Erleichterung, um ein Anliegen vorzubringen: Ob Madeleine es ihr wohl gestatte, noch einmal nach Windhuk zu fahren, um den Mantel des Pfarrers zu bezahlen und noch ein paar weitere Kleidungsstücke einzukaufen? Zudem, so schwindelte sie, wolle sie in der Poststation einen Brief an Verwandte in Bremen aufgeben.

Es war Madeleine deutlich anzusehen, daß Cendrines Ansinnen ihr Mißfallen erregte, allerdings entsann sie sich offenbar des Umstandes, daß Cendrine keine ihrer Leibeigenen war. So bestand Madeleine lediglich darauf, daß sie in Begleitung des Butlers fuhr, der ebenfalls einiges in der Stadt zu erledigen hatte. Das freilich war Cendrine alles andere als recht, doch sie verzichtete auf Widerspruch und sagte sich, daß sie Johannes schon irgendwie abwimmeln würde.

Die Fahrt verlief trotz des anhaltenden Regens ohne Zwischenfälle. Der Wagen wurde nicht wie üblich von zweien, sondern gleich von vier Rössern gezogen. Zudem saßen zwei bewaffnete San auf dem Kutschbock, um die beiden Fahrgäste bei Gefahr zu verteidigen.

Johannes sprach während der gesamten Fahrt kaum ein Wort, gab nur knappe Antworten, wenn Cendrine ihn etwas fragte, und übte auch gegenüber den Kutschern äußerste Zurückhaltung. Er hatte das feine Benehmen eines Butlers zutiefst verinnerlicht und schien ungemein stolz auf seine hohe Stellung im Haushalt der Kaskadens zu sein. Mit Stallburschen und Wagenlenkern verband ihn nichts mehr, und auch ansonsten distanzierte er sich scharf von den anderen San. So hütete er sich etwa davor, Cendrine auf ihren Auftritt im Dorf anzusprechen. Nur einmal, als sie ihn direkt danach fragte, erwähnte er, daß ihm der Aberglaube der Eingeborenen zuwider sei – er sagte tatsächlich ›Eingeborene‹, obwohl es sich doch um Leute seines eigenen Volkes handelte. Cendrine wußte nicht recht, ob sie den kleinen Mann belächeln oder ablehnen sollte, und schließlich entschied sie sich, ihm mit dem gleichen Desinteresse zu begegnen, das er ihr entgegenbrachte. Sie sprach ihn kein weiteres Mal an.

Sie erreichten Windhuk gegen drei Uhr. Die Kutsche setzte Cendrine vor den Läden am Bahnhof ab, und sie vereinbarte mit dem Fahrer, sie hier gegen sechs wieder abzuholen. Drei Stunden mußten genügen für das, was sie vorhatte.

Sie wartete, bis der Wagen mit dem Butler um die nächste Ecke gebogen war, dann trat sie vor das Geschäft des ehemaligen Pfarrers. Zum erstenmal fiel ihr auf, wie laut ihre Schritte auf der hohlen Holzveranda klangen.

Ob es wirklich die Geräusche waren, die den alten Mann alarmiert hatten, oder ob er ihre Ankunft vom Fenster aus beobachtet hatte, blieb ungewiß. Er riß die Tür auf, bevor sie die Klinke berührt hatte, und sein freundliches Lächeln vermittelte den Eindruck, er habe sie erwartet.

»Treten Sie ein«, bat er, nachdem er sie herzlich mit Handschlag begrüßt hatte. »Ich muß sagen, der Mantel kleidet Sie wirklich vorzüglich.«

Sie dankte ihm und trat an ihm vorbei in den Laden. Ihr war ein wenig unwohl zumute, aber sie überspielte ihr Zögern mit einem heftigen Räuspern.

»Sie haben sich doch hoffentlich nicht erkältet?« sagte Pfarrer Haupt und schloß hinter ihr die Tür. »Das Wetter um diese Jahreszeit ist … ach was, Sie wissen schon.«

Sie erwiderte sein Lächeln mit einem Nicken. »Ich bin gekommen, um den Mantel zu bezahlen.«

Er winkte ab. »Aber ich sagte Ihnen doch – «

»Ich weiß, was Sie gesagt haben«, unterbrach sie ihn. »Erlauben Sie mir, daß ich ihn dennoch bezahlen möchte.«

Haupt seufzte tief, dann hob er die Schultern. »Wie Sie meinen.« Er nannte einen Betrag, der zweifellos viel zu niedrig war, nahm Cendrines Geld dann aber ohne sich weiter zu zieren entgegen und legte es in seine Kasse. Der Verkaufstresen war verglast, darunter lag Damenunterwäsche aus Seidenspitze.

»Kann ich Ihnen noch etwas anbieten?« fragte er und deutete mit weit ausholender Geste auf die Regale und Ständer. Cendrine erkannte auf einen Blick, daß Haupts Geschäft gut sortiert war, eine Überraschung angesichts der abschreckenden Ladenfront. Ob sie ihm raten sollte, das Schaufenster neu zu dekorieren? Aber, nein, schließlich ging es sie nichts an.

»Wenn ich ehrlich sein soll«, sagte sie, »möchte ich Sie um etwas ganz anderes bitten.«

Er wirkte nicht überrascht. »Um was geht es?«

»Ich möchte nicht aufdringlich erscheinen, aber – «

»Scheuen Sie sich nicht«, unterbrach er sie lächelnd. »Sagen Sie mir nur, was ich für Sie tun kann.«

Sie schluckte. »Es geht um einige Bibelstellen. Ich habe mich gefragt, ob Sie sie mir wohl erklären könnten.«

Haupt stieß einen leisen Seufzer aus. »Seit dem Tod meines Bruders bin ich kein Priester mehr. Meine letzte Predigt liegt viele Jahre zurück. Aber ich denke, gewisse Dinge vergißt man nicht. Ich werde für Sie tun, was ich kann.«

»Gehörte dieses Geschäft Ihrem Bruder?«

»Woher wissen Sie das?«

»Ich …«, begann sie unsicher, »nun, ich hab's mir gedacht. Pfarrer haben nicht unbedingt den Ruf, sich mit Damenunterwäsche auszukennen.«

»Oh«, erwiderte er lachend, »glauben Sie mir, ich bin mit der Zeit zum Fachmann geworden. Aber Sie haben recht: Der Laden wurde von meinem Bruder gegründet. Wir sind gemeinsam nach Südwest gekommen, vor wie vielen Jahren? Neunzehn, wenn ich mich nicht täusche. Vor elf Jahren kam mein Bruder ums Leben.« Sein Blick verdüsterte sich. »Ein Unfall. Es gibt viele Unfälle in den Kolonien. Die Zahl der Letzten Ölungen, die ich hier in Windhuk gegeben habe, übertrifft die meiner Zeit als Pfarrer in Deutschland um ein Vielfaches.«

»Es tut mir leid ... ich meine, daß Ihr Bruder gestorben ist.«

Er zuckte mit den Schultern, doch sie sah ihm an, daß die Erinnerung ihm immer noch weh tat. »Das ist lange her«, sagte er.

Sie war drauf und dran, ihm zu erzählen, daß ihr eigener Bruder in Südwest verschollen war, überlegte es sich dann aber anders. Ihre Sorge um Elias gehörte nicht hierher. Was sie von Haupt erfahren wollte, hatte nichts mit ihm zu tun. Außerdem verspürte sie den Anflug eines schlechten Gewissens, Elias' Namen im Beisein eines Priesters zu erwähnen.

Sei nicht albern, durchfuhr es sie. Er ist dein Bruder. Du liebst ihn. Jeder darf das wissen.

»Sagt Ihnen der Name Henoch etwas?« fragte sie.

Es vergingen nur Sekunden, ehe er nickte. »Natürlich. Er war der Sohn Kains. Und der Sohn des Jared. Das macht schon zwei Henochs, allein auf den ersten Seiten der Bibel. Möglicherweise gibt es noch einige mehr, ich bin nicht sicher. Über den ersten Henoch weiß man nichts, außer daß Kain ihn mit einer Frau zeugte, deren Name nie genannt wird. Vom zweiten Henoch ist immerhin bekannt, daß er dreihundertfünfundsechzig Jahre alt wurde.« Haupt schmunzelte. »Aber, glaubt man der Heiligen Schrift, war das damals nicht weiter ungewöhnlich. Henochs Vater Jared wurde sogar achthundert.«

Cendrine zwang sich, sein Lächeln zu erwidern. »Aber Henoch war doch nicht nur der Name einiger biblischer Figuren, oder?«

»So«, entfuhr es Haupt mit erhobenen Augenbrauen, »dann meinen Sie gewiß die Stadt, die Kain im Lande Nod erbaute.«

»Nod?« wiederholte sie stirnrunzelnd.

»Ja«, sagte Haupt, »nachdem Kain seinen Bruder Abel erschlagen hatte und von Gott dafür mit Unsterblichkeit bestraft worden war, zog er fort ins Land Nod, wo seine Frau seinen ersten Sohn, Henoch, gebar. Daraufhin gründete Kain besagte Stadt und benannte sie nach seinem Sohn. Eine nette Geste, finden Sie nicht? Mir fällt kein anderer Städtebauer ein, der das getan hätte.«

»Dieses Land Nod, wo soll das liegen?«

»Darin ist die Bibel ebenso ungenau wie in den meisten anderen Dingen.« Er lächelte wieder. »*Jenseits Eden, gegen Morgen*, heißt es. Ich fürchte, das muß Ihnen genügen.«

»Sie wirken nicht besonders überzeugt von alldem«, bemerkte Cendrine.

»Ach, sehen Sie, wenn Sie die Existenz Henochs und Kains akzeptieren wollen, müssen Sie auch die Existenz Adams und Evas akzeptieren. Außerdem die des Gartens Eden. Und den Sündenfall mit all seinen Folgen. Können *Sie* das?«

»Sie waren Priester, nicht ich.«

»Muß ich deshalb jedes Wort in der Heiligen Schrift für bare Münze nehmen?« Er schüttelte den Kopf, als wollte er eine Unzufriedenheit austreiben, die er längst vergessen geglaubt hatte. »Ich denke, wir haben es hier mit Symbolen zu tun, mit Metaphern und Platzhaltern. Alles ist frei zur Interpretation. Das ist meine Überzeugung.«

Cendrines Gedanken überschlugen sich. Das Land Nod, jenseits von Eden, gegen Morgen. Das mochte alles und nichts bedeuten.

Haupt bemerkte ihr Schweigen und sagte nach einer Weile: »Kann ich Ihnen noch irgendwie weiterhelfen?«

Sie schrak aus ihren Überlegungen auf und nickte. »Wenn es Ihnen nichts ausmacht.«

»Sie sehen doch, wie groß der Kundenansturm ist«, bemerkte er mit einem Augenzwinkern. »Nein, nein, mein Fräulein, ich habe alle Zeit der Welt. Fragen Sie mich, was Sie möchten.«

»Was wissen Sie über Kain? Ich meine, mir ist klar, daß er der Sohn Adams und Evas war und seinen Bruder erschlug. Aber gibt es darüber hinaus noch mehr über ihn zu erfahren?«

»Das hängt ganz davon ab, wen Sie fragen. Die Kirche ist darauf bedacht, Kains Stellenwert in der Geschichte des Glaubens und der Menschheit so gering wie möglich zu halten. Aber viele sind da ganz anderer Meinung.«

»Inwiefern?«

»Sie dürfen nicht vergessen, daß Kain der erste Mensch war, der aus eines Menschen Schoß geboren wurde. Und zugleich war er der erste Mörder. Eine Übereinstimmung, die vielleicht eine ganze Menge über uns alle aussagt.«

»Warum hat Kain Abel getötet?«

»Kain war ein Bauer, der den Acker bestellte, während Abel als Schäfer die Schafe hütete. Als beide Gott ein Opfer darbrachten, nahm der Herr Abels Schaf huldvoll entgegen, hatte aber für Kains Getreide nicht einmal einen Blick übrig. Als Kain darüber zornig wurde, warf Gott ihm vor, er sei der Sünde verfallen und müsse versuchen, sie zu beherrschen. Kain aber ging mit seinem Bruder hinaus aufs Feld und erschlug ihn in seiner Wut und Eifersucht.« Haupt verstummte, runzelte die Stirn und sagte dann: »Ich wünschte, ich hätte noch den Wortlaut parat. Warten Sie einen Augenblick.«

Er drehte sich um und verschwand durch eine schmale Tür im hinteren Teil des Ladens. Cendrine versuchte, einen Blick hindurch zu erhaschen, doch Haupt zog die Tür geschwind hinter sich zu. Zwei Minuten später kehrte er zurück, in seiner Hand eine Bibel. »Fast hätte ich vergessen, wo sie liegt«, sagte er ein wenig beschämt. »So, nun lassen Sie uns einmal nachsehen ... Ah ja, hier ist es. Erstes Buch Mose, viertes Kapitel. *Gott sprach zu Kain: Was hast du getan? Die Stimme des Bluts deines Bruders schreit zu mir von der Erde. Und verflucht seist du auf der Erde, die ihr Maul hat aufgetan und deines Bruders Blut von deinen Händen empfangen. Unstet und flüchtig sollst du sein auf Erden.* Kain glaubte, dies bedeute, daß ihn fortan jedermann jagen und nach eigenem Gutdünken erschlagen könne. Vogelfrei, wenn Sie so wollen. Aber Gott hatte andere Pläne mit ihm. Hier, es steht einige Zeilen darunter. *Der Herr sprach zu ihm: Wer Kain totschlägt, das soll siebenfaltig gerächt werden. Und der Herr machte ein Zeichen an Kain, daß ihn niemand erschlüge, der ihn fände.*«

Cendrine stützte sich mit beiden Händen auf den Tresen. »Gott hat Kain also dazu verflucht, für immer und ewig über die Welt zu wandern, ohne sterben zu können, und ohne die Hoffnung, daß ein anderer ihn von diesem Dasein erlöst.«

Haupt nahm den Blick von den Seiten seiner Bibel und sah Cendrine in die Augen. »Theoretisch bedeutet das Unsterblichkeit. Faktisch, ewige Verdammnis.«

»Was geschah dann?«

»Das, worüber wir eben schon sprachen. Kain ging nach Nod, zeugte Henoch und erbaute die Stadt gleichen Namens. Damit verschwindet er aus den Seiten der Heiligen Schrift. Kein Wort mehr über sein weiteres Schicksal.«

»Täusche ich mich, oder gibt es da einen Widerspruch?«

»Welchen meinen Sie? Die Bibel ist voll davon.«

»Kain und Abel waren doch bis dahin die beiden einzigen Kinder, die Eva gebar, nicht wahr?«

Haupt nickte. »Es kamen später noch einige andere dazu – der gute Adam wurde schließlich neunhundertdreißig Jahre alt, wenn wir dem Alten Testament Glauben schenken wollen –, aber, ja, bis zum Zeitpunkt von Abels Tod waren Kain und Abel seine einzigen Kinder.«

»Woher kam dann die Frau, mit der Kain seinen Sohn zeugte?« fragte Cendrine. »Gibt es dafür irgendeine Erklärung?«

Der alte Mann sah beeindruckt aus. »Sie haben gut zugehört.«

»*Gibt* es eine Erklärung?« wiederholte sie beharrlich.

»Nicht in der Bibel. Aber es hat natürlich Spekulationen gegeben. Eine ganze Reihe von Theologen hat sich mit dieser Frage befaßt, natürlich nicht in der Öffentlichkeit und gewiß nicht mit dem Segen der Kirche. Dennoch hat man eine Antwort auf diese Frage gefunden.«

Eine Weile lang herrschte atemloses Schweigen. Dann dämmerte es Cendrine, und sie flüsterte: »Eva.«

Er nickte. »Ziemlich gewagt, nicht wahr? Erst verfällt Eva den Lockungen der Schlange und sorgt so dafür, daß Gott sie und Adam aus dem Garten Eden wirft. Und dann, um dem Ganzen die Krone aufzusetzen, verläßt sie ihren Mann und zieht mit ihrem verstoßenen Sohn davon. Schlimmer noch, sie empfängt ein Kind von ihm.«

»Gibt es dafür irgendwelche Beweise?«

Haupt klopfte lächelnd auf den geschlossenen Bibeldeckel. »Beweise gibt es für so gut wie nichts, was Sie hier drin finden. Das Zauberwort heißt *glauben*. Glauben Sie daran oder nicht, aber verlangen Sie niemals Beweise.« Er legte das Buch auf die Glasplatte des Tresens, über ein Negligé aus roter Spitze. »Fest steht, daß Eva nach der Geburt von Kain und Abel nicht mehr erwähnt wird. Später, wenn Adam seinen dritten Sohn, Seth, zeugt, ist nur von ›seinem Weib‹ die Rede, aber es wird nie beim Namen genannt.«

Cendrine schwirrte allmählich der Kopf von so vielen biblischen Gestalten und Ereignissen. Es erstaunte sie, wie gut Haupt über all das Bescheid wußte. Schließlich hatte er seine Ausbildung durch die Kirche erhalten, und die predigte gewiß keinen Ehebruch Evas mit ihrem eigenen Sohn.

Aber was, wenn sie wirklich einmal für einen Moment davon ausging, alles, was Haupt gesagt hatte, wäre die Wahrheit? Gewiß, es war albern, aber *was wäre, wenn?* Welche Strafe hätte Gott wohl über zwei Menschen verhängt, die ihn nicht nur einmal, sondern gleich zweifach hintergangen hatten? Eva hatte den Apfel im Garten Eden gepflückt, Kain hatte seinen Bruder ermordet – und gemeinsam hatten sie Adam betrogen und sich damit gegen Gottes Gebote versündigt. Welchen Fluch hatte der Herr über dieses Paar verhängt? Was konnte schlimmer sein als die ewige Wanderschaft, die Gott Kain bereits auferlegt hatte?

»Was sagt die weltliche Wissenschaft dazu?« fragte Cendrine.

»Für sie ist Kain natürlich nur ein Mythos«, entgegnete Haupt. »Nichtsdestotrotz ist er von größter Wichtigkeit. Er zeigt den Menschen, wie wichtig es ist, die Verantwortung für ihr eigenes Tun zu übernehmen. Nach dem Mord an Abel stellt Kain sich nicht hin und sagt zu Gott: ›Du trägst die Schuld daran, denn du hast mich erschaffen‹. Nein, so einfach macht es uns die Bibel nicht. Kains Schuld liegt allein bei ihm selbst, und dementsprechend fällt seine Strafe aus. Das Böse, vorher nur in Gestalt einer Schlange präsent, irgendeine unbestimmbare überirdische Macht, wird durch Kains Verbrechen vermenschlicht. Das Böse liegt im Menschen selbst, nicht außerhalb von ihm.«

»Kain und die Schlange sind eins«, sagte Cendrine nachdenklich, »darauf läuft es doch hinaus, nicht wahr? Mensch und Teufel sind untrennbar miteinander verbunden.«

Haupt musterte sie eindringlich, als versuche er, ihre Gedanken zu lesen. Wunderte er sich schon, warum sie sich für all das so sehr interessierte?

»Mensch und Teufel sind eins«, sagte sie noch einmal.

Haupt zuckte die Achseln. »Wir alle suchen doch immer nach irgendwelchen Lehren in den alten Legenden und Überlieferungen. Was das angeht, läßt der Kain-Mythos wirklich nichts zu wünschen übrig, oder?«

Die Ironie in seinem Tonfall entging ihr keineswegs. Sie versuchte, das Thema zu wechseln. »Es gibt eine Szene im Neuen Testament, in der Jesus hinaus in die Wüste geht und – «

Er unterbrach sie. »Er geht in die Wüste und begegnet dem Versucher. Es ist der erste Auftritt des Teufels im Neuen Testament, so wie seine Händel mit Adam, Eva und Kain sein erstes Auftauchen im Alten Testament bedeuten. Ist das die Verbindung, auf die Sie hinauswollen?«

Seine Feststellung überraschte sie. Erstaunt schüttelte sie den Kopf. »Das war mir gar nicht bewußt. Nein, es geht mir um etwas anderes. Wenn Teufel und Mensch eins sind, war es dann Jesu eigene Menschlichkeit, die ihn in der Wüste in Versuchung geführt hat?« *So wie es Selkirks eigener Wahnsinn war, der ihn hinaus in die Kalahari und damit in den Irrsinn trieb?* »Oder hat Jesus dort draußen tatsächlich jemanden getroffen?« *Wie real war der Mann, dem ich selbst in der*

Wüste begegnet bin? Und wie real kann solch ein Traum überhaupt sein?

»Fragen Sie das einen Bibelforscher, nicht mich. Ich bin nur ein einfacher Pfarrer, ein ehemaliger noch dazu, über den die Leute tuscheln, er sei vom Glauben abgefallen.«

»Seien Sie nicht zu bescheiden.«

Er hob nur die Schultern und schwieg.

Nach einigen Sekunden sagte Cendrine: »Ich danke Ihnen. Sie haben sich sehr viel Zeit für mich genommen.«

»Sie sind Lehrerin. Das macht uns doch fast zu Kollegen, oder?«

»Woher wissen Sie das?«

Sein Gesicht bekam noch mehr Falten, als er grinste. »Das Anwesen der Kaskadens mag ein ganz schönes Stück von hier entfernt liegen, aber glauben Sie ja nicht, die Leute in Windhuk würden es nicht mitbekommen, wenn dort eine neue Gouvernante ihren Dienst antritt. Eine so junge und hübsche noch dazu.«

»Ich schätze, Sie dürfen mir schmeicheln, nachdem Sie Ihr Amt niedergelegt haben, oder?«

Sein Grinsen wurde noch breiter. »So oft und so lange, wie es mir gefällt. Vorausgesetzt, es stört Sie nicht.«

Sie seufzte. »Manchmal tut es ganz gut, zur Abwechslung etwas Nettes zu hören.«

Er nickte verständnisvoll. »Madeleine Kaskaden ist gewiß keine einfache Frau.«

»Nein, wohl kaum.« Sie zögerte einen Augenblick, überlegte, ob sie noch etwas hinzufügen sollte, beließ es dann aber bei einem weiteren Dankeschön. Schließlich verabschiedete sie sich von ihm und verließ den Laden.

Der alte Mann blieb in der Tür stehen und blickte ihr nach. »Kommen Sie jederzeit wieder, Fräulein Muck. Hören Sie? Jederzeit, wann immer es Ihnen beliebt!«

Sie warf ihm ein letztes Lächeln zu, dann überquerte sie die Straße.

Haupt beobachtete, wie Cendrine sich entfernte, dann trat er zurück in seinen Laden und hängte das *Geschlossen*-Schild ins

Fenster der Tür. Mit müden Schritten durchquerte er den Raum und öffnete die schmale Tür an der Rückseite.

»Sie ist fort«, rief er ins Hinterzimmer. »Du kannst rauskommen.«

Er hätte es gar nicht so laut sagen müssen, denn Adrian konnte ihn ohnehin nicht hören. Er sah nur, wie sich Haupts Lippen bewegten, das genügte.

Aufatmend trat Adrian aus dem Zimmer in den Laden und schaute zur Tür. Er konnte den leichten Hauch ihres Parfüms riechen, der noch immer in der Luft hing. Cendrine benutzte es äußerst dezent, an den meisten Tagen überhaupt nicht, aber Adrian genügte der leichteste Geruch, um einen Menschen zu erkennen.

»Was hast du ihr erzählt?« fragte er den alten Mann.

»Alles, was sie wissen wollte.«

»Hat sie nach den San gefragt? Oder nach den Schamanen?«

»Nein.«

»Was dann?«

Ein väterliches Lächeln spielte um Haupts schmale Lippen. »Es gibt Dinge zwischen einem Mann und einer Frau, die man Dritten nicht erzählt, wußtest du das nicht?«

»Komm schon, Jakob«, sagte Adrian seufzend. »Dein Charme in allen Ehren. Aber was wollte sie von dir?«

»Sie hat Fragen gestellt, genau wie du es vorhergesehen hast. Nach der Sache mit dem Mantel dachte ich eigentlich, sie taucht nie wieder hier auf. Aber du hattest recht, sie wollte ihn tatsächlich bezahlen.«

Adrian nickte ungeduldig. »Natürlich. So gut kenne ich sie mittlerweile. Also, was noch?«

»Wenn du mich fragst, weiß sie über Selkirk Bescheid. Sie hat sich nach Henoch erkundigt, und nach Kain. Das ist doch kein Zufall, oder?«

»Nein.« Adrian atmete tief durch und begann, im Laden auf und ab zu gehen. »Sie hat etwas gefunden, in ihrem Zimmer. So eine Art Tagebuch. Selkirks Aufzeichnungen über seine Ausgrabungen. Darin steht alles, mehr sogar, als wir bisher wußten.«

Haupts Blick verdüsterte sich. »Warum hast du mir das nicht früher erzählt?«

»Weil keine Zeit war. Sie hat das Buch gestern abend erst gefunden, und ich habe es heute nacht aus ihrem Zimmer gestohlen. Ich mußte die beiden San vor der Tür bestechen. Liebe Güte, unsere eigenen Angestellten …«

Haupt legte den Kopf unmerklich schräg. »Was, um Himmels willen, wolltest du mitten in der Nacht in ihrem Zimmer?«

Adrian wich seinem Blick aus. »Mit ihr reden.«

»Aha«, machte Haupt gedehnt und lächelte. »Du hast sie gern.«

»Ich glaube nicht, daß das eine Rolle spielt.«

»Bist du dir da sicher?«

Adrians Zögern währte nur eine Sekunde, aber er wußte, daß Haupt es richtig deuten würde. »Ich mag sie, das ist alles. Auf jeden Fall lag das Buch auf ihrem Bett. Ich habe es mitgenommen und sie schlafen lassen. Es hat bis heute mittag gedauert, es durchzulesen. Ich habe keine Minute geschlafen. Als ich mein Zimmer verließ, erzählten mir die Mädchen, daß Cendrine kurz zuvor nach Windhuk aufgebrochen sei. Ich hätte nicht gedacht, daß Mutter das erlaubt. Wie auch immer. Jedenfalls bin ich aufs erstbeste Pferd gesprungen und habe es tatsächlich geschafft, ein paar Minuten vor ihr hier zu sein. Und da sagst du, ich hätte dir noch irgendwas erklären sollen? Sie kam ja fast hinter mir zur Tür herein!«

»Wo ist das Tagebuch jetzt?« fragte Haupt.

»In meinem Zimmer.«

»Ich würde es gerne lesen.«

»Das wirst du«, entgegnete Adrian beschwichtigend.

Haupt musterte ihn mit gerunzelter Stirn. »Versprich mir nichts, das du nicht halten wirst. Du willst es ihr zurückgeben, nicht wahr?«

»Vielleicht, irgendwann. Es gehört ihr. Sie hat es entdeckt.«

Der alte Priester schüttelte resigniert den Kopf, als hätte er es mit einem kleinen Kind zu tun. »Dann war alles, was wir getan haben, umsonst.«

»Das ist nicht wahr, das weißt du. Sie beginnt gerade, ihre Kräfte zu akzeptieren, da bin ich ganz sicher.«

»Du treibst den Teufel mit Beelzebub aus. Das ist eine Gratwanderung, die leicht außer Kontrolle geraten kann.«

Adrian verzog das Gesicht. »Früher oder später wäre sie von selbst darauf gekommen, welche Begabung sie besitzt. Südwest ist nicht Europa. Diese Dinge erscheinen hier in einem anderen Licht. Es fällt in diesem Land viel leichter, daran zu glauben, als anderswo. Außerdem – denkst du denn wirklich, die San hätten es nicht auch schon gespürt?«

Haupts Züge wirkten plötzlich eingefallen. »Sie war gestern bei den San, hier in Windhuk. Eine der Eingeborenen hat es mir erzählt. Dein Fräulein Muck hat sich lange mit Qabbo unterhalten.«

Allmählich formten die Ereignisse in Adrians Kopf ein logisches Muster. Je klarer es wurde, desto mehr angst machte es ihm. »Die San haben also ihre Chance genutzt, als Cendrine den Jungen bei ihnen ablieferte.«

»Deine Cendrine beginnt, uns ständig einen Schritt voraus zu sein.«

»Sie ist nicht *meine* Cendrine«, entgegnete Adrian heftig.

Haupt beachtete seinen Einwurf gar nicht. »Wir dürfen nicht zulassen, daß die San weiter den Kontakt zu ihr suchen.«

»Glaubst du wirklich, du kannst das verhindern?«

»Das beste wäre, sie würde wieder von hier verschwinden.«

Adrian schüttelte den Kopf. »Mutter mag zwar so tun, als würde sie nicht allzu viel von ihr halten, aber in Wahrheit mag sie sie. Und die Mädchen lieben sie, vor allem Salome.«

»Genau wie du.«

»Nun hör endlich auf damit!«

»Weißt du, worauf du dich da einläßt?«

»Wir haben uns beide darauf eingelassen, oder? Du, Jakob, genauso wie ich.«

Das einzige Café Windhuks befand sich in einem dreigeschossigen Haus an der Kaiser-Wilhelm-Straße, schräg gegenüber der Poststation. Cendrine war durch Zufall darauf gestoßen, als sie ziellos durch die Straßen streifte. Die Kutsche würde sie erst um sechs am Bahnhof abholen, bis dahin hatte sie noch über eine Stunde Zeit. Vielleicht würde ein heißer Tee mit Zitrone ihr aufgewühltes Gemüt ein wenig beruhigen.

Die Besitzerin des Cafés gab sich große Mühe, einen Hauch von Europa durch den kleinen Raum wehen zu lassen. Die Stühle waren mit Plüsch bezogen, auf den Tischen lagen weiße Spitzendecken. In einer Ecke stand ein angeschlagener Flügel, auf dem niemand spielte. Bunte, nicht ganz geschmackssichere Gemälde von deutschen Promenaden und Plätzen hingen an den Wänden, auf denen feine Damen mit Sonnenschirmen und kleinen Hunden flanierten. Die Gardinen waren in Rosé und Himmelblau gehalten, der Kontrast zum schwermütigen Regenpanorama vor den Fenstern hätte kaum größer sein können. Eine Frau in schwarzer Trauerkleidung war neben Cendrine der einzige Gast; sie nippte schweigend an ihrer Tasse und aß mit steifen Bewegungen ein Stück Trockenkuchen. Der Anblick stimmte Cendrine trübsinnig, und sie entschied, lieber im Freien Platz zu nehmen.

Draußen, auf der schmalen Veranda zwischen Haus und Straße, standen zwei kleine Tische. Eine gestreifte Markise hielt den warmen Regen ab. Die einzige Kellnerin, ein scheues Mädchen mit weißer Haube und Spitzenschürze, bediente sie beflissen, aber wortlos; ihre Haut war unnatürlich weiß, so als hielte sie sich nicht oft im Freien auf. Erst beim zweiten Hinsehen erkannte Cendrine, daß das Mädchen ein Albino war. Ihre Augen waren hellrot wie Kirschen kurz vor der Reife.

Cendrine verbrannte sich die Zungenspitze, so heiß war der Tee. In Gedanken versunken beobachtete sie, wie die Regentropfen Pockennarben in den Schlamm der ungepflasterten Straße schlugen. Es gab so vieles, über das sie nachdenken mußte. Sie bemühte sich, ihre Gedanken in geordnete Bahnen zu lenken, aber immer wieder ergab sich nur ein schrecklicher Wirrwarr.

Fragmente von Haupts Ausführungen vermischten sich in ihrem Kopf mit Qabbos diffusen Andeutungen, mit dem, was Adrian gesagt hatte, und mit Szenen aus Selkirks Notizen.

Lange Kolonnen schwarzer Tagelöhner, die sich durch die glühende Leere der Wüste schlängeln … Berge von Leichen, Menschen, die verdurstet, verhungert oder vor Erschöpfung gestorben sind, und nun von anderen, die kaum lebendiger aussehen, im Sand verscharrt werden … die Ruinen Henochs, gigantische, vom Sand abgeschliffene Fassaden, die wie Hornplatten auf dem Gerippe eines Urzeitgiganten aus den Dünen ragen … und ein Wirbelsturm, mächtig genug, um eine ganze Welt zu verschlingen, der wie ein aufrecht stehender Riesenwurm durch die Sandmeere der Kalahari tobt, geführt von einer Gestalt in weißen Gewändern …

Ein junger Mann in Uniform kam auf der anderen Straßenseite aus dem Postgebäude. Im ersten Augenblick glaubte Cendrine, es wäre Valerian. Schon öffnete sie die Lippen, um seinen Namen zu rufen, als ihr klar wurde, daß er es nicht sein konnte. Adrians Bruder war wahrscheinlich gerade dabei, mit einer Spitzhacke einen Schützengraben in die Salzkruste der Omaheke zu schlagen. Der Mann auf der anderen Straßenseite, das sah sie jetzt, war zwar blond, hatte aber ansonsten wenig Ähnlichkeit mit Valerian. Der Regen hatte sie getäuscht; der Regen und ihre Verwirrung.

Weiße Gewänder, die Falten werfen wie verzerrte Gesichter und im Sturmwind Grimassen schneiden … der Schatten des einsamen Wanderers, weit vorgestreckt, aber in welche Himmelsrichtung? … Wohin geht er, was ist sein Ziel? … Der Sturm, der die Spur des Wanderers verheert, kilometerbreite Schneisen durch Dünen und Salzseen frißt … und wieder Selkirk, der sich mit funkelnden Klingen über seine Lieblingstochter beugt … glitzernde Schneiden, die einen See aus Blut teilen wie einst Jahwe das Rote Meer …

Der junge Soldat blieb vor einem San-Jungen stehen. Der Kleine saß im Schneidersitz unter dem Vordach der Poststation und bot den wenigen Passanten an, ihre Schuhe zu putzen. Kaum jemand nahm von ihm Notiz, kein Wunder bei diesem Wetter. Der Soldat aber beugte sich zu dem Jungen herab und wechselte einige Worte mit ihm. Dann nahm er auf einem Schemel Platz, während der kleine San daranging, mit Bürste und Lappen die Stiefel des Deutschen zu polieren.

Nachts das Geschrei der Hyänen… die Feuersbrunst im Dorf der Eingeborenen… der Mann und die Frau, schreiend und heulend, wie sie auf allen vieren aus der Glut springen und sich wie hungrige Raubtiere auf die Mörder ihrer Familie stürzen… wieder Blut, das lautlos in den Staub spritzt, Herero-Blut…

Cendrines Blick war fest auf den kleinen Jungen gerichtet. Er hatte ihr die Seite zugewandt, sie konnte sein Profil sogar durch die Vorhänge aus Regen erkennen. Er hatte noch nicht die verkniffenen Züge der erwachsenen San-Männer. Trotz der niedrigen Arbeit, die er verrichtete, hatte es den Anschein, als wäre er mit Begeisterung bei der Sache. Flink und fleißig reinigte er die Stiefel des Soldaten, bis das Leder glänzte.

Ein Mann und eine Frau, beide nackt, lieben sich auf dem Steinboden einer vorzeitlichen Tempelanlage… Henoch, das Kind, vor der Silhouette von Henoch, der Stadt, ein winziges Lebewesen vor einer überwältigenden Masse aus Fels und Holz und Sand.

Der kleine San war beinahe fertig mit seiner Arbeit, als ihn plötzlich ein heftiges Zucken durchlief. Der Polierlappen fiel ihm aus den Händen, breitete sich fleckig über die Bretter der Postveranda. Der Soldat blickte verblüfft von seiner Zeitung auf. Der Oberkörper des Jungen, der immer noch im Schneidersitz saß, wurde stocksteif, begann sich dann zu schütteln wie unter einer unglaublich heftigen Fieberattacke.

Weiß gescheuerte Knochen im Sand… Nama-Knochen… Herero-Knochen… Damara-Knochen… San-Knochen…

Cendrine fiel die Teetasse aus der Hand. Das Porzellan zersprang mit einem klirrenden Laut auf den Bodenbrettern. Irgendwo hinter dem Fenster des Cafés rührte sich etwas Weißes, ein Schemen huschte hinter dem staubigen Glas heran. Der San-Junge auf der anderen Straßenseite begann zu schreien, hoch und schrill, und seine Lippen formten Silben, Worte, immer wieder dieselben.

Eine Stadt... hoch wie der Himmel... aus Menschenknochen... durch ihre Kanäle strömt Blut... wird nie versiegen... Unsterblichkeit... für immer... dann kommt der Sand... Sand...

Cendrine sprang auf. Jenseits der Schlammpiste wälzte sich der Junge am Boden. Der Soldat beugte sich über ihn, fuhr dann zurück, aus Angst, sich mit einer Krankheit zu infizieren. Der Kleine kreischte und strampelte, brüllte immer wieder dieselben Worte, atemlos, in Todesangst. Worte in der Sprache der San. Cendrine verstand sie trotzdem.

Im selben Moment rollte sich der Junge herum, ihre Blicke trafen sich. Anklagend streckte er den Arm aus, sein Zeigefinger deutete starr auf Cendrine, krümmte sich dann wieder wie der Rest des kleinen Körpers, geschüttelt von Spasmen und Schreien.

Doch auch ohne den Fingerzeig blieb die Anklage bestehen, in einer Sprache, die keiner der Deutschen verstand, die jetzt überall aus den Fenstern schauten oder unter die Vordächer und Markisen traten.

Das Albinomädchen beugte sich über den Tisch, sah die zersplitterte Tasse, sah das Entsetzen in Cendrines Gesicht, sah und hörte auch den Jungen auf der anderen Straßenseite. Es sagte etwas. Träge, hallende Worte, die irgendwo in den Tiefen von Cendrines Wahrnehmung verklangen, ungehört.

Niemand wußte, was mit dem Jungen vor sich ging. Keiner verstand, was er rief, immer und immer wieder, bis ihm gänzlich die Sinne schwanden. Sogar in der Bewußtlosigkeit schlugen seine Glieder noch um sich wie Krallen einer Raubkatze im Todeskampf.

Der böse Blick.

Cendrine sprang so heftig auf, daß ihr Stuhl nach hinten kippte und von der Veranda in den Schlamm schlitterte. Das Albinomädchen taumelte erschrocken zurück, und Köpfe wandten sich um, hofften nach der ersten Sensation schon auf die nächste.

Cendrine stürmte davon, ohne zu bezahlen, ohne sich noch einmal umzusehen. Sie rannte durch den Regen, bis sie glaubte, ihre Lungen müßten platzen, rannte, bis sie den Bahnhof vor sich sah und die Kutsche und davor einen kleinen schwarzen Mann in der Livree eines Butlers.

Johannes blickte ihr ausdruckslos entgegen und sagte kein Wort.

KAPITEL 4

Zweieinhalb Monate später, Anfang Juli, erhielt Cendrine einen Brief. Auf der Rückseite des Kuverts standen nur zwei Worte.

Elias – Skelettküste.

Beinahe hätte sie den Umschlag in das Eigelb auf ihrem Teller fallen lassen. Die anderen sahen sie verwundert an, und falls jemand sie ansprach, so hörte sie es nicht. Das einzige, woran sie denken konnte, war, in ihr Zimmer zu laufen und die Tür hinter sich zuzuschlagen. Das Kuvert aufzureißen.

Aber sie beherrschte sich, legte den Brief neben ihren Teller und war bemüht, die Ruhe zu bewahren.

»Ein Nachricht von zu Hause?« fragte Madeleine, ohne Cendrine anzusehen.

Salome war weniger zurückhaltend. »Von wem ist der Brief?« rief sie aufgeregt. »Oh, Fräulein Muck, erzählen Sie doch!«

»Von … niemandem«, entgegnete sie verdattert.

»Muß ja ein interessanter Brief sein, wenn niemand ihn geschrieben hat«, bemerkte Adrian. »Ziemlich leer, sollte man annehmen.«

Cendrine blickte ihn finster an, und Adrian konzentrierte sich mit einem Grinsen wieder auf sein Marmeladenbrot.

Madeleine gab noch eine Weile länger vor, das Schreiben würde sie nicht interessieren, doch dann legte sie abrupt Messer und Gabel ab, und ein breites Lächeln erschien auf ihren Zügen. »Ist es von Ihrem Bruder?« fragte sie geradeheraus.

Völlig verblüfft starrte Cendrine sie an. Sie lebte seit mittlerweile dreizehn Monaten im Haus der Kaskadens, und in all der Zeit hatte sie keiner Menschenseele von Elias' Reise nach Südwest erzählt. »Wie kommen Sie darauf?« fragte sie tonlos.

Madeleines Lächeln blieb herzlich. Cendrine konnte sich nicht erinnern, sie jemals so freundlich erlebt zu haben. Es war fast, als freue sie sich ebenso über den Brief wie Cendrine selbst.

»Meine Liebe«, sagte Madeleine gedehnt, »glauben Sie denn wirklich, ich wüßte nicht Bescheid über Ihren Bruder?«

»Aber woher –«

»Sie scheinen uns zu unterschätzen, mein Kind.« So hatte Madeleine Cendrine noch nie genannt. *Mein Kind.* »Bevor mein Mann Sie einstellte, hat er natürlich einige Informationen über Sie eingeholt. Oh bitte, ärgern Sie sich nicht darüber. Das ist nichts Ungewöhnliches, glauben Sie mir.«

Cendrine nickte ruckartig. Es war durchaus üblich, daß eine Herrschaft mehr über die Frau wissen wollte, die ihre Kinder erziehen sollte.

»Soweit ich weiß, beauftragte mein Mann jemanden in Bremen, Ihre Unterlagen zu prüfen, einige Urkunden einzusehen und so weiter.« Madeleine winkte ab, als sei dies alles nebensächlich. »Es gehörte natürlich nicht viel dazu, sich auszumalen, daß Ihre Zusage, hierher zu kommen, auch mit Ihrem Bruder zu tun hatte. Sie haben lange nichts mehr von ihm gehört, nicht wahr?«

Cendrine ließ ihren Blick von Madeleine über die beiden Mädchen bis zu Adrian wandern. Alle sahen sie erwartungsvoll an; sogar Adrians Augen waren geradewegs auf sie gerichtet, obwohl er so nicht verstehen konnte, was seine Mutter sagte.

Sie haben es alle gewußt, schoß es ihr durch den Kopf. Sie haben es die ganze Zeit über gewußt!

»Wie Sie wissen, ist der Einfluß unserer Familie in Südwest beträchtlich«, fuhr Madeleine ohne jede Überheblichkeit fort. »Dennoch war es nicht einfach, Ihren Bruder ausfindig zu machen. Gleich nachdem mein Mann Sie kennengelernt hatte, setzte er alle Hebel in Bewegung, um Ihren Elias suchen zu lassen. Daß es dennoch ein Jahr in Anspruch genommen hat, mag Ihnen verdeutlichen, wie sorgfältig er all seine Spuren gelöscht hatte.«

Cendrines Kopf fühlte sich an, als hätte man einen Insektenschwarm darin freigelassen. Ihre Gedanken drehten sich rasend im Kreis, und in ihren Ohren war plötzlich ein Pfeifen und Surren, als würde das Blut gleich aus ihren Trommelfellen schießen.

»Seine Spuren ... gelöscht?« wiederholte sie verwirrt.

»Keine Sorge, mein Liebe«, sagte Madeleine geschwind. »Das hat nichts zu bedeuten, wirklich nicht. Hier in Südwest gehen Menschen verloren wie anderswo ein Füllfederhalter. Die Wüste und der Wind verwischen Spuren, auch ohne daß man selbst etwas dazu beiträgt.« Sie machte eine kurze Pause und nahm einen Schluck Kaffee, ganz augenscheinlich, um die Spannung des Augenblicks auszukosten. »Wie gesagt, es hat lange gedauert, bis wir Ihren Bruder fanden, aber schließlich ist es doch noch gelungen. Ich selbst schrieb ihm vor etwa vier Wochen einen Brief, und wie Sie sehen, da ist auch schon seine Antwort.« Sie deutete auf das Kuvert, das Cendrine jetzt wieder in die Hand genommen hatte und mit bebenden Fingern festhielt. »Es sollte eine Überraschung sein. Sehen Sie es einfach als verspätetes Geburtstagsgeschenk.«

Cendrines dreiundzwanzigster Geburtstag war vor sechs Wochen gewesen, Ende Mai, und beinahe hätte sie jetzt gesagt: Aber ich habe doch schon meine Geschenke bekommen. Dann klärte sich ihr Denken allmählich, und sie erkannte, daß sie im Begriff war, sich lächerlich zu machen, wenn sie noch länger so dasaß, schwieg oder dummes Zeug stammelte. Alles schauten sie an. Alle warteten darauf, daß sie endlich den Brief öffnete.

Sie wollte sich bedanken, brachte aber noch immer kein Wort heraus, und als Madeleine ihr mit gütigem Lächeln zunickte, begriff sie, daß ein Dank in diesem Augenblick gar nicht nötig war. Plötzlich stand Johannes neben ihr und reichte ihr stumm ein sauberes Messer. Sie griff mit zitternder Hand danach, und Sekunden später hatte sie das Kuvert geöffnet. Ungeduldig zog sie das Schreiben hervor. Es war ein einzelnes Blatt, zweifach gefaltet, weiß und schlicht, kein bedrucktes Briefpapier.

Elias' Handschrift hatte sich seit damals nicht verändert. Seine Buchstaben waren schmal und hoch und leicht nach rechts geneigt. Außerdem verzichtete er noch immer auf den

Querstrich des kleinen T. Vor vier Jahren, nachdem Cendrine gelernt hatte, wie man Kindern das Schreiben beibringt, hatte sie diese Marotte fast in den Wahnsinn getrieben.

Der Brief war nicht lang, und Elias' Tonfall war nicht so locker und ironisch wie früher. Er verlor kein Wort darüber, ob es ihn überrascht hatte, zu erfahren, daß sich Cendrine in Südwest aufhielt. Statt dessen berichtete er in wenigen Sätzen, daß er wohl doch nicht zum Rinderzüchter tauge und sich daher auf das besonnen habe, was er gelernt habe. Er führe jetzt eine kleine Handelsstation im Nordwesten des Landes, an der Skelettküste, unweit der Mündung eines Flusses namens Engo. Es gehe ihm gut, schrieb er, und er habe Cendrine oft vermißt. Er verlor kein Wort darüber, warum er aufgehört hatte, ihr zu schreiben.

Erst am Ende des Briefs, als sie schon spürte, daß ihr die Enttäuschung die Tränen in die Augen trieb, lud er sie endlich zu sich ein. »Du kannst jederzeit kommen, kleine Schwester«, schrieb er, und zum erstenmal schwang in den Worten wieder die Unbefangenheit des alten Elias mit. »Komm her, sobald es dir möglich ist. Ganz egal wie, nur komm schnell. Ich freue mich auf dich.« Und dann noch: »Ich habe dich vermißt.«

Sie wollte den Brief ein zweites und drittes Mal lesen, aber sie spürte noch immer die Blicke der Kaskadens auf ihrem Gesicht, und sie schämte sich des Glitzerns in ihren Augen. Widerstrebend ließ sie den Brief sinken, konnte aber den Blick nicht davon abwenden.

»Erzählen Sie doch!« platzte es aus Salome heraus, und Lucrecia fiel mit ein: »Was schreibt Ihr Bruder, Fräulein Muck? Warum sagen Sie denn nichts?«

»Kinder«, sagte Madeleine streng, »ihr dürft ins Spielzimmer gehen. Jetzt gleich.«

»Aber der Unterricht«, entgegnete Salome in altklugem Tonfall. Es war das erstemal, das eines der Mädchen auf seine Schulstunden pochte.

»Fällt heute aus«, ergänzte Madeleine lächelnd. »Los jetzt, verschwindet!«

»Ööhh«, machte die Zwillinge im Chor, standen betont langsam auf und gingen zur Tür. Dort blieb Salome noch einmal stehen und wandte sich direkt an Cendrine: »Er hat doch etwas Nettes geschrieben, ja? Sie freuen sich doch darüber, oder?«

Cendrine nickte und blinzelte eine Träne aus ihrem rechten Auge. Sie schenkte dem Mädchen das fröhlichste Lächeln, das sie in diesem Moment zustande bringen konnte. Salome strahlte zufrieden, dann fuhr sie herum und folgte ihrer Schwester aus dem Zimmer. Cendrine hörte sie draußen miteinander tuscheln.

»Sie wirken nicht besonders glücklich«, bemerkte Adrian und sah sie durchdringend an.

»O doch«, gab sie hastig zurück. »Es ist nur ... ich habe seit zwei Jahren nichts mehr von meinem Bruder gehört. Es ist so –«

»Überwältigend?« fragte Madeleine. Sie wirkte sehr zufrieden mit dem, was sie und Titus erreicht hatten.

»Ungewohnt«, sagte Cendrine.

Madeleine lächelte ihr aufmunternd zu. »Sie werden sich schon daran gewöhnen. Er hat Sie doch eingeladen, oder? Ich meine, daß ist das mindeste, was er tun kann.«

»Ja. Er bittet mich, ihn zu besuchen. Aber ich habe doch meine Arbeit hier im Haus. Der Unterricht der Mädchen –«

»Kann warten«, sagte Madeleine. »Die beiden werden sich über ein paar Wochen Ferien sicher freuen.«

»Sie meinen –«

»Auch Sie haben Anspruch auf Urlaub, mein Kind. Außer einer Handvoll Nachmittage haben Sie in dem Jahr, seit Sie hier sind, nie frei gehabt.« Sie lachte hell auf. »In Windhuk wird man uns schon nachsagen, wir seien Sklavenhalter. Nein, nein, Fräulein Muck, Sie werden Ihren Bruder besuchen, und zwar so schnell Sie nur können.«

»Aber diese Skelettküste, ich meine, dort, wo er lebt, das ist doch bestimmt tausend Kilometer von hier entfernt!«

»Nicht ganz«, sagte Adrian trocken. »Eher achthundert.«

»Es wird *Wochen* dauern, ehe ich überhaupt dort ankomme!« entfuhr es Cendrine.

Madeleine hob die Schultern. »Es wird eine anstrengende Fahrt werden, dessen bin ich sicher. Sorgen Sie nur dafür, daß es sich lohnt.«

Cendrine war noch immer ganz schwindlig, und sie hatte nicht das Gefühl, daß sich ihre Verwirrung in den nächsten Stunden legen würde. »Ich weiß nicht, was ich sagen soll«, brachte sie hervor. Ihre Stimme klang, als hätte sie seit Minuten vergessen, Luft zu holen.

Madeleines Lächeln wurde immer breiter, wie das einer Mutter, die für ihre Tochter den besten aller Schwiegersöhne auserkoren hat. »Beruhigen Sie sich erst einmal. Denken Sie über alles nach. Und packen Sie einen großen Koffer.«

Cendrine nickte mechanisch. In Gedanken war sie schon unterwegs. Dann aber fiel ihr ein, was sie die ganze Zeit über schon hatte fragen wollen: »Warum tun Sie das für mich?«

Madeleines Antwort kam rasch, ohne nachzudenken. »Sie gehören jetzt zur Familie, mein Kind. Für meine Tochter würde ich dasselbe tun. Titus hat das vielleicht ein wenig früher erkannt als ich, aber ich schätze, wir haben mit Ihnen einen ganz guten Fang gemacht.«

»Und Sie wollen wirklich, daß ich dorthin fahre?«

»Wollen *Sie* es denn?

»Natürlich ... ja, ich glaube schon.«

»Überlegen Sie es sich«, sagte Madeleine. »Und haben Sie keine Angst. Sie haben es von Bremen bis hierher geschafft, da werden Sie das kleine Stück bis zu Ihrem Bruder auch noch bewältigen, meinen Sie nicht?«

Als Cendrines Entschluß endlich feststand, wurde ihr klar, daß alles Nachdenken und Grübeln sinnlos gewesen war. Sie hätte sich auch dann entschieden, Elias' Einladung anzunehmen, wenn sie dafür geradewegs über das Schlachtfeld der Herero-Rebellen hätte reisen müssen – zu Fuß, ohne Wasser und mit einer Horde blutrünstiger Eingeborener im Nacken. Sie *mußte* ihn einfach wiedersehen.

Dennoch: Nun, da ihr Bruder endlich greifbar war – ganz gleich, wie viele Kilometer er in Wirklichkeit auch entfernt sein mochte –, fühlte sie in sich nichts als Unruhe. Mehrfach hatte sie sich selbst die Frage gestellt, ob sie das Anwesen tatsächlich verlassen wollte. Dieses Gebäude, mochte es noch so groß und verwinkelt und furchteinflößend sein, war jetzt ihr Zuhause, und ihr Leben hier war komfortabel und angenehm. Sollte sie all das aufgeben, wenn auch nur für die geplanten zwei Monate, um einen Bruder zu besuchen, der es nicht einmal für nötig gehalten hatte, ihr hin und wieder einen Brief zu schreiben?

Zwei Monate – einer davon allein für die Hin- und Rückreise – schienen ihr plötzlich wie eine endlos lange Zeit. Sie würde in diesen Wochen die Mädchen nicht sehen, an die sie sich so gewöhnt hatte, und sie wußte jetzt schon, daß die beiden ihr fehlen würden. Wahrscheinlich würde sie sogar Adrian vermissen; Adrian mit seinen geheimnisvollen Andeutungen; Adrian, der ihr trotz all seiner Merkwürdigkeiten immer enger ans Herz gewachsen war. Sie sprachen nicht oft miteinander, und wenn doch, gaben sie sich beide alle Mühe, nichts zu erwähnen, das auch nur im entferntesten mit Schamanen, wundersamen Geisteskräften und verborgenen Begabungen zu tun hatte. Aber da war etwas, allein schon in dem Wissen um die *Möglichkeit*, mit ihm darüber sprechen zu können, das ungemein beruhigend war.

Sie hatte weitere Beweise für die Existenz ihrer Fähigkeiten gefunden, keiner so spektakulär wie ihre Visionen vom Mord an Kimberly Selkirk, und keiner so grausam wie das, was sie dem kleinen San in Windhuk angetan hatte – vorausgesetzt, sie hatte es ihm tatsächlich angetan! Doch allmählich war sie davon abgekommen, stets und ständig für alles Gegenargumente finden zu wollen. Das Zauberwort heißt *glauben*, hatte Pfarrer Haupt gesagt. Und, ja, allmählich glaubte sie – an sich und an die Kräfte in ihrem Inneren. Sie hatte herausgefunden, daß es der einfachste Ausweg aus ihrem Dilemma war: Der Glaube verlangte keine Erklärungen. Und gerade an Erklärungen litt sie den größten Mangel.

Der Weg zur Skelettküste führte quer durch den nördlichen Teil des Landes. Sie hatte die kartographischen Werke in der Galerie studiert, sich aber bald schon gewünscht, sie hätte es nicht getan. Die Reiseroute zog sich von Windhuk aus nach Norden über Karibib und dann geradewegs durch das berüchtigte Kaokoveld, den nördlichen Teil der Namibwüste.

Der Begriff ›Skelettküste‹ fand sich auf keiner Karte. Die Einheimischen hatten den Ozeangestaden des Kaokovelds diesen Namen gegeben, weil dort seit Jahrhunderten zahllose Schiffswracks angespült wurden. War es den schiffbrüchigen Matrosen erst einmal gelungen, sich lebend an Land zu retten, sahen sie sich den Schrecken der Namib gegenüber, Kilometer um Kilometer totes Dünenland, ohne Menschen, ohne Nahrung, ohne Trinkwasser. Die Küste war übersät mit Schiffwracks, – Hunderten, hieß es in einem der Reiseberichte –, und die vom Sand bleichgeschliffenen Gerippe dazwischen gehörten nicht nur toten Seeleuten, sondern auch ganzen Heerscharen von Abenteurern, die den Legenden von gestrandeten Goldkisten und unermeßlichen Reichtümern in den Tod gefolgt waren.

In der Nacht lag Cendrine lange wach und fragte sich, ob sie wohl von allen guten Geistern verlassen sei, ausgerechnet an einen solchen Ort zu reisen. Aber sie hatte natürlich keine Wahl. Das Wiedersehen mit Elias war wichtiger.

Am folgenden Morgen teilte sie den anderen beim Frühstück ihre Entscheidung mit. Madeleine beglückwünschte und umarmte sie, und die Mädchen hüpften aufgeregt um sie herum – unsicher, ob sie sich über die schulfreien Wochen freuen oder Cendrines Abschied betrauern sollten. Adrian hingegen blieb zurückhaltend. Nach außen hin gab er vor, sich für sie zu freuen, doch Cendrine merkte ihm an, daß ihn die Vorstellung schmerzte, sie so lange nicht zu sehen. Um nichts in der Welt hätte sie zugegeben, daß es ihr insgeheim genauso ging.

Madeleine hatte eine der Kutschen, einen Pferdelenker und zwei Bewaffnete für sie abgestellt. Alle drei Männer waren San, aber Cendrine stellte schon bald fest, daß sie zu jener Gruppe gehörten, die den Kaskadens bedingungslos ergeben war. Die beiden Bewacher waren dieselben, die an dem Tag, als sie mit Salome und Lucrecia zum Dorf gegangen war, am Tor gestanden hatten. Auch jetzt zeigten sie Cendrine gegenüber Respekt, einer erkundigte sich sogar besorgt, ob sie aufgeregt sei. Cendrine beschloß, den beiden zu vertrauen. Den Kutscher kannte sie nur vom Sehen, doch auch er, so beruhigte Madeleine sie, war einer der treuesten Bediensteten des Haushalts.

Natürlich hatten diese drei, obgleich sie mit Gewehren und Revolvern bewaffnet waren, einer Horde rebellischer Herero nichts entgegenzusetzen. Sie waren eher zur Abwehr von Raubtieren oder vereinzelten Wegelagerern gedacht; größeren Auseinandersetzungen waren sie schwerlich gewachsen. Allerdings hatte sich das Kampfgebiet, in dem Aufständische und Schutztruppe noch immer erbittert miteinander fochten, in den vergangenen Wochen weiter nach Osten verlagert; schon hieß es, die Rebellion der Herero sei so gut wie niedergeschlagen. Daß jedoch noch kein Grund zu derartigem Optimismus bestand, verriet die Tatsache, daß Valerians Kompanie nach wie vor in der Omaheke stationiert und von einer baldigen Rückkehr keine Rede war.

In ihrer Aufregung über das bevorstehende Wiedersehen mit Elias rückten alle Hindernisse und Widrigkeiten für Cendrine in den Hintergrund. Sie konnte jetzt nicht darüber nachdenken, was geschehen mochte, wenn sie den Rebellen in die Hände fiel. Zudem berichtete ihr Adrian, daß das Kaokoveld zwar traditionsgemäß Hereroland sei, die dortigen Stämme jedoch nicht mit den Aufständischen im Osten unter einer Decke steckten. Die Herero, die im Norden der Namib lebten, kamen kaum in Kontakt mit den weißen Kolonisten, und so hegten sie auch keinen Haß gegen sie. Cendrine ließ sich beruhigen, weil sie beruhigt werden wollte.

Zwei Tage nach dem Eintreffen von Elias' Brief bestieg sie die Kutsche, während Johannes überprüfte, ob alle Gepäckstücke ordnungsgemäß verstaut und vertäut worden waren. Cendrine hatte einen großen Stapel Bücher aus der Galerie unterm Arm, die sie nun unter den beiden Sitzbänken verstaute. Dann stieg sie noch einmal aus, ließ sich von Madeleine umarmen und drückte die weinenden Mädchen fest an sich.

»Es ist doch nur für zwei Monate«, versuchte sie die beiden zu trösten.

Lucrecia nickte tapfer, und Salome preßte die Lippen fest aufeinander. Ihre Tränen versiegten nicht, aber sie versuchte sehr erwachsen und vernünftig auszusehen. Der Anblick brach Cendrine fast das Herz.

Zuletzt reichte Adrian ihr zum Abschied die Hand. Er wirkte sehr förmlich, beinahe steif. Cendrine sagte sich, daß es wahrscheinlich besser so war. Vielleicht hatte sie seine Zuneigung auch einfach überschätzt. Obwohl es ihr weh tat, blieb auch sie so gelassen und kühl wie möglich.

Schließlich fuhr die Kutsche los. Cendrine reckte den Oberkörper aus dem Fenster und winkte den vier Kaskadens zu, die in einer Reihe vor dem Portal auf dem Kieshof standen. Erst als sie sich ins Innere des Wagens zurückzog, kamen auch ihr die Tränen. In diesem Moment war sie dankbar für die Vorhänge vor den Fenstern; sie wollte nicht, daß ihre Bewacher, die auf Pferden rechts und links der Kutsche ritten, sahen, daß sie weinte. Sie hatte sich fest vorgenommen, während der Reise keine Schwäche zu zeigen und keinerlei Rücksichtnahme zu verlangen.

Von Osten her wehte ein scharfer Wind, warm und trocken, und der Himmel war wolkenlos. Die Regenfälle des afrikanischen Winterbeginns hatten vor knapp zwei Wochen nachgelassen, und an vielen Stellen waren Blüten zwischen den Savannengräsern aufgebrochen. Kurz vor ihrer Abfahrt hatte sie auf das Quecksilberthermometer vor der Küche geblickt – es hatte vierundzwanzig Grad angezeigt. Für ein Land wie dieses bedeutete das bestes Reisewetter.

Die Kutsche und ihre Eskorte hatten kaum die ersten Kilometer Richtung Windhuk zurückgelegt, als hinter ihnen ein Ruf ertönte. Sie erkannte die Stimme sofort.

Der Kutscher ließ die Pferde haltmachen, und Cendrine schlug erstaunt den Fenstervorhang beiseite.

Adrian lächelte sie an. Er saß auf dem schnellsten Pferd, das in den Ställen der Kaskadens zu finden war, einem dunkelbraunen Wallach mit klugen Augen. Cendrine wollte aussteigen, doch Adrian schüttelte den Kopf, sprang geschickt aus dem Sattel und schob sich zu ihr in die Kutsche. Cendrine hörte draußen die San miteinander tuscheln und lachen, doch im Augenblick war ihr das gleichgültig. Tapfer kämpfte sie dagegen an, rot zu werden, obwohl ihr klar war, daß sie damit wahrscheinlich alles nur noch schlimmer machte.

Adrian setzte sich auf die Bank ihr gegenüber, beugte sich vor und ergriff ihre Hand. Er sagte nichts, so als hätte er plötzlich auch noch die Stimme verloren, drückte nur ganz leicht ihre Finger und sah ihr in die Augen.

»Ich fürchte«, murmelte er schließlich, »ich bin etwas ungeschickt.«

»Worin?« brachte sie mühsam und mit einem Lächeln hervor. Ihre Stimme klang belegt.

»Ich ... darin«, sagte er leise und küßte sie auf die Lippen.

Es war ein schüchterner Kuß, und Cendrine war hin und her gerissen, zwischen dem Drang, ihn zu erwidern, und ihrer Scheu; Adrian war der Sohn ihrer Herrschaft, und man hatte ihr jahrelang eingeredet, daß das, was gerade geschah, niemals geschehen durfte.

Sie löste sich von ihm, ganz kurz nur, lächelte und flüsterte ein wenig atemlos: »Ungeschickt?«

Adrian mußte lachen. »Jetzt siehst du mich an wie eine meiner Schwestern, wenn sie dir ein Bild gemalt hat.«

»Findest du?« fragte sie, fuhr mit den Fingern durch das Haar an seinem Hinterkopf. Sie zog ihn zu sich und preßte die Lippen auf seine.

Draußen scharrten die Pferde der Eskorte ungeduldig im Sand. Der Wind strich singend durch die Berge und ließ das blühende Grasmeer erzittern. Cendrines Herzschlag pulsierte so laut in ihren Ohren, daß er alles andere übertönte. Sie fragte sich, ob Adrian trotz seiner Taubheit seinen eigenen Puls wahrnehmen konnte. Als sie die Augen aufschlug, ohne daß sie die Lippen voneinander lösten, las sie in seinem Blick eine solche Erleichterung und zugleich eine solche Sorge, daß ihr ganz schwindelig wurde.

»Hast du Angst?« fragte sie leise. Nur eine Fingerbreite lag zwischen seinem Mund und ihrem, und erst nach einigen Sekunden wurde ihr klar, daß er ihre Lippen nicht sehen und ihre Worte daher nicht ablesen konnte. Sie wollte ein Stück zurückweichen und die Frage wiederholen, doch Adrian hielt sanft ihren Kopf fest.

»Ich habe Angst«, bestätigte er zu ihrem Erstaunen. »Um dich.«

Ein verwundertes Lächeln flackerte über ihr Gesicht. »Kannst du nicht nur Lippen, sondern auch Gedanken lesen?«

»*Deine* Gedanken, ja.«

Er sagte das nicht aus einer romantischen Stimmung heraus, vielmehr meinte er es genau so, wie er es sagte. Er konnte erkennen, was in ihr vorging, und er erwartete dasselbe von ihr. Beim letztenmal, als sie darüber gesprochen hatten, hatte er ihr zum Vorwurf gemacht, in sein Inneres zu horchen. Damals war es ihm peinlich gewesen. Jetzt nicht mehr. Sie sah ihm an, daß es ihm nur recht war, daß sie seine Gedanken auskundschaftete.

Es fiel ihr nicht halb so schwer, wie sie geglaubt hatte. Vielleicht, weil seine Gefühle ohnehin ersichtlich waren. Oder auch, weil das sonderbare Band, das von Anfang an zwischen ihnen existiert hatte, mit einemmal stärker war als je zuvor.

Sie spürte die Zuneigung, die er für sie empfand, und wußte zugleich, daß es viel mehr war als das. Zuneigung war ein schwaches, hohl klingendes Wort. Aber Liebe? Wie konnte er sie lieben, wo er sie nie wirklich kennengelernt hatte?

Ihr wurde klar, daß er viel mehr über sie wußte, als sie bislang vermutet hatte, daß er sie in- und auswendig kannte. Und sie begriff auch, warum er an jenem Abend vor zwei Monaten vor ihr zurückgeschreckt war. Er hatte ihr vorgeworfen, seine Gefühle zu durchstöbern, und nun hatte er das gleiche bei ihr getan. Er wußte, was sie für ihn empfand, hatte es schon gewußt, als er aufs Pferd gesprungen und ihr gefolgt war. Und ob sie es nun Zuneigung oder Liebe nannten, spielte längst keine Rolle mehr.

»Werde ich wissen, was du denkst und was du tust, auch wenn achthundert Kilometer zwischen uns liegen?« fragte sie leise.

Er zog ihren Kopf näher heran, und sie lehnte ihre Wange an seine Schulter. »Möglicherweise«, sagte er. »Warten wir's ab.«

»Warum gerade wir?« fragte sie, hob dann den Kopf, bis Adrian ihre Lippen sehen konnte. »Warum haben gerade wir diese … Begabung?«

Darauf wußte er keine Antwort, auch nicht, als sie in seinen Gedanken danach forschte. Er war offenbar längst über den Punkt hinaus, an dem er noch nach Gründen für ihre Fähigkeiten fragte.

Jetzt aber, da sie es ganz bewußt darauf anlegte, entdeckte sie noch etwas in ihm. Es war unscharf, unverständlich, so als versuche er, einen Teil seiner Gedanken gegen ihr Vordringen abzuschirmen. Rechtfertigte ein Kuß den Versuch, all seine Geheimnisse zu erforschen? Beschämt zog sie sich zurück und las nicht weiter in ihm.

»Ich würde gerne mit dir kommen«, sagte er.

Ihr Zögern währte eine Spur zu lange. Wenn sie ihn sofort ermutigt hätte, dann hätte er sich womöglich darauf eingelassen. So aber blockte er gleich darauf ab, selbst als sie sagte: »Das könntest du tun, wenn du wirklich wolltest.«

Adrian schüttelte den Kopf. »Es wäre nicht gut.«

»Deine Mutter hätte kein Verständnis dafür.«

»Es ist nicht wegen Mutter. Es ist wegen uns.« Er sprach es nicht aus, aber er meinte wohl, daß es besser sei, ihre Gefühle nach den zwei Monaten der Trennung abzuwarten. Wenn beide dann noch genauso empfanden wie jetzt … was dann? Sie wußte es nicht, und sie fürchtete, er habe ebenfalls keine Antwort darauf. Abwarten. Ja, das war einfach: *Warten wir's ab …*

»Dein Bruder und du, ihr habt bestimmt viel zu bereden«, sagte er. »Und wenn du wiederkommst, reden *wir* miteinander. Falls du es dann noch willst.«

Wußte er Bescheid über Elias? Hatte er in ihrem Kopf die ganze Wahrheit gefunden? Aber, nein, das hätte er nicht getan. Sie fand auch in seinem Verhalten keinen Hinweis darauf. Dafür mochte sie ihn gleich doppelt so sehr.

Sie nickte stumm, dann küßten sie sich erneut, diesmal stürmischer.

Als Adrian schließlich die Kutsche verließ, hielt er ihre Hand, bis er im Freien stand und die Tür schließen mußte.

Zögernd gab er dem Lenker und den beiden Bewachern das Signal zur Weiterfahrt.

Cendrine schaute zurück, aber bald bogen sie um eine Wegkehre, und die Auasberge verwehrten ihr die Sicht auf das, was hinter ihr lag. Es schien ihr fast ebenso ungewiß und unwirklich wie das, was sie noch erwarten mochte.

Während ihrer Reise erinnerte sie sich an etwas, das sie einmal gelesen hatte: Hätte die Sonne einen Durchmesser von einem Kilometer, dann besäße die Erde gerade mal die Größe einer reifen Orange.

Tatsächlich hatte die Welt um sie herum eine gewisse Ähnlichkeit mit einer Apfelsine. Gelb, Ocker und Orange dominierten die Landschaft und das Licht; sogar ihre drei Begleiter schienen einen gelblichen Teint zu bekommen. Es lag an der Sonne, vor allem aber an dem felsigen Wüstenland, das sich öde in alle vier Himmelsrichtungen erstreckte. Es war, als färbte es auf die Menschen ab, die es durchquerten.

Hin und wieder begegneten ihnen Eselskarren. Die Fahrer unterhielten sich mit den San in Khoi, einer der vielen Sprachen der Eingeborenen. Manchmal erstattete ihr einer der beiden Bewacher Bericht über das, was sie erfahren hatten: Meist erhielten sie nur die Bestätigung, daß es in dieser Gegend schon lange nicht mehr zu Unruhen gekommen war und daß sich die Schlachtfelder des Krieges der Herero gegen die Deutschen nach Osten verlagert hatten, immer näher an den Rand der Kalahari.

Bei der Erwähnung der Kalahari erinnerte sich Cendrine an die Bilder ihres Traumes. Ruinen im Sand. Eine Gestalt beim Fußmarsch durch die unendliche Wüste. Der Sturm aller Stürme.

Doch all diese Bilder waren nur schlichte Erinnerungen an das, was sie damals gesehen hatte. Es waren keine eigenständigen Visionen, keine Fieberträume mehr, die sie aus heiterem Himmel überkamen. Seit sie sich bemühte, ihre Veranlagung zu akzeptieren – auch wenn sie fern davon war, sie zu verstehen –, und seit sie versuchte, sie gezielt einzusetzen, hatte sie die visionären Erscheinungen unter Kontrolle. Sie betete, daß es so bleiben würde.

Tag um Tag schaukelte die Kutsche über die behelfsmäßigen Hauptstraßen des Landes, unebene Sandpisten, aufgewühlt von Pferdehufen und Karrenrädern. Immer wieder passierten sie Abzweigungen, die geradewegs ins Nirgendwo zu führen schienen, Wege, die unter Sanddünen oder hinter Hügeln verschwanden.

Die Nächte verbrachten sie meist in einsamen Poststationen, in denen alte Männer Kost und Logis für ein paar Münzen oder auch für Neuigkeiten aus der Fremde anboten. Das Essen schmeckte immer katastrophal, war aber, so versicherten Cendrines Begleiter, äußerst nahrhaft und für eine Reise wie die ihre genau das Richtige. Cendrine verzichtete darauf, sich nach den Zutaten zu erkundigen; sie ahnte, daß die Antworten ihr nicht gefallen würden.

Am siebten Tag erreichten sie Outjo, einen Stützpunkt der Schutztruppe, um den sich die Häuser und Hütten einer mittelgroßen Ansiedlung gruppierten. Sie übernachteten im Fort, dessen Räume zur Hälfte leer standen; die meisten Soldaten waren nach Osten abkommandiert worden. Outjo markierte in etwa die Hälfte ihrer Wegstrecke zur Engomündung, jenseits davon begannen die südöstlichen Ausläufer des Kaokovelds. Im Fort warnte man sie vor dieser unwirtlichen Gegend. Der Kommandant erzählte Cendrine, daß vor nicht ganz fünfzig Jahren die ersten Expeditionen in diese Region entsandt worden seien und daß man trotzdem auch heute kaum mehr darüber wüßte als damals. Mehrfach brachte er seine Verwunderung darüber zum Ausdruck, daß eine weiße Frau allein mit drei Schwarzen eine solche Reise antrat, und schließlich befürchtete Cendrine, er könne gegen ihren Willen versuchen, sie von ihrem Vorhaben abzubringen. Sie beschloß, sich am nächsten Morgen in aller Frühe aus dem Fort zu stehlen. Doch dieser Plan erwies sich als unnötig, als ihr der Kommandant vor dem Schlafengehen anbot, ihr ein halbes Dutzend seiner Soldaten mit auf die Reise zu geben. Cendrine fühlte sich verpflichtet, mit ihren beiden San-Bewachern darüber zu sprechen, und als die Männer einwilligten, ja sogar erleichtert über diese Verstärkung waren, nahm sie das Angebot des Kommandanten dankbar an.

So setzte sie am folgenden Morgen ihre Reise mit einer Eskorte fort, die auf acht Berittene angewachsen war. Die Soldaten sprachen kaum mit Cendrine; die meisten waren wohl ein wenig ungehalten über den unverhofften Auftrag. Gut möglich, daß sie ihr Leben aufs Spiel setzten, und das nur, damit ein unvernünftiges junges Frauenzimmer seinen Willen durchsetzte. Cendrine konnte ihnen ihren Ärger nicht verübeln, ließ sich aber auf keine Kompromisse ein. Die Reise mußte weitergehen, auch wenn ihre Beschützer lange Gesichter zogen.

Am neunten Tag fuhren sie durch eine sonderbare Ansammlung hoher, schlanker Felsen, die keiner anderen Formation glichen, die Cendrine bislang in Südwest gesehen hatte. Einer der Soldaten erklärte ihr, es handle sich dabei um die Überreste eines versteinerten Waldes, prähistorische Giganten mit bis zu sechs Metern Umfang.

Immer wieder begegneten ihnen wilde Tiere. Mehrfach sahen sie Oryxantilopen, herrliche Geschöpfe mit langen, pfeilgeraden Hörnern; einmal schienen sich die Tiere für ihre menschlichen Beobachter geradezu in Pose zu stellen, ein Anblick, der Cendrine tief beeindruckte. Raubkatzen bekam sie nie zu Gesicht, obwohl einige der Männer behaupteten, sie im Dunkeln um das Lager schleichen zu hören.

Es gab keine Poststationen in dieser verlassenen Gegend, und so übernachteten sie in den muffigen Zelten, die die Soldaten errichteten. An einem Morgen erwachte Cendrine von fürchterlichem Getöse und Geschnaube, nur um bald darauf festzustellen, daß sie das Lager unweit einer Elefantenroute aufgeschlagen hatten. Vier riesige Dickhäuter trampelten nur wenige Meter von ihnen entfernt durch den Busch, gefolgt von ihren kaum halb so großen Jungen.

Die größte Gefahr des Kaokovelds, die Konfrontation mit Eingeborenen, blieb ihnen erspart. Abgesehen von einem Nomadenstamm der Ovahimba, der in der Ferne mit einer kleinen Rinder- und Ziegenherde lagerte, begegneten sie keiner Menschenseele. Ungestört passierten sie sonnenbeschienene

Tafelberge, Haine aus knorrigen Mopanebäumen und lagunenartige Salzsümpfe an den Rändern ausgetrockneter Flußbetten.

Die beiden letzten Tage der Reise erwiesen sich als die mühsamsten, und es verging keine Stunde, in der Cendrine nicht bedauerte, sich jemals auf all das eingelassen zu haben. Um sie herum erstreckten sich die weißgelben Dünen der Namib, und obgleich auf der Karte eine Art Straße eingezeichnet war, sah die Wirklichkeit ganz anders aus. Die Route führte durch die offene Wüste und war lediglich von einer Reihe von Fahnenmasten mit wehenden Flaggen flankiert, die scheinbar willkürlich in einer losen Folge aufgepflanzt waren. Die Soldaten, die die Strecke kannten, erklärten Cendrine, daß es in dieser Gegend tödlich sein konnte, vom markierten Weg abzuweichen. Rechts und links gäbe es ausgedehnte Gebiete mit Treibsand, außerdem sei das Risiko nicht zu unterschätzen, sich im ewig gleichen Auf und Ab der Namibdünen zu verirren.

Einige Male wurden sie von Kamelkarawanen überholt, denen das Weiterkommen im Sand sehr viel leichter fiel als der behäbigen Kutsche. Auch ohne Treibsand sackten die Räder immer wieder ein und drohten sich festzufahren. Zweimal mußten die Rösser der Soldaten das Gefährt aus dem Sand ziehen, und Cendrine fühlte sich allmählich ebenso unbeholfen und untauglich für diese Reise wie der Wagen, in dem sie saß. Nur die Gewißheit, bald am Ziel zu sein, hielt sie weiterhin aufrecht. Ihre Zähigkeit, so schwankend sie unter der harten Oberfläche auch sein mochte, nötigte den Männern Respekt ab, und schließlich machten die Soldaten keinen Hehl mehr daraus, daß ihnen Cendrine ans Herz gewachsen war.

Der Engo, an dessen Atlantikmündung Elias' Handelsstation lag, erwies sich als graue Schneise im Sand, eines der südafrikanischen Riviere: Flußbetten, die nur während der Regenzeit Wasser führen und danach innerhalb kürzester Zeit austrocknen. Riviere gab es überall in Südwest, sogar weit im Osten, wo sie ins Nichts mündeten und ihr Wasser im Sand versickerte.

Am fünfzehnten Tag endlich, als Cendrine schon glaubte, die Wüstenhitze müsse sie jeden Moment um den Verstand bringen, öffnete sich vor ihnen die offene See. Davor, auf einer Ansammlung sandiger Klippen, stand eine Handvoll Häuser.

Im Näherkommen, den Kopf weit aus dem Kutschenfenster gestreckt, zählte Cendrine achtzehn Dächer, von denen die meisten zu scheunenähnlichen Hütten gehörten; ob darin Menschen oder Tiere hausten, war aus der Ferne nicht zu erkennen. Die Klippen fielen nicht bis zum Ozean ab, sondern gingen an ihrem Fuß in einen schmalen Dünenstreifen über, keine fünfzig Meter breit. Das Zusammentreffen von Wüste und Ozean beeindruckte Cendrine hier noch weit mehr als damals in Swakopmund. Die Ödnis aus gelben und weißen Sandwehen sank ohne Übergang in die Wasserwüste des Atlantiks, wie zwei gegensätzliche Landschaftsgemälde, die man an den Kanten aneinandergelegt hatte.

Die Klippen stachen zerklüftet aus den Dünen empor, auf einer Breite von nicht mehr als hundertfünfzig Metern. Im Norden und Süden setzten sich die Sandhügel vom Wasser aus ungebrochen nach Osten fort. Die Felsen waren wahrscheinlich der einzige Ort im Umkreis von vielen Kilometern, wo eine Ansiedlung überhaupt existieren konnte, ohne Gefahr zu laufen, im Sand zu versinken.

Cendrine ertappte sich dabei, wie sie schon von weitem Vermutungen anstellte, welches der Häuser Elias gehören mochte. Angestrengt hielt sie nach Schrifttafeln und Wegweisern Ausschau, die auf eine Handelsstation hinwiesen. Noch aber entdeckte sie nichts dergleichen, und sie schalt sich selbst ein aufgeregtes Huhn.

Ein schmaler Weg schlängelte sich zwischen den Felsen zum Klippenkamm, auf dem die Häuser standen. Einmal kamen ihnen zwei Einheimische auf Kamelen entgegen, und ein ziemliches Gedränge entstand, als weder die Vorhut der Soldaten noch die beiden Kamelreiter ausweichen wollten.

Schließlich aber erreichten sie das Dorf. Das Felsplateau war annähernd oval und mochte an seiner breitesten Stelle achtzig Meter messen. Die Gebäude – einfache Holz- und Steinbauten, wie sie auch in abgelegenen Winkeln Mitteleuropas noch zu finden sein mochten – standen eng beieinander. Die Kutsche hielt auf einem freien Platz am Rande der Ansiedlung, auf der ein paar Einheimische unter Lederplanen Waren zum Verkauf anboten: Gefäße aus Muschelschalen, ockerfarbene Stoffbahnen und allerlei nutzlose Kleinigkeiten, die möglicherweise aus den angespülten Wracks stammten.

Ein gutes Dutzend Weiße trat aus den vorderen Häusern oder blickte von den Verkaufsständen auf, als Cendrine einem Soldaten zuvorkam und die Tür der Kutsche von innen öffnete. Sie setzte ihren weißen Sonnenhut auf, streckte sich und blickte sich dann aufmerksam um. Sie war so erschöpft, daß man ihr die Erregung wahrscheinlich kaum mehr ansah. Es war immer noch heiß, aber die Luft wurde vom Seewind aufgewirbelt und war nicht mehr so drückend wie im Inneren der Wüste. Ein paar Möwen kreisten über den Dächern, ihr Krächzen klang schrill und klagend. Unweit der Kutsche standen zwei Kamele, machten mit den Kiefern kauende Bewegungen und glotzten die Neuankömmlinge trübsinnig an.

Cendrines Auftritt erregte unter den Weißen weit mehr Aufsehen, als sie erwartet hatte. Junge Frauen kamen hier gewiß nicht häufig zu Besuch, und offenbar war sie trotz ihrer Müdigkeit, des verschwitzten Kleides und des fettigen Haars noch ansehnlich genug, um neugierige Blicke zu ernten. Weit und breit waren keine anderen weißen Frauen zu sehen. Eigentlich kein Wunder: Die meisten Bewohner dieses Dorfes am Ende der Welt mußten Schatzsucher sein, die sich von den Wracks an der Küste Gewinn versprachen. Entsprechend rauh sahen die meisten dieser Männer aus, und keinem von ihnen schien beim Anblick der Soldaten wohl zu sein.

Der Hauptmann der Eskorte wandte sich mit zweifelndem Gesichtsausdruck an Cendrine: »Und hier wollen Sie ganz allein Ihren Bruder finden?«

Sie nickte entschlossen, obwohl sie insgeheim froh war, daß die Soldaten bei ihr waren. »Er muß irgendwo hier sein. Ich werde einfach ein paar dieser Leute fragen. Es gibt bestimmt nur eine einzige Handelsstation hier.«

Der Hauptmann blieb skeptisch. »Würde mich wundern, falls es hier etwas gibt, das diese Bezeichnung auch nur halbwegs verdient. Und was das Herumfragen angeht, so lassen Sie mich das übernehmen. Ich will nicht, daß man Sie geradewegs… verzeihen Sie, ins nächstbeste Freudenhaus verschleppt.«

Sie erwiderte seinen Blick mit großen Augen und murmelte dann tonlos: »Na gut. Der Name meines Bruders ist –«

»Elias Muck. Ich weiß.«

Sie sah dem Hauptmann nach, wie er zu den Verkaufsständen hinüberging. Die meisten Weißen hatten es mit einemmal überaus eilig, zwischen den Hütten zu verschwinden. Der Soldat hielt einen an der Schulter zurück, einen alten Mann mit Augenklappe, der aussah, als sei er der Illustration einer Piratengeschichte entstiegen. Der Soldat redete scharf auf den Alten ein, und schließlich gestikulierte der Mann wild in eine bestimmte Richtung. Der Hauptmann ließ ihn los, gab ihm einen unnötigen Stoß in den Rücken und kehrte dann zurück zu Cendrine.

»Ein schönes Plätzchen hat sich Ihr Bruder hier ausgesucht«, bemerkte er mürrisch. »So viele nette Leute.«

»Wußte er etwas über Elias?«

»Der Kerl sagt, Ihren Bruder kenne hier jeder. Sein Haus liegt auf der anderen Seite des Dorfes, am Rand der Klippe.« Mit bitterem Lächeln fügte er hinzu: »Sicher ist er nur wegen der Aussicht hierhergekommen.«

Cendrine seufzte und wollte sich auf den Weg machen, doch abermals hielt der Soldat sie zurück. »Ich gehe mit Ihnen.« Er drehte sich um und gab zweien seiner Männer einen Wink. »Ihr beiden, ihr kommt mit. Und schaut nach, ob eure Waffen geladen sind.«

Die Soldaten schlossen zu Cendrine und dem Hauptmann auf. Cendrine warf einen Blick hinüber zu den drei San, die sie während des ganzen Weges begleitet hatten. Die Eingeborenen waren gerade dabei, das Gepäck von der Kutsche zu laden. Cendrine überlegte, ob sie sie noch zurückhalten sollte, um erst einmal Elias' Reaktion abzuwarten, entschied sich dann aber dagegen. Sie war nicht zwei Wochen durch Steppen und Wüsten gereist, um jetzt klein beizugeben.

Es war beinahe komisch: Sobald die Soldaten eine der Hütten passierten, wurden Türen und Vorhänge zugezogen. Hinter manchen Ecken war aufgeregtes Tuscheln zu hören, das sofort verstummte, wenn sich einer von Cendrines Beschützern räusperte. Doch was den Soldaten heftiges Grinsen abnötigte, jagte Cendrine eiskalte Schauer den Rücken hinunter. Was hatte Elias nur hier zu suchen, zwischen Leuten wie *diesen*? Hätte er nicht auch anderswo Geschäfte machen können? Dann aber wurde ihr bewußt, daß ihre eigene Umgebung in Südwest hier nicht als Maßstab dienen konnte. Kaum ein anderer Deutscher, der in die Kolonien kam, konnte sich einen Lebensstil wie den der Kaskadens erlauben. Die meisten waren Glückssucher und Menschen, die in der Heimat keine Möglichkeit mehr sahen, es zu etwas zu bringen. Hier konnten sie ganz von vorne beginnen – selten mit Erfolg.

Aber warum Elias? Was suchte er hier, das er anderswo nicht finden konnte? Die Antwort darauf würde nur er selbst ihr geben können.

Sie erreichten die andere Seite des Dorfes. Dort stand ein Holzhaus mit kleiner Veranda, ein wenig größer als die meisten anderen Behausungen, wenn auch keineswegs luxuriös. Im vorderen Teil befand sich ein kleiner Laden; durch die Fenster sah Cendrine gefüllte Regale und einen vergitterten Waffenschrank. Draußen unter dem Vordach standen Körbe mit allem, was die Menschen hier benötigten, von Reisigbesen bis hin zu Kochtöpfen und Lederstiefeln.

Das Haus war so nah an den Rand der Klippe gebaut, daß Cendrine bei dem Anblick schwindlig wurde – höchstens drei, vier Schritte lagen zwischen der Rückwand und dem Abgrund. Das strahlend blaue Panorama des Atlantiks, der sich in weiter Ferne im Dunst verlor, war überwältigend. Sie konnte das Salz in der heißen Wüstenluft schmecken und roch die klare Weite der See, trotz all der unangenehmen Dünste, die zwischen den Behausungen der Schatzsucher vorherrschten.

»Heda!« rief der Hauptmann barsch, ehe Cendrine es verhindern konnte.

Sie legte eine Hand auf seinen Unterarm und schüttelte den Kopf, als er zu ihr hinübersah. »Lassen Sie mich das machen«, sagte sie entschieden. »Sie sind doch Soldat und kein Kindermädchen, oder?«

Sie ging an ihm vorbei und näherte sich den drei Holzstufen, die zur Veranda hinaufführten. Im Inneren des Ladens ertönte ein Scheppern, dann ein Fluch; es klang, als sei eine Dose mit Nägeln oder Schrauben auf den Boden gefallen. Die Schwingtür wurde aufgestoßen, und jemand trat in den Schatten des Vordachs.

Das Tageslicht blendete Elias. Blinzelnd sah er an Cendrine vorbei, ohne sie zu bemerken, und starrte die beiden Soldaten an. »Was wollt ihr nun schon wieder?« rief er verärgert. »Was ist es diesmal? Tabakschmuggel? Verfaulter Fisch? Oder hat sich irgendwer mit einem meiner Messer in den Finger geschnitten? Ihr werdet schon irgendwas finden, da bin ich ganz sicher.«

Der Hauptmann gab keine Antwort, und Cendrine sagte leise: »Elias?«

Verwundert löste ihr Bruder seinen Blick von den Uniformierten und sah zum Fuß der Treppe. Eine Brise Seewind wirbelte sein dunkelblondes Haar auf; es war nachlässiger geschnitten als früher.

»Cendrine?« fragte er zweifelnd. Dann, lauter und mit einemmal euphorisch: »*Cendrine!*«

Polternd stürmte er die Stufen hinunter, riß Cendrine an sich und umarmte sie. Er war stärker geworden, seine Schultern schienen breiter. Sie brachte kein Wort heraus, preßte sich nur an ihn und dachte: *Er riecht genauso wie damals, wenn er von der Arbeit nach Hause kam, nach Gewürzen und Leinensäcken.* Einen Augenblick lang war es, als stünden sie wieder in ihrer engen Mansarde in Bremen, an einem Abend wie jedem anderen.

Nach einer Weile löste er sich von ihr, aber nur weit genug, um ihr ins Gesicht sehen zu können. Seine Hände ruhten auf ihren Schultern.

»Cendrine, lieber Himmel!« brachte er ungläubig hervor. Ein breites Grinsen lag auf seinen Zügen, und alle Zweifel, die sie auf dem Weg hierher gehabt hatte, verpufften auf einen Schlag.

»Ich habe deinen Brief bekommen«, stammelte sie glücklich und spürte plötzlich, daß sie weinte. »Du hast geschrieben, daß ich herkommen soll.«

»Aber sicher«, entfuhr es ihm. »Ich bin so froh … ich meine, Herrgott, daß du wirklich hier bist!« Er blickte über ihre Schultern auf die Soldaten, und sein Lächeln wurde lausbübisch. »Und in so erfreulicher Begleitung.«

Der Hauptmann hustete vernehmlich, verzichtete aber auf eine Entgegnung. Cendrine löste sich widerwillig von Elias und trat vor die Uniformierten. Nacheinander schüttelte sie allen dreien die Hände. »Ich danke Ihnen«, sagte sie. »Ohne Sie wäre ich nicht hier.«

Der Hauptmann sah von ihr zu Elias und bemerkte trocken: »Vielleicht wäre das besser für Sie.«

»Ich bin hier sicher«, beruhigte sie ihn. »Kehren Sie um. Das heißt, einen Moment noch …« Sie wandte sich an Elias. »Ich bin überzeugt, mein Bruder hat für Sie und Ihren ganzen Trupp einen Schnaps oder ein gutes Glas Wein übrig.«

Elias runzelte kurz die Stirn, dann lachte er lauthals. »Aber für die Herren Uniformträger doch immer! Schön, wenn man sich so beschützt fühlen kann.«

Cendrine verkniff sich ein Grinsen und freute sich, als der Hauptmann nach kurzem Zögern sagte: »So ein Angebot werden wir nicht ausschlagen.« Er wies einen seiner Männer an, die übrigen Soldaten und die San mit dem Gepäck herbeizuholen.

Bald darauf saß der ganze Trupp auf den Stufen der Veranda und im Schatten unter dem Vordach. Elias hatte den San und den Soldaten, die Cendrines Koffer und Taschen getragen hatten, gezeigt, wo sie ihre Last abladen konnten. Dann hatte er mit Cendrines Hilfe mehrere Flaschen Rum, Wein und sogar eine Flasche echten schottischen Whiskey herbeigeschafft. Dazu gab es Fladenbrot und für jeden ein großes Stück Trockenwurst oder Fisch.

Als schließlich die Zeit zum Aufbruch kam, sagte der Hauptmann: »Alle zwei Wochen reist die offizielle Karawane von Zesfontein hierher und wieder zurück. Ihr Bruder wird wissen, wann sie das nächste Mal hier eintrifft. Wenn Sie zurückreisen wollen, tun Sie es nur mit dieser Karawane – sie dürfte sicherer sein als jeder andere Zug von Halsabschneidern, der durch diese elende Gegend zieht. Die Schutztruppe stellt jedesmal eine Eskorte von mindestens zehn Mann.«

Elias neben ihr nickte. »Der Hauptmann hat recht. Es ist immer ein großes Fest, wenn die Soldaten hier eintreffen.«

Der Soldat schenkte ihm ein schiefes Grinsen, dann fuhr er fort: »Glauben Sie mir, es ist der beste Weg hinaus aus dieser Einöde. Vorausgesetzt, man hat Sie nicht vorher an irgendwelche Seeräuber oder Alkoholschmuggler verschachert!« Er wehrte Elias' Einspruch mit einer Handbewegung ab und fügte dann hinzu: »Nichts für ungut. Und danke für die Bewirtung. Fräulein Muck! Es war mir eine Freude, mit Ihnen zu reisen.«

Sie lächelte ihn an, dann, aus einem Impuls heraus, hauchte sie ihm einen Kuß auf die stoppelbärtige Wange.

Die Soldaten, die die Szene beobachtet hatten, grölten, und der Hauptmann, ein gestandener Mann, der schon viele Jahre in der Wildnis Südwests lebte, errötete wie ein Schuljunge.

Cendrine wandte sich an die drei San. »Ihr reitet mit den Soldaten. Es ist besser, wenn ihr die Namib gemeinsam durchquert.« Einer der drei wollte widersprechen, doch sie kam ihm mit einem Kopfschütteln zuvor. »Keine Angst, ich weiß, was ich tue.«

Die drei San flüsterten miteinander und begutachteten argwöhnisch Elias und sein Haus. Dann nickten sie widerwillig.

So kam es, daß Soldaten und San das Dorf gemeinsam verließen. Cendrine stand mit Elias auf dem Platz vor dem Dorf und blickte der schwankenden Kutsche nach, als sie im Gefolge der Reiter den Weg hinabschaukelte.

»Kaum zu glauben, daß ich zwei Wochen in diesem Ding gesessen habe«, murmelte sie.

Elias hatte einen Arm um ihre Taille gelegt. »Du bist verrückt, weißt du das?«

Sie blickte zu ihm auf – er war fast einen Kopf größer als sie. »Weil ich hergekommen bin?«

Elias lächelte nur und gab keine Antwort. Sanft zog er sie herum, und Hand in Hand gingen sie zurück zur Handelsstation auf den Klippen.

Draußen schrien die Möwen und zogen unsichtbare Schleifen im Dunkelblau des Abendhimmels. Der Ozean rauschte beruhigend gegen die Dünen am Fuß der Klippen, und ein kühler Luftzug kündete von der Kälte der anbrechenden Wüstennacht.

Cendrine lag neben Elias im Bett, schmiegte ihren Kopf an seine Brust und blickte gedankenverloren zum Fenster hinaus. Eine Stimme war in ihrem Kopf, Adrians Stimme, aber sie schob sie so weit von sich fort, wie sie konnte.

Ihr Haar war über den Oberkörper ihres Bruders gebreitet, und er streichelte die Strähnen zärtlich mit seinen Fingerspitzen.

»Du bist verliebt«, sagte er leise. Es waren die ersten Worte, seit sie erschöpft in die Kissen gesunken waren.

Sie blickte nicht auf und versuchte gar nicht erst, erstaunt zu klingen. »Wie kommst du darauf?«

»Ich hab's gemerkt. Du bist … anders als früher.«

»Das hier war das letzte Mal, das weißt du doch, nicht wahr?«

»Hast du mit jemandem darüber gesprochen?« fragte er.

»Nein.«

»Bist du sicher?

Sie drehte sich unter dem dünnen Laken, um ihm in die Augen sehen zu können. »Ja, natürlich. Warum fragst du so was?«

»Es hat uns nie interessiert, was andere darüber denken könnten.«

Sie war drauf und dran zu erkunden, was in seinem Kopf vorging, schreckte dann aber davor zurück. »Wir haben niemandem Gelegenheit gegeben, *irgend etwas* darüber zu denken, oder?«

»Aber du glaubst, daß es falsch ist.«

»Ich weiß nicht, was dich auf solche Ideen bringt.«

»Du bist verliebt, und du zweifelst an dem, was zwischen uns ist … oder war.« Er klang jetzt ein wenig traurig, aber fast auch eine Spur erleichtert. So als wäre er froh, ihr die Schuld daran zuweisen zu können, daß alles anders war als früher. Es war verzwickt.

Einen absurden Augenblick lang beobachtete sie sich selbst wie eine Fremde, und sie dachte: Es muß irgendwas im Wasser sein, das jedermann hier im Land die Gedanken anderer lesen läßt.

Aber in Wahrheit mußte Elias natürlich keine Gedanken lesen, um sie zu durchschauen. Er hatte recht: Sie hatte sich verändert, und möglicherweise lag es ja wirklich an ihren Gefühlen für Adrian. Nicht, daß sie sich auch nur einen Moment lang vorgestellt hätte, es sei er, der sie in seinen Armen hielt. Es war etwas, das tiefer ging und das sie nicht in Worte fassen konnte. Keine Scham, auch kein schlechtes Gewissen. Elias schien das gleiche zu fühlen, auch ohne daß sie es aussprach.

»Was ist mit *dir*?« fragte sie. »Warst du in der Zwischenzeit mit jemandem zusammen?«

Vielleicht war es Überheblichkeit, vielleicht auch Naivität, die sie annehmen ließ, das sei natürlich nicht der Fall gewesen. Elias liebte sie, und sie liebte ihn, so war es immer gewesen. Es schien ihr nur gerecht, daß sie diejenige war, die diese Verbindung endgültig löste. Immerhin hatte er sie in Bremen zurückgelassen, und das war allein seine Entscheidung gewesen.

»Ich bin verheiratet«, sagte er leise.

Cendrine schlug abrupt die Decke zurück und stand auf. Langsam trat sie ans Fenster, blickte hinaus über den Rand der Klippe, in einen Abgrund, der in dunstigem Blau verschwamm.

»Ich wollte es dir sagen«, stammelte er hinter ihrem Rükken, die ewig gleichen Worte, die Menschen in seiner Lage als Verteidigung vorbrachten. *Ich wollte es dir sagen.* Cendrine war mit einemmal so schwindelig, daß sie am Fensterrahmen Halt suchen mußte. Der Wind pfiff herein und überzog ihren nackten Körper mit einer Gänsehaut.

»Warum baut man hier keinen Leuchtturm, wenn die Küste so gefährlich ist?« fragte sie tonlos.

Es dauerte einige Sekunden, ehe er antwortete. »Niemand fühlt sich verantwortlich.«

»Ein Leuchtturm könnte vielen Menschen das Leben retten.«

Sie hörte, daß er aufstand und mit nackten Füßen auf sie zukam. Sie dachte: Wenn er mich jetzt anfaßt, schlage ich ihn. Das habe ich seit mindestens zehn Jahren nicht mehr getan.

»Sieh mich an«, sagte er, »bitte.«

Widerwillig drehte sie sich zu ihm um. Ihre Blicke kreuzten sich flüchtig, aber Cendrine gab sich Mühe, durch ihn hindurchzuschauen.

»Nanna und ich haben vor anderthalb Jahren geheiratet«, sagte er.

»Nanna?«

»Sie ist eine Herero.«

Cendrine blinzelte. »Wo ist sie im Moment? Oder hast du sie im Schrank eingesperrt?«

»Sie ist bei ihren Leuten, draußen in der Wüste. Sie kommt morgen zurück.«

»Ihre *Leute* sind ihre Familie, ja?«

Er nickte.

»Was würden sie wohl tun, wenn sie erführen, daß du seit deinem siebzehnten Lebensjahr mit deiner eigenen Schwester schläfst? Dich an den Marterpfahl stellen?«

»Sie würden mich töten«, sagte er ernst.

»Und Nanna?«

»Würde mir verzeihen. Sie liebt mich. Und ich liebe sie.«

Cendrine kniff die Lippen zusammen und nickte. »Ja, das glaube ich«, preßte sie schließlich hervor.

Eine Weile standen sie sich unschlüssig gegenüber, dann trat Cendrine an Elias vorbei und verließ das Schlafzimmer. Im Hinausgehen fielen ihr einige Ketten mit Holzperlen und Federn auf, außerdem ein paar glänzende Reife, die auf einer Kommode lagen. Ansonsten verriet nichts, daß dieser Raum auch von einer Frau bewohnt wurde. Aber Nanna war eine Herero. Ihre Kultur kannte keine Schminktische und Spiegel.

Cendrine ging in die winzige Kammer, in der Elias eine Liege für sie aufgestellt hatte. Die San hatten ihre Koffer und Taschen aufeinandergetürmt, und Cendrine brauchte eine Weile, ehe sie die Kleidung fand, die sie suchte: eine khakifarbene Männerhose, die sie bei einem fliegenden Händler im

Fort von Outjo gekauft hatte, dazu ein langes, derbes Hemd und eine weite Jacke. Vor allem die Jacke war ihr ein wenig zu groß, zu breit in den Schultern, aber das störte sie nicht. Eilig ging sie durch den Laden und lief außen ums Haus herum, bis sie am Rand der Steilwand stand. Dort ließ sie sich nieder und schaute über das pechschwarze Meer. Der Himmel war dunkel geworden. Eine Mondsichel und die ersten Sterne glänzten in der afrikanischen Nacht.

Sie hatte befürchtet, daß Elias ihr folgen würde, aber gehofft, er würde ihr mehr Zeit lassen. Statt dessen trat er jetzt lautlos neben sie und setzte sich. Er trug die gleiche Kleidung wie am Nachmittag, eine Leinenhose und eine Jacke. Um seinen Hals lag ein schmales Lederbändchen mit einer einzelnen Perle aus Elfenbein. Seltsam, daß es ihr nicht schon früher aufgefallen war.

»Du bist mir böse«, stellte er fest und ließ eine Handvoll Sand durch seine Finger rieseln. Der Wind wehte die Körner in den Abgrund.

»Geschwister streiten sich«, entgegnete sie bitter. »So was kommt vor.«

»Du bleibst doch trotzdem, oder?«

»Wäre es dir denn lieber, wenn ich gehe?«

Er nahm ihre Hand, obwohl sie es noch immer nicht über sich brachten, einander in die Augen zu sehen. Beide schauten hinab zu den Dünen und der rauschenden Brandung. In der Finsternis schimmerten die Sandhügel wie die Knochen der Seefahrer, die unter ihnen begraben lagen.

»Ich möchte, daß du bleibst. Und daß du Nanna kennenlernst. Du wirst sie mögen.«

»Natürlich.«

»Das ist mein Ernst. Sie wird dir gefallen.«

»Habe ich denn eine andere Wahl? Bis die Karawane hier eintrifft, werden wir es miteinander aushalten müssen.«

»Sei nicht ungerecht.« Er ließ sie los und rieb sich die Augen. »Es ist unsere Schuld, nicht Nannas.«

»Ich hätte nicht herkommen sollen.«

»Red nicht solchen Unsinn, Cendrine! Ich hab' dich lieb, das weißt du.«

»Sag ›Schwesterchen‹, und ich brech' dir die Nase.«

Elias lachte leise. »So gefällst du mir schon besser. Du hast dich verändert in den beiden letzten Jahren. Ich glaube, du bist jetzt viel besser für einen Ort wie diesen gerüstet, als dein Hauptmann wahrhaben wollte.«

»Als Schmugglerbraut?«

»Warum nicht?« sagte er grinsend. »Es gibt viele nette Männer im Dorf. Einer, zum Beispiel, hat sogar Philosophie studiert. Klar, er ist alt, und er hat ein Holzbein – manche sagen auch, er sei ein wenig verrückt –, aber ihr würdet bestimmt gut zueinander –«

»Du müßtest die Mitgift stellen.«

Sein Grinsen wurde noch breiter. »Mach dir darum keine Sorgen.«

Sie hatte Elias nie wirklich böse sein können, dazu hing sie zu sehr an ihm. Sie hatten viel zusammen durchgemacht. Welches Recht hatte sie, ihm vorzuwerfen, daß er eine andere Frau getroffen und sich verliebt hatte? Ihre eigenen Worte kamen ihr in den Sinn: *So was kommt vor.* Sie lächelte und hoffte, daß es grimmig genug aussah.

»Stört es dich gar nicht, daß du deine Frau betrogen hast?« fragte sie.

Elias zog eine Grimasse. »Oh, vielen Dank, Cendrine. Es ist ein wunderbares Gefühl, wirklich. Schön, daß du den Finger in die Wunde legst. Genau das, was ich im Augenblick brauche.«

»Was willst du hören? Daß es mir leid tut, daß ich dich verführt habe?«

»Du hast mich nicht verführt.« Er drehte sich zu ihr um. »Laß uns damit aufhören, ja? Komm, wir gehen rein. Es wird kalt.«

»Geh ruhig vor. Ich möchte noch einen Augenblick sitzen bleiben.«

»Allein, nehme ich an.«

Sie nickte wortlos, und Elias erhob sich. »Paß auf, daß du dich nicht erkältest.«

»Immer noch ganz der große Bruder!«

Elias zuckte die Achseln, dann verschwand er im Haus.

Cendrine aber schaute weiter über die See und suchte in der Dunkelheit nach dem Horizont. Der Mond spiegelte sich auf den Wellenkämmen, flitterndes Silber in der Finsternis.

Die vergangenen Stunden im Bett liefen noch einmal bruchstückhaft in ihrem Kopf ab. Sie wollte sich dafür schämen, doch es gelang ihr nicht. Es hätte ihr leid tun sollen – für Nanna, vielleicht auch für sie selbst –, aber noch erinnerte sie sich zu gut an das, was früher zwischen ihr und Elias gewesen war. Mochten auch zweieinhalb Jahre seit damals verstrichen sein, im Augenblick kam es ihr vor, als läge das alles höchstens ein paar Tage zurück.

Und was war mit Adrian? Sie mochte ihn, und ihre Küsse beim Abschied waren aufrichtig und ernst gemeint gewesen. War ihre Beziehung überhaupt schon soweit, einen Verrat daran begehen zu können? Das war eine Frage, auf die sie heute noch keine Antwort finden konnte. Eigentlich war es ganz gut so. Das machte es leichter, den Druck im Bauch und den Kloß in ihrem Hals zu ignorieren.

Elias hatte recht gehabt, als er sagte, daß sie verändert war. Wahrscheinlich hatte die Wandlung schon kurz nach ihrer Ankunft in Südwest eingesetzt – wahrgenommen hatte Cendrine sie jedoch erst, als sie den kleinen Jungen auf eigene Faust nach Windhuk gebracht hatte. O ja, sie änderte sich, und sie fragte sich, ob das auch an den Visionen lag. Es war fast, als verliehen ihr die Bilder, die sie gesehen, nein *durchlebt* hatte, eine Stärke, die ihr vorher fremd gewesen war.

Aber da war noch etwas. Vorhin, als Elias ihr gesagt hatte, daß er verheiratet sei, da hatte sie sekundenlang einen tiefen Haß auf ihn verspürt. Und nun fragte sie sich, ob Henoch, die Stadt des Brudermörders, nicht längst auch an einem anderen Ort als nur dort draußen in der Wüste existierte.

War in ihren Visionen nicht sie zur Stadt, sondern die Stadt zu ihr gekommen?

Am nächsten Morgen erwachte sie und sah, daß ihr Bruder für sie in der kleinen Küche des Hauses den Frühstückstisch gedeckt hatte. Kaffeearoma hing in der Luft. Elias selbst war nirgends zu entdecken.

Vor den Fenstern hing dichter Nebel, der vom Atlantik her über die Wüste wehte. Die weißen Schwaden, dicht wie Zukkerwatte, erinnerten sie wieder an ihre Ankunft in Swakopmund.

Elias kam gerade in dem Moment nach Hause, als sie begann, das Geschirr mehrerer Tage abzuwaschen.

»Ah, du bist auf«, rief er fröhlich, als er zur Tür hereinkam. »Du kannst dir nicht vorstellen, was im Dorf los ist. Alle reden nur von dir.«

»Wo warst du?« fragte sie und warf ihm ein Tuch zum Abtrocknen in die Hand.

Er fing es mit schiefem Grinsen auf. »Auf dem Markt. Na ja, zumindest nennen wir es hier so.«

»Die Handvoll Stände auf der anderen Seite des Dorfes?«

Elias nickte. »Die Eingeborenen ziehen manchmal recht interessante Dinge aus dem Meer, und bei den meisten habe ich das Vorkaufsrecht.«

»Dein Geschäft scheint gut zu laufen.«

»Ich bin zufrieden.«

»Die meisten der Männer, die ich gestern hier gesehen habe, sahen nicht aus, als könnten sie bezahlen, was du ihnen verkaufst – abgesehen davon, daß sie es wahrscheinlich gar nicht zahlen wollen.«

Er legte klirrend einen weiteren Teller auf den Stapel neben dem Küchenfenster. »Du tust ihnen unrecht. Viele von ihnen wären wohl ziemliche Schurken, würde man ihnen anderswo begegnen als hier. Aber in diesem Nest, in dem … nun ja, wo jedermann ein Schurke ist« – er grinste breit –, »hier vertragen sich alle miteinander. Bis auf Ausnahmen, zumindest.«

»Bist du auch einer von ihnen? Ein Schurke?« fragte sie spitz.

Er gab keine Antwort, aber in seinen Augen blitzte der Schalk.

»Wovon leben diese Leute eigentlich alle?« erkundigte sie sich nach einer Weile. »Ich habe unten am Wasser kein einziges Wrack gesehen.«

»Die Mehrzahl zieht morgens ein Stück weit nach Norden. Dort liegt alle dreißig, vierzig Meter ein Wrack, aber das ist nur ein Bruchteil von dem, was tiefer im Sand zu holen ist. Diese Männer können mit zwei Dingen meisterhaft umgehen: mit ihren Klappmessern und mit einer Schaufel.«

»Und, finden sie etwas?«

»Keiner von denen, die du gesehen hast. Sobald einer Gold oder etwas anderes Wertvolles entdeckt, wird er entweder von den anderen ausgeraubt, oder er verschwindet schleunigst von hier. Die meisten entscheiden sich für die zweite Möglichkeit. Die, die noch hier sind, sind die Verlierer – heute. Morgen kann es schon ganz anders aussehen. Wenn einer sich von einem Tag auf den anderen in Luft auflöst, dann hat ihn entweder jemand umgebracht und im Sand verscharrt, oder aber er hat etwas gefunden, das ihn anderswo reich machen wird.« Er hob die Schultern. »Viel mehr Regeln gibt es hier nicht.«

Sie nahm die Hände aus dem Spülwasser und sah ihn eindringlich an. »Was hat dich nur an diesen Ort verschlagen?«

»Mein Glück. Auch wenn es nicht so aussieht.«

»Wie meinst du das?«

»Ich wirke vielleicht nicht wie ein reicher Mann – aber das hat hier bei uns nichts zu bedeuten.« Er beugte sich vor und strich ihr lächelnd mit dem Handtuchzipfel eine Strähne aus der Stirn. »Glaub mir, ich weiß kaum mehr, wohin mit all meinem Geld.«

»Du bist ein Angeber – und du hältst mich zum Narren, oder?«

»Überhaupt nicht. Mit jeder Karawane, die unser reizendes Städtchen verläßt, verläßt mich auch ein Sack mit Gold, das von einem Vertrauten in Zesfontein für mich in der Bank deponiert wird.«

Sie starrte ihn ungläubig an. »Alle zwei Wochen ein Sack voll *Gold*?«

»Ein kleiner«, sagte er lächelnd.

»Aber wenn doch die Männer, die hier leben, kein Geld haben, wie –«

»Sie nicht«, unterbrach er sie, »aber die Archäologen.«

»Welche Archäologen?«

»Einige Stunden südlich von hier gibt es eine Ausgrabungsstätte. Größer, als du dir vorstellen kannst.« Sein Tonfall wurde triumphierend. »Und was glaubst du wohl, wer all diese Leute mit Lebensmitteln und allem anderen beliefert?«

Sie sah ihn einige Sekunden lang zweifelnd an. »Von hier aus?« fragte sie und konnte ihm noch immer nicht recht glauben.

Elias schüttelte den Kopf, aber seine Stimme klang nach wie vor wie die eines Pokerspielers, der einen Trumpf nach dem anderen ausspielt. »Da unten leben Hunderte von Menschen. Mein Geschäft ist viel zu klein, um sie alle zu versorgen. Ich arbeite mit Lieferanten zusammen, die alles Nötige von Zesfontein aus besorgen. Alle Bestellungen gehen über mich – und alle Zahlungen. Die Herren Wissenschaftler vertrauen mir. Und, glaub mir, Cendrine, es ist nicht leicht, hier unten jemanden zu finden, dem man vertrauen kann.«

Sie nickte ihm anerkennend zu. »Du bist ein viel besserer Kaufmann, als ich dachte.«

»Verstehst du jetzt, warum ich hier bin? Südwest kann ein Paradies für Geschäftsleute sein – wenn man nur weiß, wie man's anstellen muß.«

»Diese Archäologen … weißt du, woran sie arbeiten?«

»Sie graben die halbe Wüste um. Im Grunde tun sie nichts anderes als jeder räudige Schatzsucher hier aus dem Dorf – sie suchen Wracks und das, was darin begraben liegt.« Er rieb die letzte Tasse trocken und stellte sie zu den anderen. »Das ist zumindest die offizielle Erklärung.«

»Und die inoffizielle?«

Elias senkte die Stimme, als vermute er draußen vor dem Fenster einen Spion. »Diese Leute suchen nicht irgendein Schiff, sondern ein ganz bestimmtes. Eine ägyptische Galeere, die angeblich bei der ersten Umrundung Afrikas unterging, gleich hier vor der Küste. Voll mit Gold, das für den Pharao bestimmt war.«

Cendrine lehnte sich gegen die Küchenwand. »Phönizisch«, brachte sie mühsam hervor.

»Bitte?«

»Es war eine phönizische Galeere, keine ägyptische.«

»Du weißt davon?« fragte er überrascht.

Sie versuchte so beiläufig wie möglich zu klingen. »Ich habe darüber gelesen.«

Verwundert suchte er ihren Blick, doch sie wich ihm aus. »Auf jeden Fall«, fuhr er dann fort, »sind sie überzeugt, am richtigen Ort zu suchen. Sie haben es schon an allen möglichen anderen Plätzen versucht, aber hier, so sagen sie, wollen sie fündig werden. Selkirk ist vom Erfolg überzeugt.«

»*Selkirk?*« entfuhr es ihr schrill.

Er trat auf sie zu, die Stirn gerunzelt und mit deutlicher Sorge in den Augen. »Cendrine, was ist los mit dir? Verschweigst du mir irgendwas?«

»Hast du gerade Selkirk gesagt?«

»Natürlich, ja. So heißt die Gesellschaft. *The Selkirk Company*. Engländer zum größten Teil, aber auch ein paar Deutsche und Holländer.« Sein Lächeln wirkte fahrig und war von Unruhe überschattet. »Wenn es um das Geld anderer geht, verstehen die Kerle sich plötzlich ganz großartig.«

Cendrine gab sich große Mühe, ihre Ruhe zu bewahren. »Gibt es dort auch einen Lord Selkirk? Ich meine, einen Mann, der tatsächlich diesen Namen trägt?«

Elias schüttelte den Kopf. »Nein. Ich kenne die ganze Geschäftsführung der Company. Soweit ich weiß, haben sie sich nach jemandem benannt, der das Unternehmen ins Leben gerufen hat.«

»Kannst du mich dorthin bringen?«

»Cendrine, was –«

»Tust du's, oder muß ich einen deiner Freunde aus dem Dorf anheuern?«

»Kannst du mir nicht wenigstens verraten, was das soll? Was hast du mit diesen Leuten zu tun?«

»Nichts. Glaube ich zumindest.« Sie holte tief Luft, dann ergriff sie seine Hand und rang sich ein Lächeln ab. »Bitte, Elias. Das ist alles ziemlich kompliziert. Es hat mit meiner Stellung in Windhuk zu tun. Es wäre wichtig für mich, daß ich mit einem dieser Archäologen sprechen kann.«

»Das klingt nicht so, als wolltest du mir auch nur ein Wort mehr darüber erzählen, stimmt's?«

Sie gab ihm einen Kuß auf das Grübchen in seinem Kinn. »Später vielleicht. Also, was ist? Bringst du mich hin?«

»Ich wollte übermorgen wieder rausfahren. Reicht dir das?«

»Kannst du es nicht auf heute verschieben?«

»Jetzt gleich?«

Sie grinste. »Ich wußte, daß ich mich auf einen Schurken wie dich verlassen kann.«

Der Nebel hatte sich aufgelöst, als sie die Ausgrabungsstätte erreichten. Der Wind drehte sich allmählich und wehte feinen Sand vom Landesinneren zum Ozean. Die feinen Körnchen brannten in Cendrines Augen und durchdrangen jede Ritze ihrer Kleidung. Fast drei Stunden lang hatte der Ritt gedauert, erst an der Küste entlang nach Süden, dann zwei oder drei Kilometer landeinwärts. Um sie herum nichts als Dünen, erst vom Atlantik begrenzt, dann schließlich so weit das Auge reichte. Die Luft flirrte vor Hitze, und die Wüste war hier so weiß, daß das reflektierte Licht Cendrine blendete. Auch als sie ihr Ziel endlich vor sich sah, hatten sich ihre Augen noch nicht völlig an die gleißende Helligkeit gewöhnt.

Der Ritt selbst war die schlimmste Strapaze gewesen, die sie bislang durchgemacht hatte. Als Elias ihr sagte, daß sie zur Ausgrabungsstätte reiten würden, war sie noch guter Dinge gewesen. Dann aber hatte sie feststellen müssen, daß er damit keineswegs *auf Pferden reiten* gemeint hatte.

Sie hatte nie zuvor auf einem Kamel gesessen – in der Gegend von Windhuk sah man sie meist nur, wenn schweigsame Wüstennomaden das Hochland passierten und ihre Waren zum Tausch anboten –, und sie tat sich nicht allein mit dem Gedanken schwer, darauf Platz zu nehmen. Schließlich war Elias nach all ihren vergeblichen und nicht besonders geschickten Versuchen, sich im Sattel zwischen den beiden Höckern zu halten, so ungeduldig geworden, daß er gedroht hatte, sie dort oben festzubinden. Und, siehe da, plötzlich ging es. Zwar fühlte sie sich noch immer, als säße sie auf einem besonders großen Sack voller Murmeln, der bei jedem Schritt in wellenförmige Bewegung geriet, doch gelang es ihr tatsächlich, einigermaßen sicher im Sattel zu sitzen.

Sie hatte angenommen, nach einer Weile würden die Probleme mit ihrem stelzenbeinigen Reittier von anderen Sorgen verdrängt werden, von der Hitze etwa, oder von ihrer Erschöpfung. Doch das Schicksal hatte kein Einsehen mit ihr. Bis zuletzt kämpfte sie um ihr Gleichgewicht, und als sie endlich absteigen durfte und von einem Dünenrücken aus über die Ausgrabungsstätte blickte, stellte sich in ihren Armen und Beinen schlagartig Muskelkater ein; ganz abgesehen von ihrem Hinterteil, das so weh tat, als hätte es jemand den lieben langen Tag mit Tritten malträtiert. Schon jetzt graute ihr vor dem Heimritt.

Elias hatte nicht übertrieben. Die Ausmaße des Geländes, auf dem Selkirks Nachfolger die phönizische Galeere suchten, waren gewaltig. Cendrine hatte versucht, es sich in ihrer Fantasie auszumalen, doch die Realität übertraf ihre Erwartungen bei weitem.

Am Fuß der Düne nahm ein Labyrinth von Gruben, Verbindungsgräben und Balkenkonstruktionen seinen Anfang, dessen entferntes Ende – sei es durch die hitzeflirrende Luft, sei es durch das grelle Wüstenlicht – nicht zu erkennen war. Die Archäologen hatten inmitten des Dünenmeers ein künstliches Tal angelegt, rundherum mit hölzernen Barrieren abgestützt, durch dessen Fugen der weiße Sand der Namib rieselte. Cendrine hatte zuwenig Ahnung von Archäologie, um erkennen zu können, was genau dort unten getan wurde. Dennoch war nicht zu übersehen, daß das gesamte Vorhaben die Gesellschaft ein Vermögen kosten mußte. Sie konnte sich kaum vorstellen, daß das, was man an Bord der Galeere zu finden hoffte, genug wert war, um angesichts des Aufwands noch einen Gewinn zu erzielen.

Zahllose Menschen, zum überwiegenden Teil einheimische Arbeiter, waren überall auf dem Gelände damit beschäftigt, noch tiefer zu graben, Sand auf Loren und in Karren abzutransportieren oder einfach nur wild gestikulierend dazustehen und anderen Befehle zu erteilen.

Elias nahm sein Kamel am Zügel und bedeutete Cendrine, es ihm gleichzutun. Gemeinsam stapften sie durch den Sand und führten die Tiere abwärts, einem Tor entgegen, das inmitten der Barriere klaffte. Allein die Mühen, mit denen all das Holz hierhergeschafft worden war, mußten immens gewesen sein.

»Weißt du«, fragte Cendrine, »ob es dort unten jemanden gibt, der noch mit dem alten Selkirk persönlich zusammengearbeitet hat?«

Elias nahm seinen breiten Filzhut vom Kopf und wischte sich damit den Schweiß von der Stirn. »Die Ausgrabungen werden von mehreren Wissenschaftlern geleitet, von denen die meisten alt genug sein dürften, um deinen Lord noch gekannt zu haben. Ich werde dich einem Mann namens Pinter vorstellen, Professor Pinter. Er war lange Zeit hier unten, ging dann nach London ans British Museum, kehrte aber schließlich zurück, angeblich weil er die Wüstenluft vermißt hat. Weiß der Teufel. Auf jeden Fall sollte er dir weiterhelfen können.«

Cendrine hatte Elias während des Ritts erzählt, daß das Haus der Kaskadens von Selkirk persönlich erbaut worden war. Von Titus Kaskaden habe sie den Auftrag erhalten, neben ihrer Arbeit als Gouvernante in der Bibliothek ein wenig Ahnenforschung zu betreiben; außerdem, so schwindelte sie, wolle Titus mehr über das Gebäude und seinen früheren Besitzer erfahren.

Das Ganze war natürlich eine äußerst fade Ausrede, und sie zweifelte nicht, daß Elias sie sogleich durchschaute – zumal sie offenließ, weshalb sie solche Eile hatte, Selkirks Nachfolger kennenzulernen. Sie war Elias dankbar, daß er trotzdem keine weiteren Fragen stellte und sie in ihrem wunderlichen Bestreben gewähren ließ. Vielleicht glaubte er, ihr das schuldig zu sein.

Am Tor wurden sie von bewaffneten Wächtern aufgehalten, doch als die Männer – drei Deutsche, ehemalige Fremdenlegionäre, wie Cendrine bald darauf erfuhr – Elias erkannten, durften die beiden passieren. Ihre Kamele wurden von dienstbeflissenen Stalljungen zu einer künstlich angelegten Tränke gebracht.

Elias führte Cendrine über ein Gewirr von befestigten Wegen weiter nach Osten. Die meisten dieser Pfade verliefen zwischen tiefen Ausgrabungslöchern und waren so schmal, daß sie kaum nebeneinander gehen konnten. Cendrine hatte mehrfach mit Schwindel zu kämpfen, wenn sich rechts und links von ihr metertiefe Gruben auftaten, an deren Grund Farbige und Weiße einträchtig mit Schaufeln, Balken und Holzpflöcken hantierten. Wo noch keine Löcher klafften, wurden bereits Vermessungen angestellt, Skizzen angefertigt und Vorarbeiter in die bevorstehenden Grabungsarbeiten eingewiesen. Aus allen Richtungen ertönten Rufe und Anweisungen in einer Vielzahl von Sprachen, in der Regel wohl Khoi, oft aber auch auf englisch, deutsch oder im Kauderwelsch der Buren.

Ganz kurz blitzte das Bild des Termitenbaus in Cendrines Erinnerung auf, verblaßte aber bald, als sie sich einem khakifarbenen Zelt näherten, so groß wie ein kleines Haus.

»Professor?« rief Elias, noch bevor sie die Eingangsplane erreichten. »Professor Pinter?«

Im Inneren raunzte jemand etwas, das für jedermann, ganz gleich, welche Sprache er sprach, unverständlich gewesen wäre. Sekunden später wurde die Plane beiseite gerissen, und ein Mann blinzelte ins Freie. Seine Gesicht blieb abweisend, fast wütend, bis er Elias erkannte. Sein Zorn schmolz dahin, und ein breites Lächeln erschien auf seinem braungebrannten Gesicht.

»Elias Muck«, sagte er erfreut. Er sprach den Namen englisch aus, doch wie sich zeigte, war sein Deutsch ganz hervorragend: »Wen haben Sie uns denn da mitgebracht, Elias?«

»Meine Schwester, Professor. Cendrine Muck. Sie besucht mich für einige Wochen... oder Tage.« Dabei wechselte er einen unsicheren Blick mit Cendrine, die nicht darauf einging Statt dessen trat sie Professor Pinter entgegen und reichte ihm die Hand. Der ältere Mann deutete eine Verbeugung an und gab ihr einen galanten Handkuß. Cendrine spürte, daß sie rot wurde.

»Nicht nur die Franzosen haben gute Manieren«, sagte Pinter amüsiert, als er ihre Verwirrung bemerkte. »Oh, und die Deutschen, natürlich. Seien Sie mir in meiner bescheidenen Unterkunft willkommen, Fräulein Muck.« Er sprach es *Frau-*

lein Mack aus. »Im ersten Moment dachte ich schon, Ihr Bruder hätte seiner bezaubernden Nanna den Laufpaß für eine nicht weniger charmante junge Dame gegeben.« An Elias gewandt fügte er mit einem feinen Lächeln hinzu: »Darf ich annehmen, daß Sie uns nun des öfteren in Begleitung gleich zweier wunderschöner Damen beehren werden, Elias? Die Männer werden eifersüchtig sein – von mir selbst ganz zu schweigen.«

Pinter mochte Anfang Sechzig sein, doch die Art wie er sich bewegte, war die eines zwanzig Jahre jüngeren Mannes. Nur sein Gesicht offenbarte deutlich sein Alter, faltig und sonnengegerbt kündete es von einem Leben in der Wüstenhitze. Seine Lippen waren rissig und farblos, sein weißes Haar auf Fingerbreite kurzgeschoren. Cendrine hatte den Eindruck, eines seiner Augen sei blind, aber sie war nicht ganz sicher und wollte ihn auch nicht allzu unhöflich anstarren.

Der Professor führte sie ins Innere seines Zeltes. In der Mitte stand ein breiter Tisch, auf dem ein hoher Stapel Karten lag, die sich zum Teil ineinandergerollt hatten. Unzählige Bücher waren zu Türmen gestapelt, dazwischen befanden sich Vermessungsgeräte, eine Schreibmaschine und ein Gewehr. In einer Ecke, hinter mannshohen Gebirgen vergilbter Folianten, standen ein ungemachtes Feldbett und eine Ablage mit schmutzigem Geschirr.

Ein Eingeborener in weißer Tuchkleidung brachte einen Krug mit lauwarmem Wasser, aus dem der Professor seinen Gästen in tönerne Becher einschenkte. Cendrine trank dankbar und folgte Pinters Einladung, sich auf einem von mehreren Hockern niederzulassen, die rund um den Kartentisch standen.

»Meine Schwester wollte Sie kennenlernen«, erklärte Elias, nachdem auch die Männer Platz genommen hatten.

Pinter war sichtlich beeindruckt. »Tatsächlich?«

Cendrine schenkte Elias einen giftigen Blick, dann wandte sie sich an den Professor. »Was mein Bruder sagt, ist nicht ganz richtig. Ich wollte mit jemandem sprechen, der mit Lord Selkirk zusammengearbeitet hat. Elias meinte, auf Sie könnte das zutreffen.«

Der Professor wechselte einen kurzen Blick mit Elias, dann seufzte er gedehnt. »Wahrscheinlich wäre es auch zuviel verlangt, ernsthaft zu erwarten, eine junge Dame wie Sie hätte den Weg zu uns ins Nirgendwo zurückgelegt, um einen greisen Archäologen zu treffen.«

Cendrine wußte, er wartete darauf, daß sie ihm widersprach, aber nach dem entsetzlichen Kamelritt war ihr nicht nach Komplimenten zumute. »Kannten Sie Selkirk persönlich?«

Pinter nickte zögernd. »Darf ich fragen, was Ihr Interesse für ihn geweckt hat?«

»Ich arbeite als Gouvernante im Haushalt der Familie Kaskaden. Sagt Ihnen der Name etwas?«

»Titus Kaskaden? Aber ja doch, ich habe ihn vor einer halben Ewigkeit einmal kennengelernt, beim Sommerball des Gouverneurs, wenn ich mich nicht täusche. Sie hätten es hier unten wahrlich schlechter treffen können, mein Kind.«

»Dann wissen Sie auch, daß die Kaskadens auf Selkirks Anwesen leben.«

»Ich habe nicht mit Titus Kaskaden selbst darüber gesprochen, aber, ja, solche Dinge machen schnell die Runde. Vor allem, wenn man sich einmal in Selkirks Dunstkreis bewegt hat.«

Cendrine wurde immer aufgeregter. Sie wünschte sich, Elias würde das Zelt verlassen, damit sie und der Professor unter vier Augen miteinander reden konnten. Aber es wäre zu unhöflich und undankbar gewesen, ihn hinauszuschicken. Außerdem wollte sie vermeiden, daß er anschließend mehr Fragen als nötig stellte. Wahrscheinlich war es ohnehin egal, wieviel er mit anhörte, er würde doch nichts damit anfangen können.

Sie erklärte dem Professor, daß Titus sie beauftragt hatte, mehr über die Geschichte des Hauses und seinen Vorbesitzer herauszufinden. Zwar beschränke sich diese Forschung hauptsächlich auf die Bibliothek des Anwesens, doch nun, da sie einmal hier sei, habe sie die Möglichkeit nicht ungenutzt lassen wollen, mit einem von Selkirks ehemaligen Kollegen zu sprechen.

»Wissen Sie, wie Selkirk ums Leben kam?« fragte sie.

»Ich nehme an, Sie kennen die Gerüchte«, erwiderte Pinter. »All dieses Gerede darüber, daß er seine Familie ermordet und sich schließlich selbst umgebracht hat. Hören Sie nicht auf diesen Unsinn – es sind Lügen. Ich kannte den Lord gut genug, um Ihnen versichern zu können, daß er niemals zu etwas Derartigem in der Lage gewesen wäre. Wußten Sie, daß er es war, der die ersten deutschen Lehrer nach Windhuk holte, lange bevor dort eine Schule eröffnet wurde? Und wußten Sie, daß er einmal im Jahr ein großes Kinderfest veranstaltete, um weißen und schwarzen Kindern die Möglichkeit zu geben, Freundschaft zu schließen? Solch ein Mann rottet doch nicht die eigene Familie aus! Er war derart verliebt in seine Töchter, vor allem in die kleinste ... Nein, beim besten Willen, er hat diese Dinge nicht getan.«

»Wer dann?«

»Die Aufständischen. Die Herero. Nichts für ungut, Elias, ich weiß, daß Ihre Frau eine Herero ist ... aber das ändert nichts daran, daß die Rebellen die ganze Familie Selkirk abgeschlachtet haben.«

»Waren Sie dabei, als die Soldaten das Haus betraten?«

»Nein. Ich war hier. Das heißt, genaugenommen etwa hundertfünfzig Kilometer weiter südlich. Damals haben wir noch dort unten gegraben.«

»Wann haben Sie Selkirk kennengelernt?«

»Als er Männer für sein Projekt anheuerte, für die Suche nach der Galeere.«

»Ich dachte, das sei geheim?« bemerkte Elias.

»Ich kenne Sie, mein Freund«, gab der Professor lachend zurück. »Natürlich haben Sie Ihrer Schwester längst davon erzählt. Wer könnte diesen Augen schon widerstehen? Nicht einmal der eigene Bruder ...«

Cendrine wich seinem Blick mit einem koketten Lächeln aus. »Sie waren also schon damals in der Kalahari dabei.«

»In der ... ach, du liebe Güte, *das* meinen Sie! *Selkirk's hoax* hat man das damals genannt. Nein, nein, damit hatte ich nichts zu tun. Das war eine seiner fixen Ideen – und er hatte eine Menge davon, glauben Sie mir. Niemand weiß so recht, was dort draußen wirklich geschehen ist. Offiziell hieß es, er hätte nichts entdeckt, aber ich glaube, der alte – wie heißt es auf deutsch? – Schlaumeier, nicht wahr? Nun, ich glaube, der alte Schlaumeier hat einige Leute ganz schön an der Nase herumgeführt.«

»Dann ist er in der Kalahari doch auf etwas gestoßen?« fragte Cendrine mit gespieltem Erstaunen. »Auf was?«

»Wenn ich das wüßte.« Er beugte sich vor und senkte die Stimme. »Ganz im Vertrauen… ich kann Ihnen doch vertrauen, oder?«

Cendrine nickte.

»Also, ganz im Vertrauen«, begann er von neuem, »er muß dort irgend etwas gefunden haben, das aus Stein war. Festem, solidem Stein. Auf gar keinen Fall die Galeere, die er dort eigentlich vermutete. Selkirk hat eine ganze Reihe von Transporten aus eigener Tasche finanziert, die irgendwelche Teile nach Windhuk brachten.«

»Die alten Steine in den Mauern des Hauses?«

»Ganz genau. Ich selbst habe das Haus nie von innen gesehen, aber ich habe von diesen Relikten gehört. Ich müßte mich sehr täuschen, wenn sie nicht aus der Kalahari stammten.«

»Aber er hat nie verraten, woher genau?«

»Nicht direkt.« Er machte eine kurze Pause, dann fügte er hinzu: »Ich kenne den Ort allerdings trotzdem.«

Cendrine überspielte ihr Erstaunen schleunigst mit einem trockenen Husten. »Sie waren dort?« fragte sie anschließend, immer noch merklich erregt.

Professor Pinter schüttelte den Kopf. »Nein, natürlich nicht. Ich bin nicht lebensmüde – und verfüge leider nicht einmal über einen Bruchteil von Selkirks Mitteln.« Er lächelte und bedachte Cendrine mit einem Augenzwinkern. »Die Archäologen von heute sind nicht mehr die gierigen Schatzsucher, die sie noch vor vierzig, fünfzig Jahren waren. Was Sie hier sehen, ist alles, was ich besitze. Schauen Sie mich nicht so ungläubig an, das ist die Wahrheit! Aber, egal, auf jeden Fall bräuchte man, um Selkirks Grabungen in der Kalahari heute nachvollziehen zu können, eine Mannschaft von, sagen wir, zweihundert Mann. Mindestens! Kein Mensch auf der Welt würde eine solche Aktion finanzieren, nicht so weit draußen im Nichts, und nicht solange es keinerlei Hinweise gibt, daß es dort tatsächlich etwas von Wert zu holen gibt. Ich könnte darauf wetten, daß Selkirk, als er die Steine abtransportieren ließ, auch alles andere, das von Interesse war, mitnahm.«

»Wie genau kennen Sie die Stelle, an der Selkirk gegraben hat?«

Pinter stieß ein tiefes Lachen aus. »Wenn man Sie reden hört, mein Kind, könnte man meinen, eine der anderen großen archäologischen Gesellschaften hätte Sie hergeschickt, um mich auszuspionieren. Sagen Sie, plant Titus Kaskaden vielleicht, seine Geschäfte in Südwest auf wissenschaftlichem Gebiet zu erweitern?«

»Nein«, gab sie zurück und wagte nicht, Elias' Blick zu kreuzen. »Nicht, daß ich wüßte. Aber Sie müssen zugeben, daß dies alles höchst interessant ist. Ich meine, erst eine Expedition in die tiefste Kalahari, um ausgerechnet ein uraltes Schiff zu finden, und dann diese Steine überall im Haus der Kaskadens. Gönnen Sie einer jungen Frau doch ein wenig Gänsehaut.«

Sie wußte, daß sie damit den richtigen Ton traf, und Pinter fiel sogleich darauf herein. »Ich könnte Ihnen natürlich Geschichten erzählen… verdammt, hätte dieses Zelt Balken, sie würden sich bis zum Boden biegen!« Er lachte, und Elias und Cendrine fielen aus Höflichkeit mit ein.

»Wo war der Ort, an dem Selkirks Ausgrabungen stattfanden?« fragte sie schließlich noch einmal, in der Hoffnung, daß ihre Direktheit ihn nicht erneut mißtrauisch machte.

»Warten Sie«, bat Pinter und stand auf. Er trat an einen Schrank, dessen eine Tür nur noch an der unteren Angel hing, und stöberte darin herum. Elias stupste Cendrine unter dem Tisch mit dem Knie an und verdrehte die Augen. Sie lächelte ihm schulterzuckend zu.

Nach einer Weile zog Pinter aus dem Schrank einen Stapel Papier, offenbar Karten, an denen die Witterung alles andere als spurlos vorübergegangen war. Er blätterte scheinbar ziellos darin herum, dann hob er erfreut die Augenbrauen und zerrte eine einzelne Karte zwischen den übrigen hervor. Lächelnd kehrte er damit zurück zu den Geschwistern. »Wenn es Ihre geschätzte Gänsehaut fördert, dann, bitte, behalten Sie das Ding. Selkirks Ausgrabungsstelle ist irgendwo darauf verzeichnet.«

Cendrines Finger zitterten unmerklich, als sie die Karte entgegennahm. »Sie brauchen sie nicht mehr?«

»Wenn sie statt dessen einem so ehrenwerten Zweck wie Ihrer Unterhaltung dienlich sein kann, weshalb sollte sie dann in meinem Schrank verrotten? Ich bin zu alt, um mich noch mit dem Ballast des vergangenen Jahrhunderts herumzuschlagen. Was Sie dort draußen gesehen haben, diese Ausgrabungsstätte, ist mein letztes Werk. Eines Tages werde ich in einer der Gruben tot umfallen, und alles, was den anderen zu tun bleibt, ist, wieder genügend Sand hineinzuschaufeln, damit die Hyänen nicht an meinem zähen Leder ersticken.«

Cendrine verzog scheu die Mundwinkel. Schüchternheit würde ihm besser gefallen als übertriebene Heiterkeit.

»Die Karte stammt noch von Selkirk selbst«, sagte Pinter. »Ich hab' sie in seinen Unterlagen gefunden, einige Jahre nach seinem Tod. Schauen Sie nur nach, Sie werden den Eintrag ganz bestimmt finden.« Nach einer kurzen Pause fügte er hinzu: »Und wenn der alte Kaskaden doch noch auf die Idee kommen sollte, unter die Schatzgräber zu gehen, dann, zum Teufel, geben Sie ihm das Ding! Er wird bestimmt Ihr Gehalt verdoppeln. Trinken Sie einen auf mein Wohl, wo immer ich dann sein mag.«

»Sie sind sehr freundlich, Professor Pinter.«

»Erzählen Sie das meinen Arbeitern hier im Lager. Möglicherweise sind die anderer Ansicht.«

Elias streckte die Hand nach der Karte aus, aber Cendrine tat, als hätte sie es nicht bemerkt, und behielt sie bei sich. Statt dessen fragte sie den Professor: »Wie ging es mit Selkirk weiter, nachdem er aus der Kalahari zurückkehrte? Baute er gleich darauf das Haus in den Auasbergen?«

»Nein«, erwiderte Pinter kopfschüttelnd. »Die Arbeiten daran begannen schon früher, zwei, drei Jahre vor seiner Rückkehr.«

Cendrine dachte nach und kam verwundert zu dem Schluß, daß dies Selkirks Eintragungen in seinem Buch widersprach. Doch auch Pinter konnte nicht jedes Detail kennen.

Sicherheitshalber fragte sie: »Wissen Sie das ganz genau? Nach allem, was ich in der Bibliothek fand, wurde das Haus erst erbaut, nachdem Selkirk die Grabungen in der Kalahari aufgegeben hatte.«

Der Professor blieb beharrlich. »Nein, nein, da bin ich sicher. Ich kannte noch einige der Vorarbeiter, auch einen der Architekten, die an dem Bau beteiligt waren. Und ich weiß, daß sie mit ihrer Arbeit begannen, lange bevor Selkirk seine Expedition abbrach.«

Falls dem tatsächlich so war, stimmte irgend etwas nicht. Sie war sich noch nicht im klaren, was es war – zu groß war die Fülle der neuen Hinweise –, aber etwas sagte ihr, daß sie gerade dabei war, auf etwas *wirklich* Wichtiges zu stoßen.

»Verstehe ich Sie richtig?« hakte sie noch einmal nach. »Selkirk hielt sich noch mehrere Jahre in der Wüste auf, obwohl sein Haus bereits im Bau war?«

»So ist es.«

Konnte das bedeuten, daß es eine zweite Expedition in die Kalahari gegeben hatte? Eine, die so geheim war, daß Selkirk sie nicht einmal seinem Tagebuch anvertraut hatte?

»Wußten Sie nicht, daß Selkirk die archaischen Fundstücke erst nachträglich in das Haus einarbeiten ließ?« fragte Pinter.

»Nein«, sagte Cendrine verwirrt, »das ist mir neu.«

»Es muß eine ganze Menge Arbeit gewesen sein – und Unsummen verschlungen haben –, all diese Steine im nachhinein in die Mauern einzupassen.«

War das der Schlüssel zum Geheimnis? Erneut versuchte sie, die Chronologie der Ereignisse in die richtige Reihenfolge zu bringen: Erst war Selkirk in die Kalahari gezogen und hatte die Ruinen Henochs entdeckt; daraufhin war er zurückgekehrt und hatte den Bau des Anwesens in Auftrag gegeben; dann aber, als die Arbeiten schon begonnen hatten, war er möglicherweise ein zweites Mal aufgebrochen und hatte – offenbar erst nach zwei oder drei Jahren, wenn Pinters Angaben richtig waren – die rätselhaften Steine mitgebracht und in das bereits fertige Haus einfügen lassen.

Wohin aber hatte ihn diese letzte Expedition geführt? Noch einmal zurück nach Henoch, obwohl er doch in seinen Aufzeichnungen behauptet hatte, daß seine Arbeit dort beendet war? Oder gab es eine *zweite* Ausgrabungsstätte in der Kalahari, eine, von der bislang niemand wußte?

Der Gedanke bereitete ihr Bauchschmerzen, und sie spürte, daß ihre Hände bebten. Geschwind verhakte sie die Finger unter der Tischplatte im Schoß, damit die anderen ihr Zittern nicht bemerkten.

Ein zweiter Grabungsort in der Wüste! Wahrscheinlich bedeutete das auch einen weiteren Fund. Stammten die Steine vielleicht gar nicht aus Henoch, sondern von dieser zweiten Stätte?

Und was für eine Entdeckung mochte das sein, die Selkirk dazu bewegt hatte, den – wie er selbst es genannt hatte – Höhepunkt seiner Laufbahn, die Freilegung Henochs, noch einmal überbieten zu wollen? Was konnte bedeutender sein als die Freilegung der ersten Stadt der Menschheit?

Cendrine hatte plötzlich das Gefühl, schleunigst von diesem Ort fortzumüssen, zurück nach Windhuk, oder besser noch weiter nach Osten, tief ins Innere der Wüste.

Mädchenfantasien, schalt sie sich. Dein Sinn für Romantik geht mit dir durch.

»Ist Ihnen nicht wohl?« fragte Pinter plötzlich. »Sie sind mit einemmal so blaß.«

»Ich … mir ist nur etwas schwindelig. Ich glaube, wir sollten bald nach Hause reiten.«

»Nicht, bevor ich ein paar Dinge hier im Lager erledigt habe«, gab Elias ein wenig unwirsch zurück. »Deshalb bin ich schließlich hergekommen – schon vergessen?« Cendrine befürchtete, daß sie seine Geduld endgültig überstrapaziert hatte.

»Ich lasse eine Liege für Sie aufstellen«, sagte Pinter. »Hier im Zelt, wenn Sie mögen, oder draußen im Schatten. Ruhen Sie sich ein wenig aus.« Er stieß einen tiefen Seufzer aus. »Ich habe es schon immer gesagt, und ich sage es heute noch einmal: Afrika ist kein Land für Frauen.« Etwas leiser setzte er hinzu: »Eigentlich ist es überhaupt kein Land für Menschen wie uns.«

Die Dunkelheit war längst hereingebrochen, als sie auf ihren Kamelen den Pfad zum Dorf hinaufschaukelten. Es war eiskalt geworden, ihr Atem wogte als weißer Dunst vor ihren Lippen. Elias' Haus bot sich als schwarzer Koloß vor einem überwältigenden Sternenhimmel dar. Die Gestirne brannten wie Raubtieraugen in der Finsternis, während aus der Tiefe das behäbige Anrollen der Brandung gegen die Dünen ertönte.

Cendrines Kamel ging in die Hocke und ließ seine Reiterin absteigen. Wortlos glitt sie aus dem Sattel, kümmerte sich nicht darum, wohin Elias die Tiere brachte, schleppte sich nur völlig erschöpft die Verandatreppe hinauf und schloß die Tür auf. Wenig später sank sie auf ihr Bett, unfähig, über die Erlebnisse und Pinters Ausführungen nachzudenken. Als Elias ins Haus kam, war sie längst eingeschlafen.

Viel später, irgendwann in der Nacht, hörte Cendrine, wie jemand ihren Namen rief. Eine Frauenstimme, weit entfernt und von einem langgezogenen Hall verzerrt.

Cendrine!

Sie stand auf und fröstelte. Sie hatte am Abend kein Nachthemd übergezogen. Ihre nackte Haut schimmerte bläulich im Sternenlicht.

Allmählich kam in den Nächten der Frost über die Wüste, fast zu spät für diese Jahreszeit. Der Juli war einer der kältesten Monate in Südwest, und nachts drängten sich die Nomaden draußen in der Namib eng aneinander, um nicht zu erfrieren. Cendrine hatte die Winternächte, die stets völlig unvermittelt auf die Wärme des Tages folgten, schon während ihrer Reise durchs Kaokoveld fürchten gelernt, aber jetzt, in dieser Nacht, fror sie stärker als jemals zuvor.

Cendrine!

Sie hatte diese Stimme früher schon gehört, obwohl sie niemandem gehörte, den sie kannte. In ihrem ersten Traum von der Wüste, im Angesicht der Ruinen von Henoch, hatte die Frau schon einmal nach ihr gerufen.

Doch das war ein Traum gewesen. Und dies hier?

Cendrine trat ans Fenster und öffnete es. Draußen war es dunkel, natürlich, und die Kälte strömte herein wie eine Woge.

Irgend etwas war anders. Etwas fehlte.

Das Meer bewegte sich nicht; es war erstarrt. Die Geräusche der Brandung waren verklungen, nur das leise Säuseln des Windes drang an Cendrines Ohren.

Sie begriff, daß das Meer gar kein Meer war, sondern ein Ozean aus Dünen, der sich im Sternenlicht grau gewellt bis zum Horizont erstreckte. Auch die Klippe war verschwunden. Das Haus – falls es überhaupt noch existierte und nicht nur dieses Zimmer mit ihr in die Sphären der Vision übergewechselt war – stand einsam auf einem Dünenkamm.

Cendrine! Ein letztes Mal ertönte die Stimme, dann verstummte sie.

Draußen, unterhalb des Fensters, regte sich etwas. Eine Gestalt erhob sich, ein schmaler Umriß vor den Sternen und der Wüste. Cendrine schrak zurück, mehr noch, als sie erkannte, um wen es sich handelte. Obwohl sie ihn nicht wirklich fürchtete, machte es ihr angst, gerade ihn hier zu sehen. Erneut begann sie Zusammenhänge zu erahnen, von denen sie lieber nichts wissen wollte.

Qabbo lächelte und streckte eine Hand nach ihr aus. »Komm raus«, forderte er sie mit sanfter Stimme auf. »Niemand will dir etwas tun. Komm raus zu mir.«

»Warum bist du hier?« fragte sie und wunderte sich, wie fern und hallend ihre eigene Stimme klang, so als spräche sie nicht hier, sondern an einem anderen, weit entfernten Ort.

»Komm raus«, sagte Qabbo erneut. »Komm mit mir.«

Cendrine wollte zur Zimmertür gehen, aber der kleine San schüttelte abrupt den Kopf. »Nein, hierher. Durchs Fenster.«

Sie zögerte noch einen Augenblick, dann ging sie zurück zum Fenster und legte beide Hände auf den Rahmen. Ganz kurz durchzuckte sie so etwas wie Erstaunen: Wenn sie wollte, konnte sie also eigene Entscheidungen treffen. Anders als in ihren früheren Visionen, in denen sie mehr oder weniger von den äußeren Umständen geführt worden war, war sie jetzt stark genug, sich zur Wehr zu setzen. Sie spürte genau, daß sie einfach zurück zum Bett gehen und weiterschlafen konnte. Was sie tat, tat sie aus freiem Willen.

Bedeutete das, daß sie allmählich dazulernte? Gewann sie mehr Kontrolle über ihre Träume? Und nicht nur über die Träume, sondern auch über die anderen Aspekte ihrer – wie Adrian es immer wieder genannt hatte – Begabung? Würde sie bald an dem Punkt sein, selbst entscheiden zu können, wann sie in die andere Ebene, die Welt der Schamanen, überwechseln wollte?

Und war sie eigentlich noch bei Trost, über so etwas überhaupt nachzudenken? *Ernsthaft* darüber nachzudenken?

Doch selbst die Tatsache, daß sie so frei und ungezwungen denken konnte, war neu und unverhofft. Etwas geschah mit ihr. Eine Wandlung war im Gange, die sich nicht nur in ihrem Selbstbewußtsein und Verhalten niederschlug. Auch in ihrem Inneren geschah etwas, in jenem Teil ihrer selbst, der niemals nach außen dringen würde. Wenn sie jetzt dieses Zimmer verließ, dort hinaus ging, durchs Fenster in die Wüste, machte sie dann zugleich den nächsten Schritt hin zum besseren Verständnis dessen, was in ihr vorging? Sie hoffte es.

Doch dann, als sie gerade ein Knie aufs Fensterbrett zog, kam ihr noch ein Gedanke: Was, wenn *alles* nur ein Traum war? Nicht nur dieser Raum und die Wüste dort draußen, sondern auch der ganze Rest? Elias, das Haus auf den Klippen, ihr Gespräch mit dem Professor – alles nur Teile einer gigantischen Vision, die jemand oder etwas ihr eingegeben hatte, die vielleicht sogar sie selbst sich vorgaukelte?

Hörte die Wirklichkeit tatsächlich dort auf, wo Cendrine es annahm, also gestern abend, beim Einschlafen in diesem Zimmer? Oder hatte sie die Grenze zum Irrealen schon viel früher überschritten, vor ihrer Abreise aus Windhuk, oder – wer weiß? – schon lange, lange davor? Hatte sie den Verstand verloren, ohne es selbst zu bemerken?

»Wenn du tust, was ich sage, bleibt dein Verstand unangetastet«, sagte Qabbo, der sich einige Schritte vom Fenster entfernt hatte.

Cendrine starrte ihn an. »Du liest meine Gedanken.«

»Wundert dich das? Würdest du dir nur Mühe geben, könntest du auch die meinen lesen.« Das gleiche hatte Adrian gesagt. »Und nicht nur meine Gedanken«, fuhr der San fort, »sondern die aller Menschen und Dinge auf dieser und in jeder anderen Welt.«

»Die Gedanken von Dingen?« wiederholte sie irritiert.

Qabbo gab keine Antwort, winkte ihr nur zu und drehte sich um. Langsam stieg er den Dünenhang hinab und entfernte sich. Cendrine würde sich beeilen müssen, wenn sie ihn nicht aus dem Blick verlieren wollte.

Sie gab sich einen letzten Ruck, dann kletterte sie durch das Fenster ins Freie. Sie konnte den Wind auf ihrer bloßen Haut spüren, fühlte das Streicheln der Sandkörner, die um ihre nackten Beine wehten. Die Kälte der Nachtluft war im ersten Moment nur unangenehm, dann betäubend und schließlich schmerzhaft. Der Frost biß mit tausend kleinen Mäulern in ihr Fleisch. Innerhalb weniger Sekunden schien sich ihr Blut ins Innere ihres Körpers zurückzuziehen, als ergriffe es aus eigener Kraft die Flucht. Bald schon war ihre Haut leichenhaft weiß. Im vagen Schein der Sterne blickte sie an sich herab und fand, daß sie aussah wie ein Gespenst.

»Qabbo!« rief sie die Düne hinab, doch der kleine Mann war im Dunkeln verschwunden.

»Hier bin ich.« Seine Stimme ertönte aus den Schatten, die in der Senke wie ein See aus Teer zusammengeflossen waren. »Komm schon, komm mit!«

Sie überkreuzte die Arme eng vor dem Oberkörper und spürte, daß ihre Brustwarzen vor Kälte steif geworden waren wie geronnene Blutstropfen. Ohne zurückzuschauen machte Cendrine sich auf den Weg, folgte den Fußstapfen Qabbos im Sand. Der Boden hatte die Hitze des Tages gespeichert und war nur deshalb nicht mit Rauhreif überzogen. Ihre Fußsohlen schmerzten trotzdem schon nach wenigen Schritten.

»Qabbo, warte auf mich!« rief sie ins Dunkel und lief eilig den Hang hinab.

Der San gab keine Antwort.

»Qabbo?«

Die Schwärze inmitten des Dünentals wurde auch beim Näherkommen nicht durchscheinender, sie hatte den Eingeborenen verschluckt wie ein bodenloses Loch in der Wüste.

Noch einmal rief sie den Namen des San, dann blieb sie angstvoll stehen. Was war es, das Qabbo ihr zeigen wollte? Mußte sie ihm dafür tatsächlich in dieses Nest aus Schatten folgen, das ihr mehr und mehr wie ein schwarzer Kokon erschien?

Sie drehte sich um und blickte zurück zum Dünenkamm – sah über seiner Kuppe nichts als die flimmernde Saat der Gestirne. Unsicher machte sie einen Schritt, dann noch einen, bis sie immer schneller in ihren eigenen Spuren den Hang wieder hinaufstieg. Oben angekommen, sah sie vor sich nichts als die unendliche Leere der Wüste. Kein Haus, kein Fenster. Sie war allein. Nackt, frierend und völlig verlassen.

»Qabbo!« schrie sie laut auf. »Qabbo, warum tust du das?«

Weit, weit weg ertönte eine Antwort, so leise, daß es ebensogut der Wind sein mochte, in dessen Seufzen sie die Worte hinein deutete. »Warum bist du umgekehrt? Du hättest mir folgen sollen …«

Qabbos Stimme verhallte, so wie die der Frau verklungen war.

Ich will aufwachen, dachte Cendrine. Aufwachen!

Doch ihr Hochgefühl von vorhin, als sie geglaubt hatte, endlich alles unter Kontrolle zu haben, war gewichen. Jetzt zeigte sich, daß sie längst noch nicht fähig war, die Ebene des Traums nach eigenem Gutdünken zu verlassen.

Schon gar nicht, wenn es jemand anders in der Wüste gab, der das Tausendfache ihrer Macht besaß.

Eine Gestalt in weißen Gewändern wuchs lautlos hinter der nächsten Düne empor. Cendrine kam es vor, als nähme die Temperatur noch einmal um mehrere Grad ab.

Die weißen Stoffbahnen wirbelten auf, schossen wie Pfeilspitzen zum Nachthimmel empor, schlängelten und wellten sich, sanken zurück zum Boden und wurden erneut ergriffen. Der Wind, der Cendrines Leib streifte, war nicht stark genug, um solche Wirbel zu erzeugen. Vielmehr schien es, als besäßen die Gewänder ein Eigenleben, ähnlich den anmutigen

Bewegungen von Unterwasserpflanzen, die sich in einer unsichtbaren Strömung wiegen.

Die Gestalt stand da und starrte zu ihr herüber. Zwischen den wallenden Tuchbahnen lag das Gesicht des Wanderers im Schatten, ein dunkles Herz inmitten des weißen Stofftreibens.

Folge mir.

Cendrine hatte schon darauf gewartet. Es war der gleiche Befehl wie damals. Und am Ende des Weges lag zweifellos dasselbe Ziel.

Der Mann in den weißen Gewändern ging nicht in die Richtung, in die Qabbo sie hatte führen wollen. Cendrine spürte, wie ihr bereits der bloße Gedanke an Widerstand entrissen wurde. Qabbo hatte ihr eine Wahl gelassen – die einsame Gestalt auf der Düne tat das nicht.

Folge mir.

Und Cendrine folgte, zitternd vor Kälte und Ungewißheit. Sie sah, daß sich zu ihrer Rechten über dem Horizont ein schwarzer Abgrund im Nachthimmel aufgetan und die Sterne verschlungen hatte. Der Wind kam aus derselben Richtung, und mit ihm ein Fanal von Lauten, das Kreischen unfaßbarer Luftmassen, die selbst den Sand zwischen sich zermalmten.

Cendrine wandte den Kopf, um hinab ins nächste Dünental zu blicken, dorthin, wo der Wanderer verschwunden war.

Folge mir.

Eine schmale schwarze Hand packte sie von hinten, riß sie abrupt herum.

Qabbo war da und war es doch nicht. Sein Leib war durchscheinend, sein Gesicht schmerzverzerrt. Seine Silhouette schien in steter Bewegung zu sein, so als sauge etwas an den Rändern, etwas, das ihn zurück nach wer weiß wohin ziehen wollte. Seine braune Haut schlug Wellen, sah aus wie die Oberfläche kochenden Öls.

»Zurück!« brüllte er, und Cendrine las das Wort mehr von seinen Lippen, als daß sie es verstand. Es klang wie ein Schmerzensschrei.

»Zurück …«

Und diesmal tat sie, was er von ihr verlangte. Sie wandte dem Tal und dem, was darin liegen mochte, den Rücken zu und rannte los. Hinter ihr, jenseits der Sandkuppe, schossen die Stoffbahnen wie ein Feuerwerk empor, Fangarme eines zornigen Oktopus, die ins Leere griffen.

Stolpernd lief sie den Hang hinunter, den nächsten wieder empor und jenseits davon in die Senke aus Finsternis, in die Qabbo hinabgestiegen war.

Als sie im nächsten Augenblick in ihrem Bett erwachte, war die Finsternis noch eine ganze Weile länger um sie, ehe sie schließlich auseinanderstob wie eine Wolke aus Kohlenstaub.

Cendrines Atem raste, und ihr Körper war schweißgebadet. Das weiße Laken, das sie bedeckte, schien ihr einen Moment lang wie etwas, das ihr aus dem Traum gefolgt war, ein tastender Arm aus Tuch, der sie zurückzerren wollte an diesen fernen, fremden Ort in der Weite des Dünenmeeres. Die Bewegung, mit der sie die Decke zurückschlug, war voller Furcht und abgrundtiefer Abscheu.

Dann bemerkte sie, daß etwas in ihre Füße stach. Als sie sich vorbeugte, sah sie, daß es Sand war.

Wüstensand zwischen ihren Zehen.

KAPITEL 5

Nanna kehrte am frühen Abend des nächsten Tages zurück, und Cendrines Erstaunen bei ihrem Anblick hätte kaum größer sein können. Sie hatte ihre Schwägerin wohl eine halbe Minute stumm angestarrt, als Nanna schließlich mit breitem Lächeln sagte:

»Du mußt Cendrine sein.«

»Und du Nanna.«

Beide nickten gleichzeitig, was die junge Herero mit einem amüsierten Lachen zur Kenntnis nahm. »Schön, dich endlich kennenzulernen«, sagte sie und reichte Cendrine die Hand. »Elias hat so viel über dich erzählt.«

»O ja?« *Ich wünschte, ich könnte das gleiche von dir behaupten.*

Sie hatte auf einem Stuhl auf der Veranda gesessen und in einem der Bücher gelesen, die sie mit auf die Reise genommen hatte. Es war der Bericht eines Forschers, der als einer der ersten in die Kalahari vorgedrungen und als einer der wenigen von dort zurückgekehrt war.

Jetzt stand sie auf und ergriff Nannas ausgestreckte Hand. Der Händedruck der zierlichen Herero war kräftig wie der eines Mannes, und ihr Lächeln unterstrich die Herzlichkeit, mit der sie die Schwester ihres Mannes begrüßte.

Ein einziger Blick auf die junge Frau genügte, und Cendrine verstand sofort, warum Elias sich in sie verliebt hatte. Nie zuvor war ihr eine Frau begegnet, die mädchenhaftes Mysterium und frauliche Schönheit in solcher Vollendung in sich vereinte.

Nanna war so groß wie Cendrine, aber sie trug enge khakifarbene Leinenhosen, die ihre langen, schlanken Beine betonten. Ihre Brüste wirkten selbst unter dem Stoff ihres Hemdes groß und aufreizend. Anders als viele Frauen und Männer ihres Volkes hatte sie ein feingeschnittenes Gesicht, ohne die vorspringenden Wangenknochen ihrer Brüder und Schwestern. Cendrine fiel auf, wie schön und ebenmäßig das Braun ihrer Haut war; bislang hatte sie sich nie Gedanken darüber gemacht, doch jetzt empfand sie die Hautfarbe einer Eingeborenen zum erstenmal als ungemein attraktiv. Selbst Nannas volle Lippen, die so gar nicht dem europäischen Schönheitsideal entsprachen, unterstrichen nur, wie hübsch sie war.

Nanna hatte ihr pechschwarzes Haar zu vier Zöpfen geflochten, die am Ansatz breit waren, nach unten hin aber immer spitzer ausliefen. Zwei hingen lang bis über ihre Schulterblätter, die beiden anderen flankierten eng ihr Gesicht und verdeckten dabei die Augenwinkel; sie erinnerten ein wenig an Hörner. Ihr übriges Haar, das nicht in die Zöpfe eingeflochten war, hatte sie auf Fingerbreite kurzgeschoren. Es war die bemerkenswerteste Frisur, die Cendrine je gesehen hatte – nicht einmal die Eingeborenen daheim in Windhuk trugen ihr Haar auf diese Weise –, und wahrscheinlich hätte sie an niemandem so faszinierend ausgesehen wie an Nanna.

Wie bei allen Herero waren ihre oberen Schneidezähne künstlich zugespitzt, die unteren hatte man wahrscheinlich – so war es bei ihrem Volk Sitte – während eines Rituals im achten oder neunten Lebensjahr gänzlich entfernt.

»Elias ist nicht da«, sagte Cendrine und kam sich dabei ein wenig einfältig vor.

»Ich weiß«, erwiderte Nanna. »Ich hab' ihn auf dem Markt getroffen. Er hat mir gesagt, daß ich dich hier finden würde.«

Cendrine hatte gewiß kein unterwürfiges, verschrecktes Mädchen erwartet, dafür kannte sie Elias viel zu gut, doch nun erschrak sie fast angesichts der Kraft und Bestimmtheit, die Nanna ausstrahlte. Eben noch hatte Cendrine gedankenverloren dagesessen, in ihre Lektüre über die Kalahari vertieft und doch in Gedanken ganz weit weg, verloren in Grübeleien über den Traum der letzten Nacht; jetzt aber war all das wie weggewischt. Nannas Anwesenheit beanspruchte sie völlig.

Die Herero beugte sich vor und warf einen interessierten Blick auf das Buch. »Die Kalahari ist eine sonderbare Gegend«, sagte sie, als sie sich wieder aufrichtete.

»Vor allen Dingen tödlich, wenn man glaubt, was in dem Buch steht.«

Nanna zuckte die Achseln. »Zauberland.«

»Wie meinst du das?«

»Schon gut«, meinte Nanna lachend und winkte ab. »Du weißt doch, wir Eingeborenen reden manchmal solche Dinge.«

»Natürlich. Und wir Weißen sind Menschenschinder, die nichts Besseres zu tun haben, als von morgens bis abends unsere Peitschen zu schwingen.«

Nanna legte den Kopf schräg. »Ich weiß, daß ihr nicht so seid.«

»Und ich weiß, daß ihr Eingeborenen nicht einfach *Dinge redet*.«

Die junge Herero nickte, und einen Moment lang schien sie tatsächlich betroffen. »Tut mir leid«, sagte sie dann. »Ich wollte dich nicht verärgern.«

Wie schaffte Nanna es nur, sich zu entschuldigen und trotzdem kein bißchen Schwäche zu zeigen? Cendrine seufzte, weil sie plötzlich ihre eigene Wut nicht mehr verstand. »Das war kein guter Anfang für uns zwei, nicht wahr?«

»Versuchen wir's noch einmal?«

Cendrine lächelte, dann umarmte sie Nanna. Sie spürte sofort, daß die junge Frau die Geste nicht allein aus Höflichkeit erwiderte.

»Wie kommt es, daß du unsere Sprache so gut beherrschst?« fragte Cendrine.

»Dein Bruder hat sie mir beigebracht.« Stolz schwang in ihrem Tonfall mit, nicht auf sich selbst, sondern auf Elias. »Er sagt, ich lerne schnell.«

»Das ist fantastisch ... ich meine, man hört nicht einmal einen Akzent!«

»Meine Leute sagen, ich habe einen *deutschen* Akzent.«

Cendrine lächelte – bis sie bemerkte, daß Nanna sehr ernst blieb. »Ist das schlimm? Ich meine, blickt deine Familie deshalb auf dich herab?«

»Genaugenommen blickt sie an mir vorbei.« Es klang nicht verbittert, nur wie eine einfache Feststellung.

»Aber Elias sagte, du wärest für mehrere Tage bei ihnen gewesen. Wie können sie –«

Nanna fiel ihr sanft ins Wort. »Sie reden mit mir, aber sie sehen mich nicht dabei an.«

»Weil du mit einem Fremden verheiratet bist?«

»Weil ich ihrer Ansicht nach eine Fremde geworden bin.«

Cendrine fand das absurd; ihr selbst schien es, als hätten in Nanna alle Wunder Afrikas Gestalt angenommen. Wann nur würde sie endlich beginnen, dieses Land und seine Menschen auch nur im Ansatz zu begreifen?

»Wollen wir einen Spaziergang entlang der Klippen machen?« fragte sie.

Nanna wirkte erfreut. »Gern.«

Bald darauf, nachdem Nanna sich höflich nach Cendrines Reise erkundigt hatte – und dabei kein Wort mehr über ihre Familie verlor –, fragte Cendrine noch einmal: »Was hast du vorhin gemeint, als du die Kalahari Zauberland genannt hast?«

»Du interessierst dich wohl sehr dafür?«

»Ich interessiere mich nur für das Land, in dem ich jetzt lebe. Sollte das nicht jeder tun?«

»Gewiß.« Nanna schien einen Augenblick lang zu überlegen, dann sagte sie: »Es gibt viele Legenden über die Kalahari. Viele sonderbare Geschichten.«

»Erzählst du sie mir?«

»Ich bin eine Herero. Die Kalahari ist das Land der San. Die San wissen hundertmal mehr darüber als ich.«

Cendrine lächelt beschämt. »Wir Weißen tun uns immer noch schwer damit zu akzeptieren, daß eure Völker sich alle völlig voneinander unterscheiden.«

»Die San und die Herero, die Nama und Ovahimba und all die anderen … uns alle verbindet nur unsere Hautfarbe, und die wird von uns selbst gar nicht als Merkmal wahrgenommen. So wie ihr Europäer untereinander nicht auf eure Hautfarbe schaut.«

Die Sonne stand nur noch eine Handbreit über dem Ozean und brannte eine goldene Glutbahn über die Wellen bis zur Küste. Im Osten dämmerte es bereits. Elias würde bald heimkehren und sich wundern, wohin die beiden Frauen verschwunden waren.

»Die Kalahari ist das Land der Ersten Rasse«, sagte Nanna plötzlich, nachdem beide eine Weile schweigend dem Verlauf der Klippe gefolgt waren. »Das erzählt man sich zumindest.«

»Wer ist damit gemeint?«

»Es gibt keinen anderen Namen dafür. Die Erste Rasse war vor allen anderen in der Welt. In der Kalahari wuchs der Lebensbaum der Weißen Göttin, und die Menschen der Ersten Rasse waren seine Hüter.«

»Stammen die San von ihnen ab?«

»Wenn du sie selbst fragst, gewiß. Andere mögen das nicht so sehen. Aber, ja, die San behaupten von sich, sie seien die ersten Menschen gewesen, die über die Welt wanderten. Allerdings habe ich nie gehört, daß sie über den Lebensbaum oder die Weiße Göttin sprachen.«

»Und du? Was weißt du darüber?« fragte Cendrine.

»Nichts. Nur diese Namen. Wer die Weiße Göttin war, und ob es je eine Pflanze gab, die man Lebensbaum nannte ... vielleicht wissen die San mehr darüber.«

»Magst du die San eigentlich?«

»Sie sind anders als wir. Wir Herero lieben den Boden, auf dem wir leben, wir glauben, daß er jedermann gehört, nicht nur den Schwarzen oder Weißen. Jeder hat überall das Recht, sein Vieh das Gras fressen und das Wasser trinken zu lassen. Deshalb kämpfen einige von meinem Volk gegen euch Deutsche: weil ihr Zäune zieht und auf jene schießt, die auf die andere Seite klettern.« Einen Moment lang sog Nanna durch die Nase den frische Wind ein, der vom Atlantik landeinwärts wehte. »Die San sind ganz anders. Während wir Herero alle Tiere lieben, sind die San ein Volk von Jägern. Sie ziehen umher, sie sind nirgends zu Hause. Elias hat sie mal die Zigeuner der Wüste genannt – wahrscheinlich verstehst du besser als ich, was er damit gemeint hat. Auf jeden Fall sind die San voller Rätsel, auch für uns. Und wenn du mich fragst, ob ich sie mag, muß ich sagen: Ich verstehe sie zuwenig, um dir darauf eine gute Antwort geben zu können. Ich liebe sie nicht, soviel steht fest, aber ich hege auch keine Abneigung gegen sie.«

Nach kurzem Zögern fügte sie hinzu: »Nein, das ist nicht wahr. Ich halte sie für überheblich. Wie euch Weiße. Ja, man könnte wohl sagen, die San sind die Weißen Afrikas.« Dabei lachte sie so fröhlich, daß Cendrine nicht anders konnte, als mit einzufallen.

»Inwiefern?« fragte sie nach einer Weile.

»Sie glauben nicht nur, sie seien die ersten Menschen gewesen. Sie behaupten auch, sie hätten das Licht in die Welt geholt.«

»Das Licht?«

»Die Sonne«, sagte Nanna mit einem Nicken. »Die San erzählen sich, daß einst, als die Welt noch jung war, eine große Dunkelheit herrschte. Eines Tages aber sahen sie in der Ferne eine rote Glut aufleuchten. Daraufhin zogen sie los und entdeckten einen alten Mann, der im Sand lag und schlief. Immer, wenn er sich herumwälzte und seine Arme streckte, strahlte unter seinen Achselhöhlen das rote Leuchten hervor. Die San beschlossen, den alten Mann hoch in den Himmel zu werfen, so daß sein Licht auf die ganze Welt herabscheine. Hoch in der Luft spreizte der Mann die Arme, vielleicht um zu fliegen, und je höher er kam, desto weißer und heller wurde sein Schein. Das Licht fiel über die Wüste und alle Länder jenseits der Dünen, und die San konnten endlich auf die Jagd gehen und Beute machen. Dann aber, nach einer Weile, sank der Mann zurück zum Boden und wurde dabei in rotes Feuer gehüllt. Am nächsten Tag warfen die San ihn wieder hinauf, und so taten sie es auch an allen folgenden Tagen, bis der Alte Gefallen daran fand und seither freiwillig am Morgen in den Himmel steigt und am Abend wieder glühend in den Boden fährt.« Nanna deutete lächelnd zur Sonne, deren Rand jetzt auf der anderen Seite des Meeres den Horizont berührte. »Das da verdanken wir also den San. Ist das nicht überheblich?«

Cendrine blinzelte in den Sonnenuntergang, und als sie Nanna wieder anschaute, tanzten bunte Funken einen Reigen vor ihren Augen. »Glaubst du, die San sind Magier?«

»Für eine Weiße stellst du sonderbare Fragen.«

»Ich habe sonderbare Dinge erlebt.«

»Ja, das kann ich spüren.«

Cendrine schaute Nanna erstaunt an und fragte sich, ob sie das ernst meinte. Doch im Gesicht der Herero fand sie keine Antwort, und sie wagte nicht, die Frage offen zu stellen.

Nanna ließ sich am Rande eines Felsbrockens nieder, der wie eine mannshohe Nase aus der Klippe stach. Die Luft wurde allmählich empfindlich kalt, und doch weigerte sich etwas in Cendrine, jetzt schon zurück zum Haus zu gehen. Sie fühlte sich auf wundersame Weise geschützt und behaglich in Nannas Nähe.

»Die San mögen Magier sein, so wie alle Menschen Magier sind«, sagte Nanna mysteriös. »Aber vielleicht sind sie mächtiger als jeder von uns.«

Cendrine setzte sich neben sie. Ihr Oberschenkel berührte den von Nanna, und ihr war, als durchfahre sie dabei eine wundersame Wärme.

»Elias hat mir alles über dich erzählt«, sagte Nanna unvermittelt. »Über dich und über ihn.«

»Ja«, entgegnete Cendrine leise, »das habe ich mir gedacht.«

»Er liebt dich sehr.«

»Wie eine Schwester.«

Darauf gab Nanna keine Antwort. Cendrine hätte gern gewußt, was jetzt in ihrem Kopf vorging, zog es aber vor, zu schweigen und abzuwarten.

Zu ihrem Erstaunen wechselte Nanna abermals das Thema. Sie drehte den Oberkörper und wies mit ausgestrecktem Arm nach hinten, über die Wüste hinweg nach Osten.

»Siehst du die Sterne?« fragte sie.

Cendrine nickte. »Ein paar. Der Rest erscheint erst, wenn die Sonne untergegangen ist.«

»Du mußt versuchen, ihnen zuzuhören. Es heißt, die Sterne hätten die ersten Menschen die Sprache von Erde, Tieren und Pflanzen gelehrt.«

»Und warum haben wir sie dann wieder verlernt?«

»Nicht alle haben das«, sagte Nanna. »Es gibt immer noch einige, die sie verstehen können. Wenn sie nur zuhören.«

Cendrine spürte, wie sich eine sanfte Benommenheit ihrer bemächtigte. Einen Augenblick lang fürchtete sie, gerade jetzt könnte sie wieder von einer ihrer Visionen befallen werden. Doch die Küste um sie herum blieb dieselbe, und auch Nanna saß unverändert neben ihr. Die Berührung ihrer Schenkel schien mit einemmal noch intensiver.

»Glaubst du wirklich, daß die Sterne sprechen können?« fragte Cendrine.

»Solange ihnen noch jemand zuhört. Das eine ist die Wurzel des anderen. Wenn der letzte Mensch das Zuhören verlernt hat, werden auch die Sterne schweigen.«

»Dann ist das Sprechen eine Form von Magie?«

»Heißt es nicht in eurer Bibel, das Wort Gottes habe den Menschen geschaffen?« fragte Nanna. »Hast du dir je Gedanken darüber gemacht?«

Cendrine schüttelte den Kopf. »Nein.«

»Wie kann Gottes Wort den Menschen erschaffen haben, wo doch der Mensch das Wort erschuf?«

Cendrine dachte einen Moment nach, dann sagte sie: »Es ist wie bei den Sternen, das meinst du doch, oder? Das eine ist die Bedingung des anderen. Ein Kreislauf ohne Anfang.«

»Aber vielleicht mit einem Ende«, sagte Nanna.

»Was für ein Ende?«

Nanna hob verträumt das Gesicht und badete es im Licht der ertrinkenden Sonne. »Es endet bei der Frage nach dem Unterschied. Oder, genaugenommen, nicht bei der Frage, sondern bei der Antwort darauf.«

»Um ehrlich zu sein, Nanna, ich verstehe kein Wort.«

»Die Frage lautet: Was unterscheidet das Wort Gottes vom Wort des Menschen?«

»Und die Antwort?«

»Die Antwort ist das Ende. Ich bin froh, daß ich sie nicht kenne.«

»Ich glaube, ich bin zu müde um –«

Nanna ließ sie nicht ausreden. »Setzen wir voraus, die Antwort auf die Frage ist das Ende des Kreises, genau wie auch der Unterschied selbst das Ende des Kreises bedeuten kann. Was also geschieht, wenn die Antwort lautet, daß es gar keinen Unterschied gibt? Endet dann der Kreis oder nicht?«

Cendrines Benommenheit nahm mit jedem Wort zu. Erneut war sie nicht sicher, ob dies tatsächlich die Wirklichkeit oder bereits der Traum war, die Welt jenseits der Welt. Die Ebene der Schamanen.

Aber warum war Nanna dann noch bei ihr?

»Nur einmal angenommen, es gäbe gar keinen Unterschied zwischen dem Wort Gottes und dem Wort des Menschen«, fuhr Nanna unbeirrt fort, in einem sehr ruhigen, beinahe beschwörenden Tonfall. »Das würde doch bedeuten, daß auch das Wort des Menschen ein Akt der Schöpfung ist. Was aber erschafft der Mensch mit seinem Wort? Was sind das für Dinge oder Wesen, die aus seinem Wort entstehen? Und *wo* entstehen sie?«

Cendrine wußte nicht, wer ihr die Antwort eingab, doch als sie über ihre Lippen kam, geschah das mit der größten Selbstverständlichkeit.

»In der Wüste«, sagte sie tonlos.

Nanna sah sie nur an und schwieg.

Dann, nach einer Weile, stand sie auf und führte Cendrine zurück zum Haus.

Die Karawane aus Zesfontein erreichte das Dorf drei Tage später. Einen ganzen Nachmittag lang wurde das Treiben auf dem Marktplatz von ohrenbetäubendem Geschrei beherrscht, während die Händler aus dem Osten mit Schatzsuchern und Eingeborenen um die Wette feilschten. Einige Männer aus dem Dorf hatten in einem Wrack ein paar Münzen gefunden, von denen sie behaupteten, es handle sich um spanische Dublonen; ein Händler aus Swakopmund beschimpfte sie als Betrüger, zeigte aber dennoch großes Interesse an den Fundstücken. Bald entzündete sich zwischen ihm und einem der Goldsucher eine handfeste Prügelei, die erst nach einigen Minuten von den Soldaten der Eskorte geschlichtet wurde.

Elias stellte Cendrine dem Hauptmann des Begleittrupps vor. Ihr wurde schnell klar, daß der Hauptmann sich regelmäßig von Elias bestechen ließ; er war es auch, der das Gold, mit dem die Archäologen Elias' Waren bezahlten, auf der Bank in Zesfontein deponierte. Die Geschäftsbeziehung der

Männer war für beide von Vorteil, und so war es kein Wunder, daß sich der Hauptmann ohne Zögern bereit erklärte, Cendrine als neues Mitglied der Karawane zu begrüßen. Elias legte ihm ihr Wohlergehen besonders ans Herz – und zahlte dafür verstohlen ein zusätzliches Entgelt, dessen Höhe Cendrine nicht erkennen konnte.

Am nächsten Morgen nahm sie von Elias und Nanna Abschied. Als sie und ihr Bruder sich umarmten und Elias ihr schwor, sie vielleicht noch in diesem, sonst aber auf jeden Fall im nächsten Jahr in Windhuk zu besuchen, überkam sie noch einmal das Gefühl, das sie schon nach ihrer letzten gemeinsamen Nacht verspürt hatte: ein irritierender Augenblick tiefer, unverhohlener Abneigung. Sie erschrak so sehr darüber, daß sie in Tränen ausbrach, doch das Gefühl – das nicht ihr eigenes war, nicht ihr eigenes sein *durfte* – verging im selben Augenblick, da Nanna ihr von hinten eine Hand auf die Schulter legte. Sekundenlang wußte Cendrine nicht mehr, was sie stärker ängstigte: die fremde, grundlose Wut auf ihren Bruder oder die unerklärliche Lähmung aller Emotionen, die sie bei Nannas Berührung überkam.

Auch Nanna umarmte sie, während Elias ihr Gepäck aus dem Haus trug, und sie wisperte etwas in einer fremden Sprache in ihr Ohr.

»Was bedeutet das?« flüsterte Cendrine, während sie sich festhielten.

»Zauberland«, gab Nanna leise zurück, »in der Sprache meiner Väter.«

»Woher weißt du –«

»Daß du nicht den Weg nach Windhuk einschlagen wirst?« Nanna lächelte. »Ist das so schwer zu erraten?«

Cendrine schaute ihr lange in die Augen, und erst als Elias zurückkehrte, lösten sich ihre Blicke widerstrebend voneinander. Wieder hatte Cendrine das Gefühl, keinem gewöhnlichen Menschen gegenüberzustehen, sondern der Essenz dieses Landes, Afrikas Rätseln als Geschöpf aus Fleisch und Blut.

»Die Männer wollen aufbrechen«, sagte Elias.

»Ich komme«, gab Cendrine mit belegter Stimme zurück und setzte ihren Sonnenhut auf. Sie versuchte, Nannas Blick kein weiteres Mal zu kreuzen, aus Angst, sie könnte plötzlich Dinge darin lesen, von denen sie nichts wissen wollte. Nicht jetzt.

Nanna hatte ihr eine ihrer engen Hosen geschenkt, die so untypisch waren für eine Eingeborene. Sie paßte Cendrine weit besser als jene, die sie auf der Hinreise in Outjo gekauft hatte. Im Gegensatz zum Hinweg würde sie die nächsten Tage nicht in einer Kutsche verbringen, sondern auf dem Rücken eines Pferdes. Der Hauptmann hatte ihr angeboten, statt dessen auf einem der Kamele zu reiten, doch Cendrine hatte den Vorschlag dankend abgelehnt. Zu deutlich war ihr noch der schmerzhafte Ritt zur Ausgrabungsstätte in Erinnerung.

Die Karawane hatte am Fuß der Klippen Aufstellung genommen. Nanna blieb am oberen Felsrand zurück und blickte Cendrine stumm hinterher, während Elias sie bis zum Pferd begleitete und ihr sogar noch beim Aufsteigen behilflich sein wollte. Nur mit Mühe konnte Cendrine ihn überzeugen, daß sie dazu durchaus allein in der Lage war.

Der Hauptmann gab den Befehl zur Abreise, und so setzte sich der Troß der Händler und Soldaten in Bewegung, alles in allem gut fünfzig Menschen und fast die dreifache Anzahl an Kamelen und Pferden. Der Lärm der Gespräche und das Schnauben und Wiehern der Tiere übertönte den Wind, der durch die Felsklüfte pfiff, und sogar das Rauschen der Brandung verklang irgendwo jenseits der Dünen.

Als Cendrine zurückschaute, stand Elias einsam da und winkte, während Nanna oben auf der Klippe mit dem dunklen Fels verschmolz, für kurze Zeit zu Fleisch geworden und nun wieder eins mit dem Stein, dem Sand, mit Afrika.

KAPITEL 6

Der ewige Wind, der um die Auasberge und die Dächer Windhuks wehte, hatte in den letzten Wochen zugenommen. In den Nächten jagten Stürme um die Giebel des Kaskaden-Anwesens, und die Gärtner hatten jeden Morgen alle Hände voll damit zu tun, entwurzelte Büsche und Laubwerk auf der Akazienwiese hinter dem Ostflügel zu verbrennen.

Adrian stand im Erker von Cendrines Schlafzimmer und blickte hinaus auf die Rauchfahne, die bereits wenige Meter über dem Boden zerfaserte. Die Windböen trieben den Dunst zum Haus herüber, seit Tagen schon setzte sich der Brandgeruch in den Zimmern und Korridoren fest.

Das Feuer loderte dort, wo einst der Termitenhügel gestanden hatte. Adrian hatte beobachtet, daß es immer noch ganze Scharen der Insekten an diesen Ort zog, lange traurige Termitenzüge, die sich aus allen Richtungen durchs Gras bewegten. Daß die San-Arbeiter trotzdem immer wieder diese Stelle für ihr Laubfeuer nutzten, erstaunte ihn; es lag noch nicht lange zurück, da war ihnen dieser Ort heilig gewesen. Die Tatsache, daß sie es den Termiten nicht erlaubten, sich noch einmal an derselben Stelle anzusiedeln, konnte nur darauf zurückzuführen sein, daß die San den Platz jetzt für einen Ort des Unglücks hielten. Adrian hatte längst begonnen, ihre Meinung zu teilen.

Sein eigenes Verhältnis zu den San war immer noch gespalten. Er hatte Freunde unter ihnen, wenn auch längst nicht so viele, wie seine Mutter vermutete, und er ehrte und schätzte ihre Kultur; zugleich aber konnte er Haupts Vorbehalte gegen die San durchaus nachvollziehen. Der Pfarrer hatte gute Gründe, das Treiben der Buschleute abzulehnen, und Adrian war sich bewußt, daß er selbst längst daran zugrunde gegangen wäre, hätte Haupt ihn damals nicht gewarnt und unter seine Fittiche genommen.

Der Tod von Haupts Bruder Wilhelm war kein Zufall gewesen. Auch in ihm hatten die San jene Begabung vermutet, die in Adrian und Cendrine schlummerte. Damals hatte es niemanden gegeben, der Wilhelm vor den Zeremonien warnte; geschmeichelt über die Aufmerksamkeit und Ehrerbietung, die die San ihm zukommen ließen, war er auf ihr Angebot eingegangen: die Teilnahme an den rituellen Prüfungen der San-Schamanen. Wilhelm hatte die Torturen nicht durchgestanden, und ohne Haupts Hilfe wäre es Adrian genauso ergangen.

Ihm selbst – und zweifellos auch Cendrine.

Adrian hatte sie über ihre Fähigkeiten aufgeklärt, in der Hoffnung, damit den San zuvorzukommen. Haupt war wütend gewesen, doch schließlich hatte er eingesehen, daß es die einzige Möglichkeit war. Auch als Cendrines Talente begonnen hatten, im Angesicht des Termitenbaus ein Eigenleben zu entwickeln, war Adrian eingeschritten.

Doch wie erfolgreich waren all seine Versuche, Cendrine in Schutz zu nehmen, tatsächlich gewesen? Er suchte bis heute nach einer Antwort darauf. Er hatte Angst um sie, weit mehr, als er sich eingestehen mochte, und der Gedanke, daß sie jetzt irgendwo dort draußen war, auf sich allein gestellt und den Mächten in ihrem Inneren vollkommen ausgeliefert, tat ihm weh.

Das schlimmste aber war im Grunde gar nicht Cendrines Eigensinn. Das Problem war vielmehr Adrian selbst. Seine Gefühle für sie. Es wäre ihm ein leichtes gewesen, seine Mutter zu uberzeugen, Cendrine nach Hause zu schicken. In Deutschland wäre sie sicher gewesen, wenigstens vermutete er das. Doch so einfach war es nicht, sie aufzugeben. Er wollte nicht, daß sie zurück nach Bremen ging, unglücklich und allein, wenn es hier eine Familie gab, die sich um sie kümmerte. Eine Familie, die sie in ihr Herz geschlossen hatte. Und Adrian, in dessen Leben sie längst den Mittelpunkt einnahm.

Das waren egoistische Motive, sicher, und sie quälten ihn seit Monaten. Alles, was Cendrine zustoßen mochte, war in gewisser Weise seine Schuld. Es hätte in seiner Macht gestanden, Cendrine in Sicherheit zu bringen, auch gegen ihren Willen. Aber es widerstrebte ihm, sie zu hintergehen – selbst, wenn es zu ihrem Besten war –, und wer war er schon, sich als Wohltäter aufzuspielen, der für sie ihr Leben in die Hand nahm?

Er fragte sich, wo sie im Augenblick steckte. Wenn alles gutgegangen war, bei ihrem Bruder, natürlich. Doch die Vorstellung der Entfernung, die zwischen ihnen lag, brachte ihn fast um den Verstand. Schon in Windhuk war sie unter den Einfluß der San geraten. Wie groß war da erst das Risiko während einer solchen Reise? Die San waren überall im Land, und Adrian wußte genug über sie, um sicher zu sein, daß sie ihr folgen würden. So schnell gaben sie nicht auf. Nicht, wenn es um jemanden mit Cendrines Fähigkeiten ging. Fähigkeiten, die jene Adrians um ein Vielfaches überstiegen, eine Begabung, neben der sogar die Macht der größten San-Schamanan verblassen mußte.

Erst hatte er nicht gewußt, was es war, das er in Cendrines Anwesenheit spürte. Doch dann, sehr schnell, war ihm die Wahrheit klargeworden. Sie war eine von *ihnen*. Mächtiger als alle, die ihm bisher begegnet waren. Er hatte seine eigene Macht nie völlig zu beherrschen gelernt. Sicher, er wußte gewisse Dinge: Er konnte die Gedanken anderer lesen, die ähnlich veranlagt waren wie er – selbst bei Qabbo war es ihm vor Jahren schon gelungen –, und manchmal schaffte er es, seine Gedanken auf die Reise in jene anderen Welten zu schicken, die sich nur den Kundigen unter den Schamanen eröffneten. Doch mehr als einen kurzen Blick hatte er sich nie gestattet, zu sehr hatte ihn Haupts Bericht vom Schicksal seines Bruders abgeschreckt.

Aber Cendrine? Wenn sie wollte, war sie allen anderen überlegen, auch Qabbo, und Adrian hatte noch von keinem gehört, der es mit ihm hätte aufnehmen können. Qabbo mußte schon gespürt haben, was es mit Cendrine auf sich hatte, als sie in Swakopmund an Land gegangen war.

Qabbos Position innerhalb der führerlosen San-Gemeinschaft war einzigartig. Es gab mehrere Weise wie ihn, mächtige Schamanen, die für Außenstehende wie Priester erscheinen mochten, in Wahrheit aber nichts mit dem europäischen Bild eines Priesters gemein hatten. Sie alle genossen gewisse Privilegien, wären aber nie so weit gegangen, darauf zu bestehen; was man ihnen gab, wurde freiwillig gegeben, ohne jeden Zwang. Auch Qabbo bildete, was dies anging, keine Ausnahme.

Anders jedoch als die übrigen Weisen der San glaubte Qabbo, daß die Macht der Schamanen auch außerhalb ihres Volkes existierte, mehr noch: Er war der Überzeugung, daß diese Macht in Menschen, die ohne den Glauben an den Schamanismus der Wüstenvölker aufwuchsen, weit stärker war. Bei ihnen war der Kontakt mit den Gottheiten der Wüste noch nicht zur Gewohnheit erstarrt.

»Das Feuer eurer Macht«, hatte Qabbo einst zu Adrian gesagt, als dieser fast noch ein Kind gewesen war, »vermag heller und heißer zu brennen als das eines jeden von uns. Wir wissen von Geburt an um unsere Kräfte, sie sind wie die stete Glut in einem Lagerfeuer. In euch aber kann diese Kraft wie eine Stichflamme entfacht werden, stark und unvermittelt.«

War Cendrine in Gefahr, einem ähnlichen Schicksal entgegenzugehen wie Wilhelm Haupt?

Er hätte viel dafür gegeben, auf diese Frage eine Antwort zu finden. Als seine Mutter ihm erzählt hatte, daß Cendrines Bruder gefunden worden war, hatte Adrian eine Weile lang Hoffnung geschöpft. Die größte Gefahr für Cendrine war Qabbo, und er hielt sich derzeit in Windhuk auf. Womöglich war es von Vorteil, wenn Cendrine eine Weile fortging. Im Augenblick schien sie beinahe überall sicherer zu sein als hier im Tal.

Seit Tagen versuchte Adrian nun schon, mit ihr in Kontakt zu treten. Er wußte, daß es möglich war – Qabbo war früher mehr als einmal in seinen Träumen und Gedanken erschienen –, doch Adrian fehlte das nötige Wissen, um die Verbindung zu ihr herzustellen. Er hatte es auf zahlreichen Wegen versucht, hatte sogar eines der San-Rituale nachgestellt, die er als Kind beobachtet hatte – alles ohne Erfolg. Mittlerweile zog er sich in Cendrines Zimmer zurück, wenn er versuchte, sie zu erreichen; hier hatte sie ein Jahr lang gelebt, hier war ihr Geist am deutlichsten zu spüren. Doch nicht einmal das hatte bislang geholfen.

Und wenn es einen anderen Grund gab, der verhinderte, daß Adrian in Kontakt zu ihr trat? Wenn die San ihm zuvorgekommen waren und Cendrine längst das Schicksal von Haupts Bruder teilte?

So schmerzhaft es war, er mußte diese Möglichkeit in Erwägung ziehen. Nur eines sprach dagegen. Wenn Adrian sich konzentrierte und versuchte, seinen Geist auf die Reise zu schicken, in jene Sphären, zu denen nur die Schamanen Zutritt besaßen, dann vernahm er einen Ruf. Einen Ruf, der Cendrine galt. Es war, als wäre die gesamte Geisterwelt von diesen Signalen erfüllt, Wegweisern, die jemand für Cendrine ausgestreut hatte. Und etwas an der Intensität dieser Rufe brachte Adrian zu dem Schluß, daß es sich nicht um Qabbo handeln konnte. Sie klangen feminin. Auf jene merkwürdige, schwer zu bestimmende Art und Weise, in der sich die Dinge in der anderen Welt darstellten, besaßen diese Rufe eine Aura von Weiblichkeit. Qabbo und Cendrine mochten sie klarer wahrnehmen, deutlich und über alle Zweifel erhaben, doch für Adrian blieben sie vage und fern. Dennoch war er überzeugt: Jemand rief nach Cendrine, jemand, der mächtig genug war zu wissen, daß sie noch am Leben war. Und vor allem das war es, was Adrian weiter hoffen ließ.

Cendrine lebte. Mußte leben.

Er hatte lange darüber nachgedacht, um wen es sich bei der geheimnisvollen Ruferin handeln mochte. Eine Antwort hatte er nicht gefunden. Gab es irgendwo eine Schamanin, die weit mächtiger war als Qabbo und die übrigen Weisen? Wenn dem so war, so hatte Adrian nie von ihr gehört, und fast bezweifelte er, daß Qabbo davon wußte. Alles sprach dafür, daß eine Unbekannte das Spielfeld betreten hatte. Welche Interessen vertrat sie? Was wollte sie von Cendrine? Und wie stark war der Sog tatsächlich, den Adrian verspürte, wenn seine Gedanken ihre Signale berührten? Die Rufe galten nicht ihm, trotzdem spürte er den Zwang, der von ihnen ausging. Wie mußten sie da erst auf Cendrine wirken? War sie überhaupt noch Herr ihrer eigenen Entscheidungen?

All diese Fragen hatten sich in den vergangenen Tagen in ihm aufgestaut, und er fand es immer unerträglicher, untätig dazusitzen und abzuwarten. Seine Hilflosigkeit trieb ihn zur Verzweiflung. Mehr als einmal war er versucht gewesen, einfach auf sein Pferd zu springen und Cendrine zu folgen. Doch er glaubte nicht, daß sie sich tatsächlich noch bei ihrem Bruder aufhielt. Wenn er die Lage richtig einschätzte, war sie längst wieder unterwegs. Aber wohin? Selbst wenn er eine Idee gehabt hätte, war ihr Vorsprung von fast drei Wochen nicht aufzuholen.

Draußen vor dem Erkerfenster brannte das Laubfeuer allmählich herunter. Als nur noch glühende Asche übrig war, gossen die Gärtner Wasser aus hölzernen Eimern in die Glut; bei diesem Wind war ein Flächenbrand schnell entfacht und würde innerhalb von Minuten auf das Haus, in wenigen Stunden auf Windhuk übergreifen. Das fehlte gerade noch, dachte Adrian bitter.

Er verließ Cendrines Zimmer – nicht ohne sich an der Tür noch einmal umzusehen und das, was an sie erinnerte, in sich aufzunehmen –, dann ging er hinunter ins Erdgeschoß. Er wollte ein wenig durch die Weinberge streifen, vielleicht kam ihm dort irgendein neuer Gedanke. Er machte sich etwas vor, das wußte er, aber alles war besser als diese verfluchte Untätigkeit.

Sein Vater stand unten in der Eingangshalle und hörte einem Eingeborenen zu, der mit fuchtelnden Armen und wildem Blick auf Titus einredete. Dabei bewegte sich sein Mund so hastig, und er trat so aufgeregt von einem Fuß auf den anderen, daß es Adrian unmöglich war, die Worte von seinen Lippen zu lesen.

»Um was geht es?« fragte er deshalb seinen Vater.

Titus nahm sein Eintreten mit Erleichterung zur Kenntnis. »Gott sei Dank, Adrian! Versuch du mit ihm zu sprechen. Der Kerl raubt mir den letzten Verstand.«

»Er redet zu schnell.«

Titus nickte, dann packte er mit unvermuteter Schnelligkeit einen der umherwirbelnden Arme des Eingeborenen und hielt ihn sanft, aber nachdrücklich fest. Dabei wandte er Adrian sein Profil zu, so daß dieser nur bruchstückhaft verstehen konnte, was Titus zu dem kleinen Mann sagte. Offenbar machte er ihm klar, alles weitere mit Adrian zu besprechen – und dabei langsam und verständlich zu reden.

»Bring du ihn zur Vernunft«, sagte Titus schließlich und ließ den San los. »So einen Haufen Unsinn habe ich lange nicht mehr gehört.« Damit machte er kopfschüttelnd kehrt und verschwand durch die Tür zum Ostflügel. Adrian nahm an, daß er durchs Treppenhaus zur Galerie hinaufgehen würde. Während der wenigen Wochen im Jahr, die Titus zu Hause verbrachte, hielt er sich gerne dort oben auf. Er hatte einmal gesagt, er wolle seinen Gedanken die Gesellschaft der vielen Bücher nicht vorenthalten.

»Also, was ist los?« wandte Adrian sich an den Schwarzen, einen San, den er noch nie hier gesehen hatte.

»Große Gefahr!« entfuhr es dem Mann. Seine Arme gerieten wieder in Bewegung, gestikulierten aufgebracht in der Luft umher. Offenbar war er wütend, daß Titus seinen Worten keinen Glauben geschenkt hatte. »Große Gefahr von Osten!«

»Was meinst du?«

»Heuschrecken! Viele, viele Millionen davon!« Die Augen des San waren weit aufgerissen, weiße Kreise inmitten seines schwarzen Gesichts. »Sie kommen aus der Großen Wüste. Von Osten. Mein Herr hat mich geschickt, um zu warnen.«

»Wer ist dein Herr?«

»Farmer Schindler.«

Adrian kannte Schindler – ein Deutscher, der vor fünfzehn oder sechzehn Jahren von den Damara ein Stück Land am Ufer des Nossob erworben hatte, etwa hundert Kilometer weiter östlich. Seine Farm lag am Rande der Umab-Wüste, einem westlichen Streifen der Kalahari.

Von dort also sollte eine Heuschreckenplage drohen? Jetzt wußte Adrian, weshalb sein Vater so abweisend gewesen war.

»Dies ist nicht die Jahreszeit dafür«, sagte er mit einem Lächeln. »Farmer Schindler sollte das wissen.«

»Aber Heuschrecken sind da!« rief der San beharrlich. »Habe sie gesehen, mit eigenen Augen!«

»Das ist unmöglich!«

»Doch! Nicht unmöglich. Wüste war schwarz von ihnen. Wüste und Himmel und *alles*! Sie waren überall.«

Adrian musterte ihn eingehend. Die Erregung des kleinen Mannes wirkte nicht gespielt. Seine Panik war echt, daran bestand kein Zweifel. Vor allen Dingen aber hatte er den langen Weg zurückgelegt, um die Kaskadens und andere Bewohner der Auasberge zu warnen – allein das rechtfertigte, daß man ihm gegenüber freundlich blieb und seinen Worten Gehör schenkte.

Adrian rief nach einem Diener und gab ihm den Auftrag, das Pferd des San im Stall versorgen zu lassen. Dann wies er ein Dienstmädchen an, in der Küche ein Gedeck für den Boten aufzutragen und ihm eine Mahlzeit zu bereiten.

»Keine Zeit«, stammelte der San atemlos. »Muß weiter. Muß die anderen warnen. Große Gefahr für Windhuk, liegt genau in Zugrichtung der Schwärme.«

»Aber wo sollen denn um diese Zeit Heuschrecken herkommen? Die Regenfälle liegen kaum zwei Monate zurück. Selbst in der Wüste sollte es genug Nahrung für sie geben. Sie haben überhaupt keinen Grund, jetzt schon ihre Wanderung zu beginnen.«

Adrian hatte bisher zwei schlimme Heuschreckenplagen erlebt. Jedesmal waren die Gärten und Weinstöcke danach kahl gefressen, die Savanne zur öden Wüstenei geworden. Ganz zu schweigen von den Feldern der Farmer, die zwischen hier und Windhuk lagen. Die Stadt selbst und die Hochebene am Fuß des Khomas-Hochlandes waren dagegen bislang verschont geblieben.

»Was ist mit eurer Farm?« fragte er. »Haben die Heuschrekken euch schon erreicht?«

»Nicht, als ich aufgebrochen bin. Aber jetzt … wer weiß?«

»Und du bist wirklich sicher, daß es Heuschrecken waren und nicht irgend etwas anderes?« Das war eine dumme Frage. Farmer Schindler lebte lange genug in Südwest, um solche Warnungen nicht unbegründet auszusprechen.

»Nichts anderes. Heuschrecken. So viele wie noch nie vorher. So, als hätten sich alle Schwärme der Wüste zusammengetan.«

»Sie kommen direkt aus der Kalahari, sagst du?«

Der San nickte.

Adrian runzelte die Stirn. So unglaublich das alles erschien, so sicher war er doch auch, daß etwas an der Sache dran war. Und obwohl er keinen Beweis hatte, daß der San tatsächlich von Schindlers Farm stammte, hatte er das Gefühl, ihm trauen zu können.

»Gut«, sagte er schließlich. »Ich werde mit meinem Vater sprechen. Wir danken dir und deinem Herrn für die Warnung. Und wir wünschen euch alles Gute.« Er schüttelte dem San die Hand und winkte dann noch einmal das Dienstmädchen heran. »Geh mit ihr in die Küche«, sagte er zu dem San. »Iß etwas Warmes, bevor du weiterreitest. Die Heuschrecken werden ohnehin in ein paar Tagen hier sein, egal ob du hungrig bleibst oder nicht.«

Der San dankte ihm mit einer zögernden Verbeugung, dann gingen er und die Bedienstete davon.

Adrian lief die Treppe zur Galerie hinauf, nahm immer zwei Stufen auf einmal. Titus saß inmitten des langen Saales in einem Sessel und blätterte in einem ledernen Folianten.

»Vater, ich glaube der Mann hat recht«, rief Adrian ihm schon von weitem entgegen, als Titus aufblickte.

Sein Vater klappte das Buch zu. Einen Augenblick lang raubte ihm eine Staubwolke den Atem. »Um diese Jahreszeit –«

»Ja, ich weiß«, unterbrach Adrian ihn. »Sie haben genug Nahrung dort, wo sie sind. Aber, Vater, dieser Mann hatte Angst! Und Schindler ist gewiß kein Narr.«

»Wer sagt denn, daß der Kerl wirklich von Schindler kommt?«

»Glaubst du, die San wollen uns einen Streich spielen?«

Titus seufzte und erhob sich aus dem Sessel. Mit weiten Schritten kam er auf Adrian zu. »Du denkst tatsächlich, daß er die Wahrheit sagt, nicht wahr?«

Adrian nickte.

»Kannst du mir irgendeinen guten Grund dafür nennen?«

»Nein.«

»Reine Intuition?«

»Wenn du es so nennen willst.«

Aus einem Grund, den nur Titus selbst kannte, war sein Tonfall mit einemmal voller Stolz. »Vielleicht hast du recht, Junge. Intuition ist immer etwas Gutes.« Er ließ seinen Blick sekundenlang durch die Galerie streifen. »Das alles hier ist das Resultat von Intuition. Ich habe immer darauf vertraut.«

»Dann glaubst du, was der San gesagt hat?«

Titus faßte Adrian bei den Schultern und sah ihm in die Augen. »Nicht ein Wort. Aber ich bin froh, daß du kein so verbohrter alter Mistkerl bist wie ich, Adrian, und ich bin froh, daß *du* ihm glaubst. Womöglich wäre es wirklich ein Fehler, die Warnung in den Wind zu schlagen.«

Adrian überlegte einen Moment, was er darauf erwidern sollte, als plötzlich Salome und Lucrecia die Wendeltreppe am Westende der Galerie heraufgehüpft kamen.

»Wo kommt ihr denn her?« fragte Titus verblüfft und auch ein wenig ungehalten. Am Fuß der Treppe lag das alte Arbeitszimmer von Lord Selkirk, und Titus schätzte es nicht, wenn die Mädchen dort spielten.

Die Zwillinge waren offenbar so vertieft in ihr Treiben, daß sie die Männer erst jetzt bemerkten. Lucrecia, die Salome folgte, hatte sich eine smaragdfarbene Tischdecke um die Schultern geworfen.

»Oh, Vater!« entfuhr es Salome, und Lucrecia prallte von hinten gegen sie. Beide Mädchen stolperten einige Schritte vorwärts, doch noch immer lag die halbe Länge des Saales, mehr als fünfzehn Meter, zwischen ihnen und den Männern.

»Wir … wir spielen nur«, rief Lucrecia.

»Kommt einmal her«, verlangte Titus, und Adrian bemerkte amüsiert, daß sein Vater die linke Augenbraue hochzog, wie immer, wenn er streng und unerbittlich erscheinen wollte.

Die Mädchen kamen langsam näher.

»Also«, begann Titus, »was habe ich euch über das alte Arbeitszimmer gesagt?«

»Daß wir da nicht spielen dürfen«, preßte Salome hervor und schaute zu Boden.

Lucrecia trat von einem Fuß auf den anderen und zupfte an den Rändern der grünen Decke. »Aber es war doch *wichtig*«, brachte sie mürrisch hervor.

»So? Darf man erfahren, weshalb?«

Salome sah ihn plötzlich an, das Kinn vorgestreckt, die Stupsnase kühn erhoben. »Es war eine Jagd. Ich mußte weglaufen und mich verstecken, damit mich die Heuschrecke nicht fängt.«

Adrian und Titus wechselten einen irritierten Blick.

»Die Heuschrecke?« fragte Titus gedehnt.

Lucrecia nickte und zeigte auf den grünen Stoff um ihre Schultern. »Das bin ich.«

»Wie kommt ihr auf so was?« fragte Adrian.

Die Mädchen sahen sich an, offenbar wollte keine so recht mit der Sprache herausrücken.

»Los, erzählt schon«, forderte Adrian sie auf.

»Wir haben es von den Eingeborenen gehört«, sagte Lucrecia, und Salome fügte nickend hinzu: »Die Heuschrecken kommen.« Sie holte kurz Luft, dann rief sie aufgeregt: »Oh, Vater, dürfen wir zusehen, wenn die Heuschrecken kommen? Dürfen wir? Bitte, bitte!«

Titus atmete tief durch, und auch Adrian spürte einen Kloß im Hals. So schnell konnte sich die Nachricht des Boten unmöglich herumgesprochen haben. Würde man freilich die San danach fragen, bekäme man nur zu hören: *Wir spüren es.*

»Dürfen wir zusehen?« quengelte Salome weiter.

Titus räusperte sich. »Ihr dürft auf eure Zimmer gehen und in euren Schulbüchern lesen.«

»Och, Vater...«, jammerte Lucrecia, und Salome fiel mit ein.

Titus ging in die Hocke und nahm beide in die Arme. Adrian sah das glückliche Lächeln, das die Unruhe vom Gesicht seines Vaters vertrieb, und einen Moment lang war er zutiefst gerührt von der Intensität der Liebe, mit der Titus den beiden Mädchen begegnete. Ganz kurz kam etwas wie Neid in ihm auf – weder Valerian noch er selbst hatten je ein solches Maß an Zuneigung von ihrem Vater erfahren –, doch das Gefühl verging so schnell, wie es gekommen war. Es war unmöglich, die Mädchen nicht lieb zu haben, schon gar nicht, wenn sie so trotzig und wütend aussahen.

Nachdem Titus die beiden losgelassen hatte, trat Adrian vor und legte jedem der Mädchen eine Hand auf die Schulter. »Kommt jetzt, verschwindet!«

Titus lächelte schief. »Intuition, hm?«

Nach kurzem Zögern sagte er nur: »Ja, Vater.« Dann ging er mit den Mädchen davon.

Gedankenverloren lieferte er die beiden vor ihren Zimmern im Nordflügel ab. Lucrecia nahm die Decke von ihren Schultern und knüllte sie achtlos zusammen.

»Was wollen die Heuschrecken eigentlich von uns?« fragte Salome.

Adrian streichelte über ihr Haar. »Sie haben Hunger.«

»Fressen sie Menschen?« fragte Lucrecia.

Adrian ging vor ihr in die Hocke. »Haben das die Diener gesagt?«

Lucrecia schüttelte den Kopf.

»Bestimmt nicht?« fragte er.

Noch ein Kopfschütteln.

»Gut«, meinte er und erhob sich. »Nein, Heuschrecken fressen keine Menschen. Nur Pflanzen.«

Aber in Wahrheit glaubte er nicht, daß die Heuschrecken die Wüste der Pflanzen wegen verlassen hatten. Es mußte einen anderen Grund geben.

Während er den Flur hinabging, begann er erneut, sich Fragen zu stellen: Wenn es in der Kalahari genug Nahrung für die Heuschrecken gab, was hatte sie dann von dort vertrieben? Waren sie vor etwas auf der Flucht?

Und wenn ja, wovor?

Die Heuschrecken kamen zwei Tage später, und alle Befürchtungen, die die Warnungen Schindlers heraufbeschworen hatten, erwiesen sich als wahr.

Ob es Millionen waren, Milliarden oder gar ein Vielfaches mehr, vermochte niemand zu sagen.

Die wenigsten wagten es, überhaupt einen Blick ins Freie zu werfen. Für die meisten Bewohner des Anwesens unterschied sich der Überfall der Heuschrecken kaum von einem heftigen Gewitter: Der Himmel verdunkelte sich, und dann, während man sich noch irgendwo im Inneren des Hauses verkroch, erfüllte ein trommelndes Donnern die Luft.

Der Lärm hielt fast eine Stunde an. Niemand – auch nicht die Ältesten unter den San – hatte je von einem Heuschrekkenangriff gehört, der so lange gedauert hatte.

Die Luft war erfüllt von einem Knistern und Kreischen, das man für elektrische Entladungen hätte halten können, vom Schaben einer See aus Insektenbeinen, die über Dächer und Steine und Fensterscheiben hereinbrach; kleine harte Körper, die wie Hagelschauer gegen die Fassaden prasselten; Flügel, die raschelnd und summend vibrierten.

In den meisten Zimmern gab es im Inneren hölzerne Läden, die von den Dienern geschlossen worden waren; selbst dort, wo das Glas unter dem Ansturm der Insektenschwärme splitterte, verirrten sich nur wenige Tiere ins Haus. Zahlreiche Eingeborene hatten in den Ställen, den Weinkellern und in den beiden Eingangshallen Unterschlupf gesucht, und Titus hatte ihnen, trotz Madeleines unglücklicher Miene, bereitwillig Zutritt gewährt. Einige waren auch im Dorf geblieben, jene, die in der Heuschreckenplage eine Strafe oder ein Zeichen der Götter sahen. Was aus ihnen geworden war, erfuhr Adrian erst Stunden später, nachdem die ersten Diener durch die verwüsteten Weinberge zum Dorf gelaufen waren. Einige kehrten bald zurück und beschrieben ein Schreckensszenario: Nur die gemauerten Hütten standen noch, alle anderen waren unter dem anbrandenden Insektenansturm zusammengebrochen. Ein halbes Dutzend Menschen waren ums Leben gekommen, erstickt, als die Heuschrecken sie zu Zigtausenden unter sich begruben. Die Überlebenden, die die Zerstörung mitangesehen hatten, faselten vom Untergang der Welt und davon, daß aller Ende kurz bevorstand – ein Ende, das von Osten kam und dem die Heuschrecken nur als Vorboten dienten.

Das Tal selbst war zur Wüste geworden. Alles, was Blätter getragen hatte, war kahl gefressen, oftmals samt aller Zweige und Sprößlinge. Was mit den Weinreben geschehen sollte, blieb vorerst unklar; erst mußte festgestellt werden, wie viele noch einigermaßen unversehrt waren. Die Akazien hinter dem Ostflügel waren nur noch abgenagte Baumgerippe, die meisten Hecken im Garten gänzlich verschwunden.

Während die Diener im Haus daran gingen, verirrte Heuschrecken aufzustöbern und zu töten, und während sich die Stallknechte alle Mühe gaben, die Pferde in den verbarrikadierten Stallungen zu beruhigen, streifte Adrian schweigend über das Schlachtfeld, in das sich das Tal verwandelt hatte.

Schließlich machte er sich auf, den höchsten Berg der Umgebung zu erklimmen. Von dort aus blickte er nach Osten, nur den Wind als Gesellschaft, dessen Flüstern er nicht hören konnte, und er fragte sich, ob die Dunkelheit, die er hinter dem Horizont erahnte, wirklich nur der hereinbrechende Dämmer des Abends war.

DRITTER TEIL

Die Wüste

KAPITEL 1

Wenn die Luft so stark flimmert, daß das Blau des Himmels wie schmelzendes Eis aussieht, dann bist du in der Omaheke.

Wenn sich der Sand unter deinen Füßen sogar durch deine Schuhsohlen anfühlt, als marschiertest du über eine Ofenplatte, dann weißt du, du gehst durch die Omaheke.

Und wenn dein Durst beginnt, zu dir zu sprechen und dir von Quellen und kühlem Regen erzählt, dann sei sicher, die Omaheke hält dich längst in ihrem Griff und gibt dich niemals wieder frei.

Cendrine hatte während der vergangenen viereinhalb Wochen so vieles über diese Gegend gehört, daß sie der tatsächliche Anblick beinahe enttäuschte. Als die Karawane aus Omburo die Ausläufer der Berge überschritt, die sich vom Waterberg-Plateau im Nordwesten der Omaheke in südlicher Richtung bis Omaruru zogen, um dort in die Hänge des Erongo-Massivs zu münden, breitete sich vor Cendrines Augen zum erstenmal jene Landschaft aus, von der sie so viel hatte reden hören.

Ihre erste Empfindung war ein Eindruck von überwältigender Leere. Die zweite war Überraschung.

Sie hatte eine weiße Dünenlandschaft erwartet, ähnlich der Namib mit ihren sanft gewellten Sandhügeln und Tälern. Statt dessen aber blickte sie von den Felsen viele Meter tief in eine Ebene hinab, flach wie ein Spiegel und mit Gras und kargen Büschen bewachsen. Sie wußte jedoch, daß der Anblick trog, ja daß diese Gegend weit tödlicher sein konnte als die Namib, gerade weil sie auf den ersten Blick so ungefährlich erschien.

Und doch beruhigte es sie nach all den Tagen angstvoller Vorahnung, daß die Bilder einer glühenden Sandhölle, die sie vorausgesehen hatte, nicht der Wirklichkeit entsprachen. Zumindest noch nicht in diesem Teil des Landes.

Die Karawane, die sich jetzt auf den Weg hinab in die Ebene machte, war die sechste, der sie sich seit ihrer Abreise von der Skelettküste angeschlossen hatte. Das Geld, das Elias ihr mitgegeben hatte, war immer dann ihre letzte Rettung gewesen, wenn sie nahe daran war, alle Hoffnung aufzugeben. Von Zesfontein aus war sie nach Otjitambi gereist, von dort aus nach Outjo – wo sie mit dem Gedanken gespielt hatte, ihrem alten Bekannten, dem Hauptmann des Forts, einen Besuch abzustatten, es dann aber doch lieber gelassen hatte – und schließlich nach Omburo, um dort die vorletzte Etappe der Reise zu beginnen.

Viereinhalb Wochen im Sattel, davon die letzten beiden notgedrungen zwischen den Höckern störrischer Kamele, obwohl es doch noch gar nicht lange her war, daß sie sich geschworen hatte, nie wieder eines dieser Tiere zu besteigen. Viereinhalb Wochen der Erschöpfung und Entbehrungen, nahezu ohne Kleidung zum Wechseln und immer wieder in Begleitung von Männern, die ihr mehr als nur freundliche Blicke zuwarfen. Ihr Glück war, daß seit Beginn der Herero-Aufstände fast alle Karawanen von Soldaten der Schutztruppe begleitet wurden, so daß sie zumindest vor Übergriffen ihrer Mitreisenden einigermaßen sicher war.

Während des Abstiegs aus den Bergen hielten die Kamele bemerkenswert gut ihr Gleichgewicht, trotz losen Gerölls und tückischer Felsspalten. Cendrine mochte die Tiere noch immer nicht, aber sie hatte sich in den vergangenen Tagen daran gewöhnt, auf ihnen zu reiten. Ihr Hinterteil war von der langen Reise ohnehin völlig taub geworden, und ihre Rückenschmerzen, die sie am Anfang noch mit gnadenloser Härte heimgesucht hatten, waren ebenfalls seit über einer Woche verschwunden. Allmählich wurde sie unempfindlich gegen alles – gegen Schmerz, gegen Durst, gegen das Getuschel der Männer hinter ihrem Rücken, sogar gegen den Sonnenbrand, der ihr in den beiden ersten Wochen fast das Fleisch von den Knochen geschält hatte.

Ein tiefer Zynismus hatte sich in ihr breitgemacht, gegenüber sich selbst und gegenüber allem, was von außen auf sie eindrang, und sie war zu der Überzeugung gekommen, daß sich die Torturen, die dieses Land für sie bereithielt, nur auf diese Weise ertragen ließen. Gleichgültigkeit und Härte, die ihr früher völlig fremd gewesen waren, bestimmten allmählich jeden ihrer Tage. Sogar ihre Monatsblutung hatte sich als bemerkenswert rücksichtsvoll erwiesen und war mehr oder minder ausgeblieben.

Sing einfach ein Lied, und jeder wird denken, du seist zum Reisen geboren, lästerte ihre innere Stimme. Alles ist ja so wundervoll.

Doch natürlich war überhaupt nichts wundervoll. Und das lag nicht allein an den Strapazen, die sie seit Wochen durchlitt. Vielmehr machten ihr wieder die Träume zu schaffen, und mehr noch als die Träume die Hilferufe der Frau. Denn daß es Hilferufe waren, daran zweifelte sie nicht mehr. Die Frau – wer immer sie war, *wo* immer sie war – brauchte Beistand. Cendrines Beistand.

Sie hatte aufgehört, Fragen zu stellen. Fragen führten in ihrer Lage zu nichts. Ihr war klar, was sie zu tun hatte – wenigstens sagte sie sich das immer wieder, und Selbstzweifel gehörten bei einem solchen Unternehmen wohl einfach dazu. Sie wußte, wohin sie zu gehen hatte.

In der ersten Nacht, die sie im Sandfeld der Omaheke verbrachte, eingerollt in übelriechende Wolldecken und im Schutz eines winzigen Zeltes, dessen Inneres in den vergangenen Wochen mehr als einen Skorpion gesehen hatte, entrollte sie zum sicherlich hundertsten Mal die Karte, die Professor Pinter ihr gegeben hatte. Die Ränder waren abgegriffen und zerfleddert, doch das, worauf es ankam, das Herzstück der Karte, war immer noch wie neu. Es zeigte den nördlichen Teil der Kalahari, der im Osten weit hinein nach Betschuanaland reichte. Ein enger Kreis markierte die Stelle, an der Selkirk auf die Ruinen Henochs gestoßen war, und Cendrine hatte einen zweiten Kreis um eine winzige Ortschaft – wahrscheinlich nur eine abgelegene Handelsstation – namens Osire gezogen. Henoch lag etwa dreihundert Kilometer östlich davon, im absoluten Nichts. Wer immer die Karte gezeichnet und mit Aquarellfarben koloriert hatte – diese Stelle hatte er ausgelassen, so als sei es ihm völlig absurd erschienen, daß irgendwer sich jemals für diese Region interessieren könnte. Der Kreis, den Selkirk mitten auf dieses leere Stück Pergament gezeichnet hatte, wirkte wie ein Fremdkörper, vielleicht der Rand eines getrockneten Kaffeetropfens, der vor wer weiß wie vielen Jahren darauf gespritzt war.

Dreihundert Kilometer durch die Todeszone der Omaheke. Allein die Vorstellung dieser Strecke wäre Cendrine noch vor wenigen Wochen wie ein Fiebertraum erschienen, ein Schrekkensbild aus einer ihrer Visionen, bei der es längst keine Rolle mehr spielte, ob ein Wirbelsturm am Horizont tobte oder nicht. Dreihundert Kilometer, glühende Hitze am Tage und frostige Kälte bei Nacht, keine Nahrung, außer der, die man bei sich trug, und mit ziemlicher Sicherheit auch kein frisches Wasser. Dreihundert Kilometer – auf einem Pferd oder Kamel bedeutete das eine Reise von fünf bis sechs Tagen, ohne die Unbill der Natur mit einzubeziehen. Fast eine Woche im Nirgendwo. Selbst nach der anstrengenden Reise, die sie von der Skelettküste hierhergeführt hatte, fehlte Cendrine noch die Vorstellungskraft, sich ein solches Unterfangen auszumalen.

Dann aber ertönten in ihren Träumen wieder die Rufe der Frau, und der Gedanke, auch diese letzte Mühsal auf sich zu nehmen, erschien ihr eine Weile lang wieder sinnvoll und nötig.

Am Abend des zweiten Tages nach ihrem Abstieg aus den Bergen – zwei Tagen im Sand und dürren Gras der Omaheke – erreichte die Karawane endlich Osire. Cendrine behielt recht: Die Ortschaft bestand lediglich aus einer Handelsstation, ähnlich der von Elias und Nanna, und drei weiteren Häusern. Auf einer Veranda wippte ein alter Mann in einem Schaukelstuhl und blickte den Neuankömmlingen entgegen. Ansonsten war kein Mensch zu sehen. Vor Cendrines Kamel huschte ein unterarmlanges Reptil durch den Sand, aber es verschwand zu schnell, als daß sie hätte erkennen können, um was es sich handelte.

Die Karawane bestand aus sechs Händlern mit ihren Waren und einem Trupp von acht Soldaten. Als der Besitzer der Handelsstation ins Freie trat, dauerte es nur wenige Minuten, bevor sich heftiges Feilschen und Handeln entspann. Die Soldaten beobachteten das Treiben ihrer Schützlinge mit sichtlicher Heiterkeit, während sie ihre Pferde an einer Blechwanne tränkten und sich mit den Ärmeln den Schweiß von der Stirn wischten.

Cendrine war im Sattel sitzengeblieben und schaute angestrengt zum flimmernden Horizont. In spätestens einer Stunde würde die Dämmerung hereinbrechen.

»Wie komme ich zum Fort?« fragte sie ungeduldig einen der Soldaten.

Der Mann blickte seufzend zu ihr auf. »Sie sind nicht kleinzukriegen, was?«

»Bringen Sie mich hin, oder muß ich alleine weiterreiten?«

Ein anderer Uniformierter mischte sich ein. »Wir reiten gemeinsam. Aber auch Sie sollten Ihrem Kamel ein paar Schlucke Wasser gönnen, Fräulein, sonst bricht es Ihnen ohne Vorwarnung unterm Hintern zusammen.«

Einige Soldaten schmunzelten bei der Vorstellung, und Cendrine gab nach. Sie ließ das Kamel in die Knie gehen und stieg aus dem Sattel. Erst jetzt, als sie einige Schritte um die Tränke herum ging, merkte sie, wie steif sie geworden war.

Zwanzig Minuten später brachen sie auf. Drei Händler blieben in der Station, die drei übrigen ritten mit Cendrine und den Soldaten weiter zum Wüstenfort der Schutztruppe. Der Weg dorthin war weiter, als Cendrine angenommen hatte, und es wurde bereits dunkel, als sie die Festung endlich erreichten.

Und eine Festung war es in der Tat. Cendrine hatte ein Palisadenfort erwartet, einen oder zwei Türme mit einem Holzwall und einigen Gebäuden. Tatsächlich aber schälte sich aus dem Zwielicht ein gewaltiger Komplex aus Stein, mit hohen Wehrgängen und Aussichtstürmen an jeder der vier Ecken. Ein fünfter Turm, ungleich höher, stand in der Mitte des Forts; auf seinen Zinnen wehte die deutsche Flagge. Vor dem Tor wimmelte es von Uniformierten, die eilig zwischen einer Vielzahl von Pferdekarren und Kamelen umherliefen. Es schien, als wären die Soldaten in Aufbruchsstimmung, und nur die wenigsten hatten einen Blick für die Karawane übrig.

Cendrines Überraschung wurde noch größer, als man sie und ihre Begleiter durch das große Eisentor ins Innere der Wehrmauern winkte. Der Hof der Anlage mochte etwa hundertfünfzig Meter im Quadrat messen. Ein Großteil wurde vom Exerzierplatz der Truppe eingenommen. Rechts vom Tor standen Baracken mit geteerten Dächern, die Unterkünfte der Soldaten. Im Zentrum erhob sich ein zweistöckiges Steingebäude, die Kommandantur, an die auch der hohe Turm grenzte. Mindestens zweihundert Soldaten hielten sich im Hof auf, einige in Reih und Glied, andere ungeordnet und mit allerlei Aufgaben beschäftigt. Viele schleppten Stapel von Gewehren und Säbeln hinaus aus dem Tor, wo sie auf die Planwagen und Karren verladen wurden.

»Wird das Fort aufgegeben?« wandte Cendrine sich an einen der Soldaten aus ihrem Begleittrupp.

Der Mann schüttelte den Kopf. »Nicht, daß ich wüßte. Warten Sie.« Damit bückte er sich zur anderen Seite aus dem Sattel und hielt einen der vorbeieilenden Soldaten auf.

Wenig später wußte er, was geschehen war, und seine Erregung war ihm deutlich anzusehen. »Die Herero sind besiegt«, platzte es aus ihm heraus, als er sich wieder an Cendrine wandte. »Es hat eine Schlacht gegeben, am Fuß des Waterbergs. Die Aufständischen sind geschlagen.«

»Und wo wollen dann die Männer aus dem Fort hin?«

»Die Rebellen waren zuletzt auf der Flucht nach Osten. Sie hatten ihre Familien dabei. Als es zur entscheidenden Schlacht kam, schickten sie ihre Frauen und Kinder tiefer in die Wüste, damit sie unseren Leuten nicht in die Hände fallen. Wie es aussieht, marschieren diese Menschen immer weiter in die Kalahari, ohne Nahrung und ohne Wasser. Die Soldaten hier im Fort haben den Auftrag, sie zurückzuholen.« Er schüttelte fassungslos den Kopf. »Liebe Güte, die Herero müssen uns für Bestien halten …«

Cendrine verzog das Gesicht. »Wir sind ihre Feinde, schon vergessen? Was hätten Sie mit Ihrer Frau gemacht, wenn Sie sich einer Übermacht von Herero gegenübergesehen hätten?«

»Das ist doch wohl ein Unterschied«, ereiferte sich der Soldat. »Die Herero sind Wilde. Barbaren. Wir Deutschen aber –«

Cendrine unterbrach ihn kühl. »Wir sind edel und anständig und kämen nie auf die Idee, unseren Status als Sieger für etwas anderes als die Verbreitung von Recht und Ordnung zu nutzen. Das wollten Sie doch sagen, nicht wahr?«

»Wir sind zumindest keine Halsabschneider wie diese Eingeborenen, Fräulein.«

»Irgendwo in diesem Lager gibt es jemanden, von dem ich so etwas schon einmal gehört habe.« Ohne den Soldaten weiter zu beachten, zügelte sie ihr Kamel und ließ es in die Hocke gehen. Nachdem sie abgestiegen war, hielt sie einen jungen Uniformierten auf, der in seinen Armen mehrere Gewehre hielt wie ein Bündel Brennholz.

»Entschuldigen Sie. Ich suche jemanden. Einen Mann namens Valerian Kaskaden.«

Der Soldat mit den Gewehren musterte sie von oben bis unten, als hielte er sie im ersten Moment für eine Halluzination. »Kaskaden, sagen Sie?«

Cendrine nickte ungeduldig.

»Sind Sie seine Frau?« fragte der Mann.

»Ich glaube kaum, daß Sie das etwas angeht.«

Der Soldat zuckte zusammen und straffte seine Haltung. »Natürlich nicht. Verzeihen Sie, Fräulein.«

»Also?«

»Warten Sie einen Augenblick.« Er machte kehrt und lief mit seinen Gewehren im Arm zurück in die Richtung, aus der er gekommen war. Cendrine blickte ihm hinterher, und schließlich sah sie ihn auf der anderen Seite des Platzes vor einer Gruppe von Soldaten stehenbleiben, deren Gesichter sie im Dämmerlicht und aus dieser Entfernung nicht erkennen konnte.

Nur Sekunden vergingen, dann löste sich ein einzelner Mann aus der Gruppe und kam mit hastigen Schritten herübergelaufen

»Das darf doch nicht wahr sein!« hörte sie ihn rufen. Es war Valerians Stimme, ohne Zweifel.

»Gott im Himmel, sind Sie verrückt geworden?« entfuhr es ihm, als er vor ihr stand.

Cendrine lächelte schief. »Genauso habe ich mir unser Wiedersehen vorgestellt.«

Er grinste plötzlich, und ehe sie sich's versah, hatte er sie schon herzlich umarmt. »Tut mir leid«, sagte er dann, »aber das mußte wohl sein.«

Sie erwiderte sein Lächeln, jetzt um einiges versöhnlicher. »Hallo, Valerian.«

»Was, zum Teufel, tun Sie hier? Ist zu Hause irgendwas –«

»Nein, alles in Ordnung, keine Sorge.«

Er sah ihr fest in die Augen, und einen Herzschlag lang überkam sie das Gefühl, einem ganz anderen Mann gegenüberzustehen. Er und Adrian waren Zwillinge, und ihre Ähnlichkeit war immer verblüffend gewesen; und doch war es nicht Adrian, den sie in seinen sonnenverbrannten Zügen zu erkennen glaubte. Valerian hatte sich seit seinem Besuch zu Weihnachten noch stärker verändert. Er sah älter aus, viel älter. Und reifer.

Ein Bild aus der Bibel kam ihr in den Sinn: Lots Frau, die sich während des Untergangs von Sodom und Gomorra gegen den Willen Gottes umwendet, um einen Blick auf ihre zerstörte Stadt zu werfen – und zur Strafe dafür zur Salzsäule erstarrt. Valerian mochte äußerlich unversehrt wirken, aber unter der Oberfläche war auch er aus Salz. Er wirkte wie jemand, der Schlimmes mitangesehen hatte.

»Was *machen* Sie hier?« fragte er noch einmal. Er hatte seine Stimme jetzt ein wenig gesenkt, dadurch klang sie merklich schärfer.

»Ich habe gehofft, Sie könnten mir helfen«, sagte sie aufrichtig. Dabei war sie gar nicht mehr sicher, ob sie das wirklich wollte. Hier war alles viel größer und verwirrender, als sie es sich vorgestellt hatte. Sie hatte gehofft, unter vier Augen mit ihm sprechen zu können, hatte geglaubt, er würde schon einen Weg wissen, wie sie tiefer in die Wüste vordringen konnte. Jetzt aber kam ihr diese Idee mit einemmal sehr naiv vor.

»Helfen?« fragte er verwirrt. »Wobei?«

Cendrine schwieg und suchte nach den richtigen Worten, als Valerian plötzlich über ihre Schulter blickte und irgend etwas zu bemerken schien. Mit einem Ruck ergriff er ihren Unterarm und zog sie im Schutz der Kamele zu den Baracken hinüber.

»Meine Vorgesetzten können uns sehen«, erklärte er im Gehen. »Sie sind die einzige Frau in diesem Fort, Cendrine. Wir werden uns nicht lange ungestört unterhalten können. Danach wird man Sie entweder unter Arrest stellen oder ins Eßzimmer des Kommandanten bestellen. So oder so werden Sie eine Menge Fragen beantworten müssen, und vielleicht ist es besser, wenn Sie erst einmal mir erzählen, was los ist.«

Sie riß ihren Arm los, folgte ihm aber widerspruchslos, bis sie im Schatten zwischen den Baracken standen. Mehr als ein paar Minuten würden ihnen nicht bleiben. Wahrscheinlich sprach sich die Sensation, daß Valerian Kaskaden mit einer jungen Frau hinter den Unterkünften verschwunden war, bereits wie ein Lauffeuer herum.

»Mein Hiersein hat nichts mit Ihrer Familie zu tun«, sagte sie. »Ihre Mutter hat mich freigestellt.«

»Wofür?«

»Um meinen Bruder zu besuchen?«

»Ihren Bruder? Ist er denn hier im Fort?«

»Er lebt an der Küste.«

»Dann haben Sie irgendwo die falsche Abzweigung genommen.«

»Sehr witzig.«

Er warf einen knappen Blick um die Ecke des Gebäudes, schaute dann wieder zurück zu ihr. »Nun?«

Sie hatte lange überlegt, wie sie es ihm am besten beibringen sollte, doch jetzt entschied sie sich, einfach geradeheraus die Wahrheit zu sagen. Zumindest einen Teil.

»Ich muß in die Wüste. Weiter nach Osten.«

»Natürlich«, sagte er ernst. »Wohin auch sonst?«

»Ich mache keine Späße, Valerian«, entfuhr es ihr zornig.

Er biß sich auf die Unterlippe und verdrehte die Augen. »Cendrine, verdammt noch mal, was ist *los* mit Ihnen?«

»Ich kann es Ihnen nicht erklären. Sie müssen mir einfach vertrauen.« Sie kam sich vor wie ein kleines Kind, das gerade mit großem Ernst versuchte, seiner Mutter weiszumachen, daß es in Wahrheit der Weihnachtsmann gewesen war, der die Marmelade aus der Speisekammer gestohlen hatte. »Ich muß dort raus, an einen ganz bestimmten Ort. Und Sie sind der einzige, der mir dabei helfen kann.«

Er schwieg für einen Moment und fixierte sie mit einem durchdringenden Blick. Dann schien er zu der Erkenntnis zu kommen, daß es ihr tatsächlich ernst war. Jetzt wirkte er fast erschrocken.

»Ich habe einmal gehört, daß es wenig Sinn hat, wenn man versucht, eine Wahnsinnige von ihrem Wahnsinn zu überzeugen«, sagte er.

»Allerdings.« Einem Impuls folgend, beugte sie sich vor und gab ihm einen Kuß auf die Wange.

»Was soll das?« fragte er und wirkte dabei tatsächlich ein wenig aufgebracht. »Sie können mich nicht leiden, Cendrine. Das letzte Mal, als Sie so nah an mich rankamen, haben Sie mich angespuckt. Schon vergessen?«

»Ich hatte einen guten Grund.«

»Sie sind noch trotziger geworden als damals.« Er schaute noch einmal verstohlen auf den Hof, wirkte dabei aber nicht wirklich nervös. Cendrine hatte das Gefühl, daß es nur noch wenig gab, das ihn schrecken konnte. Abermals fragte sie sich, was er wohl durchgemacht hatte, das ihn so verändert hatte … was alle diese Männer durchgemacht hatten.

»Was für ein Ort ist das, zu dem Sie wollen?« fragte er schließlich.

»Darüber kann ich nicht reden.«

»Ich wußte, daß Sie das sagen würden.« Er atmete tief durch, als wäre er gerade dabei, eine schwere Entscheidung zu treffen. »Warum brauchen Sie meine Hilfe überhaupt? Sie haben es allein bis hierher geschafft. Warum sollten Sie es nicht auch weiter –«

»Hören Sie auf«, unterbrach sie ihn scharf. »Sie wissen so gut wie ich, daß die Wüste dort draußen etwas ganz anderes ist als das Land westlich von hier.«

Er nickte. »Sie werden sterben, wenn Sie dorthin gehen.«

»Vielleicht.«

»Hat es mit Ihrem Bruder zu tun?«

»Nein. Elias weiß nicht, daß ich hier bin.« Vorausgesetzt,

fügte sie in Gedanken hinzu, Nanna hat es ihm nicht verraten. Aber auch das würde nichts mehr ändern.

»Was erwarten Sie denn von mir?« zischte er. »Soll ich Ihr Kamel am Zügel nehmen und Sie führen?«

Sie schüttelte den Kopf.

»Was brauchen Sie dann? Pferde? Einen Wagen? Verlangen Sie von mir, daß ich die Armee bestehle?«

»Ich habe genug Geld.« Das war nicht ganz die Wahrheit. Die Summe, die Elias ihr mitgegeben hatte, reichte höchstens noch für ein weiteres Tier. Aber selbst dann blieb kaum etwas für die nötige Verpflegung. Sie benötigte Nahrung und Wasser für mindestens zwei Wochen.

»Sie haben kein Geld mehr«, widersprach er, »sonst würden wir dieses Gespräch nicht führen.«

»Ja, gut, ich brauche Verpflegung. Satteltaschen. Viel Wasser. Ein Packpferd kann ich selbst bezahlen.«

Eine Weile lang glaubte sie tatsächlich, er dächte darüber nach. Dann aber verhärtete sich sein Gesichtsausdruck.

»Nein.«

Verzweiflung überkam sie. »Warum nicht, Herrgott noch mal?«

»Warum?« Er packte sie an den Oberarmen und sah einen Moment lang aus, als wollte er sie kräftig durchschütteln. Dann aber entspannten sich seine Züge schlagartig, und er ließ sie los. »Ich war dort draußen, Cendrine. Mehr als einmal. Sie glauben, Sie kennen die Wüste, weil Sie es bis hierher geschafft haben?« Sein Ton wurde abfällig. »Nichts kennen Sie! Nicht das, was da draußen auf Sie wartet.«

Sie hätte ihm gerne entgegengeschleudert, daß er nicht einmal eine Ahnung von dem hatte, was sie erwartete. Er fürchtete Sandstürme, Durst und Wüstentaranteln, aber ihr ging es um etwas ganz anderes.

»Ich kann auf mich selbst aufpassen«, gab sie zurück, trotzig wie ein Kind. Himmel, sie fühlte sich so unendlich hilflos.

»Das glauben Sie wirklich, ja? Weil Sie sich ein paar Karawanen angeschlossen haben, denken Sie, Sie wüßten, wie man in der Wüste überlebt. Aber wenn Sie allein dort hinaus gehen, ist da keine Eskorte, die sie beschützt. Keine fetten

Händler, von denen Sie Dörrfleisch und Trockenobst kaufen können. Und ganz bestimmt keine Fässer auf dem Rücken von Kamelen, aus denen Sie sich nach Belieben einen Becher Wasser zapfen können. So ist das Leben hier nicht.«

»Sie sind verbittert, das ist alles.« Plötzlich hatte sie das Bedürfnis ihn zu verletzen. »Warum sind Sie so wütend, Valerian? Weil die große Schlacht ohne Sie stattgefunden hat? Weil Sie nur ein paar halbverdursteten Frauen und Kindern nachjagen dürfen, statt mit einem Bajonett auf ihre Männer und Väter loszugehen?«

Ihr taten die Worte schon leid, noch während sie sie aussprach. Doch es war zu spät, sie jetzt noch zurückzunehmen. Und wenn sie ehrlich war, wollte sie das auch gar nicht. In einem zumindest hatte Valerian recht: Sie hatte ihn nie leiden können.

»Hilft es Ihnen, wenn Sie mich beleidigen?« fragte er ruhig. »Dann machen Sie weiter. Ich habe Schlimmeres über mich ergehen lassen, glauben Sie mir.«

»Wollen Sie, daß ich Sie bemitleide? Ist es das?« Sie funkelte ihn wütend an und ballte die Fäuste – noch eine hilflose Geste, über die sie sich ärgerte. »Soweit ich mich erinnern kann, *wollten* Sie doch hierherkommen, oder? Soldat mit Leib und Seele, war es nicht so?«

Valerian hielt ihrem Blick einige Atemzüge länger stand, dann wandte er sich ab und blickte durch den Einschnitt zwischen den Baracken hinaus auf den Hof. Die Sonne war untergegangen, und überall eilten jetzt Männer mit Pechfackeln umher. Es fiel Cendrine immer schwerer, Valerians Mienenspiel zu erkennen.

»Sie haben recht«, sagte er leise. »Wenn es Ihnen nur darum geht, das zu hören, dann, ja, Sie haben recht. Es war ein Fehler hierherzugehen, für mich genauso wie für Sie.« Er machte eine kurze Pause, dann fuhr er fort: »Die Wüste, dieses ganze Land, sie sind nicht für uns gemacht. Alles, was wir hier tun können, ist sterben.«

Professor Pinter hatte ganz ähnliche Worte gebraucht. Sie hätte nie geglaubt, einmal etwas Derartiges von Valerian zu hören. Er war erst zwanzig Jahre alt, aber so, wie er jetzt vor ihr stand, kam er ihr vor wie ein Greis, müde und besiegt.

»So kann man das nicht sehen«, sagte sie, und in ihrer Stimme war eine Sanftmut, die sie selbst überraschte. »Es ist zu leicht, dem Land die Schuld zu geben. Wir sind hergekommen, und wir hätten wissen müssen, was uns erwartet.« Dann fiel ihr ein, daß Valerian im Gegensatz zu ihr nie eine Wahl gehabt hatte: Er war in Südwest geboren. Doch auch das änderte nichts daran, daß es ihr falsch vorkam, das eigene Scheitern einem Stück Wüste zuzuschieben. »Wir sehen in diesem Land nur das, was wir sehen wollen«, fügte sie schließlich hinzu.

»Glauben Sie?« Sein Gesicht lag jetzt beinahe völlig im Dunkeln, nur der ferne Schein der Pechfackeln umrahmte sein Profil. Noch immer schaute er sie nicht an. »Ich weiß nicht, vielleicht ist das richtig.« Er klang sehr niedergeschlagen, und Cendrine wurde klar, daß sie nicht einmal ansatzweise erahnen konnte, was er durchgemacht hatte.

»Sie waren dabei!« sagte sie plötzlich. »Sie haben gegen die Herero gekämpft. Sie haben Ihre Eltern belogen, als Sie ihnen erzählten, es habe hier keine Kämpfe gegeben.«

Er nickte stumm.

»Und es war anders, als Sie es sich vorgestellt haben.«

Mit einem Ruck wirbelte er herum und umfaßte mit Daumen und Zeigefinger ihr Kinn, so fest, daß es weh tat. Trotzdem wehrte sie sich nicht, blieb einfach stehen.

»Das Töten ist immer anders, als man es sich vorstellt, Cendrine«, fauchte er bösartig. »In dem Moment, in dem man es tut, ist es leicht. Viel zu leicht. Sie nehmen einem anderen das Leben und denken doch nur an Ihr eigenes – daran, daß der andere Ihnen nichts mehr anhaben kann, daran, daß Sie Erfolg hatten. Sie legen nicht auf einen Menschen an, um ihn zu erschrecken, und Sie rammen ihm kein Bajonett ins Herz, um ihm angst zu machen. Sie *wollen* ihn töten, und es ist Ihnen gelungen. Sie fühlen sich gut, Sie fühlen sich großartig. *So* ist es, zu töten, und nicht anders.«

»Und danach?« fragte sie ruhig.

Er zögerte, dann ließ er sie los. »Das Danach ist eine andere Sache.«

Nicht die Wüste hatte ihn verändert. Es ging ihm längst nicht mehr um Stolz und Vaterland, nur noch um die Frage nach dem Sinn. Warum war er hier? Warum kämpfte er gegen Menschen, in deren Land seine Vorfahren eingedrungen waren? Allmählich begann sie, das Ausmaß seines Dilemmas zu begreifen. Valerian war Soldat, und er haßte jeden Augenblick seines Daseins.

»Warum gehen Sie nicht fort?« fragte sie nach einer Weile. »Ihr Vater könnte dafür sorgen, daß Sie entlassen werden. Er könnte –«

»Nein«, fiel er ihr ins Wort. »Ich könnte Mutter nie wieder unter die Augen treten.«

»Ist das denn so wichtig für Sie? Ihr Vater hat die Armee doch selbst verlassen. Ihm ging es damals genauso wie Ihnen heute.«

»Es würde nichts ändern. Ein anderer käme und würde meinen Platz einnehmen.«

»Wollen Sie mir erzählen, es ginge Ihnen nur ums Prinzip?«

Er schüttelte den Kopf. »Sie können das nicht verstehen. Es ist ein Kreis ohne Ende.«

Warum nur benutzten hier alle immer wieder die gleichen Worte für unterschiedliche Dinge? Pinter, Nanna, Valerian – als hätten sie sich alle miteinander abgesprochen. *Dieses Land ist nichts für uns. Ein Kreis ohne Ende.* Sie wollte all das nicht mehr hören. Begriff denn niemand, daß es nur um einen selbst ging, daß alles, was geschah, nur in einem selbst seinen Anfang nahm? Am liebsten hätte sie ihn angeschrien: Hör auf, den Umständen die Schuld zu geben! Du selbst bist es doch, der sie formt!

Aber sie wußte auch, daß er so etwas im Augenblick nicht hören wollte. Und sie war nicht einmal sicher, ob sie tatsächlich recht hatte. Es war anmaßend, sich ein Urteil über seine Motive zu erlauben.

»Hören Sie, Valerian!« Sie ergriff seine Hand; seine Finger waren kalt und rauh. »Werden Sie mir helfen oder nicht?«

Er schaute wieder hinaus auf den Hof, fast verwundert, daß noch immer keiner gekommen war, um nach ihnen zu suchen. Er begann jetzt tatsächlich, ihr leid zu tun, und eigentlich war es genau das, was sie hatte vermeiden wollen. Zudem bezweifelte sie, daß er wirklich Wert auf ihr Mitgefühl legte. Er war längst in seiner eigenen kleinen Welt gefangen, einem Kosmos, in dem sich Systeme aus Schuld, Verhängnis und einer bizarren Kategorie von Leid umkreisten, die er selbst nicht in Worte zu fassen vermochte.

»Warten Sie hier«, sagte er nach kurzem Zögern, dann drückte er noch einmal ihre Hand und verließ die Schneise zwischen den Baracken, eine schmale Silhouette vor dem zuckenden Firmament der Pechfackeln.

Cendrine sah ihm nach, wie er quer über den Hof zu einer Gruppe von Offizieren ging, die in ein erregtes Gespräch vertieft waren. Sie entdeckte auch die drei Händler, die mit ihr ins Fort gekommen waren. Sie standen etwa zwanzig Schritte von ihr entfernt, links vom Tor, und feilschten mit einem Mann, der aussah wie ein Kompaniekoch. Ihre Kamele lagen einige Meter abseits neben einer Tränke, auch Cendrines Tier war dabei. Es hatte den Kopf erhoben, aber beide Augen geschlossen.

Valerian unterbrach den Disput der Offiziere und redete auf sie ein. Dabei schaute er einige Male verstohlen zu Cendrine herüber. Plötzlich rollte eine Reihe Planwagen von rechts in ihr Blickfeld und versperrte ihr die Sicht auf die Männer.

Im nachhinein war Cendrine nicht sicher, ob es Valerians Blicke gewesen waren, die sie alarmiert hatten, oder aber ein allgemeines Mißtrauen gegenüber diesem Ort und den Menschen, die hier lebten. Ohne nachzudenken verließ sie ihr Versteck zwischen den Häusern und lief im Schutz der Planwagen zu den Kamelen hinüber. Die Händler waren viel zu beschäftigt, um zu bemerken, wie Cendrine in den Sattel ihres Tieres stieg und es aufstehen ließ. Angespannt ritt sie Richtung Tor.

Sie durchschaute Valerians Verrat im selben Moment, da der Fackelschein vom Tor auf ihre Züge fiel. Ein lauter Ruf hallte von der Offiziersgruppe herüber, und zwei der Männer setzten sich hastig in Bewegung. Valerian zögerte noch einige Herzschläge lang, dann lief er wortlos hinterher.

Die Wächter waren mit Listen beschäftigt, auf denen sie irgendwelche Posten abhakten, die sich auf den Planwagen befanden. Deshalb reagierten sie zu spät auf den Zuruf der Offiziere. Bevor sie ihre Papiere sinken ließen und sich umschauten, hatte Cendrine ihr Kamel schon durchs Tor getrieben.

Sie wußte, daß Valerian es nur gut mit ihr meinte. Wahrscheinlich war es wirklich zuviel verlangt, zu erwarten, daß er sie einfach hinaus in die Kalahari reiten ließ. Aber sie war von zu weit hergekommen, um sich nun alles zunichte machen zu lassen. Die Soldaten außerhalb des Forts hatten noch nichts von dem Aufruhr im Inneren mitbekommen, und so ließ Cendrine ihr Kamel an ihnen vorüberpreschen und schaute sich dabei angestrengt in der Dunkelheit um. Nur im Westen lag noch ein Streifen matter Helligkeit über dem Horizont. Die Fackeln beschienen lediglich jene Stellen des Lagers, wo Soldaten bei der Arbeit waren. Rechts von Cendrine war bereits ein Troß von Planwagen abfahrbereit gemacht worden; sieben Wagen standen in einer langen Reihe, mit zwei Pferden in jedem Gespann, die dösend auf das Signal zum Aufbruch warteten. Cendrine lenkte das Kamel in ihre Richtung.

Wahrscheinlich gab es mindestens ein Dutzend hervorragender Fährtenleser im Fort, deshalb konnte sie es sich nicht erlauben, das Tier in die Hocke gehen zu lassen. Auf Höhe der Wagenreihe ließ sie sich einfach aus dem Sattel gleiten und fiel zwei Meter tief in den weichen Sand. Noch im Sprung gab sie dem Kamel einen harten Klaps aufs Hinterteil und hoffte, daß es darauf ebenso reagieren würde, wie ein Pferd es getan hätte. Und tatsächlich: Im Galopp sprengte es an den Wagen vorüber und hinaus in die Wüste, nach Osten, wo schon nach wenigen Metern das Land in völliger Schwärze versank. Irgendwann würde das Tier von sich aus zurückkehren, dorthin, wo es Wasser und Futter gab, aber bis dahin, hoffte Cendrine, würden noch eine oder zwei Stunden vergehen.

Sie nahm sich nicht die Zeit, nach Verfolgern Ausschau zu halten. Statt dessen erhob sie sich flink aus dem Sand – ihre Knie schmerzten, aber das ignorierte sie –, lief an den vorderen Wagen vorbei und zog sich am vierten in die Höhe. Er war mit Kisten beladen, die nach stark gewürztem Fleisch rochen. Hinter ihnen ging sie in Deckung und beobachtete durch einen Spalt, was weiter geschah.

Es dauerte einige Minuten, bis jemand in ihr beengtes Sichtfeld trat. Es war ein Mann in Uniform, und als er sich umschaute und ihr dabei kurz das Gesicht zuwandte, erkannte sie, daß es Valerian war. Tiefe Sorge sprach aus seiner Miene. Sie fragte sich, was jetzt in ihm vorging, da er annehmen mußte, sie sei ohne Vorräte hinaus in die Wüste geritten. Wahrscheinlich glaubte er, daß sie den Verstand verloren hatte.

Noch während er dastand, galoppierten plötzlich zwei Pferde an ihm vorüber und wirbelten mit ihren Hufen Sand auf. Die Reiter hatten sich weit vorgebeugt, damit ihre Rösser noch schneller liefen. Sie folgten der Spur von Cendrines Kamel.

Ein Offizier trat an Valerians Seite. Er sprach leise, und Cendrine mußte den Atem anhalten, um seine Worte zu verstehen.

»Mehr können wir nicht entbehren«, sagte er. »Die erste Kompanie setzt sich in spätestens einer halben Stunde in Bewegung. Wenn sie bis dahin nicht gefunden wird, müssen wir sie aufgeben. Wir brauchen die Fährtensucher anderswo.«

»Ja«, erwiderte Valerian niedergeschlagen, »ich weiß.«

Der Offizier, ein grauhaariger Mann mit väterlichem Lächeln, legte ihm eine Hand auf die Schulter. »Waren Sie beim Stabsarzt, wie ich es Ihnen gesagt habe?«

»Ja ... nein, ich –«

»Ich verstehe, wie es Ihnen ergeht. Wirklich, das tue ich. Sie sind nicht der einzige, der so etwas durchmacht.«

Valerian schaute noch einmal ins Nachtdunkel, dann machte er gemeinsam mit dem älteren Mann kehrt. »Wahrscheinlich nicht«, murmelte er.

Im Fortgehen redete der Offizier weiter auf ihn ein, aber Cendrine konnte nicht mehr hören, was er sagte. Sie machte es sich in ihrem Versteck zwischen den Kisten bequem und erkundete mit verstohlenen Blicken, ob sich Wasservorräte in dem Wagen befanden. Sie konnte keine entdecken. Statt dessen gelang es ihr, einen der zugenagelten Kistendeckel zu öffnen und eine stark geräucherte Wurst, hart wie ein Eichenast, aus dem Inneren zu fischen. Das Fleisch war versalzen und machte durstig, doch zumindest gab es ihr die Gewißheit, daß sie nicht verhungern würde.

Sie dachte über ihre Lage nach. Vom Schlachtfeld am Waterberg aus waren die Frauen und Kinder der Herero nach Osten geflohen, tiefer in die Wüste. Die Flüchtlinge hatten einen Vorsprung von rund vier Tagen, sogar zu Fuß mußten sie in dieser Zeit tief in die Kalahari vorgedrungen sein. Wenn sie sich dabei einigermaßen östlich hielten, kreuzte ihr Weg dabei fast die Route, die Cendrine nach Henoch hatte nehmen wollen. Mit etwas Glück würde es ihr gelingen, mehr als die Hälfte des Weges im Wagen zurückzulegen. Und selbst wenn die Soldaten sie unterwegs entdeckten, würde man sie wohl kaum fortschicken oder gar zurücklassen.

Die Vorhersage des Offiziers erwies sich als allzu optimistisch. Mehr als eine Stunde verging, ehe endlich zwei Männer auf den Kutschbock stiegen. Cendrine konnte die beiden aus ihrem Versteck heraus nicht sehen, hörte aber, wie sie sich unterhielten und auf die ›Niggerweiber‹ schimpften, die in ihren Augen die Schuld an dem ganzen Malheur trugen. Offenbar war niemand im Fort begeistert von der Vorstellung, tagelang durch die offene Wüste zu ziehen, nur um den Familien der geschlagenen Rebellen zu Hilfe zu kommen.

Ruckend setzte sich der Planwagen in Bewegung. Cendrine strich nervös über Pinters Karte, die sie unter ihrem Hemd am Körper trug, dann lehnte sie sich zurück und bemühte sich vergeblich zu schlafen.

Während der Fahrt lief Cendrine kein einziges Mal Gefahr, entdeckt zu werden. Die beiden Kutscher waren so mit sich und ihrem Unmut beschäftigt, daß sie den hinteren Teil des Planwagens völlig unbeachtet ließen. Die Vorräte, die in den Kisten lagerten, waren offenbar für die Flüchtlinge gedacht, denn niemand zeigte auch nur das geringste Interesse daran; die Rationen der Soldaten waren in anderen Wagen verstaut.

In der zweiten Nacht, die Cendrine eingepfercht zwischen den Kisten verbrachte, wurde der Trupp unerwartet aufgeschreckt, als ein Bote in gestrecktem Galopp an der Kolonne vorüberritt und immer wieder rief: »Sie sind vor uns! Sie sind höchstens noch ein paar Stunden vor uns!«

Einer der beiden Männer auf dem Kutschbock erwachte von den Rufen und murmelte einen Fluch. Cendrine wagte fortan nicht mehr weiterzuschlafen. Ihre Glieder waren so steif, als wäre jede Muskelfaser zu Stein erstarrt. Zwar konnte sie sich hinter den Kisten einigermaßen strecken, wenn ihre Lage allzu unbequem wurde, doch auch das machte den Boden und das Holz in ihrem Rücken nicht weicher. In der vergangenen Nacht, als der Trupp einige Stunden angehalten hatte, war sie im Schutz der Dunkelheit unter den Wagen geklettert um auszutreten. Außerdem hatte sie einen Wasserschlauch, der vorne am Kutschbock hing, halb leer getrunken, in der Hoffnung, die beiden Fahrer würden es nicht bemerken, wenn sie wieder aus den Mannschaftszelten krochen.

Jetzt aber, fast zwanzig Stunden später, hatte sie erneut das dringende Bedürfnis, Wasser zu lassen, und der Durst verklebte ihr die Kehle. Sie hatte auf ein weitere Pause wie jene in der letzten Nacht gehofft, doch nun, da das Ziel so kurz vor ihnen lag, würden die Befehlshaber die Wagen gewiß nicht mehr anhalten lassen. Sie hatte keine andere Wahl, als durchzuhalten.

Als die Reiter und Wagenlenker endlich ihre Tiere zügelten, war jenseits der halbrunden Öffnungen des Planwagens bereits die Dämmerung angebrochen. Rufe und Befehle gellten durch die Morgenluft, die kurz vor jenem magischen Wechsel zwischen nächtlicher Kälte und Tageshitze stand. Cendrine war durchaus bewußt, daß man sie bald entdecken würde, spätestens wenn die ersten Kisten abgeladen wurden; sie überlegte, ob es besser war, sich freiwillig zu stellen. Doch schließlich sagte sie sich, daß es ihr dann gewiß nicht mehr gelingen würde, ein Kamel und Verpflegung zu stehlen. Nein, sie mußte noch eine Weile länger aushalten und konnte nur hoffen, daß sich irgendwann eine Gelegenheit zur Flucht bot.

Den Gesprächen der vorbeilaufenden Soldaten entnahm sie, daß die Herero noch einige Kilometer entfernt waren. Offenbar sollten erst Boten ausgesandt werden, um die Frauen und Kinder auf den Anblick der Soldaten und Wagen vorzubereiten. Die Offiziere schienen zu befürchten, daß unter den Eingeborenen Panik ausbrach, was ihre Aufgabe, sie zurück nach Westen zu bringen, nicht gerade erleichtern würde.

Die beiden Fahrer waren schon vor geraumer Zeit vom Kutschbock gestiegen und hatten den Wagen unbewacht zurückgelassen. Cendrine nutzte die Chance und trank einen Großteil des Wasservorrats, den die Soldaten unter ihrer Bank zurückgelassen hatten. Danach ging es ihr ein wenig besser, was allerdings nichts daran änderte, daß ihr bald die Blase platzen würde.

Nachdem eine weitere halbe Stunde vergangen war, kletterte sie im Schutze des Zwielichts aus dem Wagen und verkroch sich flink zwischen den großen Speichenrädern. Die meisten Soldaten hatten sich weiter vorne versammelt. In diesem Teil des Zuges hielten sich nur eine Wachpatrouille und ein paar vereinzelte Männer auf, die sich um die Tiere in den Wagengeschirren kümmerten. Cendrine erleichterte sich ungestört und fühlte sich dabei unsauber und gedemütigt; wenn es eines gab, an das sie sich trotz der langen Reise nicht gewöhnen konnte, dann waren es das Austreten im Freien und die erbärmliche Hygiene.

Eilig stieg sie zurück in den Wagen und suchte sich eine Position, von der aus sie über den leeren Kutschbock hinweg beobachten konnte, was sich an der Spitze des Zuges tat. Der Pulk der Soldaten und ihrer Befehlshaber war etwa fünfzig Meter entfernt, und Cendrine verstand nichts von dem, was gesprochen wurde, abgesehen von dem einen oder anderen gebrüllten Befehl. Aber selbst aus dieser Entfernung konnte sie sehen, wie bleich die meisten Männer wurden, als die berittenen Boten von den Herero zurückkehrten.

Minutenlang brach sogar das ferne Murmeln ab, das als unverständlicher Klangteppich an Cendrines Ohren gedrungen war. Der Großteil der Soldaten, in Reih und Glied unweit ihrer Offiziere aufmarschiert, blieb weiterhin starr und unbeweglich, aber jetzt schien es fast, als wären sie wie gelähmt angesichts dessen, was die Boten berichtet hatten. Auch die Befehlshaber brauchten einen Moment, ehe sie Worte fanden. Dann gellte auch schon eine Reihe scharfer Befehle über die Wüste, und wenig später setzte sich ein Trupp von vierzig oder fünfzig Reitern in Bewegung. Cendrine suchte nach Valerian, doch aus der Ferne sahen alle Uniformierten gleich aus. Einen Moment lang glaubte sie, ihn unter den Reitern zu erkennen, die das Lager verließen, aber ganz sicher war sie nicht.

Die Zurückgebliebenen, etwa hundert Männer, wurden angewiesen, sich auszuruhen. Sogleich wurden Planen gegen die Sonne aufgespannt, unter denen sich kleine Gruppen zusammenfanden, rauchten oder Karten spielten. Die rund zwanzig Planwagen waren in einem Oval aufgestellt worden und bildeten einen Schutzwall gegen mögliche Angreifer. Die Tatsache, daß nur wenige Wächter aufgestellt wurden, ließ jedoch vermuten, daß nicht wirklich mit einer Attacke gerechnet wurde.

Cendrine hätte viel dafür gegeben, zu erfahren, welche Nachricht die Boten von ihrem Erkundungsritt mitgebracht hatten. Die Reiter, die man daraufhin ausgesandt hatte, waren bewaffnet gewesen, schienen aber nicht in eine Schlacht zu ziehen. Auch hatte Cendrine bemerkt, daß mindestens drei Ärzte unter ihnen waren.

Stunden vergingen, ehe die Männer wieder auftauchten. Einige von ihnen erstatteten ihren Vorgesetzten mit versteinerten Zügen Bericht, die anderen zogen sich sofort zurück und verweigerten ihren neugierigen Kameraden jegliche Auskunft über das, was sie gesehen hatten. Statt sich zu den anderen zu gesellen, rotteten sie sich ein wenig abseits zusammen und sprachen kaum miteinander. Cendrine hatte den Eindruck, als stünden einige von ihnen unter Schock. Irgend etwas hatte sie offenbar derart mitgenommen, daß sie kein Wort herausbrachten und nur noch starr hinaus in die Wüste blickten. Ein Arzt wurde abgestellt, sich um sie zu kümmern, aber es war keiner von den Medizinern, die mitgeritten waren; tatsächlich konnte Cendrine die drei nirgends entdecken, sie schienen nicht unter den Heimkehrern zu sein. Auch Valerian saß nicht bei den anderen.

Ein weiterer Trupp wurde ausgesandt, diesmal vom Kommandeur persönlich angeführt. Neben etwa hundert Reitern folgten ihm fünf Planwagen; Cendrine nahm an, daß sie Medikamente transportierten.

Die Sonne hatte längst ihren höchsten Punkt überschritten, ehe einige der Männer zurückkehrten. Das Gesicht des Kommandanten war grau, als er ohne ein Wort vom Pferd sprang und sich mit einigen der ranghöchsten Offiziere in sein Zelt zurückzog. Die Hitze war beträchtlich geworden – um die vierzig Grad, schätzte Cendrine –, aber trotz dieser Temperatur lag eine starke Unruhe über dem Lager. Die Soldaten, die zum zweiten Beobachtertrupp gehört hatten, hockten immer noch beieinander, viele von ihnen schliefen, wahrscheinlich von den Beruhigungsmitteln, welche die Ärzte ihnen verabreicht hatten. Offenbar hatten sie den Befehl erhalten, über das, was sie gesehen hatten, nicht zu sprechen.

Cendrine hatte mittlerweile den gesamten Wasservorrat der beiden Wagenlenker ausgetrunken. Sie ließ den Korken offen, damit die Männer glauben mußten, der Inhalt des Lederschlauchs sei ausgelaufen. Beinahe ebenso groß wie ihr Durst war ihre Neugier. Obwohl sie nun schon den ganzen Tag lang das Treiben im Lager beobachtete, war es ihr noch nicht gelungen, Einzelheiten zu erfahren – dafür fanden alle Gespräche in zu großer Entfernung statt. Näher heranzuschleichen aber war unmöglich, nicht bei Tageslicht.

Also wartete sie, bis die Dunkelheit anbrach. Mittlerweile war sie so ungeduldig geworden, daß es ihr beinahe gleichgültig war, ob man sie entdeckte. Kaum war die Sonne hinter den flachen Hügelkämmen versunken, kletterte sie erneut aus dem Wagen und näherte sich flink einer Gruppe unbewachter Kamele, die etwa zwanzig Meter entfernt in einer provisorischen Koppel aus Holzstäben und Seilen lagen. Kauernd wartete sie im Schutz der Tiere, bis die Lagerpatrouille vorbeigezogen war, dann band sie eines der Kamele los. Es schnaubte protestierend, doch keiner der Soldaten, die an Lagerfeuern oder in Zelten schliefen, schien es zu bemerken. Cendrine hatte einige der Räucherwürste in ihre Decke gewickelt und verstaute sie jetzt in einer der Satteltaschen. Anschließend wog sie prüfend den Wasserschlauch in der Hand, den der Reiter des Tieres zurückgelassen hatte. Er war halb voll.

Sie schloß für einige Sekunden die Augen, hielt dann vor Aufregung die Luft an und schwang sich auf den Rücken des Kamels. Sie hatte mittlerweile Übung im Umgang mit den Tieren. Das Kamel erhob sich sofort in den Stand und machte zwei weite Schritte über das Seil der Absperrung. Cendrine schaute sich nicht um, als sie das Tier auf schnellstem Wege aus dem Lichtkreis lenkte.

Das Lager der Soldaten lag in einem seichten Tal, dessen Hänge sich im Falle eines Angriffs als Verteidigungswälle nutzen ließen. Als Cendrine die Anhöhe in östlicher Richtung erklomm, erkannte sie, daß das Tal mit seinem struppigen Grasbewuchs zugleich auch das letzte Stück Vegetation beherbergte; gleich dahinter begann ein sternenbeschienenes Dünenmeer, das dem aus ihren Träumen glich. Ein Großteil der Spuren, die vom Lager fort nach Osten führten, war bereits verweht. Dennoch erkannte Cendrine in der Dunkelheit die eine oder andere Schneise zwischen den Dünen, wo die Planwagen tiefe Furchen im Sand hinterlassen hatten. Ihnen folgte sie und trieb das Kamel zu schnellerem Tempo an.

Den ganzen Nachmittag über waren Trupps vom Lager aufgebrochen und wieder zurückgekehrt, ein ständiges Kommen und Gehen, und schließlich hatte Cendrine den Überblick verloren. Sie wußte nicht, ob am Abend noch Männer gefehlt hatten, und ebenso war sie sich im unklaren darüber, ob der unbekannte Ort, zu dem sie nun unterwegs war, bewacht sein würde.

Sie mußte etwa zwei oder drei Kilometer weit geritten sein, als die Dünen flacher wurden und schließlich in eine weite Ebene übergingen. Der Boden war hart und mit einem Spinnennetz von Rissen durchzogen, wie der Grund eines ausgetrockneten Sees. Sie ließ das Kamel jetzt langsamer laufen, damit es sich auf dem harten Boden nicht verletzte. Das hätte ihr gerade noch gefehlt.

Zwei weitere Kilometer mußte sie hinter sich lassen, ehe sie vor sich im Sand etwas bemerkte. Der Sternenhimmel übergoß die Landschaft mit einem weißblauen Schimmer, der von dem hellen Boden reflektiert wurde. Es war ein geheimnisvolles Licht, das mehr zu verbergen schien, als es offenbarte, und trotzdem war das, was vor Cendrine aus dem Boden ragte, deutlich zu erkennen.

Aus der Ferne hatte es noch ausgesehen wie ein gekrümmter Ast, die Überreste eines abgestorbenen Strauches vielleicht. Doch von nahem gab es keinen Zweifel – es war der Arm eines Menschen.

Er lag nicht etwa abgetrennt im Sand, nein, er ragte vom Schultergelenk an aus dem Boden, verwinkelt und mit verkrampften Fingern, die aussahen wie die Beine einer toten Tarantel.

Cendrine schaute sich alarmiert um, und obwohl weit und breit kein Mensch zu sehen war, wagte sie nicht, vom Kamel zu steigen und den bizarren Arm genauer zu betrachten. Sie zitterte jetzt am ganzen Körper, obwohl sie sich längst die Decke um die Schultern gelegt hatte. Falls es noch kälter wurde, blieb ihr nur noch die Satteldecke.

Aber ihr Zittern rührte natürlich nicht nur von der Kälte her, auch wenn sie sich das weismachen wollte. Der Arm im Sand war schlimm genug, doch das, was sie hundert Meter weiter erwartete, übertraf alles, was sie bisher gesehen hatte.

Der Oberkörper einer Frau ragte aus dem Boden, weit vorgebeugt, so daß ihre verfilzten Zöpfe den Sand berührten. Ihre Arme waren in einer flehenden Geste ausgebreitet, und als Cendrine genauer hinsah, entdeckte sie unter den Brüsten der Frau den Leichnam eines Säuglings. Er war nur einige Fingerbreit im Boden versunken. Die Frau mußte ihn bis zuletzt in ihren Armen gehalten haben. Zu diesem Zeitpunkt aber war der Boden des Flußbetts – denn darum mußte es sich handeln – bereits erstarrt.

Die Herero mußten versucht haben, das Gelände zu überqueren, als der Grund noch schlammig gewesen war, eine Folge der starken Niederschläge während der Regenzeit. Die Riviere führten stets nur für kurze Zeit Wasser, dann zumeist in Form heftiger Ströme, die jedoch innerhalb weniger Tage versiegten. Eine Weile lang blieb der Boden danach noch zäh und morastig, um dann unvermittelt zu einer zementharten Masse zu erstarren. Das Flußbett, in dem Cendrine sich befand, war so breit, daß sie seine Ränder nicht ausmachen konnte. Möglich, daß es sich an dieser Stelle zu einem weiträumigen See ausweitete. Die Herero waren geradewegs hineinmarschiert, in der Hoffnung, rechtzeitig die andere Seite zu erreichen. Wahrscheinlich waren sie mit jedem Schritt ein wenig tiefer eingesunken, und als ihnen endlich das wahre Ausmaß der Schlammebene bewußt geworden war, war es längst zu spät gewesen. Der aufgeweichte Wüstenboden hatte sie tiefer und tiefer hinabgesogen und war dann innerhalb von drei, vier Tagen steinhart geworden. Die meisten waren zu diesem Zeitpunkt wahrscheinlich schon tot oder wahnsinnig gewesen.

Cendrine saß stocksteif im Sattel, während sie das Kamel weiter vorantrieb. Sie wußte, was sie erwartete, aber sie konnte jetzt nicht mehr umkehren. Nach wenigen Schritten stieß sie auf drei tote Hyänen, die offenbar von den Soldaten erschossen worden waren. Immer wieder hatte sie das Gefühl, daß sich am Rande ihres Blickfeldes etwas bewegte, blitzschnelle Schatten, die über die Ebene schossen, Schakale vielleicht, noch mehr Hyänen oder andere Aasfresser der Omaheke. Sie war froh, so hoch oben zu sitzen, und tätschelte dem Kamel geistesabwesend den borstigen Hals.

Mehrfach sah sie jetzt halbversunkene Leichen: Frauen, Kinder, hier und da auch einen Ochsen, den die Flüchtlinge gen Osten getrieben hatten. Sie hatte keine Ahnung, wie viele Herero vor den weißen Kolonialherren geflohen waren, doch sie hatte die Befürchtung, daß ihr das Schlimmste noch bevorstand.

Der Dünenrand der Ebene lag etwa fünf oder sechs Kilometer hinter ihr, als sie den Hauptpulk des einstigen Flüchtlingszuges erreichte. Sie krallte sich mit beiden Händen so fest in das Fell ihres Reittiers, daß das Kamel wütend aufbrüllte. Der Laut hallte gespenstisch über die Ebene und verklang langgezogen in der Ferne.

Es mußten mehr als tausend Menschen sein, die auf einem Gebiet von nicht einmal fünfhundert Quadratmetern den Tod gefunden hatten. Von weitem hatte der Anblick eine gewisse Ähnlichkeit mit dem versteinerten Wald, den Cendrine und ihre Eskorte im Kaokoveld passiert hatten – verzogene, bizarre Formen, die sich schwarz vom helleren Sand abhoben –, doch schon der Geruch nach Aas und Verwesung belehrte sie beim Näherkommen eines Besseren.

Arme, die wie abgeknickte Schößlinge aus dem Boden ragten; Oberkörper, manche bis zu den Hüften ins Erdreich gesaugt; Menschen, die sich flach auf Bauch oder Rücken geworfen hatten, um dem Unausweichlichen zu entgehen, und dabei fast gänzlich verschwunden waren – von einigen war nur noch ein Arm, eine Hand oder gar der Hinterkopf zu sehen. Einmal riß Cendrine das Kamel im letzten Augenblick herum, bevor es mitten in ein Gesicht treten konnte, das sich wie ein einsamer, sonderbar geformter Stein aus dem Sandboden erhob.

Cendrine blieb gerade noch genug Zeit, sich seitlich aus dem Sattel zu beugen, dann übergab sie sich. Als sie sich wieder aufrichtete, war ihr schwindelig, die Ebene begann sich um sie zu drehen, und das Kamel trug sie aus eigenem Antrieb weiter vorwärts, immer tiefer hinein in diesen grotesken Leichengarten, bis sie schließlich nichts anderes mehr um sich sah als verzerrte, eingefallene Fratzen, im Winken erstarrte Arme und Rückenpartien, die wie knöcherne Inseln aus dem Sand hervorschauten. Die meisten Toten waren Frauen und Kinder, aber sie sah auch immer wieder Männer, die gemeinsam mit ihren Familien die Flucht ergriffen hatten. Manche mochten eingesehen haben, wie aussichtslos der Krieg gegen die weißen Eroberer war, andere hatten sich womöglich nicht von ihren Frauen trennen wollen. Es war entsetzlich, sich vorzustellen, daß all diese entstellten Kadaver einmal Menschen mit Wünschen, Zielen und Sehnsüchten gewesen waren, und der Gedanke, daß es die deutschen Kolonisten gewesen waren, die für diese Katastrophe verantwortlich waren, weckte Schuldgefühle in ihr.

Die Landschaft schwankte und drehte sich noch immer, und obwohl das Kamel beständig weiterlief, gänzlich unbeeindruckt von der Umgebung, kam es Cendrine so vor, als bliebe sie selbst auf der Stelle stehen, die Gefangene einer Wüste, die sie mit unsichtbaren Klauen festhielt. Wie ein Windhauch streifte sie die Erkenntnis dessen, was die Herero empfunden haben mußten, als um sie ganz langsam der Boden erstarrte, eingeschlossen von den Sandmassen der Omaheke, in der unerbittlichen Gewißheit, daß sie sterben würden – sie selbst, ihre Kinder und alle, an denen ihnen etwas lag. Die Wüste verschlang sie ganz einfach, fraß sie bei lebendigem Leibe, so daß die Menschen jeden einzelnen Augenblick fühlen und begreifen konnten.

Ein Meer gebrochener Blicke schien Cendrine vorwurfsvoll zu fixieren. *Sieh, was ihr getan habt*, klagten die Toten, *sieh her, und erkenne deine Schuld!* Sie hörte die Stimmen wie Erinnerungen aus ihrer eigenen Vergangenheit, verschwommen und undeutlich.

Wenn sie noch länger auf die Leichen im Sand starrte, würden sie sie in ihren Visionen heimsuchen, schlimmer noch, sie würden sie zu sich herabziehen. Cendrine würde den Untergang der Herero miterleben, würde eine von ihnen sein, im verzweifelten Kampf gegen den Schlamm und den Irrsinn.

Sie wehrte sich dagegen, wehrte sich mit all ihrer Kraft, doch sie wußte, daß sie nicht die Spur einer Chance hatte. Sie hatte geglaubt, die Visionen und Träume beherrschen zu können, doch jetzt wurde sie eines Besseren belehrt.

Um sie herum erwachten die Herero zum Leben. Halb versunkene Körper schwankten träge vor und zurück, ein schwerfälliger Tanz sich wiegender Leiber, kraftloser Arme, zuckender Finger. Kiefer öffneten sich, lahm und behäbig; aus einem Mund kroch ein Skorpion, stemmte sich zwischen ausgedörrten Lippen hervor wie eine hornverkrustete Zunge. Augen, gelbstichig und blind, wandten sich ihr zu, die leeren Blicke vorwurfsvoll. Kinder und Neugeborene streckten sich im Sand, die Münder zu stummen Schreien aufgerissen. Ein Ochse, dessen Beine im Boden verschwunden waren, begann zu toben, warf sich lautlos hin und her, verrenkte den Kopf, hatte Schaum vor dem Maul; Sternenlicht brach sich auf seinen Hörnern wie der Schein der Feuergruben auf dem Kopfschmuck des Leibhaftigen. Schon erfüllte der gehörnte Schädel ihr ganzes Sichtfeld, starrte sie durchdringend an und formte mit trockener Kehle fremdartige Laute. Silben, die zu

Worten wurden, Worten in einer Sprache, die nicht von dieser Welt war, scharf und zischend.

Die Erzählung des alten Pfarrers sprang ihr ins Gedächtnis, die Begegnung Jesu mit dem Versucher, tief in der Wüste, abgeschnitten vom Rest der Welt. Und zugleich sah sie, wie die beiden Hörner auf sie zukamen, mit einemmal vielfach geschwungen, nadelspitz und mit dem Blut der Toten besudelt.

Adrian, dachte sie flehend, *warum hilfst du mir nicht?*

In all den Wochen hatte sie oft an ihn gedacht, aber niemals versucht, in Kontakt mit ihm zu treten. Manchmal, nachts im Dunkeln, hatte sie das Gefühl gehabt, er sei auf der Suche nach ihr, nicht weit entfernt und doch niemals nah genug, ein Schemen am Rande ihrer Wahrnehmung. Trotzdem hatte sie die Hand, die er ihr entgegenstreckte, nicht ergriffen, teils, weil sie nicht wirklich daran glaubte, teils auch, weil sie ihn nicht noch tiefer in diese Sache hineinziehen wollte.

Jetzt aber rief sie seinen Namen, rief ihn immer wieder und wieder, und dann, als sie schon spürte, wie die Leichenhände der Herero an ihren Beinen emporklommen und ihr der gehörnte Schädel unverständliche Lockungen ins Ohr flüsterte, da endlich bekam sie eine Antwort.

Ich bin hier, sagte Adrian unendlich weit entfernt. *Ich bin bei dir.*

Sogar Cendrines Gedankenstimme klang schrill. *Hilf mir!*

Eine Weile lang herrschte Schweigen, dann sagte er: *Nimm dich in acht, Cendrine.*

Sie sind hier. Die Toten. Und Er.

Sie sind nicht wirklich. Nur Ausgeburten … – die Stimme verschwand, kehrte erst Sekunden später wieder – *… Träume …*

Aber ich kann sie spüren. Fühle sie. Rieche sie. Kann sie hören.

Nimm dich in acht, sagte Adrian wieder, immer leiser und fast unverständlich.

Aber wenn es nur Träume sind –

Nicht vor den Träumen, überlagerten seine Worte die ihren. *Nicht vor den –* Und wieder verklang seine Stimme im Nichts.

Vor wem, Adrian?

Schweigen.

Vor wem?

Die anhaltende Stille wurde fast schmerzhaft in ihrer Intensität, sie vertrieb das Flüstern des Gehörnten. Die Klauen der Toten verharrten an Cendrines Hüften, kletterten nicht mehr höher.

Adrian blieb stumm, und Cendrine glaubte schon nicht mehr daran, daß er überhaupt zu ihr gesprochen hatte. Wunschdenken, geboren aus Verzweiflung und Panik. Der Abgesang ihrer Vernunft.

Dann aber kehrten die Laute zurück, fremde Laute, Töne, Silben. Eine Stimme – nicht die von Adrian – brach wie ein Orkan über sie herein, schüttelte ihren Geist und bestürmte sie aus allen Richtungen, erfüllte die Welt der Schamanen und Geister mit ihrem bittenden, flehenden Klang. Es war die fremde Frau, und erneut rief sie Cendrines Namen, schrie ihn wieder und wieder hinaus in die Ebene jenseits der Wirklichkeit.

Und dann – vielleicht im selben Moment, vielleicht erst viel später – glitt Cendrine aus dem Sattel und wurde von schwarzen Händen zu Boden gezerrt, wehrte sich nicht, sprach nicht, dachte nicht, glitt nur in die Tiefe und sah schwarze Leiber, die sie umringten, sah schwarze Gesichter über ihrem eigenen. Sah Schwärze, atmete Schwärze. Sah das Anbranden der Bewußtlosigkeit und verlor sich darin.

KAPITEL 2

Das Gesicht gehörte keinem Herero, und es war gewiß nicht das eines Toten. Es lächelte auf sie herab, listig, verschmitzt, aber auch mit einem gewissen Maß an Sorge. Es bewegte die Lippen, sprach zu ihr, aber noch war sie nicht bereit, die Worte zu verstehen. Nach einer Weile verschwand das Gesicht, und sie schlief wieder ein. Doch als sie erwachte, war es abermals da, und jetzt konnte sie hören, was es sagte.

»Weiße Schamanin, Kämpferin wider die Große Schlange, Frau aus der Fremde – wach auf!«

Sie blinzelte in die Helligkeit jenseits des Gesichts, erkannte weißen Stoff. Eine Zeltplane, durch die gleißendes Sonnenlicht sickerte. Ihr war warm. Endlich wieder warm. Das Zittern hatte aufgehört, und sie wunderte sich über ihre eigene Ruhe.

Dann erkannte sie den Mann, der sich über sie beugte. Es war, als füllte sich ein Loch in ihrer Erinnerung allmählich mit Substanz. Wenn sie sich nur an seinen Namen erinnern könnte …

»Qabbo!« entfuhr es ihr.

Der San nickte und schenkte ihr ein gütiges Lächeln. »Du bist wach. Das ist gut.«

Sie versuchte den Kopf zu heben und war erstaunt, daß es mühelos gelang. Sie hatte das Gefühl, als wäre sie durch irgend etwas verletzt worden, einen Unfall oder einen Angriff, aber sie spürte keinerlei Schmerzen. Auch ihre Kraft kehrte zusehends zurück. In ihrem Mund klebte ein seltsamer Geschmack, fremdartig und würzig. Wahrscheinlich hatte Qabbo ihr irgendwelche Kräutertinkturen verabreicht.

»Wie kommst du –« Sie verstummte, weil ihre Stimme heiser klang, so als hätte sie lange geschrien. Dann begann sie von neuem: »Wie kommst du hierher?«

Er antwortete mit einer Gegenfrage. »Weißt du denn, wo du bist?«

»Ich … *Wo* bin ich, Qabbo?«

»In einem Lager meiner Leute.«

»Aber doch nicht in Windhuk?« fragte sie alarmiert.

»Nein«, erwiderte er sanft und streichelte mit rauhen Fingern ihren Handrücken, »natürlich nicht. Du bist nicht weit von der Stelle entfernt, an der wir dich fanden, lediglich ein Stück weiter östlich. Tiefer in der Wüste.«

»Die Herero …«

»Ja«, sagte Qabbo betreten, »wir haben sie gesehen.«

»Sie *lebten*.«

Der San schüttelte den Kopf. »Sie sind alle tot. Wenn sie gestern nacht gelebt haben, dann nur in deinen Gedanken.«

»In der anderen Welt haben sie gelebt«, sagte sie beharrlich.

»Etwas hat sie benutzt, um dir angst zu machen.«

»Der Versucher«, entfuhr es ihr, ohne nachzudenken. Gleich darauf kam sie sich kindisch vor.

»Wie auch immer du ihn nennen magst.« Qabbo zupfte nachdenklich an der Haut, die sich über seinem Adamsapfel spannte.

»Was ist er?« fragte sie. »Der Teufel?«

»Ihr Weißen sprecht immer von eurem Gott und eurem Teufel. Entweder gebt ihr dem einen die Schuld oder dem anderen. Dabei ist die Unterscheidung sinnlos. Alles Göttliche ist eins, die vollkommene Vereinigung von Gut und Böse. Nur deshalb *ist* es göttlich.«

Ihr war im Augenblick beileibe nicht danach, mit ihm über solche Dinge zu philosophieren. Die Erinnerung an die Erscheinungen war noch frisch, und mit den Stunden, die vergangen waren, war auch die Erkenntnis zwingender geworden, daß es sich tatsächlich nur um Visionen gehandelt hatte, nicht um Abbilder der Wirklichkeit.

»Ich dachte, du wärest klüger«, sagte Qabbo unvermittelt.

»Liest du schon wieder meine Gedanken?« fragte sie ohne Zorn. Auch ihre Wut hätte nichts daran ändern können.

»Es sind weit mehr als nur Visionen, das weißt du«, sagte er, ohne ihre Frage zu beachten. »Es liegt große Wahrheit in dem, was die Schamanen sehen.«

»Mag sein. Aber ich bin kein Schamane wie du. Vielleicht habe ich einige dieser … Fähigkeiten, aber ich bin anders als ihr.«

»Gewiß«, pflichtete er ihr bei. »Du bist tausendmal mächtiger als ich oder jeder andere der Weisen.«

»Unsinn.«

»Wenn noch ein letzter Beweis nötig war, dann war es das, was dir dort draußen zwischen den Leichen der Herero widerfahren ist. Das, was dir erschienen ist.«

»Woher weißt du davon? Habe ich im Schlaf gesprochen?«

Er lächelte. »Du hast ein Wesen mit Hörnern gesehen.«

»Einen Ochsen«, gab sie trotzig zurück.

»Du weißt genau, daß es kein Ochse war.«

»Und wenn schon, was beweist das?«

»Du siehst Bilder des Göttlichen. Dein Gott – oder eine seiner Facetten – hat sich dir offenbart. Wir Schamanen mögen Hinweise auf die Götter sehen, wir empfangen ihre Botschaften, aber niemals, glaube mir, *niemals* treten sie selbst uns gegenüber.«

»Was geschieht nun weiter?« Sie setzte sich auf dem Lager aus Decken und Fellen auf, wohin die San sie gebettet hatten. Das Zelt war gerade hoch genug, daß sie darin hätte stehen können. Von draußen drang der Geruch nach gebratenem Fleisch herein.

»Du bist hergekommen, weil du etwas suchst«, sagte Qabbo. Er hatte die schlechte Angewohnheit stets das auszusprechen, was sie ohnehin schon wußte; alles andere, was er sagte, war in ihren Augen wirrer Hokuspokus. »Du suchst etwas in der Wüste, und ich wüßte nicht, warum du diesen Plan ändern solltest.«

»Ich höre die Stimme einer Frau«, sagte Cendrine. Es gab keinen Grund, das zu verheimlichen. Wahrscheinlich wußte er es ohnehin längst.

Tatsächlich nickte er. »Sie ruft dich.«

»Kann ich überhaupt irgendwelche Geheimnisse vor dir haben?« fragte sie ungehalten, aber auch ein wenig resigniert.

»Die Frauenstimme ist kein Geheimnis. Jeder, der die Kraft der Schamanen besitzt, kann ihre Rufe hören. Die andere Welt ist erfüllt davon. Sie durchziehen sie wie ein Netz, über das jeder von uns früher oder später stolpert.«

»Dann ruft die Frau auch euch andere?«

»Nein, nur dich.«

»Aber das ergibt doch keinen Sinn!«

»Du hast ja keine Ahnung, welche Macht in dir schlummert, weiße Schamanin. Keine Ahnung!«

»Nenn mich nicht so!«

»Verzeih mir. Aber auch dein Zorn kann nichts an den Tatsachen ändern. Die Rufe gelten dir allein.«

»Was, wenn ich nicht darauf höre?«

»Denkst du denn wirklich, du hättest eine Wahl?«

Sie wollte etwas erwidern, war dann aber zu verwirrt, um weiterzusprechen. Einen Moment lang schloß sie die Augen und versuchte, zurück zu der Ruhe zu finden, die sie beim Erwachen erfüllt hatte. Sie mußte gelassener werden, ausgeglichener, wenn sie diese ganze Sache heil überstehen wollte.

»Willst du mir weismachen, alles, was ich getan habe, hätte ich nicht aus freiem Willen getan?« fragte sie und war nicht mehr sicher, ob sie eine ehrliche Antwort hören wollte.

»Nichts geschieht aus freiem Willen.«

Sie fragte sich, ob Qabbo das sagte, um eine Art Kompromiß zu finden, oder ob er wirklich daran glaubte. Auf den ersten Blick erschienen seine Worte leer, simples Gefasel, aus übertriebener Spiritualität geboren; dann aber, nachdem die Worte eine Weile im Raum gehangen hatten wie ein rätselhafter Geruch, überlegte sie, ob nicht doch ein wenig mehr dahintersteckte.

Trotzdem blieb die Frage: Was würde geschehen, wenn sie jetzt einfach aufstand und Richtung Westen davonging, fort von der geisterhaften Ruferin, zurück in die Zivilisation? Würde irgendwer oder irgend etwas sie aufhalten?

Die Antwort war so klar wie profan: Hunger, Durst, wilde Tiere. Bedeutete das, daß die Natur selbst mit der Ruferin unter einer Decke steckte?

Himmel, es war alles so verworren! Ein Mosaik aus scheinbar einfachen Bruchstücken, die sich zu einem völlig verqueren Bild zusammensetzten. War es normalerweise nicht so, daß die bizarren Teile des Puzzlespiels erst in Verbindung miteinander einen Sinn ergaben? Hier aber war es genau umgekehrt. Nicht der Weg war geheimnisvoll, sondern das Ziel. Fraglos geheimnisvoller, als Cendrine es sich vorstellen konnte.

»Wie hast du mich gefunden?« fragte sie den kleinwüchsigen San.

»Ich bin deinen Spuren gefolgt.«

Cendrine verzog das Gesicht. »Warum nur habe ich das Gefühl, daß du damit keine Fußspuren meinst?«

Qabbo grinste breit. Zum erstenmal bemerkte sie, daß ihm die beiden oberen Eckzähne fehlten. »Das ist möglich.«

»Gut«, sagte sie resigniert, »du hast mich gefunden. Dann ist es wohl an der Zeit, daß du mir verrätst, was du von mir willst.«

»Dich auf deiner Mission begleiten.«

»Meiner *Mission*?«

Er nickte ernsthaft. »Dem Sieg über die Große Schlange.«

Sie unterdrückte den Drang, sich zurück auf das Lager sinken zu lassen. »Ich gebe mich geschlagen, Qabbo«, brachte sie mit einem Seufzen hervor. »Ich verstehe kein Wort mehr von dem, was du sagst. Aber es ist egal, wirklich. Es spielt keine Rolle mehr. Rufe in der anderen Welt, eine große Schlange...«

Er lächelte verständnisvoll. »Ich will es dir erklären...«

»Das hoffe ich.«

»... wenn du mich ausreden läßt.«

Cendrine nickte knapp.

»Die Große Schlange kommt aus der Wüste, dorther, wo nicht einmal die San hingehen. Es ist heiß dort, unendlich heiß, und kein Mensch kann dort leben. Jeder Atemzug verbrennt einen von innen wie Feuer, und die Hitze läßt die Gedanken kochen. Ihr nennt das Wahnsinn, nicht wahr? Ja, gewöhnliche Menschen können wahnsinnig werden, wenn sie ungeschützt dort hingehen. Das ist der Ort, an dem die Große Schlange lebt. Sie streift umher, immer auf der Suche nach Dingen, die sie zerstören kann. Doch alles, was sie findet, ist Sand, nichts als endloser Sand.« Qabbo fuhr mit den Händen die Konturen einer unsichtbaren Dünenlandschaft nach. »Heute aber, in diesem Augenblick, ist sie auf dem Weg nach Westen. Es ist ein weiter Weg, sogar für sie. Aber sie kommt, daran besteht kein Zweifel.«

»Qabbo«, sagte Cendrine und versuchte sehr ruhig und vernünftig zu klingen, »für dich mag das alles ja sehr wichtig sein. Du glaubst an diese Dinge, du bist damit aufgewachsen. Aber für mich sind das nur Legenden. Wichtige Teile eurer Folklore, sicher, aber am Ende doch nichts weiter als Legenden.«

»Aber die Große Schlange existiert! Sie ist keine Legende. Du hast sie selbst gesehen!«

»Tut mir leid«, meinte sie kopfschüttelnd, »aber –«

»Du *hast* sie gesehen!« fiel er ihr scharf ins Wort.

»Eine Schlange? Ich weiß nicht, was du meinst.« Aber war das tatsächlich die Wahrheit? Eine Schlange war es gewesen, die Eva im Garten Eden verführt hatte. Sie war der Teufel, der Versucher, war die Verkörperung dessen, was im christlichen Glauben das Böse bedeutete. War nicht auch sie dem Versucher begegnet, erst gestern nacht?

Zu ihrer Überraschung wollte Qabbo jedoch auf etwas anderes hinaus. »Der Sturm aus deinen Visionen – der Sturm am Horizont! *Er* ist die Große Schlange.«

»Ein Wirbelsturm?«

»Ja. Und nein. Die Große Schlange mag aussehen wie ein Sturm, aber sie ist viel mehr als das. Sehr viel mehr.«

Sie rief sich die Bilder aus ihren Träumen in Erinnerung. Die Gestalt in den weißen Gewändern, die den Sturm wie einen Kettenhund durch die Wüste führte – oder von ihm gejagt wurde, das war nicht genau zu erkennen. Ein Inferno, das den Horizont zu zerreißen drohte, schlimmer als alles, was sie sich je hätte ausmalen können. Ein Riß in der Nacht, der sogar die Sterne aufsaugte, ein Rachen aus purer Schwärze, der alles verheerte, was in seine Reichweite kam.

Vielleicht hatte Qabbo recht und diese Erscheinung war wirklich mehr als nur ein Sturm.

Aber, Himmelherrgott, es war doch nur ein Traum gewesen! Oder eine ganze Reihe von Träumen. Visionen, bestenfalls. Sie würde doch jetzt nicht anfangen, Qabbos Gerede von Geisterschlangen und – vor allen Dingen – von rätselhaften Missionen ernst zu nehmen. Ja, natürlich, bis zu einem gewissen Grad glaubte sie an ihre Begabung – Adrian glaubte daran, weshalb also sollte sie es nicht tun? –, aber sie war noch weit davon entfernt, sich selbst als Gegnerin von etwas zu sehen, das die Eingeborenen für einen Aspekt ihrer Götterwelt hielten. Cendrine Muck, Bezwingerin der Großen Schlange. Es war wirklich lächerlich, durch und durch albern.

»Du redest dir ein, nicht daran glauben zu können«, sagte Qabbo. »Dabei kennst du insgeheim doch die Wahrheit. Du mußt sie nur noch … wie sagt ihr? Akzeptieren!«

»Ich kann so etwas nicht akzeptieren, Qabbo. Verstehst du, ich kann es nicht!«

»Warum glaubst du dann an so etwas wie den bösen Blick?«

Sie sah ihn erstaunt an. »Wie kommst du darauf?«

»Erinnerst du dich an den kleinen Schuhputzer in Windhuk? Das warst du, Cendrine.«

»Er hatte einen Anfall. Möglicherweise Epilepsie.«

»Du weißt es besser.«

Sie sprang auf und war so erregt, daß sie sogar den anfänglichen Schwindel unbeachtet ließ. »Du unterstellst mir diese Dinge. Du versuchst, sie mir einzureden.«

»Das muß ich nicht, und du weißt es. Die Gewißheit ist längst in dir.« Er preßte die Handfläche an seine gedrungene Stirn. »Dort oben ist alles, was du wissen mußt, Cendrine. Horch in dein Inneres. Alles ist wahr!«

»Woher weißt du das? Ich meine, woher weißt du, was mit dem Jungen passiert ist?«

»So etwas spricht sich herum.«

Sie schüttelte energisch den Kopf. »Du hast mich beobachten lassen.«

Sein Blick war Eingeständnis genug, und es hätte seiner Worte nicht mehr bedurft. Trotzdem sagte er: »Ja, das stimmt.«

»Seit wann?«

»Die ersten von uns spürten deine Anwesenheit, kurz nachdem du an Land gegangen bist.«

»Und seitdem habt ihr mich verfolgt?«

»Nicht immer mit den Augen. Nicht immer körperlich. Aber wir waren stets bei dir, ja.«

Sie war drauf und dran, ihn am Kragen seines plumpen Leinenhemdes zu packen und durchzuschütteln. Aber sie beherrschte sich mühsam, wandte sich vielmehr ab und starrte finster durch den Spalt zwischen den Zeltplanen. Dort draußen war nichts als weißglühende Sanddünen.

»Du besitzt den bösen Blick, Cendrine, ebenso wie die Kraft des Schauens. Die Dinge sprechen zu dir, wenn du sie lange genug ansiehst und *versuchst*, sie zu dir sprechen zu lassen. Du gibst den Dingen eine Stimme. Die wenigsten von uns vermögen das, schon gar nicht in diesem Ausmaß.«

»Aber warum ich?« fragte sie.

»Diese Frage ist deiner nicht würdig.«

»Gib mir trotzdem eine Antwort.«

Qabbo schien zu überlegen. »Es gab andere«, sagte er. »Andere wie dich, wenn auch nur mit einem Bruchteil deiner Macht. Der Bruder des weißen Priesters von Windhuk war einer. Adrian Kaskaden war ein anderer. Beide gingen uns verloren. Das waren große Verluste.«

Haupts Bruder war tot, soviel wußte sie. Ein Unfall, hatte der Pfarrer gesagt. Und was Adrian anging – nun, sie wußte selbst nicht, was sie darüber denken sollte. Sie wußte nur, was sie für ihn empfand. Je länger sie von ihm getrennt, und je größer die Distanz zwischen ihnen war, desto näher fühlte sie sich ihm.

»Aber diese beiden und ich, wir sind Weiße. Wir sollten nicht so sein wie ihr. Es ist … falsch.«

»Nein, das ist es gewiß nicht. Nur ungewohnt. Die Macht kann in jedem sein. Und vielleicht war es nicht einmal ein Zufall, daß ihr aus eurer Heimat hierhergekommen seid. Das Land hat *euch* gefunden, nicht ihr das Land.«

Es war sinnlos, Gegenargumente zu suchen. Qabbo würde auf alles eine Antwort wissen.

Als sie zögerte, fuhr der San fort: »Die Große Schlange ist auf dem Weg nach Westen zum Rand der Wüste – und darüber hinaus. Es zieht sie in die Auasberge, Cendrine. Du weißt, wohin.«

»Zu den Kaskadens? Aber warum?«

»Du hast das Haus gesehen, die Steine, aus denen es erbaut wurde. Und du ahnst, was sie bedeuten.«

»Selkirk hat sie aus der Wüste mitgebracht.«

Qabbo nickte. »Sie ziehen die Große Schlange an. Das haben sie schon einmal getan. Sie zapfen die Lebenskraft derer an, die zwischen ihnen wandeln, und irgendwann kann die Große Schlange sie spüren, und sie weiß, wohin sie zu gehen hat.«

»Ist das deine einzige Erklärung?«

»Du wirst mehr darüber erfahren, wenn du dich nicht länger gegen die Wahrheit sperrst. Wenn du bereit bist, zu lernen. Du bist eine Lehrerin, Cendrine. Ab heute aber mußt du wieder Schülerin sein. Du mußt versuchen, zu verstehen … mußt dich öffnen!«

Sie dachte an Salome und Lucrecia, die ihr ans Herz gewachsen waren wie eigene Kinder. Dachte an Madeleine, die gestrenge, undurchsichtige Madeleine, die sie an manchen Tagen gehaßt, an anderen ob ihrer Stärke bewundert hatte. Dachte auch an Titus und an all die übrigen Menschen, die das Haus bevölkerten. Vor allem aber sah sie Adrian vor sich, der nichts mit den Ohren, aber alles mit dem Geist hören konnte.

Was immer sich hinter dieser Gefahr verbarg, die Qabbos Worte heraufbeschworen, sie durfte nicht zulassen, daß einem von ihnen Leid geschah. Nur zu gut erinnerte sie sich an Adrians Erzählung vom Wirbelsturm, der um das Anwesen getobt hatte, während Lord Selkirk seine Frau und seine Töchter zerstückelte. Die Ereignisse von damals durften sich nicht wiederholen.

»Was verlangst du? Was soll ich tun?« fragte sie und drehte sich wieder zu Qabbo um, der sie unverwandt ansah.

»Bisher hast du nur deine Welt gesehen, Cendrine. Nun stell dich darauf ein, auch die andere zu entdecken.«

»Aber das habe ich. Ich war dort, mehr als einmal.«

»Nicht wirklich. Nur im Geiste. Jetzt aber wird dein Körper deinen Gedanken folgen. Und dann, wenn du zurückkehrst, wirst du bereit sein.«

»Bereit wofür, Qabbo? Für die Große Schlange?«

»Bereit, zu überleben. Bereit, andere überleben zu lassen.« Er legte den Kopf schräg und lächelte. »Bereit für dieses Land, Cendrine. Bereit dafür, eine von uns zu sein.«

Die Zeremonie begann am frühen Abend, Stunden nachdem Qabbo sie allein im Zelt zurückgelassen hatte. »Ruh dich aus«, hatte er gesagt. »Du wirst alle Kraft brauchen, die in dir steckt.«

Jetzt war Qabbo zurückgekehrt und führte sie ins Freie. Zum erstenmal sah sie das Lager: fünf Zelte, die von den San in einer weiten Kreisform errichtet worden waren. Die Eingänge lagen nach außen, der Wüste zugewandt. Im Zentrum des Kreises brannte ein Feuer. Die Sonne war noch nicht untergegangen, sie stand als flimmernder Glutball eine Handbreit über den Dünen des Horizonts.

Acht Männer saßen rund um das Feuer. An einer Stelle klaffte eine Lücke in ihrem Zirkel, der Platz für Qabbo und Cendrine. Die beiden setzten sich im Schneidersitz in den Sand. Cendrine bemühte sich um ein vorsichtiges Lächeln und nickte den übrigen Männern unsicher zu; als einzige Reaktion darauf erhielt sie ausdruckslose Blicke, die sich aber sofort abwandten, wenn sie einen von ihnen länger als zwei, drei Sekunden anschaute.

Sie haben Angst vor dem bösen Blick, dachte sie und wußte nicht recht, ob sie das amüsieren oder verstören sollte.

Qabbo mußte ihr nicht erst erklären, wer diese Männer waren. Sie wußte auch so, daß sie den Weisen gegenübersaß, den mächtigsten Schamanen der San. Sie waren alle gekommen, um gemeinsam mit ihr die Zeremonie durchzuführen. Das Ritual der Entdeckung des Innersten, so hatte Qabbo den Khoi-Begriff etwas sperrig ins Deutsche übersetzt. Es handelte sich dabei um eine Art Weihe, wenn sie ihn richtig verstanden hatte, und doch zugleich um viel mehr als das.

»Viel besser als wir selbst weiß unser Innerstes, wie viele Welten außerhalb der unseren existieren«, flüsterte er ihr jetzt zu, während die übrigen Weisen starr ins Feuer blickten. »Unser Geist und unser Innerstes sind eins, und sie sehen mehr, als wir selbst in unseren Träumen wahrnehmen können. Das Innerste empfängt die Botschaften von außen und gibt Antwort. Manche glauben – vor allem die Völker, die ihr zivilisiert nennt –, das Innerste würde diese Dinge selbst schaffen, sie sich einbilden. Falsch! Die Dinge und Welten existieren, und wenn du dich weigerst, das anzuerkennen, dann verweigerst du dich auch der Entdeckung deines Innersten – und damit am Ende dir selbst.«

Qabbos Worte unterschieden sich gar nicht so sehr von jenen, die sie während ihrer Studien der Philosophie gelesen hatte. Aber es war eines, sie auf dem Papier zu sehen und zu wissen, daß irgend jemand sie vor vielen Jahrhunderten niedergeschrieben hatte – und etwas ganz anderes, sie jetzt aus dem Munde eines San zu hören, überraschend wohlartikuliert, aber doch im Rahmen eines archaischen Zauberrituals.

Es sei denn, überlegte sie, es ginge hier in Wirklichkeit gar nicht so sehr um Magie als vielmehr um das gleiche, was auch die alten Philosophen zu vermitteln suchten. Um Wissen, um den Sinn von allem und das Erfassen der Zusammenhänge. Nachdem sie erst einmal zu diesem Schluß gekommen war, fiel es ihr leichter, sich auf das, was noch kommen mochte, einzulassen.

Einer der Weisen nahm ein Bündel trockener Hirsestengel vom Boden auf, beugte sich vor und entzündete es am Feuer. Ein Geruch wie von verbranntem Gras erfüllte innerhalb weniger Herzschläge das Lager, und einige der San stimmten ein an- und abschwellendes Summen an. Cendrine blickte fragend zu Qabbo hinüber, doch er schüttelte nur kurz den Kopf und bedeutete ihr, zu schweigen.

Nach einer Weile beteiligte sich auch Qabbo an dem fremdartigen Gesumme, und obwohl Cendrine die Melodie nicht kannte, fühlte auch sie den unerklärlichen Zwang, mit einzufallen. Sie hatte diese Melodie nie zuvor gehört, dennoch wußte sie stets, welcher Ton als nächstes folgte. Ihre Überraschung darüber war nur von kurzer Dauer. Bald schon wiegte sich ihr Körper in dem schwermütigen Rhythmus vor und zurück, und ihre Sinne verschleierten sich.

Cendrine fiel in Trance.

Was in den folgenden Stunden bis zur Morgendämmerung geschah, nahm sie nur bruchstückhaft und auf traumwandlerische Weise wahr. Es begann damit, daß sich das Feuer vor ihren Augen violett färbte. Die Flammen formten Arme, die hoch hinauf nach den Sternen griffen und in lodernden Gesten zu den Schamanen sprachen. Die Bedeutung ihrer Symbole und kryptischen Zeichen blieb Cendrine verschlossen, vielleicht konnte sie sich auch später einfach nicht mehr daran erinnern. Gestalten traten aus dem Feuer, Geister, die einen Reigen um die Sitzenden tanzten und ihnen von hinten obszöne Scherze ins Ohr flüsterten. Immer wieder sprang einer der Weisen auf, ging reihum, verbeugte sich vor jedem – auch vor Cendrine – und sprach dabei Gebete, deren Sinn ihr verschlossen blieb.

Die ganze Nacht verging mit solchen Gebärden und Gesängen, doch als sich am Morgen die Sonne hinter den Dünen erhob, schien es Cendrine, als seien nur wenige Minuten seit dem Beginn der Zeremonie vergangen. Sie war nicht schläfrig, nicht einmal müde, weil die Trance selbst wie ein Dämmerschlaf war, der ihr die nötige Kraft verlieh und sie trotzdem die Dinge um sich herum wahrnehmen ließ.

Sie ließ beinahe willenlos alles über sich ergehen, widersprach auch nicht, als Qabbo sie aufforderte, aufzustehen und unweit des Lagers in einer Senke zwischen zwei Dünen ein Loch zu graben. Der Sand war weich und locker, und sie schaufelte ihn mit bloßen Händen beiseite. Schließlich, als das Loch groß genug war, befahl Qabbo ihr, sich mit angezogenen Knien hineinzukauern. Die Vertiefung war annähernd rund und maß im Durchmesser und in der Tiefe etwa anderthalb Meter. Später, als Cendrine wieder klar denken konnte, wurde ihr bewußt, daß sie wahrscheinlich Stunden benötigt hatte, um mit den Händen ein solches Loch auszuheben, zumal der Sand so leicht war, daß immer wieder ganze Lawinen vom Rand zurück in die Grube rutschten.

Im Hintergrund schlug einer der Weisen auf eine Trommel, während Cendrine ergeben in dem Loch hockte und wartete, was weiter geschah. Ein Schamane zog mit weißer Asche einen Kreis um die Öffnung und träufelte ein übelriechendes Öl auf Cendrines Stirn. Dann knieten sich alle Männer hin und schaufelten den Sand zurück in das Loch, begruben Cendrine bei lebendigem Leibe, bis nur noch ihr Kopf hervorschaute. Sie spürte keine Angst, nicht einmal, als durch die trüben Vorhänge ihrer Trance die Erkenntnis drang, daß sie außer Augen und Mund nichts bewegen konnte. Sie war jetzt eins mit der Wüste und fühlte, wie die Wärme des aufgeheizten Sandes ihren Körper durchdrang.

Während ihrer Reise von Windhuk zur Skelettküste, irgendwo in den Weiten des Kaokovelds, hatte einer ihrer San-Begleiter sie gewarnt, Sand vom Boden aufzuheben – man wisse nie, was man da in die Hand nähme. Später, als sie Skorpione und Schlangen, Spinnen und haarige Taranteln am Boden umherhuschen sah, war ihr klargeworden, was der Mann gemeint hatte. Jetzt aber, da sie im Sand begraben war, empfand sie große Ruhe. Eine innere Stimme sagte ihr, daß es kein Wüstenwesen gab, vor dem sie Angst haben mußte. Kein Tier wünschte ihr ein Leid, keines würde je wieder Opfer oder Feind in ihr sehen.

Sie blieb den Tag über im Sand, ganz allein, denn die Weisen hatten sich zurückgezogen und schliefen in ihren Zelten. Die Hitze war entsetzlich, gegen Mittag sogar schmerzhaft, dennoch konnte sie Cendrine nichts anhaben. Aasvögel kreisten am Himmel, doch immer dann, wenn sie nahe genug herankamen, um ihre Beute zu erkennen, machten sie kehrt und flogen davon.

Lange nach Einbruch der Dunkelheit, als die Wärme längst zur Kälte geworden war und die Sterne am Nachthimmel glänzten, kehrten die Schamanen zurück und gruben sie aus. Cendrine hatte das Gefühl, den ganzen Tag halluziniert zu haben, aber sie konnte sich an keine Einzelheit erinnern, nur an das vage Gefühl, andere Orte und Wesen gesehen zu haben. In ihrem Mund war ein eigenartiger Geschmack, süß wie Honig, aber zugleich sehr scharf, so als hätte sie auf Pfefferkörner gebissen.

Man flößte ihr Tränke ein und gab ihr einen zähen Brei zu essen, der nach nichts schmeckte. Man rieb ihr zerstoßene Kräuter auf die Augenlider, sang leise Lieder in ihre Ohren und bürstete ihr Haar mit etwas, das aussah wie eine pechschwarze Fischgräte.

Schließlich, als die Nacht sich wieder zum Morgen neigte, setzte Qabbo sich ihr im Feuerschein gegenüber, schlug die Beine unter und gebot ihr, es genauso zu machen. Noch immer spürte sie keinerlei Zweifel oder Angst, und es war, als hätte sie gänzlich verlernt, Fragen zu stellen.

»Die andere Welt ist so wirklich wie die unsere«, sagte er, während am Rande des Lichtkreises die übrigen Weisen in stumme Andacht verfielen. »Manchmal ist sie sogar wirklicher, wenigstens für Menschen wie uns, die den Übergang von der einen in die andere Ebene bewußt erleben und um die Gefahren wissen. Du wirst die andere Welt mit deinen eigenen Augen sehen. Nicht mit den Fühlern, die dein Geist ausstreckt, sondern mit den Augen deines Körpers.« Er massierte seine Lider mit Daumen und Zeigefinger, als wollte er damit die Worte unterstreichen. »Aber du mußt auch wissen, daß es keine Landkarten oder Wegweiser in dieser anderen Welt gibt. Du selbst mußt lernen, die richtige Richtung einzuschlagen, und weder ich noch irgendein anderer kann dich von dort zurückholen, wenn du unterwegs verlorengehst. Auch wird der Tod dich nicht erlösen, denn niemand stirbt in der anderen Welt – wenigstens nicht so, wie wir sterben , und deine Wanderschaft in die Irre wird ewig währen. Falls es dir jedoch gelingt, zurückzukehren, ist es möglich, daß du dich an nichts erinnern wirst. Dann wird es sein, als wärest du nie fort gewesen. Aber wenn die Götter dich lieben, dann wirst du wissen, was war, und doch wirst du darüber schweigen müssen, in dieser und jeder anderen Welt.«

Womöglich redete Qabbo noch weiter, ohne daß Cendrine seine Worte wahrnahm, denn als die Zeremonie fortgesetzt wurde, war bereits der größte Teil des Tages verstrichen und der Höhepunkt der Hitze überschritten.

Die Weisen hatten erneut mit Asche einen Kreis in den Sand gezeichnet, der etwa einen Männerschritt durchmaß. Jetzt gingen sechs von ihnen daran, eine große graue Haut – wohl die eines Elefanten – in einem Meter Höhe darüber aufzuspannen. Jeder hielt sich mit beiden Händen am Rand fest und lehnte sich mit ganzem Gewicht nach hinten. Bald war die Haut so straff wie eine Tischplatte. Die beiden übrigen Weisen verstreuten nun Hühnerfedern um den Zirkel ihrer Gefährten, und obwohl der Wüstenwind die meisten gleich fortwehte, blieben doch genug davon im Sand liegen, ganz wie es das Ritual erforderte.

Wieder schwoll das Summen der Männer an, und erneut fiel Cendrine mit ein. Die Elefantenhaut verfärbte sich, so als würde darunter ein Feuer brennen, dessen Flammen sich allmählich hindurchfraßen. Doch die Helligkeit, die sich darauf breitmachte wie kleine Pfützen, kam nicht vom Boden. Sie kam überhaupt nicht aus dieser Welt.

Schließlich erstrahlte das gesamte Zentrum der Haut in leuchtendem Weiß, wie Sonnenlicht, das sich auf einer Schneedecke spiegelt. Cendrine zwang sich, die Lider offenzuhalten. Geblendet beobachtete sie, was weiter geschah.

Qabbo hielt plötzlich einen flachen Stein in der Hand, genau wie jene, die Cendrine und Elias früher auf der Oberfläche eines Teiches im Park hatten springen lassen. Als Qabbo ihn in das Licht warf, verschwand der Stein spurlos inmitten der gleißenden Helligkeit. Cendrine schaute verstohlen unter die Haut, aber er fiel auch nicht darunter zu Boden. Er war tatsächlich fort.

»Jetzt ist die Reihe an dir«, sagte Qabbo an sie gewandt. »Steig hindurch, und du gelangst in die andere Welt.«

Sie zögerte nicht, dafür war in ihren Gedanken kein Platz. Die wundersame Trance, die sie nun schon seit zwei Tagen in ihrem Griff hielt, betäubte jeden Widerspruch, jede zaghafte Gegenwehr.

Entschlossen trat sie zwischen zwei der Weisen, die die Haut gespannt hielten, dann hob sie ein Bein und durchstieß damit das Licht. Ein Hauch von Kälte kroch an ihrer Wade empor, sonst spürte sie keine Veränderung. Sogleich zog sie das andere Bein hinterher, hielt noch einen Augenblick inne, dann sprang sie in die Helligkeit.

Wenn das, was sie erlebte, wirklich nichts anderes war als eine Ausgeburt ihrer Fantasie, bunte Traumgespinste, die irgendwelche Kräuter oder berauschenden Flüssigkeiten in ihr Hirn projizierten, dann waren sie fraglos so wirklichkeitsnah wie jeder andere Augenblick in ihrem bisherigen Leben.

Sie stürzte in einen Abgrund aus Licht. Die Helligkeit schien aus der Tiefe nach ihr zu greifen, so wie eine Flamme nach der Motte leckt. Aber das Licht verbrannte sie nicht. Die Kälte, die sie schon am Bein gespürt hatte, umhüllte jetzt ihren ganzen Körper.

Dann, während sie noch immer fiel, entdeckte sie, daß sie unsichtbar geworden war, daß sie eins war mit den Lichtbündeln dieses endlosen Abgrunds, nur ein grellweißer Funke unter Myriaden anderer, ein Blitz, der aus unbeschreiblichen Höhen in eine ungewisse Tiefe raste.

Ganz kurz war ihr, als ende der Lichttunnel und ginge in eine Ebene über, eine ockerfarbene Landschaft, durch die eine Herde Gazellen zog, so viele, daß sie den Horizont zum Beben brachten. Doch der Eindruck verblaßte, und sie war zurück im freien Fall, stürzte weiter, tiefer und immer noch schneller.

Schließlich, ganz abrupt, war ihr, als durchstoße sie eine Membran. Das Licht zerbarst wie ein gewaltiger Spiegel, gleißende Splitter spritzten auseinander, und Cendrine prallte hart in den Sand.

Als sie aufblickte, war über ihr Finsternis. Einige der Lichtsplitter funkelten noch immer in der Dunkelheit, und als Cendrine sie genauer betrachtete, erkannte sie ein Sternbild, das sie auch von ihrem Erkerfenster im Haus der Kaskadens aus beobachtet hatte.

Der Himmel wurde von neun schwarzen Gesichtern verdrängt. Qabbo und die anderen beugten sich über sie, redeten auf sie ein.

Es dauerte eine Weile, ehe sie durch das Kauderwelsch der Khoi-Laute Qabbos Stimme vernahm.

»Du warst zwei Tage und zwei Nächte fort«, sagte er und wirkte ungemein erleichtert.

Verschwommen entsann sie sich seiner früheren Worte: *Wenn die Götter dich lieben, wirst du wissen, was war.* Aber sie wußte nichts, erinnerte sich nur an das Licht.

»Die Götter lieben … mich nicht«, brachte sie mühsam hervor, dann versagte ihre Stimme.

Qabbo lächelte. »Wer so lange in der anderen Welt war wie du und trotzdem heil zurückkehrt, der ist mehr als nur ein Liebling der Götter.« Zärtlich streichelte er ihre Wange wie ein gütiger, stolzer Vater. »Endlich bist du bereit, weiße Schamanin. Morgen beginnt unsere Reise in die tiefe Wüste.«

An einem Sonntag morgen verbrannte Adrian Selkirks Tagebuch.

Er saß auf dem kalten Steinboden der Küche, riß Seite um Seite aus dem Buch, zerknüllte sie und warf sie ins Feuer des großen Kamins, in dessen Rückwand eines der archaischen Steinfragmente eingelassen war. Es zeigte das Profil eines Reiters mit seltsamem Kopfschmuck und langem Speer, den er wurfbereit in der Rechten hielt. Der Mann saß auf einem Tier, das nur auf den ersten Blick wie ein Pferd aussah; schaute man genauer hin, erkannte man, daß es sich um einen Hirsch handelte, dessen Geweih nur angedeutet war. Woher hatten die Wüstenbewohner gewußt, wie ein Hirsch aussieht?

Das dünne Papier der Seiten fing in Windeseile Feuer. Adrian sah zu, wie jede einzelne verbrannte, bevor er die nächste in die Flammen warf. Das Feuer fraß schwarze Wunden in Selkirks engbeschriebene Zeilen, verzehrte seinen Bericht über Henoch und die Massengräber unter den Dünen mit lodernder Gier. Die Vergangenheit zerfiel zu Asche.

Haupt wäre stolz auf mich, dachte Adrian in einem Anflug von Sarkasmus. Der ehemalige Pfarrer hatte die Aufzeichnungen von Anfang an vernichten wollen, und heute mußte Adrian sich eingestehen, daß er recht gehabt hatte. Dieses Tagebuch hatte nur Schaden angerichtet. Cendrine hätte es nie finden dürfen. Wieder verfluchte er Selkirk, wie er es schon Dutzende Male zuvor getan hatte; für das Blut, das er in diesen Mauern und draußen in der Kalahari vergossen hatte, aber mehr noch für die Brücke, die seine Verbrechen in die Gegenwart schlugen, zu den Kaskadens und zu Cendrine.

Die Küche war ein hoher Raum mit einer gewölbten Decke. Durch riesige Fenster fiel Tageslicht herein; sie waren so hoch oben in die Mauern eingelassen, daß sie nur mit Hilfe langer Stangen geöffnet werden konnten. Die Wände standen voller Regale, prall gefüllt mit buntlackierten Dosen für Gewürze und Backzutaten, mit Arbeitsutensilien, dem Geschirr für die Bediensteten und allerlei Kleinkram der Köchinnen. In der Mitte des Raumes befand sich ein gewaltiger Tisch, fast fünf Meter lang, auf dessen dicker Holzplatte die Speisen angerichtet wurden.

Normalerweise arbeiteten hier von morgens bis abends mehrere Frauen – Köchinnen und ihre Gehilfinnen –, außerdem wimmelte es stets von Dienstmädchen, die sich hier vor der Arbeit in den Zimmern und Korridoren drückten.

Heute aber war die Küche bis auf Adrian verlassen. Genauso wie der Rest des Hauses. Ganz gleich, wohin man sah, welchen Flur man durchstreifte – nirgends war eine Menschenseele zu sehen.

Vor zwei Tagen hatte ein Großteil der Bediensteten das Haus verlassen. Das Dorf jenseits der Weinberge war wie ausgestorben. Niemand hatte sich die Mühe gemacht, die zerstörten Hütten wiederaufzubauen. Die Heuschreckenplage hatte weit mehr angerichtet, als nur ein paar Dächer zum Einsturz zu bringen – sie hatte den Aberglauben der Eingeborenen auf eine Art und Weise entfacht, die nicht einmal Adrian mit seinem Einblick in die Kultur der San für möglich gehalten hatte. Alle Legenden, die seit Selkirks Tagen über dieses Tal erzählt wurden, jede Schauermär und jedes finstere Gerücht hatten von neuem die Runde gemacht. Schon nach wenigen Stunden war von niemandem mehr nach der Wahrheit gefragt worden. Für die meisten hatte es schon immer festgestanden, doch jetzt glaubten auch die Zweifler daran: Das Tal der Kaskadens war verflucht, und jedem, der sich im Haus aufhielt, war ein furchtbares Schicksal gewiß.

Die Bediensteten waren in Scharen fortgezogen, manche gen Windhuk, einige auch nach Süden, wo Lüderitz und andere Kolonistenstädte neue Anstellungen verhießen. Nur einer war mit den Kaskadens zurückgeblieben: Johannes, der stille Butler, der nie ein Wort zuviel sprach; Johannes, der sich trotz seiner Hautfarbe europäischer gab als jeder deutsche Einwanderer. Im Augenblick war er mit Adrians Eltern und den beiden Mädchen in der Kirche des Anwesens und hörte der Predigt des Kaplans aus Windhuk zu.

Adrian war der Messe ferngeblieben. Madeleine hatte es längst aufgegeben, ihn zur Teilnahme zu überreden. Warum es ihn ausgerechnet in die Küche gezogen hatte, um Selkirks Niederschrift zu verbrennen, wußte er selbst nicht genau. Vielleicht, weil er so selten hierher kam, oder auch, weil ihm dies das Gefühl gab, den Rauch von Selkirks brennender Tinte nicht an Orte zu tragen, die ihm vertraut waren. Er wollte nicht, daß Selkirks Schatten – und sei es nur die Asche seiner Erinnerungen – sich erneut im Haus ausbreitete. Der Gedanke, die Mädchen könnten den Geruch seiner brennenden Worte einatmen, bereitete Adrian Unbehagen.

Als er endlich alle Seiten einzeln verbrannt hatte, blieb nur noch der lederne Einband übrig. Adrian spürte keinen Triumph, als er ihn in die Glut warf und zuschaute, wie er zu schwarzer Asche zerfiel. Das Holz im Kamin war fast aufgezehrt, zuletzt hatte nur noch das Papier die Flammen am Leben erhalten. Jetzt, wo die Seiten verglüht waren, würde das Feuer innerhalb weniger Minuten erlöschen. Aber heute würde ohnehin niemand mehr in die Küche kommen. Erst morgen, im Laufe des Nachmittages, sollte eine neue Köchin aus Rehoboth eintreffen, eine Weiße. Solange Madeleine es ablehnte, sich selbst an den Ofen zu stellen, mußte die Familie mit kalten Speisen aus den Vorratskammern vorlieb nehmen.

Adrian stand auf und trat durch die Hintertür des Backhauses ins Freie, vorbei an dem Brotofen und den leeren Teigtöpfen. Im Nordosten des Anwesens gab es einen schmalen Hof, der hinter einer Ecke in den Vorplatz der Stallungen mündete. Adrian, Titus und Johannes hatten im Morgengrauen notdürftig die Pferde versorgt; sie hofften, daß spätestens übermorgen neue Stallburschen gefunden sein würden. Titus hatte bereits einen seiner Vertrauten in Windhuk beauftragt, neue Bedienstete einzustellen, doch offenbar gestaltete sich dessen Arbeit schwieriger als erwartet. Kein Schwarzer wollte ins Tal kommen, und bald würden die Kaskadens das Angebot des Gouverneurs annehmen müssen, ihnen einige Männer und Frauen seines eigenen Hausstandes zu schicken. Titus haßte es, in Leutweins Schuld zu stehen, aber im Moment sah es aus, als würde ihm gar keine andere Wahl mehr bleiben, wollte er nicht wahllos Herumtreiber und Landstreicher einstellen. Auch Adrians Vorschlag, schwarze Arbeiter aus den Kupferminen abzuziehen, stieß bei seinem Vater auf keine Gegenliebe. Titus scheute das Risiko, daß sich die Geschichten vom Fluch über dem Haus der Kaskadens in den Minen herumsprachen und ihm auch dort die Angestellten vergraulten.

Erschwert wurde die Suche nach Angestellten zudem, weil die Heuschreckenplage auch an Windhuk und den umliegenden Farmen nicht spurlos vorübergezogen war. Überall klagten die Menschen über kahle Felder und zerstörte Gärten. Die ersten Nachrichten, die während der vergangenen Tage aus Windhuk eingetroffen waren, ließen erahnen, daß die Insekten eine Schneise von mehr als hundert Kilometern quer durch Südwest gefressen hatten. Die Verwüstungen im Tal des Kaskadens waren nicht schlimmer als an vielen anderen Orten; allerdings fielen sie hier, wo einst große Flächen von Wein gediehen waren, stärker ins Auge. Daß die Bediensteten die Zerstörung auf den Ort selbst zurückführten, war lächerlich – aber, so fand Adrian, im Grunde gar nicht so schwer nachzu vollziehen. Die meisten wußten, was einst hier geschehen war, und nun, da sich ankündigte, daß irgend etwas von Osten näher rückte, waren die alten Wunden von neuem aufgebrochen.

Und *daß* etwas näher kam, daran zweifelte niemand. Die einen fürchteten, es sei eine besonders schwere – und für die Jahreszeit ganz und gar ungewöhnliche – Regenfront. Andere waren der Ansicht, es könne sich um eine Art Epidemie handeln, irgendeine Krankheit, vor der die Tiere Reißaus nahmen. Der Gouverneur hatte Beobachter nach Osten geschickt, aber es mochte Wochen dauern, bis sie zurückkehrten – vorausgesetzt, es gelang ihnen überhaupt, tief genug in die Kalahari und damit zur Ursache der Vorfälle vorzudringen. Denn ein weiteres Hindernis war der Verlauf der Grenze zu Britisch-Betschuanaland; sie durfte von den Beobachtern nicht übertreten werden, wollte man nicht einen Konflikt mit der benachbarten englischen Kolonialmacht heraufbeschwören.

Wäre das Netz der Nachrichtenübermittlung in Südwest besser gewesen, hätte man vielleicht Vorkehrungen treffen können. So aber blieb vieles im Ungewissen. Was war wirklich draußen in der Wüste geschehen? Würden noch andere Tiere die Flucht ergreifen? Und wenn es eine Seuche war, bestand dann Gefahr für die Menschen?

Adrian lief an den Ställen vorbei zur Vorderseite des Hauses. Die Gärten waren noch immer völlig verwüstet, ebenso die Reihen der Weinreben. Schon unter normalen Umständen, mit kompletter Dienerschaft und allen Arbeitern, hätte es Monate gedauert, das gesamte Anwesen wieder in seinen früheren Zustand zu versetzen. So aber wagte niemand, auch nur vage Vorhersagen zu treffen, wann die Dinge wieder ihren gewohnten Gang nehmen würden.

Am Abend begann die Erde zu beben.

Erst zitterte das Geschirr in den Schränken, und in der Galerie polterte ein Regalbrett mit elf Jahrgängen kartographischer Mappen auf den Boden. Im Musikzimmer fiel die Klappe des Flügels zu, in der Küche schepperten die Töpfe wie ein verstimmtes Glockenspiel, und in Selkirks altem Arbeitszimmer stürzte der große Globus gegen das Fensterbrett; die Weltkugel löste sich aus ihrer Verankerung, rollte lärmend durch die Tür den Gang hinunter und fing sich erst im Eingang des Schulzimmers. Eine bronzene Hermesstatue kippte gegen das Fenster in Madeleines Boudoir und zerbrach klirrend die Scheibe, während in den Ställen lautstark die Pferde tobten.

Die Familie wurde im Speisezimmer von den Ereignissen überrascht.

»Ein Erdbeben«, entfuhr es Madeleine voller Schrecken, und sie legte die Arme um Salome und Lucrecia. Die Mädchen kuschelten sich ängstlich an sie.

»Nein«, widersprach Titus und sah hinauf zum schaukelnden Kronleuchter. »Das ist etwas anderes.«

Alle sahen ihn verwundert an, nur Adrian sprang mit zwei Sätzen ans Fenster und blickte hinaus in die Abenddämmerung. Sekundenlang brachte er kein Wort heraus.

»Seht euch das an«, preßte er schließlich hervor.

Sofort stand Titus neben ihm, nur Madeleine blieb zurück, um den Zwillingen den Anblick zu ersparen.

Das Fenster des Speiseraums wies über den Kieshof hinweg nach Westen. Mühsam waren im Dunkeln noch das Torhaus und die Gartenmauer zu erkennen, dahinter versank das Tal in Finsternis. Aber es war nicht allein das Dämmerlicht, das die Landschaft in Dunkelheit tauchte.

Es waren Gazellen. Hunderttausende Gazellen, die, vermutlich von Osten kommend, durch das Tal preschten, im Norden und Süden Bögen um das Haus schlugen und sich an seiner Westseite wieder zu einem breiten Strom vereinigten, so schnell, daß die einzelnen Tiere kaum mehr auszumachen waren, nur eine dahingaloppierende Masse panischer Leiber. Zwischen ihnen huschten blitzartig schlanke Schatten umher, Geparden, zu verstört, um sich unter den Gazellen Beute zu suchen.

Über zehn Minuten dauerte es, bis der erste Ansturm verebbte. Dann folgten, wenn auch vereinzelter, Zebras und Giraffen, Antilopen, kleine Büffelherden und immer wieder Raubkatzen, die in solcher Panik nach Westen hetzten, daß keines der anderen Tiere ihre Fangzähne fürchten mußte. Die Eintracht, zu der die Angst die verfeindeten Geschöpfe zusammenschweißte, war gespenstisch.

Später im Bett, während der Strom der fliehenden Tiere vor den Fenstern noch immer nicht abriß, gelang es Adrian zum erstenmal, Kontakt zu Cendrine herzustellen. Er versuchte, sie vor Qabbo und den anderen Weisen der San zu warnen, war aber nicht sicher, ob sie ihn verstanden hatte. Der Kontakt brach schon nach kurzer Zeit ab.

Als endlich der Tag anbrach, stand er grübelnd am Westfenster der Galerie und sah zu, wie sich immer neue Tierherden über die Hänge ergossen und vor etwas davonliefen, das so unaufhaltsam war wie die Sonne, die hinter ihnen zwischen den Bergen emporstieg.

KAPITEL 3

Die Wüste hatte sich verändert. Es war keine Wandlung, die mit den Augen wahrzunehmen war, vielmehr ein Gefühl, etwas, das Cendrine immer dann überkam, wenn sie ihren Blick in die Ferne richtete und über die Dünen gen Osten schaute.

Erst nach drei Reisetagen an Qabbos Seite wurde ihr klar, daß nicht die Wüste die Veränderung durchgemacht hatte, sondern sie selbst. Die Art und Weise, auf die sie die heiße Luft einatmete, den Wind auf der Haut spürte und den trockenen Geschmack der Dürre auf den Lippen ertastete, hatte sich gewandelt. Sie verlor alle Furcht vor diesem Land. Der unbewußte Schleier der Vorsicht und Zurückhaltung, der bislang ihre Wahrnehmung getrübt hatte, war endgültig zerrissen. Jetzt endlich erlebte sie die Wüste, wie sie wirklich war, und ihre Schönheit berauschte Cendrine und erfüllte sie mit Demut.

Qabbo und sie hatten die übrigen Schamanen im Lager zurückgelassen und waren allein aufgebrochen. Beide ritten auf Kamelen, ein drittes Tier war mit Wasservorräten und Bündeln voller Nahrungsmittel bepackt.

Sie hatte einige Male den Versuch gemacht, Qabbo über das, was mit ihr geschehen war, auszuhorchen, doch er gab immer nur wirre, verschlüsselte Antworten, die sie nicht verstand und die sie offenbar nur davon abhalten sollten, weitere Fragen zu stellen.

Die Landschaft um sie herum war eintönig, ein weiß-gelbes Auf und Ab von Dünen, die sich in allen Richtungen bis zum Horizont erstreckten. Hin und wieder kreisten Aasvögel am Himmel, aber ihre Aufmerksamkeit galt nie den beiden Reitern, sondern immer nur verendeten Tieren, deren Kadaver verwesend im Sand lagen.

Am erstaunlichsten war, wie wenig Cendrine die Hitze zu schaffen machte. Gewiß, sie schwitzte und hatte sich erneut Stirn und Nase verbrannt. Dennoch hatte sie nicht mehr das Gefühl, daß die Temperatur und die Trockenheit ihrem Körper alle Kräfte entzogen. Ihr erster Ritt durch das Kaokoveld und die Namib waren bisweilen furchtbare Torturen gewesen, doch diese Reise mit Qabbo durch die gefürchtete Omaheke und darüber hinaus in die Kalahari zehrte weit weniger an ihrer Verfassung. Sie hatte sich ein dünnes Tuch über Nacken und Hinterkopf gebunden, das sie vor einem Sonnenstich bewahren sollte, aber Qabbo beäugte es argwöhnisch und hin und wieder gar mit einem herablassenden Lächeln. Mittlerweile war sie sicher, daß die Sonne ihr auch ohne das Tuch nichts anhaben konnte; trotzdem nahm sie es nicht ab, und wenn auch nur aus stummem Protest gegen Qabbos Geheimnistuerei.

Die nächtliche Kälte blieb unangenehm, daran hatte auch der Initiationsritus der Schamanen nichts ändern können. Allerdings schienen sich die frostigen Temperaturen nicht auf Cendrines Gesundheit auszuwirken. Sie fror, aber sie bekam keine Erkältung; manchmal taten ihr Zehen und Finger weh, und doch hatte sie nie Angst vor Erfrierungen. Alles in allem schien sich ihr ganzes Wesen an das der San angeglichen zu haben, so als hätte ihr Körper sich innerhalb weniger Tage an das afrikanische Klima gewöhnt und alle europäischen Empfindlichkeiten abgeworfen.

Am Nachmittag des dritten Tages zeichnete sich zum erstenmal eine Veränderung am immer gleichen Horizont ab. Beim Näherkommen wuchs eine zerklüftete Form aus dem Dünenmeer empor, ein wild wucherndes Gebilde aus Stein, das sie im ersten Moment für die Ruinen Henochs hielt. Qabbo lachte, als sie ihn fragte, ob ihre Vermutung richtig sei, und bald erkannte sie ihren Fehler. Diese Felsen waren nicht von Menschenhand geformt, obgleich sie Cendrine an eine flach im Sand liegende Hand erinnerten, mit gewaltigen Granitfingern, die leicht gespreizt nach Norden wiesen.

Auf ihren mürrischen Kamelen umrundeten sie zwei dieser langgestreckten Steinauswüchse. Cendrine beobachtete ein paar sonderbare Wüstenvögel, die abwartend auf den Kanten und Spitzen kauerten, Tiere mit räudigem Gefieder und müden Blicken.

Qabbo lenkte sein Kamel in die Schneise zwischen dem zweiten und dritten Felsenfinger. Cendrine bog hinter ihm um die Ecke und erkannte, daß dort, wo die Steinwände aneinanderstießen, eine dunkle Öffnung klaffte. Der Eingang einer Höhle.

»Es ist zu niedrig für die Tiere«, sagte Qabbo. »Wir müssen sie draußen lassen.«

»Und wenn sie fortlaufen?«

Qabbo lächelte. »Das werden sie nicht.«

Sie ließ ihr Kamel zu Boden sinken und glitt aus dem Sattel. Nach den vielen Stunden schaukelnden Reitens kam es ihr beim Absteigen jedesmal vor, als würde der Wüstenboden unter ihr schwanken. Sie brauchte einige Sekunden, ehe sie ihr Gleichgewicht wiederfand.

Qabbo wisperte den drei Kamelen etwas in die Ohren, dann trat er voran in die Dunkelheit. Cendrine zögerte kurz, als sie in der feigenförmigen Öffnung stand, dann aber folgte sie Qabbo.

»Was suchen wir hier?« fragte sie. Ihre Stimme hallte hohl in den Tiefen des Gesteins wider.

»Hab' Geduld«, sagte Qabbo nur. Sie kannte ihn zu gut, als daß sie eine andere Antwort erwartet hätte.

Die Luft in der Höhle war trocken und völlig geruchlos. Der Weg, dem sie ins Innere der Felsen folgten, machte schon nach wenigen Schritten einen Knick. Dahinter wurde es heller, und bald stellte sich die vermeintliche Grotte als eine Art offener Hof im Zentrum der Felsformation heraus. Oberhalb der Wände wölbte sich die Felsdecke etwa zwei Meter weit nach innen, dann hörte sie einfach auf. Durch eine große runde Öffnung blickt man zum hellblauen Himmel empor. Ob die Decke irgendwann einmal eingestürzt war, ließ sich nicht mehr erkennen, Felsbrocken lagen keine herum. Der Boden bestand aus weißem Sand, so fein, als sei er durch ein Sieb gefiltert worden.

Die Wände waren sehr glatt und über und über mit Zeichnungen bedeckt. Cendrine begriff, daß es diese Darstellungen waren, die Qabbo ihr zeigen wollte. Die Ausführung war primitiv – dürre Strichfiguren ohne Gesichter oder andere Unterscheidungsmerkmale –, doch die Art und Weise, in der die einzelnen Elemente angeordnet waren, verlieh ihnen eine gewisse wilde Eleganz. Viele Bilder zeigten Ketten von Menschen, mit gespreizten Armen und Beinen, die sich an den Händen hielten. Auf Cendrine wirkten sie wie Tänzer, ihre Bewegungen waren von balletthafter Grazie. Auf anderen Zeichnungen waren diese Menschenformationen mit Darstellungen wilder Tiere kombiniert, die weit detaillierter gezeichnet waren. So entdeckte Cendrine ein Nashorn, das als schwarzer Umriß mit perfekten Proportionen wiedergegeben war. An einer anderen Stelle sah sie einen Hund oder Schakal, der am Ende einer Reihe tanzender Menschen stand. Erst beim zweiten Hinsehen erkannte sie, daß es sich um eine Hyäne handeln mußte; die Gestalten daneben waren die verschiedenen Stadien der Verwandlung eines Menschen zum Tier. Cendrine bemerkte, daß Qabbo sie genau beobachtete, aber er ließ die Gelegenheit ungenutzt, etwas zum weiteren Schicksal des Kindes zu sagen, das sie ihm in Windhuk anvertraut hatte. Erstmals seit Wochen fragte sie sich wieder, ob der Kleine noch lebte.

Qabbo nahm wortlos ihre Hand und zog sie zur anderen Seite des Felsenhofes. Das Licht war gelblich, so als entzöge das Gestein den Sonnenstrahlen einen Großteil ihrer grellweißen Intensität.

Sie blieben vor einer Zeichnung stehen, die abermals eine Reihe tanzender oder springender Gestalten zeigte. Diesmal war deutlich zu erkennen, daß sie sich auf der Flucht befanden, denn hinter ihnen war ein großer, wellenförmiger Umriß in das Gestein graviert.

»Die Schlange war dem Menschen immer böse gesonnen«, sagte Qabbo und deutete mit einem Kopfnicken auf die Zeichnung. »Es gibt so viele Legenden darüber, daß sich die Menschen in grauer Vorzeit entschlossen, sie an diesem Ort zu sammeln und den Geist der Schlange auf diese Weise zu bannen.«

»Ohne großen Erfolg, scheint mir.«

Qabbo nickte bedächtig. »Die Schlange ist zu alt und zu mächtig, um sich so leicht überlisten zu lassen.«

»Dann war das alles hier umsonst?«

»Wie könnte eine Sammlung von Geschichten umsonst sein?« Qabbo wirkte ernsthaft verwundert. »Keine Geschichte ist je umsonst. Keine, die je an einem Feuer erzählt oder in die Höhlen unserer Ahnen geritzt wurde. Diese Geschichten werden noch Bestand haben, wenn der Mensch längst von der Welt verschwunden ist. Geschichten sind Macht, wenn man sie richtig einsetzt. Und sie sind Magie.«

Cendrine zeigte auf die Zeichnungen, die sie zuerst betrachtet hatte. »Darin gibt es keine Schlangen. Nur Hyänen und andere Tiere.«

»Wenn etwas Böses geschieht, ist es das Tun der Schlange«, sagte Qabbo geheimnisvoll. »Ein Mensch, der sich in eine Hyäne verwandelt, ist ein Sklave der Schlange. Er ist durch und durch schlecht. Schlechtigkeit ist immer ein Zeichen dafür, daß die Schlange nicht fern ist.«

»Was bedeutet dieses Bild?« fragte Cendrine und deutete auf eine Zeichnung, in der ein Mensch zwischen einer züngelnden Riesenschlange und einer Art Echse stand. Beide Tiere zerrten an den Händen des Menschen.

»Eine sehr alte Geschichte«, erwiderte Qabbo. »Sie erzählt davon, wie der Tod Macht über die Menschen bekam. Auch das haben wir der Schlange zu verdanken. Willst du die Geschichte hören?«

Cendrine nickte.

Der San deutete mit dem Zeigefinger auf das zweite Reptil. »Ihr nennt dieses Wesen Chamäleon«, erklärte er. »Einst war es der wichtigste Bote des Schöpfers. An einem Tag zu Anbeginn der Zeit gab er ihm einen ganz besonderen Auftrag: ›Überbringe den Menschen eine frohe Nachricht: Zwar müssen sie sterben wie jedes andere Lebewesen, das über die Welt wandelt, doch bald schon werden sie wieder von den Toten auferstehen und weiterleben.‹ Das Chamäleon beeilte sich, die Botschaft zu überbringen. Geschwind kletterte es die Zweige des Lebensbaumes hinab, in dessen Wipfel der Schöpfer saß und an dessen Wurzeln die Menschen lebten. Doch das

Chamäleon geriet bald außer Atem und setzte sich, um eine Rast zu machen. Da huschte die Schlange, die dem Chamäleon die ganze Zeit über gefolgt war, an ihm vorüber, schlängelte sich geradewegs am Stamm hinunter und erreichte den Boden der Welt als erste.

Die Schlange beneidete die Menschen um die Gunst des ewigen Lebens, die der Schöpfer ihnen gewährt hatte, und so verkündete sie: ›Ich komme mit einer Botschaft des Schöpfers zu euch Menschen. Er läßt euch wissen, daß alle von euch, die sterben werden, auf immer in ihren Gräbern ruhen und zu Staub zerfallen werden. Der Tod wird sie in Besitz nehmen und für alle Zeiten bei sich behalten.‹

Diese Worte hörten nicht nur die Menschen, sondern auch der Tod selbst, und er frohlockte bei ihrem Klang. Denn der Tod ist gierig und nimmersatt, und der Gedanke an die große Beute, die ihm bevorstand, machte ihn glücklich.

Bald kam auch das Chamäleon zu den Menschen und verkündete mit feierlichem Gebaren die wahre Botschaft, die ihm der Schöpfer mit auf den Weg gegeben hatte: ›Kein Mensch soll je für immer tot sein‹, sagte es. Die Menschen aber, die ihm zuhörten, lachten das Chamäleon aus: ›Wir glauben nur, was die Schlange uns erzählt hat, denn sie kam zuerst zu uns.‹ Dann riefen sie die Schlange herbei, um ihr vom vermeintlichen Betrug des Chamäleons zu berichten. Die Schlange freute sich über ihren Sieg und rief: ›Nur meine Worte sind die des Schöpfers! Nur ich verkünde euch die Wahrheit.‹

Da wurde das Chamäleon sehr zornig. Es packte die Schlange und zerrte sie mit sich den Lebensbaum hinauf, den ganzen langen Weg bis vor den Thron des Schöpfers. Jener hörte sich an, was vorgefallen war, und dann erklärte er die Schlange der Lüge und des Betrugs für schuldig. Aber er sagte auch: ›Ich kann das Unrecht, das geschehen ist, nicht mehr rückgängig machen. Die Schlange war zuerst bei den Menschen, und was sie verkündet hat, muß fortan bestehen bleiben. Der Tod ist bereits aus seinem Versteck gekrochen und tötet die Menschen, denn er hat gehört, was geredet wurde, und so glaubt er, daß er das Richtige tut.‹ Die Schlange lachte höhnisch, als sie dies hörte, denn sie glaubte sich als Gewinnerin des Streits. Doch der Schöpfer war noch nicht fertig mit ihr: ›Du, Schlange, sollst bestraft werden für das, was du angerichtet hast. Von nun an sollen alle Menschen dich hassen, und zwar so sehr, daß sie dich töten, sobald sie deiner ansichtig werden.‹

Und so kommt es, daß die Menschen sterben und nie wieder auferstehen können, und daß jeder, der eine Schlange sieht, seinen Speer ergreift und sie durchbohrt.«

Während Qabbo sprach, schienen die Figuren an den Felswänden vor Cendrines Augen zum Leben zu erwachen. Sie hatten einen wundersamen Reigen begonnen, der die Worte des San zu unterstreichen schien. Nun aber, da er geendet hatte, erstarrten die Bilder wieder zu ihrer ursprünglichen Form. Cendrine schrak auf wie aus einem Traum.

»All das steckt in einer so einfachen Zeichnung?« fragte sie verblüfft und schaute auf die drei primitiven Gestalten, die vor ihr in den Stein gekratzt waren, Schlange, Mensch und Chamäleon.

»O ja«, bestätigte Qabbo, »diese Geschichte und noch viele andere mehr. Wenn wir genug Zeit hätten, würden sie sich dir von selbst erzählen, du müßtest die Bilder nur genau ansehen.«

»Die Kraft des Schauens?« fragte sie unvermittelt.

Qabbo nickte, dann wandte er sich ab und ging an der Wand entlang, tief in die Betrachtung der Zeichnungen versunken.

Cendrine überlegte, ob sie ihm nachgehen sollte, entschied sich dann aber, diesen rätselhaften Ort auf eigene Faust zu erkunden. Bald schon entdeckte sie noch weit wundersamere Darstellungen, viele, auf denen die Schlange klar zu erkennen war, andere, in denen sie in fremde Körper geschlüpft war.

Schließlich – sie mußte schon eine halbe Stunde oder länger vor den Wänden umhergestreift sein – stieß sie auf ein Bild, das sie besonders faszinierte. Es zeigte eine sonderbare geometrische Konstruktion, mehrere ineinander liegende Ringe, die von geschwungenen Linien gekreuzt wurden, welche von außen her zum Mittelpunkt des kleinsten Rings verliefen und durch ihn hindurch nach unten entwichen.

Obwohl das Bild abstrakt und verwirrend erschien, erkannte Cendrine schon bald, daß es sich dabei um die schematische Darstellung eines Wirbelsturms handelte, genauer: um eine Skizze des Verlaufs seiner Luftströme!

Aber das war unmöglich! Wie sollten die San, die diese Zeichnungen vor Jahrhunderten oder Jahrtausenden angefertigt hatten, über derartiges Wissen verfügen?

Qabbo stand mit einemmal neben ihr. »Die Große Schlange«, sagte er leise. »Du hast sie also gefunden.«

»Das ist unglaublich«, entfuhr es ihr. »Es sieht aus wie eine wissenschaftliche Zeichnung, wie eine Art Diagramm. Und es ist das einzige Bild, das Tiefe besitzt. Alle anderen sind flach.«

»Ein einfaches Bild für eine schwierige Sache«, sagte er schulterzuckend. »So wie alles hier.«

Aber Cendrine hatte schon die nächste Entdeckung gemacht. Ein einzelner Mensch war unterhalb des Wirbelsturms in den Fels gekratzt worden, sehr viel kleiner als in den übrigen Darstellungen, offenbar in dem vergeblichen Versuch, den Größenverhältnissen zwischen Mensch und göttlicher Gewalt gerecht zu werden.

»Ich kenne dieses Bild«, sagte sie tonlos. »Ich habe es in meinen Träumen gesehen. Der Mann, dem der Sturm folgt. Das ist er doch, nicht wahr?«

»Er ist es«, bestätigte Qabbo. »Der Erste der Verfluchten.«

»Der Erste«, wiederholte sie nachdenklich.

»Der Erbauer der Ersten Stadt«, sagte Qabbo. »Er, der seine eigene Mutter zur Frau nahm. Er, der seinen Bruder erschlug.«

»Kain ...«

»Nur ein Name. Einer von vielen. Aber derselbe Mann.«

Cendrine konnte ihren Blick nicht von der Zeichnung lösen. »Er führt die Schlange durch die Wüste. Ist er ihr Meister?«

»Die Große Schlange kennt nur einen einzigen Herrn«, entgegnete Qabbo kopfschüttelnd, »ihren Schöpfer. Ihm ist sie verpflichtet, ob sie will oder nicht. Dieser da« – er legte den Finger an die winzige Gestalt am Fuß des Wirbelsturms – »ist niemandes Herrn und niemandes Diener. Für das, was er getan hat, wurde er zur Unsterblichkeit verdammt, zur ewigen Wanderung über die Welt. Die Große Schlange folgt ihm, sie ist sein Wächter. Wohin er geht, dahin geht auch sie. Seit den ersten Tagen der Schöpfung irrt er durch die unendlichen Wüsten, und hinter ihm zieht die Große Schlange eine Spur der Zerstörung. Sie ist ein Teil jenes Bösen, das schon in anderen Schlangen Gestalt annahm – in jener, die das Chamäleon hinterging, genau wie in der, die einst die Verheißung eines Apfels in den Geist einer Frau pflanzte. Der Schöpfer benutzt sie, um den Brudermörder zu strafen.«

»Der Mann, den ich in meinen Träumen sah, war tatsächlich Kain?«

»Der Brudermörder, gewiß.«

»Was will er? Warum verläßt er die Wüste?«

»Es ist Teil seines Fluchs, Teil seiner Verdammnis. Viele Dinge kommen in diesen Tagen zusammen, viele Fäden bündeln sich.« Mit dem Zeigefinger fuhr er die Linien nach, die vom äußeren Ring der Wirbelsturmskizze zu ihrem Mittelpunkt verliefen. »Viele, viele Fäden«, murmelte er leise.

»Aber warum ausgerechnet jetzt?« wollte Cendrine wissen.

»Du bist eine Schamanin. Deine Anwesenheit im Haus der Kaskadens hat die verborgenen Kräfte in den Steinen geweckt – sie hat den Hauch der Großen Schlange geweckt, der in ihnen steckt. Glaub mir, du wirst es verstehen, zumindest ein wenig davon. Die Steine sind vollgesogen mit dem Leben derer, die in dem Haus wohnen. Sie sind wie Leuchtfeuer im Dunkeln, die der Schlange und ihrem Gefangenen den Weg weisen.« Qabbo nahm ihre Hand und rieb sie sanft zwischen seinen Fingern. »Es hat begonnen, Cendrine«, flüsterte er, »gleich nach deiner Ankunft.«

Der Strom der Tiere hatte während der vergangenen drei Tage nachgelassen. Nur noch vereinzelt kamen kleinere Herden über die Hügel ins Tal hinab. Das Land östlich der Auasberge mußte wie leergefegt sein von allem tierischen Leben.

Adrian streifte rund ums Anwesen und betrachtete nachdenklich die Verwüstungen. Erst die Heuschrecken, dann die Massenpanik der anderen Tiere. Es war nicht viel von den

Gärten und Weinstöcken übriggeblieben. Am Vortag war eine Büffelherde durchs Tal getrampelt und hatte alles, was die anderen Tiere stehengelassen hatten, in Grund und Boden gestampft.

Es tat weh, mitanzusehen, wie sein Zuhause zerstört wurde, aber das war nicht seine größte Sorge. Er hatte versucht, seinen Geist in die Welt der Schamanen zu schicken, aber auch dort gab es keine Hinweise auf das, was die Tiere aus dem Osten verjagt hatte. Was für eine Witterung hatten sie aufgenommen, daß sie in derartige Panik verfielen? Die Antwort war niemals fern, aber doch kam er nicht nah genug an sie heran, um die Wahrheit zu erkennen. Die Ebene der Geister war erfüllt von den unheimlichen Signalen, die Cendrine nach Osten riefen, und sie übertönten alles andere. Selbst die Weisen der San mußten Mühe haben, sich zurechtzufinden. Wie also sollte da er, Adrian, erkennen, was geschehen war und – viel wichtiger – was noch geschehen würde?

Am Mittag des vorherigen Tages, gleich nachdem die Büffel das Tal passiert hatten, war er nach Windhuk geritten, gegen den ausdrücklichen Wunsch seiner Eltern. Sie hatten seit Wochen nichts mehr von Valerian gehört, wußten nur, daß es in der Omaheke zu Kämpfen gekommen war; jetzt fürchteten sie, auch noch Adrian zu verlieren.

Doch Adrian war während seines Ritts keinem wilden Tier begegnet, das ihm hätte gefährlich werden können. Die schnellen Raubkatzen waren unter der ersten Welle von Flüchtenden gewesen, die nach Westen geströmt war, und alle, die jetzt noch durch die Täler der Auasberge und über die Hochebene von Windhuk tobten, waren viel zu sehr mit ihrer eigenen Angst beschäftigt, als daß sie einen Reiter auf seinem Pferd angegriffen hätten.

Der Boden war durchpflügt von Millionen von Hufen, Pfoten und Krallen. Das Savannengras, das einst die Hänge bedeckt hatte, war schon den Heuschrecken zum Opfer gefallen, aber jetzt war auch der Sand darunter aufgewühlt und von tiefen Furchen durchzogen. In den Senken sahen die Stämme der Akazien aus, als hätte man sie mit Feile und Schmirgelpapier bearbeitet. Die Abgrenzungen des Weges, der vom

Tal aus nach Windhuk führte, waren nicht mehr zu erkennen. Ein einsamer Wegweiser an einer Abzweigung war abgeknickt wie ein Grashalm; der armdicke Holzstamm war kurz über dem Boden zerborsten, Bruchstücke lagen in weitem Umkreis verstreut.

Als Adrian die Ausläufer der Berge verließ und über die Ebene nach Windhuk blickte, erkannte er, daß es besser um die Stadt stand, als er befürchtet hatte. Viele Tiere mußten instinktiv einen Bogen um die Häuser gemacht haben. Sie hatten sich über das freie Land im Norden und Süden gewälzt, die Felder verheert und – soweit Adrian dies aus der Ferne erkennen konnte – Teile der Eingeborenensiedlung am Stadtrand niedergetrampelt.

Von einem Vertreter des Gouverneurs erfuhr er bald darauf, daß ähnliche Vorfälle aus so weit entfernten Orten wie Omaruru im Norden und Gibeon im Süden gemeldet worden waren. Die anfänglichen Vermutungen waren weit übertroffen worden: Fast fünfhundert Kilometer breit war der Streifen der Verwüstung, der aus den Weiten der Kalahari bis in die westlichen Gebiete des Landes reichte.

Und noch etwas zeichnete sich ab. Bisher waren es nur Ahnungen, zusammengestückelte Nachrichten, die aus den Küstenregionen nach Windhuk drangen. Und doch gab es kaum Zweifel, daß sich die Befürchtungen als wahr erweisen würden: Die Tiere stürzten sich in ihrer Verzweiflung ins Meer.

Blind vor Panik hielten die gigantischen Herden auf den offenen Atlantik zu, die ersten hatten ihn bereits vor zwei Tagen erreicht. Eine Flut von Gazellen hatte sich ins Wasser ergossen. Die vorderen waren von den hinteren weitergedrängt worden, waren über Klippen und Wüstenstrände in den Tod geschoben worden. Schon jetzt war die Küste übersät mit angetriebenen Kadavern.

Was immer es war, das die Tiere ins Verderben trieb, es schien mit den Winterstürmen von Osten heranzutreiben. Tatsächlich waren die Winde stärker denn je, und jetzt, einen Tag nach seiner Rückkehr aus Windhuk, fragte sich Adrian, ob die Bedrohung, auf die sie alle warteten, nicht schon längst unter ihnen war, unsichtbar, ohne Geruch und ohne Geschmack.

Keine Seuche, keine winzigen Krankheitserreger, sondern etwas, das in den Köpfen der Menschen umging.

Was, wenn es in Wahrheit die Ungewißheit und die Angst waren, die sie alle zur Verzweiflung brachten? Wenn der Irrsinn, der sich langsam breitmachte, viel schlimmer war als alles, was ihm aus der Wüste folgen mochte?

Lucrecia packte Salome bei der Hand und zog sie mit sich den Korridor entlang.

»Komm schon«, rief sie ihr zu. »Komm mit!«

»Wo willst du denn hin?«

»Wirst du schon sehen.«

Salome gefiel es nicht, wenn ihre Zwillingsschwester Geheimnisse vor ihr hatte, doch im Augenblick spielte das keine Rolle. Jede Faser ihres Körpers war von Furcht erfüllt, ein unterschwelliges Brodeln, das auch Lucrecia zu schaffen machte.

Hand in Hand liefen die Mädchen durch den Nordflügel, über flauschige, vielfarbige Teppiche, auf denen ihre hastigen Schritte fast lautlos blieben. Die neue Köchin aus Rehoboth war ein Glücksgriff; sie hatte auch einige andere Aufgaben übernommen, die ansonsten den Dienstmädchen zukamen. Bis weiteres Personal gefunden war, entzündete sie an jedem Morgen die Lampen an den Wänden der Korridore – wenigstens in jenen Teilen des Hauses, in denen die Herrschaft verkehrte –, und so wurde der Gang auch jetzt von flackerndem Licht erfüllt. In den ersten Tagen nach der Flucht der Dienerschaft, als Madeleine sich persönlich um die Beleuchtung gekümmert hatte, waren die Flure von unheimlichem Zwielicht erfüllt gewesen – um Zeit und Mühe zu sparen, hatte Madeleine es vorgezogen, nur jede zweite Lampe anzuzünden.

Daß es jetzt wieder heller war, beruhigte Salome ein wenig. Das Halblicht der vergangenen Tage war ihr ebenso aufs Gemüt geschlagen wie Lucrecia. Die meiste Zeit über hatten sie sich in einem ihrer Zimmer verkrochen und versucht, mit Brettspielen oder Kartenlegen die Zeit totzuschlagen. Titus hatte ihnen ausdrücklich verboten, ins Freie zu gehen, aber dieses Verbot wäre gar nicht nötig gewesen. Keines der Mädchen wollte riskieren, plötzlich einem Löwen oder einem aufgebrachten Nashorn gegenüberzustehen.

Die beiden erreichten eine schmale Treppe im östlichsten Winkel des Nordflügels. Die Stufen führten hinauf zu den ehemaligen Dienstbotenzimmern. Nur Johannes und die Köchin wohnten jetzt noch dort oben, an entgegengesetzten Enden eines muffigen Korridors.

»Was willst du hier?« fragte Salome noch einmal, als Lucrecia sie die Stufen hinauf führte.

»Da oben sind wir sicher«, gab Lucrecia zurück. »Du hast doch auch Angst, oder?«

»Aber die Tiere kommen doch sowieso nicht ins Haus.«

»Die Tiere sind ja auch nur der Anfang von allem.«

»Wer sagt das? Du?«

»Sofia hat's gesagt.«

Sofia war die Gärtnerin, die an Lucrecia einen Narren gefressen hatte. Wie die anderen Diener war auch sie nach der Heuschreckenflut verschwunden. Vorher mußte sie Lucrecia beiseite genommen und ihr mehr über das erzählt haben, was dem Tal und seinen Bewohnern bevorstand.

Salome blieb abrupt stehen. »Du mußt mir die Wahrheit sagen.«

Ungeduldig drehte sich Lucrecia zu ihrer Schwester um. »Worüber?«

»Was hat Sofia dir erzählt?«

Lucrecia trat von einem Fuß auf den anderen. Ihr war sichtlich unwohl dabei, die geheimen Ratschläge der San-Frau auszuplaudern.

»Sie hat gesagt, daß wir aufpassen sollen«, meinte sie schließlich.

»Toller Rat«, maulte Salome. »War das alles?«

Lucrecia schüttelte den Kopf und funkelte ihre Zwillingsschwester an. »Natürlich nicht.«

»Was noch?«

»Sofia hat gesagt, wir sollen uns unterm Dach verstecken, wenn es gefährlich wird. Nur wir zwei. Dann wären wir in Sicherheit.«

Salome blieb bockig, vor allem, weil es sie ärgerte, daß Sofia nur mit Lucrecia gesprochen hatte. »Aber es ist doch gar nicht mehr so gefährlich. Wenigstens nicht *sehr*. Die meisten Tiere sind doch schon weg.«

»Das war nur eine Warnung, hat Sofia gesagt.«

Salome schnitt ihr eine Grimasse. »Sofia hat gesagt, Sofia hat gesagt«, äffte sie ihre Schwester nach. »Sofia kann auch nicht alles wissen.«

»Sofia ist meine Freundin«, entgegnete Lucrecia trotzig.

»Und wo ist sie jetzt, deine Freundin?« Salome hatte plötzlich eine diebische Freude daran, Lucrecia weh zu tun. »Weggelaufen ist sie, genau wie alle anderen.«

Lucrecia schossen die Tränen in die Augen, und sie preßte wütend die Lippen aufeinander.

»Außerdem«, fuhr Salome triumphierend fort, »hat Fräulein Muck gesagt, daß Sofia schlechte Dinge erzählt. Sie hat gesagt, wir sollen ihr nicht zuhören.«

Lucrecias Gesicht hellte sich auf. »Und wo ist *deine* Freundin Fräulein Muck?« fragte sie gehässig. »Ich kann sie nirgends sehen.«

»Bei ihrem Bruder, das weißt du genau.«

»Vielleicht ist sie auch nur davongelaufen und kommt nie wieder.«

»Sie kommt wieder, das weißt du ganz genau!«

»Wenn du das sagst...«

Die beiden Mädchen standen sich gegenüber wie zwei Kampfhähne, bereit, jeden Augenblick aufeinander loszugehen. Es kam selten vor, daß sie miteinander rauften, meist regelten sie Streitigkeiten durch wüste Beschimpfungen.

»Wir müssen damit aufhören«, sagte Lucrecia plötzlich.

Salome zögerte einen Moment, dann nickte sie und trat auf ihre Schwester zu. »Tut mir leid.«

»Ja, mir auch.«

»Und jetzt?«

»Verstecken wir uns.«

»Sollten wir nicht Mutter Bescheid sagen?« fragte Salome. »Oder wenigstens Adrian?«

»Dann ist es ja kein Versteck mehr.«

»Aber wir verstecken uns doch nicht vor Mutter.« Und etwas leiser fügte Salome hinzu: »Oder?«

Lucrecia gab keine Antwort und lief weiter die Treppe hinauf und dann den Korridor entlang. Es war sehr düster hier oben, nur durch einige der halboffenen Zimmertüren fiel schwaches Licht. Wenn Johannes und die Köchin hier heraufkamen, trugen sie Kerzenleuchter mit sich; es war unnötig, den ganzen Tag über die Lampen brennen zu lassen.

Die Luft roch abgestanden und staubig. Salome geriet von der Lauferei außer Atem, und auch Lucrecia schnaufte angestrengt. Allmählich erkannte Salome, wohin ihre Schwester sie führte. Sie hatten den Ort entdeckt, als sie noch kleiner waren – fünf oder sechs –, und sie waren seit Jahren nicht mehr dort gewesen. Aber vielleicht hatte Lucrecia recht: Ein besseres Versteck gab es nirgendwo im ganzen Haus.

Kurz vor Johannes' Zimmer am Ende des Korridors bogen sie in einen anderen Gang, der vom ersten abzweigte. Hier war es noch dunkler, die umliegenden Zimmer waren verriegelt. Nur durch die Schlitze unter den Türen fiel ein Hauch von Licht.

Der Flur endete vor einem geschlossenen Durchgang. Der Schlüssel steckte. Lucrecia zerrte und ruckte daran herum, bis er sich endlich drehen ließ. Das Schloß gab nach, und die Tür schwang leise nach innen.

Dahinter lag ein gewaltiger Speicherraum. Er bildete den Dachboden des Haupttrakts und war bis auf einige dick verstaubte Kisten im vorderen Teil leer. Ein paar uralte Wäscheleinen, noch aus der Zeit der Selkirks, spannten sich im Gebälk. Über den Köpfen der Mädchen vereinigten sich die Dachschrägen zu einem spitzen Giebel. Finsternis hing zwischen den Balken des Dachstuhls. Lautlos gerieten einige Spinnweben in Bewegung, als die Zwillinge eintraten. Salome fürchtete sich, aber noch waren sie nicht am Ziel. Lucrecia schob hinter ihr die Tür ins Schloß.

Hohl hallten ihre Schritte, als sie den langen Raum durchquerten, immer darauf bedacht, nicht zu lange in die umliegenden Schatten zu blicken. Am Ende des Speichers befand sich eine weitere Tür, unverschlossen. Dahinter zweigte in westlicher Richtung der Dachboden des Südflügels ab, dreißig Meter von einem Ende zum anderen. Hier gab es auf beiden Seiten zwei winzige Dachluken, so schmutzig, daß kaum Licht hindurchfiel.

Die Schwestern liefen jetzt wieder Hand in Hand, als könnte sie das vor den Geistern beschützen, die im Dunkeln auf der Lauer lagen. In der Holzwand am Ende des Speichers schimmerte ein Rechteck aus Fugen. Salome bezweifelte, daß irgendwer außer ihnen von der Geheimtür wußte.

Die Scharniere waren eingerostet und von Grünspan überzogen, doch als die Mädchen gemeinsam gegen die Tür drückten, lockerten sich die Bolzen. Knirschend öffnete sich der Durchgang und gab den Blick frei auf eine kleine Kammer. Sie war kaum fünf Meter tief und angefüllt mit sonderbaren Steinquadern, klobigen Blöcken, die mit Reliefen überzogen waren, manche mit verschlungenen Mustern, andere mit Darstellungen von Menschen und Tieren. Man hatte sie hier eingelagert und vergessen.

Die Mädchen schlossen die Tür hinter sich und schauten sich um. Durch zwei Dachluken mit verschmierten Scheiben fielen graue Lichtsäulen, in denen wirbelnd die Staubpartikel tanzten. Salome ekelte sich vor den vielen Spinnweben – und mehr noch vor ihren ausgehungerten Bewohnerinnen –, aber sie mußte Lucrecia zugestehen, daß dies tatsächlich ein hervorragendes Versteck war. Sie selbst hatte beinahe vergessen gehabt, daß diese Kammer überhaupt existierte.

»Wie lange sollen wir hier oben bleiben?« fragte sie und schaute prüfend hinter einen Stapel Steine, fast doppelt so hoch wie sie selbst.

»Weiß nicht«, gestand Lucrecia. »Bis die Gefahr vorüber ist, schätze ich.«

»Und woher sollen wir wissen, wann es soweit ist?«

Irgendwo in den Tiefen des Hauses erklang ein gedämpftes Krachen. Möglicherweise eine Tür, die im Durchzug zugefallen war. Die Zwillinge wechselten einen beunruhigten Blick, Salomes Frage war schlagartig vergessen. Jetzt waren beide froh, daß sie hier waren und nicht in irgendeinem anderen Teil des Anwesens.

»Vielleicht sollten wir versuchen, die Fenster sauberzumachen«, schlug Salome flüsternd vor. »Wir hätten dann mehr Licht.«

Lucrecia nickte und wollte etwas sagen, doch im gleichen Moment ertönte das Krachen ein zweites Mal. Dann, bevor eine von beiden einen klaren Gedanken fassen konnte, wurden plötzlich noch andere Geräusche laut. Die Zwillinge sprangen aufeinander zu und hielten sich umklammert. Ihre Blicke wanderten angsterfüllt zur schwarzen Balkendecke.

Ein zögerndes Tapsen. Über ihnen, auf dem Dach. Etwas schabte über die Ziegel.

»Ein Vogel«, wisperte Salome, aber sie glaubte selbst nicht daran.

»Pst«, machte Lucrecia.

Angespannt horchten sie in die Dunkelheit. Das Tapsen kam näher. Jetzt wiederholte es sich auch an anderen Stellen des Daches. Falls es wirklich Vögel waren, mußten sie sehr, sehr groß sein.

Lucrecia löste sich von ihrer Schwester und kletterte auf einen Stein, der neben ein paar anderen lag, die treppenförmig übereinandergeschichtet waren.

»Was machst du?« zischte Salome alarmiert.

Lucrecia ließ sich nicht beirren und klomm weiter an den Blöcken empor. Dichte Staubwolken wirbelten auf. »Ich will aus der Dachluke schauen.« Die Scheibe befand sich genau über dem höchsten Stein. Lucrecia würde sie von dort oben bequem erreichen können.

»Bist du verrückt?« entfuhr es Salome.

»Nur neugierig.«

Die raschelnden Laute kamen immer näher – und es wurden mehr. Salome rann ein Schauer nach dem anderen über den Rücken. Sie schlug beide Arme vor die Brust und klammerte die Finger fest um ihre Schultern.

Lucrecia hatte den oberen Stein erreicht und streckte langsam ihre kleinen Hände nach der Dachluke aus. Angewidert zerriß sie die Spinnweben, mit denen die Scheibe überzogen war. Die Luke war nicht groß, und der Schmierfilm, der sie bedeckte, schien von beiden Seiten daran zu kleben. Vorsichtig wischte sie mit den Fingerspitzen darüber, und tatsächlich wurde das Glas ein wenig klarer. Bald hatte sie eine Fläche so groß wie ein Männerkopf freigelegt.

»Paß bitte auf«, flehte Salome weinerlich. Die Vorstellung, daß Lucrecia etwas zustoßen könnte und sie ganz allein hier oben ausharren mußte, war unerträglich.

Lucrecia richtete sich weiter auf, näherte sich mit dem Gesicht der Scheibe. Fahles Tageslicht legte sich über ihre Züge. Salome konnte sehen, wie sehr sie schwitzte.

Etwas knallte von außen gegen das Glas. Lucrecia schrie auf, taumelte zurück, verlor das Gleichgewicht und stürzte nach hinten. Salome sprang instinktiv vor und versuchte, ihre Schwester aufzufangen. Statt dessen fielen sie beide zu Boden, und sogleich flossen ihnen Tränen über die Wangen.

Lucrecia taumelte hoch, zerrte wie wild an Salomes Arm. Sie brachte kein Wort heraus, ihr Gesicht war eine starre Maske des Entsetzens. Sogar im Dämmerlicht sah Salome, wie bleich ihre Schwester geworden war.

Gemeinsam stolperten sie in einen dunklen Winkel hinter einigen Steinen, der nach drei Seiten geschützt war. Mit angezogenen Knien schmiegten sie sich aneinander.

»Was war das?« brachte Salome wimmernd hervor. »*Was war das?*«

Lucrecia sah sie nicht an, stotterte nur etwas. Sie war völlig verstört.

Das Tapsen auf dem Dach wurde zu einem aggressiven Scharren und Kratzen, kam jetzt von allen Seiten gleichzeitig. Einen Augenblick später ertönte ein schrilles Kreischen, wurde von vielen anderen Kehlen aufgenommen, und bald war der ganze Speicher, die ganze Welt von dem gräßlichen Brüllen erfüllt.

Die Mädchen drängten sich noch enger aneinander, weinten jetzt hemmungslos. Nur einmal preßte Lucrecia ihre Lippen an Salomes Ohr und flüsterte etwas, so heiser und tonlos, daß Salome das Wort erst einen Augenblick später verstand.

»Zähne ...«

Jakob Haupt war nie ein guter Reiter gewesen, und er war zu alt, um sich jetzt noch an Schmerzen im Hinterteil und einen steifen Rücken zu gewöhnen. Ihm machten genügend andere Gebrechen zu schaffen – seine Kniegelenke schienen bei jedem Schritt ganze Nervenbündel zu zermahlen, seine Finger zitterten bei seiner eigenen Unterschrift, ganz zu schweigen von den Zahnschmerzen, die ihn seit Monaten plagten –, und er würde gewiß nicht mehr versuchen, sich jetzt noch an den unbequemen Sitz im Sattel einer Mähre zu gewöhnen.

Sicher, auf einem Pferd wäre er schneller gewesen als mit dem Einspänner, den er jetzt durch die Senken der äußeren Auasberge lenkte. Der ungepolsterte Kutschbock war gleichfalls kein Paradies für seine Knochen, aber er hatte aus irgendeinem Grund mehr Vertrauen dazu als zu einem unberechenbaren Gaul. Die alte Magdalena, die Stute, die den Wagen zog, hatte er gekauft, als sie noch ein Fohlen war, und eigentlich hatte er nie einen Grund gehabt, ihr zu mißtrauen. Nichtsdestotrotz blieben ihm Pferde suspekt, Magdalena so sehr wie jedes andere. Und er würde immer den Sitz auf einem Kutschbock jenem im Sattel vorziehen.

In gestrecktem Galopp hätte er das Anwesen der Kaskadens wohl längst schon erreicht. So aber schaukelte er noch immer zwischen den verwüsteten Hängen einher und blickte nachdenklich zu den Vogelschwärmen auf, die ihm von Osten entgegenflogen. In Windhuk hatte es geheißen, die Gegend sei nun, da die größte Fluchtwelle vorüber war, einigermaßen sicher. Auf offizieller Seite hatte das natürlich niemand bestätigen wollen, aber Haupt wäre so oder so aufgebrochen. Adrian war am Tag zuvor in der Stadt gewesen – ohne ihm wie üblich einen Besuch abzustatten –, also hatte auch er den Weg heil überstanden.

Nein, Haupt hatte keine Angst vor wilden Tieren. Vielmehr bereitete ihm die Beschaffenheit des Bodens Sorgen. Das sandige Erdreich war derart aufgewühlt, daß die Räder des Pferdewagens sich alle paar Meter festzufahren drohten. Und selbst wenn er gewollt hätte, wäre es nicht möglich gewesen, auf Magdalena zu reiten – er hatte keinen Sattel dabei, und sie würde ihn binnen weniger Sekunden abwerfen, wenn er sie ungesattelt bestieg. Dieser Gedanke ärgerte ihn abermals so sehr, daß er sich schwor, nach Magdalena kein neues Pferd mehr zu kaufen. Immer vorausgesetzt, es war nicht sie, die *ihn* überlebte.

Erst hatte es ihn gewundert, daß Adrian ihn am Tag zuvor nicht aufgesucht hatte. Das war ungewöhnlich und unhöflich noch dazu. Dann aber war ihm eine Ahnung gekommen, und je länger er darüber nachdachte, desto mehr angst machte sie ihm. Angst um den Jungen.

Haupt hatte seit Jahren versucht, ihn vor seinen Fähigkeiten zu behüten, ihm klarzumachen, daß nichts Gutes aus dieser Begabung erwachsen konnte. Als er bemerkt hatte, daß sich die San – allen voran dieser Qabbo – um den kleinen Adrian Kaskaden bemühten, war er eingeschritten. Er hätte nicht zulassen dürfen, daß dem Jungen das gleiche Schicksal widerfuhr, das schon das Leben von Haupts eigenem Bruder gefordert hatte.

Wilhelm hatte bitter dafür bezahlen müssen, daß er sich mit den Eingeborenen eingelassen hatte. Aus der Trance, in die sie ihn versetzt hatten, war er nicht mehr erwacht. Kurz darauf war einer der Männer, die während der Zeremonie anwesend gewesen waren, zu Haupt gekommen, um ihm zu erzählen, Wilhelm sei während seiner Geistreise in der anderen Welt zurückgeblieben und werde nun für alle Ewigkeit dort umherirren. Haupt hatte den viel schwächeren San verprügelt und ihm dabei – unabsichtlich? – den Schädel eingeschlagen. Weil es für San in Windhuk nicht die nötige medizinische Versorgung gab, war der Mann drei Tage später an seiner Verletzung gestorben.

Haupt hatte all die Tage am Bett des Sterbenden gewacht, trotz der Feindschaft, mit der ihm die Verwandten und Freunde des Mannes begegneten. Niemand hatte gewagt, die Hand gegen ihn zu erheben – als Pfarrer war er einer der mächtigsten weißen Männer Windhuks –, aber ihre Blicke waren schmerzhafter gewesen als jeder Schlag oder Messerstich. Als der Verwundete seinen letzten Atemzug tat, hatte für Haupt längst festgestanden, daß er sein Priesteramt aufgeben würde. Seit diesem Tag hatte er keine Kirche mehr betreten und sich nur noch um das Geschäft seines Bruders gekümmert. Sein Ansehen unter den Deutschen war dadurch ruiniert worden – weit mehr als vom Tod des San, der umgehend von den Behörden vertuscht worden war –, aber seinem Seelenheil war Haupt dadurch vielleicht ein wenig nähergekommen. Er glaubte nicht mehr an den Sinn von Beichte und Sühne, er vertraute auf eine Wiedergutmachung durch Taten. Der Umstand, daß er Adrian Kaskaden damals wahrscheinlich das Leben gerettet hatte, war eine davon.

Er würde nicht zulassen, daß all seine Mühen um den Jungen zunichte gemacht wurden. Das Auftauchen dieses reizenden jungen Dings, Cendrine Muck, hatte Adrian völlig durcheinandergebracht. Plötzlich hatte er wieder begonnen, sich mit Angelegenheiten zu beschäftigen, vor denen Haupt ihn immer hatte behüten wollen.

Anfangs hatte Haupt gar nicht bemerkt, was es mit dem Mädchen auf sich hatte. Erst nach und nach war er dahintergekommen, zu einem Zeitpunkt, als es bereits zu spät war, sie von Adrian, aber auch von den San fernzuhalten. Er hatte lange mit Adrian darüber gesprochen, immer und immer wieder, aber der Junge hatte darauf bestanden, selbst auf sie achtzugeben. Seine närrische Verliebtheit war nachzuvollziehen, aber sie konnte sich sehr schnell fatal auswirken – für Cendrine und auch für ihn selbst.

Die Tatsache, daß Adrian ihm aus dem Weg ging, konnte nur bedeuten, daß er sich wieder intensiver bemühte, seine Fähigkeiten zu studieren und unter Kontrolle zu bringen. Haupt war sicher, daß Adrian versuchte, mit Cendrine Kontakt aufzunehmen, auf eine Art und Weise, die ihn erneut unter den Einfluß der anderen Welt bringen würde. Wilhelm war bei dem Versuch gestorben, sich dort zurechtzufinden, und Haupt schauderte bei dem Gedanken, daß es Adrian genauso ergehen mochte.

Jetzt war er unterwegs zu ihm, um ihn zu warnen und von seinem unseligen Vorhaben abzubringen. Irgendwie mußte es doch möglich sein, dem Jungen den Kopf zurechtzurücken.

Verliebtheit hin oder her – wenn er dabei sein Leben und, wenn man den San glaubte, sogar noch weit mehr aufs Spiel setzte, mußte die Schwärmerei ein Ende haben.

Haupt war nicht so naiv oder weltfremd, tatsächlich zu glauben, daß sein Einfluß auf Adrian groß genug war, um eine Abkehr von Cendrine zu bewirken. Zumindest aber mußte er es versuchen, mußte ihn an den Schultern packen und ihn schütteln, bis ihm die Flausen vergingen. Damals, als Adrian erstmals in den Bann der Schamanenwelt geraten war, war alles noch ganz einfach gewesen. Er war nur ein Kind, das sich ungeliebt und vernachlässigt fühlte, gehemmt durch seine Taubheit. Heute aber war aus dem kleinen Jungen ein Mann geworden, und die Zeiten, in denen er Haupts Ratschlägen ohne Zögern Folge leistete, waren wohl oder übel vorbei. Haupt wußte, es würde schwer werden, vielleicht sogar unmöglich. Dennoch war der Versuch die Mühe wert.

Der Wagen schaukelte und ächzte, als Magdalena ihn um die letzte Biegung zog. Vor ihnen erhob sich der Hang des Hügelrings, der das Tal der Kaskadens umgab.

Das Ausmaß der Verwüstung war schlimmer, als Haupt erwartet hatte. Die einstmals grünen Weinberge waren in eine ockerfarbene Ödnis verwandelt worden, aus der hier und da noch die Überbleibsel vereinzelter Reben hervorstachen. Der Kontrast zwischen dem, was gewesen war, und der Wüstenei, die sich jetzt am Fuß der Hügel ausbreitete, machte das Panorama nur noch furchteinflößender.

Aber Haupt durfte nicht zu viele Gedanken an das Schicksal der Familie Kaskaden verschwenden. Dafür war die Zeit zu knapp.

Rund um das Anwesen rührte sich kein Leben. Haupt hatte gehört, daß die Dienerschaft die Familie im Stich gelassen hatte. Ganz Windhuk sprach davon und schimpfte auf die vermeintliche Unzuverlässigkeit der Eingeborenen. Haupt aber verstand ihre Gründe. Er kannte die alten Geschichten, und er glaubte an ihren wahren Kern.

Der Wind, der von Osten her über das Land blies, war so kräftig, daß er blinzeln mußte. Überall wurden Pflanzenreste umhergetrieben, kleine Windhosen wirbelten Sand auf und tanzten wie Geister in der Einöde. Auch Magdalena wurde unruhig. Sie schien etwas zu wittern. Zum erstenmal kam Haupt der Gedanke, daß das Pferd durchgehen könnte. Was, wenn es die gleiche Witterung aufnahm wie die Tiere, die aus der Kalahari geflohen waren? War das, was sie vertrieben hatte, schon nah genug herangekommen, um auch die hiesigen Tiere um den Verstand zu bringen?

Er hatte das Torhaus mit seinen Zinnen und verspielten Türmchen fast erreicht, als er eine Bewegung auf einem der Dächer des Haupthauses wahrnahm. Einen Moment lang war ihm, als hätte er dort oben jemanden gesehen, eine Gestalt, die flink über eine der Schrägen huschte. Jetzt war sie verschwunden.

Er lenkte Magdalena unter dem Torhaus hindurch. Der Wind pfiff lautstark durch den dunklen Tunnel, wimmerte in Spalten und Winkeln. Auf der anderen Seite ließen die unheimlichen Geräusche nach, doch die Kraft des Windes blieb die gleiche. Die Böen schienen sich allmählich zu einem regelrechten Sturm auszuwachsen. Haupt hoffte, daß das Wetter ihn nicht zwingen würde, eine Nacht bei den Kaskadens zu verbringen. Er wußte, daß Madeleine Kaskaden ihn nicht mochte und seine Entscheidung, den Laden seines toten Bruders zu übernehmen, nicht akzeptierte. Priester und Damenunterwäsche waren für sie zwei Dinge, die nicht in derselben Welt existierten.

Die Bewegung auf dem Dach wiederholte sich, jetzt weiter links, oben auf dem Nordflügel. Jemand huschte hinter einen der Kamine. Doch als er Magdalena anhalten ließ und angestrengt zu den Schindeln hinaufstarrte, sah er nichts mehr, genau wie vorhin.

Er wollte das Pferd gerade weitertreiben, den aufgewühlten Weg entlang zum Kieshof im Zentrum des Anwesens, als die Dächer des Hauses auf einen Schlag zum Leben erwachten. Blitzschnell ergoß sich von der anderen Seite der Giebel eine Flut grauer Leiber über die Schindeln. Schlanke Gestalten kletterten behende um Schornsteine und Gauben, hangelten sich an Schmuckzinnen und Vorsprüngen entlang und begannen an der Fassade herab ihren Abstieg. Als Haupt sich in Panik umschaute, sah er, daß auch rechts und links der Nebenflügel Bewegung entstand. Zahllose flinke Wesen strömten um die Ecken des Hauses und tobten durch die ehemaligen Gärten Richtung Westen. Wildes Geschnatter ertönte aus der pelzigen Masse, keifende Laute, feindselig und tückisch.

Paviane! Hunderte, Tausende, und immer noch schien sich ihre Zahl zu vervielfachen. Manche schlugen böswillig nach Artgenossen, die ihnen zu nahe kam, stürzten sich bei der leichtesten Berührung aufeinander und rollten als kreischende, strampelnde Knäuel über den Boden.

Magdalena geriet in Panik, bockte, wieherte schrill und versuchte, im Geschirr des Wagens auf die Hinterläufe zu steigen. Das ganze Gefährt drohte einen Augenblick lang umzukippen. Haupt reagierte instinktiv. Abrupt ließ er sich vom Kutschbock zur Seite fallen, kam schmerzhaft am Boden auf und rollte sich weg. Keine Sekunde zu früh. Im selben Moment wieherte das Pferd noch einmal ohrenbetäubend auf, dann ging es samt dem Wagen durch. Blindlings preschte es auf den Kieshof des Anwesens zu, auf dem es von aufgebrachten Pavianen nur so wimmelte. Auch in allen anderen Richtungen schloß sich der Kreis der Tiere, zähnefletschend, mit den Klauen um sich schlagend, zischend und brüllend.

Haupt sah gerade noch, wie gleich drei der angriffslustigen Affen auf den Rücken der galoppierenden Stute sprangen. Einer wurde abgeworfen, die beiden anderen aber gruben ihre fingerlangen Zähne tief ins Fleisch des Pferdes. Magdalena schrie jetzt wie ein Kind, versuchte kehrtzumachen, wurde vom Gewicht des kippenden Wagens umgerissen und prallte mit scharrenden Hufen auf den Boden. Innerhalb eines Sekundenbruchteils kamen die Paviane über sie, begruben sie unter einer Woge haariger Leiber. Haupt sah noch, wie die ersten Fleischstücke aus der tobenden Stute gerissen wurden, dann waren plötzlich so viele Affen über ihr, daß das pelzige Gewimmel das Blutbad verbarg.

Haupt kämpfte sich schwerfällig auf die Füße, vorgebeugt, mit hängenden Armen, gelähmt von dem, was um ihn geschah. Er konnte keinen klaren Gedanken fassen. Sein Blick huschte über die Fenster des Anwesens, und ganz kurz glaubte er, hinter einer Scheibe Adrians Gesicht zu sehen, Mund und Augen aufgerissen vor Entsetzen.

Haupt schrie um Hilfe, doch alles, was sein Brüllen bewirkte, war, daß die Paviane noch schneller auf ihn aufmerksam wurden. Innerhalb weniger Augenblicke rückten sie von allen Seiten auf ihn zu, mit vorstoßenden Armen und schnappenden Klauen, die gewaltigen Gebisse kampflustig entblößt, in den Augen Hunger und Zerstörungswut.

Einen Augenblick lang schien die Zeit stehenzubleiben, und der Ring aus Affen rund um Haupt erstarrte. Sein ganzer Körper brannte, jedes Glied tat so weh, als hätte es Feuer gefangen. Seine Nerven reagierten bereits auf das, was kommen würde, bevor es tatsächlich eintrat. Er spürte, wie sich die gebleckten Fänge in Fleisch und Muskeln verbissen, spürte, wie sie zerrten und rissen, seine Haut und Adern und Innereien zerfetzten. Er spürte all das, bevor ihn das erste Tier berührte, bevor sie ihn zurück auf den Boden warfen.

Und dann, als es tatsächlich soweit war, als die Zeit nach ihrem kurzen Stolpern wieder in Fluß geriet und die Paviane über ihn herfielen, da war er innerlich schon tot, und obgleich das sein Sterben nicht schneller und den Schmerz nicht erträglicher machte, dachte er noch: Wie eigenartig, wie sonderbar …

Als Adrian kurz darauf aus dem Haus gestürzt kam und mit einem Gewehr seines Vaters zweimal in die Luft feuerte, hatte sich der Auflauf der Affen rund um Haupt und den Kadaver des Pferdes schon aufgelöst. Die Flucht ging weiter. Nach Westen, zur See, in Sicherheit.

Der Hauptansturm war vorüber, und die vereinzelten Nachzügler, die sich jetzt noch über das Dach und an den Fassaden hinabhangelten, waren durch die Schüsse zu verängstigt, als daß sie Adrian attackiert hätten.

Ohne nachzudenken stürmte er vorwärts, vorbei an den blutigen Knochen der Stute, dorthin, wo er Haupt hatte fallen sehen. Ein roter Stern glänzte auf dem zerfurchten Kies der Zufahrt, mit langen dünnen Spitzen, die meterweit in alle

Richtungen wiesen. Sonst war nichts übriggeblieben. Keine Gebeine, kein Fetzen Fleisch. Die Paviane hatten die Reste ihrer Beute mitgeschleppt.

Adrian schleuderte das Gewehr beiseite, fiel schreiend auf die Knie und ließ den blutigen Kies durch die Finger rieseln, heulend, flehend, bis irgendwann Titus kam, einen Arm um ihn legte und ihn durch den aufkommenden Sturm zurück zum Haus führte.

KAPITEL 4

»Die Stadt!«

Qabbos Stimme riß Cendrine aus dem einschläfernden Trott des Wüstenritts. Alarmiert stellte sie sich im Sattel auf und blinzelte in die flirrende Helligkeit.

Sie sah nichts als Dünen. Weißglühendes Auf und Ab aus Sand erstreckte sich bis zum Horizont. Die Spur von Qabbos Kamel, das etwa zehn Meter vor ihr trabte, war die einzige Unebenheit im ansonsten unberührten Wüstensand. Von einer Stadt war nichts zu sehen, nichts, das auf die Überreste einer Zivilisation schließen ließ.

»Hier ist gar nichts«, knurrte sie und sank zurück in den Sattel.

»Du mußt nur genau hinschauen«, forderte Qabbo sie auf.

Ungehalten wischte sie sich mit dem Ärmel den Schweiß von der Stirn, und diesmal ließ sie ihren Augen genug Zeit, sich an das gleißende Licht zu gewöhnen. Ganz langsam, fast als wehrten sie sich gegen die fremden Blicke, schälten sich Umrisse und Formen aus dem weißen Sand, Kanten und Spitzen, keine höher als eine Armlänge. Sandstürme hatten sie abgeschliffen und ihre Oberflächen zerfurcht, doch je länger Cendrine hinsah, desto deutlicher erkannte sie die kupferne Färbung des Gesteins.

Henoch. Nach all den Wochen war sie endlich am Ziel. Doch ihre Enttäuschung hätte kaum größer sein können. Was war von der Stadt des Kain übriggeblieben? Nur ein paar Steinblöcke, die tief im Sand begraben lagen.

»Du bist noch nicht am Ziel«, widersprach Qabbo.

Sie störte sich längst nicht mehr daran, daß er nach eigenem Gutdünken ihre Gedanken las. »Du hast gesagt, dies sei die Stadt.«

»O ja. Die Stadt, die du Henoch nennst. Wir stehen an ihrem äußeren Rand. Was du hier siehst, sind die Spitzen und Zinnen ihrer Türme. Aber Henoch ist nicht dein Ziel. Unser Weg ist noch nicht zu Ende.«

»Wie meinst du das?« fragte sie irritiert.

»Horch doch! Was hörst du?«

Im ersten Moment glaubte sie, sie sollte auf die Stille der Wüste lauschen. Dann aber verstand sie. Er meinte die Frauenstimme in ihren Gedanken. Sie hatte sich bereits so daran gewöhnt, daß sie die Rufe kaum noch beachtete. Obwohl die Stimme jetzt sehr nah klang, lauter, intensiver und beinahe noch fordernder, schien sie doch nicht aus den Ruinen zu kommen.

Qabbo hatte recht. Die Suche ging weiter.

»Sag mir endlich die Wahrheit, Qabbo! Wohin führt uns diese Reise?« Ihr Argwohn war geschwächt von Müdigkeit und allmählich einsetzendem Gleichmut. »Du hast nie gesagt, daß wir einen anderen Ort als Henoch suchen.«

»Du hast nie danach gefragt«, gab er listig zurück.

»Du solltest nicht versuchen, mich auf den Arm zu nehmen.«

»Das liegt nicht in meiner Absicht.«

Sie trieb ihr Kamel an seine Seite. »Was soll das? Warum verschweigst du mir etwas?«

Der San schüttelte den Kopf. »Du bist die weiße Schamanin. Ich kann keine Geheimnisse vor dir haben. Deine Macht ist der meinen tausendfach überlegen.«

»So?« entgegnete sie scharf. »Warum spüre ich dann nichts von dieser unendlichen Macht?«

Das entsprach natürlich nicht ganz der Wahrheit. Sie fühlte die Kraft in ihrem Inneren sehr wohl, erst recht seit dem Initiationsritus der Weisen. Sie lebte noch, allein das war Beweis genug – niemals sonst hätte sie eine solche Reise durch die Kalahari durchgestanden, sie wäre längst an Entkräftung oder Wahnsinn gestorben. Aber Tatsache war auch, daß sie keinen Hinweis darauf fand, wodurch ihre Fähigkeiten die von Qabbo übertrafen – ganz im Gegenteil, sie fühlte sich ihm und seinem Wissen grenzenlos unterlegen, mochte er ihr auch noch so oft etwas anderes einreden wollen.

Wie üblich gab er auch diesmal keine Antwort auf ihre Frage. Statt dessen sagte er nur: »Wir müssen noch ein wenig weiter reiten.«

Cendrine verzog das Gesicht. »Hat es Sinn, wenn ich dich frage, wie lange noch?«

»Ob es Sinn hat?« Er grinste breit. »Wenn du meinst, ob die Frage den Weg vielleicht verkürzt, dann –«

»Qabbo!«

Er lachte meckernd. »Schon gut. Es ist nicht mehr weit. Noch ein halber Tagesritt, allerhöchstens.«

Seine letzten Worte hörte Cendrine nicht mehr. Schlagartig kam ihr ein Gedanke.

Das hier ist Henoch, realisierte sie mit abrupter Klarheit. *Hier hat Selkirk gegraben. Hier sind Hunderte von Menschen für nichts anderes als seinen Fanatismus gestorben.*

Und im selben Moment, da die Bilder aus ihrer Erinnerung traten, die gleichen Bilder, die Selkirks Tagebuch in ihr heraufbeschworen hatte, überkam sie ein vertrautes Gefühl von Schwindel und Ekel und Hilflosigkeit. Die Welt zog sich für einen Sekundenbruchteil vor ihren Augen zu einem winzigen Glutpunkt zusammen, entfaltete sich dann von neuem und war nur noch scheinbar dieselbe.

Um sie herum begann der Sand zu vibrieren, erst unmerklich, dann immer stärker, so als sei in der Tiefe etwas zum Leben erwacht. Die feinen Sandschichten, die sich auf den Turmspitzen Henochs abgelagert hatten, rieselten an den Kanten herab. Die Hänge der umliegenden Dünen zitterten und bebten, Sandkrusten zerbrachen und rutschten abwärts, lösten kleine Lawinen aus und wirbelten Staubwolken auf.

Neben Cendrines Kamel brach der Sand auf, und etwas, das dürr und bleich und knöchern war, kroch hervor, als hätte es dort die ganze Zeit auf der Lauer gelegen. Der Wind wehte Sand aus leeren Augenhöhlen und pfiff durch zerbrochene Zahnreihen. Gelbes Gebein schabte aneinander wie die Glieder einer hölzernen Marionette, die leblos in einer Ecke liegt, bis jemand an ihren Fäden zieht. Genauso unbeholfen waren auch die ersten Regungen des Gerippes, das sich aus dem Abgrund des Vergessens heraufscharrte, hoch ans Tageslicht, hoch an die Luft, den Wind und die Helligkeit.

Überall stiegen jetzt Gebeine und mumifizierte Gliedmaßen aus dem Boden empor, manche abrupt in einer Explosion aus Staub und Sand, andere ganz allmählich, als der Wind sie von der Last des Bodens befreite und die vergessenen Mysterien dieses Ortes offenbarte.

Es war wie im ausgetrockneten Flußbett in der Omaheke. Die Toten regten sich, schauten aus leblosen Augen um sich, suchten, fanden, packten zu. Finger stießen aus dem Boden, packten die Beine des Kamels, wollten sich daran emporziehen, zogen aber dabei nur das hilflose Tier nach unten, bis es schließlich bis zu den Kniegelenken im Sand steckte, sich aufbäumte und schrie, den gewaltigen Leib schüttelte und Cendrine abwarf.

Sie kam mit den Händen zuerst auf, rollte auf die Seite und bekam Sand in Mund und Augen. Der Boden war warm und weich, fast angenehm, und der Sturz bereitete ihr keine Schmerzen. Aber das Brennen in ihren Augen und der Moment der Blindheit, der darauf folgte, waren grauenvoll.

In einer Wolke aus aufstiebendem Sand schoß vor ihrem Gesicht etwas ans Licht, umwogt vom Geruch alten Leders. Wie gelähmt starrte sie auf eine mumifizierte Faust, sah, wie sie ihre Finger streckte, eine blasse Knospe, die zu etwas Tödlichem erblühte. Cendrine konnte ihren Kopf gerade noch herumreißen und den zuschnappenden Klauen entgehen. Zugleich spürte sie eine Berührung an ihrem linken Unterschenkel. Als sie schreiend herumwirbelte, sah sie, daß etwas daran hing wie ein bissiger Hund – zwei Hände klammerten sich an ihr Bein. Die Arme gingen in einen kopflosen Oberkörper über, der unterhalb des Bauches in einem Wust aus getrockneten Eingeweiden und freigelegter Wirbelsäule endete. Hüfte und Beine der Leiche mußten noch im Boden stecken, irgendwo in der Finsternis eines Massengrabes. Beim Versuch, sich nach oben zu ziehen, hatte sich der Torso selbst entzweigerissen.

Nein!

Sie schüttelte sich, strampelte mit beiden Beinen, bekam den Toten aber nicht los.

Nein! Nein! Nein!

Sie wehrte sich verzweifelt, schlug nach den morschen Armen und wurde zugleich von hinten mit Sand überschüttet, als sich in ihrem Rücken ein weiterer Leichnam erhob, seine Finger in ihr Haar krallte und einen ledrigen Arm um ihre Brust schlang.

Ich komme nicht los.

Grosser Gott, ich komme nicht los!

»Du mußt es nur wollen.« Das war Qabbos Stimme. »Du mußt es wollen mit all deiner Kraft!«

Es war so schwer, sich auf die Worte zu konzentrieren, so schwer zu verstehen, was sie ihr sagen wollten. Sie gab es auf, sandte ihre Kräfte nicht länger nach außen, richtete sie vielmehr auf ihr Inneres, zog sich selbst aus diesem Mahlstrom aus Panik und Verzweiflung.

Ihre Kopfhaut hörte auf, weh zu tun, als sich der Griff um ihre Haare löste. Der Druck auf ihre Brust verschwand, und auch ihr Bein kam frei.

Sie mußte nur aufhören, der Welt um sich herum Bedeutung beizumessen. Die Toten, die Wüste, sogar Qabbo – all das war mit einemmal unwichtig. Ihre Konzentration war wie eine Faust, die mit kräftigen Stößen alles beiseite räumte, das Cendrine von sich selbst ablenkte, von dem, was in ihr war und darauf wartete, losgelassen zu werden, sich zu wehren.

Sie schlug die Augen auf – wann hatte sie sie überhaupt geschlossen? –, und die Wüste war wieder unversehrt. Die Toten hatten sich in Luft aufgelöst, Henochs Schlummer war ungestört wie zuvor. Cendrine kauerte im Sand neben ihrem Kamel. Das Tier stand geduldig da und sah aus, als lehne es sich gegen den Wind, damit die Böen sein Borstenfell kraulten.

Qabbo saß auf seinem Kamel und blickte besorgt auf sie herab.

»Alles in Ordnung?« fragte er.

Sie blinzelte der Sonne entgegen. »Wie lange … ich meine, war ich –«

»Zwei, drei Atemzüge lang. Du bist plötzlich aus dem Sattel gestürzt. Ich wollte gerade absteigen und nachsehen, ob du dich verletzt hast.«

Nach kurzem Zögern schüttelte sie den Kopf. »Nichts passiert. Vielleicht lag's nur an der Hitze.« Sie fragte sich, ob er wußte, was sie gesehen hatte. Ansonsten würde er es wahrscheinlich gerade in diesem Moment in ihren Gedanken lesen. Es sei denn, durchfuhr es sie plötzlich, sie sperrte sich dagegen. Oder versuchte es zumindest.

Mit größter Willensanstrengung hämmerte sie sich ein, daß das, was in ihrem Kopf vorging, nicht für Qabbo bestimmt war. Und schon Sekunden später erkannte sie an der gerunzelten Stirn des San, daß ihr Versuch geglückt war. Seine Vorstöße endeten an der Sperre, die sie um ihr Denken errichtet hatte.

Das Gefühl, von den tastenden Händen der Toten berührt zu werden, war noch immer frisch und beängstigend, dennoch konnte sie den Triumph, der in ihr aufstieg, nicht unterdrücken. Zum einen war es ihr gelungen, die Kraft des Schauens unter Kontrolle zu bringen – fortan keine unfreiwilligen Visionen mehr –, zum anderen hatte sie Qabbos Gedankenlesen abgeblockt. Gründe genug, sich zu freuen.

Qabbo sagte nichts dazu, hieb nur zerknirscht mit dem Zügel auf den Hals seines Kamels und trieb es vorwärts. Cendrine befahl ihrem Tier, sich abzulegen, sie stieg in den Sattel und folgte dem San. Das Entsetzen, das gerade noch ihren ganzen Körper beherrscht hatte, schwand dahin, und das Gefühl, einen Sieg errungen zu haben, wurde stärker. Sie war stolz, gab sich zugleich aber Mühe, nicht zu euphorisch zu sein. In ihrer Lage konnte sie sich Unüberlegtheit nicht leisten.

Auch eine Stunde später ragten immer noch vereinzelte Steinkanten und rundgeschliffene Turmspitzen aus dem Sand. Henoch mußte riesig gewesen sein. Selkirk konnte unmöglich die ganze Stadt freigelegt haben, wie er es in seinen Aufzeichnungen behauptet hatte. Cendrine fragte sich unwillkürlich, ob er auch in anderen Passagen die Unwahrheit geschrieben hatte. Warum hatte der Lord sich selbst belogen, wo doch die Niederschrift für keinen anderen bestimmt war als für ihn selbst?

Vor ein paar Wochen, im Gespräch mit Professor Pinter, war ihr klargeworden, daß Selkirk sich nach der Entdeckung Henochs einem weiteren – und letzten – Fund in der Kalahari gewidmet hatte. Offenbar hatte er dort die Steine abtragen lassen, die in das Anwesen in den Auasbergen eingearbeitet worden waren. War dies der Ort, zu dem Qabbo sie führte? Was tat die Frau dort, deren Rufe sie hörte? Und wer oder was trieb sie derart zur Verzweiflung, daß sie sich über Hunderte von Kilometern an Cendrine, eine Fremde, wandte und sie um Hilfe bat?

Aber tat sie das denn überhaupt? Gewiß, da waren Furcht und Ausweglosigkeit in ihren Rufen, und es war unzweifelhaft, daß die Frau Hilfe bitter nötig hatte. Aber hatte sie Cendrine auch nur einmal offen darum gebeten? Sie hatte nichts anderes getan, als ihren Namen zu rufen, Signale auszustoßen, die durch die Welt der Schamanen gellten. Aber eine Bitte, ein Flehen? Nein, da war nichts dergleichen.

Was, wenn die Rufe vielmehr *Warnungen* waren?

Es hatte keinen Sinn, sich selbst mit solchen Fragen blind und taub für die Umgebung zu machen. Sie mußte die Augen offenhalten, mußte Qabbo beobachten, genauso wie die Landschaft, durch die er sie führte. Vielleicht bot sich ihr auf diese Weise ein Schlüssel zu den zahlreichen Rätseln, mit denen das Schicksal sie seit Monaten konfrontierte.

Qabbos Voraussage erwies sich als richtig. Ein halber Tag verging, ehe sie endlich einen hoch aufgeworfenen Sandwall erreichten. Dahinter, verkündete der San, läge ihr Ziel.

Cendrine stellte keine Fragen. Wortlos trieb sie ihr Kamel an seine Seite, dann trabten sie nebeneinander den Wall hinauf. Er war weit höher und steiler als die Hänge der umliegenden Dünen, und wer immer ihn aufgeworfen hatte, mußte dies mit etwas anderem als mit Spaten und Schaufel getan haben.

Doch nicht einmal diese Erkenntnis bereitete Cendrine auf das Panorama vor, das sie auf dem höchsten Punkt des Sandwalls erwartete.

Der Wall verlief keineswegs in einer geraden Linie von rechts nach links, wie sie von unten aus vermutet hatte. Vielmehr schien er spiralförmig zu sein, wobei die äußere Windung den Rand eines gigantischen Kraters bildete. Die inneren

Drehungen der Spirale waren längst nicht so hoch, überragten nicht einmal die Dünen außerhalb des Kraters. Trotzdem war ihr Verlauf deutlich auszumachen, ein Schneckenhaus aus Sand, gewiß mehr als drei Kilometer im Durchmesser.

Im Mittelpunkt der Spirale stand ein titanisches Bauwerk. Das Ende des Sandwirbels verlief durch ein offenes Portal ins Innere und verschwand dort in einem Schlund aus Finsternis; allein dieser Eingang mochte gut fünfzig Meter hoch und ebenso breit sein.

Enorme Würfel aus kupferhaltigem Stein, rötlich schimmernd im Licht der Abendsonne, waren zu etwas zusammengesetzt worden, das weder Symmetrie noch Anmut besaß. Mindestens hundertfünfzig Meter hoch thronte das Bauwerk im Zentrum des bizarren Sandwirbels. Keine Spur von Leben war in seiner Nähe zu entdecken. Abgesehen von dem Portal gab es keine Öffnungen, weder Fenster noch Türen.

Die Stille, die über der Szenerie lag, und die Tatsache, daß innerhalb des äußeren Walls kein Wind zu wehen schien, waren beängstigend. Der Bau lag in der Mitte des Kraters wie ein steinerner Schädel, aus dessen Schlund sich die Windungen der Sandspirale wie eine abnorme Zunge schlängelten.

»Der Tempel der Großen Schlange«, flüsterte Qabbo andächtig.

Nicht einmal seine Stimme vermochte Cendrine aus der Andacht zu reißen, in die sie die Aussicht über das wundersame Wüstental versetzt hatte. Erst nach einer Weile – und sehr, sehr langsam – löste sie ihren Blick von dem Bauwerk und sah Qabbo an.

Er nickte ihr aufmunternd zu. »Du weißt, was zu tun ist.«

»Nein«, gab sie zurück, aber tief im Inneren wußte sie es vielleicht doch, und wieder stellte sie keine Fragen, trieb statt dessen ihr Kamel über den Wall und dann den Hang hinunter.

Der Sturm hat dieses Tal geschaffen, dachte sie wie in Trance. Die Große Schlange hat den Sand zu ihrem Abbild geformt. Sie war all die Jahrtausende hier, bis Selkirk sie aus ihrem Schlaf riß.

Qabbo blieb auf der Anhöhe zurück. Nichts anderes hatte sie erwartet. Sie allein war es, die von der rätselhaften Stimme zum Tempel befohlen wurde.

Ich bin hier, rief sie hinaus in die Welt der Schamanen, und sie spürte, daß ihr Ruf die Signale der Frau wie ein Lauffeuer entflammen ließ.

Aus welchem Grund auch immer – ich bin hier!

Das Torhaus war hinter Wolken aus aufgewirbeltem Staub verschwunden. Nur wenn man lange genug hinsah und wußte, wonach man zu suchen hatte, konnte man hin und wieder seinen klobigen Umriß ausmachen; in solchen Augenblicken sah es aus, als stemme sich das Gebäude gegen den Sturm und versuche, sich in die Nähe des Haupthauses zu schieben, ein verlorengegangenes Schaf, das die Sicherheit seiner Herde suchte.

Adrian drehte mit versteinerten Zügen die Spitze eines Queues zwischen Daumen und Zeigefinger. Hier im Billardzimmer hatte er sich früher nie wohl gefühlt. Als viel zu bedrückend empfand er die Altherren-Atmosphäre dieses Raumes mit seinen getäfelten Wänden und Lampenschirmen aus dunkelroter Seide. Auch jetzt war er nicht hergekommen, um zu spielen, obwohl er beim Versuch, sich Normalität vorzugaukeln, sogar die Kugeln auf dem Billardtisch ausgelegt hatte. Eingedenk von Haupts Tod erschien ihm im Augenblick alles andere unwichtig und kindisch.

Er stand am Fenster, ließ gedankenverloren das Queue in seinen Händen kreisen und blickte hinaus in den tobenden Sturm. Dort draußen sah es aus, als wäre das gesamte Anwesen auf einen Schlag in die Wüste versetzt worden, mitten ins Herz eines Sandsturms. Er hatte noch nie gesehen, daß ein Unwetter in dieser Gegend solche Staubmengen vom Boden aufgewirbelt hatte. Allmählich kam er zu dem Schluß, daß der Sturm den Sand mitgebracht hatte. Wo immer die Böen herkommen mochten, sie trugen einen Teil der Wüste mit sich.

Durch undichte Fugen der Fensterrahmen und Türen drang der Staub auch ins Innere des Hausès, sammelte sich auf den Fensterbänken und schuf kleine Wälle rund um Blumentöpfe und Vasen. Es war, als versuchte das Unwetter, das Tal ganz allmählich zuzuschütten.

Haupt war tot.

Wenn Adrian sich weit genug zur Scheibe vorbeugte, konnte er von hier aus den Kiesweg sehen, auf dem die Paviane den alten Mann zerrissen hatten. Staub und Sand bedeckten mittlerweile das Blut, dennoch konnte Adrian die Stelle genau erkennen. Er mußte sich zwingen, den Blick von dort abzuwenden, auch wenn ihm eine innere Stimme versicherte, daß es Unsinn war, sich Vorwürfe zu machen. Er hätte Haupt nicht retten können – niemand hätte das gekonnt. Im selben Augenblick, als die Affen aufgetaucht waren, hungrig und voller Panik, war sein Schicksal besiegelt gewesen.

Aber wenn Adrian gestern, als er in Windhuk war, den Priester einfach aufgesucht hätte ... ja, dann wäre Haupt wohl gar nicht erst hergekommen. Er könnte noch leben, wäre Adrian ihm nicht ausgewichen. Er könnte –

Nein! Hör auf damit!

Er machte es sich selbst immer schwerer, über den Tod des Freundes hinwegzukommen. Keine Schuld. Keine Vorwürfe mehr. Die Angst, die er seit Hereinbrechen des Sturms verspürte, wurde mit jeder Stunde stärker, drängender. Waren die Tiere wirklich nur vor dem Unwetter geflohen? Es hatte schon viele Stürme in den Bergen und jenseits davon in der Kalahari gegeben, aber von einer solchen Massenflucht hatte er noch nie gehört.

Adrian fror bei dem Gedanken, daß es dort draußen beinahe dunkel war, obwohl die Sonne frühestens in ein, zwei Stunden untergehen würde. Die Sandwolken, die von den Sturmböen umhergetrieben wurden, saugten das Licht aus der Landschaft und verdeckten den Himmel. Adrian hatte einen Kerzenleuchter entzündet, um die finsteren Winkel des Billardzimmers auszuleuchten; tatsächlich aber hatte er damit nur neue Schatten geschaffen, dunkler und schärfer abgegrenzt als jene, mit denen das Zwielicht den Raum erfüllte.

Seine Eltern stritten nun schon seit Stunden. Ihr Wortgefecht hatte sich vom Speisezimmer in die äußere Halle und schließlich ins Musikzimmer verlagert, wo Titus sich am Flügel niedergelassen hatte und seither mit betonter Ruhe spielte, während Madeleine ununterbrochen auf ihn einredete und ihm seine Gleichgültigkeit vorwarf.

Das Billardzimmer lag am entgegengesetzten Ende des Anwesens. Adrian hatte gehofft, die Entfernung würde die nötige Distanz zu seinen Eltern schaffen, doch jetzt wurde ihm klar, daß das Alleinsein alles noch schlimmer machte. Das beste war, wenn er die Mädchen suchte. Er hatte sie schon seit geraumer Zeit nicht mehr gesehen und jetzt, da er sich schlagartig an sie erinnerte, machte er sich Vorwürfe, sich nicht schon früher um sie gekümmert zu haben. Seine Eltern waren viel zu sehr mit ihrem Streit beschäftigt. Niemand hatte sich Gedanken gemacht, wie all das auf die Zwillinge wirken mußte.

Verdammt, wie hatte er sie nur so vernachlässigen können!

Zornig schlug er das Queue auf die Kante des Billardtisches, so fest, daß die Stange zerbrach. Adrian schleuderte sie kurzerhand beiseite und löschte im Vorbeigehen die Kerzen. Als er die Tür hinter sich zuschlug, wurde der Raum wieder vom Zwielicht verschlungen.

Als erstes eilte er zum Musikzimmer. Sein Vater schwelgte mit geschlossenen Augen in der Melodie, die seine Finger den Tasten entlockten. Adrian konnte sie nicht hören, aber er vermutete, daß Titus sein Lieblingsstück spielte, Schumanns *Allegro affetuoso*. Einmal, als Adrian noch klein war, hatte sein Vater versucht, ihm die Melodie mit Worten zu beschreiben. Es war ihm nicht gelungen, und trotzdem hatte Adrian in jenem Moment eine so glühende Liebe zu ihm empfunden wie niemals zuvor. Es war, als hätte Titus seinen tauben Sohn an einem Geheimnis teilhaben lassen, das sie fortan für immer zu Verbündeten machte, mochte kommen, was wollte.

Seine Mutter ging im Raum auf und ab. Gerade als Adrian durch die Tür trat, erwachte sie aus brütendem Schweigen. Sie hatte ihren Sohn noch nicht bemerkt.

»Hättest du Valerian nicht von hier vertrieben«, fuhr sie ihren Mann an, »sähe alles ganz anders aus.«

Titus öffnete nicht einmal die Augen, spielte einfach weiter. »Mir war gar nicht bekannt, daß Valerian Einfluß auf das Wetter hat. Sollten wir einen Medizinmann in die Welt gesetzt haben?«

»Dein Sarkasmus ist unerträglich.«

»Wie deine Streitsucht, meine Liebe.«

Adrian sah beide nur im Profil, und so war es nicht ganz leicht, von ihren Lippen zu lesen. Er mußte sich konzentrieren, um das Gespräch zu verstehen.

Madeleine baute sich neben Titus am Flügel auf, die Arme in die Seiten gestemmt. »Wir hätten schon vor Tagen von hier fortgehen sollen. Hättest du dich nicht geweigert, hätten wir –«

»Ach, Madeleine«, seufzte Titus und ließ seine Finger über die Tasten tanzen, »wie oft soll ich noch sagen, daß ein paar Tiere und ein wenig schlechtes Wetter –«

Jetzt war sie es, die ihn unterbrach: »Die *paar Tiere* haben dort draußen einen Menschen zerfleischt!«

»Ein Unglück, gewiß. Aber du hast diesen Haupt doch ohnehin nicht leiden können.«

Adrian stockte der Atem, als Madeleine ausholte und ihrem Mann eine heftige Ohrfeige verpaßte. Sein Klavierspiel brach ab.

Titus Kaskaden erhob sich, und nie hatte er größer und massiger gewirkt als in diesem Augenblick, da er vor seiner Frau stand, beide Fäuste geballt und das Gesicht zu einer Grimasse der Wut verzerrt.

Adrian brach am ganzen Körper der Schweiß aus. »Ihr seid widerlich«, entfuhr es ihm tonlos.

Beide wandten sich zu ihm um, und beide wirkten weder überrascht noch betroffen. Vielmehr schien sich ihr Zorn jetzt auf ihn zu richten. Adrian fragte sich irritiert, ob es der Sturm war, der ihnen das antat. Der Sturm – oder das, was ihn verursachte.

»Was willst du?« fuhr Madeleine ihn an.

Etwas stimmte nicht. Er spürte es ganz deutlich. Seine Mutter hatte Valerian immer vorgezogen, aber noch nie war sie ihm derart harsch, ja bösartig begegnet. Und warum kam ihm sein Vater nicht zu Hilfe? Titus hatte immer eingegriffen, wenn Adrian ungerecht behandelt wurde.

Aber Titus stand nur wortlos da und blickte Adrian feindselig entgegen. Seine rechte Wange war feuerrot.

»Habt ihr die Mädchen gesehen?« fragte Adrian.

»Werden sich wohl herumtreiben«, gab Madeleine kalt zurück.

»Irgendwo im Haus«, setzte Titus hinzu.

Adrian nickte abgehackt, dann fuhr er herum und lief den Gang hinunter. Er redete sich ein, daß es keine Flucht war, daß er es nur besonders eilig hatte, Salome und Lucrecia zu finden. Aber in Wahrheit jagte ihm das Verhalten seiner Eltern eine Heidenangst ein.

Er rannte die Treppen hinauf und den Korridor entlang zu den Zimmern der Mädchen. Beide waren leer. Auch das Spielzimmer, das sie ohnehin kaum benutzten, war verlassen. Sie würden doch nicht nach draußen gegangen sein? Nein, so leichtsinnig waren sie nicht. Viel wahrscheinlicher war, daß sie sich versteckten. Irgendwo, wo sie sich in Sicherheit wähnten vor streunenden Tieren und dem Jahrhundertsturm dort draußen.

Ohne große Hoffnung riß er weitere Zimmertüren auf, blickte sich um, fand niemanden. Die Stille, die ihn schon sein Leben lang umgab, begann ihm zum erstenmal angst zu machen.

Bald nahm der Tempel der Großen Schlange den ganzen Himmel ein.

Von nahem schien das Bauwerk noch gigantischer, und obwohl Cendrine wußte, daß es nicht mehr als fünfhundert oder sechshundert Meter breit sein konnte, fühlte sie sich schrecklich verloren am Fuß der zyklopischen Fassade.

Ein Labyrinth aus verwitterten Quadern und Zylindern, gehauen aus dem erzhaltigen Felsgestein ferner Gebirge; ein steinernes Ungetüm, errichtet aus Blöcken, von denen jeder einzelne größer war als ein dreigeschossiges Haus; ein Titan aus einer Zeit, als Tausende Menschen beim Transport eines einzigen Felsquaders starben und niemand Anstoß daran nahm.

Dies hier war etwas anderes als die Gebäude Henochs, die Cendrine in ihrer Fantasie – oder in der Erinnerung eines

Fremden? – gesehen hatte. Henoch war ein Ort heller Plätze und kunstvoller Türme gewesen, ein Ort für Marktstände, Wettkämpfe und prächtige Aufmärsche. Ein Ort für Menschen.

Dies hier aber war ein Ort für Götter.

Sie spürte, daß es ein Fehler war, auf das Portal zuzugehen. Im Näherkommen war das, was dahinterlag, nicht mehr ganz so finster, sie konnte jetzt die hohen Wände rechts und links erkennen, sah auch, daß tiefer im Inneren Licht durch die Decken fiel, vielleicht durch lecke Stellen im Dach oder aber helle Innenhöfe, die von den Baumeistern angelegt worden waren.

Obwohl am Boden noch immer kein Wind zu spüren war, hörte Cendrine ihn jetzt weiter oben um die Kanten der Quader heulen, hörte, wie er in Spalten und Schächten und Schluchten säuselte. Hin und wieder rieselte Sand von oben herab. Sie fragte sich, seit wann der Tempel freigelegt war. Selkirk hatte offenbar nur die oberen Regionen ausgegraben, denn sie konnte deutlich die Stellen sehen, an denen große Stücke aus den äußeren Steinblöcken gebrochen worden waren, mehr als hundert Meter über ihr. Die fehlenden Teile mußten jene sein, die jetzt das Haus der Kaskadens schmückten. Schon vor ein paar Minuten hatte sie entdeckt, daß die Felsoberflächen mit Reliefen bedeckt waren. Kaum ein Meter, auf dem nicht verschlungene Muster, Darstellungen von Menschen und Göttern und archaische Schriftzeichen in das Gestein eingelassen waren.

Hatte Selkirk gewußt, welchen Frevel er beging? Er war kein Dummkopf gewesen, er mußte sich im klaren darüber gewesen sein, daß er etwas zerstörte, das viele Jahrtausende ungestört im Sand geruht hatte. In seinem Fanatismus hatte ihn – wenn schon kein Respekt – nicht einmal sein gesunder Menschenverstand aufhalten können.

Cendrine ertappte sich bei dem Gedanken, daß der Lord sein Schicksal verdient hatte – er selbst, gewiß, nicht aber seine Familie. Und ganz sicher nicht die Kaskadens, die ebenfalls sterben würden, wenn Cendrine die Große Schlange nicht aufhielt.

Sie stieg vom Kamel und ließ es vor dem Eingang zurück. Es gab nichts, woran sie es hätte festbinden können. Egal.

Ein letztes Mal atmete sie tief durch, dann trat sie unter das gewaltige Tor. Die letzten Sonnenstrahlen kamen von Westen und beschienen ihren Rücken. Ihr Schatten stach lang und schwarz ins Innere des Tempels. Cendrine folgte ihm wie einer dunklen Zwillingsschwester.

Es gab zwei monströse Torflügel aus einem Material, das vielleicht Granit war, vielleicht auch versteinertes Holz. Aber diese Anlage konnte doch unmöglich *so* alt sein!

Cendrine ging an den offenen Flügeln vorbei, dann durch eine Art Tunnel, so hoch wie das Portal. Die Decke schwebte mindestens fünfzig Meter über ihr. Der Boden war aus Sand, weich und unberührt. Sie vermutete, daß es irgendwo darunter steinerne Platten gab, wahrscheinlich ebenso kunstvoll gearbeitet wie die Verzierungen der Quader. Es war beruhigend, daß sogar die Mächte, die dieses Bauwerk errichtet hatten, wehrlos waren gegen den Wüstensand; eine Konfrontation mit etwas Allmächtigem hätte Cendrine womöglich in Panik versetzt, alles andere aber vermochte ihr kaum mehr Angst einzujagen. Sie wußte nicht, ob sie diesen Selbstschutz dem Ritual der San zu verdanken hatte oder ob er vielmehr eine Folge des Ausgeliefertseins war.

Sie erreichte das Ende des Tunnels und gelangte auf einen Hof, in den von oben das Licht des Abendhimmels fiel. Rechts und links standen Reihen hoher Säulen, jede fast so breit wie ein kleines Haus. Auch ihre Oberflächen waren kunstvoll bearbeitet, doch Cendrine blieb nicht stehen, um nach Bedeutungen zu suchen. Irgendwer würde ihr auch so die nötigen Antworten geben.

Der Mann, den du Kain nennst, ließ diesen Tempel erbauen.

Cendrine fuhr herum. »Qabbo?« Nirgends war eine Menschenseele zu sehen. Ihre Spuren im Sand waren die einzigen weit und breit.

Die Stimme des San war in ihren Gedanken erklungen. Einen Augenblick lang erwog sie, sich dagegen zu sperren, dann aber ließ sie zu, daß er weitersprach.

Er fühlte sich in diesen Mauern sicher vor dem Fluch seines Schöpfers, der ihn zu ewiger Wanderschaft verdammt hatte.

»Und«, fragte Cendrine in die Stille, »war er hier sicher?«

Kain weihte den Tempel der Großen Schlange, dem sonderbarsten Geschöpf, das je das Licht der Sonne sah: Widersacher eures Gottes, zugleich aber seinem Willen untertan, Kains Wächter, aber auch sein Verbündeter gegen jenen, der den Fluch über ihn sprach. Die Große Schlange hat vielerlei Ziele, sie sind für uns nicht immer zu begreifen. In diesem Tempel, dem ersten, der zu ihren Ehren errichtet wurde, ließ sie sich huldigen, und darüber vergaß sie ihre Pflichten. Sie blieb hier, und mit ihr blieb Kain, beide untrennbar aneinander gefesselt, vereint, aber nicht mehr zur Wanderschaft gezwungen, denn die Mauern dieses Ortes schützten sie vor dem Zorn ihres gemeinsamen Herrn.

»Bis Selkirk kam …«

Bis er kam und die Mauern zerstörte, ja. Der Engländer hat Schaden angerichtet, der nicht mehr gutzumachen ist. Der Tempel ist zerstört, und es kann keinen neuen geben, denn anders als damals, als es Henoch gab und das Volk, das dort lebte, existieren heute nur noch wenige, die bereit wären, Schweiß und Leben für solch einen Bau zu lassen. Die ewige Wanderung hat wieder begonnen, nach vielen Jahrtausenden der Ruhe. Die Große Schlange zieht wieder umher und folgt Kain auf jedem seiner Schritte.

»Du hast gesagt, sie seien unterwegs zu den Kaskadens.«

Sie werden jeden Augenblick dort eintreffen.

»Was kann ich tun?«

Qabbo schwieg, und in der Stille, die mit einemmal herrschte, fiel Cendrine noch etwas anderes auf: Die Stimme der Frau war verstummt. Keine Rufe mehr, keine fremde Verzweiflung, die ihren Geist erfüllte. Dies war der letzte Beweis, daß sie endlich am Ziel wahr. Der Tempel der Großen Schlange war wie das Zentrum eines Wirbelsturms, in dem das Tosen der Elemente verebbte, in dem nichts existiert außer Schweigen und die Gewißheit von unabwendbarem Verhängnis.

Da, eine Bewegung – am äußeren Rand ihres Blickfeldes!

Cendrine fuhr herum. Zwischen den Säulen war nur Leere. Sie machte einen vorsichtigen Schritt und entdeckte in einigen Metern Entfernung im aufgewühlten Sand eine Fußspur. Kein Irrtum. Jemand war hier.

Wie angewurzelt blieb sie stehen. Ihr Blick raste durch den Säulenhof, traf überall nur auf Stein, der ihr die Sicht verstellte.

Dann bemerkte sie es erneut. Gestalten sprangen zwischen den mächtigen Pylonen umher, ganz gleich, wohin sie schaute. Doch immer wenn sie glaubte, jemanden entdeckt zu haben, war keiner mehr da, und ein neuer Schemen zog ihre Blicke in eine andere Richtung.

»Wer ist da?« fragte sie und stellte fest, daß der Kloß in ihrem Hals auf ihre Stimmbänder drückte.

Es war sinnlos. Keiner zeigte sich.

Sie greifen mich nicht an, dachte sie. Und warum sollten sie auch? Wenn sie mich töten wollten, hätten sie es längst tun können, aus einem ihrer Verstecke oder ganz offen am Eingang des Tempels.

Sie beschloß, einfach weiterzugehen. Ihr war, als atmete bei jedem Schritt jemand in ihren Nacken, aber sie wagte nicht, sich umzudrehen, aus der Befürchtung heraus, es würde erneut niemand mehr dasein. Dabei konnte sie die Anwesenheit der anderen ganz deutlich spüren.

Endlich erreichte sie das Ende des Säulenhofes und gelangte an einen Torbogen, der sich in Form einer angedeuteten Schlange um eine Tunnelöffnung schmiegte. Sie trat hindurch und ließ die Schemen zwischen den Pylonen zurück; wenn sie ihr jetzt folgten, würde Cendrine ihre Silhouetten gegen das Licht des Eingangs erkennen können. Dann würde sie wissen, ob es Menschen waren, die ihr folgten. Oder Tiere. Oder Götter.

Zügig ging sie weiter und schaute dabei immer wieder über ihre Schulter. Der Tunnel war sehr dunkel, und das Licht, das an seinem Ende schien, leuchtete gedämpfter als jenes im Hof. Im Näherkommen erkannte sie hektisches Flackern und Zucken. Ein Feuer brannte, vielleicht Fackeln.

Sie hatte etwa die Mitte des Tunnels erreicht, jene Stelle, wo er am dunkelsten war, als sie wieder einen Blick nach hinten warf.

Eine einzelne Gestalt folgte ihr. Klein, schmächtig. Aufgrund des Körperbaus vermutete sie, daß es ein Mann war. Er ging langsam, ohne das Bestreben, ihren Vorsprung aufzuholen, ein unscheinbarer Scherenschnitt vor dem helleren Halbrund des Schlangentores.

Sie überlegte, ob sie warten, ihn herausfordern, einfach fragen sollte, was er von ihr wollte. Aber es war kein Mann gewesen, der sie all die Monate lang gerufen hatte; nicht er war es, um den es hier ging.

Also lief sie weiter, jetzt ein wenig schneller, um endlich in den Lichtkreis des Feuers zu treten. Die Schritte ihres Verfolgers blieben im Sand völlig lautlos, nur Cendrines aufgeregtes Atmen hallte von den Wänden wider.

Sie hatte den Ausgang des Tunnels fast erreicht, als ihr ein Einfall kam. Abrupt blieb sie stehen und machte kehrt. Die Gestalt hielt sich jetzt seitlich an der Wand und trat nur noch gelegentlich vor das Licht des fernen Ausgangs. Aber sie war immer noch hinter Cendrine – jetzt *vor* ihr –, und plötzlich standen beide unbewegt im Dunkeln, dreißig, vierzig Schritte voneinander entfernt.

Cendrine starrte die Silhouette durchdringend an. Sie war nicht sicher, ob das Gedankenlesen, das Qabbo und Adrian an ihr praktiziert hatten, ein Aspekt der Kraft des Schauens war, aber sie wollte es zumindest versuchen.

Offenbar traf sie den anderen damit gänzlich unvorbereitet.

»Qabbo!« entfuhr es ihr.

Es gelang ihm nicht schnell genug, eine Sperre gegen ihr Tasten zu errichten, und als er es schließlich versuchte, da schlug Cendrine sie kraft ihrer Gedanken mühelos in Stücke. Sie hörte seinen Aufschrei, erst in seinem Geist, dann, um Sekundenbruchteile versetzt, auch im Tunnel. Er war nur einen Moment lang unvorsichtig gewesen – vielleicht, weil er glaubte, daß Angst und Staunen sie überwältigt hatten –, aber der Augenblick reichte aus, um in seinen Gedanken zu lesen wie in einem Buch, es von vorne bis hinten durchzublättern und mit irrwitziger Geschwindigkeit Bruchstücke aufzufangen, die ihr von den Seiten entgegensprangen.

Und sie begriff, daß er sie belogen hatte.

Die ganze Zeit über – belogen!

Das helle Gangende wurde auf einen Schlag schwarz von Menschen. Zahllose Gestalten schoben sich aus der Säulenhalle in den Tunnel, viel schneller als Qabbo, schlanke, gedrungene Leiber, die im Laufschritt auf sie zurasten.

Die Wahrheit war wie ein Hieb, der sie hinterrücks aus der Finsternis traf. Cendrine taumelte, ihre Gedanken rasten im Kreis, ließen Bilder erstehen, von eigenen Erinnerungen und von Gehörtem.

Sie sah wieder die weiße Gestalt des Brudermörders in der Wüste, sah, wie er sie mit flatternden Gewändern lockte, wie er ihr zurief, ihm zu folgen, ein gleißender Schemen vor dem Fanal des Tornados am Horizont. Damals war Qabbo erschienen und hatte Cendrine zurückgerissen, hatte sie fortgezogen von Kain und dem, was er ihr zeigen wollte.

Doch Qabbos Eingreifen war keine Rettung gewesen, wie sie bisher geglaubt hatte. Kain hatte sie *warnen* wollen, doch der San hatte das nicht zugelassen.

Kain war nicht unterwegs zum Haus der Kaskadens, um die Steine zurückzuholen. Nein, die Steine waren längst unwichtig, die Schändung des Tempels ließ sich nicht mehr rückgängig machen. Tatsächlich ging er dorthin, weil er annahm, Cendrine dort zu finden. Er wollte sie noch immer davor warnen, in die Wüste zu gehen, hierher, in diesen Tempel. Jemand ließ ihn glauben, Cendrine sei immer noch in den Auasbergen. Und dieser Jemand war Qabbo.

Wie mächtig war der kleine San wirklich? Wochenlang hatte er Cendrine gegen Kains Rufe abgeschirmt, das letzte Mal hatte sie die Anwesenheit des Brudermörders in ihren Träumen an der Skelettküste gespürt. Seither nichts mehr. Qabbo war der mächtigste unter den Weisen der San, daraus hatte er nie einen Hehl gemacht. Doch daß er sogar die Kraft besaß, ein Wesen wie Kain zu betrügen, das war unfaßbar.

Warum hatte er all das getan? Die Antwort darauf war so nah, sie konnte sie spüren wie ein Wort, an das man sich nicht erinnert, obwohl es einem auf der Zunge liegt.

Und dann …

… sieh nur, die Antwort, dort vorne …

Anderswo. Am Rande der Auasberge.

Ein Mann schreitet durch Sand und Geröll. Seine Schritte sind weit und kraftvoll. Er hat ein Ziel. Seine Füße verursachen Wellen im Boden. Sand, Staub und Erde rutschen in weiten Ringen bergab, und doch ist der Mann nie in Gefahr, hinabgerissen zu werden. Er kennt das Land seit Jahrtausenden.

Der Mann trägt ein weißes Gewand. Es flattert im Sturm, der die Welt um ihn aufpeitscht. Auch sein Kopf ist in weiße Stoffe gehüllt, nur die Augenpartie blickt zwischen den Tüchern hervor. Er schützt sich, weil er es irgendwann einmal gelernt hat. Dabei hat er Schutz längst nicht mehr nötig. Nicht er. Er kennt weder Schmerz noch Verletzung. Kennt keinen Sonnenbrand und keinen Durst. Kennt keinen Tod, nicht den eigenen.

Vor ihm rasen die Boten der Großen Schlange als staubige Derwische über die Hänge. Hinter ihm, dort, wo er herkommt, herrschen Chaos und Vernichtung. Dort wölbt sich der Horizont empor und schreit auf vor Schmerz, als die Welt aus den Fugen bricht, aufgewühlt vom Sturm aller Stürme.

Ein Trichter aus tobendem Sand tanzt in seinem Rücken, gar nicht weit entfernt und doch so hoch wie der Himmel selbst. Die Große Schlange tanzt hungrig und durstig nach Leben und Tod, tanzt ihren Tanz der Verdammnis.

Der Mann geht ihr voran, zieht sie an unsichtbaren Ketten.

Das Land brüllt auf vor Zorn und Erniedrigung, immer noch regnet Staub vom Himmel.

Heute sind hier sogar die Tränen aus Sand.

Der Mann steigt hinab in das Tal der Kaskadens.

Adrian betrat die Küche und verfluchte im stillen seine Taubheit. Früher, als er und sein Zwillingsbruder in den weitläufigen Fluren und Zimmern des Anwesens Verstecken gespielt hatten, war Valerian immer im Vorteil gewesen. Valerian konnte alle verdächtigen Geräusche hören, mochte Adrian sich noch so gut vor seinen Blicken verbergen. Adrian hingegen mußte sich stets auf seine Augen verlassen. Und natürlich auf die anderen Kräfte, die er damals gerade entdeckte.

Mit ihnen versuchte er auch jetzt, die Mädchen ausfindig zu machen. Doch alles, was sein Geist empfing, war Schweigen. Es war eine andere Stille als jene, die seine Ohren erfüllte. In der Küche herrschte die Stille des Todes.

Er fand die Leiche, als er auf die andere Seite der Anrichte trat. Sie lag blutend auf dem Rücken, den leeren Blick zur Decke gerichtet. Ein Hackmesser hatte den Körper der Köchin aufgerissen, die Klinge steckte oberhalb der Hüfte in ihren Eingeweiden.

Sie war eine große Frau gewesen, von beachtlichem Gewicht und mit gütigen Augen. Die Mädchen hatten sie gemocht. Sie war die erste Weiße gewesen, die in der Küche der Kaskadens Dienst tat.

Sie war auch die erste, die hier starb.

Alles wiederholt sich! durchfuhr es ihn. Alles ist genau wie damals. Der Sturm. Die Toten. Alles wie damals.

Etwas rollte von hinten an ihm vorbei über den Fliesenboden. Ein silberfarbener Metalltopf prallte gegen den Leichnam der Köchin und kam kreiselnd zum Liegen. Der Aufprall mußte einen Heidenlärm gemacht haben, aber Adrian konnte ihn nicht hören. Und obwohl ihn das Entsetzen über den grausigen Fund zu lähmen drohte, wirbelte er herum und stolperte instinktiv einen Schritt zur Seite.

In einem blitzenden Halbkreis fuhr eine Messerklinge an seiner Schulter vorüber. Adrian konnte den Luftzug spüren. Er machte zwei Sätze rückwärts, stolperte über die Leiche, fing sich nur mit Mühe und sah ungläubig mit an, wie der Angreifer nachsetzte und auf ihn zu stürzte.

Johannes hielt ein Tranchiermesser in der Rechten, seine linke Hand war zur Faust geballt. Sein Gesicht war nicht wutverzerrt, er wirkte nicht einmal angespannt. Der Butler ging auch dieser Aufgabe mit Gelassenheit und Pflichtbewußtsein nach wie schon seit eh und je allem anderen. Er würde Adrian mit der gleichen Ruhe töten, mit der er früher einem Gast Hut und Mantel abgenommen hatte.

Adrian konnte Johannes' Arm gerade noch beiseite schlagen, als sein Gegner sich auf ihn stürzte. Die Klinge stieß gegen die Kante der Anrichte, prallte ab und schrammte dabei am Oberschenkel des Butlers vorbei. Ob die Schneide ihn verletzt hatte, konnte Adrian nicht sehen, denn er selbst wirbelte herum, um ein paar Schritte Distanz zwischen sich und den Butler zu bringen.

Johannes aber gab keineswegs auf. Blitzschnell, wie nur die kleinen, flinken San es vermochten, setzte er nach, mit Bewegungen, die im krassen Gegensatz zur Ausdruckslosigkeit seiner Züge standen. Das Messer zuckte vor und erwischte Adrian am linken Unterarm. Ein scharfer Schmerz raste bis hinauf zu seiner Schulter, und sein Hemd färbte sich rot über der Wunde.

Zum erstenmal erschien eine Regung in Johannes' Gesicht: In seinen Augen glitzerte Triumph.

Adrian wich weiter zurück, blickte sich gehetzt nach einer Waffe um, sah aber, daß das Wandbrett mit den Küchenmessern genau auf der anderen Seite der Anrichte hing, hinter Johannes und seiner funkelnden Klinge. Das einzige, was Adrian in die Finger bekam, war ein langstieliger Topf. Damit holte er aus und zielte schwungvoll nach dem Kopf des Butlers, verfehlte ihn um Haaresbreite, bewirkte aber immerhin, daß er zurückwich.

»Was soll das?« zischte Adrian atemlos.

Er hatte nicht wirklich eine Antwort erwartet, und so überraschte ihn das Schweigen des Butlers keineswegs. Statt einer Erwiderung machte Johannes eine tiefe Verbeugung, als hätte er gerade eine Erledigung für seinen Herrn verrichtet. Dann stürmte er abermals vor.

Adrian wollte erneut mit dem Topf ausholen, doch diesmal war Johannes schneller. Der San tauchte unter dem Schlag hinweg. Der Topf verfehlte seinen Schädel, krachte statt dessen gegen seine erhobene Hand mit dem Messer, und mehrere seiner Knöchel barsten. Die Klinge wurde aus Johannes' Griff geschleudert und verschwand in weitem Bogen hinter der Anrichte.

Weder der Verlust seiner Waffe noch die verletzte Hand vermochten den Butler aufzuhalten. Er taumelte einen Augenblick lang, dann warf er sich mit bloßen Händen auf seinen Gegner. Seine gesunden Finger klammerten sich um den Topf und entrissen ihn Adrians Händen. Mit Getöse fiel er zu Boden. Dann prallte Johannes gegen Adrians Brust, während seine blutüberströmten Finger sich ins Gesicht seines Opfers verkrallten und nach den Augäpfeln tasteten.

Ehe Johannes ihn blenden konnte, winkelte Adrian beide Arme an und ließ die Ellbogen mit aller Kraft in die ungeschützten Seiten des Butlers krachen. Johannes riß den Mund auf, seine Hände lösten sich von Adrians Gesicht, und er stolperte zu Boden. Adrian setzte augenblicklich nach. Er packte den San an den Armen, wirbelte ihn herum und gab ihm einen heftigen Stoß zwischen die Schulterblätter, der ihn durch eine offene Tür in eine der Vorratskammern taumeln ließ. Sofort sprang Adrian hinterher und riß die Tür zu. Der Schlüssel steckte. Er drehte ihn zweimal herum, dann sank er keuchend zurück, fing sich am Rand der Anrichte.

Die Tür erzitterte unter den Schlägen des Butlers. Das Holz wirkte nicht besonders stabil – es hatte nie etwas Kräftigeres als ein paar Mäuse aufhalten müssen –, aber für den Augenblick würde es reichen.

Bis heute hatte Adrian geglaubt, Selkirk habe schlichtweg den Verstand verloren, als er seine Familie ermordete. Mittlerweile aber fragte er sich, ob sich einige der Opfer von damals nicht gegenseitig getötet hatten. Nach dem, was mit Johannes geschehen war, aber auch mit seinen Eltern, schien dies plötzlich mehr als wahrscheinlich.

Seine Eltern! Er mußte zu ihnen. Und er mußte die Mädchen finden. Er durfte nicht zulassen, daß auch sie sich etwas antaten.

Adrian rannte los. Ihn selbst schien die Macht der Schamanen vor der Wirkung des Sturms zu beschützen. Das Wohlergehen der anderen lag jetzt allein in seiner Hand.

Wenn Salome und Lucrecia etwas zustieß, würde er sich das nie verzeihen. Dieses eine Mal mußte es ihm gelingen, seine Fähigkeiten so einzusetzen, daß etwas Gutes daraus erwuchs. Keine Spielereien mehr. Kein Zögern. Er hätte sich dem, was in ihm war, von Anfang an offen stellen sollen. Vielleicht wäre ihm dann klarer gewesen, was jetzt zu tun war; vielleicht hätte er all das vorhergesehen, hätte die anderen warnen können … Da, du tust es schon wieder, dachte er zornig. Du verschwendest Zeit damit, dir selbst leid zu tun.

Er hätte viel dafür gegeben, hören zu können, ob im Musikzimmer noch auf dem Flügel gespielt wurde. Hastig rannte er den Gang hinunter, dann durch die Innere Eingangshalle. Die Tür zum Musikzimmer stand immer noch offen.

Für einen Sekundenbruchteil flackerte ein Bild durch Adrians Geist. Wie angewurzelt blieb er stehen. Ein stummer Aufschrei stieg in ihm auf.

Von hier aus konnte er nur einen Teil des Zimmers einsehen. Er mußte sich zwingen, die letzten Schritte bis zur Tür zu gehen.

Titus Kaskaden lag auf dem Teppich, dessen Muster jetzt viel dunkler war als zuvor. Die langen Stahldornen eines dreiarmigen Kerzenleuchters steckten in seinem Oberkörper, zwei in seiner Brust, der dritte unterhalb des Kehlkopfs. Der breite Messingfuß des Leuchters wies nach oben wie ein Dolchgriff. Madeleine kniete mit leerem Blick daneben und versuchte, eine brennende Kerze auf dem Metallfuß zu befestigen. Das heiße Wachs rann über ihre Finger, doch sie schien es nicht zu bemerken. Als die Kerze endlich hielt, lächelte sie zufrieden und blickte durch die Flamme zu Adrian auf.

»Lauf nicht weg«, flüsterte sie. Nur ein Hauch, der nicht einmal die Kerze zum Flackern brachte.

Sekundenlang konnte er sich nicht bewegen. Konnte einfach nur dastehen. Auf seinen toten Vater starren. Auf seine Mutter, die jetzt nach einer zweiten Kerze griff.

Er wollte gar nicht völlig begreifen, was geschehen war. Die Endgültigkeit. Die Folgen. Wollte nichts davon wahrhaben.

Jäh fuhr er herum.

Die Mädchen! Er mußte die Mädchen finden!

Zurück durch die Innere Eingangshalle, die Treppe zum ersten Stock hinauf, einen Korridor entlang nach Norden.

Der Gang endete vor einem Fenster. Draußen erbebte das Tal unter der Gewalt des Sturms. Adrian verharrte kurz und blickte hinaus.

Eine Gestalt in Weiß kam mit ruhigen Schritten auf das Haus zu, unberührt von dem Chaos, das sie umgab.

Adrian spürte etwas. Eine Kraft, die wie ein Lichtstrahl durch die dunklen Zimmer des Hauses geisterte, auf der Suche nach jemandem. Auf der Suche nach … *Cendrine!*

Einen Augenblick lang schien sich die fremde Macht in seinem Geist einzunisten, ihn zu erforschen, dann zog sie sich zurück. Adrians Blick klärte sich wieder, und erneut sah er die Gestalt durch die Wüstenei des Tals auf das Haus zuschreiten. Sechshundert, siebenhundert Meter noch, eigentlich zu weit, um sie durch die Sandwirbel mit bloßen Augen zu erkennen. Trotzdem konnte er den Fremden sehen, ihn spüren. Ihn fürchten.

Adrian riß sich vom Fenster los und stürmte die Dienstbotentreppe hinauf. Hoch in den zweiten Stock, den einzigen Ort im Haus, den er noch nicht durchsucht hatte.

Alle Dienstbotenzimmer waren leer.

Die Tür zum Dachboden knirschte, als er sie aufstieß.

Die Silhouetten blieben einige Schritte vor ihr stehen, ein finsterer Mob, der den Tunnel verstopfte. Cendrine war derart abgelenkt, daß die Verbindung zu Qabbos Geist zusammenbrach. Es war besser so. Für den Augenblick hatte sie genug erfahren.

Aus den Bruchstücken, die sie in Qabbos Gedanken aufgeschnappt hatte, und dem, was sie schon wußte, fügte sich allmählich ein Bild zusammen. Sie fürchtete die Männer nicht, die sich vor ihr im Tunnel drängten. Sie würden ihr kein Haar krümmen. Cendrine war zu wichtig für sie.

»Cendrine!« Qabbo rief sie jetzt nicht mehr kraft seiner Gedanken. Seine Stimme echote durch den Tunnel, und einige der Umrisse zuckten vor Ehrfurcht zusammen.

Sie drehte sich einfach um und ging weiter auf den Feuerschein zu. Hinter ihr rückte die Menge auf, aber niemand wagte, sie zurückzuhalten. Qabbo rief etwas in einer Sprache, die sie nicht verstand, die ihr aber zischelnder und hastiger zu sein schien als die der San.

Allmählich durchschaute sie, was hier geschah, wer diese Menschen waren. Sie trug den Schlüssel für die Lösung schon seit Wochen mit sich herum. Nanna hatte ihr alles erzählt, was sie wissen mußte. Aber erst jetzt, als sie dort angelangt war, wo sie nie hätte sein sollen, erkannte sie die Zusammenhänge.

Vor ihr öffnete sich eine Halle, hoch wie das Innere einer Kathedrale, von Säulen flankiert und vom Schein zahlloser Fackeln in zuckendes Licht getaucht. Allein die Größe raubte ihr den Atem. An den Wänden, halb hinter den Säulen verborgen, standen weitere Menschen, klein wie die San, aber nicht ganz so drahtig. Ihre Gesichter wirkten knochiger, die Stirnpartien waren vorgewölbt. Die meisten trugen kurze, einer Tunika ähnliche Gewänder, die so gar nicht zu den Bekleidungsgewohnheiten der übrigen Völker Südwests paßten. Viele hatten ihre Gesichter und Arme bemalt, mit gelben und weißen Flammenmustern. Die frei gebliebene Haut war sehr dunkel, weniger braun als grau, fast schwarz. Eine vergleichbare Färbung hatte Cendrine noch nie bei einem Menschen gesehen. Sie fragte sich, ob diese Männer und Frauen überhaupt jemals ins Sonnenlicht gingen.

Qabbo trat lautlos von hinten an sie heran. »Du weißt, wer sie sind, nicht wahr?«

Sie gab keine Antwort. Ihr Blick irrte weiter durch die Halle, fort von den schweigenden Menschen zu etwas, das in weiter Entfernung vor ihr stand und in dessen Umkreis keine Fackeln brannten. Erst glaubte sie, es sei eine weitere Säule, ungleich mächtiger als die anderen, doch dann erkannte sie, daß es ein Baumstamm war. Er mochte einen Durchmesser von mehr als zehn Metern haben, und das Wurzelgeflecht, das an seinem Fuß auseinanderfächerte, ähnelte dem Dickicht eines Urwalds.

Zwischen ihr und dem Baum, dessen Krone hoch oben in der Finsternis verschwand, lagen etwa hundert oder hundertfünfzig Meter, aber sie sah keine Wand dahinter, deshalb nahm sie an, daß der Baum das Zentrum des Tempeldoms bildete.

Wie konnte ein solches Bauwerk die Jahrtausende überdauert haben, begraben vom Sand der Wüste? Was für Kräfte walteten hier, daß die Säulen dem titanischen Druck solcher Decken standhielten?

»Die Erste Rasse war schon immer hier«, sagte Qabbo. »Vor den Herero und Nama und Damara, sogar vor den San.«

Cendrine nickte gedankenverloren. »Sie behütet den Lebensbaum.«

»Den Lebensbaum…«, wiederholte er, aber es klang resigniert. Dann setzte er leise hinzu: »Dieser Baum lebt schon lange nicht mehr.«

Sie sah ihn erstaunt an. »Was –«

Qabbo schnitt ihr mit einer auffordernden Bewegung das Wort ab. »Geh hin. Sieh ihn dir an. Du wirst es verstehen.«

Erst zögernd, dann immer schneller durchquerte sie die Halle. Nach etwa fünfzig Schritten trat sie aus dem hellen Schein der Fackeln und gelangte in eine Zone aus Dämmerlicht. Der Baum war jetzt nicht mehr so weit entfernt, und trotzdem war er kaum deutlicher zu erkennen als vom Eingang der Halle aus.

Die Wurzeln führten weit fort vom Stamm, ein undurchdringliches Gewirr. Cendrine hatte erwartet, daß eine so gigantische Pflanze einen starken Geruch nach Holz ausdünsten würde. Jetzt aber roch sie nichts dergleichen. Sie erkannte, was Qabbo gemeint hatte.

Der Lebensbaum war versteinert.

Wie alt, wie unsagbar alt mußte all das hier sein! Nichts, was sie je über den Ursprung der Menschheit zu wissen geglaubt hatte, blieb haltbar. Alles war anders. Sie wußte nicht, *wie* die Wahrheit aussah, aber im Grunde war das auch längst ohne Belang.

War der Lebensbaum das letzte Relikt des Gartens Eden? Für die San mochte er eine andere Bedeutung haben. Am Ende aber mußten alle Glaubensrichtungen auf dieselben Ursprünge zurückzuführen sein, sonst ergab nichts von dem allen einen Sinn.

Eine Frau und ein Mann in einem Garten, das war die Wurzel, aus der alles andere erwachsen war. Eine Frau und ein Baum; die Schlange; ein Sohn erschlägt den anderen – damit waren die Rollen verteilt, ganz gleich welche Namen man ihnen gab.

Immer noch trennten Cendrine etwa zwanzig Meter von den äußeren Wurzeln des Baumes. Ihre Unruhe wuchs. Das Labyrinth der versteinerten Stränge war schwarz und angsteinflößend, und sie wollte nicht näher heran, konnte spüren, daß sie dort erwartet wurde. Jemand lauerte im Dunkeln auf sie.

Etwas bewegte sich zwischen den Strängen.

Qabbo packte sie am Arm und riß sie herum. »Der Lebensbaum stirbt, schon seit vielen Generationen. Das, was ihn am Leben erhalten hat, hat seine Macht verloren.«

Cendrine schaute unsicher über die Schulter, zurück zu den Wurzeln, dann kreuzte sie mit betonter Ruhe Qabbos Blick. »Und du glaubst, ich besäße die Macht, den Baum zu heilen?« Sie beugte sich vor, bis ihre Augen fast auf einer Höhe mit seinen waren. »Wem dienen die Weisen der San wirklich, Qabbo? Deinem Volk oder der Ersten Rasse?«

»Wer der Ersten Rasse dient, dient auch den San«, erwiderte er steif.

»Du hast mich weiße Schamanin genannt. Aber gemeint hast du Weiße Göttin, nicht wahr? Ich sollte ihre Nachfolge antreten. Als Hüterin eures Lebensbaums.«

»Du wärest niemals mit mir hierhergegangen, hätte ich dir die Wahrheit gesagt.«

»Du hättest mich entführen können, schon damals, in jener Nacht in der Mine.«

Er schüttelte den Kopf. »Vieles hängt davon ab, daß du freiwillig deinen Platz einnimmst. Niemand hätte dich zwingen können.«

»Und jetzt, da ich hier bin –«

»Du hast deinen Platz schon gefunden, im selben Augenblick, da du den Tempel betreten hast.«

»Ich bin keine San. Ich bin nicht an deine lächerlichen Gesetze gebunden.«

»In dir ist viel mehr von einer San, als du wahrhaben willst. Seit dem Ritual in der Wüste bist du eine von uns.«

Sie durchschaute ihn. »Aber nicht nur das. Darum geht es doch, oder? Ich bin auch –«

»Noch immer eine Weiße, allerdings. In dir leben beide Völker, so wie in mir die San und die Erste Rasse lebt. Aber du hast die Macht, Cendrine! Du wirst die neue Weiße Göttin sein.«

Sie wandte sich um und blickte zurück zu den Wurzeln. Daß sich darin etwas bewegte, war jetzt noch deutlicher zu erkennen. Eine Gestalt schob sich aufrecht durch das Dickicht, kam langsam auf den äußeren Rand des Wurzelgeflechts zu, ein Schatten, ein blasser Schemen hinter den Strängen.

Cendrines Stimme klang heiser. »Was wird sie dazu sagen?«

»Sie weiß es«, sagte Qabbo gedämpft. »Sie hat es schon die ganze Zeit gewußt. Deshalb hat sie dich gerufen.«

»Und versucht, mich zu warnen?«

»So ist es.«

»Genau wie ihr Sohn. Genau wie ihr Liebhaber.«

Qabbo nickte wieder. »Es war nicht leicht, Kains Tasten nach deinem Geist in eine andere Richtung zu lenken. Ich habe viel Kraft dabei verloren.«

Die Frauengestalt blieb hinter den äußeren Wurzeln stehen, eine hochgewachsene schlanke Erscheinung, in der Finsternis so diffus wie ein Geist.

»Sie ist die Weiße Göttin seit Anbeginn der Zeit«, flüsterte Qabbo voller Ehrfurcht. »Aber sie hat an Macht verloren. Auch sie konnte nicht verhindern, was mit dem Lebensbaum geschah. Der Baum braucht eine neue Wächterin, neues Leben, und die Erste Rasse eine neue Weiße Göttin.«

»Kain wollte das verhindern. Er besitzt die Macht dazu. Deshalb hast du ihn in die Irre geführt, wieder in die Auasberge zum Haus der Kaskadens. All das Gerede von den Steinen ... das waren nur Lügen. Die Steine haben niemals Macht besessen, auch wenn Selkirk das vielleicht geglaubt hat.«

»Nur solange sie Teil dieses Tempels waren. Kain mußte das erkennen, als er zum erstenmal zu ihnen ging. Es war sinnlos. Sie waren nur noch leerer, gewöhnlicher Stein. Es gab keine Verwendung mehr für sie. Der Tempel kann den Fluch nicht mehr aussperren.«

Cendrine zeigte auf die Gestalt zwischen den Riesenwurzeln. »Und sie?«

»Der Fluch der Wanderung liegt nicht auf ihr. Sie wurde verdammt, die Weiße Göttin zu sein. Für immer hier zu bleiben, in diesem Tempel, als Hüterin des Lebensbaumes.«

»Aber ihr werdet sie verstoßen, wenn ich an ihre Stelle trete…«

»Sie hat nicht mehr genug Macht, um eine Göttin zu sein.«

»Was wird mit ihr geschehen?«

»Wer weiß?« Qabbo zuckte die Achseln, eine Geste, die sie immer für sehr unafrikanisch gehalten hatte. »Auf alle Fälle etwas, das Kain verhindern wollte. Deshalb wollte er dir zeigen, was dich hier im Tempel erwartet. Er wollte dich verjagen – oder töten. Deshalb ist er jetzt bei den Kaskadens.«

Sie gab sich Mühe, sehr gefaßt, sehr ruhig zu bleiben. »Dann werden sie alle sterben?«

»Das ist die Natur des Sturms. Die Schlange verwirrt den Geist der Menschen. Sie wirbelt ihre Ängste ans Licht, ihren Zorn. Es wird nur einen Weg geben, diese Gefühle zu vertreiben.«

»Sie töten sich gegenseitig. Wie Selkirk und seine Familie.«

Qabbo mußte darauf keine Antwort geben. Statt dessen sagte er: »Verurteile mich nicht, Cendrine. Ich habe viel verloren, um dich hierherzubringen. Ein Großteil meiner Kraft ist geschwunden.«

Sie blickt noch einmal zu der Erscheinung am Fuß des Baumes, dann drehte sie sich mit einem Ruck zu Qabbo um.

»Wieviel Kraft ist dir geblieben, weiser San?« Ihre Augen fixierten ihn und entdeckten plötzlich Unruhe in seinem Blick. »Genug, um es mit mir aufzunehmen?«

Adrian hatte den ersten Speicherraum durchquert, lief jetzt über den Dachboden des Südflügels, als er am anderen Ende die Geheimtür entdeckte. Es war sehr dunkel hier oben, das mächtige Gebälk über seinem Kopf ließ sich nur erahnen. Der offene Durchgang schälte sich aus der Finsternis, und dahinter sah Adrian, eingefaßt vom Rahmen der Tür, wie seine Schwestern miteinander rangen. Er konnte sehen, daß Salome kreischend den Mund aufriß, dann stürzte sie sich erneut auf ihre Schwester, und beide verschwanden aus Adrians Blickfeld.

Mit einem Keuchen stolperte er in die geheime Kammer. Salome und Lucrecia rollten eng verschlungen über den Boden, strampelnd, brüllend, immer wieder aufeinander einschlagend. Einen Augenblick lang war Adrian vor Staunen wie gelähmt: Überall im Raum lagen hohe Stapel rötlicher Steine, mit Reliefen bedeckt, die nicht einmal der Staub völlig verbergen konnte.

Er sprang vor und versuchte, die Mädchen zu trennen. Im ersten Moment beachteten sie ihn gar nicht, dann aber blickten beide gleichzeitig zu ihm auf. Bislang hatte er gedacht, er würde seine kleinen Schwestern in- und auswendig kennen, jede Regung, zu der sie fähig waren, jedes Gefühl. Mit dem Haß aber, der ihm jetzt aus ihren Augen entgegensprang, hatte er nicht gerechnet.

Salomes sanftes Gesicht war zu einer Grimasse verzerrt. Sie ähnelte ein wenig ihrer Mutter bei einem ihrer Tobsuchtsanfälle, nur daß sie nicht mit Schlägen oder Stubenarrest drohte – in ihrem Blick lag der pure Wille zu töten. Lucrecia, sonst die streitsüchtigere von beiden, die manchmal auch nicht davor zurückgeschreckt war, sich mit Adrian anzulegen, trug jetzt Hohn und Verachtung zur Schau wie eine Teufelsmaske, die mit ihren Zügen verschmolzen war. Sie fletschte die Zähne, Speichelfäden platzen zwischen ihren Lippen. Ein dünnes Blutrinnsal lief über ihre Stirn, wo Salome ihr ein Haarbüschel ausgerissen hatte.

Adrians Versuch, die Mädchen voneinander zu lösen, hatte Erfolg. Statt dessen stürzten sie sich in stummer Übereinkunft auf ihren Bruder. Bevor Adrian sich zur Wehr setzen konnte, spürte er schon, wie Lucrecias Fingernägel tiefe Furchen in seine Wange gruben.

Salome trat nach ihm, erst vors Schienbein, dann in die Lenden. Er wich dem zweiten Tritt gerade noch aus und versuchte gleichzeitig, Lucrecia auf Distanz zu halten. Vergeblich brüllte er auf die Mädchen ein. Wie hungrige Raubkatzen klammerten sie sich an ihn, schnappten mit den Zähnen nach ihm und gaben sich alle Mühe, ihm die Augen auszukratzen.

Ehe er sich's versah, stürzte er unter ihrer Last nach hinten und wurde unter den beiden Furien begraben. Er spürte, wie sein linkes Augenlied aufplatzte, als Salome ihre kleine Faust in sein Gesicht hieb. Er schrie vor Schmerz und schleuderte sie mit aller Kraft von sich. Das Mädchen flog zurück und prallte mit dem Hinterkopf gegen einen der Steinstapel. Benommen blieb es liegen.

Lucrecia nahm keine Notiz vom Schicksal ihrer Schwester. Ihre rechte Hand umklammerte Adrians Ohr, riß daran. Adrian blieb keine andere Wahl, als sie an ihrem langen Haar zu packen und zurückzuzerren. Ihre Kiefer schnappten nach seinem Unterarm und seinen Fingern, trotzdem gelang es ihm, sie von sich zu stoßen. Auch sie fiel gegen Steine, doch der Aufprall hielt sie nicht so lange auf wie ihre Schwester. Inzwischen kam Salome allmählich wieder zu sich. Ihre Augenlider flatterten, ihre Hände ballten sich zu Fäusten.

Er mußte fort von hier. Die beiden mochten nur Kinder sein, trotzdem hatte er keine Chance gegen sie. Gemeinsam waren sie stärker als er, zumal sie keine Hemmungen kannten. Er würde niemals eines der Mädchen ernsthaft verletzen können – selbst Salomes kurze Ohnmacht war keine Absicht gewesen –, wogegen die Zwillinge ohne jeden Skrupel vorgingen. Sie wollten seinen Tod. Wäre es irgendwie möglich gewesen, hätte er sie getrennt voneinander eingesperrt und gehofft, daß sie sich nicht selbst etwas zuleide taten. So aber konnte er nur die Flucht ergreifen. Vielleicht würden sie ihn verfolgen; das würde sie zumindest davon abhalten, sich gegenseitig umzubringen.

Er gab Lucrecia einen Stoß, der sie zu Boden taumeln ließ, dann wirbelte er herum und rannte los, quer über den südlichen Dachboden. Aufgrund seiner Taubheit konnte er nicht hören, ob sie ihm folgten. Er war schneller als sie, soviel zumindest stand fest.

Bald erreichte er die Speichertür und lief durch den Korridor der Gesindeunterkünfte zur Treppe. Erst als er die Stufen erreichte, blickte er sich kurz um. Lucrecia bog in diesem Moment um die Ecke am Ende des Flurs, dicht gefolgt von Salome. Das Blut auf Lucrecias Gesicht sah aus wie eine primitive Kriegsbemalung.

Er stürmte die Treppen hinunter und überlegte kurz, ob er unten die Tür zuschließen sollte. Er entschied sich jedoch dagegen, weil die Mädchen dann gewiß wieder übereinander hergefallen wären. Solange sie ihn jagten, schienen sie einander nicht wahrzunehmen.

Wenn er sie nur voneinander trennen könnte!

Er hetzte durch die Flure des ersten Stockwerks, vorbei an den wenigen noch brennenden Öllampen. Er hoffte inständig, daß die kleinen Biester nicht auf die Idee kommen würden, damit das Haus in Brand zu stecken. Doch ihre Wut schien sich nur auf andere Menschen zu erstrecken, nicht auf Gegenstände. Nicht einmal Selkirk hatte damals den Versuch gemacht, das Haus zu zerstören.

Außer Atem sprang Adrian die Stufen ins Erdgeschoß hinunter. Er hätte einiges dafür gegeben, zu wissen, wo seine Mutter sich im Augenblick aufhielt. War sie noch im Musikzimmer bei der Leiche ihres Mannes? Oder streifte sie durch die leeren Räume, auf der Suche nach Adrian oder Johannes, nach irgendwem, an dem sie ihre Mordlust auslassen konnte?

Der Gedanke an den Butler durchfuhr seinen Körper wie eine Hitzewelle. Instinktiv schlug er den Weg zur Küche ein, um nachzusehen, ob die Tür der Vorratskammer den Schlägen des San standgehalten hatte.

Als er durch die Tür sprang, sah er seine Mutter, die schreiend am Boden lag, und Johannes, der mit einem blutigen Messer auf sie einstach; der Butler wandte Adrian den Rücken zu. Die Tür der Vorratskammer war zerborsten, ein hölzernes Haifischmaul.

Adrian überlegte nicht. Er packte eines der Fleischermesser von der Kochtheke und rammte es dem Butler in den Nacken. Johannes' schmächtiger Körper erstarrte, sein eigenes Messer fiel ihm aus der Hand. Dann sackte er zur Seite.

Adrian war stocksteif. Die Erkenntnis, einen Menschen getötet zu haben – und es war so leicht, so unglaublich leicht! –, drang nur langsam zu ihm durch. Er konnte nicht erkennen, wie oft Johannes auf seine Mutter eingestochen hatte. Er sah zwei Wunden an ihrer Schulter, eine weitere an ihrem Oberarm. Ihr Hemd war blutig, aber das Messer schien sie nicht in die Brust oder den Bauch getroffen zu haben. Ihr Blick war starr auf ihn gerichtet, und ihr Mund öffnete und schloß sich wie unter Schock; die Lippen formten keine erkennbaren Worte.

Er zerrte den zuckenden Butler von ihr fort und beugte sich über sie. Halb rechnete er mit einem weiteren Angriff, doch im Augenblick schien der Schmerz zu stark zu sein. In ihren Augen aber war ein haßerfülltes Glimmen, ein Versprechen: Ich töte dich, sobald ich kann.

Eilig sprang er auf und verriegelte von innen die Küchentür. Er zerrte die Livree vom Leichnam des Butlers und schnitt mit dem blutigen Messer die Ärmel ab. Mit ihnen verband er die Wunden seiner Mutter notdürftig. Dann hob er sie vom Boden auf und trug sie durch die Backstube und über den Gang, an dem die Hauptvorratskammern lagen. Er brachte Madeleine ins Milchlager, weil es dort keine scharfen Haken und Messer gab, legte sie auf einem der Tische ab und verließ mit einem letzten Blick auf die Verletzte den Raum. Er zog den Schlüssel ab und verschloß die Tür von außen.

Als er zurück in die Küche kam – er mußte erst über die tote Köchin, dann über den Leichnam des Butlers steigen –, vibrierte der Eingang bereits unter den Schlägen der Zwillinge. Jäh überkam ihn die Erkenntnis. Sein Vater war tot. Ebenso Johannes und die Köchin. Seine Mutter und seine Schwestern versuchten ihn umzubringen. Und draußen im Tal schien die Welt unterzugehen.

Mehrere Atemzüge lang vergrub er das Gesicht in den Händen und sank gegen die Anrichte. Er mußte einen klaren Kopf bewahren, mußte zu Sinnen kommen. Mußte einen vernünftigen Gedanken fassen …

Im Geiste sah er wieder die weiße Gestalt vor sich, die er draußen im Sturm entdeckt hatte. Sie mußte das Anwesen jeden Augenblick erreichen. Adrian wußte nicht, um wen oder was es sich handelte, aber er hatte keinen Zweifel, daß sie der Auslöser der Katastrophe war.

Danach fiel es ihm nicht schwer, die nötige Entscheidung zu treffen.

Er löste sich von der Anrichte und ging durch das Backhaus zum Hinterausgang. Als er die Hand auf die Scheiben der Tür legte, zitterte das Glas, so als hämmere von außen jemand mit unsichtbaren Fäusten dagegen.

Der Sturm schien ihn zu packen und durchzuschütteln, als er ins Freie trat. Er lief gebückt – vielleicht nur ein dummer Instinkt –, um den tobenden Luftmassen weniger Angriffsfläche zu bieten. Der Sand stach wie winzige Insektenstiche in seine Haut, und bald hatte er das Gefühl, als wäre sein ganzer Körper mit kleinen Wunden bedeckt. Sein Hemd und seine Hosenbeine schienen sich in Sekundenschnelle aufzulösen. Nähte sprangen auf, Stoff hing in Fetzen. Adrian preßte schützend den rechten Arm vor die Augen und taumelte blindlings weiter. Er hatte die Gestalt jenseits der Ställe gesehen, inmitten der Einöde der einstigen Weinberge. Sie würde den Hof wohl aus dieser Richtung betreten.

Doch er mußte den Fremden gar nicht suchen, denn mit einemmal konnte er seine Anwesenheit ganz deutlich spüren. Es war anders als vorhin, als der andere seinen Geist durchforscht und dann in zorniger Enttäuschung von ihm abgelassen hatte. Jetzt war es ein bewußtes Tasten und Fühlen, und Adrian tat sein Bestes, die Geste zu erwidern.

Für einen Sekundenbruchteil öffnete die Gestalt ihren Geist. Ließ ihn hineinschauen, ließ ihn die Wahrheit erkennen.

Adrian nahm den Arm vom Gesicht und stellte sich dem Sturm.

Etwas berührte sein Gesicht, sachte, keineswegs so schmerzhaft wie der schneidende Sand. Ein Stück Stoff.

Der Brudermörder stand vor ihm, keine Armlänge entfernt, und seine Gewänder tanzten auf den Winden.

»Du hast damals gewußt, daß der Junge aus dem Dorf sterben würde, nicht wahr?«

Qabbo legte traurig den Kopf schräg. »Ich habe ihn nicht getötet.«

»Du kannst keine Geheimnisse mehr vor mir haben«, entgegnete Cendrine schroff. »Jetzt nicht mehr.«

»Der Junge war ein Hyänenkind«, verteidigte sich der San. »Die anderen haben seinen Tod gefordert.«

Sie nickte. »Du hast zugelassen, daß sie ihn verbrannten.«

»So wie es Sitte ist.«

Cendrine starrte ihn an. »Du hattest unrecht, Qabbo. Ich werde niemals so sein wie ihr. Ich bin keine San.«

»Dein Glauben fordert die gleichen Opfer wie der unsere. Auch ihr habt einmal Frauen und Männer als Hexen hingerichtet.«

»Das ist lange her ...«

»Und deshalb ist es vergessen?«

»Das habe ich nicht gesagt.«

»Die meisten Götter sind grausam, Cendrine. Sie fordern Opfer, und sie verleiten zum Töten. Aber du kannst anders sein, wenn du nur willst. Das alles liegt bald in deiner Hand.«

Der Schemen stand immer noch zwischen den Wurzeln, nur unerheblich heller als die Finsternis in seinem Rücken. Die Weiße Göttin wartete. Wartete, wie ihre Erbin sich entscheiden würde.

Die Überlebenden der Ersten Rasse bildeten einen weiten Halbkreis um Cendrine und Qabbo. Die Männer und Frauen verstanden sicherlich kein Wort von dem, was geredet wurde. Cendrine fragte sich, was Qabbo ihnen versprochen hatte. Was erwarteten sie von ihr? Glaubten sie wirklich, sie könnte die Versteinerung des Lebensbaumes rückgängig machen?

»Du hast meine Frage noch nicht beantwortet, Qabbo«, sagte sie scharf. »Denkst du, du hast noch die Kraft, dich mir entgegenzustellen?«

»Laß es nicht darauf ankommen, Cendrine«, gab er müde zurück.

»Du selbst hast es immer wieder gesagt – ich besitze das Tausendfache deiner Macht.«

»Aber du weißt nicht, wie du sie einsetzen kannst.«

Sie lächelte grimmig. »Nein?« Und dabei stieß sie einen Pfeil aus purer Geisteskraft in seine Richtung, drang in sein Denken, seinen Verstand, in seine Vergangenheit ein.

Es war, als durchstieße ihr Körper die Oberfläche eines reißenden Stroms – in einem Augenblick war Ruhe und eine endlose Sekunde stillen Abwartens, dann brach das Chaos über sie herein. Um sie war ein Wirrwarr aus Farben und Klängen, die Palette eines Malers nach einer langen Sitzung, und dazu schrien Stimmen in ihre Ohren; etwas, das ein Sturm sein mochte, heulte und jaulte, und eine Vielzahl von Gerüchen – Gewürze und gebratenes Fleisch, gemahlenes

Getreide und Heu, Tierdung und Menschenkot – vermischten sich, trennten sich, flossen wieder ineinander.

Die Zeit ... verschiebt sich.

Vor ihren Augen entsteht das Bild einer Hügellandschaft. Eine San-Familie hat mehrere Hütten aus Zweigen und Reisig errichtet. Aus einer dringt qualvolles Stöhnen, dann der erste Schrei eines Neugeborenen. Qabbo kommt zur Welt.

Das Bild wechselt. Jahre später schuftet der kleine San in einer Erzmine. Er ist noch ein Kind, doch als er die anderen Arbeiter warnt, daß der Stollen bald einstürzen wird, glaubt man ihm sofort. Die meisten schaffen es rechtzeitig ans Tageslicht, weil sie den Jungen einfach niedertrampeln. Qabbo wird verschüttet. Vier Tage liegt er im Dunkeln zwischen den Trümmern. Er kann sich nicht bewegen, Gestein drückt auf seine Brust. Zum erstenmal schickt er seinen Geist auf Reisen, erforscht die Welt der Schamanen. Er ist selbst überrascht, wie leicht es ihm fällt. Arbeiter entdecken ihn bei den Aufräumarbeiten. Niemand hat ernsthaft nach ihm gesucht, weil keiner geglaubt hat, daß es Überlebende gibt. Sein Geist kehrt im selben Moment in seinen Körper zurück, als das Licht der Lampen über seine Züge huscht. Er hat weder Hunger noch Durst, als man ihn an die Oberfläche bringt. Trotzdem hat das Erlebnis Spuren hinterlassen: Er kennt jetzt den Weg in die andere Welt – und er hat fortan eine panische Furcht vor engen Räumen aus Stein. Nie wieder steigt er in eine Erzgrube hinab, arbeitet nur noch oberirdisch in den Minen. So lange, bis die Weisen der San auf ihn aufmerksam werden, ihn in ihren Zirkel aufnehmen und bald seinen Weisungen gehorchen.

Schon früh hat er die Geschichten über die Erste Rasse gehört, über den legendären Lebensbaum und die Weiße Göttin, irgendwo im Glutofen der Kalahari. Die Weisen führen ihn dorthin, und er erfährt vom Sterben des Baums und vom Siechtum seiner Wächter. Wenn der Baum vergeht, vergehen auch seine Hüter, und mit ihnen ihre Nachkommen, das Volk der San. So lautet die Legende, und jedes Wort davon ist wahr. Seine Aufgabe ist es, einen neuen Wächter zu finden und das Volk der San zu retten.

Etwas packte Cendrine und schleuderte sie zurück in die Wirklichkeit.

Schweiß perlte auf Qabbos Gesicht, als sein Blick den ihren kreuzte. »Versuch das nie wieder«, knurrte er. Kalte Wut sprach aus seiner Stimme.

Cendrine brauchte nur Sekunden, um wieder klares Bewußtsein zu erlangen. Sie hatte sich nicht gut genug gegen Qabbo abgeschottet, hatte zuviel von sich selbst preisgegeben, während sie in seiner Vergangenheit stöberte. Ein Fehler, den sie nicht wiederholen würde.

Die Männer und Frauen der Ersten Rasse waren einige Schritte näher gekommen, ungewiß, was zwischen Qabbo und ihr vorging. Cendrine erforschte ihre Aura, aber sie fand keine Böswilligkeit darin. Diese Menschen hatten sich den Weisen der San völlig ausgeliefert, sie vertrauten tatsächlich darauf, daß Qabbo und die anderen sie retteten. Zugleich aber sahen sie in Cendrine die *Verkörperung* dieser Rettung, deshalb würden sie sich um keinen Preis gegen sie stellen.

Die blasse Frauengestalt im Wurzelgeflecht hatte sich nicht bewegt. Sie schaute immer noch zu. Wartete. Cendrine erwog den Versuch, in ihre Gedanken einzudringen, aber das hätte sie zu sehr von Qabbo abgelenkt.

Der San gestikulierte mit beiden Händen und gab sich Mühe, seinen Zorn zu überspielen. »Versteh doch, daß –«

Aber Cendrine ließ sich auf kein weiteres Gespräch mit ihm ein. Sie wagte einen erneuten Vorstoß, diesmal mit keinem anderen Ziel, als Qabbos Macht zu zerschmettern. Er hatte sie angelogen, hatte sie betrogen und ihr Vertrauen mißbraucht. Sie hatte keine Skrupel mehr, ihm Schmerz zuzufügen. Sie war jetzt ... ja, was? Eine Göttin?

Du selbst machst dich zu Qabbos Werkzeug, schalt sie ihre innere Stimme. Und er weiß es. Er muß nur zusehen, und du wirst genau dort hingehen, wo er dich haben will! Akzeptiere dich selbst als Göttin, und du wirst eine sein. Dann gibt es kein Zurück mehr.

Nein! So einfach würde sie es ihm nicht machen.

Qabbo schrie auf, als sie daranging, seine Vergangenheit auszulöschen. Sie würde dafür sorgen, daß er sein eigenes Ich vergaß. Seine Herkunft, seine Bestimmung, seine Ziele – all das würde sie ausradieren und ihn damit seiner Macht berauben.

Sie begann mit den San-Hütten, die sie gesehen hatte, mit den Hügeln und dem Rinderkral, der sich unweit des Lagers befand. Sie nahm diese Bilder in seinem Kopf auseinander wie Steine eines Mosaiks.

Qabbo erkannte, was sie tat, und sie wußte, daß ihm jetzt keine andere Wahl blieb, als zurückzuschlagen.

Daß er es auf die gleiche Weise versuchte wie sie, enttäuschte sie. Aber es erstaunte sie auch. Und gerade deshalb wurde sie von seiner Attacke überrumpelt.

Sie sah Bremen vor sich, die Aussicht aus dem Dachfenster ihrer Mansarde. Das Panorama begann sich vor ihren Augen in Fragmente aufzulösen, gerann zu Kristallen, zersplitterte.

Er raubt mir meine Herkunft, schrie es alarmiert in ihr auf. Er nimmt mir die Vergangenheit!

Sie sammelte alle Kraft, die sie fand, und stieß sie wie eine Klinge in Qabbos Geist. Bremens Bruchstücke blieben bestehen, zertrümmert, aber noch immer eine vage Erinnerung in ihrem Unterbewußtsein.

Der San schrie auf, und sein Kreischen drang sogar durch die Mauern der Trance, in die Cendrine sich selbst versetzt hatte. Die Weisen hatten ihr gezeigt, wie sie die Macht in ihrem Inneren nutzen konnte, und diese Lehre wandte sie jetzt gegen Qabbo.

Doch auch er gab sich nicht geschlagen, ganz gleich, was sie ihm antat, und allmählich wandelte sich sein Wille, sie zur Weißen Göttin zu machen, in unbändigen Zorn. Vielleicht erkannte er, daß es ein Fehler gewesen war, ihr eine Wahl zu lassen. Sie hoffte sehr, daß er einsah, wie falsch es gewesen war, sie überhaupt herzubringen.

Qabbos Gegenangriff traf sie wie eine Sturmfront, unsichtbar und doch mit solcher Gewalt, daß er sie beinahe aus ihrer Trance gerissen hätte. Die Pein setzte jeden Nervenstrang in ihrem Körper in Flammen, nagte an ihren Fasern und Muskeln, an den Windungen ihres Hirns. Qabbo wußte, wie man Schmerzen erzeugte, er wußte es weit besser als sie selbst. Sie hatte ihn nur weit genug reizen müssen, um ihn derart in

Rage zu bringen. Und während er all seine Macht darauf konzentrierte, sie leiden zu lassen, und sie selbst kaum noch denken, geschweige denn handeln konnte, warf sie mit letzter Kraft einen mentalen Fangarm nach jener Erinnerung in ihm aus, die er selbst halb vergessen hatte. Cendrine zerrte die Dunkelheit des eingestürzten Minenschachts aus seiner Vergangenheit, und sie sah zu, wie sie den San umhüllte.

Der Schmerz in ihr brach abrupt ab. Qabbos Geistfinger schnellten zurück wie Schlangen, die sich zu nah an ein Feuer gewagt hatten. Einen Augenblick lang gab ihr sein Rückzug Zeit, um durchzuatmen, dann setzte sie nach und sah zu, was mit ihrem Gegner geschah.

Qabbo kauerte am Boden und weinte wie ein kleines Kind.

Und nichts anderes war er in diesem Moment – ein Kind, gefangen in der Finsternis einer Felsspalte. Damals hatte er seinen Geist in die andere Welt gesandt, fort aus dem Elend, in dem sich sein Körper befand. Jetzt aber gab es diese Möglichkeit nicht mehr, dafür hatte er zuviel Kraft auf seine Attacke gegen Cendrine verwandt. Er durchlebte das, wovor er damals geflohen war. Alle Gefühle, alle Ängste, die er in jenem Schacht durchlitten *hätte*, brachen jetzt – mit vielen Jahren Verspätung – über ihn herein.

Einen Moment lang überkam Cendrine Mitleid. Alles, was Qabbo tat, tat er zum Wohle seines Volkes. Er war nicht der finstere, Intrigen spinnende Schurke, den sie gern in ihm sehen wollte.

Nichtsdestotrotz blieb er ihr Feind. Er konnte nicht wirklich annehmen, daß sie sich bereitwillig in das Schicksal fügen würde, das er für sie vorgesehen hatte. Sie würde sich nicht für einen Mythos opfern.

Plötzlich spürte sie, daß sich etwas veränderte.

Qabbos Leiden schien zu explodieren, eine Eruption gequälter Gedanken und Empfindungen, geballt zu einer Faust, die sie packte, mit sich riß und an einen Ort brachte, den sie erst ein einziges Mal in dieser Intensität wahrgenommen hatte.

Die Ebene der Schamanen.

Ob es am Klang dieser Worte lag oder an der schlichten Unmöglichkeit, die andere Welt mit den Gesetzen der Realität in

Einklang zu bringen – Cendrine jedenfalls erschien dieser Ort tatsächlich als Ebene, als endloses Savannenland, das irgendwo genau so existieren mochte oder auch nicht. Braunes, flaches Land, mit struppigem Gras bewachsen. Darüber ein Himmel so hell wie weißglühender Stahl.

Qabbo stand vor ihr, glänzend vor Schweiß, das Gesicht verzerrt, die Augen wie Gewehrläufe auf sie gerichtet.

»Du hast nichts begriffen«, zischte er. »Nichts.«

Sie kämpfte noch mit dem Entsetzen darüber, daß es ihm gelungen war, sie zu überrumpeln. Anders als beim Ritual der Weisen hatte sie diesmal keinen hellen Abgrund gesehen, nichts, das sie vorgewarnt hätte. Sie wußte nicht, wie lange sie sich während ihrer Initiation hier aufgehalten hatte, besaß keine Erinnerung daran, abgesehen vom blitzartigen Auftauchen der Gazellenherde am Horizont. Alles andere war ungewiß.

»Du bist so dumm, Cendrine«, sagte Qabbo leise. »Du hättest deine Macht zum Besten anderer einsetzen können, für die San, für die Erste Rasse. Was du tust, ist nichts als eine Flucht vor der Verantwortung.«

»Eine Verantwortung, die mich für immer in diesem Tempel gefangenhält«, gab sie atemlos zurück. Das Sprechen tat ihr weh, nicht im Hals, sondern in ihrem Kopf, so als bereite das Denken selbst ihr Schmerzen.

»Verantwortung bedeutet immer auch Entbehrung. Glaubst du, ich hätte mein Schicksal selbst gewählt, Cendrine? Auch ich wäre lieber mit anderen durch die Wüsten und Steppen gezogen. Statt dessen wurde ich zu einem der Weisen. Nicht ich habe diese Wahl getroffen – das hat meine Begabung für mich getan. Anderssein ist nichts, das man bekämpfen kann. Man muß es akzeptieren.«

»Hat die Frau im Tempel ihr Schicksal jemals akzeptiert?«

»Gewiß.«

»Du willst doch nicht behaupten, sie sei glücklich dort, wo sie ist?«

»Glücklich …« Qabbos Tonfall klang verächtlich. »Sie ist wahrscheinlich das einzige lebende Wesen, das je wahres Glück kennengelernt hat. Sie war die erste Frau. Sie weiß, wie es war, bevor das Verhängnis über uns kam. Sie selbst hat es heraufbeschworen.«

»Sie hat immer noch die Hoffnung. Darauf, daß ihr vergeben wird, und darauf, daß ihr Sohn … daß ihr Mann zu ihr zurückkehrt.«

»Der Brudermörder wird nicht mehr in den Tempel zurückkehren.«

Cendrine ließ seinen Einwand nicht gelten. »Was für eine Hoffnung hätte *ich*? Hoffnung worauf? Nein, Qabbo, ich bin nicht bereit für die Ewigkeit. Und ich kann euren verdammten Baum nicht heilen. Niemand kann das.«

Qabbo blickte sie voller Trauer an. »Was also wirst du tun? Weiter mit mir kämpfen? Mich vernichten? Ist *das* deine Hoffnung? Es wird dir nicht gelingen. Nicht hier. Das hier ist viel mehr meine Welt als die deine. Ich war oft hier, viele Dutzend Male.«

Sie bündelte ihren Zorn und ließ ihn wie eine Lawine auf ihn zurollen. Qabbo wurde nach hinten geschleudert, kam aber gleich wieder auf die Beine. Bevor er zu einem Gegenschlag ansetzen konnte, besann sich Cendrine auf ihren ersten Versuch, ihn zu bezwingen. Wenn es ihr gelang, ihm seine Vergangenheit zu nehmen …

Bremen verschwand. Zerbarst in einer Wolke funkelnder Gedankensplitter. Qabbos Macht entriß ihr die Erinnerung daran, und mit ihr das Wissen um das, was zwischen ihr und Elias gewesen war.

Sie erkannte noch, daß etwas verlorenging, aber sie wußte nicht mehr, was es war, denn das Löschen ihrer Erinnerung war gründlich und endgültig. Qabbo schlug sie mit ihrer eigenen Waffe. Er krempelte ihre Vergangenheit von hinten nach vorne auf. Das nächste, was zu nichts verpuffte, war die Überfahrt auf dem Schiff. Ihr Leben begann mit der Ankunft in Swakopmund. Sie hatte nie etwas anderes gesehen als Südwest.

Staunend und wehrlos mußte sie mitansehen, was Qabbo ihr antat. Sie war machtlos dagegen. Ihr Stoß aus Wut und Empörung war das Schlimmste gewesen, das sie in dieser Welt zustande brachte – für mehr fehlte ihr die Erfahrung –, und damit hatte sie ihn nicht aufhalten können. Jetzt würde er das tun, was er wahrscheinlich von Anfang an vorgehabt hatte: Er löschte ihre gesamte Existenz aus bis zu jenem Punkt in der Omaheke, an dem die Weisen die Saat der Wüste in ihr verankert hatten, an dem sie zu einem Teil des Landes und zu einem Teil der San geworden war. Sie würde Qabbos Plänen nicht länger widersprechen. Sie würde einsehen, daß es das einzig Richtige war, um das Volk der San zu retten. *Ihr* Volk.

Dann aber brach Qabbos Zerren an ihren Erinnerungen auf einen Schlag ab. Cendrines Blick klärte sich, und sie sah, daß etwas den San gepackt hatte. Etwas schüttelte ihn, stauchte ihn zusammen wie eine Lumpenpuppe und schleuderte ihn davon.

Eine Gestalt gewann vor ihr an Konsistenz. Sie hatte Cendrine den Rücken zugewandt, eilte erneut auf Qabbo zu und hob ihn vom Boden, ohne ihn überhaupt zu berühren. Qabbo strampelte und schrie. Einen Augenblick lang war sein Kreischen das eines Neugeborenen, im nächsten Moment wieder das eines erwachsenen Mannes.

Eine Stimme drang in Cendrines Geist, aber es waren nur unzusammenhängende Silben. Das Gerede eines Wahnsinnigen.

Qabbos Erinnerungen fuhren wie ein Insektenschwarm aus seinem Leib, brachen durch die schemenhafte Gestalt seines Peinigers und trafen mit Wucht auf Cendrines angeschlagenes Bewußtsein. Sie sah, wie dem San auch der Rest seiner Kindheit entzogen wurde, wie sein Leben dahinjagte wie Bilder eines Traumes, den man am Morgen Revue passieren läßt und dann vergißt. Das, woran Cendrine aus Unerfahrenheit gescheitert war, tat dem San nun ein anderer an. Und allmählich dämmerte ihr, um wen es sich dabei handelte.

Das wahnsinnige Gespenst, zu dem Wilhelm Haupt während seines jahrelangen Irrwegs durch die Welt der Schamanen geworden war, entriß Qabbo jeden eigenen Gedanken, jedes Gefühl, jede Spur von Selbstbestimmung. Er leerte ihn aus, wie man die Füllung aus einem alten Kissen reißt, achtlos, ohne Rücksicht auf Schäden an dem, was man ohnehin fortwerfen wird. Qabbo mochte mit den Gegebenheiten dieser Welt vertraut sein, aber keiner kannte sie so gut wie einer, der hier auf ewig gefangen war – eine Gefangenschaft, die er keinem anderen als Qabbo zu verdanken hatte.

Wilhelm Haupt nahm Rache, und er tat es mit der peniblen Gründlichkeit eines Wesens, das keinen Verstand und kein Verständnis mehr besitzt. In ihm war nichts als Qual und Einsamkeit.

Der Verirrte, der Geschlagene, der Betrogene trank Qabbos Leiden und aß seine Seele. Wäre er mit durchdachter Tücke vorgegangen, hätte er dem San seine größte Angst gelassen, die Furcht vor dem Gefangensein in der Dunkelheit; in seinem Zorn und Triumph aber nahm er ihm alles, verzehrte es und spie es weiter zu Cendrine hinüber, bis von Qabbo nur eine leere Hülle übrig war. Leben, ja, aber keine Erinnerung, keine Vergangenheit. Kein Weg aus dieser Welt zurück in seine eigene. Endlose Einsamkeit, ohne den Grund dafür zu kennen. Ein Suchender, der nicht wußte, was es zu finden galt. Ein Lebender, der kein Sinn in seinem Dasein sah, kein Ziel, kein Streben. Ein Verdammter, der sogar den Grund für seine Verdammnis vergessen hatte.

Jäh erkannte Cendrine, daß sie Haupts Geist nicht zum erstenmal gegenüberstand. Damals, bei ihrem ersten Besuch in dieser Welt, mußte sie ihn schon einmal getroffen haben. Ihre Erinnerung daran war verlorengegangen, und sie kehrte auch jetzt nicht wieder. Dennoch war sie sicher, daß sie ihm begegnet war.

Hatten sie miteinander gesprochen? Hatte er sie vor Qabbo und den anderen Weisen gewarnt, davor, daß es ihr ähnlich ergehen mochte wie ihm, der während seiner Initiation den Rückweg aus den Augen verloren hatte?

Mit einemmal widerstrebte es ihr, das Ende dieses Wahnsinns mitanzusehen.

Mit dem Rest ihrer Kraft ließ sie sich fallen, öffnete den gleißenden Abgrund unter sich und stürzte allein zurück in die Wirklichkeit, hinab in den Schoß der Weißen Göttin.

Hinter der Gestalt in den weißen Gewändern, jenseits der Stallungen, hoch über den Hügeln am Rande des Talkessels, wuchs eine Wand aus aufgewirbeltem Erdreich, Sand, sogar

Felsbrocken empor. Das Treibgut wurde durch die Luft geschleudert, von links nach rechts, kam aus dem Nichts und verschwand wieder darin – der Fuß des Wirbelsturms, ein winziger Ausschnitt seines trichterförmigen Strudels. Adrian vermochte sich die Geräusche nicht vorzustellen, die von solchen Gewalten erzeugt wurden. Für ihn herrschte vollkommene Stille, was den Anblick, der sich ihm bot, nur noch unwirklicher machte.

Das Wesen in den weißen Gewändern streckte einen Arm nach ihm aus und legte seine kühlen Fingerspitzen an Adrians Stirn. Er stand da wie versteinert, spürte, wie sich die Kräfte, die aus den Fingern der Gestalt schossen, in seinem Hirn verzweigten, jeden seiner Gedanken erforschten und nach Hinweisen auf Cendrine suchten.

Dann, plötzlich, zog das Wesen seine Hand zurück.

Adrian riß die Augen auf, als die Gestalt den Kopf in den Nacken warf. Unter den weißen Stoffbahnen, die das Gesicht verschleierten und nur die dunklen Augen freiließen, hob ein entsetzlicher Schrei an, ein Laut der Enttäuschung und Qual, geboren aus dem abrupten Begreifen, hintergangen worden zu sein.

Adrian konnte den Aufschrei *hören*.

Der Laut gellte durch diese Welt und durch die andere, und es war von dort, aus der Ebene der Schamanen, von wo der Schrei zu Adrian herüberdrang, eher spür- als hörbar, Ausdruck eines Zorns, der mit anderen Sinnen als den menschlichen wahrgenommen wurde.

Der Brudermörder machte kehrt und ging davon. Schritt den gleichen Weg zurück, den er gekommen war, und der Wind verwischte seine Spuren.

Das Toben des Tornados schien sich einige Augenblicke lang zu vervielfachen, aber der Sturm kam nicht näher, wartete hinter den Hügeln und verbarg sich schließlich hinter einer Wolke aus Staub und Erde.

Die Gestalt trat durch eine Gasse zwischen den Stallungen und verschwand aus Adrians Blickfeld. Für einige Sekunden verspürte er den unbändigen Drang, ihr zu folgen, zu sehen, wohin sie ging.

Doch der Brudermörder war ein einsamer Wanderer, und sein Fluch duldete keine Begleitung.

Irgendwann sah Adrian einen kleinen weißen Umriß oben auf dem Hügelkamm, dann verschmolz auch der letzte Hinweis auf Kains Existenz mit den aufstiebenden Sandschwaden. Er war wieder auf dem Weg in die Wüste, unterwegs in die Leere und in die Ewigkeit.

Adrian gab sich einen Ruck und lief zurück zum Haus. Die beiden Leichen aus der Küche zog er ins Freie; er würde sie später beerdigen.

Die Zwillinge saßen im Korridor vor der Küchentür und klammerten sich weinend aneinander. Sie wußten nicht, was geschehen war, wunderten sich nur über die blutigen Kratzspuren auf ihren Gesichtern und Unterarmen. Lucrecia hatte Salome eine Bißwunde am Unterschenkel zugefügt, aber beiden fehlte die Erinnerung, wie es dazu gekommen war. Adrian erzählte ihnen, ein streunendes Tier habe sie angegriffen.

Seine Mutter lag hinter der Tür der Milchkammer, zusammengerollt wie ein Neugeborenes. Er mußte sie sachte beiseite schieben, um den Raum betreten zu können. Sie war ohne Bewußtsein, atmete aber regelmäßig. Ihr Puls ging schnell, ohne zu stocken. Adrian schickte die Zwillinge los, die Arzneikiste zu holen. Salome humpelte leicht.

Bald darauf reinigte er Madeleines Stichwunden, dann die offene Stelle an Salomes Bein. Er strich Salbe auf alle Verletzungen und bandagierte sie, so gut er konnte.

Zwei Stunden später legte sich der Sturm allmählich. Die Ausläufer der Großen Schlange zogen zurück nach Osten.

Adrian bettete seine Mutter mit Kissen und Decken auf die Ladefläche eines Pferdegespanns, setzte Salome und Lucrecia daneben, dann lenkte er den Wagen durch das verwüstete Land nach Windhuk.

Cendrine schlug die Augen auf und blickte in Gesichter, die sich kaum von der Schwärze des Tempeldoms abhoben. Ein dichter Pulk aus Männern und Frauen umgab sie. Der weite Halbkreis hatte sich zu einem engen Zirkel geschlossen. Neugierige, aber auch ängstliche Blicke beobachteten jede ihrer Regungen.

Sie lag mit angewinkelten Beinen auf der Seite, als habe sie beim Sturz in den Abgrund versucht, sich so klein wie möglich zu machen. Schmerzen spürte sie keine, nur einen starken Schwindel, der ihr jeden klaren Gedanken entriß.

Nach einer Weile gelang es ihr endlich, sich der Umgebung bewußt zu werden. Sie konnte sich auch an das, was geschehen war, erinnern, anders als bei ihrem ersten bewußten Besuch in der Geisterwelt.

Mit verschwommenen Sinnen sandte sie einen Dank hinaus in die Ebene der Schamanen, ungewiß, ob er das Wesen erreichte, das ihr Leben und einen Teil ihrer Vergangenheit gerettet hatte. Sie erinnerte sich an die Kaskadens und an die Bedrohung durch die Große Schlange, erinnerte sich an ihre eigene Ankunft in Windhuk und, ja, ganz vage auch an eine Stadt an der Küste. Swakopmund. Jenseits davon war nichts mehr. Entrissene Gedanken, gestohlenes Leben. *Gab* es davor überhaupt etwas, an das es sich zu erinnern lohnte? Mit einemmal schien das sehr unwichtig.

Aufgeregtes Flüstern lenkte sie ab. Die Männer und Frauen der ersten Rasse scheuten zurück, als sie bemerkten, daß Cendrine aus ihrer Trance erwacht war. Der Ring aus Menschen weitete sich, als die meisten einige Schritte zurückwichen. Cendrine stemmte sich auf die Ellbogen, erhob sich dann in die Hocke. Der Boden schien zu schwanken, ihr Gleichgewichtssinn kämpfte noch immer mit ihrem Sturz in den Abgrund. Nur ganz allmählich konnte sie sich auf etwas anderes als auf ihren Halt konzentrieren, konnte sich umschauen, die Umgebung wiedererkennen.

Qabbo war fort.

Das Naheliegende wäre gewesen, daß er einfach davongegangen war. Aber Cendrine kannte die Wahrheit. Qabbo war dort, wo auch Wilhelm Haupt war, ein Gefangener wie der Mann, den er einst zum ewigen Umherirren in einer Welt verdammt hatte, die nicht seine eigene war.

Der Gedanke an die Weiße Göttin kam ihr schlagartig und mit lodernder Intensität. Cendrines Blick raste herum, was ihrem neugefundenen Gleichgewicht einen empfindlichen Schlag versetzte. Sie schwankte, hielt sich nur mit Mühe, erhob sich aber schließlich auf die Füße. Sie wollte der Ersten Frau nicht auf Knien gegenübertreten.

Doch als ihr Blick sich klärte, zog sich der helle Schemen bereits wieder ins Gewirr der Baumwurzeln zurück, verschwand in einem Netzwerk aus versteinertem Holz, vielleicht glücklich über diesen Ausgang, vielleicht auch ein wenig enttäuscht. Vielleicht gänzlich ohne Empfindung, leer, ausgehöhlt vom Schmerz der vergangenen Zeitalter, gefangen im Sog der kommenden. Kein Wille mehr zur Konfrontation. Kein Wille mehr zu irgend etwas. Nur noch Demut und das Bewußtsein einer Schuld, die nach menschlichem Verständnis gar keine war.

Gott hatte den Menschen nicht nach seinem Ebenbild geschaffen, denn Er hatte niemals Menschlichkeit bewiesen – das war es, was Cendrine jetzt begriff, als sie sah, wie sich die Schatten um dieses einsame Geschöpf am Fuß des Baumes schlossen, es zurücksaugten in das Vergessen.

Sie bekämpfte den Drang, näher an das Wurzelgeflecht heranzutreten, machte dann aber einfach kehrt und wandte sich dem Ausgang zu. Leises Raunen begleitete ihren Weg aus der Halle, aber niemand machte den Versuch, sie aufzuhalten.

Sie wußte nichts über das Volk, das in diesen Mauern lebte. Wie hatte es überleben können in den Äonen, die der Tempel im Sand begraben war? Warum hatte es sich nicht gewehrt, als Selkirk die ersten Steine aus den Tempelwänden brach? Warum sah es auch jetzt einfach nur zu, wie seine Hoffnung auf Rettung entschwand?

War Gleichgültigkeit die Nahrung von allem Ewigen? War sie Voraussetzung, war sie Zwang oder Folge?

Cendrine schritt allein durch den langen Tunnel, durchquerte den Säulenhof und erreichte schließlich die offene Wüste. Die drei Kamele standen am Hang vor dem Portal, ebenso ausdruckslos und ohne erkennbare Emotion wie die Menschen, die Cendrine im Tempel zurückließ.

Sie band die Zügel der beiden überzähligen Tiere am Zaumzeug ihres Kamels fest, stieg dann in den Sattel und folgte dem Verlauf ihrer Spur nach Westen.

In der Ferne hörte sie die Hyänen heulen.

Epilog

Die Wüste Namib
Zweiundzwanzig Monate später – Dezember 1906

Das Orgelspiel des Windes in den Felsklüften nahm mit jeder Minute zu. Hier drinnen, in der Höhle des Toten, wurden die Laute vielfach verzerrt, brachen sich an den uralten Wandmalereien und säuselten in den verästelten Spalten des Bodens. Der Luftzug war angenehm, eine willkommene Abkühlung nach all den Wochen draußen in der Wüste.

Cendrine fragte sich, ob der abgemagerte Mann, der ihr im Schneidersitz gegenübersaß, genauso empfand.

»Du bist der Tod«, sagte er mit heiserer Stimme. »Ich habe immer gewußt, daß du kommen würdest.«

»Erkennst du mich?«

Er schwieg, bewegte sich nicht. Sie wertete das als ein Ja.

»Seit wann … ich meine, wie lange bist du schon hier?«

Keine Antwort.

»Sprich mit mir«, verlangte sie. »Wir haben dich gesucht, all die Monate lang. Du hast keine Spuren hinterlassen.«

»Keine Spuren …«, wiederholte er matt. »Damit du mich nicht findest. Damit der Tod mich nicht findet.«

Schuldgefühle überkamen sie. Ihretwegen hatte er sein Schweigen gebrochen, seine Meditation, sein Alleinsein. Was gab ihr das Recht, hier zu sein und ihn aus seiner Ruhe zu reißen?

»Manchmal kann ich dich spüren«, preßte er zwischen verdorrten Lippen hervor. »Du bist in meinem Kopf.«

»Dann hast du meine Rufe gehört?«

»Nicht deine Stimme. Deine Anwesenheit. Du bist in mir. Ich bin … froh.«

Verwundert beugte sie sich vor. Immer wieder hatte sie versucht, ihn mit Hilfe ihrer Kräfte ausfindig zu machen, aber ihr war nie klargeworden, daß sie ihn tatsächlich erreicht hatte.

Sie erwog den Versuch, seinen Geist zu erforschen, ließ es dann aber bleiben. Schon ihr Besuch in seiner Höhle war unerwünscht; sie wollte nicht auch noch gegen seinen Willen in seine Gedanken eindringen. Außerdem hatte sie Angst vor dem, was sie finden mochte. Sie scheute sich davor zu erfahren, was das Bild der toten Herero ihm angetan hatte. Damals war er spurlos verschwunden. War in die Wüste gelaufen und nie mehr zurückgekehrt.

»Adrian ist draußen«, sagte sie. »Er wollte nicht glauben, daß du gestorben bist. Immer wenn ich kurz davor war, aufzugeben, hat er darauf bestanden, daß wir weitersuchen.«

»Willst du, daß ich ihm dafür dankbar bin? Das kann ich nicht.«

»Wirst du mit ihm reden?«

Er schwieg eine Weile, dann sagte er: »Nein. Sag ihm nicht, daß du mich gefunden hast.«

»Ich soll lügen?«

»Geh«, verlangte er statt einer Antwort. »Es ist besser so. Ich werde bald sterben. Ich habe mein Schweigen gebrochen.«

Sie zögerte noch einige Sekunden, dann erhob sie sich.

Zum ersten Mal öffnete er die Augen. Trotzdem glaubte sie nicht, daß er sie sehen konnte – sein Blick wirkte leer, fast blind. Es war nur eine Geste, etwas, das er ihr mit auf den Weg geben wollte.

»Respekt, Cendrine. Mehr verlange ich nicht.«

Sie wandte sich zum Gehen. Auf halber Höhe der Rampe schaute sie noch einmal über ihre Schulter. »Deine Mutter und deine Schwestern sind nach Deutschland gegangen. Sie glauben, daß Afrika ihnen Titus und dich weggenommen hat.«

Falls er sie überhaupt noch hörte, so zeigte er keine Reaktion. Er würde nicht mehr sprechen. Seine Lider waren wieder geschlossen.

Cendrine verließ die Höhle. Sand biß in ihre Haut und in ihre Augen. Heute roch es nicht nach Ozean, wie so oft, wenn sich schlechtes Wetter über der Namib ankündigte; statt dessen kam der peitschende Wind aus dem Inland.

Auf der letzten Düne, hundert Meter vor dem Lager, verharrte sie und wandte das Gesicht nach Osten. Ihr Blick tastete über das weite Dünenmeer, verharrte schließlich auf den Sandwolken, die über den Horizont heranrasten.

Hinter ihrem Rücken rief ihr jemand etwas zu. Sie drehte sich um und sah, daß Adrian den Dünenhang zu ihr heraufstapfte. Sie schenkte ihm ein kurzes Lächeln, dann blickte sie wieder über die Wüste.

Der Sturm wird kommen, dachte sie.

Sie ließ sich mit untergeschlagenen Beinen im Sand nieder und wartete ab, wer sie zuerst erreichte.

ENDE

Nachwort des Autors

Die San – auch heute noch besser als Buschmänner bekannt – sind eines der ältesten Völker Afrikas. Lange Zeit hielten Forscher sie für die letzten Überlebenden der Urbevölkerung unseres Planeten. Heutzutage umfaßt das San-Volk noch etwa 37000 Frauen und Männer. Die meisten haben sich von ihrer Tradition als Nomaden abgewandt, sind seßhaft geworden und arbeiten auf Farmen, in Tierreservaten oder als Fährtenleser für Namibias Militär. Der Verlust ihrer althergebrachten Kultur zeichnet sich bereits seit Jahrzehnten ab, Alkoholismus und Depression sind weit verbreitet – Anzeichen einer tiefgehenden Krise.

Das Massaker an den Herero in der Omaheke hat tatsächlich stattgefunden. Deutsche Truppen stellten die Aufständischen am Waterberg und machten den meisten von ihnen in einer zweitägigen Schlacht den Garaus. Zusammengedrängt, von mehreren Seiten eingekesselt, entschlossen sich die Überlebenden zur Flucht nach Osten. Tagelang zogen sie durch das Sandfeld der Omaheke, erbarmungslos gejagt von den deutschen Eroberern, bis sie schließlich an Durst und Hunger starben. Insgesamt kamen während des Aufstands drei Viertel der Herero-Bevölkerung ums Leben.

Die ›Erfolgsmeldung‹ im damaligen Generalstabsbericht der deutschen Schutztruppe ist an Zynismus kaum zu übertreffen: *Die Verfolgung der Herero, insbesondere der Vorstoß (...) in das Sandfeld, war ein Wagnis gewesen, das von der Kühnheit der deutschen Führer, ihrer Tatkraft und verantwortungsvollen Selbsttätigkeit ein beredtes Zeugnis ablegte. (...) Diese kühne Unternehmung zeigte die rücksichtslose Energie der deutschen Führung bei der Verfolgung des geschlagenen Feindes in glänzendem Lichte. Keine Mühen, keine Entbehrungen wurden gescheut, um dem Feinde den letzten Rest seiner Widerstandskraft zu rauben; wie ein halb zu Tode gehetztes Wild ward er von Wasserstelle zu Wasserstelle gescheucht, bis er schließlich willenlos ein Opfer der Natur seines eigenen Landes wurde. Die wasserlose Omaheke sollte vollenden, was die deutschen Waffen begonnen hatten: die Vernichtung des Herero-Volkes. (…) Das Röcheln der Sterbenden und das Wutgeschrei des Wahnsinns … sie verhallten in der erhabenen Stille der Unendlichkeit! Das Strafgericht hatte sein Ende gefunden.*

Die Legenden um die Erste Rasse, die Weiße Göttin und den Lebensbaum im Inneren der Wüste sind uralte afrikanische Mythen. Einige Parallelen zwischen diesen Geschichten und der biblischen Überlieferung sind erstaunlich. So lehrt die Kirche gern, die Vertreibung des Menschen aus dem Paradies sei eine Strafe für Evas Ungehorsam gegen Gott gewesen, dafür, daß sie den Apfel vom Baum der Erkenntnis pflückte. Das eingangs abgedruckte Zitat aus dem ersten Buch Mose zeigt jedoch, daß die ›Wahrheit‹ ganz anders aussah: Gott fürchtete demnach, der Mensch könne auch die Früchte vom Baum des *Lebens* kosten. Die Austreibung Adams und Evas bedeutete somit vielmehr eine Vorsichtsmaßnahme als eine Strafe. Vom Baum der Erkenntnis haben heutzutage die meisten schon im Religionsunterricht gehört, der Baum des Lebens aber wird nie erwähnt. Um so überraschender ist, daß er auch in Afrikas Mythologie eine wichtige Rolle spielt.

Die Arbeiten der folgenden Autoren waren mir bei den Recherchen von großer Hilfe: Karlheinz Graudenz und Hanns-Michael Schindler, Karl-Günther Schneider und Bernd Wiese, Otto Zierer, Jan Knappert, Malidoma Patrice Somé und besonders Donavon Marais, dessen hervorragende Abhandlung ›The Cain Myth‹ der zündende Funke war.

Kai Meyer, April 1999

HEYNE
BÜCHER

Kai Meyer

»Brillant erzählte, raffiniert gebaute historische Schauerromane«
WESTDEUTSCHE ALLGEMEINE ZEITUNG

»So fabulieren kann in Deutschland kaum ein anderer.«
NEUE-RUHR-ZEITUNG

Der Rattenzauber
01/10524

Das Gelübde
01/10654

Der Schattenesser
01/10780

Die Alchimistin
01/10842

Doktor Faustus
01/13099

Die Engelskrieger
01/13057

Göttin der Wüste
01/13057

01/10842

HEYNE-TASCHENBÜCHER

HEYNE BÜCHER

Martin Hocke

Wie schon *Krieg der Käuze* ist auch *Zeit der Eulen* eine wundervolle magische Saga über das Schicksal der Eulen und zugleich eine unaufdringliche Parabel auf den Werdegang der Menschheit.

Der Krieg der Käuze
01/10995

Zeit der Eulen
01/13137

Die verlorenen Wälder
01/13251

01/10995

HEYNE-TASCHENBÜCHER

HEYNE BÜCHER

Christopher Zimmer

»… ein neuer Fantasy-Star.«

WELT AM SONNTAG

01/13069

Die Steine der Wandlung
01/10973

Wanderer zwischen den Zeiten
01/13069

Die Augen der Maru
01/13162

HEYNE-TASCHENBÜCHER

HEYNE BÜCHER

Wolfgang Hohlbein

Der Meister der Fantasy.

Abenteuerliche Ausflüge in magische Welten

01/13199

Das Druidentor
01/9536

Azrael
01/9882

Hagen von Tronje
01/10037

Das Siegel
01/10262

Azrael: Die Wiederkehr
01/10558

Der Magier
Der Erbe der Nacht
01/10832

Der Magier
Das Tor ins Nichts
01/10831

Der Magier
Der Sand der Zeit
01/10832

Dark Skies – Das Rätsel um Majestic 12
01/10860

Die Nacht des Drachen
01/13005

Odysseus
01/13009

Wyrm
01/13052

Die Templerin
01/13199

HEYNE-TASCHENBÜCHER